人文主義と国民形成　19世紀ドイツの古典教養

人文主義と国民形成

―― 19 世紀ドイツの古典教養 ――

曽田長人著

知泉書館

凡　例

一　引用文について、翻訳があるものに関しては適宜それを参照させて頂いた。この場を借りて訳者に感謝致します。訳書については、巻末の「資料と参考文献」を参照。

二　引用文中のカッコ内の補足は、特に断らない限り、引用者による。

三　引用文内の傍点による強調は、特に断らない限り、原著者による。

四　人名の表記に関して、同名の人物については名前の冒頭のアルファベットで区別した。本書で頻出するヴォルフとフンボルトについて、特に断らない場合それぞれフリードリヒ・アウグスト・ヴォルフ（Friedrich August Wolf）とヴィルヘルム・フォン・フンボルト（Wilhelm von Humboldt）を指す。

五　古代ギリシャ、古代ローマは原則として、「古代」を省くが、近代との対比を強調する場合はあえて古代ギリシャ、古代ローマと表記する。また引用文内のギリシャ、ローマは、古代ギリシャ、古代ローマのことである。

六　本書で用いられる第二帝国、第三帝国とは、それぞれドイツ第二帝国、ドイツ第三帝国を指す。

七　ニーチェの著作は主に「批判版全集 Kritische Gesamtausgabe」から引用したが、注において KGW の略号で記してある。

八　前掲書（A. a. O., op. cit.）の表示が遡るのは、同じ部の範囲内である。ただし、すでに引用を行った文献についても、検索の便宜を図るため部毎に改めて書誌データを表記し直した。

目　次

第二部　一九世紀の新人文主義と国民形成

第三部 モムゼンの古典研究とドイツの政治的な国民形成

第四部　ニーチェの人文主義観とドイツの文化的な国民形成

目　次

人文主義と国民形成

――一九世紀ドイツの古典教養――

序

ヨーロッパの一九世紀はしばしば「国民国家の時代」と称されてきた。当時、民族意識の勃興、革命などの社会変動に伴い、旧来の制度・精神からの脱却やいわゆる西欧型リベラリズムに基づく国民国家の形成が進展した。それは一方で、自由や法の前の平等など民主主義の理念を普及させ、これらの理念は現代世界において共通了解を得た原則の一つとなっている。しかし他方でヨーロッパにおける国民国家の形成は、ヨーロッパの外に対しては植民地主義や帝国主義、ヨーロッパの内においては一九世紀末期から二〇世紀の前半にかけて国民国家間の衝突をもたらし、かつての宗教戦争に勝るとも劣らぬ惨事を招いた。こうして国民国家という制度は、理念的にも歴史的にも両義的な存在として我々の前に横たわっている。

国民国家の負の側面を乗り越えることを一つの目的として超ナショナルなヨーロッパ共同体の形成が目下進行している。しかし他方で、主に共通の精神的（つまり文化的・宗教的）な伝統などによって区分けされたヨーロッパ共同体と同種の超ナショナルな共同体（一種の国家連合）間の「文明の衝突」が危惧されている。こうした状況は、一九世紀初期のドイツの置かれた状況を連想させる。つまりドイツという新しいナショナルな共同体に固有な精神的伝統を自覚的に形成し、他方でそれに基づいてリベラルで経済的・政治的なまとまりを形成する試みがなされ、その結果生まれた第二、第三帝国は他のヨーロッパ諸国との緊張と衝突を招いた。言い換えれば、今日のヨーロッパと一九世紀初期のドイツにおいては共に精神的な伝統を発掘し創出することと共同体形成との関わりが問題となっており、その意味で一九世紀ドイツの国民形成を手がかりに両者の関連を問う作業は、現代のヨーロッパを考える上でも意味があると思われる。[1]この問題設定はさらに、ヨーロッパ以外の文化・文明圏においても同様に有効な方法と言えよう。

ところで一九世紀ドイツの国民形成に際して、いわゆる西欧型リベラリズムの普及と、自国独自の精神的な伝統の創出に際して大きな役割を演じたのは、人文主義に基づく古典教養の伝統であった。本書は一九世紀ドイツにおける古典教養のあり方を手がかりに、人文主義が国民形成に果たした役割や、その特徴と意義の解明を目的とする。「古典教養 Klassische Bildung」「人文主義 Humanismus」「国民形成 Nationsbildung」とは多義的な概念であり、まずこれらの概念の意味を限定し、本書の趣旨をより明らかにしてゆきたい。

本書において古典教養とは、古典古代、特に当時ギリシャ・ラテン語で著された文学作品との学問的・芸術的な取り組みに基づく教養として理解する。こうした意味での古典教養はヨーロッパの特定の時代と場所において人間形成という教育上の目的と結び付けられ、後に人文主義と総称される精神運動[2]として結実した。このような古典教養に基づく人間形成の理念は、一四世紀から一六世紀にかけてのイタリアを中心とする人文主義（この人文主義を後の新人文主義から区別して「古人文主義 Althumanismus」と呼ぶ場合もある）、一八世紀末期から一九世紀にかけてのドイツを中心とする「新人文主義 Neuhumanismus」、一九二〇年代後期から三〇年代初期にかけてのドイツにおける「第三の人文主義 der Dritte Humanismus」というヨーロッパ史の三つの時代と場所に開花し、人間形成のみならず同時代の文化の形成とも密接な関わりを持つ精神運動となった。したがって人文主義は、時代的・場所的な相違を超えた本質的な規定と、時代的・場所的な現れに局限された規定という二つの側面から捉えることができるが、本書において前者の規定としては「古典教養に基づき人間や文化の形成を目的とする営み」、後者の規定としては、ルネサンス期以来の古人文主義の伝統を踏まえつつも、新人文主義を意味することを予め断っておく（この後者の意味において人文主義という言葉を用いる場合は、他の二つの人文主義から区別するため、あえて「新」人文主義という呼称を用いる）。ところで一九世紀中期以降のヨーロッパにおいては、ギリシャ・ローマ古典古代を人間形成の師表として仰ぐことのない、古典教養から乖離した新たな人文主義観（いわゆるマルクス主義的・実存主義的ヒューマニズムなど）が現れる。しかし本書が主たる考察の対象とするのは、あくまで一九世紀ドイツという特定の時代と場所に現れた、ギリシャ・ローマ古典古代（特に古代ギリシャ）を模範とする新人文主義のことである。

「国民形成 Nationsbildung」の Nation という言葉について、それは通例「国民」あるいは「国家」などの日本語に訳されるが、本論においては内容がこの両者のどちらかに確定できる場合は「国民」あるいは「国家」という訳語を用い、その他の場合は「国民」と「国家」の双方を含意するものとしてネイション（あるいはその形容詞形のナショナル）という言葉を用いる。ただし「国民」形成という用語に関しては、「ネイション」形成のことが意味されている。「国民形成」という言葉を用いる理由は、この用語が一般化しているために過ぎない。またネイションの内容については、統合の拠り所を言語、歴史、文化などに求めるドイツ型のネイション概念と、憲法や人権など政治的な取り決めに求めるイギリス・フランス型のネイション概念を理念型的に区別することがしばしば行われている。[3] 本書では、一九世紀のドイツにおいて両者の型による国民形成の試みが並存したため（もっとも前者の型が優位ではあったが）国民形成の内容に関する一義的な規定は行わず、前者の型のネイション概念の実現を図る動きを「文化的な国民形成」、後者の型のネイション概念の実現を図る動きを「政治的な国民形成」と名付ける。

そして国民形成に関するその都度の運動や理解においてどちらの意味での国民形成の型が意味されていたのかを区別する。

次に一八世紀末期から一九世紀初期にかけての人文主義（人間形成）とドイツの国民形成をめぐる状況を簡単に整理しておきたい。ヨーロッパにおける支配的な思想の座標軸がキリスト教から啓蒙主義へと次第に変化しつつある中で、一八世紀後期のドイツでは共に啓蒙主義の影響を受けた教育思想である「汎愛主義 Philanthropi-(ni)smus」と新人文主義の間の対立が顕在化しつつあった。新人文主義とその隣接思潮となるキリスト教及び汎愛主義との対立の一因は人間形成観の相違にあった。自立した「人間それ自身」の形成を目指した新人文主義者にとって、キリスト教の超越に支えられた「神の似像」としての人間像や、汎愛主義の社会や有用性へ依存した「市民」[4]としての人間像は、共に本来の姿の人間を実現するものではないと思われた。他方ドイツは三十年戦争後、周知のように諸領邦国家の並存に象徴されるさまざまな意味での分裂状態とフランス文化の影響下に置かれ、中世の神秘的な神聖ローマ帝国の記憶によって彩られながらも、ドイツ・ネイションがいったい何であるか、という問いに対して一定の見解は存在していなかった。[5] 一八七一年の第二帝国の成立に至るまでプロイセン、バイエルンなど領邦国家は存在したが、[6] 政治的な統一国民国家としてのドイツは存在せず、また文化国家としてのドイツの規定も曖昧であった。こうして一九世紀初期のヨーロッパにおいて「人間それ自身」[7]とドイツ・ネイションは内実が定かではなく共に理念的な構築物に過ぎず、当時のドイツにおいて現実の人間やネイションはその本来あるべき姿を実現していないことが強く意識されていた。このような状況をシラーは、「人間の美的教育に関する書簡」（一七九五年）の第六書簡の中で、次のように記している。

各個体が自由な生活を楽しみ、必要な場合には全体にまとまることもできるという、ギリシャ国家のあのポリプ（着生生活する刺胞類の基本形）のような性質は、今や無数に多くの、しかし生命なき部分の寄せ集めによって機械的な生活の全体が作られるという、精巧な時計じかけ（シラーの同時代のドイツ・ネイションのこと）に場所を譲ってしまいました。今や国家と教会、法と人倫は分裂してしまったのです。（中略）人間は全体の小さな破片にいつまでも縛り付けられているので、自分自身まで単なる破片になってしまいます。[8]

以上のような状況の中で、一方ではキリスト教やその教権からの解放、他方では近代の国民形成のモデルとなった市民的・政治的なフランス（啓蒙主義）のインパクト（フランス革命、ナポレオン戦争に対する敗北など）に対していかに主体的に対応するか、という問いが急務となり、新人文主義がドイツの国民形成と関わりを持つ条件が生じたのである。

新人文主義の古典教養に対してはナポレオン戦争敗北後の改革期、旧来の身分制社会や外来のフランス文化から脱却し、人間やドイツ・ネイションの形成に寄与する大きな期待が寄せられた。当時ドイツの諸領邦国家において制度化された古典語教育・古典研究は（人文主義）ギュムナジウム[9]や大学を主な場として普及し、その後の政治体制の揺れ動きにもかかわらず一九世紀を通じて一貫して重視された。[10]新人文主義の古典教養は近代的な（中等・高等）教育・研究制度（フンボルト大学）や学の体系（精神科学）を基礎付ける指導的な根拠となっただけでなく、同時代のドイツの国民形成と密接な関わりを持ち続けたのである。

一九世紀ドイツにおいて人文主義と国民形成の間に強い関わりが存したことについては、すでに従来のドイツ（教育）史研究などによって再三指摘されてきた。[11]にもかかわらず、この両者の関わりの詳しい内実についての主題的な研究は、未だ決して十分になされているとは言えない。さらに従来のドイツ教育史研究において、一九世紀ドイツの人文主義は、隣接思潮の汎愛主義及びその後身の「実科主義 Realismus」やキリスト教と単に対立的に捉えられることが多かった。[12]しかし、その対立関係の詳しい内容や意義を、新人文主義とドイツの国民形成との関わりの中で検討する試みは、行われることがなかったように思われる。こうした先行研究の現状を踏まえた上で、本書は一九世紀ドイツにおける人文主義と国民形成との関わりについて以下の三つの問いを掲げ、考察する。

Ⅰ　人文主義は第一義的に人間（特に個人）の教育、あるいは文化の形成を目的とする営みであり、共同体の形成と直接関わる営みではなかった。では、なぜ、いかにして新人文主義は一九世紀ドイツにおいて、国民形成と密接な関わりを持つに至ったのであろうか。この問いと取り組むためには、人文主義の内在的な発展に即した（教育）思想的・宗教的な要因、及び新人文主義やその隣接思潮が国民形成の現実と交わるに至った外的な条件という両面を解明する必要がある。人文主義と隣接思潮の関わりが重要である理由は、人文主義は確固とした教義や聖典を持つ思想・宗教ではなく、隣接思潮との対抗規定が自己規定となる場合が多かったからである。したがって本論の第一部では宗教改革・古人文主義期に遡って検討を開始し、人文主義がドイツの国民形成と関わりを持つに至った背景を歴史的・人物的・理念的に考察し、新人文主義的な古典語教育・古典研究によるドイツの国民形成のコンセプトを仮説的に再構成する。このコンセプトは特定の解釈の要素を総合した人工的な産物で、ドグマとして定式化されたものではない。法令や特定の人文主義者の著作の中にまとまった形で表現されたわけでもなく、意識的に反省されたものでもなく、あたかも自明のものとして現れたものであったが、一八世紀末期から一九世紀初期にかけての古典語教師・古典研究者の著作や古典語教育史・古典研究史上の著作の各所から看て取れるものであった。したがってそこからある全体をコンセプトとして再構成することは可能である。このコンセプトを再構成する際には、キリスト教（プロテスタンティズム）と啓蒙（汎愛・実科）主義の総合という点に新人文主義とドイツの国民形成の関わりを捉え、いかにプロテスタンティズムの枠組みが新人文主義の中へ継承され、啓蒙（汎愛・実科）主義の導入が図られているか、という点に留意する。（第一部）

Ⅱ　一九世紀ドイツにおいて新人文主義と国民形成の関わりは、どのような現実的な広がりや隣接思潮の間の理念的な揺れ動きの中で現れたのであろうか。そこで新人文主義的な古典語教育・古典研究の内部における論争、新人文主義とその隣接思潮との関わり方の変化、新人文主義及びその隣接思潮と国民形成の現実との関わり、という三つの相対的に自立した層に留意し、新人文主義的な古典語教育・古典研究の制度化の経緯やこの三つの層の絡み合いを分析する。新人文主義的な古典語教育・古典研究はその実際の展開において隣接思潮の総合という企図を実現することなく、「キリスト教、文化的な国民形成、保守主義、非プロイセン」及び「実科主義、政治的な国民形成、リベラリズム、プロイセン」に親縁性を持つ流れへ分解するに至る。したがってこの分解の過程、この二つの流れの内実や第一部で再構成したコンセプトの変容などを詳しく分析し、その結果一九世紀末期、新人文主義の形骸化も与り「大衆ナショナリズム Massennationalismus」(13) が新人文主義に代わって隣接思潮の総合によるドイツの国民形成を準備しつつあったことが明らかにされる。（第二部）特に一九世紀の後半期については、（今日から振り返って）当時のドイツを代表する人文主義者であるテオドール・モムゼン（Theodor Mommsen）とフリードリヒ・ニーチェ（Friedrich Nietzsche）の（著作）活動と国民形成との関わりをそれぞれ検討し、当時の人文主義者が三月革命以降のドイツにおける新人文主義の機能転換や第二帝国の成立、大衆ナショナリズムの台頭といった状況からいかなる問題を汲み取って行ったか、そしてその問題に対して自覚的にどう対応して行ったか、などの点を考察する。（第三、第四部）その際、モムゼンについては新人文主義的な古典研究とドイツの「政治的な」国民形成の関わりを体現した人物として、ニーチェについては新人文主義的な古典語教育・古典研究とドイツの「文化的な」国民形成の関わりをより深く理解し、その両者の関わりの発展的な継承を構想した人物として検討を行い、この二人が人文主義を現実のドイツ・ネイションに対する批判とヨーロッパの形成といかに関係付けたか、という点も考察される予定である。

Ⅲ　Ⅰ、Ⅱの問いに関する考察を経た上で、新人文主義の内部での立場の揺れ動き、及び新人文主義と隣接思潮の関わり方の変化やその国民形成の現実との関わり方を可能にした大きな枠組みを意識化できるだろうか。結語においては、第一部で仮説的に再構成した新人文主義的な古典語教育・古典研究によるドイツの国民形成のコンセプトを、第二部から第四部にかけての検討の結果を踏まえて再吟味する。それによって個人（人間）の形成、ドイツ・ネイションという共同体の形成、キリスト教、人文主義など精神的な伝統、この伝統を人間形成やドイツの国民形成へと媒介する形成のメディア（［ギュムナジウムなど中等］教育機関・［大学など］研究機関や教会、憲法や国民叙事詩、宗教、文化、芸術、学問［古典研究］・［古典語］教育など）という四者の関わり方を規定したであろう枠組みを検討する。

本論での考察に先立って、この第三の問いの背景となる国民形成と人間（形成）観、及び特定の精神や理念との関わりの根拠について以下、説明しておきたい。ヨーロッパにおける近代の国民国家の形成は、古人文主義や宗教改革に触発されたいわゆる「キリスト教的共同体 corpus christianum」の解体に遡る。これらの運動に触発され、キリスト教的共同体という宗教的な共同体の中に包まれていた神の似像としての人間、封建的な領邦国家の中の臣下としての人間が、意志決定やキリスト者の自由を持つ人間として自立・主体化し始め、このようにして自立・主体化を開始した人間がネイションを次第に形成し始めたわけである。その際、個人が旧来の普遍秩序から自立・主体化し、ネイションという新たな共同体を形成してゆくためには、ある種の理念的な確信に支えられていなければならなかったことが考えられる。[14]例えばイギリスの国民形成においてこのように個人が自立して行く際には、ピューリタニズムによるヘブライズムの復興が大きな役割を果たした。[15]ではドイツでは、いったいどのような理念・精神が同様の過程に際して重要な役割を演じたのであろうか。本書はその主たるものを一六世紀から一九世紀にかけて、キリスト教（特にプロテスタンティズム）、新人文主義（特に古代ギリシャ崇拝）、ドイツ・ゲルマン信仰の「Geist 精神・（聖）霊」[16]の中に求めていく。そしてドイツの国民形成において、この三つの支配的な精神の内容の変化にもかかわらず、その時々の支配的な精神と国民形成、人間形成の関わり方を一貫した視座から把握することを試みる。すなわち、こうした精神を個人（人間）や（文化的・政治的な）ドイツ・ネイションへ媒介し現実化する媒体を、個人（人間）やドイツ・ネイションにとっての形成のメディアとして捉え、この形成のメディアの時代的・場所的な変化に注目する。[17]また、上で触れた枠組みの組み換え、つまり外来・旧来と見なされた「機械論」的なものからの脱却と、「有機体論」に基づく人間や、ドイツに自生的なものの形成を可能にした動因についても考察する。

次に先行研究の紹介へと移る。

人文主義と国民形成それぞれについての個別的な研究は、過去すでに数多くなされてきた。一九世紀ドイツに限っても、事情は同様である。しかし一九世紀ドイツにおける人文主義と国民形成の関わりを主題的に問うた、あるいはこの両者の関わりにかなりの考察を割いた研究は決して多いとは言えない。そうした数少ない研究の例として、古典文献学者のマンフレット・ラントフェスター（Manfred Landfester）の著した『一九世紀における人文主義と社会　ドイツにおける人文主義的教養の政治的・社会的な意義に関する探求』[18]（一九八八年）が挙げられる。同書は一九世紀ドイツにおける新人文主義の展開を、その隣接思潮（キリスト教、実科主義、政治的な保守主義、ナショナリズムなど）及び「授業の現実」との関わりにおいて、（カールスバートの決議の行われた一八一九年と三月革命の勃発した一八四八年）という二つの時代的な節目及びその前後に焦点を合わせて考察を行っている。このラントフェスターのような研究が手がけられ始めた背景について述べておくと、そもそも人文主義的な古典語教育・古典研究はその文教政策上の高い地位を二〇世紀に入って譲り渡し始めたとはいえ一九七二年のドイツ連邦共和国の教育改革を機としてようやく完全に放棄した。(19) このように「人文主義と国民形成」の関わりの自明性が喪失して初めて、両者の関わりやその歴史的な起源に対する問いが「社会史的な sozialgeschichtlich」アプローチあるいは「学校と社会」という問題圏の中から生まれてきたと思われる。著者はこのラントフェスターの著書を貴重な先行研究として適宜参照するが、同書は当該のテーマに関する主に実証的な紹介・整理であり、本書で問題になるような思想・理念上の問いかけに関する考察には乏しい。したがって著者は一九世紀ドイツにおける（新）人文主義と国民形成それぞれについての個別的な研究をも参照し、相互の接点に留意する。それゆえ以下においては、（1）一九世紀ドイツの古典語教育・古典研究の展開史、（2）国民形成論という二つの分野における先行研究を整理するが、（1）に関しては主に、a 教育（学）史と、b 古典文献学、後者の（2）については主に、c 歴史学と、d 思想史・精神史の分野において研究が行われている。この四つの区分に定位し、さらに本書で特に焦点を当てる（3）モムゼン、ニーチェの人文主義観とドイツの国民形成の関わりについての先行研究を紹介する。

（1）一九世紀ドイツの古典語教育・古典研究の展開史

a　教育（学）史の分野　一九世紀ドイツの古典語教育・古典研究史研究の先駆けは、教育史学者フリードリヒ・パウルゼン（Friedrich Paulsen）による『中世から現在にかけてのドイツにおける教養授業の歴史』[20]（一八八五年）である。この著作の第二巻には、一七七〇年から同書が執筆された時代までに至るドイツの古典語教育（及びそれと関連した古典研究）の展開が、地域（プロイセンとプロイセン以外の諸領邦国家）と時代的な節目（ヴィーン会議の開かれた一八一五年と一八四八年）による文教政策の変化に焦点を合わせて、豊富な資料と広い視野に基づいて記述されている。このパウルゼンの著作が出版された後一九七〇年代に至るまで、彼の著作と同様の性格を持つ、一九世紀ドイツの古典語教育史に関する概観的な著作は現れなかったとする意見もある。[21]しかし一九七〇年代以降、大学紛争を一つの契機に学校教育一般と一九世紀ドイツの社会・国家との関係に関する教育社会学的な研究が試みられ始め、古典語教育史に関しても同様の研究が増えている。その結果、教育（社会）学・教育史の分野において近年に出版された一九世紀ドイツの古典語教育論（例えばカール＝エルンスト・ヤイスマン Karl-Ernst Jeismann[22] などによる著書）は、ほぼ必ず国民形成の問題に触れていると言ってよい。日本人による研究としては、長尾十三二による研究[23]や潮木守一の著作[24]、望田幸男『ドイツ・エリート養成の社会史　ギムナジウムとアビトゥーアの世界』[25]が特筆される。同書は教育社会史への注目というアプローチを取っており、一九世紀ドイツにおけるギュムナジウムや古典語教育のあり方と当時のドイツ社会との関係を多角的に論じている。

b　古典文献学の分野

古典文献学の分野において、ドイツを含めたヨーロッパにおける人文主義的な古典研究の展開を取り扱った研究としては、コンラート・ブルジアン（Conrad Bursian）[26]の試み（一八八三年）以来、ジョン・エドウィン・サンディース（John Edwin Sandys）[27]、ウルリヒ・フォン・ヴィラモーヴィッツ＝メレンドルフ（Ulrich von Wilamowitz-Moellendorff）[28]、ルドルフ・プファイファー（Rudolf Pfeiffer）[29]などによる著作が存在する。彼らの著作は、ルネサンス期以来一九世紀に至るまでの古典研究の流れを、ヨーロッパ全体を視野に入れて取り扱ったものである。したがって、そのいずれの著作も一九世紀ドイツを代表する古典研究者の事績の紹介を含み、古典文献学のいわば内在的な展開を師弟関係や学派を中心に辿り、その内容は人文主義を擁護する色彩を持っている。しかし、これらの著作は今日の研究水準からは不満足に映るためか、学問史家のシュテファン・レーベニヒ（Stefan Rebenich）は一九九七年の著作において、体系的で批判的な考察を経た近代の古典研究史が未だに存在しないことを指摘している。(30)

ところで、一九七〇年代のドイツにおいては大学紛争を一つの契機に精神科学の自己理解に関する議論が盛んになった。こうした機運を受けて精神科学の基礎学（方法論）としての古典文献学の自己理解をも問題とする動きが生じ、古典研究史を個々の著名な古典文献学者の事績の継承としてではなく、思想や方法論の展開として、護教論的な色彩を払拭した形で描き出すアーダ・ヘンチュケ（Ada Hentschke）／ウルリヒ・ムーラック（Ulrich Muhlack）の著作のような試みが生まれた。(31)ドイツの古典文献学界において長い間タブー視されてきたニーチェによる古典文献学批判が、他ならぬドイツの古典文献学者の間で一九九〇年代から注目を浴び始めたのも、精神科学の自己理解という同様の問題意識から生まれてきたと考えられる。他方、一九七〇年代の後半には精神科学の基礎学としての古典文献学の自己理解をめぐるコロキウムが二回にわたって開かれた。その記録である『一九世紀ドイツにおける解釈学と文献学』(32)においては、古典文献学と他の隣接諸学（文学研究、哲学、法学、歴史学、考古学など）との関係が著名な古典文献学者の思想や業績を手がかりに探られている。このコロキウムが開かれた後、同じ主催団体（トゥッセン財団）によって一九世紀ドイツの個々の著名な古典文献学者（フリードリヒ・ゴットリープ・ヴェルカー［Friedrich Gottlieb Welcker］など）と時代・社会との関係を問うコロキウムが開催され、その記録が公刊されている。(33)先に触れたラントフェスターの著作は、教育（学）史研究における「学校と社会」というテーマの主題化のみならず、及び上でまとめたような古典文献学の自己理解をめぐる一連の試みという刺激をも受けて成立したと考えられる。彼と似た問題意識を持ち精力的な著作活動を続けている古典文献学者としては、マンフレット・フーアマン（Manfred Fuhrmann）やフーベルト・カンツィク（Hubert Cancik）が挙げられる。一九九九年から二〇〇三年にかけては、古典文献学に関する包括的な事典である Der neue Pauly の中から受容史・学問史を対象とする巻が刊行され[34]、これらの巻の中には古典文献学と一九世紀ドイツの国民形成の関わりを知るために有用な事項の解説が多々含まれている。

（2）国民形成論

c 歴史学の分野

一九世紀後期においてはハインリヒ・フォン・トライチュケ（Heinrich von Treitschke）を代表とする、プロイセンを中心とするドイツの国民形成を目的論的に正当化する国民史的な歴史観が一世を風靡した。しかし二〇世紀初期以来、フリードリヒ・マイネッケ（Friedrich Meinecke）によるいわゆる「理念史的な ideengeschichtlich」アプローチが試みられ始めた。彼の主著『世界市民主義と国民国家』[35]は、一九世紀ドイツの国民形成の特質を古典主義的・理想主義的なコスモポリタン性（普遍）とプロイセン・ナショナルな国民性（特殊）の不可分な交わりの中に見出し、理念と行為、精神と政治の新たな結び付きを模索している。このような理想主義的な面を有する国民形成論がナチズムの台頭に対して無力であったことから、第二次世界大戦後のドイツの国民形成論においては従来の研究に対する反省が生まれ、一九六〇年代にはイギリス・フランスなど他の西欧諸国における国民形成と比した「ドイツ特有の道」をめぐる論争が交わされた。先に触れた、いわゆるドイツ型のネイション概念とイギリス・フランス型のネイション概念の相違は、当時の議論によって意識化されたものである。

そしてヨーロッパ的な文脈において一九世紀ドイツの国民形成の問題点と独自性を探る試みが、ハンス・ウルリヒ・ヴェーラー（Hans Ulrich Wehler）などによって行われた。その後一九七〇年代には大学紛争を一つの契機に歴史学において社会史的なアプローチが主流となったが、当時から好んで取り上げられ始めたのは一九世紀ドイツ国民形成におけるいわゆる「教養市民層 Bildungsbürgertum」の役割であった。教養市民層は一九世紀ドイツにおいて古典語教育を享受しリベラリズムを中心とする国民形成の中核となったが、一九世紀後半以降には積極的な役割を演じ得ず「ドイツ特有の道」の一つの要因となった。それがゆえに一九七〇年前後、ナチズムのメンタリティーとヴィルヘルム・フォン・フンボルト（Wilhelm von Humboldt）以来の教養主義の克服が目指された際に、彼らの存在が注目を浴びたのである。なお最近の研究の方向としては、盛んになりつつある国民形成論やナショナリズム論、例えばベネディクト・アンダーソン（Benedict Anderson）の『想像の共同体――ナショナリズムの起源と流行――』、一般の成果を取り入れつつ、ドイツの国民形成を考察するもの、例えばオットー・ダン［Otto Dann］の『ドイツ国民とナショナリズム　一七七〇年から一九九〇年まで』[36]、あるいはヨーロッパの国民形成運動全体を視野に入れた上で一九世紀ドイツの国民形成を検討する試み[37]などが注目に値する。日本人の研究の中で一九世紀ドイツの国民形成を通史的に取り上げその問題点を分析したものとしては、末川清『近代ドイツの形成――「特有の道」の起点』[38]、坂井榮八郎『ドイツ近代史研究　啓蒙絶対主義から近代的官僚国家へ』[39]などが挙げられる。野田宣雄『教養市民層からナチズムへ　比較宗教社会史の試み』[40]はマックス・ヴェーバー（Max Weber）の宗教社会学の方法から刺激を受け、一九世紀ドイツの教養市民と国民形成の関わりを批判的に分析している。

d　思想史・精神史の分野

ドイツの国民形成を思想史ないしは精神史という観点から考察した最初の著作は、ヘルムート・プレスナー（Helmuth Plessner）『遅れてきた国民――市民時代末期のドイツ精神の運命――』[41]（一九三五年。一九五九年に長い序を付けて再刊）である。同書は、後年の「ドイツ特有の道」をめぐる議論を思想史の場で先取りしていたとも言える著作で、ドイツの国民形成の特色とその問題点を古代ゲルマンの時代に遡り宗教・思想及びそれを取り巻く社会との関連において論じ、ドイツにおいて啓蒙主義と国民国家の形成の総合を妨げられナチズムの台頭に至った経緯を批判的に考察している。このプレスナーの著作と似た関心に基づいて著された書物としては、クラウス・フォン・ゼー（Klaus von See）による一連の著作[42]、あるいはフリッツ・スターン（Fritz Stern）の著作[43]などが挙げられる。ゼーは一九世紀ドイツにおける「ドイツ－ゲルマン・イデオロギー」の存在を指摘し、「民族的－有機体論的な思考」の系譜を追い、スターンは一九世紀末期における大衆ナショナリズムの主唱者の思想を同時代のドイツの国民形成との関連において明らかにすることを試みている。

（3）モムゼン、ニーチェによる人文主義観

モムゼン、ニーチェによる人文主義観に関する先行研究はそれが膨大な量に上るため、主に彼らの人文主義観とドイツの国民形成の関わりについて触れた先行研究に関してのみ以下まとめを行う。

モムゼンの古典研究と同時代のドイツの国民形成との関わりについては、彼の死の直後に弟子のルートヴィヒ・モーリッツ・ハルトマン（Ludwig Moritz Hartmann）によるモムゼン伝[44]の中で触れられたものの、第三帝国の終焉に至るまで一般に積極的に研究されたとは言えなかった。その理由としては、彼の学者としての権威や名声が専門分野においてほぼ揺ぎ無いものであったこと、彼が遺言において自らの書簡や遺稿の公開を死後三〇年にわたって禁じ彼の人物に関する研究に対してきわめて否定的な態度を取ったこと、さらには彼が生涯その理想を追求したリベラリズムがドイツにおいて政治的な影響を弱めつつあったことなどが挙げられる。しかし第三帝国が崩壊した

直後の一九四八年にモムゼンの遺言が公開されるに及び、彼が市民層の弱体など一九世紀ドイツにおける政治的な国民形成の歪みを当時すでに的確に洞察していたことが明らかとなった。こうして改めて明らかにされたモムゼンの政治的な立場は、第三帝国の成立と崩壊に至らなかったであろうドイツ国民形成の別の系譜として注目を浴びた。その結果、戦後ドイツの社会や国家を形成する一つの示唆として彼の古典研究と政治的な立場の関わりに言及した著作が幾つか著された。[45] 他方、ロータ－・ヴィッケルト（Lothar Wickert）はモムゼンの遺言による書簡・遺稿公開の禁が解かれた一九三四年から浩瀚なモムゼン伝の執筆に取りかかっており、一九五九年から八〇年にかけてその全四巻の著作が刊行された。しかし、この著作に関して実証的な資料を綿密に集成したという点においてはおおむね高い評価が下されているものの、[46] モムゼンの多面的な人格や活動を統一的に把握し得ているか、という点に関しては批判の声も上がっている。[47] レーベニヒによって最近出版されたモムゼンに関する著作においては、彼についての先行研究がまとめられているだけでなく、[48] 彼のベルリンでの活動を改めて学問政治という観点から考察する新たな企てがなされている。日本人によるモムゼンについての研究としては、坂口昂、[49] 千代田謙の著作、[50] 長谷川博隆がモムゼンの『ローマ史』の抄訳に付した解説、[51] 吉原達也の論文[52]などが挙げられ、坂口の著作を除けばいずれもモムゼンの政治的な国民形成上の立場について言及している。

ニーチェの人文主義観とドイツの国民形成との関わりについては、近年に至るまで専門の古典文献学者よりも、むしろ詩人や思想家によって主に注目を浴びてきた。彼は処女作『音楽の精神からの悲劇の誕生』（以下『悲劇の誕生』と略）において本来のドイツ文化の形成を同時代の古典文献学に対する批判と不可分のものとして構想した。そして同書に対する激しい批判を行ったヴィラモーヴィッツ＝メレンドルフがドイツ古典文献学界の重鎮として長年影響力を揮ったことから、ニーチェの古典文献学者としての業績や自己理解、及びそれとドイツの国民形成との関連を問う作業は古典文献学者の側から行われることは稀だったのである。ところでこの両者の関連はまずは大衆ナショナリズムの思想家による、二〇世紀に入ってからはゲオルゲ・クライスを中心としたニーチェ受容[53]において注目を浴び、その後ニーチェが初期の著作において展開した「ドイツ精神の再生」という構想は、ナチズムのイデオローグに対しても影響を及ぼし、その結果ニーチェは第三帝国の崩壊に至るまで同時代のドイツ・ナショナリズムのいわば精神的な創始者の一人と見なされることが多かった[54]。しかし他方で、一九三〇年代の後期からドイツ・ナショナリズムと対立的に理解された一八世紀ヨーロッパの啓蒙の流れを継ぐニーチェの姿が主にフランクフルト学派の思想家によって再発見された。そして第三帝国の崩壊後においてニーチェはナチズムを思想的に準備した一人として批判されるか、あるいは後者のヨーロッパ啓蒙の伝統を継ぐ存在として評価されるか[55]、いわば評価が分かれる形で研究が行われてきていた。しかし近年においては、批判的な校訂を経たニーチェ全集の刊行の進展に伴い、従来不十分な形でしか知ることのできなかった初期ニーチェの古典文献学者としての姿を明らかにし、それを改めて彼の国民形成に対する態度と関連付ける作業[56]が行われ始めている。日本人の手によって、ニーチェの人文主義観とドイツの国民形成との関わりを主題的に取り上げた著書は管見では存在しないが、このテーマに間接的に言及したものとしては三島憲一『ニーチェとその影――芸術と批判のあいだ――』[57]が挙げられる。本書は、ニーチェの教養市民批判を一つの主題として取り上げている。なお上山安敏『神話と科学　ヨーロッパ知識社会　一九世紀末～二〇世紀』にはモムゼンの属したベルリンの知識人サークルとニーチェの属したバーゼルの知識人サークルとの確執に関する記述がある[58]。

以上紹介した、特に教育（学）史・古典文献学・歴史学の分野における先行研究からは、ナチズムの台頭に対する反省に触発され、かつての理念史的なアプローチから社会史的なアプローチへの関心の移行が研究の一般的な趨勢として共通に見られると言ってよかろう。しかし本書は先に挙げた三つの問いと取り組む際に、最近の社会史的な研究の成果を取り入れつつも、一九世紀ドイツにおける人文主義と国民形成の関わりを規定した思想史的・精神史的な要因に改めて注目する。そしてこの両者の関わりを、一九世紀以前と二〇世紀を含めたより包括的な文脈の中で再検討することを目指す。

第一部　一八世紀以前の新人文主義と国民形成のコンセプト

序においては、一九世紀ドイツの新人文主義と国民形成の関わりが生じた経緯・理由を探る際に、人文主義の内在的な発展に即した（教育）思想的・宗教的な要因、及び新人文主義やその隣接思潮が国民形成の現実と交わるに至った外的な条件という両者の重要性を指摘した。第一部では主として人文主義の内在的な発展について考察を行い、特に人文主義と（汎愛主義、キリスト教という）隣接思潮との関わりに注目し、一九世紀ドイツにおいて新人文主義が国民形成と密接な関わりを持つに至った経緯とその背景について検討する。考察に際しては歴史的・人物的・理念的という三つの観点に留意し、第一の歴史的観点については人文主義やドイツの国民形成の開始期である一六世紀の古人文主義・宗教改革期から一八世紀末期に至るまで（第一章）、第二の人物的観点については新人文主義をドイツの国民形成と関係付けた重要な人物の一人であるフリードリヒ・アウグスト・ヴォルフ（Friedrich August Wolf）（第二章）、第三の理念的観点については一九世紀ドイツにおいて人文主義と国民形成の関わりを基礎付けた形式的陶冶と「ギリシャとドイツの親縁性」の理念（第三章）に関して検討する。これらの検討に基づいて、新人文主義的な古典語教育・古典研究によるドイツの国民形成のコンセプトを再構成する。

第一章　プロテスタンティズム、人文主義、啓蒙主義

新人文主義が国民形成と密接な関わりを持つに至った経緯を検討する際には、一九世紀ドイツの国民形成において追求されたものを特定し、その萌芽を歴史的に考察する必要があろう。そこで追求されたのは、文化的な同一性（アイデンティティ）の確立、いわゆる「文化国家」という理想であり、さらにドイツの政治的な「統一と自由」や「法の前での平等」の実現であった。また歴史的な淵源について言えば、人文主義の伝統がドイツの文化的な国民形成と関わりを持ったのは一五世紀から一六世紀にかけての古人文主義期に遡る（政治的な国民形成と直接関わりを持つに至ったのは一九世紀に入ってからであるが）。そもそもドイツの国民形成それ自体の発端を歴史上のどの時点に見出すか、という問いに対して一義的な解答は困難であるが、その一つの時点をこの一五世紀から一六世紀にかけての古人文主義・宗教改革期に見ることは許されるであろう。なぜなら、当時ルターが行ったローマ・カトリック教会に対する批判はドイツにおける国民意識の覚醒と結び付き、その後のドイツにおける国民形成の展開に対して貴重な国民的な記憶を形作ったからである。したがって以下においては、一九世紀ドイツにおいて新人文主義と国民形成の関わりが生じた前史として、宗教改革・古人文主義期に遡って検討を行うが、その際に上で触れた文化的な同一性、ドイツの政治的な「統一と自由」、「法の前の平等」の追求への前段階となったであろう出来事に留意する。

考察に先立って、対象となる時期の区分を確定しておく。本章では一六世紀の古人文主義・宗教改革期から一八世紀末期にかけての時期を変動期と安定期の繰り返し、具体的には三つの変動期とその狭間の二つの安定期という相において検討を行う。すなわち、第一の変動期を宗教改革と古人文主義（第一節）、第二の変動期を敬虔主義（Pietismus）と啓蒙主義（第三節）、第三の変動期を新人文主義と汎愛主義（第五節）を軸に位置付ける。そして第一と第二の変動期の間に第一の安定期（領邦国家、ルター派の正統主義神学、フランス文化の支配）（第二節）を、さらに第二と第三の変動期の間に第二の安定期（啓蒙専制主義、フランス文化の支配）（第四節）を設定し、この変動期の間に見られる類似した特徴について考察する。

第一節　宗教改革と古人文主義——第一の変動期

すでに指摘したようにルターの宗教改革は、その後のドイツ国民形成の展開に対して大きな影響を与えた。その影響の内容としては、彼の行った聖書のドイツ語への翻訳が広汎な地域に普及し、ルター訳の聖書のドイツ語が近代ドイツの標準語として認められるに至った点、ひいてはそれが共通の言語を拠り所とした「文化国民」としてのドイツという自己理解の確立に影響を与えた点などが挙げられる。しかしより深層において後のドイツの国民形成に対して大きな影響を及ぼしたのは、本論で後述するように「信仰の法則の、行為の法則に対する優位」の考え(1)であった。この考えに基づいて、ルターは聖書の文字に信仰の拠り所を求めることによって、ローマ・カトリック教会の「行為主義 Werkheiligkeit」を批判した。しかし他方で彼は本来の信仰に立ち返った上で世俗的な「行為」

である日常労働を肯定し、いわゆる「職業 Beruf」の概念を肯定的な意味合いにおいて打ち立てた。つまり、神の使命を現世で実現する職業行為が、信仰の本来の現れ（愛のわざである隣人への奉仕）の一つとして認められた。さらに、彼が教会ではなくて神という超越者への直接の帰依によって得られる自由（キリスト者の自由）を説き、キリスト教の信仰を教会という制度的な枠組みからいったん解放し、神の前において自由で平等な個人といういわゆる万人祭司の概念を確立したことは、その後のドイツ・ヨーロッパにおける個人（人間）の主体化や民主主義・人権の発達に対して影響を与えたことが指摘されている。[(2)]

こうしてルターの宗教改革は、ドイツの文化的な国民形成やキリスト教の世俗化[(3)]に貢献したが、政治的な国民形成への貢献という点に関してはきわめて両義的な側面を持っていた。すなわち、ドイツ以外のイギリスやフランスなど西ヨーロッパ諸国においてプロテスタンティズムは例えばカルヴィニズムの例に見られるように自由教会として発展し、そこで得られた信仰の自由は政治的な自由という考えへと深められ、両国の政治的な国民形成の重要な原動力となった。[(4)]しかしルターは農民層の社会的な解放を目指したドイツ農民戦争に際して宗教改革の直接の政治化に反対し、彼自らプロテスタントの教会を形成した。その結果、ドイツにおいてはローマ・カトリック教会とプロテスタント教会の間に対立が生じ、ドイツの領邦国家間においては領主の信じる宗派の相違を一つの原因として宗教戦争が起きた。一五五五年には、こうした紛争を収拾するためにアウクスブルクの和議が締結されたが、この条約においてプロテスタンティズムの（主にルター派の）教会は国教会として領邦国家の庇護に入り、領民は領主の信仰に従わざるを得なくなることで信仰の自由は奪われた。つまりルターの宗教改革は、ドイツの政治的な国民形成に対して理念としては長期的に大きな影響を及ぼしたが、より直接的な現実においてはむしろそれを阻害する役割を果たし、後年特にドイツのカトリシズムやロマン派の側からは、ドイツの宗派的、政治的な分裂をもたらした元凶として激しい批判に曝されたのである。

プレスナーは上で触れたようなルターの宗教改革のドイツの国民形成上の役割と関連して、ドイツの本質的な事実として（宗教改革に由来する）「カトリシズムとプロテスタンティズム、プロテスタンティズムと国教会の矛盾という二重の矛盾」(5)に対して注意を喚起している。すなわち、彼によればドイツにおける宗派の分裂と国教会制度が、プロテスタンティズムの徹底を阻んだことから、宗教が世俗化した学問、芸術など文化の興隆と政治的なものへの無関心をもたらしたと言う。このような特徴は、ドイツにおいて文化的な国民形成が政治的な国民形成に先んじて進展した一因であったと言えよう。そして、その後のドイツにおいて領邦国家間の対立が存在し「信仰の自由」が普及しない限り、宗派の分裂およびその原因となった「信仰の法則と行為の法則の区別」に関する意識が何らかの形で潜在的に存在したと考えられるのである。

他方ルターの宗教改革に先んじて、イタリアを中心としたルネサンス・人文主義の精神運動が興りつつあった。当時の人文主義者はギリシャ・ローマの文学作品の中から改めて「人間」や「個人」を発見し、ヨーロッパ各地の宮廷において自由な学芸活動に携わっていた。この人文主義の精神運動はドイツへも波及したが、イタリアにおいて人文主義は都市を場として同時代の芸術創造に大きな影響を与えたのに対して、ドイツにおけるその影響は大学を場として教育や学問（文献学）の分野におおむね限られていた。ところで、人文主義者は古代ギリシャ・ローマ時代に著された文献やその写本をヨーロッパ各地の修道院等において探索したが、当時発見された文献や写本の中で後世のドイツの国民形成に対して大きな影響を与えたのは、タキトゥスの『ゲルマーニア』であった。

この書物の写本の発見（一四五五年）や、イタリアの人文主義者エネア・シルヴィオ・ピッコロミーニ（Enea Silvio Piccolomini）のドイツ論に触発され著した書簡の中で、ドイツの人文主義者ヤーコプ・ヴィンプフェリンク(6)(Jacob Wimpfeling) は、『ゲルマーニア』に依拠して「ゲルマン人はローマ人に劣っているわけでは全くない。というのは、ゲルマン人は常に忠実さ、貞潔さ、公正さ、気前のよさや純粋さを培っているからだ(7)」と主張し、それを古代ローマ人の「経済的」「合理的」「冷淡」「個人的」などの特性に対置させた(8)。このようなゲルマン人の美徳の発見は、ドイツの人文主義者の間における、紀元後九年にヴァルスの戦いでローマの軍隊を全滅させ「ゲルマンの森の自由」を守ったアルミニウス (Arminius ドイツ名ヘルマン Hermann) に対する崇拝に影響した。すなわち、すでに宗教改革が始まる以前に、ヴィーンに結集していたコンラート・ツェルティス (Conrad Celtis) など人文主義者のサークルにおいては、ギリシャ・ローマに代わるドイツ独自の古代に対する尊敬の念がアルミニウス崇拝によって高まっていたのである(9)。ところで人文主義者は元来、エラスムスが代表するようにギリシャ・ローマ古典古代を精神の故郷とするコスモポリタン的な存在であった。しかし宗教改革前後のドイツにおいては、上で挙げたツェルティスやヴィンプフェリンクが代表するように、ドイツ・ナショナルな関心を持つ人文主義者が、バーゼルやエルザスなど特に現在の南西ドイツを中心とする地方に現れ始めていたのである。

折しも始まった宗教改革において、人文主義者は当時のローマ・カトリック教会のあり方に対して宗教改革者と同じく批判的であったが、その多くはこの教会の秩序そのものを覆そうとしたわけではなかった。したがってドイツの人文主義者の多数はローマ教皇の側からの自己改革を望み、すでに行われていた『ゲルマーニア』の発見とアルミニウス崇拝が改めてローマ・カトリック教会に対する批判とドイツを他のヨーロッパ諸国から区別する言説形成のために役立てられた。例えばヴィンプフェリンクは、『ゲルマーニア』に記されているゲルマン人の美徳が、彼の同時代におけるドイツ人の自己規定に役立つと考えた(10)。なぜなら、タキトゥスによるローマ人に関する記述は、一五世紀から一六世紀にかけてのローマ・カトリック教会の姿へと投影され、他方でゲルマン人に関する記述は、当時ローマ・カトリック教会の教権に対して戦っていたドイツの多くの人文主義者に対して、ドイツ人の肯定的な自己理解を助けたからである。[11] ゲルマン人の末裔としてのドイツ人は、根源的で堕落しないネイションの担い手とされたのである。またアルミニウス崇拝について言えば、ドイツの国民思想の現れたいわゆるアルミニウス文学が人文主義者によって著された。例えば後にヘルダーにより「ドイツにとってのデモステネス」[12]と称されローマ・カトリック教会からのドイツの解放を目指した人文主義者のウルリヒ・フォン・フッテン（Ulrich von Hutten）は、彼とアルミニウスとの間の想像上の対話を著した（同書は彼の死後に出版）。フッテンは「この世にかつて存在した中で最善かつ最強の指揮官であったアルミニウスは敵からもその無比の徳と栄誉がゆえに賞賛を博し、ただ自らの祖国のみならず、全ゲルマンを当時最も強く最も豊かであったローマ人の手から解放し、ローマ人を偉大な無二の戦によって打ち倒した」[13] ゲルマン的な自由の元祖であることを主張した。その結果、このドイツ的な「自由の守護者」という共通点を介して、アルミニウスはルターと共に特に一九世紀後期のドイツにおいて、大衆ナショナリズムにとっての象徴的な英雄と見なされたのである。[14]

ところで、特にドイツで如実に現れたような宗教改革者と人文主義者の間の共闘は、大きなヨーロッパ的な思想の文脈から見れば、決して自明なものではなかった。すなわち、一五二五年にはエラスムスとルターの間に「人間の自由意志をめぐる論争」が戦わされ、人間中心の人文主義と神中心のキリスト教の間の理念的な相違が顕在化した。この両者の対立は、人間の自由意志（自立性）の存在を認めるか、それとも神の恩寵の絶対性に依拠するか、という人間観をめぐる対立でもあった。エラスムスの側は、いわゆるキリスト教的人文主義を唱え、ギリシャ・ローマの文学作品との取り組みがキリスト教をよりよく補完することを主張した。しかし、ルターはこうした折衷的な立場を認めなかった。当時、宗派の対立を一因とする宗教戦争において、ヨーロッパのキリスト者の一部は本来のキリスト教から逸脱し神の名を借りて獣的な行為である戦争へと突入しつつあった。人文主義の積極的な意義の一つはこうした状況に対して、神と獣の中間者たる人間に大きな価値を認める点にあったのである。

このように宗教改革者による福音の再発見か、それとも人文主義者によるギリシャ・ローマ（ゲルマン）の再発見か、という相違があるにせよ、上でまとめた第一の変動期においては、再発見された規範的な価値を拠り所として同時代のローマ・カトリック教会の状況に対する批判が行われ、しかもこの批判はドイツ人の国民意識の覚醒と密接に関連していた。

第二節　領邦国家、ルター派の正統主義、フランス文化の支配——第一の安定期

しかしこうしたドイツ人の国民意識の覚醒は、その後すぐ文化的・政治的な共同体の形成へ向かったわけではなかった。その理由としては、ドイツが宗教戦争である三十年戦争の主な舞台となり国土が荒廃し、多くの小国に分裂した領邦国家体制が固着し、文化や宗教の発展もおおむね狭い領邦国家の意識によって制限されたなどの点が挙げられる。つまりドイツは内部に宗派と領邦国家の分裂を抱え込みながらも、外に対しては国境が未確定のまま、神聖ローマ帝国という内実を失った国の下におけるいわば寄せ集めの状態となったわけである。その結果、当時ドイツ・ネイションを構成したのは民族の全体ではなく（貴族など）政治的な支配を代表する層であり[15]、また当時ヨーロッパのドイツ語系住民の間において政治的な次元で特別な帰属感が生じることはなかったのである。こうした分裂状態は、三十年戦争の後にドイツの封建諸侯がフランスの宮廷文化を積極的に取り入れ始めたことからさらに

膠着化し、政治のみならず文化の領域においてもドイツは分裂の危機に曝された。一七世紀から一八世紀にかけてのドイツの宮廷においてはラテン語に代わって新たなヨーロッパの国際語となりつつあったフランス語が好まれ、他方ドイツ語やドイツ文化が極端に貶められたことは周知の事実である。

ところで宗教改革以来、人文主義的な古典語教育の必要性はメランヒトンやエラスムスなどによって強く認識され、従来の修道院学校に代わって「都市学校 Stadtschule」が、またドイツのカトリシズム圏とプロテスタンティズム圏の各地に古典語を教授する「ラテン語学校 Lateinschule」が設立され始めていた。このラテン語学校で教育を受けた人々は、古代ギリシャ・ラテン語や古典古代の知識に基づく人文主義的な古典教養を仲介としてキリスト教の宗派対立を越えて結び付き、「学者共和国 Gelehrtenrepublik」と呼ばれる学者階級を形成した。この学者階級を構成した学者は一八世紀末期に至るまで古典作品の好事家的な収集などにディレッタント的に従事し、さらには古典研究以外の学問領域に従事することも稀ではなく、[16] 大学で教鞭を執るにせよ、制度外的な存在であった（「在野の学者 Privatgelehrte」と言われる人々の多くが古典研究と携わっていた）。なお人文主義的な古典教養は一九世紀ドイツにおいて社会的な統合と分断という両義的な機能を担うに至るが、その発端は当時この学者階級の形成によって初めて教養層と非教養層の区別が生まれた点に遡ることが指摘されている。[17] この学者階級と領邦国家の支配層である貴族層は、それぞれヨーロッパの新旧の共通語を駆使することによって、古典古代の伝統や宮廷によって支えられたヨーロッパ的・コスモポリタン的な秩序を継承した。中世以来、ヨーロッパにおいてはラテン語、後にはフランス語の普遍性に対応する文化的な紐帯が人文主義者や貴族を中心として連綿と存在し、他方で彼らこそが宗教改革・古人文主義期に覚醒したドイツ人の国民意識を僅かながら保っていたのである。[18]

一八世紀に入ると、貴族・宮廷や学者階級を中心としたドイツ人意識の存在と並んで、市民層の出身であるドイツの文人や知識人による新たな国民形成の動きが生まれるに至った。この新たな趨勢が生じた背景としては、宗教改革期と類似した一七世紀末期ドイツのプロテスタンティズム圏での思想的・社会的な変化が挙げられる。すなわち一五五五年以降、プロテスタンティズムはドイツ各地の封建諸侯の管理下にある領邦教会（国教会）へと組み込まれ、貴族や宮廷を中心とした世俗権力と結びついた。のみならず、ドイツにおけるプロテスタンティズムの中心となったルター派は、ライプツィヒ（大学）を本拠に正統主義を形成した。その結果、このルター派の正統主義は、信仰の形骸化などかつてのローマ・カトリック教会と性格上似た問題を持つに至ったのである。

第三節　敬虔主義と啓蒙主義――第二の変動期

敬虔主義と啓蒙主義はこのルター派の正統主義に対する批判を行い、啓蒙主義はその批判の対象を形骸化した信仰のみならず、それと結び付いた文化的・政治的な構造へと次第に広げていった。この点において、敬虔主義と啓蒙主義が旧来のものであるルター派の正統主義と、外来のものであるフランス文化、身分的に上のものである貴族・聖職者階級に対して、新たな宗教的・文化的・政治的な自己理解を模索した市民層の中に、その現実の共鳴板を徐々に見出した理由があった。そしてこうした市民層による自己理解の試みこそが、ドイツ国民形成の新たな流れへと連なっていったのである。

敬虔主義は生きた信仰の回復を目指すプロテスタンティズムの信仰覚醒運動であり、ドイツ神秘主義と宗教改革の流れを汲み、キリストの再生を内面の感情において体験し敬虔なキリスト者としての生活を実践する目的を持っていた。それはその普及の過程で、ルター派の形骸化した正統主義神学・教会と対決するに至ったのである。敬虔主義においては、回心とそれを経た後に隣人に対して行う実践的な奉仕が、学問としての神学研究よりもはるかに重視されたのである。ところで敬虔主義者が実践的な奉仕に含めた大事な行為の一つは、事柄（の知識）との取り組みを重視し、市民のための職業を用意する教育であった。敬虔主義を代表する一人であるアウグスト・ヘルマン・フランケ（August Hermann Francke）はハレにおける「孤児院学校 Waisenhaus」の設立など一連の措置を通じて、一般大衆の道徳的な教化を試みた。ハレにおける敬虔主義の教育施設は後には教師をも養成し、その彼らが敬虔主義の教育運動をドイツの各地で展開するようになる。敬虔主義はその後ドイツ文化の中に吸収されて発展的な解消を遂げたが、ひそかに（主体的な責任観念の醸成など）[19]国民的な自覚の結成を準備した。また敬虔主義は政治的に見れば、社会的に下からの運動であった限りにおいて、何らかの封建的な身分差別の緩和剤として働いたことが指摘されている。[20]

啓蒙主義は理性という基準に従い、旧来の伝統に対する批判的な吟味を行いヨーロッパ全土に及んだ包括的な思想・社会運動として性格付けることができる。ドイツにおける草創期の啓蒙主義を代表した法学者のクリスティアン・トマージウス（Christian Thomasius）は、ローマ法の権威やキリスト教の正統主義に代わって新たに理性に基づく自然法を擁護し、伝統的な権威に盲従するのではなく理性によって社会規範を吟味する道を開いた（当時の自然法には人間の自由、寛容といった近代化の諸理念がすでに含まれていた）。さらに彼は、ドイツの大学の中で従来ラテン語によって行われてきた講義を一六八七年にライプツィヒ大学において公に初めてドイツ語で開き、[21]また哲学書、魔女裁判や拷問に反対する文書もドイツ語で記すなど、[22]ドイツ人の近代的・国民的な自覚を高めることに対しても寄与したのである。

ところで、敬虔主義と啓蒙主義の共闘はプロイセン国家がそれを支援することによって初めて可能となった。トマージウスとフランケは共にルター派の正統主義を批判した理由によってライプツィヒ大学から罷免されたが、彼らが貴族や聖職者を中心とする支配階級の一部の反対にもかかわらず活動を継続できたのは、ブランデンブルク選帝侯フリードリヒ三世（Friedrich III.、一七〇一年からプロイセン国王フリードリヒ一世 Friedrich I.）の支援を得たからである。彼は貴族の師弟のためにハレに存在した「騎士アカデミー Ritterakademie」を一六九四年に大学に変え、ルター派の正統主義に対抗する拠点作りを企てた。プロイセン国家は教権の影響から徐々に脱し、形式的にせよ宗教的により中立な近代国家としての道を歩もうとしていたからである。その結果このルター派の正統主義に対して批判を行っていたフランケとトマージウスの両者が、再編成を蒙ったハレ大学に招聘されたのである。

敬虔主義と啓蒙主義はその後のドイツの国民形成に対する影響という点に関して、ルターの宗教改革と以下のような共通の側面を有していた。

まず敬虔主義と啓蒙主義の両者に共に見られた、ルターの宗教改革との共通点として、両者が個人の信仰をルター派の正統主義の教会・神学という制度的な枠組みからいったん解放しようと志したことは、かつてルターが個人の信仰のローマ・カトリック教会という制度的な枠組みからの解放を試みた点と類似した面を持っていたと言えよう。言い換えれば、敬虔主義はルターが提唱しながらもその実現が阻まれていた万人祭司の理念を引き継ぎ[23]、また啓蒙主義は新たに理性に依拠することにより、自由で法の前に平等な個人という理念の形成や普及に寄与したことから、一九世紀ドイツの市民層を中心とした政治的な国民形成への道を準備したと言うことができるのである。次に敬虔主義のみとルターの宗教改革との共通点として以下の点が挙げられる。ルターは彼が行為主義の体現と見なしたローマ・カトリック教会に対する批判を行う一方、他方で本来の信仰に立ち返った上でプロテスタンティズムのルター派の教会を形成し、また世俗的な行為である「職業」を肯定した。これと同じように敬虔主義者は、かつてのローマ・カトリック教会と似た弊に陥ったルター派の正統主義（神学・教会）に対する批判を行いながらも、本来の信仰に立ち返った上で正統主義的な神学・教会を形成し、また世俗的な行為である「職業」を準備する教育を肯定した。つまりルターの宗教改革と敬虔主義は共に信仰の形骸化に対する批判を行う一方、本来の信仰に立ち返った上での行為であるべき世俗的な「職業」（教育）を肯定したのである。ただし、信仰の拠り所はルターの宗教改革の場合も敬虔主義の場合も共に聖書の文字であったが、敬虔主義においては既成の神学研究に対する批判的な含蓄をより強く持っていたわけである。ところで、敬虔主義の教育運動は身分や家柄を越えた共通の「神の道具」としての人間像を改めて強調したことから、緩慢であったとはいえ万人祭司という理念に孕まれていた個人の主体化を促進した。[24] したがって上で挙げた二つの点は、共にドイツの政治的な国民形成に対して間接的に寄与する点があったと言えよう。さらにドイツの文化的な国民形成に関しても、敬虔主義はルターの宗教改革と同様に、あるいはそれ以上に世俗化した宗教としてのドイツ文化・文学の形成に大きな影響を及ぼしたのである。[25] また敬虔主義・啓蒙主義とルターの宗教改革との間のドイツ国民形成上の役割の相違としては、ルターの宗教改革は主に宗教的・文化的なものに留まったのに対して、敬虔主義・啓蒙主義はプロイセン国家と結び付きを持つに至った点が特筆される。[26]

こうして敬虔主義と啓蒙主義はその後のドイツの国民形成に対する影響という点において、ルターの宗教改革と共通の側面を持っていたが、[27] 敬虔主義と啓蒙主義の間には、両者がその実現へ寄与した個人（人間）の自由や法の前の平等の根拠が、キリスト教的な神（霊性）か、あるいは理性かという点をめぐって、理念的な対立が伏在していた。実際、啓蒙主義者のトマージウスと敬虔主義者のフランケの間には、「自然科学の進歩に支えられた文化的オプティミズムと原罪意識に根ざすペシミスティックな人間観の対立」[28]が次第に明らかとなった。この対立は、かつての人文主義者（エラスムス）と宗教改革者（ルター）の間に顕在化した対立の内容と似通っており、それはまた後述するように敬虔主義者と啓蒙主義者が共に関心を抱いた教育に関する立場の相違の中にも反映した。それゆえ一八世紀初期の敬虔主義と啓蒙主義の間における、ルター派の正統主義をめぐる実際上の共闘、理念上の対立は、一六世紀の宗教改革者と人文主義者の間における、ローマ・カトリック教会をめぐる実際上の共闘、理念上の対立の系譜に位置付けることができるのである。

さて、上で触れたような敬虔主義と啓蒙主義の間の理念的な対立は、さらに実際上の対立へと発展した。すなわち敬虔主義は、宗派の祖としてのフランケに対する崇拝、回心という元来「計画し難いものが計画される」[29]新たな行為主義、つまりはドグマ化の弊に陥り、のみならずルター派の正統主義と同様に正統主義（神学）を形成した。その結果、敬虔主義と啓蒙主義の間の対立関係は先鋭化した。それを現す有名な出来事は、一七二四年に啓蒙主義の哲学者クリスティアン・ヴォルフ（Christian Wolff）が敬虔主義者ヨアヒム・ランゲ（Joachim Lange）の策動によりハレ大学から追放された事件である。こうした出来事によって敬虔主義と啓蒙主義の共闘によるルター派の正統主義に対する批判という構図は崩れ、新たに啓蒙主義とドグマ化した敬虔主義・ルター派の正統主義の間の対立が現れるはずであった。しかし実際にはその後しばらくの間、啓蒙主義が市民層を中心としたドイツの国民形成を直接推し進め、敬虔主義・ルター派の正統主義からの脱却に努めたわけではなかった。なぜならドイツ独自の問題として、啓蒙主義の導入や普及が当初ドイツでは困難であったからである。以下、一八世紀ドイツにおける啓蒙主義の特徴とその展開の特殊性について簡単に触れておきたい。その中には、ルターの宗教改革後におけるプロテスタンティズムの展開がドイツの国民形成に対して与えた影響と類似の構造の反復が見出せると思われるからである。

すでに触れたように啓蒙主義は元来、汎ヨーロッパ的な運動であった。そしてイギリスやフランスにおいて啓蒙主義はキリスト教（会）との対立に陥り、政治的な権利を宗教や教会から相対的に独立したものと見なす政教分離の政治理論やその実践（市民社会の形成）が次第に進展した。しかし一八世紀ドイツにおいて、領邦国家を中心とした封建的な支配体制は未だに強固であったのに対して市民層は弱体であり、イギリスやフランスにおけるような啓蒙主義的な政治の理論や実践の普及する基盤を欠いていた。ドイツにおいて啓蒙主義は自生的に生まれたというよりも、主に宮廷や貴族によってむしろフランスなど外から、旧来の弊を乗り越えるために導入されたのである。これらの事情が与り、一八世紀初期のドイツにおいて啓蒙主義は、（後のフランス革命に現れたように）社会・国家のトータルな編成替えをもたらす原理というよりも、一般に単に道具的なものとして捉えられたのである。例えば、ドイツにおける啓蒙主義のいわば第一世代に属し、自ら貴族であったトマージウスやヨーハン・クリストフ・ゴットシェット（Johann Christoph Gottsched）はフランス由来の（啓蒙主義の影響下にあった）宮廷文化を積極的に取り入れ、特に後者はフランスの古典主義美学を模範とすることによってドイツの文芸のレベルを引き上げようと試みた。そしてトマージウスの場合、彼によるルター派の正統主義に対する批判はフランス文化の愛好と折り合い、したがってその批判は、フランス文化が積極的に受容されていた貴族や宮廷中心の政治体制に支えられた、体制内批判という特色を持っていたのである。

こうした一八世紀ドイツ特有の啓蒙主義受容の母体となったのが、当時ドイツ語圏の一部の領邦国家に形成された啓蒙専制国家であった。その代表的な君主であり、一七四〇年にプロイセン国王に即位したフリードリヒ二世（Friedrich II.）は祖父フリードリヒ一世の施策を引き継ぎ、即位と共に、かつて追放されたC・ヴォルフをハレ大学へ呼び戻すなど、啓蒙主義を擁護する姿勢を明らかにした。フリードリヒ二世はルター派の正統主義に対して批判的であっただけでなく、フランス由来の啓蒙主義を思想や文化、技術や学問の世界において精力的に取り入れ官僚制の整備、殖産興業や富国強兵に努め、プロイセンが彼の治世下にドイツ語圏第一の強国となったのは周知の事実である。その際、彼は「支配者は国家第一の従僕である」という有名な言葉に現れているように、自らが神の道具ならぬ国家の道具であることを宣言し、国家に神格的なきわめて高い意味を付与したのである。しかし他方で、フリードリヒ二世はドイツ語やドイツ文学、ドイツ文化を貶めフランス文化を崇拝し、ドイツ独自の文学、文化の創出を目指した市民層を中心とするドイツの文化的な国民形成の動きと抵触せざるを得なかった。また彼は市民層がいわば「下から」自由や法の前での平等など政治的な意味での啓蒙的な理念を実現することを一切認めず、それをあくまで「上から」付与することに固執した。こうして一八世紀プロイセンの啓蒙専制国家は、ルター派の正統主義の教権からの解放を図るだけではなく、自ら同じような意図を持つ啓蒙主義を総体として庇護したが、その庇護は自らの政治体制を揺るがさないという条件の下で成り立っていた。その結果、市民層を中心としたドイツの文化的・政治的な国民形成の動きはフリードリヒ二世を代表とするプロイセン国家の啓蒙専制主義としばしば衝突せざるを得なかった。つまり一八世紀ドイツの市民層を中心とした国民形成の動きはルター派の正統主義に対する批判という点においてはプロイセン国家との共闘があり得ても、ドイツの文化的・政治的な国民形成の方向をめぐる点においては対立を孕んでいたわけである。

それゆえドイツの市民層にとって啓蒙主義は、理念としては人間（個人）の自由や法の前の平等などの萌芽を孕みながらも、現実においては外来の、あるいは上からの抑圧的なものとして捉えられ、両義的な側面を持つに至った。このような特徴は、かつてルターの宗教改革や敬虔主義が人間の自由や法の前での平等に連なる万人祭司の理念を孕みながらも、現実においては正統主義的なプロテスタント教会を形成し抑圧的な役割を担うに至ったのと類似していた。こうした状況を先ほどのプレスナーによる引用を踏まえて表現するならば、宗教改革に由来する「カトリシズムとプロテスタンティズム、プロテスタンティズムと国教会の矛盾という二重の矛盾」は、一八世紀ドイツにおいてはルター派の正統主義に対する批判に由来する「プロテスタンティズムと啓蒙主義、啓蒙主義と啓蒙専制国家の矛盾という二重の矛盾」へ深められた、と言えよう。いずれにせよ、ルター派の正統主義と啓蒙主義はそれぞれ旧来・外来の、個人の主体化や人間形成に対する束縛として、後述するように一八世紀ドイツの市民層によってしばしば同じ批判の俎上に載せられたのであった。

以上の第三節の時期についてまとめれば、敬虔主義と啓蒙主義は共に旧来のものからの解放の萌芽を理念や、当初の実践において孕みながらも、一八世紀前期においてはプロイセン国家の庇護に現れていたように、市民層よりもむしろ聖職者や貴族など社会の上層部によって主に担われるに至った。そしてキリスト教（プロテスタンティズム）と啓蒙主義の間の理念上の相違が両者の間の対立を尖鋭化させ弁証法的な展開を引き起こすよりも、むしろ両者の担い手の階層的な類似性が対立を回避させるように働いた。つまり敬虔主義は正統主義化し啓蒙主義は道具的なものとして捉えられた結果、共に啓蒙専制国家の政治体制へと回収され、個人（人間）の主体化を推し進める方向はその発展をしばらく抑えられた。かくして、啓蒙専制主義やフランス文化の支配に代表される第二の安定期を迎えることになるのである。

第四節　啓蒙専制主義とフランス文化の支配——第二の安定期

とはいえ、啓蒙専制国家の中においても敬虔主義と啓蒙主義の「精神」は継承され、ルター派の正統主義に対する批判などは、後にキリスト教（の教権）の影響が弱まる中で新人文主義がドイツ独自の啓蒙を目指し、国民形成と関わりを持つに至る背景を織り成しつつあった。実際、敬虔主義や汎愛主義などの教育運動の広がりによって一八世紀中期以降には価値観や社会関係の大きな転換が始まりつつあった。[30]当時「学者共和国」を母体として、学校教育の広まりによって生まれた国家官僚、大学の教師、医者、公証人、作家、出版人、プロテスタントの牧師などからなる層は、身分ではなくラテン語学校や大学で培われた古典教養によって連帯感を抱き、ドイツ内における領邦国家の政治的な分裂を超えて、判断と趣味の共通性を作り出しつつあった。そしてラテン語学校における古典語教育は、カトリシズム圏・プロテスタンティズム圏を問わず、中等教育の義務的な構成部分として定着した。その際、ドイツの国民文学や国民劇場の創設が彼らの共通の関心事となりつつあったのである。例えば啓蒙主義者のフリードリヒ・ニコライ Friedrich Nicolai は一七七〇年に、国民的な話題に参加する二万人のドイツ人が当時いたと記している。[31]以下においては、当時の支配的な思潮のキリスト教から啓蒙主義への変化、ドイツの国民形成運動の担い手の貴族・聖職者から市民層への変化、という大きな流れを押さえながら、一八世紀中期のドイツでの敬虔主義と啓蒙主義の影響、旧来のルター派の正統主義、外来のフランス文化、上層の啓蒙専制主義に対する批判、人間（性）という新たな理想の発見などについて検討していく。

敬虔主義は一八世紀の教育と神学研究の展開に対して大きな影響を及ぼした。まず教育の展開への影響について言うと、敬虔主義の実学重視の教育運動としての側面は、後述するように啓蒙主義の教育運動の一派である汎愛主義へと批判的に継承されていった。[32] 次に神学研究の展開への影響について触れると、敬虔主義は元来神学研究に対して批判的であったが、フリードリヒ二世治下のプロイセン（一七四〇―八六年）で大きな作用を果たし一七五〇年代以降に「ネオロギー Neologie」と呼ばれたプロテスタンティズムの啓蒙神学の成立に影響を与えた。すなわち敬虔主義は、個人の内面的な宗教体験（「敬虔さ」）に基づくことにより、ドグマに依拠するルター派の正統主義神学の「伝統的な学識 Gelehrsamkeit」に対する批判を行い、その結果、個人の内面的体験に基づく宗教と学問としての神学の区別、「敬虔さ pietas と学識一般 eruditio の緊張」が生まれた。この区別に依拠し、ネオロギーの代表者の一人で一七五二年にハレ大学の神学教授となったヨーハン・ザロモ・ゼムラー（Johann Salomo Semler）は、神の啓示は人間の手によって伝承され、したがってその伝承の事実上の内容は理性によって説明可能であり、神の啓示と聖書のテクストの成立は区別し得ると主張し、新約聖書の脱神話化への道を開いた。つまりゼムラーは、伝承されたテクストとしての『聖書』には多くの過ちが含まれており、このテクストを理性に依拠した啓蒙的な「学問 Wissenschaft」に基づいて歴史学的―批判的に考察する作業は、神の啓示を受け取る「敬虔さ」に何ら抵触するものではないと考えたのである。さてこのネオロギーは、古いキリスト教の信仰と新たな啓蒙主義の理念という元来対立する要素との折衷を試みる点において、同じくキリスト教に支えられた古い封建的な支配体制と新たな啓蒙主義の理念との融和を目指したプロイセンの啓蒙専制国家と親和性を持っていた。[33] 一八世紀初期において敬虔主義と啓蒙主義の政治的な活動は不徹底に終わったが、ネオロギーはそれを政治的な変革ではなくて啓蒙的な学問という場で代償し、しかもこの試みは啓蒙専制国家のあり方に適うものであったと言える。

他方、啓蒙主義について言えば、トマージウスやゴットシェットに継ぐ世代の啓蒙主義者の間において、ルター派の正統主義に対する批判はフランス文化に対する批判と重ねられるに至った。というのも、ルター派の正統主義が大きな影響を揮っていたプロテスタンティズム圏の領邦国家の宮廷においてはフランス文化が積極的に受容されており、ルター派の正統主義という宗教上の正統主義による支配は文化的な支配構造とも結び付いていることが次第に意識されていったからである。のみならず、こうしたフランス文化の受容を支えている啓蒙専制主義の政治に対しても徐々に批判の矛先が向けられ始め、ドイツ・ナショナルなものの形成に連なる運動が市民層出身の知識人によって開始されつつあった。以下こうした知識人の代表として、ゴットホールト・エフライム・レッシング(Gotthold Ephraim Lessing)、ヨーハン・ゴットフリート・ヘルダー(Johann Gottfried Herder)、ヨーハン・ヨアヒム・ヴィンケルマン(Johann Joachim Winckelmann)の活動に目を転じてみたい。

レッシングは『ハンブルク演劇論』の中で、一八世紀ドイツの宮廷において一般に受け入れられていたフランス古典主義美学に拠るアリストテレス詩学の再検討を行い[34]、ひいてはそれを一つの理想像とする機械的な規則に倣った文学の理論、例えばゴットシェットの『ドイツ人のための批判的詩学の試み』を批判し[35]、ドイツ独自の国民文学や国民劇場が生まれる道を模索した。さらにレッシングは自らの劇作においてドイツの政治的な国民形成へ通じる道をも探求し、『ミス・サラ・サンプソン』の中で従来もっぱら貴族しか登場することの許されなかった劇場の舞台へ初めて市民を上げ貴族に対する批判を行い、『ミンナ・フォン・バルンヘルム』においてはフリードリヒ二世治下のプロイセン人の硬直したメンタリティーを揶揄し、領邦国家の意識によって規定された人々の和解を目指した。なお彼は一七七〇年からヘルマン・ザームエール・ライマールス(Hermann Samuel Reimarus)の遺稿であるいわゆる『ヴォルフェンビュッテルの無名氏の断片』の刊行とその内容をめぐってルター派の正統主義に属する牧師ヨーハン・メルヒオール・ゲーツェ（Johann Melchior Goeze）と有名な論争を行い、キリスト教の絶対性の歴史的な根拠をめぐって、啓蒙主義の理性的な批判に耐え得る新たなキリスト教の理解を模索した。つまりレッシングは「真理の認識において自らの良いと思う方向に従って進むことを、何人に対しても阻んではならない」というルターの「精神」(36)の継承を唱え、その制度化した現れであるルター派の正統主義のみならず、フランス古典主義美学など形式主義一般の桎梏からの解放を唱え、自らの行った文芸上の批判活動が、宗教（神学）上の問題意識に支えられていることを示したのである。

ヘルダーは自らのシェークスピア論において、フランス演劇をギリシャ演劇の外面的、つまりは機械的な模倣であるとして批判し(37)、さらにドイツはローマ（ラテン語・文化）やフランス語・文化の影響によって疎外化されたと主張した。(38)それに対して彼は『現代ドイツ文学断章』を著し、母国語が人間や文化の形成に対して果たす意義を評価し、ドイツの国民文学形成の条件を準備することを試みたのである。またヘルダーはルター派の正統主義に対してもきわめて批判的であり、そのドグマ的な教義と、外来の抑圧的なものとして捉えられた俗流啓蒙主義の理性信仰との重なりを指摘し(39)、ひいてはプロイセン啓蒙専制国家に対する批判も行ったのである。

このレッシングとヘルダーに共通して見られる、旧来のルター派の正統主義、外来のフランス文化、上層の啓蒙専制主義に対する批判を支えたのは、「人間 Mensch」あるいは（普遍的な）「人間性 Humanität」という理念であった。例えば、レッシングは『賢者ナータン』において神の似像としての存在が既成の宗教・民族間の対立を超えて共通の「人間」へと高まるべきことを説き(40)、『人類の教育』においてはユダヤ・キリスト教における律法と福音を神による人間形成の手段と見なした。ヘルダーは彼の風土論の根底に共通の人間性という価値を置き、この人間性に基づいて世界の各民族、各文化、各国民が固有の価値を持つことを主張し、ドイツ文化・民族の覚醒を促した。この二人によれば旧来のルター派の正統主義、外来のフランス文化、上層の啓蒙専制国家は、人間（性）に反する、ないしはその展開を妨げる存在なのであった。ところでこの人間（性）という理念は一八世紀末期から一九世紀にかけての新人文主義において様々な意味を得るに至り、特に一九世紀の啓蒙主義の文脈においてはキリスト教と対立的に理解されることが多かった。しかし、一八世紀後期の人間（性）観の中にキリスト教的な神性の投影の見られたことが近年では特に指摘されている。[41] すなわち、レッシングやヘルダーは人間（性）を普遍的なものとして理解し、彼らは人間（性）の中にキリスト教に代わる、あるいはそれを発展的に継承したいわば別の宗教性である人間性宗教を見出した。先ほど敬虔主義が人間中心的な世界像の成立と関わるものであったことを注27で指摘したが、実際レッシングとヘルダーは共に敬虔主義の影響を強く受けており、[42] こうした伝記的な事実からも彼らの人間（性）観にキリスト教的な背景の存したことを確認できるのである。

以上検討した、一八世紀ドイツ（プロイセン）の啓蒙専制国家下における敬虔主義と啓蒙主義の継承の様態からは、本来理念的には対立するこの二つの流れがいわば相互浸透しつつある状況が明らかとなった。こうした状況の成立と並行して、古人文主義期以後のドイツにおいて細々と受け継がれてきた人文主義の伝統を改めて隆盛へもたらし、新人文主義の祖の一人となったのがヴィンケルマンであった。

ヴィンケルマンは「古代人、特にギリシャ人の模倣について」の中においてギリシャの理想性を「高貴な単純さと静かな偉大さ」という表現によって改めて定式化し、古代ギリシャの彫刻作品の中から「ベルヴェデーレのアポロン」をきわめて褒め称えたことから、真善美の体現としてのいわゆる「アポロン的なギリシャ像」の発見者となった。さらに彼は同じ著作の中で従来の「自然の模倣」に代わる「古代人の模倣」を唱え、また「ベルヴェデーレのアポロン」の中に神が可視化した姿である「人間」を見出しことから、古代ギリシャ芸術との取り組みを同時代の人間形成へと役立てる道を開いたのである。こうしたヴィンケルマンのギリシャ観は同時代のフランス古典主義美学やその影響下にあったバロック・ロココ風芸術に対立するものとして考えられていた。[43] なおヴィンケルマンはローマに遊学する機会を得、当地における研究を基に『古代芸術史』（一七六四年）を執筆したが、彼がドイツ語で著した同書はその素晴らしい文体によって同時代のドイツ人に対して古代ギリシャへの関心や憧れを喚起しただけではない。同書はドイツでの刊行後間もなく英仏語へ訳されイギリス・フランスで好意的な書評を受けるなど、[44] ヴィンケルマンはかつてドイツの文人・芸術家がヨーロッパで得たことのない栄誉に浴し、彼の古代研究者としての名声はヨーロッパ中で揺ぎ無いものとなった。彼がローマへの遊学前から抱いていた「私の変わらない意図は、ドイツ語で今までに書かれたことのないような作品を、それがどのような様式であれ生み出し、外国人に（ドイツ）人がなし得ることを示す点にある[45]」という抱負は、現実のものとなったのである。こうして市民層出身のヴィンケルマンが貧しい境遇から苦学してヨーロッパの古代研究界の頂点へと上り詰めた有様は、まずは彼個人の自己実現（人間形成）、つまり啓蒙専制国家下のプロイセン・ドイツの惨めな境遇から（ローマ・ヨーロッパへ）の解放として、ひいてはドイツ・ネイションがヨーロッパ世界の中でフランスを初めとする諸外国の影響から脱して自己を実現して行く（国民形成の）予型としての役割が与えられた。このヴィンケルマンの自己実現の過程に対しては、キリスト教から古代ギリシャの美への「回心」として宗教的な彩りが付与され、[46] 彼は一九世紀にはしばしば新しい宗教（「ギリシャ愛好 Philhellenismus」あるいは「ギリシャ狂 Graekomanie、Gräcomanie」）の創始者と見なされ、「ギリシャとドイツの親縁性」というテーゼの成立、ひいてはドイツの文化的な国民形成に対して大きな影響を及ぼしたのである。[47]

ゲーテが著した有名な「ヴィンケルマンと彼の世紀」が代表するように、一九世紀ドイツにおいてヴィンケルマンはドイツの国民的な個性の覚醒をいわば表現する存在として、独学者としての側面が強調されがちであった。しかし今日では、彼のギリシャ研究が決して無から生まれたものではなく、同時代のドイツにおける敬虔主義と啓蒙主義の影響下にあったことが次のように明らかにされている。すなわち一方で、ヴィンケルマンが古典テクストから行った抜書きの仕方の中には、敬虔主義者による聖書の読書の仕方の影響が指摘されており[48]、彼がギリシャ（の人間）という新たな宗教性への接近を試みる際に、レッシングやヘルダーと同様、敬虔主義の信仰覚醒性が影響を及ぼしていたことが推測できる。ヴィンケルマンはハレ大学の敬虔主義者ランゲの下で神学を学んでいたのである[49]。他方でヴィンケルマンは、『古代芸術史』の中において古代ギリシャ芸術の発展を、不徹底であったとはいえ歴史的な年代に基づいて研究しており、したがって彼の古典研究はギリシャに対する敬虔さと啓蒙的な「学問」（歴史学的－批判的な方法）が折り合うと考える点において、同時代の啓蒙神学であるネオロギーと同様の性格を持っていたのである。

したがってヴィンケルマンの古代研究は、キリスト教（プロテスタンティズム、特に敬虔主義）と啓蒙主義の流れを人文主義の伝統の中へとある意味で融合したと考えることができよう[50]。その際、彼は人文主義における人間形成の伝統を踏襲し、この人間の歴史的・芸術的な理想を古代ギリシャの中に見出した。その後レッシングやヘルダーによる人間（性）の理解においては普遍的な側面が重視されたが、一八世紀末期以降のヴィンケルマン受容や新人文主義の高まりにおいて人間（性）の理想は「ギリシャとドイツの親縁性」の一つの根拠として、改めてドイツ・ナショナルな覚醒と結び付いた形成目標と見なされるに至ったのである。

以上レッシング、ヘルダー、ヴィンケルマンについて、外来のフランス文化、旧来のルター派の正統主義、上層の啓蒙専制国家に対する批判とドイツの国民形成との関連から検討を行った。この三人においては敬虔主義が共通した宗教的な背景をなし、人間（性）の理想が上で触れた批判の支点として彼らにとって重要な役割を果たしたわけである。

次に一八世紀の中期から後期にかけてのドイツ国民形成の状況に目を転じ、当時ドイツの自己規定の一助として人口に膾炙し始めた「機械（論）的 mechanisch」対「有機体的 organisch」という対立概念の形成を検討し、人間（性）の理想が当時のドイツに普及しつつあった背景を明らかにする。

一八世紀のドイツは政治的に多くの領邦国家に分裂し、それぞれの領邦国家が独自の法規範や関税を持っていた。他方、文化的にはフランスの影響を受けた貴族による宮廷文化、形成されつつあった市民層の文化、そして中世以来の民衆文化などに分裂していた。さらに宗教的には、プロテスタンティズムとカトリシズムという二つの宗派に分かれていた。このような政治経済的・文化的・宗教的な状況を反映して、フリードリヒ・カール・フォン・モーザー（Friedrich Karl von Moser）[51]、シラー[52]、フリードリヒ・ヘルダーリン（Friedrich Hölderlin）[53]などの文人・知識人は、ドイツが機械的な硬直状態、分裂した寄せ集め状態、あるいは混沌状態にあるとの描写を行った。そして、こうしたドイツの硬直・分裂・混沌の原因が一方では外来・旧来のものに由来すると考えられ、他方でこれらの問題的な状況の対極として、ドイツの歴史的な根源と将来における統一が希求された。その結果、上で触れたような問題像と理想像の両者を対比的に捉える概念が要請され、「機械的」はドイツの国民形成において外来・旧来のものを、「有機体的」はドイツ固有のあるいはその模範の自生的な展開や様態を性格付けるために用いられる場合が増えた[54]。この二つの対立概念は主に一八世紀中期から一九世紀にかけての（学問的な）言説一般において自明のごとく用いられ、実に二〇世紀の中期に至るまでドイツ・ネイションの自己規定の助けとして、その使用例を確認することができる[55]。以下この「機械的」対「有機体的」という対立概念が形成され、ドイツの国民形成と関わりを持つに至った過程に目を転じてみたい。

ルネサンスに触発され、自然科学においては世界に関する新たな説明モデルとしての機械論が生まれた。この機械論は、一方ではフランスのデカルト主義、他方で神学上の議論へと受け継がれ、一七世紀以後のフランスにおける文学、美学、芸術、政体論に対して大きな影響を与えた。一八世紀ドイツの国民形成はフランス文化や神学との取り組みを必要としていたことをすでに指摘したが、それゆえドイツの国民形成と機械論の関わりが生じたのである。

神学上の機械論において、「世界は計算する建築家の作品とされ、世界の偉大な技術者である神は現実をまず計画の中で設計し、それから彼の強力な意志によってこの現実を現存たらしめたのである。自然世界と同様に歴史世界もまた、合理的・機械的に説明される。言語、宗教、法、国家は計算する悟性によって考え抜かれ、行為へともたらされた。それと同様に美しい芸術作品も目的と手段に関する理性的な熟考から導き出され、実践が理論へ適合する[56]」。その際「機械論的な哲学とは伝統的なスコラ哲学、形而上学的な思弁、魔術によって自然を解釈する古代の慣習からの慎重な決別を意味し（中略）、機械論的とはある意味で魔術的の反対語となった[57]」のである。例えば一七世紀フランスの新旧論争において近代派を代表したシャルル・ペロー（Charles Perrault）は、同時代における合理的な構成によって目指された機械の発明を人間の創意に富む精神の進歩を証拠立てるものとして礼賛した[58]。したがって、機械論は神学の分野において予定調和説や神の目的論的な証明と関係付けられ[59]、特に「決定論対自由意志論」の議論においては前者を代表する場合が増えた[60]。そして「ガリレイ、ホッブズ、スピノザ、デカルトはこの（機械論の）展開の端緒に位置し、その展開はロック、ライプニッツ、C・ヴォルフによって啓蒙へと引き継がれる[61]」。つまり機械論はルネサンスや啓蒙主義の系譜に位置付けられるものであった。この機械論の適用のより具体的な例を挙げれば、ホッブズは政体論の分野において機械に譬えられる時計じかけの国家を案出し[62]、官房学者のカール・ユスティ（Carl Justi）は中央集権的な支配を機械論と関係付けた[63]。この政体論の分野における機械論をドイツで代表した存在はフリードリヒ二世であり、彼は自らの機械論的な国家観を「ヨーロッパにおける統治体の現状に関する考察」の中で明確に表現した[64]。

ところで一八世紀には観察技術の進歩によって、特に生理学の分野においてデカルト主義の弱点が暴露された[65]。つまり、生物は機械的に成長するのではないことが発見され、普遍的で機械論的な理論の前提が批判されたのである。そして同世紀の末期に至ると「構成」や「訂正」による自由な把握の仕方が生まれることによって機械論と有機体論の区別が設けられ、次第に有機体論は機械論の対抗概念となったのである。有機体論において生はもはや物質の特定の整序ではなく、身体の対応した「組織化 Organisation」に基づいて作用する実質によって説明された。その結果、全体と部分の間の相互的、内在的で発展する秩序の構造が重要となり、それに対して機械論は外部からの産出、誘導、規定、及び個々の器官の全体に対する自発的な関心と機能への参与の欠如によって特徴付けられたのである[66]。有機体論の内容に関しては一九世紀に大きく二つの立場が生まれるが、ここで説明した有機体論は後述するリベラリズムの側からの解釈に主に連なるものであることを予め断っておく。

パウルゼンはこのような「機械論対有機体論」という対抗関係を一八世紀末期のドイツにおける新旧の支配的な世界観の相違として、次のように性格付けている。

一七六〇年代から新しい精神世界が次第に高揚し、啓蒙はフリードリヒ二世とヨーゼフ二世（Josef II.）によって頂点に達した後、衰退へと向かい、ゲーテの時代が始まる。この二つの時代における世界観の根本的な相違を、機械論的と有機体的というキーワードによって特徴付けることができる。啓蒙は合理的、機械論的に考え、その原理は数学的な物理に由来する。（中略）この啓蒙に続く時代は、機械論的な考えに対するあらゆる領域における批判によって性格付けられる。ヘルダーとゲーテ、ロマン派と思弁的な哲学はその根本の見解において、作成するというカテゴリーはその意図からすれば現実の深さを把握するために決して十分ではない、という点において一致する。（中略）有機体的な生成と成長、内部からの展開こそ、人間的な歴史世界と偉大な神の世界を把握するためのカテゴリーなのである。(67)

以上、機械（論）的という修飾が施された例としては、フランス文化や正統主義的な神学、例えばフリードリヒ二世治下プロイセンの啓蒙専制主義的な政治体制などが挙げられた。その内容としては有機体論の立場に立脚すれば形骸化した信仰や生命の通わない規則的な現れなど、他律としての神律が考えられている。それに対して有機体的という形容が施されたものの例は特定できず、その内容としては生き生きとした形成作用や自然や生物、および生物体の中における部分と全体の調和など、自律としての神律(68)が意味されている。こうして機械論、有機体論のいずれにおいても超越的な支配の主体（神、精神）が前提されているが、それと自然との関わりをめぐって、その支配が専制的または相互的なものとして現れるか、という点に両者の相違が見出されたのであろう。

というのも、ドイツにおいて有機体論は学問の世界という普遍的・ヨーロッパ的な文脈からのみ発したのではなく、中世以来のドイツ神秘主義やそれを継承した宗教改革・敬虔主義という独自のキリスト教的な背景を持っていたからである。(69)このドイツ独自の有機体論によれば、神は形式的な規則に従うのではなく、隠れた根底として生きて自然の中に働くとされた。(70)こうした有機体に関する理解はヘルダーの風土論・民族論へも引き継がれ、(71)彼は神が自然と歴史の中に秘密に満ちた、非合理な仕方で内在し、自然と歴史は神の啓示が次第に現れる場であると考えた。(72)以上の事情を踏まえると、有機体論と信仰の根源性の関連を指摘することが可能であり、(73)「有機体論対機械論」という対立概念は、プロテスタンティズムにおける「信仰の法則の、行為の法則に対する優位」という枠組みと重なる点のあったことが推測できる。ところで、すでに触れたレッシング、ヘルダー、ヴィンケルマンの著作の中にはいずれも外来・旧来のものを「機械的」として批判する用例が現れており、他方でヘルダーは民族・文化・人間・ネイション(74)を有機体的なものとして高く評価し、ヴィンケルマンは古典古代における芸術の歴史をその起源・成長・変化・没落からなる有機体的な変化という観点から捉えた。(75)したがって、プロテスタンティズムの名残を留めた「有機体論対機械論」という対立概念の形成と、人間（性）の理想の普及が関連のあるものであったこともまた想定できるのである。

第五節　新人文主義と汎愛主義——第三の変動期

一八世紀中期以降の敬虔主義と啓蒙主義の展開、ヴィンケルマンによる両者の人文主義の伝統への融合、人間（性）の発見などは、一八世紀末期のドイツにおける教育や人間形成のコンセプトをめぐる論争や出来事へと連なっていった。以下、当時の一連の論争や出来事を整理し、その背後に存したと思われるドイツの国民形成に対する態度をめぐる相違を指摘する。

まず一八世紀初期以降のドイツにおける教育と社会との関わりを振り返っておきたい。宗教改革時に再編されたラテン語学校における教理問答、文法、修辞学などの授業内容と形式は、その後間もなくドグマ化の弊に陥り、それがドイツ社会の沈滞の理由の一つとして一八世紀になってから問題視された（一七四〇年頃が古人文主義的な学校経営の最沈滞期であった）。このラテン語学校批判の先駆けをなしたのが敬虔主義の教育運動であり、それはラテン語学校を管理したルター派の正統主義に対する批判と連動するものであった。敬虔主義の教育においては、すでに触れたように実学の習得や信頼に値する市民の形成が目標とされ、古典語（ラテン語）の知識よりも有用な事柄の知識との取り組みが重視されたのである。(76) ところで敬虔主義が先駆けとなった近代の教育運動は、一七六〇年代以降には啓蒙主義の流れを汲む汎愛主義の教育運動へと批判的に継承された。(77) 当時のドイツにおいてはルソーの教育思想が広く受容されたが、このルソー熱による直接の影響として現れたのが、ヨーハン・ベルンハルト・バセドー（Johann Bernhard Basedow）を主唱者とした汎愛主義の教育運動であった。彼はルソーやロックの教育理念に依拠しながら一七七四年デッソウに汎愛学舎を設立し、旧弊化したラテン語学校や新たにドグマ化の弊に陥った敬虔主義の教育に対抗する意味で、若者に職業を用意し、有用な市民の育成を目指す教育を始めた。この汎愛主義の教育運動は当初成功を収め、プロイセンの文教政策担当者の注目をも得るに至った。一八世紀のヨーロッパにおいては、後にこの時代が「教育の世紀」と呼ばれたように啓蒙主義の影響下、人間の教育に関する理論や実践が盛んに行われたが、敬虔主義や汎愛主義などの教育運動は個々人の形成を通して社会（体制）を支えると共に、その体制を変革してゆく役割を担いつつあった。この二つの教育運動は有用性や実学の重視という点において共通したが、両者の相違は前者が神の意志、後者が理性に基づき実社会への適応を目指す点にあった。そして一七七〇年代以降には、こうして教育を通して形成されつつあったドイツの市民層が、政治的に近代的な国民へと自己解放を遂げて行く傾向が観察されたのである。(78)

ところで一八世紀中期のドイツにおいては、後に新人文主義と呼ばれる新たな精神運動・教育運動が胎動しつつあった。新人文主義は古代ギリシャ・ローマの古典文学への取り組みに基づく人間の「形成・教養 Bildung」を目指す運動である。この運動は、当初人文主義という名称によって表現されていたが、その名称の使用は一八〇八年にフリードリヒ・イマニュエル・ニートハンマー（Friedrich Immanuel Niethammer）の著した『我々の時代の教育・教授理論における汎愛主義と人文主義の争い』に遡る。ニートハンマーは（新）人文主義を奉じ当時バイエルンの教育局長であったが、彼はこの本において教育学の方向を、人間性を重視するか獣性（Animalität）を重視するかによって分けた。[79] そして前者を重視する伝統的な教育学一般を人文主義と名付け、それを彼の目において獣性を重視していると映った新たな汎愛主義の教育理論から区別したのである。

さて、汎愛主義と新人文主義という二つの教育運動は主張の上でそれぞれ共通点と相違点を持っており、いわば両義的な関係にあった。まず共通点について言えば、当時すでにヴィンケルマン、レッシング、ヘルダーなどは同時代のドイツのラテン語学校での授業に対する批判を行っていたが、[80] 新人文主義者は彼らと同様に旧弊化したラテン語学校の授業や、さらには敬虔主義の教育に対する批判を行い、この点において、新人文主義の教育運動は汎愛主義と軌を一にしていた。さらに新人文主義者は汎愛主義者と同様、当時の大学において衒学的な営みに堕しつつあった古典研究をドイツの後進性の一因として批判し始めており、両者は共に教育・研究のキリスト教神学・教会や身分制社会の管理からの解放を志向するに至ったのである。次に相違点について言えば、両者の教育運動はラテン語学校に対する批判の根拠について見解を異にし、それぞれが正嫡の啓蒙の流れを汲むことを主張した。すなわち、新人文主義者は古典語教育の内容と形式を変えることによって「伝統的な学識」と、その担い手である古典語重視の教育制度や大学が新しい形で生き延びる道を模索し、汎愛主義者の考えを「多くの純粋でない啓蒙性」[81] を持つなどの理由がゆえに批判した。これに対して汎愛主義者は、古典語の習得がラテン語学校における授業の中心であり続け、他の科目が古典語の授業に従属することに異議を唱え、むしろ市民の日常生活にとって有用な事柄の知識の習得[82]や職業教育を古典語教育と並んで行うことを主張した。彼らは新人文主義が蘇らせようとした当時の大学が世間離れしており、「啓蒙を妨げる偽の学識[83]」に基づくがゆえに批判したのである。こうして汎愛主義と新人文主義は共に啓蒙主義に依拠したが、両者の相違の一つは従来のラテン語学校が「未来の職人と未来の学者」のためという二重の準備教育を行っていた[84]ことに対して、いずれの側面を重視するか、という点とも関わっていたのである。

この二つの新たな教育運動をいわば後見し、両者の間に教育の実践・理論をめぐる戦いの場を提供したのは、フリードリヒ二世治下のプロイセン啓蒙専制国家であった。ここには、かつてプロイセン国家が敬虔主義と啓蒙主義の両者を庇護したのと類似した点が見られる。一七七一年以来プロイセンの文教政策長の地位にあったカール・アーブラハム・フォン・ツェードリッツ男爵（Karl Abraham Freiherr von Zedlitz）は国家による学校や大学の管理を、カントの影響下に啓蒙の理念に基づく方向へ舵取し、彼は一七七〇年代から八〇年代にかけてのハレ大学において教員養成のための施設の管理をめぐり、ネオロギー、新人文主義、汎愛主義の代表者による論争と実践を見守ったのである。

新人文主義と汎愛主義の間での啓蒙主義をめぐる理解の対立は、それが宗教的・文化的な意味での啓蒙主義に依拠し人間形成を目指すか、それとも文明（政治・経済・技術など）的な意味での啓蒙主義に依拠し「市民[85]」の形成を目指すか、という対立でもあった[86]。ところでこの人間と市民の対立という図式は、先に触れたドイツで啓蒙主義が導入された特殊事情と密接に関係しており、イギリスやフランスでは宗教、文化、政治・経済のいずれの世界においても啓蒙された存在は共通の「市民 citizen, citoyen」という言葉で表現されることが一般となりつつあった一方、ドイツでは宗教や文化の世界で啓蒙された存在は超越化された主に人間、文明の世界で啓蒙された存在は主に市民という言葉によって表現され、両者が前者優位の下で一九世紀を通じて対立的に捉えられることが多かったのである。汎愛主義は、実際上の有用性の奨励という点においてはフリードリヒ二世の宮廷に発したとされる場合があった。[87]しかし教育運動としては――すぐ後で触れる新人文主義者の批判にもかかわらず――汎愛主義者によるフランス革命への強い共感に見られるように、よりヨーロッパ的・普遍的であったとはいえ、市民の政治的な解放を目指す点においてドイツの政治的な国民形成へ直接結び付く可能性を持っていた。[88]したがってこの両者の対立は、ドイツを後世そう位置付けられたいわゆるドイツ型の文化的な意味でのネイションへと形成してゆくか、それとも(いわゆるイギリス・フランス型の)政治的な意味でのネイションへと形成してゆくか、という国民形成のコンセプトをめぐる対立を秘めていたと言える。

しかし、新人文主義者は後者のコンセプトや文明的な行為それ自体を否定したわけではない。すなわち、彼らは一方で汎愛主義者をその獣性や、身分制社会への有用性に基づく単なる適合を目指すに過ぎない、という理由がゆえに批判し、[89]自らは人間形成という新たな信仰に基づくことを主張した。しかし他方で、新人文主義者は後述するように人間形成を経た上で市民的・文明的な能力を身に付けるだけでなく、身分制社会を政治・経済など文明的な面をも含めて根底的に変革し[90]ネイションを形成する可能性を認めた。[91]そして新人文主義者の著作からは、自らの汎愛主義者に対する優位を「有機体論対機械論」の枠組みによって基礎付けたことが随所で看て取れるのである。[92]

以上の新人文主義と汎愛主義の関わりをめぐる考察から、本書における重要な仮説を提起しておきたい。本章では、一六世紀の宗教改革者と人文主義者の間における、ローマ・カトリック教会をめぐる実際上の共闘、理念上の対立、一八世紀初期の敬虔主義者と啓蒙主義者の間における、ルター派の正統主義をめぐる実際上の共闘、理念上の対立をそれぞれドイツの国民形成における第一、第二の変動期と名付け、考察を行った。さて一八世紀末期の新人文主義者と汎愛主義者の間における、キリスト教神学・教会による教育の管理をめぐる実際上の共闘、理念上の対立という点に注目すれば、こうした新人文主義による汎愛主義に対する批判は、プロテスタンティズムが宗教改革や敬虔主義の際に依拠した「信仰の法則の、行為の法則に対する優位」という図式を踏襲し、ただし信仰の内容がキリスト教的な神性から人間（性）へと変化したのではないか。つまり、新人文主義は一方で自らが敬虔主義の信仰覚醒性をその世俗化した人間（性）の理想という形において継承し[93]、他方で汎愛主義が敬虔主義の信仰の結果として肯定された行為である（職業・実学）教育や啓蒙主義における文明的な側面を継承したと見なし、同じ啓蒙の流れを汲む汎愛主義を、プロテスタンティズムにおける「信仰の法則の、行為の法則に対する優位」という枠組みに基づいて批判したのではないか、と問うことができるのである。実際、一八世紀末期のドイツの宗教事情について次のようなことが指摘されている。

しかし新しかったのは、ただ「行為」のためではなく、「信仰」のための経験の要求である。宗教を道徳へ還元することではなく、道徳と宗教を「人間の規定」の実現へと秩序付けることが新しかった。キリスト教は、それがこの人間の規定の実現を可能とし、それを経験可能なものとし、それゆえ「理性が考えられ得、神が要求し得る限りの、神が我々にそれを似せ、他者に対して良い行為をなし、我々自身を完全に、満足に、幸福にし得る最高の実現」を可能とする限りにおいて、実践的であった[94]。

一八世紀のドイツにおいては、ルター派の正統主義、フランス文化、啓蒙専制国家の支配によって分裂した人為的な社会の不自然さが次第に明らかとなり、そこからレッシング、ヘルダー、ヴィンケルマンなどによって人間の自己主張、さらには学問・芸術など文化の国民的な自立的創造への道が切り開かれてきた。これは、ドイツの所与の条件の中での近代意識の勃興であり、ドイツ独自の啓蒙を模索する試みであった。しかしさらに古代ギリシャの中に投影された人間性の理想というドイツとの親縁が前提された師表を仰ぐことによって、従来の抽象的レベルにおけるルター派の正統主義、フランス文化、フランス由来の啓蒙主義など教説を、旧来・外来あるいは上層からの、つまりは内側からの生を束縛する空虚な形式として突き崩してゆく過程が、新人文主義的な古典語教育・古典研究の場において始まりつつあったのである。

第二章　フリードリヒ・アウグスト・ヴォルフ

本章は新人文主義とドイツの国民形成との関わりが生じた人物的な背景として、ヴォルフ[1]の古典語教育・古典研究を取り上げる。彼は一七八三年から一八一六年にかけてハレ大学とベルリン大学において教鞭を執り、ドイツの古典研究を高い学問的な水準にもたらすだけではなく、教育者としても有能さを発揮し、新人文主義的な古典語教育・古典研究が一九世紀のドイツにおいて隆盛に達する基礎を築いた。新人文主義を軸とした文教改革はプロイセンにおいて、フンボルトを中心に一八〇七年から一一年にかけて骨子を得るに至るが、ヴォルフは当時の文教改革に対して様々な提言を行っただけでなく[2]（彼はフンボルトの親しい友人であった）[3]、一九世紀初期に新人文主義的な古典語教育・古典研究がドイツの諸領邦国家において制度化される、一般的な気運を醸成した。というのも、ヴォルフはハレ大学で教鞭を執っていた一七八三年から一八〇六年にかけての時期に、古典語教師・古典研究者としてドイツの精神運動・文化生活に対して大きな影響を与えたからである。ところで新人文主義とドイツの国民形成の関わりを代表する人物としては、例えば先に触れたフンボルトを挙げることもできよう。しかし、同時代のドイツにおける精神生活・文化生活への寄与、古典語教育・古典研究のコンセプトの形成、新人文主義的な古典語教育・古典研究のプロイセンにおける制度化への寄与という三つの点に対して包括的な影響を及ぼした人物としては、ヴォルフがより適当であると思われる。なぜなら彼はすでに生前、こうした事実が与り新人文主義者の間でカリスマ的な影響を持ち、彼の死後においても一九世紀ドイツを通じて――彼への反発をも含めて――新人文主義の祖の一人として重要な存在であり続けたからである。(4)

ヴォルフが新人文主義者としての活動を開始した頃、ドイツの古典語教育・古典研究においては新たな状況がラテン語教育や知の枠組みの組み換えという観点から生じつつあった。中世後期以来、古典語の学習は神学と法学の補助学としての役割を果たしており、神学の補助学としては聖書を読むために必要なギリシャ語、ラテン語、ヘブライ語の知識が、法学の補助学としてはローマ法を読むために必要なラテン語の知識が伝授されてきた。その結果、ラテン語は長らくヨーロッパの学者や聖職者の間における共通語であった。しかしドイツにおいてラテン語は一八世紀中期以降、国民意識の高まりと軌を一にするドイツ語の台頭によって次第に実用語としての役割を失いつつあり、新人文主義者の側からはラテン語教育の新たな位置付け、ひいてはラテン語教育が当時一般に行われていたラテン語学校の改組が必要となっていた。(5) 他方、ヨーロッパ人が宣教や植民地の建設のためヨーロッパ外の世界と出会ったこと、あるいはヨーロッパの内部における啓蒙主義の浸透や科学技術の進歩によって、一八世紀においては聖書や古代ギリシャ・ローマの古典教養を中心とする従来の知の枠組みや伝統が揺るがされつつあった。こうして新人文主義的な古典語教育・古典研究は自らの精神的な存続の基盤が内的にも外的にも動揺する中で、その存続の制度的な基盤のみならず、自らの依拠する知の枠組みや伝統の再編という課題とも関わりを持つに至ったのである。

本章においては、具体的にヴォルフの主著である『ホメロスへの序論あるいはホメロスの作品の古い真正の形態、様々な伝承と確からしい校訂の根拠について』(Prolegomena ad Homerum sive de operum Homericorum prisca et genuine forma variisque mutationibus et probabili ratione emendandi. 以下『ホメロスへの序論』と略)の内容とその受容(第一節)、同じく彼の主著である『古代学の概念、範囲、目的および価値についての叙述』(Darstellung der Alterthums-Wissenschaft nach Begriff, Umfang, Zweck und Werth. 以下『古代学の叙述』と略）の内容（第二節）、ハレ大学における古典研究ゼミナールの制度化（第三節）を取り扱う。そして第一部一章において論じたような、プロテスタンティズムの枠組み、「有機体論対機械論」あるいは新人文主義とその隣接思潮であるキリスト教と汎愛主義との関わりがヴォルフの古典語教育・古典研究の中にどのように反映しているのか、考察する。

第一節　『ホメロスへの序論』の内容とその受容

以下、一八世紀後半期のドイツにおける一般的なホメロス（の二大叙事詩）像、『ホメロスへの序論』の内容、同書の影響、まとめの順に検討してゆく。

一七三〇年代以降のドイツにおいては、フランス古典主義美学の影響から脱しドイツ独自の文芸の形成を試みる企てと軌を一にして、古代ギリシャ文化・文学、特にホメロスの『イーリアス』と『オデュッセイア』が注目を浴び始めた。当時のドイツにおいて、ドイツ語は文学の言語として未成熟であるという認識が一般的であり、『イーリアス』と『オデュッセイア』を代表とする古代ギリシャの文学作品との取組みを通して、新たにドイツ語の文学言語を形成して行くことが試みられたのである。それを表す例は、この二大叙事詩の独訳、あるいはそれを模範と仰いだ創作の企てである。例えばギリシャ語のヘクサメーターの韻律に倣って、ヨーハン・ハインリヒ・フォス（Johann Heinrich Voss）は『オデュッセイア』の有名な全訳を行った。さらにフリードリヒ・ゴットロープ・

クロプシュトック（Friedrich Gottlob Klopstock）が同様のヘクサメーターに則って『救世主』の創作を試みたことは、周知の事実である。

一八世紀後半期においては、同時代の思潮の影響やホメロス研究の進展によって、ホメロス（の二大叙事詩）の中には新たに「自然 Natur」、「天才 Genie」、「民族 Volk」などの概念が顕現していると考えられるに至った。以下、ホメロス（の二大叙事詩）とこれらの概念の関わりを簡単に整理しておきたい。自然は従来の「所産的自然 natura naturata」に代わり「能産的自然 natura naturans」として理解され始め、能産的自然はヴィンケルマンに見られたように根源的なもののトポスとしての古代（人）と同一視された。その結果、この（能産的）自然はしばしばホメロスの姿の中へ投影されたのである。(6) 天才は、何らかの規則に縛られることなく「自律的に autonom」神のような創造を行う存在とされた。こうした天才の規定は、啓蒙主義・敬虔主義の影響下に神の創造者としての属性が人間へと投影された結果生まれた。その際「詩人 Dichter」は文学における創造者として高い地位を与えられ、ホメロスはシェークスピアと共に詩的な天才の代表とされたのである。ところで自然と天才は共に創造者としての意味を含蓄するに至ったことから、イギリスではすでにトーマス・ブラックウェル（Thomas Blackwell）著『ホメロスの生活と著作に関する探究』（一七三五年）の中で関連付けて論じられており、この「自然の天才」という複合概念は他ならぬホメロスに対して冠されたのである。(7) 民族は、ヘルダーによれば共通の言語と由来によって結び付けられた文化的な共同体のみならず、貴族・市民層から区別され未だ一般的な承認を社会の中で得ていない、根源的な自然の宿る下層階級や大衆として理解された。彼はその際、『イーリアス』と『オデュッセイア』は「民族の詩情 Volkspoesie」の表れであり、その作者であるホメロスは「最も偉大な民族詩人 Volksdichter」であると主張したのである。(8)

こうした「自然、天才、民族」の顕現としてのホメロス（の二大叙事詩）像は、いずれもフランス古典主義美学を対抗像として形成されるに至った。すなわち、「自然の詩情Naturpoesie」はフランス古典主義美学がその例とされた「人工の詩情Kunstpoesie」と、天才の自律性はフランス古典主義美学の規則性と、民族はフランス古典主義美学の担い手である貴族と対立的に捉えられ、「自然、天才、民族」はドイツ独自の文芸の発展・創作を試みるヘルダーや「疾風怒涛」の詩人の間で重要な役割を果たすに至った。さらにフランス古典主義美学に対する反感は当時のドイツにおいて偉大な民族叙事詩を発見・創作する努力を生み出し、その模範としてホメロスの二大叙事詩が注目を浴びる場合もあった。

以上整理したようなホメロス（の二大叙事詩）に対する関心の高まりを背景に、ヴォルフは一七九一年、学校用の『イーリアス』のテクストを刊行し、その翌年にはこのテクストに対して当時の慣例に倣って序文を付けることを試みた。その際、彼は『イーリアス』と『オデュッセイア』という二大叙事詩にきわめて批判的に手を入れ、その伝承の過程を古代ギリシャの文芸の発端から歴史的事実によって明らかにし、最終的には校訂、解釈、書記術の彼の時代に至るまでの変遷を描き出すことを意図したのである。[9] こうした意図に基づいて成立したのが『ホメロスへの序論』である。同書の執筆は、神学における聖書の研究に匹敵する重みを持っていた。なぜなら、同書が研究の対象とした『イーリアス』と『オデュッセイア』はギリシャ人の共同体形成の一つの拠り所となり、またヨーロッパにおける文芸の出発点に位置する傑作であったからである。[10]

『ホメロスへの序論』において、ヴォルフは二大叙事詩の構成、作者と成立年代という三つの点をめぐるいわゆる「ホメロス問題Homerfrage, Homerische Frage」と取り組んでいる。この三つの点に関してヴォルフが『ホメロスへの序論』において披瀝した見解とは、以下のようなものであった。まず第一の点に関して、二大叙事詩の構成は起源において統一的であることが推測されるとはいえ、全体としては様々な部分に不統一性が見られること、そしてヴォルフは不統一が見られる部分を、後世の「編纂者 diaskeuaste」の作に帰した。第二の点に関して、二大叙事詩の大部分はその起源においてホメロスという単独の詩人によって創作されたと考えられるものの、ヴォルフの時代まで伝えられている形態については複数の吟遊詩人や編纂者の手が加わっていること。第三の点に関して、二大叙事詩が成立したのは文字が使用される以前の前九五〇年頃である、との見解であった。

『ホメロスへの序論』の独創性は今日において、二大叙事詩の口誦成立説を唱え、書記術の開始という点に注目し、「ホメロス研究を思弁による抽象的な領域から解放し、それを歴史的な経験という土壌の上に据え直し」[11]、写本つまりテクストの歴史を解明する方法論を提示した点にあったとされている。[12] 同書の成立には啓蒙神学（ネオロギー）における歴史学的‐批判的なテクスト校訂、古典文献学におけるホメロス研究、古典文献学という学問の外におけるディレッタント的なホメロス研究という諸分野における過去の研究成果の蓄積が与っていたが、[13] 本書においては詳しい説明を省く。しかし『ホメロスへの序論』の刊行直後、同書の新しさはむしろヴォルフがいわゆる「ホメロス問題」の第一、第二の点に関して行った主張が「自然、天才」の顕現としてのホメロス（の二大叙事詩）像を覆した点にあると考えられた。しかし他方で、『ホメロスへの序論』の中にはフランス古典主義美学に対する批判も含まれており、したがって同書が同時代のドイツの文人の間で毀誉褒貶の評価を呼び起こした理由は、同時代のドイツ文学の展開に対して促進と批判という両面を持った点に存したことが推測できるのである。以下この両義的な関わりの内容を、さらに詳しく整理しておきたい。

『ホメロスへの序論』におけるフランス古典主義美学に対する批判は、写本の校訂原理をめぐって行われた。すなわちヴォルフは、従来の美の感覚（「エレガントさ Elegantia」）に基づく古人文主義以来の校訂原理に代わって、歴史的な事実を写本校訂の基準とすべきことを提唱した。[14] この「エレガントさ」とはキケロが文体の理想とした修辞学上の概念であり、ルネサンスのキケロ主義において愛好された。当時イタリアの文人たちは同時代の生活を文学へ直接反映させることを顧慮せず、キケロに代表される古代ローマ時代の文体上の理想が超時代的に妥当すると考え、その会得のために自らを練磨した。その後、この「エレガントさ」は一方でドイツにおけるラテン語学校とイエズス会士学校での古典語授業、大学での「好事家的な学識」に基づく古典研究へと導入され、他方でフランス古典主義美学の中へ取り入れられていたのである。[15] したがってヴォルフによる「エレガントさ」に対する批判[16]は、ラテン語学校における文法の暗記などからなる旧弊化した古典語授業、あるいは大学において衒学的な営みに堕しつつあった古典研究のみならず、フランス古典主義美学に対しても向けられており、この最後の点については同時代のドイツの文人と軌を一にしていたのである。ただし、ヴォルフと同時代のドイツの文人が共にフランス古典主義美学に対する批判を行ったとしても、両者の間で批判の論拠が異なった点に注意しなければならない。すなわち、ヴォルフはフランス古典主義美学を、歴史学的－批判的な方法というエレガントさとは別の規則を求めるがゆえに、同時代のドイツの文人はフランス古典主義美学を「自然、天才、民族」に依拠して規則性それ自体のゆえに批判したのである。こうした見解の相違は、後述するように『ホメロスへの序論』の受容に際して顕在化するに至る。

他方、すでに触れた「自然、天才」の顕現としてのホメロス（の二大叙事詩）像の契機の中から、「自然の詩情」としてのホメロスの二大叙事詩は作品の統一性を前提としていた。また「天才」としてのホメロス像は、ホメロスという「唯一の」詩人が『イーリアス』と『オデュッセイア』を創作したという見解に由来した。しかし『ホメロスへの序論』は、ホメロスの二大叙事詩の不統一性、同叙事詩が複数の詩人や編纂者の合作であることを示唆することによって、一八世紀後半期のドイツにおいて一般化しつつあった新たなホメロス像を覆してしまったと考えられた。[17] こうした面からは、『ホメロスへの序論』の主張と同時代の一般的なホメロス(の二大叙事詩)像の間に対立が生じたのである。

次に『ホメロスへの序論』が同時代のドイツの文人に対して与えた様々な影響[18]の中から、ヘルダーとシラー、フリードリヒ・シュレーゲル(Friedrich Schlegel)、ゲーテ、ロマン派の文人による受容を具体的に考察する。

ヘルダーは「自然、天才、民族」などの投影されたホメロス像の形成に際して重要な役割を果たしており、彼は『ホメロスへの序論』が発表された直後、雑誌『ホーレン』に「時代の寵児ホメロス」[19]という文章を発表した。ヘルダーはこの文章において、彼が過去に開陳した様々なホメロス観をまとめ、その記述はヴォルフの側にとっては、ヴォルフが『ホメロスへの序論』で明らかにした、特に民族詩人や「民族の詩情」の現れとしてのホメロス(の二大叙事詩)像がすでにヘルダー自身によって主張されていたことに対する暗示として映った。[20] にもかかわらず、ヘルダーは『ホメロスへの序論』に関して注で短く言及したに留まったのである。[21] ヴォルフはこうしたヘルダーの態度を自著の独創性に対する侵害(盗作)と見なし、ヘルダーの文章に対して自著を擁護する文章を発表した。ヴォルフは、ヘルダーのホメロス研究がディレッタント的な性格を持つことを批判し、それに対して自らの学問的－歴史学的な吟味を経たホメロス像を擁護したのである。[22] しかしこのヴォルフの文章に対してヘルダーは沈黙を守ったため、両者の間に公の論争は起きなかった。他方シラーは『ホメロスへの序論』の刊行に先立って「素朴文学と情感文学について」などの著作を発表し、ホメロスを自然との一体感を抱き分裂を知らない素朴詩人として理想視していた。ところがヴォルフの著作はこうしたホメロス像を破壊したこと、さらにヴォルフがシラーの編集している雑誌『ホーレン』に掲載されたヘルダーの文章に対する批判を行ったことなどが原因で、シラーは『ホメロスへの序論』の説を自らの詩「イーリアス」[23]において揶揄し、またヴォルフ自身を書簡の中でも批判するに至った。[24] こうしたヘルダーやシラーによる『ホメロスへの序論』に対する態度からは、フランス古典主義美学に対する批判を志向するにせよ、その批判の拠点が芸術的なホメロス像か、それとも学問的なホメロス像か、という点をめぐって対立の生じたことが推測できるのである。

ヨアヒム・ヴォールレーベン（Joachim Wohlleben）は、『ホメロスへの序論』が「芸術の自律性」に対する批判を含意していたことを指摘している。[25]「芸術の自律性」は「疾風怒涛」の詩人や天才美学を経て、シラーによる定式化を見るに至る。[26]この「芸術の自律性」においては唯一の天才詩人が自律的に創作を行うことが前提とされており、『ホメロスへの序論』はホメロスの二大叙事詩の創作を例に、この前提を覆しかねないと受け取られた。同書の巻き起こした大きな反響は、形成されて間もないこの「芸術の自律性」というドグマを揺るがした点からも説明できるのであろう。

F・シュレーゲルは『ホメロスへの序論』の読後、「ホメロスの詩について　ヴォルフの探求を顧慮して」（一七九六年）という文章を発表し、同書における議論に刺激されて『イーリアス』と『オデュッセイア』の創作過程論、ひいては彼独自の叙事詩論を以下のように展開した。F・シュレーゲルはホメロスの二大叙事詩の全体よりもむしろ個々の部分の中に叙事詩的な統一性と調和を見出し、この個々の部分がポリプのように続く部分へと無規定に開かれ、常に起点と終点の間の途上にありつつも、この個々の部分が以前の筋からの期待を満足させている点がホメロスの二大叙事詩や叙事詩そのものを性格付けていると考えた。[27]F・シュレーゲルによれば、「ホメロスの模倣し難い軽さは、単に人工性を欠いた自然ではなく、最高の完成の果実」[28]であり、二大叙事詩をいわば「自然の詩情」と「人工の詩情」の総合として捉えたのである。ヴォルフの『ホメロスへの序論』によってホメロスの二大叙事詩の統一性は否定されたが、こうしてF・シュレーゲルは同書の議論を踏まえた上でホメロスの二大叙事詩や、ひいては叙事詩の特性そのものを改めて規定し直そうと試みたと言えよう。後のF・シュレーゲルによる「前進的普遍詩」の構想の原型の一つが、上でまとめたホメロス観の中に求められることが指摘されている。(29)

ゲーテによる『ホメロスへの序論』の受容は、以下の三つの時期に分けることができる。

彼の精神的な成長にとってホメロスは「自然の福音」あるいは「天才」として、特に「疾風怒涛」期からかけがえのない存在であった。(30) したがってゲーテは、こうしたホメロス像を破壊した『ホメロスへの序論』に対して当初好感を持たなかった。(31) 彼は同時代の他の多くの文人と同様に、ヴォルフが二大叙事詩の唯一の作者としてのホメロス像を否定したことを問題視したのである。(第一期)

しかしゲーテは『ホメロスへの序論』を熟読した結果、結論に至る論証に説得力があることは認めた。それどころか同書が刊行された翌年には、従来一般に無反省な形で信じられていたホメロス像を覆し、『イーリアス』と『オデュッセイア』の新たな理解に道を開いたヴォルフの勇気を悲歌「ヘルマンとドロテーア Hermann und Dorothea」において褒め称えたのである。(32) ヴォールレーベンは、『ホメロスへの序論』に対するゲーテの評価が変化した理由を、彼による同時代のドイツ市民の叙事詩である『ヘルマンとドロテーア』(上で引用した同名の悲歌とは異なる) の創作の構想と関係付けている。すなわち、ゲーテは様々なジャンルにおける傑作の創作を目指す彼の古典主義的な傾向に基づいて、新たに市民的な叙事詩の執筆を思い立った。すでに触れたように、ホメロスの二大叙事詩はドイツにおいて偉大な民族叙事詩を発見・創作するための模範と見なされており、「一連のジャンルを完成させることこそ、彼 (ゲーテ) を今やホメロスの叙事詩へ向けて努力させる理由だったのである」。(33) この意図を実現するため、ゲーテは時と共にヴォルフの立場を自らの立場へと引き寄せ、叙事詩人となるに及んだ。というのも『ホメロスへの序論』におけるヴォルフの見解は、偉大な模範にして束縛であった叙事詩人の父ホメロスからゲーテを解放するのに役立つと思われたからである。[34] すなわち『ホメロスへの序論』は、ホメロスが二大叙事詩を創作した複数の詩人の中の一人に過ぎないと主張することによって、「ヴォルフは（それまでゲーテに叙事詩の創作を躊躇させていた）ホメロスの歴史的な偉大さを取り除ける人として現れた[35]」のである。（第二期）

しかし『ヘルマンとドロテーア』を創作した後、ゲーテは『イーリアス』と『オデュッセイア』の統一性を信頼する境地へと到達（回帰）した。[36] のみならず一八〇八年にフリードリヒ・ヴィルヘルム・リーマー（Friedrich Wilhelm Riemer）と交わした会話において、ゲーテは実証的な古典古代像の意義を否定し、単に実証的で一面的な古代文化像が非生産的に働き、他の文化よりも劣ったものとなるのではないか、という不安を漏らしたことが伝えられている。[37] その際『ホメロスへの序論』のことがゲーテの念頭にあった。一八二〇年代においても彼はホメロスや『イーリアス』と『オデュッセイア』に関して言及しているが、もはや「ホメロス問題」に関する上で挙げた見解を変えることはなかった。[38]（第三期）

こうしてゲーテは、一方で『ホメロスへの序論』をその批判の鋭さのゆえに称賛し、自らの芸術創造のために役立てながらも（第二期）、他方で同書の歴史学的－批判的な研究が芸術創造と折り合わなくなることを憂慮し（第一期、第三期）、両義的な見解を明らかにしている。つまり『ホメロスへの序論』に関するゲーテによる評価の変遷の中には、ヘルダーやシラーによる同書の受容においては芸術と学問の対立関係が顕在化したに過ぎなかったのに対して、それに加えてこの両者が相補的・促進的に働く可能性が現れたと言える。すなわちヴォルフとゲーテの間には、外来・旧来の文化上の価値を、それが「エレガントさ」の模倣、文法の暗記を中心としたラテン語学校の授業であれ、大学における好事家的な古典研究であれ、フランスの古典主義美学であれ、あるいは茫漠と信じられていたホメロス像であれ、乗り越えて行こうとする方向において学問（古典研究）と芸術（ドイツ文学）の共同作業が成立したのである。

ロマン派の文人たちによる『ホメロスへの序論』の受容は、同書の出版から暫くして長期間にわたって行われた。ヴォルフは本書において、二大叙事詩がそもそも口誦によって、多くの民衆の詩から成立したと主張し、その結果ホメロスの二大叙事詩はもはや単独の詩人の作品としてではなく、統一体としてのギリシャ・ヨーロッパ民族の幼年時代の産物と見なされなければならない、という解釈を生み出した[39]。こうした主張は、高尚な文学作品よりもむしろ素朴な大衆の歌謡やメルヒェンの中にこそ文芸の本質が宿るとする「民族の詩情」やロマン派の見解を裏付けるものとなったのである[40]（元来、二大叙事詩を唯一の「天才」あるいは集合的な個人である「民族」の創作と見なすか、という点については対立が存し得たが、『ホメロスへの序論』はこの対立をはっきりと明るみに出したということができる）。

『ホメロスへの序論』は、一方で古人文主義やフランス古典主義美学の依拠した「エレガントさ」から新人文主義による歴史学的な事実に基づく校訂方法への移行を体現し、人文主義の内部における自己更新に寄与した。同書はホメロスの二大叙事詩に関する理性的な認識の範囲を（書写された資料によって遡行可能な範囲へ）縮小・限定し、「歴史研究の原像[41]」として一九世紀ドイツにおける実証主義や歴史研究の勃興への道を開いたのである[42]。しかし他方で、同書は叙事詩の理論の形成やドイツ語で書かれた叙事詩の創作に対して大きな刺激を与え、さらにドイツ独自の伝統の発掘を促す動因の一つとなった[43]。以下『ホメロスへの序論』がドイツ文学の展開に対して顕著な影響を及ぼし得た理由を、同書において顕在化した芸術と学問の対立的か、相補的かという両義的な関係、及びヴォルフ以前のドイツ国民形成上の出来事との関わりという二つの観点から考察し、まとめとする。

『ホメロスへの序論』の刊行後、同書とネオロギーの旧約学者ヨーハン・ゴットフリート・アイヒホルン（Johann Gottfried Eichhorn）の『旧約聖書研究入門』（一七八五年）及びレッシングの批判活動との類似が話題となった。[44]アイヒホルンは従来モーセという唯一の人物が創作したと考えられていた旧約聖書の中のいわゆるモーセ五書が複数の人物の合作からなることを歴史学的な探求によって明らかにし、またレッシングはすでに触れたようにいわゆる『ヴォルフェンビュッテルの無名氏の断片』を出版することによってキリストの復活の歴史的な信憑性を問いに付した。彼らは啓蒙主義の学問的な理性原理に依拠することにより、宗教（キリスト教）的なドグマを新たに捉え直す道を開いたのである。ところで『ホメロスへの序論』が同時代のドイツの文人の間で大きな反響を呼んだ理由の一つとして、同書が作者（創造者）の「唯一者性」という前提に基づいた「芸術の自律性」に対する批判を含意した点を先に指摘した。この前提は、上で触れた宗教（キリスト教）的な聖典の作者や内容の「唯一者性」と重なっており、[45]すると『ホメロスへの序論』が大きな反響を呼んだ理由の背後には、宗教（キリスト教）批判と並行したモチーフの隠れていたことが推測できる。[46]

このような、宗教（キリスト教）及び世俗化した宗教としての芸術に対する学問的な批判というモチーフは、ヴォルフ以前におけるドイツ国民形成の系譜を以下のように継いでいると考えることができるのではなかろうか。すなわち、彼以前のドイツ国民形成の二つの節目である一六世紀の宗教改革期、一八世紀初期においては、キリスト教の信仰覚醒運動である宗教改革、敬虔主義と人文主義・啓蒙主義の系譜を汲む流れである古人文主義、啓蒙主義が、それぞれローマ・カトリック教会、ルター派の正統主義という外来あるいは旧来の流れに対して共闘しつつも、両者の間の原理的な対立が顕在化するという特徴が見られた。そして『ホメロスへの序論』の受容においては、敬虔主義の流れを汲む「疾風怒涛」の影響を受けた文人・芸術家の流れと人文主義・啓蒙主義の流れを汲む学者ヴォルフの間で共闘（ゲーテとの場合）、対立（ヘルダーやシラーとの場合）が生じ、いずれの場合においても外来・

旧来と見なされたフランス古典主義美学に対する批判が一貫して通底していたのである。[47]ところで宗教改革、敬虔主義はキリスト教信仰そのものを否定するのではなく、そのあるべきでない姿に対する批判と本来の信仰の取り戻しという二つの側面を持っていた。それと同様の特徴は、『ホメロスへの序論』の受容においても以下のように現れた。すなわち、同書は「自然、天才」が投影されたホメロス像をいったん解体したが、それはホメロスという権威それ自体の失墜をもたらしたのではなく、むしろ適切でない既成のホメロス像に対するいわば偶像批判として捉え直され、本来のホメロス像を模索する努力を学問（古典研究[48]）、芸術（ドイツ文学）の双方の場において生み出したのである。つまり上で挙げた三つの場合においては、いずれも外来・旧来の流れに対する批判を介して、宗教（キリスト教）あるいは芸術と学問との間に共闘と対立が生じ、それがドイツの国民形成に対して寄与する結果が見られたのである。『ホメロスへの序論』は文献学研究の古典として一九世紀を通じてドイツ語圏において広く読まれ、一八七四年には同書の受容史であるリヒァルト・フォルクマン（Richard Volkmann）『ヴォルフ著「ホメロスへの序論」の歴史と批判　ホメロス問題の歴史への寄与[49]』が、一九〇八年にはレクラム文庫から『ホメロスへの序論』の独訳[50]すら刊行されている。同書が同時代のドイツ文化・文学の展開に対して生産的な影響を与えた事実は、ヴォルフの古典研究の発展的な継承を試みたニーチェによる文化改革の構想に対して刺激を与えた。これについては、第四部の第一章において検討する。

第二節　『古代学の叙述』の内容

『古代学の叙述』は、一九世紀ドイツの新人文主義的な古典語教育・古典研究や他の精神諸科学[51]の一つのプログラムとなった著作である。フーアマンは、ヴォルフの同書に現れている「このナショナルで理想主義的な（この尋常ではない言葉の結び付きが許されるならば－原注）プログラムはその様々な含蓄――美的な原理、対象領域と方法――を含めて、第一次世界大戦の時代に至るまでほぼ異議を唱えられることなく保たれた」と指摘している。[52]同書はヴォルフが一七八五年から一八一六年にかけてハレ大学とベルリン大学において行った「古代の研究に関する方法論とエンツィクロペディー」（Encyklopädie und Methodologie der Studien des Alterthums）という講義に基づく。[53]現在この講義に関しては二種類の版が存在する。一方はナポレオンの命令によるハレ大学の閉鎖後、一時期教壇に立てなくなったヴォルフがゲーテに勧められて書いた一般読者向けの版[54]（一八〇七年）であり、他方はヴォルフの講義を聴講した学生のメモに基づく彼の死後に刊行された版[55]（一八三一－三九年）である。後者の版には『古代学に関する講義』という題名が付けられている。以下、『古代学に関する講義』から引用を行う場合も、そのエッセンスは『古代学の叙述』と大きな違いが見られないため、『古代学の叙述』と総称する（出典の相違については注を参照）。

同書はその題名にも現れているように、「古代学 Altertumswissenschaft」という学問の方法論と教授法を取り扱っている。古代学はヴォルフが新たに創始した古典研究の名称であり、古典古代のあらゆる文化遺産を研究対象とし、歴史、言語、文学などについての諸研究を自らの中に組み入れる企図を持つものであった。すなわち、従来の好事家的な古典研究がもっぱらテクストや文法に関する研究など言語の知識に携わっていたのに対して、ゲッティンゲン大学の修辞学教授を務めたクリスティアン・ゴットロープ・ハイネ（Christian Gottlob Heyne）は同時代に啓蒙主義の息吹を受けた諸学が発展したこともあり、神話学や考古学や歴史学などにおける成果を先んじて古典研究の中へ取り入れていた。ヴォルフは彼の師であるハイネの試みをより徹底させ、新たに事柄の知識をも彼の古代学の対象へと含め、歴史学的－批判的な実証研究への道を開いたのである。なおヴォルフは『ホメロスへの序論』において、実際に言語の知識と事柄の知識の両者に関する考察を先んじて試みた。(56)

このような古典研究の再編が企てられた背景は、すでに触れたように一五世紀以来におけるヨーロッパ人の知的地平の拡大とヨーロッパ外世界の発見であった。これによってヨーロッパ人の従来の自己理解は揺らぎ始め、主に聖書やギリシャ・ローマ古典古代の作品などの書かれた（言語的）知識に基づく閉じた全体としての学問体系を吟味する方向が生じたのである。すなわち、書かれた資料を直接に経由せず、あるいは経由するにせよそこでは言語の媒介がもはや本質的ではなく、その本質がむしろ実証的な事柄の知識に置かれる「事柄の学問 Realwissen-schaften」が新たに展開し始めた。そして、すでに述べたような言語の知識は、この実証可能で経験的な、事柄に関する知識との関連の中で考察され、その結果、事柄の知識の経験的な検証を前提とした上で、閉じた体系の代わりに開かれかつ進歩する学問というエンツィクロペディーの新たな意味付け(57)が一八世紀に生じたのである。このエンツィクロペディーこそ『古代学の叙述』の母体となった講義の題名に含まれていた名称であった。この古典研究という分野におけるエンツィクロペディーは、言語的な知識を重視するスコラの伝統的な学問での教育的な契機と、上で述べたような事柄の知識を重視する新たな学問観を結び付けるものとして機能した。そしてヴォルフは、「伝統的な学識」に基づくかつての好事家的な古典研究による古典古代像をいったん批判的に吟味し、言語の知識を改めて事柄の知識との関連の下に考察することによって有機体的で開かれた学問体系である古代学の形成を企てた。つまり彼は、「断片的な」「破片状態」に映った「全体として考えれば、あたかも完結した世界[58]」である古典古代像および従来の古典研究を「一つの有機体的な全体」へと統一することを古代学の目標とした[59]。その際ヴォルフは、客観的な意味における古代学の形成が主観的な意味においては研究者の「精神と感情の調和的な形成[60]」、言い換えれば有機体的な人間形成[61]へと連なることを期待した。彼の古代学の構想はプロイセンを中心とする古典研究へと引き継がれ[62]、ヴォルフの弟子であるアウグスト・ベーク（August Boeckh）によれば、「ヴォルフの見解は文献学の展開に対して基準的なものとなった[63]」のである。『古代学に関する講義』は二四章から成っており、古代世界の内容をなす素材的な部門（一八章構成で古代ギリシャ・ローマの文学史、芸術史［碑文学、建築学、銘文学を含む］、歴史、神話、弁論術史などからなる）と、素材的部門の内部を整理するための技術を取り扱う道具的な部門（六章構成で「批判、文法、解釈学」などからなる）の大きく二つに分けられる。この区分において、前者は事柄の知識、後者は言語の知識の習得と深く関わる。言い換えれば、素材的な部門は研究対象に該当し、道具的な部門は研究の方法論や教授法を提供するのである。

以下、『古代学の叙述』の主な内容や特徴に移りたい。ヴォルフは同書において、学問的な修復の対象たる古代世界の範囲を定めて探求に明瞭な方向付けを与えるために、古代ギリシャ・ローマ世界の全体的な外延の画定を試みている。この外延は彼によれば、古代世界の地理的、時代的、価値的な条件という三つの条件に基づいて画定される。

すなわち、ヴォルフは古代学の研究対象を地理的には地中海世界を中心とする古代ギリシャとローマ帝国の領土全体、時代的にはおよそ紀元前一〇〇〇年から紀元後一四五三年までの時期とする。[64] この地理的な範囲は現在のいわゆるヨーロッパとおおむね重なり、時代的な範囲である約二五〇〇年にわたる時期は、一八世紀後期の研究に基づいてギリシャ人のイオニア移住が始まったと見なされる時期から東ローマ帝国の滅亡までに至る。言い換えれば、この時代的な範囲は古代ギリシャ語が国民文化の担い手として用いられた時期にあたる。さらにヴォルフは、古代ギリシャ・ローマ世界を一方では地理的に非ギリシャ・ローマのオリエント、他方では時代的に特に近代ヨーロッパ文化の近代世界と対置させ、古代ギリシャ・ローマ世界がオリエント世界および近代世界と比べて価値的に優ること、及び古代ギリシャ・ローマ世界に関する古代学の研究が「新ヨーロッパ主義 Neu-Europäismus」[65] の形成に寄与することを主張している。以下においては、古代ギリシャ・ローマ世界の依拠するこの（1）対オリエント世界、（2）対近代世界という二つの対抗規定の内容、ひいてはそれぞれの対抗規定が同時代におけるドイツの国民形成といかなる関連にあったのか、という二点を検討する。

（1） 古代ギリシャ・ローマ世界とオリエント世界

ヴォルフは古代ギリシャ・ローマ世界が他のエジプト、ヘブライ、ペルシャ、インド、中国文明などのオリエント世界を価値的に凌駕[66]する理由として二つの点を挙げている。第一には、前者において「より高い本来の精神文化 höhere eigentliche Geistescultur」[67] ないしは「学識的啓蒙 gelehrte Aufklärung」[68] が展開したのに対して、後者においては「文明 Civilisation」[69] ないしは「市民的文明 eine bürgerliche Civilisation」[70] あるいは「市民的教化 bürgerliche Policierung」[71] が発展したに過ぎない点である。その際、より高い本来の精神文化（学識的啓蒙）の特徴として文学（記念碑）と弁論術の発展、思考が万人の共通財産であり知識が一般化されていること[72]などの点が挙げられている。これに対して市民的文明（教化）の特徴としては、「人間が健康な生活を送れること」[73]、「国家における秩序と組織[74]」、「安全、秩序、安楽さを必要とする生の諸条件との勤勉な取り組み[75]」などの点が列挙されている。第二に古代ギリシャ・ローマ世界がオリエント世界に対して卓越する根拠としては、「ギリシャ人が学識と文明の両者を統合した[76]」点に求められている[77]。

（2）　古代ギリシャ・ローマ世界と近代世界

ヴォルフは古代ギリシャ・ローマ世界と近代世界を比較し、次のように述べている。彼によれば、ギリシャ人は「独創的、つまり自らの文化を創造した民族であり（中略）、何ら外来のものを付け足すことなく、美しい形式を創り上げた[78]」のに対して、「我々は我々（近代）の文学の中に、たいてい等しくない起源から苦労して組み立てられたもの、ある時は直接的に、またある時には間接的に古代人から取ってこられたものを見出し、それは正当にも高貴な略奪とされるが、非常にしばしば近代人による代る代るの略奪であり、至るところで矛盾しあう素材と形式の混交を見出す[79]」という。さらにヴォルフは、

> （近代の）芸術においては、ごく僅かの固有性や独創性しか現れず、しばしば何の固有性や独創性も現れない。我々にとってギリシャ人の作品がそうであるような、他の人々が再びそうなれるような、自立的に生み出されたものよりも、むしろ一般的な理論に倣った創作、外来の模範に倣った模造品が現れる。（中略）（学問的な啓蒙にもかかわらずその）宝庫の中には、そこでネイションと人間が認識されるような、唯一の支配的な精神の痕跡がほとんど認められない[80]。

と主張した。このような近代文化の特徴に対して古代ギリシャ・ローマ世界においては「固有性や独創性、（中略）

ネイションと人間が認識されるような、唯一の支配的な精神が認められる」ことが示唆され、また「自らの文化を内部の力から得、美しい語りと彫刻の術を国民的な感覚と人倫から作り出し、自らの学問を固有の考えと見解の上に打ち立てた[81]」ことが説かれている。したがって、ヴォルフは唯一の支配的な精神に基づく古代ギリシャ・ローマ世界の「同質homogen」性[82]、自己形成に代表される有機体性[83]を近代世界の混沌や分裂（「至るところで矛盾し合う素材と形式の混交」）、機械的な硬直状態（「一般的な理論に倣った創作、外来の模範に倣った模造品」）と対比させ、前者を後者よりも優ると考えている。さらに彼は、「ギリシャ人やローマ人は近代人のように結果（Resultate）を与えるのではなく、彼ら古代人においては道（Weg）が見てとれる。自己の思想に達する方法こそが最も重要なことであり、これこそ人間を本来の人間たらしめるものなのである[84]」と述べている。この引用において古代ギリシャ・ローマ人から看取し得る「道」という表現は人間性に対する「信仰」、近代人の与える「結果」は「行為」に繋がると解釈することができよう。それゆえヴォルフは、古代ギリシャ・ローマ世界の近代世界に対する優位を「有機体論対機械論」のみならず、「信仰の法則の、行為の法則に対する優位」というプロテスタンティズムの枠組みに基づいて根拠付けていたことが推測される。

（1）における、古代ギリシャ・ローマ世界の依拠する「学識的啓蒙」とオリエント世界の依拠する「市民的文明」の間の対立は、新人文主義と汎愛主義の間で交わされた教育論争の争点と重なっていた[85]。さらにこの第一の点と、古代ギリシャ・ローマ世界がオリエント世界を凌駕する理由として挙げられた第二の点である「学識（文化）と文明の両者を統合した」点は、一九一四年に第一次世界大戦が勃発しドイツとフランスの知識人の間で言論戦争が繰り広げられた際、ドイツの知識人が自国の優位を主張する論点とも重なっていた[86]。したがってこの両者の点は、一九世紀を通じてドイツの新人文主義的な古典研究が機械論の現れと見なされた汎愛（実科）主義、フランス文化・文明などの隣接思潮に対して自己を主張する一つの前提であったと考えられるだけではない。二〇世紀初頭に現れた（フランス）文明に対する（ドイツ）文化の擁護という言説は、時あって突如として思い出として噴出したのではなく、（オリエント、フランスの）文明に対する（古代ギリシャ）文化の擁護という新人文主義的な古典研究の前提に支えられ、この前提は「一七八九年の理念と一九一四年の理念」を歴史的に媒介する役割を果たしたことが考えられるのである。また（2）において、古代ギリシャ・ローマ世界の近代世界に対する優位を根拠付ける際に援用された「有機体論対機械論」及び「信仰の法則の、行為の法則に対する優位」というプロテスタンティズムの枠組みは、第一章で検討を行ったようにドイツの国民形成において繰り返し現れてきた。すると、古代ギリシャ・ローマ世界の卓越性を基礎付けた二重の規定は、「信仰」を学識の属する「文化」、「行為」を「文明」と置き換えることによって、「文化の文明に対する優位」及び「文化への回帰を経た文明の肯定」と言い換えることが可能であり、これはプロテスタンティズムにおける「信仰の法則の、行為の法則に対する優位」という枠組みの構造的な反復であったのではないか、と問うことができよう。さらにはヴォルフが『古代学の叙述』において行った古代ギリシャ・ローマ世界に関する地理的・時代的・価値的な規定は、同書の中でドイツという言葉が一言も用いられていないにもかかわらず、新人文主義的な古典語教育・古典研究とドイツ国民形成との関わりをコンセプトとして支えたのではないか、と問うことが可能であろう。[87]

この問いの妥当性に対する裏付けとして、フリッツ・ブレットナー（Fritz Blättner）による「ちょうどルターの場合に信仰が行為に対して優位したように、ヘルダーの場合に教養は「Wirken 行為・作用」に優位する。しかしまたルターの信者が、彼の信仰から良い行為を導き出せるのと同様に、ヘルダーの意味においては教養ある人のみが商業・国家・治安・学問の場の課題に熟達し、それによって自己と他者の中において人間性を行使することができる」[88]という主張が挙げられる。ヴォルフはヘルダーと『ホメロスへの序論』の受容をめぐっては対立したが、彼らは共に人間性を高く評価する新人文主義の思考圏内におり、この二人は多かれ少なかれ類似した教養・文化観に依拠したと考えられるからである。

次に言葉の使用という別の側面から、ヴォルフの『古代学の叙述』における新人文主義とドイツ国民形成の関わりを検討してみたい。彼は同書の中において、古代学の課題について以下のように述べている。

> 古代学は（中略）学問として考察されるならば、それによって我々が古代あるいは古代世界のネイションを、あらゆる可能な意図およびその世界から我々に残された作品において知ることのできる歴史的－哲学的知識の総体である。[89]

> これまでに指摘されたことの成果は、それによって得られるものとの関係で言えばそもそも単なる準備段階に過ぎず、これまでに得られた見解はこの最も高貴な目標（エレウシスの祭祀たちがエポプティー、つまり最も神聖なものの直観と呼んだもの）へと収斂する。しかもこの目標は古代の人類そのものを知るものであり、それは有機体的に発展した意義深い国民形成（eine Nationalbildung）を古代の部分的に継承された遺物を通じて考察することから生じるのである。[90]

この二つの引用において、ヴォルフは古代学の目標を「古代世界のネイション」「人類」あるいは「有機体的に発展した意義深い国民形成」を認識する点の中に置いている。また彼は先に触れた古代ギリシャ・ローマ世界を性格付ける「唯一の支配的な精神[91]」の内容として、「ネイション eine *Nation* と人間 der *Mensch* が認識されるような[92]」という限定を付していた。第一章では、レッシングやヘルダーによって主張された普遍的な人間性の理想が、ヴィンケルマンにおいては古代ギリシャの中に顕現していると考えられ、ヴィンケルマンの著作・生涯がドイツの国民文化の覚醒と深い関わりを持ったことから、古代ギリシャの中には普遍的な人間性が顕現し、その結果古代ギリシャがドイツの文化的な国民形成の一目標として考えられる一因となったことを指摘した。上で引用したヴォルフの主張においては、古代ギリシャ・ローマの中に「人類」「ネイション」「国民形成」の顕現していることが明示的に記され、古代学による人間形成とドイツ国民形成の関わりがヴィンケルマンの場合と比して、より明確に表現されているのである（すでにヘルダーは自らの風土論において、従来キリスト教の神性に基礎付けられていた神の似像としての人間の個別性・主体性のみならず、個別化・主体化つまりは擬人化されたネイションや民族をも改めて啓蒙主義的な人間性という原理に基礎付け、［個人］人間とネイションの両者の形成を、人間性という普遍的な理念の現実化として捉える道を開いていた。しかし彼は個人［人間］とネイションの形成、あるいはドイツ・ネイションの形成と人間性の理想の関わりについて明示的に述べたわけではなかった）。しかしヴォルフが『古代学の叙述』の中でネイションという言葉を用いた一八〇七年、近代的な意味でのネイションはドイツにおいては未形成であり、ネイションとは単に理念的な構築物に過ぎなかった[93]。「古典古代は、近代ヨーロッパで支配的であったようなネイションの多数の存在、それに応じたナショナルな野心を知らなかった[94]」のである。では、当時のドイツ人にとって内実が不明瞭なこのネイションという性格付けを古代ギリシャ・ローマ世界に冠することによって、一体どのような効果が『古代学の叙述』の読者やその基となった講義「古代の研究に関する方法論とエンツィクロペディー」の聞き手にとっては生まれたのであろうか。

この問題を考察する際に、上で挙げた注80の引用において「人間」という言葉には定冠詞が付されているのに対して、「ネイション」という言葉には不定冠詞が付されている点に注目する。周知のように、ドイツ語の定冠詞には理想や原像を指す用法があるのに対して、不定冠詞は任意の漠然としたものを指す場合に用いる。したがってヴォルフによれば、古代ギリシャ・ローマの中には人間の原像や理想である *der* Mensch が見出されるのに対して、ネイションとしての古代ギリシャ・ローマの中には不特定で茫漠とした *eine* Nation が見出されるのである。[95] 実際、ヴォルフの時代に至るまで伝承された好事家的な、言語の知識に基づく研究によって伝承された「断片的な」「破片状態」の古代ギリシャ・ローマ像は、ここで言う茫漠としたネイション像と重なると考えることができる。しかし他方でヴォルフはすでに触れたように、古代ギリシャ・ローマ世界が本来「同質性」「有機体性」あるいは人間性への信仰の重視などの観点において卓越することを説いていた。ということは、以下のような解釈が可能であると思われる。

古代ギリシャ・ローマ世界はその本来の姿において「同質的」で「有機体的」なネイションであると想定されたが、現実に一八世紀末期のドイツに至るまで言語の知識に基づく好事家的な古典研究によって伝承された姿においては「断片的な」「破片状態」にあると見なされた。同様にドイツ・ヨーロッパは、その本来の姿において「同質的」で「有機体的」なネイション（の共同体）を形成すべきであると一九世紀初期に考えられるに至ったが、[96] 現実の一八世紀末期のドイツ・ヨーロッパは様々な意味での分裂、機械的な硬直状態にあることが意識されていた。[97] こうした古代ギリシャ・ローマ世界とドイツ・ヨーロッパそれぞれの、理想と現実に関する類似した性格付けを顧慮すると、言語や事柄の知識との取り組み及び歴史学的－批判的な研究に基づく古代学によって、古代ギリシャ・ローマ世界がそれぞれ「一つの有機体的な全体」からなるネイションであったことを確証する作業が、一九世紀においてこの世界との親縁が前提された「有機体的な」ドイツの国民形成やヨーロッパの形成、ひいては有機体的な学問体系や人間（個人）の形成に寄与することが期待されたのではなかろうか[98]。言い換えれば、茫漠として「断片的な」「破片状態」にある現実の古代ギリシャ・ローマ像を古代学の構想に基づいて歴史学的‐批判的に探求し、古代ギリシャ・ローマがそもそも *die* Nation という「同質的」「有機体的」で「自己形成の模範となる」理想的なネイションであり、ドイツの国民形成の模範となるのを証明することが、古代学の非明示的な目的として『古代学の叙述』の中には含まれていたのではないだろうか。

　こうしてヴォルフは古代学との取り組みによって、ヨーロッパ（「新ヨーロッパ主義」）の形成とドイツの国民形成の両者への寄与を目指していたと思われる。すでに触れたように、一八世紀のドイツ・ヨーロッパにおいては啓蒙主義の影響下いかにして旧来の宗教・文化・政治などから脱却し、外来のものを新たな形成へ向けて統合してゆくか、ということが問題となりつつあった。そしてヴォルフの『古代学の叙述』においては、オリエント・フランスの中に汎愛主義の姿が投影されることによって、以下の二重の形成が試みられたのではないだろうか。すなわち、一方ではオリエントなどからの外来の知識を取り入れつつヨーロッパ文化の再編を図る動き[99]、他方ではフランスなどからの外来の文化・文明を摂取しつつドイツの国民形成を図る動きである。この二重の形成という企図は、ドイツがヨーロッパを政治的にではなく文化的に再編する任務を担うという、「ヨーロッパの中での文化国民の選民としてのドイツ[100]」という理解が一九世紀に生まれた点からも推測できるのである。

第三節　ハレ大学における古典研究ゼミナールの制度化

ヴォルフは大学で教鞭を執った古典研究者であり、同時代のドイツにおける教育・大学制度の変化とも密接な関わりを持っていた。以下、一七八七年のハレ大学において古典研究の自立したゼミナールが制度化される経緯を追い、新人文主義的な古典語教育・古典研究がいかに隣接思潮の汎愛主義・キリスト教への従属的な立場から脱して、自ら中等教育での中心的な科目、精神科学の基礎学としての立場を築くに至ったのかを考察する。

ヴォルフの新人文主義にとって、教育上の共闘・対抗思潮となったのは汎愛主義であり、研究上の共闘・対抗思潮となったのは啓蒙神学の一派であるネオロギーであった。この三者は、前章で触れたように一七七〇年代から八〇年代にかけてのハレ大学において教育学講座付属の教員養成のための施設管理をめぐって互いに論争を交わし、自らの教育の理論と実践をめぐる戦いを繰り広げたのである。新人文主義と汎愛主義の間の共闘・対抗の内容に関しては前章においてすでに触れたので、以下ヴォルフの新人文主義とネオロギーの間の共闘・対抗の内容に関してのみ要約しておく。両者は、旧来の大学の廃止や専門学校化を唱えた汎愛主義に対して、共に伝統的なキリスト教的あるいは人文主義的な学識の擁護を唱える点において共闘した。その際、ヴォルフの新人文主義とネオロギーは、自らの依拠する聖典に関して歴史学的－批判的な校訂を行う作業が信仰と調和すると考える点において、軌を一にしていた。ヴォルフはハレ大学のネオロギー神学者ゼムラーと懇意であり、ゼムラーの適用した歴史学的－批判的方法は、ヴォルフの『ホメロスへの序論』の成立に決定的な影響を及ぼした。(101) しかし他方、ヴォルフは新人文主義者として古典語教育を神学の管理から解放し、古典研究を神学の補助学としての地位から自立させようと試みていた。[102] この点において、ヴォルフの新人文主義とネオロギーは対立せざるを得なかったのである。こうして彼の新人文主義は、汎愛主義に対するのとは裏返しの意味においてネオロギーに対する両義的な関係にあった。すなわちヴォルフの新人文主義は、キリスト教神学・教会による教育の管理に対する、啓蒙に依拠した批判という点においては汎愛主義と共闘しつつも、精神的な伝統の擁護という点に関しては汎愛主義と対立したのである。

ところでハレ大学において教育学講座に付属の教員養成施設は、一七七〇年代の末期ゼムラーの管理下にあったが、汎愛主義の影響を受けた合理主義神学者カール・フリードリヒ・バールト（Carl Friedrich Bahrdt）のハレ大学での教授許可をめぐりゼムラーが一時その役職を罷免されたことから、汎愛主義者のエルンスト・クリスティアン・トラップ（Ernst Christian Trapp）がその後任となった。その結果、教育学講座は神学部から分離するに至り、これはドイツの教育史における画期的な出来事であったが、彼は教師養成の課題を思うように展開できず、改めてヴォルフが一七八三年トラップの後任としてツェードリッツにより招聘された。つまりこの招聘は、ネオロギーと汎愛主義との間の教育改革をめぐる対立によって生じた制度上の間隙を、いわば埋めることによって可能になったのである。ちなみに彼は一七八四年には古典文学と修辞学、つまり今日の意味における古典文献学の教授となり、同時に教育学教授の職からは免ぜられる。さて一七八七年、設立後間もないプロイセンの「高等学務委員会Oberschulkollegium」はヴォルフに対して、ハレ大学において新たに学識の維持と中等教育のための教師の養成を目的とする古典研究のゼミナールの開設案を練り上げることを委託し、この案は全く彼の意向や願望に沿うものであった。[103] このゼミナールへは、ヨーハン・マティアス・ゲスナー（Johann Matthias Gesner）やハイネなど、以前の著名な古典研究者の下でのゼミナールとは異なり、[104] 神学生の参加は原則として禁じられ、もっぱら将来教壇に立つ予定の古典文献学専攻の学生のみが出席を許された[105]。またこのゼミナールにおいて、伝承されたテクストの歴史学的－批判的な校訂の技術の練磨が求められた結果、ヴォルフの学生は汎愛主義の影響下にあった教育理論に関する授業を受ける義務から免除されたのである[106]。

このようにして神学の管理と汎愛主義の教育観の双方から解放された古典研究の自立したゼミナールの設置により、ヴォルフを中心とする新人文主義的な古典語教育・古典研究の再編は制度上の基盤を得た。高等学務委員会は教会からの国家的な教育行政の自立を目指していたが、この委員会が同様に神学の管理からの解放を目指したヴォルフに古典研究ゼミナールの設置を提案したのは何ら不思議なことではなかった。その後、ヴォルフはハレ大学において多くの有能な古典語教師や古典研究者を養成し、彼らはドイツの諸領邦国家のギュムナジウム・大学において教鞭を取り、混迷状況にあった当時のドイツの教育界に一つの指針を示した。のみならず、このハレ大学の古典研究のゼミナールを模範としてプロイセン各地の大学には同様の施設が設置され、それらの施設は一九世紀ドイツにおいて「学問研究を純粋に養成するための学校」となり、一七九〇年代においてヴォルフと特に彼の弟子はドイツとスイスの広い地域で新人文主義を勝利へともたらしたのである[107]。

以上考察したような、一七八七年のハレ大学における古典研究の自立したゼミナール設立のドイツ国民形成上の意義は、以下の三つの観点からまとめることができよう。

第一にネオロギーとの関係について言えば、神学の管理やドグマからの解放により「研究と教授の自由」が認められ、当時動揺しつつあった人文学の知の体系を従来のように神学を中心としてではなく、改めて古典研究（古代学）を中心として再編する道が開けた、と言うことができる。実際、ヴォルフの主著である『ホメロスへの序論』や『古代学の叙述』などの著作が刺激となり、従来の非体系的で言語の知識との取り組みに基づく好事家的な学識が、一九世紀ドイツにおいては改めて体系的で事柄の知識との取り組みに基づく歴史学的－批判的な研究によって基礎付けられた学問（精神科学）へと組み直されていったのである。第二に汎愛主義との関係について言えば、一九世紀を通して新人文主義的な古典語教育・古典研究とドイツ国民形成の関わりを特徴付けた、前者の実科教育に対する優位は、ヴォルフによるハレ大学での古典研究ゼミナールの設置においてその最初の制度的な基盤の一つを得たと言うことができる。第三に古典語教師や古典研究者の社会的な位置付けの変化が挙げられる。一八世紀末期に至るまでドイツの人文主義は、様々な古典作品に記された文字と、その継承の担い手である結合の緩い「学者共和国」やラテン語学校・大学を媒介として存続し、それはキリスト教のように明確なドグマと唯一の聖典を持ち、聖職者階級や教会や神学によって制度化された継承の様式とは大きな対照をなしていた。ところがヴォルフによるハレ大学の古典研究ゼミナールの設置が一つのきっかけとなり、新人文主義は次第に国家による中等・高等教育機関や知の再生産の制度の中へと組み込まれていった。その結果、従来の人文主義者を特徴付けたディレッタント的な性格は次第に消えていったのである。(108)

第二章では、新人文主義的な古典語教育・古典研究によるドイツ国民形成のコンセプトの人物的な背景としてヴォルフについて考察を行ってきた。その結果ヴォルフの新人文主義は、彼の同時代の人文主義に対する以下の三つの課題と密接に結び付いていたことが明らかとなった。すなわち、ヨーロッパ外世界との出会いとヨーロッパ内の変化に触発された知の再編という学問的な課題、キリスト教の影響力の低下に対して新たに古代ギリシャ・ローマの人間性の理想という規範を提示する精神史的な課題、(109)隣接思潮に対して自らの制度的な基盤を確保するという教育・学問政治的な課題である。そしてこれら三つの課題を解決する試みは、同時代のドイツ国民形成の動きと様々な面において重なり合っていたわけである。つまりヴォルフは『古代学の叙述』において古代ギリシャ・ローマ世界に関する規定を行い、この世界を汎愛主義やフランス文化・文明などの姿がそこへ投影されたオリエント世界と近代世界に対決させ、古代ギリシャ・ローマ世界を模範としたドイツ・ヨーロッパの自己形成というプログラムを定式化した。その際、彼は言語の知識との取り組みに基づく好事家的な学識に加えて、事柄の知識との取り組みに基づく歴史学的–批判的な研究の中にこの古代学の構想を基礎付ける観点を提示した。ヴォルフが一七八七年にハレ大学において、神学の管理と汎愛主義の教育観の双方から解放された古典研究のゼミナールの設置に成功した出来事は、こうした彼の新人文主義とドイツ国民形成の関わりを、後のギュムナジウムや大学という教育・学問上の制度において確保する条件を準備したと言うことができる。[110]さらに『ホメロスへの序論』は、歴史学的–批判的な研究によって同時代のドイツ文学の創造に刺激を与え、人文主義がドイツ文化の形成に際して果たす力を示した。ギリシャ・ローマ古典古代に関する知識や研究は従来、キリスト教（神学）の中へ統合されていたが、ヴォルフは前者を後者から分離させる過程を推し進め、上で挙げた出来事は、いずれも外来・旧来のものからの脱却とドイツに自生的なものの形成という、同時代のドイツ国民形成の動きと密接に関わっていた。そして形成のメディアたる学問（古典研究）との取り組みを介して、人間（個人）、学問（古典研究）、ドイツ・ネイションひいてはヨーロッパの三位一体的で有機体的な形成が目指されていたわけである。

第一章でドイツ国民形成上の第三の節目と名付けた新人文主義の興隆期において、新人文主義とキリスト教の間には、かつてドイツ国民形成の第一、第二の節目において現れたような対立は、新人文主義と汎愛主義の対立の陰に隠れて、あるいは新人文主義者がキリスト教の問題に触れるのを避ける場合が多かったため公然化しなかった。しかし、この両者の間の対立は例えばシラーの詩「ギリシャの神々」[111]に表現されたように一八世紀末期から一九世紀初期にかけての同時代人の目にとっては明らかであり、ヴォルフ[112]やゲーテの「異教徒」性はしばしば物議を醸し出した。とはいえ上で挙げた節目と同様の対立の図式は、啓蒙主義の内部における新人文主義と汎愛主義の関わり、あるいは『ホメロスへの序論』の受容における、芸術的な、または学問的なホメロス像をめぐる関わりの中に反映していた。さらに新人文主義がキリスト教との公然たる対立を避けたことは、当時未だに影響力の強かったキリスト教の側からの強い反発を呼び覚ますことなく、人文主義と国民形成の関わり、特にその国家の後見下の教育・研究の場における制度化を容易にしたことが考えられるのである。

ヴォールレーベンは、ヴォルフの『古代学の叙述』が過去の古典語教育・古典研究の総合と未来へ向けての新たな古典語教育・古典研究の開始というヤヌスの相貌を持っていたこと、つまり節目としての性格を持っていたことを指摘している。(113) すなわちヴォルフの人文主義は、一方で人文主義の伝統の中にすでにヴィンケルマンの古典研究に現れたような啓蒙主義（テクスト校訂に現れた理性原理、汎愛主義）とキリスト教由来の人間性の理想の間の媒介を徹底しつつも、他方で一九世紀ドイツにおいて（研究重視の、学問的な）歴史主義と（教育重視の、芸術的な）人文主義が分離してゆく出発点となったのである。(114) 後者の側面について補足すれば、ヴォルフが『古代学の叙述』において基礎付けた古代ギリシャ・ローマの規範の卓越性という主張と、彼が実践した歴史学的な探求が互いに折り合うのか、という問題は『ホメロスへの序論』に対するゲーテの受容の中にすでに現れ、この問題は一九世紀を通じて一過的なものではなく古典研究全体の問題として深められてゆく、(115) もっともこの問題の萌芽は、学識と敬虔さが調和すると考え歴史学的な研究を行ったネオロギーの中にすでに孕まれていた。(116) しかしこの問題が一九世紀ドイツの国民形成の展開とどのような関係に立ったのか、ということに関しては、差し当たり問題を提起するに留めておく。

第三章　形式的陶冶、ギリシャとドイツの親縁性

一八世紀中期から一九世紀初期にかけてのドイツにおいては、古典古代（特に古代ギリシャ）に対する関心が高まり、ヴォルフを一つの中心として新人文主義が国民形成と関わりを持つ条件や雰囲気が醸成されつつあった。他方、新人文主義者は隣接思潮のキリスト教と汎愛主義、特に後者に対して対抗的な自己規定を行う必要があった。なぜなら、当時にあって古典語教育・古典研究の自己理解が一定していなかったのみならず、その存続自体が定かではなく、自らの存在意義を公に主張する必要があったからである。この二つの対抗関係の中から、新人文主義とキリスト教の対立関係を強調したのは主にドイツ古典主義の詩人であり、汎愛主義との対立関係を強調したのは主に古典語教育・古典研究者であった。そして実際ヴォルフが『古代学の叙述』において試みたのと同様に、他の幾人かの新人文主義者（フンボルト、フリードリヒ・ヤーコプス［Friedrich Jacobs］、ニートハンマー、フリードリヒ・アスト［Friedrich Ast］、エルンスト・アウグスト・エーファース［Ernst August Evers］など）はいずれも新人文主義的な古典語教育・古典研究の規定を試みている(1)。彼らは皆およそ一七六〇年頃から一七八〇年代にかけての生まれであり、ヴォルフ（一七五九－一八二四年）を初めとして、ヤーコプス（一七六四－一八四八年）からフランツ・パッソー（Franz Passow 一七八六－一八二九年）に至るまで、生涯友情によって結ばれており、共通の思考圏内にいたのである(2)。ところで、当時の新人文主義者によって形成された諸理念はヴォルフを越えて後世

へと影響を及ぼし、一九世紀ドイツの古典語教育・古典研究においていわば自明の前提として受け入れられた。本章はこのような状況を踏まえ、新人文主義とドイツの国民形成との関わりが生じた理念的な背景として、形式的陶冶（formale [formelle] Bildung または Formalbildung）と「ギリシャとドイツの親縁性 Verwandtschaft」を取り上げる。そしてこの二つの理念の個々の内容と相互の関係を検討することによって、これらの理念が新人文主義と一九世紀ドイツの国民形成の関わりをいかに基礎付けたのか、明らかにする。

第一節　形式的陶冶

形式的陶冶は一八世紀後期に成立した、古典語の習得を媒介とした人間の形成や教養に関する理念である。この理念は古典語教育を普遍的な陶冶の手段として基礎付ける際に重要な役割を果たし、この理念に基づく古典語授業は後述するように少なくとも一八九二年まで公に行われた。以下この理念の内容、成立背景、ドイツ国民形成上の意義、影響について検討する。

パウルゼンとラントフェスターは共に、形式的陶冶の理念に初めて言及しそれを基礎付けた人物としてプロイセンの教育改革の準備者であったフリードリヒ・ゲーディケ（Friedrich Gedike）の名前を挙げ、ゲーディケの言葉をその著書において引用している(3)。「君が君の習ったギリシャ語を、さらにはラテン語を忘れる時でさえ、次のような利点が残ることを確言してもよい。つまりこの二つの言語によって、君の精神の中へ、行為 Geschäft へと入り込むようなあの教養、あの柔軟さが形成されたことを(4)」。そしてラントフェスターは形式的陶冶の内容を「言語の習得が知的な力の展開に役立ち、（中略）個人の自主性と自発性の展開に対して決定的に寄与する考え[5]」と総括している。フンボルトは、形式的陶冶に基づく古典語授業の目的を「学習する能力を学習すること Lernen des Lernens[6]」と定式化した。ニュルンベルクのギュムナジウムの校長を一時務め、新人文主義的な古典語教育に対して深い理解のあったヘーゲルは、形式的陶冶に関して次のように記している。

ちょうど植物がその再生の諸力を光と空気においてただ鍛錬するだけでなく、この過程において同時に自らの栄養を吸い込むように、悟性と魂の能力一般がそこで展開し鍛錬される素材（古典語のこと）は同時に栄養でなければなりません。直接に子供の表象の仕方に入り込むようなあの感性的な素材やいわゆる有用な素材ではなくて、その価値や関心をただ己の中に、そして己のために持つような精神的な内容のみが、魂を強め、この独立した態度、理解や熟慮、精神の現在や覚醒の母である実質的な内面性を作り出します。この精神的な内容は、それによって成長した魂を自立した価値の核心、つまりまずあらゆることに対する有用性の基礎となり、あらゆる身分の人に植え付けることが重要となるような絶対的な目標の核心たらしめます。[7]

この引用においてヘーゲルも古典語との取り組みの目標が自立性の養成にあること（「自立した価値という（中略）絶対的な目標」）、さらにこの取り組みが様々な「有用性の基礎」となることを主張している。上で触れた四人による形式的陶冶の定義からすでに明らかなように、古典語との取り組みが何に役立つか、という点について統一的な見解は存在せず、形式的陶冶に基づくある学科（つまり古典語）の重視は、「この教授対象からほぼ無限の転移の可能性への信仰を前提[8]」とした。ただしその意義を大きく二つに分ければ、知的能力の涵養の準備という点と人間形成への寄与という点が存在し、一九世紀末に近付くにつれて、その意義を前者の点に限定する傾向が強くなったのである。

古典語との取り組みが個人の人間形成に役立つという形式的陶冶の理解が生まれた背景には、言語に関する次のような見解が横たわっていた。第一部においては普遍的な人間性を、キリスト教の神性が世俗化したものとして捉えてきた。その際この普遍的な人間性を顕彰した代表者の一人であるヘルダーは、普遍的な人間性はそれぞれの民族や国民の中に分化し、各民族や各国民の用いる言語の中にはその独自の個性である国民精神が現れていると考えた[9]。ヴォルフもまた『古代学の叙述』においてヘルダーと同様に、言語の形成が各民族・各国民によって規定されていることを以下のように主張している。彼によれば、言語は「国民が自らの概念を形成する形式[10]」であり、「ある民族の観念の貯蔵庫[11]」なのである。その際にヴォルフは、それぞれの言語は自らに適した固有の表現領域を持つことから、その本質規定を「自らの思考能力を形成し、自分の考えたことに対して意識的になる[12]」点に求めている。さらに彼は「言語は我々の観念を解き放ち、結合し、完全化し[13]」、また「我々の観念を明瞭にし、我々の抱く観念の領域を拡張する[14]」と考えたことから、言語の習得の中に教養や自己形成の意義を認めた。ところで、任意の言語を学習することによって教養が高められるかと言えば、必ずしもそうではない。ヴォルフは「もしある言語の価値が問題となる場合、どのような文化状態、どのような思考力をその国民が持っていたかを知ることが基準となる[15]」という。そしてすでに触れたように、他でもない古代ギリシャ・ローマ人が「学識的啓蒙」という最高の文化状態に達していたとされたがゆえに、ギリシャ・ラテン語の学習が勧められたのである。

こうしたヘルダーやヴォルフの言語観において重要なのは「言語と精神[16]」の結び付きが前提され、しかも「言語の中にネイションの中心状態が現れている[17]」という考えであった。周知のようにフンボルトが後にこの考えを哲学的に定式化した。[18] この二つの考えは近年の言語学や言語哲学の研究において批判されがちであるが、[19] 一九世紀ドイツにおいては一般に認められており、古典語が（人間やネイションの）形成のメディアとして注目を浴びるだけでなく、新人文主義が国民形成と密接な関連を持つ重要な根拠となったのである。

形式的陶冶が行われる方途として実際に考えられたのは、古典語教育においては主に古典語の文法の訓練（暗記）、ラテン語で話すこと、場合によってはギリシャ語のラテン語への翻訳などであり、古典研究においては歴史学的－批判的な方法あるいは「批判、文法、解釈学」などの修練であった。[20] ところで、ラテン語学校（さらにはそれを継承した「教養学校 Gelehrtenschule」やギュムナジウム）における古典語授業の主な内容は形式的陶冶の理念の導入によっても従来とほぼ同様に留まった。[21] つまり「形式的陶冶は証明し得る確定というよりも、むしろ信仰箇条であった。[22]」しかし、たとえ以前と比べて古典語授業の形態が変わらなかったとしても、文法の暗記は従来のように自己目的ではなく、啓蒙の標語でもある「自分で考える」能力あるいは自主性を会得するための手段とされ、受動的で機械的な記憶重視の傾向は、より能動的な学習形式の背後へと退いた。[23] 言い換えれば古典語教育における機械的な修練は、個人が後に自主的かつ有機体的な展開を遂げるための前段階として、新たな基礎付けを得たのである。ヘンチュケとムーラックは古人文主義と新人文主義における教養概念の相違について、古人文主義においてはキリスト教倫理に基づき文体やレトリックの修練を経た隣人愛が目指されたのに対して、新人文主義においては文法の習得などを経た創造者としての自主的な個人の形成が強調されたと主張しているが、[24] この後者の陶冶を可能にしたのが形式的陶冶であった。

次に形式的陶冶のドイツ国民形成上の意義に関して、新人文主義とその隣接思潮である、Ⅰ　キリスト教（プロテスタンティズム）、Ⅱ　汎愛主義との関係から考察する。

I　キリスト教（プロテスタンティズム）との関係

形式的陶冶において前提された「言語と精神」の結び付きの一項をなす「精神 Geist」という言葉は、キリスト教においては「（聖）霊」という意味を伝統的に持っていた。したがって、新人文主義における「言語と精神」の結び付きは、キリスト教における「文字と霊」の関係と性格上対応していたと言うことができる（本書では人文主義とキリスト教との関わりについて、特にプロテスタンティズムとの関係を重視するがゆえに、プロテスタンティズムにおける「文字と霊」の関わりを問題とする）。以下この「Geist」という言葉を介した「精神と（聖）霊」の重なりに留意して、形式的陶冶の孕んだ意味合いをキリスト教（プロテスタンティズム）の展開から位置付けてみたい。

第一章において論じたように、ドイツの国民形成での最初の二つの節目においては宗教改革や敬虔主義などプロテスタンティズムの信仰覚醒運動が重要な役割を果たしてきた。その際に繰り返し問題となったのは、「文字と霊」あるいは「信仰と行為」の関係であった。すなわち、ルターはローマ・カトリック教会が「行為主義」に陥っていると見なし批判する一方、自らは「信仰の法則」に依拠し、その際聖書の文字の中に制度的な枠組みや決疑論に規定された行為とは異なる霊や本来の信仰を見出したわけである。また敬虔主義においては、ルター派の正統主義が文字（神学研究）へ拘泥していることが批判され、神学研究からは区別された聖書自体との取り組み、あるいは「文字は殺し、霊は生かす」という聖書の言葉に基づいて、回心という本来の信仰への回帰を経た上で隣人への奉仕などの行為の場に霊を見出すことが試みられた。さらに一八世紀中期において、レッシングもまたルター派の正統主義神学やネオロギーを批判する際に敬虔主義的な立場に依拠し、文字との取組みよりもむしろ行為的な側面の中に信仰の本来の現れ（霊）を見出した。[25]上で挙げた二つの信仰覚醒運動において、いずれも霊（信仰）が重視されている点に変わりはない。しかしその現れが、行為への偏重を批判する場合は文字の中に、また文字への過度の拘泥を批判する場合は行為の中に見出されたのである。

ドイツ国民形成の第三の節目として設定した新人文主義期においても、第一、第二の節目と同様「文字、精神・霊（信仰）、行為」の間の関係が以下のように問題となっていたと考えられる。まず新人文主義が「精神・霊（信仰）」性を持った例として、すでに触れたようにヴィンケルマンの古代研究はかつての宗教改革や敬虔主義と同様に信仰覚醒的な性格を持っていた。次に「精神・霊（信仰）」と文字との関わりについては、すでに述べたとおりヘルダーやヴォルフの言語観の中にそれが現れていた。ヴォルフの古典研究は古典語の「文字」との取り組みが信仰や精神への通路になると考える点において、[26]プロテスタンティズム、特に同時代のプロテスタント神学であるネオロギーと共通の性格を持っていた。さらに文字と行為の関わりについて言えば、ちょうどキリスト教（プロテスタンティズム）において聖書の文字との取り組みを介した信仰への回帰（霊との触れ合い）が行為の肯定へ向かったのと同様に、新人文主義においては形式的陶冶に基づいて古典語の文字との取り組みによる古典古代特に古代ギリシャの精神との触れ合いが、「個人の自主性と自発性の展開」あるいは「あらゆることに対する有用性」たる行為の肯定へ向かった、と考えることができるのである。[27]

ところで、キリスト教（プロテスタンティズム）においては聖書の文字との取り組みを介して霊性の人間への受肉が図られているのに対して、新人文主義においては古典語の文字との取り組みを介して人間の理性的な能力の開発が求められている、とする異論があるかもしれない。[28]これはルターとエラスムス、さらに遡るとヘブライズム（キリスト教）とヘレニズム（プラトン主義）の間の争点の一つと重なるものでもあった。実際、伝統的なキリスト教の人間観によれば、人間は感性と理性と霊性の三つの部分、人文主義の人間観によれば人間は自然と精神という二つの部分からなり、理性と霊性の間には後者優位の下に区別が設けられてきた。そして翻って啓蒙主義によれば、理性は人間に内在的なものであり、外からの助けを必要とせず人間が自己責任で展開させることのできる、させるべきものであるが[29]、キリスト教によれば霊性は人間の外（神）から到来する超越的なものである。さて新人文主義者及びその影響下にあった思想家の著作を検討すると、形式的陶冶によって果たして霊性の受肉が図られているのか、それとも理性の開発が求められているのか[30]、一義的ではない。その理由としては当時「理性と啓示の両立」を唱える理神論の立場が強まりつつあったことが考えられ[31]、この揺れ動きを顕著な形で反映しているのはヘーゲルである。彼は自らの古典語教育論の中で、カントが「啓蒙とは何か」の中で批判した、人間を理性を自らの責任で行使し得ない幼児状態へと束縛する「手引き紐 Gängelband」を、ヘーゲルの同時代のドイツと古代ギリシャ・ローマを結び付ける絆に譬え、この絆から離れることは許されないのか、という修辞的な問いを立てている[32]。つまり彼はこの問いに対する明確な態度決定を保留し、一方でこの絆に基づく古代ギリシャ・ローマの精神・霊性の受肉の必要を、他方でこの絆を断った理性的な啓蒙の可能性を暗示し、人文主義によるキリスト教と啓蒙主義の一種の総合を仄めかしていると考えられる。さらに敷衍すると、すでに触れた有機体的な人間・古代ギリシャ像の中には、感性や自然の面の重視が現れており、それが理性（あるいは精神）の偏重に対する批判の拠点とされる場合があった[33]。このように新人文主義において人間形成という目的の下に、人間の感性（自然）、理性、霊性（または後二者を含めて精神）の中のどの側面の形成を重視するかという点は様々であり、その時々の非人間的と思われた状態、あるいは隣接思潮の中からキリスト教または汎愛（実科）主義のどちらとの対抗関係を重視するかによって、その対極として感性（自然）的、理性的あるいは霊的（精神的）な人間像が反時代的に顕彰され[34]、重点がどこへ置かれるかという支配的な人間観の変化はあったとはいえ「人間それ自身」の理想性の内実は一定していなかったのである。

いずれにせよ、プロテスタンティズムの宗教改革者における聖書の文字の重視は、新人文主義の形式的陶冶における古典語という言語の重視と類似していたと言うことができよう。国民形成に関する一般的な公理についてのアンダーソンの考え[35]に倣えば、一九世紀ドイツの新人文主義的な国民形成のコンセプトにおいて真理（精神）の体現する場は、聖書というテクストから古典語（特にギリシャ語）へと移ったのである。そして同様の人間性に対する信仰に依拠するにせよ、レッシングなどにおいてはその形成のメディアに関する反省が管見では見られないのに対して、形式的陶冶は同様の信仰をはっきりと古典語という文字の裏付けのある形成のメディアへ回収する試みであったと考えることができる。なお教育と研究という別の側面から形式的陶冶を捉えれば、敬虔主義においてはキリスト教信仰の内容あるいは結果として実学重視の教育と（ネオロギーの神学）研究がいわば行為として許容されたのに対して、新人文主義の形式的陶冶においては人間性への信仰の内容あるいは結果として、（古典語）教育と（古典）研究が同様にいわば行為として許容され、それはさらに個人の人間形成などへ寄与することが期待されたのである。その際「行為主義」に対するルターの批判に相当したのは、新人文主義者にとって以下で説明するような汎愛主義に対する批判であった。

II　汎愛主義との関係

新人文主義は汎愛主義と共に啓蒙主義の教育運動として、ラテン語学校に対する批判という点において軌を一にしながらも、人間あるいは市民の形成を目指すか、という教育の形成目標をめぐり対立していた。以下においては新人文主義の形式的陶冶と汎愛主義の関わりを、教育理論のイニシアティブをめぐる問題、さらには啓蒙主義の導入やドイツの政治的な国民形成との関連というより広い場での問題として検討する。

汎愛主義者と新人文主義者の間の争点の一つは古典語教育および言語をめぐる見解の相違にあり、形式的陶冶の理念もまたこの見解をめぐる両者の意見の相違と、以下のように密接に関係していた。彼らの間の言語観をめぐる論争において問題となったのは、当時その使用価値を疑われ始めていたラテン語、および外国語の位置付けであった。すなわち、汎愛主義者はラテン語および外国語の授業の意味を言語そのものの習得にではなく、新たに事柄の知識に基礎付けようと試みた。[36] 彼らの言語観の理想は普遍言語の開発であり、[37] こうした目標から彼らは外国語や古典語で書かれた「原典」との取り組みよりも、むしろ「翻訳」の使用を重視した。[38] それに対してヴォルフなど新人文主義者は、形式的陶冶に基づく古典語（特に古代ギリシャ語）自体との取り組みの中に新たに人間形成（教養）の意義を見出したのである。[40] 彼は、古典語との取り組みを通して「自己の思想に達する方法こそが最も重要なことであり、これこそ人間を本来の人間たらしめるのである。したがって事柄そのものではなく、事柄を処理し取り扱う方法が問題である」[41] と主張している。さらにヴォルフは、彼が古代学の道具的な部門の中で最も重んじている予見的な批判について論じた箇所において、この予見的な批判によって習得の目指された「冷たさと暖かさをあわせ持った安らかな観察と暖かい幻想、さらには間違った読み方を正しい読み方と見なさないという絶えざる慎重さ」

を「世渡りのうまさWeltklugheit」[42]に喩えている。つまりヴォルフにおいて形式的陶冶は、市民生活に必要な実践的な知識を習得する助けになると考えられており、汎愛主義者がその習得を目指した事柄の知識は、ヴォルフによって無下に退けられているのではなく[43]、むしろ古典教養それ自体がすでにこうした事柄の知識の習得能力つまり方法的精神[44]を涵養するがゆえにその独立した習得を不必要にするものと考えられているのである。このような意味において、ヴォルフは「言語のより深い研究（形式的陶冶）においては（中略）言語の知識と事柄の知識の区別が決して認められず[45]」、古典語との取り組みが実践的な生活能力を養う一助になることを主張したのである。彼は古典研究において事柄の知識との取り組みを重視したが、古典語教育においては言語の知識との取り組み自体を軽視したわけではなく、むしろ後者を形式的陶冶に基づく教養の手段として重視した。

第一章においては、ドイツ国民形成の第一の節目である宗教改革期に本来のキリスト教信仰への回帰を通して行為としての「職業」活動が肯定され、第二の節目である敬虔主義・啓蒙主義期において本来のキリスト教信仰への回帰を通して行為としての〔職業〕「教育」と「研究」が肯定されたことを指摘した。そして同様に、上で挙げたドイツ国民形成の第三の節目である新人文主義期においては、人間性への信仰と形式的陶冶に基づいて、人間の自主的な、汎愛主義の依拠した文明行為としての市民的・実践的な活動が肯定されたのである。その際、形式的陶冶によって主体化された個人が具体的にどのような活動を行うべきか、という点は任意であり、形式的陶冶それ自体が必ずしもドイツの国民形成に寄与する必要はなく[46]、それがドイツの国民形成へ関連付けられるためには、後述する別の理念が必要とされたのである。

ところで汎愛主義と新人文主義の両者において、市民の日常生活に必要な事柄の知識の習得や自主性の育成は共に重視されている。それらの能力は経済など世俗的な活動の推進、あるいは自由や法の前での平等など政治的な理念の実現という啓蒙主義の主張へと連なるものであった。しかしこうした能力が、汎愛主義においては直接的に、新人文主義においては間接的に習得すべきことが主張された。では、なぜ新人文主義においては啓蒙主義的な理念を実現するために、形式的陶冶に基づく古典語との取り組みという迂路を経ることになったのであろうか。

筆者はこの問題が、ドイツが近代の国民形成のモデルとなった市民的・政治的なフランス由来の啓蒙主義のインパクトに対してどう主体的に対応するか、という問いと密接な関係にあったと考える。すでに言及したように、啓蒙主義はドイツにおいては主にフランス由来の外来ないしは身分的に上からのものと考えられていた。したがって、啓蒙主義は市民層を中心としたドイツの国民形成にとっては、政治的な導入と共に、外来のものとしては批判の対象であった。その結果、国民的な自己規定が不明瞭であった一八世紀末期のドイツにおいて、啓蒙主義的な理念を直接フランスという外来のものとして取り入れることは、一般に自らの国民的・文化的な同一性を脅かすものとして受け取られたことが想定される。そこで、新人文主義によるドイツの国民形成においては、啓蒙主義的な理念をいったん古典古代（特に古代ギリシャ）という過去に由来するものとして中立化してから、再びそれを形式的陶冶に基づいて学び直す、という形を取ったのではなかろうか。この考えを裏付けるものとして、「ドイツ人は、フランス人が政治的な活動によって得たナショナルな同一性という意識を、古代学を通して得られるかもしれない」[47]という言葉が残されている。さらには、後で触れるような「ギリシャとドイツの親縁性」が前提とされることによって、古代ギリシャに顕現していたとされる啓蒙主義的な理念を形式的陶冶に基づいて学ぶことは、ドイツ自らの国民的な同一性の形成に寄与すると考えられたのである。

フィヒテは「ドイツ人はそれ自身として最近の数世紀において歴史を持たない。彼らの性格を保ったものはそれゆえ何か端的に根源的なものである。彼らは歴史なしに成長した」[48]と主張した。しかし、こうした自恃に基づいて自らの起源を取り戻す際、新人文主義においては外来のものが自らの由来したとされる起源へと投影されており、その起源の取り戻しがドイツの国民形成へ寄与することが目指されたのであろう。またヘルダーによれば文学は国民的な同一性の一つの拠り所であるが、そもそもドイツにはドイツ語で書かれた伝承に値する傑作は一八世紀末期においてきわめて少なく、ドイツ古典主義が試みたように古典語やギリシャ・ローマ古典文化との取り組みによってドイツ文学の傑作を創作し、ひいてはドイツ・ナショナルな「文字と霊」の関係を形成することが図られたのである。

　新人文主義の形式的陶冶による啓蒙主義的な理念の間接的な摂取の試みは、ドイツの国民形成における他の二つの側面とも結び付いていたと思われる。第一の側面として一八世紀末期のドイツ社会においては、産業革命や啓蒙主義の影響下に身分制社会から能力社会への移行が始まりつつあった。その際に新人文主義者は、汎愛主義が既成の身分制社会へ単に適合する行為を教えるに過ぎないのに対して、彼ら自身は形式的陶冶によって人間の社会的な性格を止揚し[49]、まずは「人間それ自身」や「精神」自体を形成し、ひいては身分制社会そのものを改編し新たなネイションを形成してゆくことを主張したのである。第二の側面は、ドイツの文化国家から政治国家への移行という問題と関わる。すなわち、一九世紀初期のナポレオン戦争におけるプロイセンの敗北に至るまで、ドイツでは後世そう称された文化国家としてのドイツという理解が一般的であった。シラーとゲーテの「クセーニエン」における「学者の国が始まるところで政治の国は終わる[50]」、あるいは「君たちドイツ人よ、ネイションを形成しようとしても無駄なことだ。その代わりに、自らをより自由に人間へと形成したまえ[51]」という言葉は有名である。つまり彼らの意見に代表されるように、文化的な人間（個人）の形成と政治的なドイツ国民国家の形成は両立しない、という意見が一八世紀末期には支配的であったのである。しかしフンボルトらは、古典教養を通してこの二つが両立することを期待していた。[52] 彼は「(汎愛主義のように市民的な諸関係に向けてではなく、古典語教育を通して最も自由に)形成された人間は、国家に入り込み、国家の憲法をさながら国家に即して吟味しなければならないだろう。ただそのような戦いにおいて、私はネイションによる憲法の真実の改善を確実に期待したく思う」[53]と主張している。一七九〇年代のフンボルトによれば、国家は絶対主義的な統治国家ではなくて、個人の形成を確実なものとする自由を守る課題を持つとされた。[54] そして、彼によるこうした考えを基礎付けたのが、他ならぬ形式的陶冶の理念だったのである。さらにこの理念は、国民形成という目的のためにすでに必須のものと見なされ始めていた富国強兵や殖産興業に役立つ実科教育を、第二義的なものとして取り込んでゆく企図を持っていたわけである。[55] 上で触れた、新人文主義者の中でのドイツの国民形成をめぐりゲーテとフンボルトが代表した立場の揺れ動きは、共にヴォルフの『古代学の叙述』の中に含まれていたと思われる。[56]

新人文主義の形式的陶冶は、方法性の重視という点においてイギリスやアメリカで発展したカルヴィニズムと似た性格を持っていた。しかしその普及の場は、この両国においては自由教会や自主的に結成されたセクトであったのに対して、一九世紀ドイツにおいては制度化された学校教育となった。ところで、カルヴィニズムは結果として民主主義の普及を伴ったとの指摘を行ったが、[57] ドイツの新人文主義における形式的陶冶は同様の効果をある程度遠望していたと言えるのである。またドイツにおいてイギリス・フランスのような革命は起きず、旧来の理念的・社会的な秩序からの急激な断絶は生じなかったが、形式的陶冶に基づく古典語教育・古典研究という漸進的な手段を通して清教徒革命やフランス革命と同じような効果(自由や法の前の平等の実現)を射程に入れていたと言えよう。

以下、形式的陶冶とキリスト教(プロテスタンティズム)及び汎愛主義との関わりを、二つの観点からまとめる。

第一にヴォルフが一七八七年ハレ大学に自立した古典研究のゼミナールを設置した際、神学の管理からの解放を可能とし、汎愛主義の教育理論の独立した習得を不要視する根拠となったのは、古典テクストの歴史学的－批判的な校訂の修練であった[58]。そして、古典テクストの歴史学的－批判的な校訂が研究者の人間形成に役立つという考えを基礎付けたのが、まさに形式的陶冶の理念であった。つまりこの出来事において形式的陶冶は、新人文主義が汎愛主義とキリスト教（プロテスタンティズム）の主張を換骨奪胎し、自らの制度的な基盤の一つを築いた理念的な支柱となったのである。先に引用したゲーディケもまた、汎愛主義との対抗関係を意識した彼の文教政策上の立場を形式的陶冶の理念と関連付け、次のように述べている。「他のネイションよりも肉体的な欲望の獲得や喪失の計算に長けているイギリスのようなネイションは、精神の獲得という観点においても他のネイションと比べてよりよく計算ができると考えるべきではないのか。いつの日か、古典文学が法律あるいは世論によるにせよ、授業科目のリストから消されることがあれば、それは代え難い喪失となることだろう[59]」と記している。第二にヘーゲルは古典語教育について述べた文章の中において、古典語との取り組みの精華を「聖霊（精神）の注ぎ das geistige Bad」あるいは「世俗的な洗礼 profane Taufe[60]」と名付けている。こうした古典語教育の性格付けには、形式的陶冶に基づく古典古代の精神との交感による人間形成という宗教的に高い意味を付与された洗礼を経た上で、市民としての世俗的な活動や行為を肯定する意味合いが含まれていたと思われる。それゆえこの「洗礼」は、かつて宗教改革や敬虔主義において信仰への回帰を通して世俗的な活動である「行為」が肯定されたのと似た性格を持っており、この古典語教育の「世俗的な洗礼」という性格付けの中には、キリスト教（プロテスタンティズム）と新人文主義との関連がはっきりと現れているのである。ところで、形式的陶冶においてその習得が目指された「方法（的精神）[61]」とは、キリスト教における旧約の律法、汎愛主義においてバセドーがその習得を目指した「心理学的な合法則性[62]」と重なる面を持っていたことは考慮に値する。この新人文主義の隣接思潮に孕まれていた方法性重視の主張が、形式的陶冶の理念の形成に対していかなる影響を及ぼしたのか、今後いっそうの検討が必要であろう。

こうした形式的陶冶の理念によって新人文主義的な古典語教育・古典研究は、一方でドイツ・ヨーロッパの支配的な思潮がキリスト教から啓蒙主義へと変化しつつあったにもかかわらず、古典語という認識・形成のメディアの中に「Geist 精神・(聖)霊」を前提とすることで、その「Geist 精神・(聖)霊」の次元を確保した。しかし他方では、汎愛主義が主張したような啓蒙主義の導入や政治的・経済的な行為を、「Geist 精神・(聖)霊」の現実化という名目下、副次的に肯定することに対して吝かではなかったのである。

形式的陶冶において目指された古典教養は、後年「個人的教養 individuelle Bildung」あるいは「一般教養 allgemeine Bildung」と呼ばれた。(63) この形式的陶冶の理念に依拠して古典語の習熟が古典古代の精神の会得に繋がるのであれば、その精神によって養成された徳目は自由や法の前の平等などの実現のみならず、個人の社会的な栄達をもたらすことが期待された。したがって形式的陶冶はヘーゲルの引用の中にも現れていたように、(64) 身分制社会の影響が未だ残る中にあっては下層階級の人々に社会的な上昇を準備するきわめて民主的な考えであった。(65) ニーチェは後に批判的な意味において、「一般教養は単に共産主義の前段階に過ぎない」(66) と述べているが、他方でフランツィェルク・バウムガルト (Franzjörg Baumgart) は普遍的な人間形成のプログラムが社会的な不平等の止揚を試みる点に関して懐疑的な意見を述べている。(67) 実際に近代の民主主義社会において、一般教養——たとえその内容が古典教養に限られないにせよ——の優位は広く受け入れられていると言えよう。それゆえこの「個人的教養」は、宗教改革期や敬虔主義・啓蒙主義の共闘期にその萌芽が現れながらも普及が不徹底に終わった「万人祭司」や個人の主体化の促進ときわめて似た面を目指す理念であったという言うことができる「万人祭司 allgemeines Priestertum」と「一般教養 allgemeine Bildung」の両者に「allgemein 一般的な、普遍化する」という共通の言葉が冠せられている点の中にも、両者の関連が現れている。ルターと新人文主義者の間には、普遍的な形成の手段としての言語的なメディア（ルターの場合は聖書、新人文主義者の場合は古典語）を重視し、そのメディアが万人に対して共通であるという主張において類似点が存したのである。一九世紀ドイツにおいて、個々の領邦国家は自己更新と近代化の手段として古典教養を重視し、この古典教養によって宗派的、身分的な相違を徐々に止揚する傾向が見られたのである。

ヴォルフは『古代学の叙述』の中で、形式的陶冶に基づく「この方法的精神によって多かれ少なかれ一貫してより高貴な言語（古代ギリシャ・ラテン語）はその学習を、学習される内容を顧慮することなしに優れた精神形成の道具とするのである[68]」と記しているが、その教養の効果は言うまでもなく古典語との取り組みのみによるのではなく、古典語で記されたテクストの内容や古典古代の事柄の理解によっても達成されるべきものであった[69]。一九世紀ドイツの古典語教育・古典研究の展開においては古典古代の精神を古典語自体の中に、それとも古典古代の歴史的な事柄の中に見出すか、という点が問題となるが、一九世紀初期においては古典古代、特に古代ギリシャの美的、知的な価値は自明であったため、この二つの観点の相違は問題とならなかったと思われる。

なお、形式的陶冶が「文字、精神・霊（信仰）、行為」をめぐるプロテスタンティズム的な性格を継承していたことは、一九世紀初期のドイツにおいては神中心のキリスト教と人間中心の新人文主義の内容面での対立が自明であったにもかかわらず、明示的には反省されていなかったといってよい。ただしヘーゲルには、すでに引いた引用に見られたように意識していた節がある。しかし、形式的陶冶の中に無反省の裡にプロテスタンティズム的な枠組みが抱え込まれていたことから、それが新人文主義的な古典語教育・古典研究と国民形成の関わりを容易にした、ということは推測できる[70]。実際、新人文主義が普及した地域は当初ドイツ語圏のプロテスタンティズム圏に限られ、バイエルン、ラインラント、ヴェストファーレンなどカトリック教徒の多い地域にそれを広める際には大きな抵抗に出遭わなければならなかったのである。(71) また以上行った形式的陶冶の性格付けは、一九世紀ドイツにおける形式的陶冶そのものの「行為主義」化の問題や、それらの問題をニーチェなどの人文主義者が克服を図る際にきわめてプロテスタンティズム的な特徴が現れたことから、遡行的に行った再構成であることを断っておく。

第二節　ギリシャとドイツの親縁性

ヴォルフの古代学の構想において、古代ギリシャ・ローマ世界がオリエント世界と比べてより高い価値評価を受けていたことをすでに検討した。そして同じ古典古代に属するギリシャ・ローマの中から、ギリシャをローマと比して優れていると見なす見解が一八世紀中期のドイツに生まれた。当時成立した古代ギリシャに対する高い評価は、一八世紀中期から二〇世紀初期にかけてのドイツの人文主義者による祝賀演説などの言説(72)においてのみならず、ドイツ社会一般において広く受け入れられた考えであった。その際、他ならぬドイツ人こそ古代ギリシャが高い規範性を持つがゆえにそれと取り組む必要があるという主張は、「ギリシャとドイツの親縁性」という理念によって基礎付けられるに至った。この理念は特に一九世紀において強い影響を及ぼし、いわゆる「ギリシャ愛好」の背景となった。のみならず、それは汎ヨーロッパ的でローマ・ラテン的な古人文主義から、ドイツ・ナショナルでギリシャ的な新人文主義への移行という、人文主義内部の伝統における自己更新（研究の中心の移動）を表現したのである。

ドイツ・ヨーロッパの一八世紀中期以前の人文主義において、特にギリシャ語や古代ギリシャ文化が注目されることは稀であった[73]。例えば古人文主義において、ギリシャ語の文献や古代ギリシャ文化の発見が大きな役割を演じたとはいえ、ギリシャ語との取り組みは主に新約聖書を理解するための単なる手段であり、大勢としてはむしろラテン語・文化との取り組みが重視されていた。また一八世紀ドイツにおいて、国民形成の模範は古代ギリシャ以外にも北欧やキリスト教中世（神聖ローマ帝国）などが存在した。その一方で古代ギリシャは、一八世紀中期に至るまでドイツ・ヨーロッパ人にとって模範としてよりもむしろオリエンタルな、疎遠な存在と見なされる場合が多かったのである（『ホメロスへの序論』の成立に影響を与えたロバート・ウッド［Robert Wood］は、ホメロスの二大叙事詩の中で描かれた英雄の世界を中東のベドウィン族の生活と比較した）[74]。しかし他方でドイツのプロテスタント神学研究において、ギリシャ語との取り組みは宗教改革以来、一貫して重視されるに至っていた。「ルターが、、、、ギリシャ語の聖書から自らのドイツ語の聖書を作り出したということを忘れてはならない。プロテスタント神学者にとって、原典に遡れるということは常に名誉に関わる問題であった。（中略）疑いの余地なくこうした契機が、ギリシャ研究をプロテスタンティズムのドイツにおいて継承する際にある役割を果たした」[75]のである。以下「ギリシャとドイツの親縁性」の理念を、Ⅰ　ドイツで古代ギリシャが注目を浴びてゆく経過、Ⅱ　「ギリシャとドイツの親縁性」の内容、Ⅲ　その成立背景という三つの点に焦点を合わせて検討する。

I　ドイツで古代ギリシャが注目を浴びてゆく経過

ドイツの古典語教育・古典研究において、ギリシャ語の学習やギリシャ研究に対する関心が高揚し始めたのは一七三〇年代からである。それを最初に示すのは一七三七年にゲッティンゲン大学に創設された古典研究のゼミナールにおいて、ゲスナーが学習の重点を従来のラテン語からギリシャ語へと移した出来事であった。[76]また同じ年には、ゴットシェットによって『イーリアス』の第一巻がドイツ語へ訳された。[77]その後、一七五五年にはヨーハン・ヤーコプ・ボードマー（Johann Jacob Bodmer）とクリストフ・マルティン・ヴィーラント（Christoph Martin Wieland）によって『オデュッセイア』の様々な箇所がヘクサメーターの韻律によって、一七六五年にはクロプシュトックによって『イーリアス』第一巻の大部分が独訳された。一七八一年には先に触れたフォスによる『オデュッセイア』の有名な全訳が刊行され、この翻訳は多くのドイツ人によって親しまれた。アーダルベルト・シュレーター（Adalbert Schroeter）『ドイツにおけるホメロス翻訳の歴史』の中には、一八世紀ドイツにおいてホメロスを独訳する（抄訳を含める）四三の試みが記録されており、当時のドイツにおけるホメロスへの注目を通した古代ギリシャへの関心の高まりを示している。[78]そしてヴィンケルマンを先駆けとして、一七八〇年代に本格的に始まるドイツ古典主義において古代ギリシャに対する関心は頂点に達し、古代ギリシャ文学に題材を取った作品（シラーの『メッシーナの花嫁』やゲーテの『タウリスのイフィゲーニエ』など）が著された。なお一七九五年から一八〇五年に至るまでの時期においては、ヴォルフの『ホメロスへの序論』の受容のように芸術（ドイツ文学）と学問（ギリシャ研究）の間の実り豊かな相互作用が現れたことから、「ドイツ人は近代のギリシャ人である」との説が生まれた。

ラントフェスターは、「ギリシャとドイツの親縁性」の理念を最初に定式化した人物はフンボルトであると指摘している。[79]ところで、この理念の内容に関しては一定の解釈が存在せず、特に時代状況によってその解釈が変化した。したがって以下においては「ギリシャとドイツの親縁性」の内容を、こうした時代状況の変化をも留意しつつ明らかにする。

II 「ギリシャとドイツの親縁性」の内容

時代状況に影響されなかった解釈として、二つの例が挙げられる。

第一に、フンボルトはギリシャとドイツの間の民族性・国民性の類似を主張した。彼によれば、「ギリシャ人の性格は、それが人間の純粋な形式を最もよく性格付ける限りにおいて、あらゆる人間存在の理想[80]」であり、「ギリシャの性格の中にはたいてい、人類の根源の性格一般が現れている[81]」。古代ギリシャに関するこのような規定を行う一方で、「彼（フンボルト）の意見によれば、ドイツ人はかつてのギリシャ人と同様に、今や本来の人間性民族、人間性の最も純粋な鏡を形成するように召命されているという高い功名心が彼を政治的なものから遠ざけた。こうした考えが、陳腐なものから高尚なものに至まで、当時の教養あるドイツ人を支配したことは周知のとおりである[82]」ことが指摘されている。この人間性の民族・国民という共通点を介して「ギリシャとドイツの親縁性」が主張されたのである。さらにフンボルトは、「この（ドイツ人による他のネイションの奴隷的な）模倣は過渡的な現象であり、そうでなければ極端な驚嘆と熱心な見習いに値する属性（中略）、理想主義的な多面性への高貴な努力として現れる[83]」と説明したが、他方で彼はギリシャ人が多面性を持つ民族であると見なし[84]、こうした多面性を持つ（求める）民族・国民という点においても、民族性や国民性の類似を介して「ギリシャとドイツの親縁性」が立てられたのである。

第二には、ギリシャとドイツが言語という形成のメディアを介して似ていることが主張された。この解釈を代表したのはパッソーであり、彼は「ドイツ人の若者が自らの母国語についての最初の明晰な感情へと達するのを助ける言語は、一方でドイツ語とできるだけ類比の関係にあり、他方で完全な言語としての要求に獲得可能な限り応じなければならない。というのも、生得のイディオムが不完全の歪んだ映像を映すのではなく、高尚ではあるが真剣さと粘り強さによって徐々に接近可能な模範の完全な壮麗さにおいて描き出されるためである」[85]と主張し、他ならぬギリシャ語こそこうした要求を満たすと考えた。[86]つまりパッソーによれば、ギリシャ語は一方で完全な言語でありながら、他方でドイツ語と似ているがゆえに、ギリシャ語との取り組みはドイツ人の教養にとって有用であるという。[87]こうしてある種の鏡像効果によって、ドイツ人が自らのイディオムの完全性を体現する古代ギリシャへと接近し、ギリシャ語の学習を通して自己形成を遂げることが勧められたのである。[88]パッソーはドイツ文学における古典作品を、古代ギリシャとの近さの度合いによって決め、[89]さらにローマ人の言語であるラテン語は、ギリシャ語の影に過ぎないと見なし、[90]ギリシャ語とドイツ語の間の方が、ラテン語とドイツ語の間よりも近い関係にあると考えた。[91]彼は一八〇六年のナポレオン戦争におけるプロイセンの敗北後、「ドイツ的なものの再生は、ギリシャ語というメディアによって起きなければならない」[92]と説き、ギリシャ語の学習によるドイツの国民性の再建を目指したのである。クロプシュトックやフォスによって行われた、ギリシャ語のヘクサメーターの韻律をドイツ語に移し替える試みも、ギリシャとドイツの間の言語を介した類比に基づくものであった。

以上説明した「ギリシャとドイツの親縁性」に関する二つの解釈から、両者の類似した国民性は国民的な精神の類似、また両者の類似した言語はその精神の孕まれた形成のメディアの類似と言ってもよいであろう。この点においても、形式的陶冶による「言語と（国民）精神」の一致という前提が踏襲されている。

次に時代状況の影響下にあった解釈として、一八世紀末期から一九世紀初期のドイツにおいて「ギリシャとドイツの親縁性」の理念は、ドイツ人もギリシャ人も共に国民的な統一など政治的には偉業を成し遂げなかったが、文化的には世界に対して大きな貢献をなした（なし得る）文化国民であるという意味でおおむね理解された[93]。つまり、当時のドイツが政治的には統一を欠きながらもドイツ古典主義やロマン派の活動に見られるように文化的な多産性を示していた現実が、古代ギリシャが多数のポリスへ政治的に分裂しながらも実り豊かな文化を生み出した事実と重ね合わされた。こうした「ギリシャとドイツの親縁性」の解釈は、例えばゲーテの場合に見られたようにドイツの政治的な分邦主義の是認と結び付いたのである。それどころか、このようなドイツの政治的な分裂状態はギリシャとの親縁が指摘されることによって、開けたコスモポリタン性としてドイツの精神的な優位を証するとも考えられた。さらにナポレオン戦争においてプロイセンが敗北した後「ギリシャとドイツの親縁性」は、ギリシャ人とドイツ人が共に（圧制に対する）「自由あるいは個人的教養の擁護者」[94]であるという点に求めるバルトールト・ゲオルク・ニーブール（Barthold Georg Niebuhr）[95]やフィヒテ[96]などによる解釈が生まれた。その際に「自由」とは、古代ギリシャに関してはペルシャ戦争の勝利によってオリエントの僭主制から守られたポリスの共和的な自由、またドイツに関してはナポレオンが蹂躙したとされるドイツの自由という意味で理解された。ドイツの自由とは、主に（a）モンテスキューが『法の精神』において指摘した「ゲルマンの森の自由」[97]、つまり古代ゲルマンの英雄アルミニウスがローマ軍を撃退しゲルマン民族の独立を守った、という故事に由来したが、（b）ルターが宗教改革によってローマ・カトリック教会から守った「キリスト者の自由」という意味において理解されることもあった。例えば「自由への愛と個人的教養への喜びがドイツとギリシャという二つのネイションの歴史の中に現れ（中略）、ゲルマン民族には個人主義的なプロテスタンティズムがふさわしい[98]」と述べられている。周知のように「キリスト者の自由」は福音や神への帰依による内面や信仰上の自由であり、古代ギリシャにおいて理解された政治的かつ共和的な自由からはその内容が大きく異なっていた。しかし、それにもかかわらずギリシャとの親縁が前提されたドイツの自由として「キリスト者の自由」が挙げられたことは、ドイツの国民形成においてルターの宗教改革の果たした重要性を物語っていると言えよう。一九世紀ドイツの国民形成においては「統一と自由」の実現が目指されたが、新人文主義者が追求した自由の内容は、（a）の人文主義的な意味と（b）のキリスト教な意味における自由の双方であり得たのである。

「ギリシャとドイツの親縁性」の理念に関する解釈において、古代ギリシャはドイツにとって（芸術・学問の発展という点における）文化的な国民形成の模範、あるいは自由の実現という点における政治的な国民形成の模範となり得た。さらに一八〇六年におけるナポレオン戦争でのプロイセンの敗北を契機として、「ギリシャとドイツの親縁性」の根拠を有機体性に求める解釈[99]が生まれ、この解釈はドイツの統一も含めた政治的な国民形成を目指す立場と結び付くに至った。しかしこの最後の意味における「ギリシャとドイツの親縁性」の解釈に関しては独自の問題を含んでいるため、第二部以降において検討する。

III 「ギリシャとドイツの親縁性」の成立背景

「ギリシャとドイツの親縁性」という理念はドイツの中において内在的にのみならず、ドイツの国民形成における対抗像の姿と相関的に形成された。すなわち、一八世紀のドイツではフランスを対抗像とする文化的な国民形成が進展したが、ドイツにおける古代ギリシャに対する関心は一七九〇年代以降、フランス革命とナポレオンのドイツ占領を契機として高まるに至った。というのも、それ以前から存在していたフランスとドイツの間の対抗関係がフランス革命の急進化によって深められ、改めてそれぞれの国の文化が模範とする文明・文化の対抗関係として捉え直され、ドイツが模範としたギリシャはフランスが模範としたローマと対立的に考えられるようになったからである。(100)

すでに一八世紀中期から後期にかけてのドイツにおいてはレッシングやヘルダーなどによって、旧来のラテン語・文学中心の古人文主義、ラテン語学校は、外来のフランス語・文化と共に、それがドイツ独自の文化の形成を阻む要因として批判されてきた。この二つの批判の対象の間には、以下のような歴史的な関連が存した。すなわち、フランスにおいては絶対王制の時期からすでにローマ研究が盛んであり、ラテン文学が積極的に受容され、それがフランス古典主義美学の重要な源泉となっていた。(101) フランス革命において絶対王制を倒し共和制を敷いた革命政府は、自らの政体の理想を古代ローマの共和制の中に仰いだ。(102) そして後にヨーロッパのほぼ全域を一時支配したナポレオン麾下のフランスは、かつてのローマ帝国にあやかったのである。

ローマは元来ドイツにおいてそれほど高い評価を一般に勝ち得ていたわけではなかった。(103) ローマ帝国はキリスト教の普遍史の文脈において、キリスト教が伝播する条件を作り出す天命の役割を担った(104)として高く評価されることもあったが、内部の分裂が問題視された。こうした傾向は一八世紀に至っても残り、例えばヴィンケルマンやゲーテにとってローマは国家として独自な個性を持たず、彼らは同時代の都市ローマを好んだとはいえ、それはヨーロッパにおいて古代ギリシャを模範と仰ぐ人文主義的な文化を継承する中心を意味した（「ローマはアテネである」(105)）。とはいえヴォルフの『古代学に関する講義』においては、一方ではギリシャとローマに関する記述にはほぼ等しい量が割かれながらも、他方では研究対象の規定の仕方について同じ古典古代の中から、ギリシャをローマと比して優位に置く見方が現れた[106]。そして両者の間の関係はフランス革命の激化以降、明確に対抗的なものとして捉えられる場合が増えたのである。当時ドイツにおいて流布したローマ人に関する一般的なイメージは、「ローマ人は余りにも一面的に政治的、余りにも創造性や独創性に乏しく、他の民族から自由を奪った圧制者である[107]」というものであった。こうしたローマに関する性格付けの中には、ヴォルフの古代学においてオリエントの姿へと投影された汎愛主義的な政治・経済など文明と同様のものを見出すことができよう。ところで、当時立てられた「ローマとフランスの親縁性」対「ギリシャとドイツの親縁性」という対立関係は機械論と有機体論の対立としばしば重ね合わされ、さらには同時代のドイツ文学の創作に対しても影響を及ぼした。すなわち、一八〇九年には、ハインリヒ・フォン・クライスト（Heinrich von Kleist）によって『ヘルマンの戦い』が著されたが、ゲルマンの自由の擁護者アルミニウスを主人公とする本書は、当時ヨーロッパを制覇していたナポレオンに対する批判を意図するものであった[108]。なぜならゲルマンのアルミニウスが戦ったローマ帝国は当時のフランスの姿と重ね合わされ、またゲルマンの反ローマ感情はドイツの「ギリシャ愛好」の成立と深い関わりがあったからである[109]。さて「ローマとフランスの親縁性」対「ギリシャとドイツの親縁性」の間には、古人文主義と新人文主義、政治と文化という二つの独立した層での対立が見出され、したがってこの二つの親縁性のタイプの対立はヨーロッパにおける人文主義の伝統の歴史的な発展の中での、相互に必ずしも重ならない原理的な対立として捉えられたことが理解できる。

本章においては新人文主義がドイツの国民形成と関わりを持つに至った理念的な背景として、形式的陶冶と「ギリシャとドイツの親縁性」について別個に検討を行ってきた。以下この二つの理念がドイツの国民形成において担った意義を、両者を関連付けることにより考察しておきたい。まず形式的陶冶は、キリスト教（プロテスタンティズム）において聖書というテクストに基礎付けられていた「Geist 精神・（聖）霊」を、新人文主義の文脈において古代ギリシャ・ラテン語の中へ新たに基礎付け、その現実化を図る意義があった。この後者の現実化という面に関しては、ギリシャ・ラテン語の習得による自主性の形成（人間形成）を経た上で行う市民的・文明的な行為などが意味され、その際に主体化された個人（人間）が必ずしもドイツの国民形成へ寄与する必要はなかったわけである。次に「ギリシャとドイツの親縁性」においては、ドイツ・ネイション、ドイツ文化、ドイツ語の模範としてのギリシャ・ネイション、ギリシャ文化、ギリシャ語の中に高い規範性が付与され、したがって後者との取り組みによる個人の人間形成のみならず、ドイツ・ネイション、ドイツ文化の形成への寄与が期待された。これは、形式的陶冶や古典教養によって自主性の形成された個人を、任意の活動ではなくドイツの国民形成へ向けて収斂する意義があったと言えよう。実際一九〇五年にドイツ研究者のグスタフ・レーテ（Gustav Roethe）は、以下のように語っている。「〈形式的陶冶〉が必要であった理由は、ゲルマン諸民族がネイションとして自らを認識し、彼らが種族や伝統から離れた個人に耐え、いやそれどころか尊敬し、この個人が再び全体へと献身することを学ぶためだったのです[110]」。ところで新人文主義、人間性、文化などを介した「ギリシャとドイツの親縁性」は古人文主義、市民性、文明などを介した「ローマとフランスの親縁性」と対置させられたが、形式的陶冶は古典語との取り組みによって汎愛主義やフランスの啓蒙主義に由来すると見なされた後者の側面を無下に否定するのではなく、第二義的に取り込むことを遠望していたと考えられる。こうして新人文主義的な古典語教育・古典研究は、隣接思潮（汎愛主義、キリスト教）と単に対立するのではなく、ドイツ国民形成への寄与という目的の下に両者をいわば統合する企図を持っていたと言えよう。

第一部においては、新人文主義的な古典語教育・古典研究によるドイツの国民形成コンセプトの樹立を、そのコンセプトの内容を明確に定式化することなしに、歴史的、人物的、理念的な背景に定位して検討してきた。その中で繰り返し問題とされたのは、個人（人間）の形成、ドイツ・ネイションという共同体の形成、キリスト教、人文主義など精神的な伝統、この伝統の人間形成やドイツの国民形成への現実化を媒介する形成のメディア（教会、宗教、文化、芸術、学問、教育、聖書など）の四者であった。今までの論述を踏まえると、新人文主義的な古典語教育・古典研究によるドイツの国民形成コンセプトとして、「Geist 精神・（聖）霊」の形成のメディアを通した交感による「個人（人間）――形成のメディア――ドイツ・ネイション」の三位一体的で有機体的な形成というものが仮説的に再構成できる。以下、この図式に基づいて第一部の流れを振り返り、一九世紀以前におけるドイツの国民形成の展開を一貫した枠組みから捉え直しておきたい。

中世ヨーロッパのキリスト教的共同体において、キリスト教の神を中心とした精神的な秩序が現世の個人（人間）や文化的・政治的な共同体のあり方を主に規定し、その際ローマ・カトリック教会が人間形成の公認された唯一のメディアであった。

ところが宗教改革者はキリスト教の信仰の管理を図ったローマ・カトリック教会という形成のメディアに対する批判を行い、教会という制度によってではなくて聖書の文字という形成のメディアとの取り組みによってキリスト教の神との触れ合いが可能となると主張した。そして、本来の信仰へ回帰した上で「個人（教会の道具）――形成のメディア（ローマ・カトリック教会）――ドイツ・ネイション（領邦国家）」それぞれの従来の固定した内容を突き崩し、この三者を新たに形成し直す可能性を開いた。しかし現実にはルター自らプロテスタンティズムの教会を形成し領邦国家の庇護に入ることによって個人の主体化は不徹底に留まり、ドイツの文化的な国民形成の萌芽が見られたもの、「個人（人間）――形成のメディア―ドイツ・ネイション」の内容はほぼ同一に留まった。ただし形成のメディアとしての教会が、ローマ・カトリック教会とプロテスタント教会の二つへ大きく分かれた。

その後、敬虔主義と啓蒙主義の運動にあっては、ドイツのプロテスタンティズム圏において形成のメディアの新たな管理者として影響力を増しつつあったルター派正統主義の教会・神学のドグマ化に対する批判が行われた。この二つの運動において、敬虔主義はキリスト教の本来の神性、啓蒙主義は理性というそれぞれ異なる「Geist 精神・(聖)霊」に依拠することにより「個人(教会の道具)――形成のメディア(ルター派の正統主義の神学・教会)――ドイツ・ネイション(領邦国家)」の内容を再び揺るがす可能性を準備した。しかし実際には、宗教改革時と同様に個人の主体化は不徹底であり、新たに市民層を中心としたドイツの文化的な国民形成が進展したものの、敬虔主義と啓蒙主義の担い手は共に形成のメディアを管理する正統主義的な教会や啓蒙専制国家の庇護に入り、「個人(人間)――形成のメディア――ドイツ・ネイション」の内容上の変化は著しいものではなかった。

一八世紀中期においては、啓蒙主義の影響下に汎愛主義と新人文主義という二つの教育運動が生まれた。汎愛主義の教育運動においては「Geist 精神・(聖)霊」の次元が希薄であり、事柄の知識との取り組みを通した(実践的な)市民の形成、ひいてはこうして形成された市民がドイツの政治的な国民形成へ寄与することが期待された(「個人[市民]――形成のメディア[事柄の知識]――[政治的な]ドイツ・ネイション」の形成)。それに対して新人文主義においては、新たな「Geist 精神・(聖)霊」の顕現とされた人間性や文化に依拠し、古典語や古典研究という形成のメディアを通した人間形成が目標とされ、自主性の形成された個人(人間)がドイツの文化的、ひいては政治的な国民形成へ寄与することが遠望された。新人文主義は人間形成が市民の形成を初めて可能にするという立場に依拠し、汎愛主義の形成目標を自らの中に含むことを主張した。その際、ヴォルフの古典語教育・古典研究は新人文主義とドイツの国民形成の関わりを学問的、精神史的、教育・学問政治的に基礎付ける意義を担い、古典語・古典研究との取り組みが人間形成へ寄与するという見解は形式的陶冶、ギリシャ(語、文化など)との取り組みがドイツの国民形成へ役立つという見解は「ギリシャとドイツの親縁性」の理念によって根拠付けられていた。したがって一八世紀末期から一九世紀初期にかけては「個人（人間）——形成のメディア（古典語・古典研究、ギュムナジウム・大学）——文化的、引いては政治的なドイツ・ネイション」の三位一体的で有機体的な形成という枠組みが次第に意識化され、形成の目指された個人（人間）、形成のメディア、ドイツ・ネイションの内容が従来と比して大きく変化しつつあった。さらにこのドイツ国民形成の第三の節目が従来の第一、第二の節目と異なったのは、形成のメディアとしての古典語・古典研究の中に認識のメディアとしての役割をも見出された点であった。つまり古典語・古典研究が、一方では認識のメディアとしてドイツ・ネイションの模範としての古典古代、特に古代ギリシャに関しての歴史学的−批判的な研究に寄与し、他方では形成のメディアとしての古典語・古典研究との取り組みが個人（人間）やドイツ・ネイションの形成に貢献すると考えられ、プラトン主義（啓蒙主義）とキリスト教（プロテスタンティズム）の人文主義への総合が密かに前提されていたのである。[111] その際、形成目標である個人（人間）の中には神の道具や市民から区別される自立した価値、（ドイツ・）ネイションの中にもフランスやキリスト教の教権から自立した価値、形成のメディアである言語（特に古典語・学問［古典研究］）の中にも単に事物を理解するための道具とは異なる自立した価値が見出された。そしてこの個人（人間）、古典研究とドイツ・ネイションはいずれも機械的な現状にあることが意識され、古典語との取り組みを介した「Geist 精神・（聖）霊」の交感によって、その本来あるべき有機体的な姿の形成が試みられたのである。

第一章で触れたドイツ国民形成の変動期である三つの節目の変化に際しては、形成のメディアの形骸化がプロテスタンティズムの枠組みにおける「行為主義」化、あるいは「機械論」化として批判され、「信仰の法則」優位の記憶が呼び覚まされ、古い「Geist 精神・（聖）霊」の取り戻しあるいは新しい「Geist 精神・（聖）霊」の発見が目指された結果、この回復された、あるいは新たな信仰に基づき「個人——形成のメディア——ドイツ・ネイション」の枠組みを有機体的に再編する動きが起きたと考えられる。

第二部　一九世紀の新人文主義と国民形成

第二部は一九世紀を一八四八年の三月革命を節目としてその前後に分け、当時のドイツにおける新人文主義的な古典語教育・古典研究の展開と国民形成の関わりの状況を検討する。一八四八年を節目とする理由は、この三月革命の前後まで新人文主義本来の精神の活きていたことが指摘され[1]、したがって新人文主義によるドイツ国民形成のコンセプトが保たれていたと考えられるのに対して、この時点以後において新人文主義の形骸化が進み、そのドイツ国民形成上における意味付けに変容が生じ始めたと思われるからである。考察に際しては、一九世紀ドイツの新人文主義的な古典語教育・古典研究の内在的な展開（特にその論争）、新人文主義とその隣接思潮である実科主義、キリスト教、社会民主主義、大衆ナショナリズムなどとの関わり、ひいては新人文主義及びその隣接思潮と国民形成の現実との関わりという三つの側面及びその絡み合いに留意するが、上で述べた節目の理解に基づいて、第一章においては第一、第三の側面に、第二章においては第二、第三の側面に重点を置く。ドイツの文教政策、特に古典語教育の政策についての変化を考察する仕方について予め一言しておくと、重要な前提となるのは一九世紀を通じて個々の領邦国家が文教政策を決定したことである。しかしおおむねプロイセンの文教政策の変化に他の領邦国家も倣う傾向が見られた。したがって古典語教育の変化については主にプロイセンの文教政策の変化を時代順に追うが、三月革命以前の時期についてはプロイセンと一部のプロイセン外領邦国家の文教政策の間に対立が存在したので、この時期についてはこうした対立の側面についても触れる。

以下、ドイツにおける一八世紀までの国民形成と一九世紀の国民形成の間に存する性格上の相違、及び第二部の叙述の仕方の特徴に関して簡単に述べておきたい。すなわち、一八世紀までは文化的な国民形成にほぼ終始し、新人文主義によるドイツの国民形成コンセプトにおいて政治的な国民形成が遠望されたにせよ、それは抽象的なヴィジョンに過ぎなかったのに対して、一九世紀においてはナポレオン戦争によるプロイセンの一八〇六年の敗北を機として政治的な国民形成、より具体的に言えばドイツの「統一と自由」の実現が模索され始めた。こうした性格上の相違を踏まえた上で、第二部においては一九世紀ドイツの国民形成について文化と政治の両面から検討を行い、一八世紀以前のドイツ国民形成の流れを顧慮した包括的な視座から把握することを試みる。

第一章　国民形成コンセプトの制度的な導入とその展開（一八〇六―四八年）

本章は一八〇六年から四八年に至るまでの時期を、一八一五年のヴィーン会議と「ドイツ連邦 Deutscher Bund」の結成に始まり一八一九年カールスバートの決議における復古体制の樹立という節目に着目し、一八〇六年から一九年にかけての時期は新人文主義的な古典語教育・古典研究がドイツの諸領邦国家の文教体制へ制度的に導入されるに至る経過とその諸相（第一節）、一八一九年から四八年にかけては古典語教育・古典研究上の論争、その国民形成上の政治的・文化的・理念的な背景や意義、隣接思潮や国民形成の現実との関わりなどに考察の焦点を当てる（第二節）。[2]

以下一八〇六年に至るまでの時期におけるドイツの国民形成の様相を、フランス革命が勃発した一七八九年から手短にまとめておく。マイネッケは『世界市民主義と国民国家』の中において、近代ドイツの国民形成は「(一方でドイツにおける）精神生活の内的な諸傾向から、他方では国際情勢の強い印象と刺激から可能になった」[3]と記している。この引用における「精神生活の内的な諸傾向」が第一部で取り扱ったような文化・宗教上の出来事であったとすれば、「国際情勢の強い印象と刺激」とは、一九世紀の幕開けとなるフランス革命や、ナポレオン戦争におけるプロイセンの敗北[4]といった出来事であった。

一七八九年に始まるフランス革命においては、旧来の身分制などの社会的な秩序及びそれを支えていた精神的な背景が批判あるいは解体され、自由、法の前の平等、民主主義など近代の国民形成の諸理念となる原理に基づく改革がまずはフランスで行われ、それが他のヨーロッパ諸国へも少なくとも思想として波及した。ドイツにおいてフランス革命の共和的な理念は当初、文人や知識人にとって一般に歓迎された。それによって伝統的な反フランス感情は、彼らの間において一時弱まったかのように見えた。しかしこの反フランス感情は、ジャコバン派の恐怖政治に現れたフランス革命の急進化によって再び掻き立てられるに至った。なぜなら当初フランス革命において追求された社会契約、市民社会、民主主義などの、理想からは程遠い実態が明らかにされ、それらの啓蒙主義的な理念や制度が、やはりドイツとは異質なものであることが一般に確認されたからである。しかし、他方ではフランス革命において鼓吹された理念をその実現形態から区別し、後者を批判しつつも前者を擁護するのに吝かではなかったカントやヘーゲルのような人物もいた。そして、新人文主義的な古典語教育・古典研究がドイツの国民形成との関わりにおいて、フランス革命で追求された理念の直接的な導入を図らないまでも、その間接的な実現を射程に入れるものであったことは第一部で述べたとおりである。

他方フランスで革命、政治、戦争の嵐が吹き荒れていた時期、ドイツ文化はかつてない高揚期を迎えていた。思想の世界においてはカント、フィヒテ、シェリング、ヘーゲルなどドイツ観念論の哲学者が輩出した。文学の世界においてはゲーテ、シラーがドイツ古典主義の傑作を創作しており、彼らと競合する形でシュレーゲル兄弟などロマン派の詩人・文人が、あるいはヘルダーリンなど後年になって初めてその真価が認識された作家も含めて創造活動を行っていた。さらに音楽の世界においては、モーツァルトやベートーヴェンなどの大作曲家が名曲を作り上げていた。こうしたドイツの学問・芸術の興隆は、文化国家としてのドイツという自己理解が生まれ継承される実質上の基盤となり、すでに述べたとおり既成の領邦国家体制を承認し、ドイツの政治的な国民形成を必ずしも必要としない意見を支えた。ところで当時のドイツにおける文化の高度な発展は、一八世紀以来顕著になりつつあったキリスト教信仰の世俗化とも関連しており、神的な存在であるべき人間の作り上げた文化がキリスト教に代わるある種の代用宗教的な役割を担いつつあった。(5) ドイツにおいては芸術や学問など文化との取り組みが信仰覚醒的な価値を持ち、文化が世俗化したプロテスタンティズムとしての役割を果たした、というプレスナーによる主張は、(6) 特にこの一八世紀末期から一九世紀初期にかけての状況に基づいていたわけである。

シラーは「クセーニエン」所収の「二つの熱気」（一七九六年）の中で「フランス狂という冷たい熱気が私たち（ドイツ人）を去ったと思うや否や、ギリシャ狂の中でさらに熱い熱気が噴出す」(7) と述べた。新人文主義の精神運動は、一方でフランス革命に現れた市民的・政治的なフランス（啓蒙主義）からのインパクトを、他方でキリスト教の宗教性を、古典古代（特に古代ギリシャ）との取り組みという文化創造の場へと止揚しつつあったわけである。またフーアマンは同様の状況を以下のように描写している。

啓蒙主義の抽象的な理想は、それが当初いかに多くの人々に解放的に映ったにせよ、また常にその副産物としてあった冷静な有用性思考が宗教的な内容の色あせた後いかに切迫して現れたにせよ、明らかに継続的には絶対的な価値、いやまさに超越への空腹と名付けて良いような欲望を満たさなかった。そこで一方で観念論哲学が、他方でギリシャへの信仰がその真空を埋めた。このギリシャへの信仰は、観念論哲学よりも歴史的なモデルの具体性という点で優っていたのだが。(8)

こうしてフランス革命の開始から一九世紀初期にかけてのドイツは、一方では旧体制からの政治的な解放の印象の下、キリスト教からの文化的な解放・継承つまりドイツ文化の興隆を成し遂げつつあり、特にフランス革命の印象に対しては同様に政治の変革へ向かうか、文化の形成に自己限定するか、あるいは新人文主義的な古典語教育・古典研究が遠望したように個人（人間）や文化の形成から政治の変革へ向かうか、といったコンセプトの揺れ動きの中にあったと言えよう。

第一節　一八〇六年から一九年にかけて

一八〇六年のナポレオン戦争におけるプロイセンの敗北の原因は、主としてその硬直した政治体制と様々な分裂状態の中に求められ、旧来のプロイセン・ドイツの国家体制に対する根本的な反省をドイツの諸領邦国家の為政者に促した。すなわち、外から刺激が加わると国家の頂点において起動すべき支配者層の力が減退し、国家全体は死んだ機械装置のような部分に分裂したことが問題視され[9]、国家の外的な崩壊（戦争の敗北）はその内的な無能さの結果とされたのである。この機械的な秩序と分裂状態の具体的な現れとしては、主に二つの点が挙げられた。第一には、ドイツの諸領邦国家の内部に身分的な差別が存し、一般的に人々の自発性が乏しく、祖国を外敵から自主的に守ろうとする気概に欠けた点である[10]。その理由としては、「啓蒙」専制主義といえども「専制」的な政治体制が無気力な臣民を作り出したことが指摘されたのである。特にプロイセンでは、フリードリヒ二世の機械的な国家が臣民の奴僕的な心性を醸成したとして批判された[11]。第二は、多くの領邦国家への分裂という点である。この点については、自らの領邦国家にのみ関心を注ぎ、ドイツの外敵たるフランスとの同盟も辞さない自己保身を図る心性が、身分制が陥った政治・倫理的な腐敗と社会的・経済的な後進性のゆえに糾弾された。[12] そして上で挙げた二つの点は、後に「分邦主義（地方割拠主義）Partikularismus」[13]の名の下に批判的に総括されたのである。

この分邦主義を克服するために、従来の文化国家としてのドイツという理解では不十分であった。そこで文化国家から政治国家としてのドイツを形成する動きがまずプロイセンで見られた。当時のリベラルな政治的な国民形成の流れを代表するプロイセンの宰相ハインリヒ・フリードリヒ・カール・フォン・ウント・ツム・シュタイン帝国男爵（Heinrich Friedrich Karl Reichsfreiherr vom und zum Stein）は、ただ法律を上から布告するだけではなく、国家を下から支え守るような自主的な精神を広く国民の間に形成することを試みた。なぜなら、「古い国民国家には、国民の深い領域から現れる自発的な運動が欠けていた」からである。そして、ドイツ全民族の生活の内的な更新、引いては分邦主義の乗り越えによるドイツの「統一と自由」の実現が問題となったのである。この課題を実現し得るものとして期待されたのが、軍隊の再建、憲法の制定と国民教育のコンセプトであった。後二者に関してシュタインは、「ドイツの自由はただ領主の力の中にあるのか、それとも住民の自由とネイションの力の中にあるのか。両者を認めるような憲法はいかにして可能なのか」[14]と建白書の中で問い、立憲君主制の樹立によるドイツの国民形成を模索した。また国民教育は、あらゆるドイツ人の文化的・精神的な共通性を意識化し、分邦主義的で小国家的な思考の狭隘さを克服することを目的としたのである。

以下、国民教育と新人文主義的な古典語教育の関わりについて述べ、憲法の制定に関しては後で触れることにする。シュタインの周辺にはプロイセン、ひいてはドイツの改革という目的においては軌を一にしながらも、その実現のための立場を異にする様々な勢力が結集しており、国民教育のコンセプトに関しても数多くの意見が存在した。

しかしその中で最有力であったのは、フィヒテの国民教育論であった。周知のように彼は自らの講演「ドイツ国民に告ぐ」（一八〇八年）によって一九世紀ドイツの国民形成に対して大きな影響を及ぼし、この講演は特に後の大衆ナショナリズムにとって思想的な淵源の一つとなった。この「ドイツ国民に告ぐ」の中でフィヒテは、感覚的な現実の世界を知ることに努める教育を「古い教育」、個々人の利己的な衝動を全体という概念へと服従させる教育を「新しい教育」と名付け、ドイツの国民形成は「新しい教育」を柱とする人間性の実現という特別な使命を負うと主張した。[15]この「古い教育」の中には汎愛主義の姿が投影されており、この「古い教育」や貴族・身分制に対する批判、あるいはドイツの国民形成の目標を人間性の実現の中に置くなどの点において、[16]フィヒテの国民教育論と新人文主義の間には共通点が存在したのである。もっとも新人文主義者は個人の自主的な精神の形成を追求し、その多くはフィヒテの反個人主義、反コスモポリタニズムを忌避したのであるが。[17]ところでプロイセンではすでに一七八七年から高等学務委員会を中心として近代化へ向けた教育改革が始まっていたが、ナポレオン戦争での敗北はその改革を促進する刺激を与え、また新人文主義はこの改革と時代を風靡したフィヒテの国民教育論の両者と深い関わりを持っていた。その結果一八〇七年に始まるプロイセンの文教改革に際して、中等・高等教育に関する改革の理論的な根拠とされたのは新人文主義であった。この文教改革において大きな役割を演じたフンボルトは初等・中等・高等の全教育レベルを一つの持続的な全体と見なし、新人文主義の教養の構想を具体的な学校改革計画の基礎としたのである。

当時、改革の焦点となったのは主に中等学校制度の法的な整備と、大学の理念の鍛え直し及びその再編であった。以下その改革の内容を、改革に際しての文部官僚の役割をも含めて順次検討してゆく。

高等学務委員会は創設以来ラテン語学校など諸学校の諸条件や基準を改善することに努め、それらの学校を教養学校（後のギュムナジウムの前身）と後の実科学校に連なる「市民学校 Bürgerschule」に区別し始めていた。一七八八年には教養学校の学生に卒業試験が課され、その卒業者が大学入学資格を持つことが決まり（いわゆるアビトゥーアの導入）、すでに触れたラテン語学校の形式的陶冶に基づく古典語の授業内容の改革は、学校自体の改組とも連動していたのである。こうしてかつての教会や都市の緩い後見に代わり国家による統一的な文教管理への道が踏み出され、プロイセン国家は国家官僚の良質な供給ルートの確保を目指したのである。[18]ところでギュムナジウムにおいては古典語の授業時間数が増やされたが、その理由は形式的陶冶の理念に基づき大学での準備教育を行うため、という点に限られず、ドイツの国民形成への寄与という点が当初は強く意識されていた。それを現すのは、新人文主義者のラインホールト・ベルンハルト・ヤッハマン（Reinhold Bernhard Jachmann）が同僚のパッソーと共に創刊した『ドイツ国民形成論撰』[19]（一八一二年、この書物の扉絵にはフィヒテの肖像が掲げられていた）である。同書はヤッハマンがダンツィヒ近郊のヤンコフに設立した「コンラーディヌム Conradinum」という（ギュムナジウムに当たる）教育施設における新人文主義的な教育実践の理念を報告したものであった。この『ドイツ国民形成論撰』の序文においてパッソーは同書を刊行する動機を、同時代のドイツの状況と関連させて次のように述べている。

我々は『ドイツ国民形成論撰』という題名を選んだ。この題名の中に、すべての傾向が十分に表現されている。我々は政治的な側面から何も期待することができない。なぜならドイツ人はすでに長い間、国家市民として感じることを止めているからだ。ただ彼らの学問だけが普遍的な「形成・教養 Bildung」の手段であり、この絆を広く堅固に固めるために、国民性の再建は次のような人々から始めなければならない。つまり口頭あるいはペンによって教えるかに関わりなく、ドイツ的な様式と芸術の託された、教師の身分からである。しかし、最善のことは未来の世代から希望することができる。なぜなら、現在の事柄はもはやそれ自体から生まれることがないからであり、そこでドイツの国民形成という概念は目下のところドイツの若者の教育という概念と全く一致する。[20]

この引用には、共通の学問（より具体的には古典教養のこと）を通して、まずは教師の身分の間にまとまりを作り出し、ひいては教育を通してドイツの国民形成への寄与を目指す新人文主義の主張が如実に現れている。その際ヤッハマンは、この主張を学校制度の整備や人間形成と関連付け、「ネイションの形成が成長すべきであれば、ネイションの全学校制度は人間形成の最高の目的の同一の源泉から導き出され、国民性の根源的な土壌に基礎付けられなければならない。ただ唯一の人間性が存在し、それぞれのネイションは完結した全体である。それゆえ国民的な教養施設は個人や身分ではなく、ネイションを形成しなければならない」[21]と述べ、こうした考えは後のプロイセンの文教改革案に反映したのであった。ヤッハマンはこのように学校の中に、国民形成のメディアとしてきわめて重要な役割を付与し、「学校と世界の折衷主義」を批判した。そして自らの教授経験から実科的な能力と人文主義的な能力の同時的な養成が両立しないことを意識し、後者の優位の下に「（前略）自らの目的を世界から借りるのではなく、逆に自らを世界の目的と見なし、人類の最高の目的を目指して努力し、まさにそのことによりその不変的な性格を保つ学校のみが、人類を真実に養成する学校となる」[22]という理想主義的な主張を行った。さらに「Geist 精神・（聖）霊」の形成のメディアを通した交感による「個人（人間）——形成のメディア——ドイツ・ネイション」の三位一体的で有機体的な形成という図式は『ドイツ国民形成論撰』の随所から再構成でき[23]、本書は新人文主義によるドイツの国民形成のコンセプトが現れている好個のテクストとなっているのである。

一八世紀中期以降、主に汎愛主義者による批判に曝されていたドイツの大学の多くは、一八世紀末期から一九世紀初期にかけて閉学を余儀なくされた。[24] というのも、ヴォルフの新人文主義的な古典研究が乗り越えを目指したような伝統的で好事家的な学識は、変化しつつある時代の要請にもはや応えることができなくなっていたからである。僅かにゲッティンゲン大学やハレ大学など、啓蒙主義の刺激を取り入れた大学のみが生産的な活動を続けていた。その後プロイセンにおいては一八〇六年にハレ大学がナポレオンの命令によって閉学するに及んで、同大学に代わる新たな大学をベルリンに設置する案が具体化した。この設置の提案に対してフリードリヒ・ヴィルヘルム三世（Friedrich Wilhelm III.）は「国家は物質的な力において失ったものを、精神的な力によって取り戻さなければならない」[25]と応え、ベルリン大学の開学を約束したのは周知の事実である。その際に重要な役割を演じたのは、一八〇九／一〇年にプロイセンの内務省文化・公教育庁長官の任にあったフンボルトであった。彼がまとめ上げたベルリン大学（後のフンボルト大学）の開学の理念は、大学の専門学校への改編を目指す汎愛主義者の側からの主張[26]を退け、一九世紀のドイツにおいて大学や学問が隆盛に達する礎となったのである。彼はヴォルフを初めとする当時の著名な学者をベルリン大学へ招聘しただけではなく、大学や学問の理念そのものを構想し直した。つまりフンボルトによれば大学は国民文化の最も高貴な施設であり、彼による大学論の中心は、学問を未だ完全には解決されていない問題と見なす、永遠の探求としての学問観であった。[27] 言い換えれば、正統主義的なキリスト教が主張したような固定したドグマや汎愛主義の有用性志向に依拠するのではなく、「孤独と自由」あるいは「研究と教授の自由」が「研究と教授の統一」と並んで重視されたのである。さらにフンボルトは、大学が国民形成に際して果たす役割を、若者を導く教育という点に見出した。そして、「大学と全ネイションの形成に際して重要なのは博識だけではなく、むしろそれによって全学科とその研究が示されるような精神であり、つまり頭脳にとって実り豊かになるような精神である」[28]という言葉から窺われるように、学問との取り組み、特に古典教養による個人の精神の形成が国民形成と大学の理念の根本に据えられたのである。すなわち「内部から由来し内部へ植え付けられ得るような学問のみが性格をも形成し、国家と同様に人類にとっては、知識と演説よりも、むしろ性格と行為が問題なのである」[29]。その際、フンボルトは神学部に代わって新たに哲学部を大学の中心と見なし、哲学部の中では古典文献学科を最も重視して「最近の時代の全学問的教養は古代の研究に基づいている」[30]ことが謳われた。彼の学問観は、個人の精神の形成とそれによる市民の（行為）能力の涵養を目指す点において、形式的陶冶と共通の性格を持っていたのである。

フンボルトによる大学論の普及と並んで、一九世紀に至ってドイツの大学間の交流は一般的かつ規則的になりつつあった。「ドイツのあらゆる大学は分邦間の境界を越えて統一的なオルガニズムの器官を形成し、それらの大学を統一するのは血の循環に譬えられる生きた流れであり、教授や学生は東から西へ、北から南へ、プロテスタンティズムの地域からカトリシズムの地域へ、あるいは逆の方向へ常に移動するようになり、強い連帯感が生じた」[31]。こうしてドイツの大学は従来の領邦大学としての性格から脱皮し、有機体としてのドイツ・ネイションを活性化し、ドイツの「統一と自由」を促進する機能が与えられた。学校（ギュムナジウム）や大学は、かつての教会に代わる（国民）共同体形成のメディアとされ、「教養は信仰や世俗化した宗教の性格を帯びた。（中略）こうした宗教的な特徴は、ギリシャ人への崇拝によってさらに高まった。大学やギュムナジウムはいわば神殿となり、哲学者と文献学者は一種の僧侶や生の指導者となり、精神の恵みは神の恩寵を、ギリシャ人の言葉は神の言葉を与える」[32]に至ったのである。

なお新人文主義的な古典語教育・古典研究の制度化と教育・大学改革に際して忘れてならないのは、古典研究を修めた一部の文部官僚の役割であった。特にプロイセンにおいて官僚はフリードリヒ二世の時代から宮廷と対立して大王の親政からの解放を目指し、独自の勢力を築き始めていた。こうしたプロイセンの文部官僚としては、ヨーハン・ヴィルヘルム・ジューフェルン（Johann Wilhelm Süvern）とヨハネス・シュルツェ（Johannes Schulze）の働きが特筆される[33]。この二人の文部官僚は共にハレ大学においてヴォルフの下で古典研究を学んでいた[34]。ジューフェルンはすでに一八〇七年にケーニヒスベルクで行った演説によって当時のドイツの国民形成コンセプトに影響を及ぼしており、彼はこの演説において連合国家からなるドイツ統一の重視を説き、臣下ではなく国家市民の育成を国民形成の目的と見なし、国民形成が包括的であるべきことを説いた[35]。そして一八〇九年から文化・公教育庁の枢密顧問官を務め、一八一七年にかけてフンボルトと共同作業を行った。ジューフェルンはパッソーと同様に教育と政治の結び付きを強調し、プロイセンの学校制度を模範として全ドイツに単線型の学校組織、教育制度が形成されることを射程に入れ、しかも教育を通した身分制社会の解体を目指した。こうした試みは、一八一九年の一般教育法案に結実した。つまりこの法案においては、「公共の一般学校は、それが民族の若者の教育のための根本と中心として全体的な国民教育の基礎を形成するように、国家やその最終目標と関わらなければならない。若者の教育をその市民的な規定のためにその最も可能な限り普遍的で人間的な形成へと基礎付け、彼らに国家社会への入場をそれによって合目的的に準備し、彼らの中へ国王と国家への忠実な愛を注ぎ込むことが、その一貫して熱心な骨折りでなければならない。（中略）一般的な初等学校、一般的な都市学校、ギュムナジウムの三つの段階は、それがナショナルな若者の教育のための共に唯一の大きな施設であるかのように考察され得るように、その最終目標へ向けて設置されねばならない[36]」ことが目指されたのである。シュルツェはジューフェルンの後任であり、文部大臣カール・ジークムント・フランツ・フォン・シュタイン・ツム・アルテンシュタイン男爵（Karl Sigmund Franz Frhr. von Stein zum Altenstein）の下に教養授業の責任者を務め、一八一八年から五八年にかけてプロイセンの文教局に在籍した[37]。彼は多くの人材を発掘して、汎愛主義・キリスト教などの隣接思潮に対して一般教養の優位を確立し、また彼の時代にギュムナジウムの教師は以前のようにパトロンや都市によってではなくて、国家によって任命されるようになった。そしてシュルツェはヘーゲルの影響を受け、カールスバートの決議後の復古体制下において現実と妥協せざるを得なかったものの、この復古体制によって施行を阻まれたジューフェルンの一般教育法案の理念の現実化を場合に応じて試み、古典語教育を制度的に堅持することに尽力したのである（ジューフェルンとシュルツェの他にも、プロイセンにおいては新人文主義のより民主的な古典語教育によって自らの地位を築き上げた開明的な官僚が多かった）。彼らプロイセンの文部官僚が行った、新人文主義的な古典語教育の制度化と関わる教育法制としては以下のものが挙げられる。一八一〇年には国家の「教職任用試験」によるギュムナジウムの教会からの完全な独立、一八一二年にはアビトゥーア規定に従った試験を実施でき、かつ大学教育を受けた教師を雇用できるラテン語学校だけが（実科系学校から区別して）「ギュムナジウム」と公称され、ギュムナジウムにおける教科課程の統一が取り決められた[38]。その後一八三四年にはアビトゥーアの内容が法令でより細かく規定され、一八三七年にはギュムナジウムでの古典語重視の学業計画が規範化され、この年をもってプロイセンにおける古典教養中心の教育改革はいったん終結した。こうしてプロイセンの学校制度はギュムナジウムが共にラテン語学校・教養学校から分岐した他の実科学校、「産業学校 Industrieschule」に対して優位に立つ三系列へ整備され、いわゆる複線型分節化のギュムナジウム体制が成立したのである。

以上の整理から明らかとなったようにギュムナジウム、大学、文部官僚は、共に教育を通した分邦主義の解体という、ドイツ国民形成上の共通の役割を担っていた。そして（形成のメディアたる）古典古代や古典語についての「研究と教授」の「統一と自由」は、ドイツ・ネイションの「統一と自由」へ有機体性を介して貢献すべきであることが共通の認識として存したと考えられるのである。

プロイセンにおいて始まった新人文主義の精神による文教改革は、ドイツの他の領邦国家へも波及した。プロイセン以外のドイツの諸領邦国家における新人文主義的な古典語教育の導入とその制度化は、例えばバイエルンでは一八〇八年、ザクセンでは一八一二年、シュレスヴィヒ＝ホルシュタインでは一八一四年、ナッソーでは一八一七年、ヴュルテンベルクでは一八一八年に行われた。(39) 制度化された古典語教育の内容は個々の領邦国家によって相違があったが、新人文主義的な古典語教育を以前の古典語教育から区別する共通の特徴は、以下の三点にあった。すなわち、フランス語の授業時間数を一部減らすことによってギリシャ語の授業時間数が以前と比べて大幅に増えた点(40)（その結果、古典語の授業時間数は全授業時間数のほぼ半分となった）、「ギリシャとドイツの親縁性」に基づいてギリシャ文化が「絶対的な価値の全体的な顕現」(41)としてローマ（ラテン）文化や場合によってはキリスト教よりもはるかに重視された点、形式的陶冶が古典語教育を基礎付ける理念として大きな役割を演じた点である。

この新人文主義的な古典語教育の特徴の一つである形式的陶冶の重視は、ドイツの国民形成との関連においてきわめて重要であった。なぜなら、従来のように身分の相違ではなく、古典語の文法の習得などによる形式的・機械的な訓練によって得られる成果が個人の社会的な地位を左右する可能性が開かれたからである。前述の如く、ジューフェルンの提案を容れてギュムナジウムが国民的な教養施設としてオーストリアを除くドイツ語圏の諸領邦国家に認可・設立されつつあった。その結果、学校教育を通した身分間の流動化という現象が期待され、現実に起きた。すなわち一方で、一七、一八世紀において貴族の子弟は同じ身分の子弟のみからなる「騎士学校 Ritterschule」などへ通っていたが、一九世紀にはオットー・フォン・ビスマルク（Otto von Bismarck）やヴィルヘルム二世（Wilhelm II.）の例に見られたように、彼らは市民の子弟と共に（人文主義）ギュムナジウムへ通うようになった。[42]
他方、従来の身分制社会の枠内では困難であった社会的な上昇の機会が主に市民層に対して新たに作り出され、官吏、教師、牧師、医者、法律家など国家を担うエリート層の養成が図られた。[43] 実際にヤッハマンは古典語教育による精神の形成が下層階級の人々の生活改善に役立つことを信じ、彼の設立したコンラーディヌムには様々な身分からなる人々の子弟が通ったのである。[44] このような形式的陶冶の理念に孕まれていた民主的な傾向[45]は一九世紀の初期から一八八〇年代に至るまで存在しフンボルトによる「最も粗野な日雇い労働者と、最も行き届いた教育を受けた人が（古典語教育を通して）根本的に同じ心情へと導かれなければならない」[46]という言葉のとおりに、古典教養を絆とした（後に教養市民と呼ばれる）層が領邦国家の違いを超えて形成されることによって、ドイツ人の一体感を強める効果が、緩慢であるとはいえ現れ始めたのである。

ところで、これと同様の効果は一八一三年の解放戦争の際には劇的な形で起きた。すなわち、当時初めて多くのドイツ人が身分や出身地域の相違を超えてフランスという共通の敵に対して戦うことによって、[47]ドイツ民族の一体感が集約的に発酵し、その後のドイツの国民形成が進展する貴重な国民的記憶を形作ったのである。[48] もっとも、当時解放戦争へ参戦した人々は学者や知識人層、手工業者層の割合が高く、農民層の割合がきわめて低かったことが指摘されている。[49] けれどもなおこの戦争へ参戦した人々の中にはギュムナジウムにおいて教鞭を執る古典語教師が少なからず含まれており、彼らは自らが戦塵を浴びたドイツ人としての体験、自由の尊さなどを古代の市民共和国の解放戦争の姿と重ねて、反君主制的ではなく反身分制・反貴族的な感情を交えて解放戦争後の古典語授業の中で語ったことが記録されている。[50] この解放戦争の担った国民形成上の役割を承けて一八一七年の宗教改革三〇〇年祭にはヴァルトブルクの祭典が開催されたが、この祭典を主催した学生組合（ブルシェンシャフト Burschenschaft）に古典研究を専門とする学生が参加していたことも当時の古典語教育のナショナルで民主的な傾向を表す出来事であったと言える。こうして新人文主義的な古典語教育の担い手は、単にギュムナジウムという閉じられた場においてのみならず、社会的にもドイツ・ネイションの形成（「統一と自由」）を図る出来事に関与していたのである。「ギュムナジウムは全国家的な市民層を教育し、その限りで近代的であった。いやそれどころか、ギュムナジウムでの古典教養は全ドイツで類似していたので、この教養は市民的で全ドイツ的な国民意識の成立に大きな貢献を成し遂げた。翻って新たな古典教養の推進者としてのプロイセンの役割は、プロイセンの〝使命〟とドイツの教養との小ドイツ主義的な同一化と国家の自由主義的な近代性への信頼をおおむね（共に）基礎付けた」のである。[51][52][53]

しかし他方で、新人文主義的な古典語教育・古典研究の「理念が定式化された政治的な状況とは、なるほど改革への信仰と政治家や学校改革論者の間の一定の同意によって担われてはいるが、その基礎は依然として身分制によって特徴付けられたプロイセン国家であった」ことも指摘されている。[54]未だに全住民の文盲率が約七〇パーセントと高く就学率が低い中、多くの人々にとっては古典語の学習の前段階となる基礎が欠けていた。さらに一八二〇年に大学へ入学した人々は全ドイツの人口のわずか約〇・五パーセントに過ぎず、[55]当時にあって新人文主義的な古典語教育による国民形成は全国民層を包括するものでは到底なかったのである。しかし、当初意図されたような新人文主義的な古典語教育がドイツ人の広汎な層へ浸透することを妨げた主な原因は、何よりも以下に触れるような復古体制の樹立に由来した。

第二節　一八一九年から四八年にかけて

一八一五年のヴィーン会議においては、神聖同盟のみならずドイツ連邦の結成が取り決められた。ドイツ連邦には主権を持つ三五の領邦国家と四つの都市が加盟し、神聖ローマ帝国の名残を残していた。その後、一八一九年のカールスバートの決議においてはドイツの「統一と自由」を目指す民主的な政治運動をヨーロッパの君主国家が共同で取り締まることが決められ、ヨーロッパがフランス革命以前の旧体制へ復帰することが決定的となった。この決議に反対してフンボルトはプロイセンの文化・公教育庁の職を辞任し、ジューフェルンはすでに一八一七年以来、改革の困難さを意識し次第に第一線を退くなど、ナポレオン戦争の敗北を機に開始した新人文主義的な教育改革の路線の変更を余儀なくされていった（復古派の官僚ルドルフ・フォン・ベッケドルフ Ludolph von Beckedorff は、ジューフェルンによる一般教育法案に対する批判的な吟味を行った）[56]。「一八〇九年から一九年にかけての新人文主義者による改革の意図は、（中略）君主制により支配された国家の現実においては実行不可能であった。この国家によって理念を学校の組織へ首尾一貫して反映させせることは、挫折せざるを得なかった」[57]のである。その結果、プロイセンにおけるギュムナジウムの学業計画は新人文主義の本来の意図から逸脱したものとなった。つまりフンボルト、ジューフェルンにおいては、（レッシングやヘルダーなどによる）普遍的な人間性の理想に基づいて主体としての個人（人間）やネイションの同時的な形成が構想されていた。しかしシュルツェやヘーゲルにおいては、外来・旧来の機械論的な秩序からの解放が不十分なまま、ロマン派の保守的な政体論者に依拠する国民形成の流れが力を盛り返し始めた現状に当面し、国家を強大化する面が強くなったのである。[58]

ところでカールスバートの決議以後、古典古代（特に古代ギリシャ）に顕現したと見なされた共和的な自由や平等などの理念はドイツの「統一と自由」を志向するものとして受け取られた（実際ヴォルフによれば、「人間性と自由と平等が秩序と結び付いて、ギリシャのポリスを形成している」[59]のであった）。その結果、古典語教師・古典研究者によるギュムナジウム・大学などを場とした「統一と自由」に関する言論もまた、フランクフルトとマインツに設けられたドイツ連邦の諮問機関の監視下に置かれることになった。というのも、官憲は教育と政治の結び付きが実際には弱まりつつあったにもかかわらず、この結び付きを過大評価し、古代ギリシャの民主的なポリス、古代ローマの共和制にかつて実現した自由や法の前の平等などの要素は、現実のドイツの君主制的な政体を揺るがしかねないと考えたからである。[60]したがって復古体制下において「ギリシャとドイツの親縁性」の内容は、政治的な自由という意味では理解されなかった。こうして人文主義者に対しては、古代ギリシャ・ローマの民主的・共和的な自由や平等という「危険思想」を学生へ広める、という嫌疑がしばしばかけられ、[61]「新人文主義の創始者の世代が部分的に企てたような政治的－革命的な意図における古代の民主主義的な解釈の可能性は、ギュムナジウムでの教養の第二世代の媒介者にとっては厄介な遺産となった」[62]のである。実際にフンボルトのリベラルな思想の影響を受けていたボン大学古典文献学科教授のヴェルカーは、一八一九年にドイツの統一に賛成する文書を出版したため官憲による家宅捜索を受け、その後数年間にわたる監視を受けている。彼は七月革命後の一八三一年にも同一の文書を再版したため、再び官憲の家宅捜索と監視を受けるに至った。[63]しかし多くの古典語教師・古典研究者はこうした嫌疑を避けるために、自らの知識を隠すか、あるいは古典古代が同時代へ投影されることにより生じる誤解から我が身を守ろうとし、古典語教育・古典研究の目的をもっぱら（テクストの内容の理解よりも、むしろ文法の習得からなる）個人的教養の会得として理解したのである。[64] 当時の古典語教師・古典研究者による代表的な政体観とは、君主制の内部で言論の自由、法や政治的な参加の平等などの民主主義的な原則は可能である、というものであった。[65] ベークは古典研究の入門の講義で、「その根底にある自由の感情を危険視するのでないのであれば、古代世界の共和主義は何人かの人々が思っているように、危険なものではない」[66] と釈明を行っている。いずれにせよ一八一九年から三月革命の前後に至るまで、ドイツの古典語教育・古典研究は当時の主要な潮流であったリベラリズム、ロマン派的な保守主義、ナショナリズムの狭間にあり、総体として合法則的な、政治的な観点においては一面性に対して抵抗力を持つ方向付けを墨守したことが指摘されている。[67]

以上触れた復古体制の樹立において重要な点は、第一部で検討したドイツ国民形成の節目と同様の特徴を再び指摘し得ることである。すなわち第一部においては、ルターの宗教改革後アウクスブルクの和議の締結によってプロテスタンティズムの現実化つまり個人の主体化の徹底が妨げられ、プロテスタンティズムが旧来の領邦国家体制へと吸収されたことを指摘した。さらに敬虔主義と啓蒙主義の運動後、啓蒙主義が主に支配階級に担われることによって啓蒙主義の現実化つまり個人の主体化の徹底が阻まれ、啓蒙主義が旧来の領邦国家体制の流れを汲む啓蒙専制国家へと吸収されたことに言及した。そして新人文主義の教育運動後におけるカールスバートの決議では、キリスト教（プロテスタンティズム）と啓蒙主義の一種の総合が試みられた新人文主義の現実化つまり個人の主体化の徹底が妨げられ、新人文主義は旧来の領邦国家体制・啓蒙専制国家の流れを汲むドイツ連邦へと吸収されたと言うことができるのである。こうして第一部において検討したドイツの国民形成の節目に現れた矛盾は、新人文主義の教育運動の由来する「啓蒙主義（汎愛主義）・プロテスタンティズムと新人文主義、新人文主義とドイツ連邦の矛盾」という二重の矛盾」として三度深められた。「ギリシャの宗教は古い状態を抑圧し、十字架と罪、救いと彼岸は此岸、人間の尊厳と美と完全性への信仰によって取って代わられる。もちろん社会的な現実と観念論の印象の下にこの新たな教養宗教の非キリスト教的な性格は、差し当たりもう一度キリスト教的な形態を取るに至った」[68][69]のである。このように外的な政治的圧力によって、形式的陶冶に基づく古典語教育・古典研究による人間形成の広がりはごく一部の層に限られ、領邦国家の身分制に従属していた臣下を人間（個人）へと形成（主体化）する試みは不徹底に終わった。さらに従来のドイツの国民形成における外来・旧来のものに対する批判という特徴から、旧来のものに対する批判の契機が薄れがちとなり、ドイツの諸領邦国家においては啓蒙専制国家としての性格が残存するに至った。「しかしながら学校の組織は君主制国家の要求に適合し、新人文主義の教養コンセプトは引き続きイデオロギー的な上部構造を提供した[70]」のである。そして古典教養を通して社会的に高い立場を得つつあった教養市民は、一九世紀を通してリベラリズムに拠るドイツの国民形成の主要な担い手となった。こうしてカールスバートの決議以後ドイツの国民形成は、主にリベラルな教養市民によって「下から」のみならず、プロイセンを中心とした領邦国家の君主、貴族ら政治エリートの合議によって「上から」も推し進められ、リベラリズムを中心とする国民形成とロマン派の保守主義を中心とする国民形成の二つの流れが互いに角逐するに至ったのである。

以下、復古体制の樹立の前後に国民形成の理論構築が活発化したことから、当時のドイツ国民形成の指導的な表象となったⅠ　有機体論の諸相と意義、Ⅱ　ヘルマン－ベーク論争、Ⅲ　ティールシュ－シュルツェ論争、Ⅳ　新人文主義と一般社会・ドイツ研究について検討してゆく。

Ⅰ　有機体論の諸相とその意義

すでに触れたようにこの有機体という表象は元来自然科学で使われた言葉であったが、古い神聖ローマ帝国とその複雑なあり方の政治的な現実を明らかにするために用いられ始めた。そしてヨーロッパの機械論的と見なされた旧体制の解体が顕著となり始めた一八世紀後期からも引き続き政治を表現するために用いられ[71]、この表象を用いて政治的な支配や秩序の新たな形態を認識する試みが現れた[72]。その際、有機体という表象は、内部の自然な合目的性を維持しつつ[73]、国家政治的な秩序の形成をいかに意識的に行うか、という二つの課題と密接に関連を持つに至ったのである[74]。一八世紀後期のドイツにおいては、有機体という類比を通して自然的世界と道徳的・精神的世界の発展の共通性が考えられ、「精神と自然の調和」としての有機体の理解が保たれていた[75]。そして形成されるべきドイツ・ネイション[76]あるいはその模範となる古代ギリシャや[77]、すでに触れたシュタインの例に現れたように国家それ自体[78]が有機体として表象され始めたのである。シラー、フィヒテ、ヘーゲルなどドイツ観念論に属する詩人・哲学者は、いずれも「機械論対有機体論」という対抗概念に依拠して同時代のドイツ・ヨーロッパあるいは古代ギリシャの政体の描写を行っている[79]。この有機体の表象は、主に憲法制定など国家・社会秩序に関する議論の文脈においてはドイツ連邦に関する決議から憲法紛争[80]（一八六二年から六六年）、第二帝国の成立前後の時期に至るまで活発に用いられ、ドイツ文化に関する議論の文脈においては一九世紀を通じて用いられたのである。

一九世紀初期においてドイツ・ネイションの秩序を形成する流れとしては、リベラリズムの思想家を中心とする方向と、ロマン派の系譜に属する保守的な政体論者による方向という主に二つがあった。この両者の共通点と差異を当時のドイツを取り巻く状況から整理しておきたい。リベラリズムの思想家とロマン派の系譜に属する保守的な政体論者は、共に外来のフランスやその影響下にあった旧来の啓蒙専制主義及びそれらに由来するとされた汎愛主義が代表する機械論的な秩序からの脱却、他方で有機体論に基づくドイツの国民形成を目指した。しかし、両者の立場は分邦主義や啓蒙専制国家が支配する現実からドイツの国民形成をどのような方向へ舵首して行くか、という点において異なっていた。すなわち、前者のリベラリズムの思想家は啓蒙や近代性を徹底させる方向、つまり古典古代（特に古代ギリシャ）を師表とするドイツの政治的な国民形成を主張した。彼らは主にプロイセンを中心とする小ドイツ主義に基づくドイツの統一を唱え、政体としては立憲君主制を支持し、個人の自由（主体化）に対しては、自由の内容について様々な見解があったにせよ、肯定的であった。リベラルな教養市民は宗派的にはプロテスタンティズムにおおむね属し、自主的な個人が主に議会活動や憲法の制定を通してネイションを下から形成して行く側面を重視した。それに対して後者の保守的な政体論者は復古や反啓蒙の方向、つまり本来の身分制の取戻し、あるいはそれを新たに形成することを図り、中世の神聖ローマ帝国を模範としたドイツの文化的な国民形成を主に支持した。彼らは主にオーストリアを中心とする大ドイツ主義に基づくドイツの統一を唱え、政体としては君主制を支持し、個人の自由（主体化）に対してはおおむね否定的であった。彼らは宗派的には主にカトリシズムに属し[81]、領主と民族の同盟をドイツ・ネイションの基礎として仰いだわけである。つまり宗教改革によって分裂が生じる以前に存在したとされる統一的なドイツの宗教・文化に依拠することによって、君主・貴族と大衆間の対立の緩和が構想された。こうしてリベラリズムの思想家とロマン派の政体論者の両者は共に外来・旧来の秩序からの脱却を目指したにせよ、新しい啓蒙という要素と古い身分制という要素が混在していた啓蒙専制主義や分邦主義の現実は、前者のリベラリズムの思想家にとっては古い身分制的な要素を取り除き本来の啓蒙的なドイツ・ネイションを形成する機会、後者のロマン派の政体論者にとっては新たな啓蒙的な要素を取り除き本来の身分制を軸としたドイツ・ネイションへ回帰する機会として映ったのである。

ところでこのリベラリズムの思想家とロマン派の流れを汲む保守的な政体論者は、それぞれ自らの主張を共に有機体論によって基礎付けた。両者が有機体論によって意味した内容は以下のように共通する面と相違する面があり、個々の思想家によってリベラリズムあるいはロマン派の意味での有機体論が混じり合っている場合もあったが、後者の相違の面についてはあえて理念型的に区別して整理を行う。

まず共通点について述べると、リベラリズムの思想家とロマン派の流れを汲む保守的な政体論者による有機体理解には、共にルートヴィヒ・フォン・ハラー（Ludwig von Haller）の絶対主義的な国家観[82]、あるいは啓蒙専制国家が代表したような旧来のものに対してのみならず、（フランスあるいは汎愛主義という）外来のものに対する対抗的な規定が含まれていた。その際、外来の内容としては「近代の産業社会[83]」、「フランス革命の政体観[84]」、「社会契約[85]」、「市民社会の個人主義[86]」など首尾一貫して民主主義的な立場が挙げられた。これらの対抗像は、ドイツの国民形成をめぐる両極端の立場として、機械論の下に批判的に総括されたものである。そしてリベラリズムとロマン派の双方は、自らのドイツ国民形成上の指導像をこの両極端の中間項に設定し、それを有機体論に依拠して基礎付けることを試みたのである[87]。

しかしこの中間項を一九世紀ドイツの文脈においてどこに設定するか、つまり有機体論の内容の理解という点に関して、両者の立場は異なっていた。まずリベラリズムの思想家による有機体の一般的な理解について述べると、カントに依拠して「全体がただ個々の部分に働きかけるだけでなく、個々の部分から生きた反作用をより完全に受け取る（中略）、全体とその部分の間の相互的で内在的に発展する秩序の構造[88]」とされた。こうした有機体の理解は、個人（人間）による国家の意志的な形成という刺激をフランス革命に際し取り入れ生まれたものであった。その結果、一方で個人と普遍的な人間性を媒介し、他方で個々の領邦国家や分邦主義に残存するとされた旧来の絶対主義的な秩序やフランスに現れたとされた外来の首尾一貫した民主主義・市民社会の弊害を乗り越えた中間の場[89]として、ドイツの国民国家が構想された。このような有機体の理解は、ドイツの政治的な国民形成に対して親和性を持っていたのである。他方、ロマン派の流れを汲む政体論者による有機体の一般的な理解はシェリングの同一哲学・精神哲学の影響を受け、部分と全体の相互関係でなく、むしろ生物学的な要素（個別的な共同体の成長と発展）が重視された。[90] こうした有機体の理解は一九世紀の歴史学的な思考と深く関わり、個人を出発点として個人が国家の意志形成に参与するのではなく、個人と所与の共同体の秩序との隠れた結び付きを重視する非政治的な構成が特徴的となった。[91] ロマン派の流れを汲む政体論者の一人であるアダム・ミュラー（Adam Müller）は国家を「一つの自由な成長しつつある全体」[92] として捉え、有機体的な国家の中には（ヘルダーの民族論などの影響をも受け）君主と民衆の自然な結合、カトリック的な統一などの秩序が投影された。このような有機体の理解は、リベラリズムの有機体理解に現れたような分邦主義の乗り越えによるドイツ統一国民国家への集中と、個人主義やリベラリズムの競争社会による弊害という両者に対立し、むしろ絶対主義的な秩序やドイツの文化的な国民形成に親和性を持ち、ドイツ統一国民国家と個人の間の共同体的な中間項の取り戻し[93]（領邦国家やドイツ連邦の擁護）が図られたのである。

以上整理したようにリベラリズムとロマン派の側はドイツの国民形成を図る際、その依拠した立場が相違したにもかかわらず共に有機体という指導的な表象に依拠し、この表象の中には異なる意味が込められた。こうした多義性を孕んだ表象がドイツ国民形成の指導像となった背景には、どのような国民形成上の事情が潜んでいたのであろうか。新人文主義と有機体論との関わりを引き続き考察するため、予めこの事情について検討を行っておきたい。

筆者は、その理由がドイツ・ネイションの連続性や同一性を形成し保持してゆく点にあったのではないかと考える。すなわち有機体という表象は、それがドイツの文化的な国民形成、政治的な国民形成、あるいは両者を共に表現するためであれ、一九世紀を通じて頻繁に用いられた。[94] したがって一九世紀を通じてドイツ・ヨーロッパの秩序がロマン派寄りのいわゆる復古あるいはリベラリズム寄りのいわゆる進歩の方向へ揺れ動いても、その揺れ動きを同一のドイツ・ナショナルな意味が含意された有機体という概念の中に吸収し、ひいては国内における様々な対立しあう立場をドイツの国民形成の流れへと吸引して行くことが可能になったのではなかろうか[95]。有機体論は「君主制と民衆の自由」「官憲的な国家の権威と民主主義的な共同作用」などすでに触れたように国民形成をめぐる二項対立の立場の中から両極端の立場を退け中間の立場に依拠し、この中間の立場の中から一方でより保守的でロマン派的な立場、他方でよりリベラルな立場に分かれたのである[96]。つまり、ドイツにおいてその中に有機体性の見出されたネイションとは、「システムを破壊するあらゆる種類の形成理念に関する理念的な器[97]」となり、フランスや汎愛主義に代表される外来あるいは啓蒙専制国家に代表される旧来のものとされた機械論的な「システム」を批判する共通の支点として、その内容が曖昧なまま大きな適合可能性を持ち、ドイツ国内の異なる立場を理念的に包摂しドイツの国民形成を促したのではないか。一九世紀ドイツにおいては、有機体論の内容をめぐる議論は行われず、有機体としてのドイツ・ネイションはその実質が明確に規定されないまま神秘的な光彩に包まれていた。実際、この有機体という政治を越えた、それがゆえに単に統一的な錯綜体から一九世紀ドイツの国民運動は後述するように非常に異なった実践的な帰結を引き出すことができただけでなく、この有機体という表象は『ホメロスへの序論』の受容やナポレオン戦争におけるプロイセンの敗北にも現れたような伝統からのラディカルな断絶が実際に起きた場合であっても、その断絶をいわば繕い連続性を構築する役割を果したことが考えられるのである。

ここで触れたような、ドイツ・ネイションの連続性の構築に際して有機体論と並んで重要な役割を果したのはヘーゲル哲学であった。実際に彼は『精神の現象学』において自らの弁証法を植物つまり有機体の発展に譬えて説明した。つまりヘーゲルは植物の（芽、花、実など）その時々のあり方が有機体的な統一の契機をなすと考え、前者が後者により否定され（中に含まれ）より高い段階へと成長して行く過程を、個人の精神が内部に矛盾・分裂した要素を孕みながらもそれを乗り越えつつ絶対知という総合の段階へ至ることと類比的に捉え、[98]『法哲学の綱要あるいは自然法と国家学の概説』においては同様の弁証法に基づいて国家を目的論的に正当化した。[99]ベーク、ヨーハン・グスタフ・ドロイゼン（Johann Gustav Droysen）、モムゼンなどプロイセンの古典研究者はヘーゲル哲学の影響下にあり、後述するように彼らが有機体論に基づく古典研究を行ったのは偶然ではなかったのである。

ヤーコプ・ブルクハルト（Jacob Burckhardt）は『世界史的考察』において、「歴史的な危機」に関して以下のように述べている。「以前とは異なる何かを求めるすべての人々がついに連帯する。（中略）しかし何か現状とは異なるものを望むすべての人々による盲目的な連帯によって初めて、古い状態の根底からの変革が可能となる。（中略）そして危機の初期に到来するのは、もちろん不自然な連帯であるだろう。[100]」この引用に倣えば、一九世紀初期におけるドイツ国民形成の胎動期という危機の時代においては、外来・旧来のものを共通の対抗像としてロマン派とリベラリズムの間など本来立場を異にする人々の間で「不自然な」連帯が結成され、しかもその不自然さは有機体という「自然な」衣装によって隠されたのである。さらに有機体という指導的な表象は、外来のものとされた機械論と対照的に、自生的なものとして発見された自然性を、いかにして恣意に陥ることなく道徳的・精神的なドイツ・ネイションの形成へと高めて行くか、あるいは形式的陶冶や文化・人間性への信仰を通して肯定された文明的な行為（政治、経済など）を、後述するように有機体性を仲介とした「ギリシャとドイツの親縁性」が立てられることによりいかにドイツ・ネイションの形成へと誘導するか、という課題とも関連を持っていたのであろう。

一九世紀ドイツの国民形成における有機体という表象の重要性を裏付けるのは、この表象が形成されるべきドイツ・ネイションの政体のみならず、ドイツの政治的あるいは文化的な国民形成のメディアを表現する際にも大きな役割を演じたことである。以下、前者の例としてドイツ統一憲法の制定、後者の例としてドイツの国民叙事詩の発見・創作の例を取り上げてみたい。

一八〇六年のナポレオン戦争におけるプロイセンの敗北後、前述したように国民教育の導入と並んで憲法の制定が期待され、ドイツのほぼすべての領邦国家は憲法の制定に着手した[101]。というのもナポレオンのヨーロッパ大陸制覇という事実によって、ヨーロッパ各国にとってはフランスの確立した近代国家がすべての国々の模範的なモデルとして開示され、フランスにおいてまず行われた憲法の制定こそが国民形成の重要な内実をなすものと受け取られたからである。国民憲法は外国に対しては（普遍主義的なローマ法や自然法とは異なり）自らの民族的な精神生活の法的な根拠を明らかにし、国民に対しては自由や法の前の平等など近代化の諸理念を保証すべきものであった。一八一〇年代からバーデンなど南西ドイツの領邦国家において制定された憲法は、民主制と君主制の原理の折衷からなり、古代の憲法に関する様々な見解を助けとして制定されたものであった（とはいえベークは、同時代の立憲君主制が古代人と比して最も意義深い進歩であると考えた[102]）。当時において領邦国家レベルでの憲法の制定は、君主制の枠内で漸進的な改革が可能、ひいてはドイツ連邦下の各領邦国家の中で十分に自由の実現が可能であり、必ずしもドイツの「統一と自由」を共に実現する必要はないとする論拠とされたのである。カール・フォン・ロテック Carl von Rotteck は、「私は自由を伴う統一以外を求めません、そして私は自由のない統一よりもむしろ統一のない自由を望みます……私はプロイセンあるいはオーストリアの貴族の傘下での統一を求めません[103]」と主張し、小領邦国家の自立性を強調した。プロイセンで憲法が制定されたのは遅く、一八四八年であった。しかし他方で、ドイツ諸領邦国家間で共通の統一憲法の制定を説く声が存在し、一八三〇年代に入るとドイツの統一憲法の制定をめぐって活発な議論が交わされるに至った。その際、憲法は有機体（Organ, Organismus）として表象され、有機体としての憲法をいかに実現するかという課題をめぐって、一八三〇年代から四〇年代にかけて国家学の分野においては無数とも言える文書が著されたのである。例えばロテックは、一八三一年のバーデン議会において「ドイツ連邦の国民的統一とドイツの国家市民としての自由を最善の仕方で可能的に促進するような、有機体的な展開の完成」、ヴィルヘルム・シュルツ（Wilhelm Schulz）は一八三四年に「国民の代表によるドイツの統一」を唱えた。シュルツは自らの主張においてリベラリズムの側の有機体理解に依拠し、オルガニズムの中には、封建君主とその領民の間の一方的な関係のように内的な紐帯が欠けているのではなく、自発的・意識的に発展する精神を中核とした国家と民族の関係が存すると見なした。[104]こうして「一八三〇年頃から七〇年頃にかけて、オルガニズムの概念はオルガンの概念との関連において、国法と憲政に関する議論の中心概念となった[105]」のである。

こうした憲法制定の試みにおいては、文字（言語）の中に霊（精神）が宿るというキリスト教的・人文主義的な考えに基づき、ドイツ・ネイションの政治的な統合の要であり、ドイツ・ネイションのいわば聖典であるべき統一憲法の中に、超越的な理想（国民精神）やドイツ・ナショナルな含蓄を持つ有機体性を反映させることが目指されたのであろう。

なお統一憲法の制定がドイツの政治的な統合の要となることが期待された一方、ドイツの文化的な統合の要の一つになることが期待されたのは、ドイツ独自の国民叙事詩の発見・創作であった。ヘルダーによる、文芸の中にこそ国民性の本質が現れているという考えが影響を及ぼしたのである。その際、『イーリアス』と『オデュッセイア』はドイツの国民叙事詩の発見・創作の助けになると考えられた。というのも、一九世紀ドイツにおいて国民叙事詩と見なされた有名な例は『ニーベルンゲンの歌』であったが、同作品は一七五五年に最初の手稿が発見された後、ホメロスの二大叙事詩との類似が指摘され、同叙事詩はすでに一七八六年に「ドイツ人にとってのイーリアスになるかもしれない」と注目されていたからである。[106] ところで、このホメロスの二大叙事詩に関してはヴォルフ以降、以下のような研究が行われるに至った。彼は『ホメロスへの序論』において二大叙事詩の作者をめぐる自らの考えを仮定法ないしは修辞疑問という、断定を避けた慎重な言い回しによって表現しており、ある箇所では二大叙事詩がその成立時点においてホメロスという単独の作者の手になることを仄めかしつつも、[107] 別の箇所においては二大叙事詩がヴォルフの時代まで伝えられた形態では後世の編纂者など複数の人々の手が加わったことを仄めかした。[108] こうして彼は「ホメロス問題」の解答を後世の研究に委ね、上で触れた彼の慎重な言い回しをどう解釈するかによって、彼以後のホメロス研究は大きく次の二つの方向に分かれた。[109] すなわち、ヴォルフによる前者の言明に注目したホメロス研究者は二大叙事詩の根本の部分の統一性とその部分の全作者がホメロスという単独の詩人であることを依然として主張し、彼らは「統一論者」(Unitarier) または「統一性の牧者」(Einheitshirten) と呼ばれた。それに対してヴォルフの後者の言明に注目したホメロス研究者は『イーリアス』と『オデュッセイア』が個々の小さな部分に分割し得ることを主張し、それぞれの部分が異なる作者に由来したことを唱え、こうした立場を取ったホメロス研究者は「解体者」(Zerleger) あるいは「歌の狩人」(Liederjäger) と名付けられた。この「歌の狩人」派の代表者はカール・ラッハマン (Karl Lachmann) であり、彼は『イーリアス』が一六の小さな部分に分割し得るというわゆる「歌謡集積論 Schwellentheorie」を展開した。なお「統一論者」あるいは「解体者」のいずれの立場を取るにせよ、単独あるいは複数の詩人が詩作を行い『イーリアス』と『オデュッセイア』の完成に至るまでの過程は、有機体的な展開によることが多くの場合に主張され、[110] この二つの立場は奇しくもロマン派あるいはリベラリズムの側からの有機体論の解釈と重なる点があったのである。

以上挙げた二つの例においては、ドイツの国民形成の政治的 (憲法) あるいは文化的 (国民叙事詩) なメディアを形成する際に、共に有機体という概念が（「Geist 精神・［聖］霊」を交感させるために）重要な役割を演じたことを証拠付けているのである。

ところで一九世紀ドイツの国家学において問題となった「個人（人間）と（ドイツ・）ネイション」の関わりは、キリスト教の三位一体論における「子と父」の関わりの類比であったとは言えないだろうか。それは二つの理由による。第一に、一八世紀末期から一九世紀にかけてのドイツにおいて国家はロマン派やリベラリズムの側を問わず新たに擬人的あるいは人格的な存在として理解される場合が多く、この人格性（Persönlichkeit）とはキリスト教の三位一体論において子と父の中に投影されたペルソナ性と重なる表現であったからである。しかもドイツ人にとってのドイツ・ネイションは「Vaterland 祖国＝父なる国」という名によって呼びかけられ、この Vaterland が好んで人格として理解され呼びかけの対象となる用例はちょうどクロプシュトック、ヘルダーなどドイツの国民運動の草創期に遡ることが指摘されている(11)。この呼びかけの際には、キリスト教の記憶が以下のように働いていたのではないか。すなわち、キリストが超越的な天の神に対して「アッバ、父よ！」と呼びかけ、子たる人間と父たる神との間の親密な交わりを回復したように、ネイションが未だに形成されず単なる理想に過ぎず、既成の国家は旧来・外来の影響下にあり疎遠な存在であった一八世紀末期以降（特に一九世紀初期）のドイツ人にとって、「Vaterland 父なる国よ！」という呼びかけは、いわば父たる神に対する呼びかけと似た、ネイションとの親密な関係を樹立（回復）する心情を惹起したのではないだろうか。第二に、すでに触れた有機体論における「個人（人間）と（ドイツ・）ネイション」の関わりをめぐるロマン派の政体論とリベラリズムの側の見解の相違は、キリスト教の三位一体論の歴史において「子と父」の関わりをめぐり東方教会と西方教会の間で交わされた論争の争点と重なる点があったと思われるからである。つまりキリスト教の東方教会と西方教会の間で、前者の「聖霊 der heilige Geist は父から子を通して発する」立場と後者の「聖霊は父と子から発する」立場をめぐって論争が起きた。同様の立場の相違は一九世紀ドイツの国民形成をめぐる有機体論の文脈においてはドイツ・ネイションという共同体を形成する主体の中に「Geist 精神・(聖) 霊」の受肉を前提する限りで、ロマン派の政体論における個人と所与の共同体の秩序との隠れた結び付きを重視する立場と、リベラリズムにおける部分と全体の相互関係に依拠し、個人(人間)によるドイツ・ネイションの意志的な形成を認める立場の間の対立と重ねて考えることができるのである。その際、キリスト教の三位一体論における「父－子－聖霊」をめぐる関係は、一九世紀ドイツの国民形成をめぐる有機体論の文脈において「ドイツ・ネイション――個人(人間)――Geist 精神・(聖) 霊または形成のメディア」の関係へと投影されていたことになる。なお「Geist 精神・(聖) 霊」の形成のメディアを介した交感による「個人(人間)－形成のメディア－ドイツ・ネイション」の三位一体的で有機体的な形成という新人文主義のドイツ国民形成のコンセプトから、今までの論述において「三位一体的」という表現は、有機体という本質において個人(人間)、形成のメディア、ドイツ・ネイションが一つであるという比喩的な意味で用いてきた。しかしドイツの国民形成との関連において有機体論の内容をめぐってロマン派の政体論とリベラリズムの間で相違があったにもかかわらず、有機体論そのものが放棄されなかったという事実、及びこの対立の際に個人(人間)とドイツ・ネイションの関わりが主たる問題となったという点を顧慮するのであれば、キリスト教の三位一体論の国民形成へ向けての現実化が一九世紀ドイツにおいては暗に問題となっていたと問うことができるのではないか。しかし、ここでは差し当たり問題を提起するに留めておく。

さて三月革命以前の新人文主義的な古典語教育・古典研究は、当時のドイツ国民形成における形成のメディアに関する反省や有機体論といかに関わったのであろうか。特に新人文主義者の第二世代の代表者は自らの時代が実際に病んでおり、有害な影響によって深刻に脅かされていると見なし、自らの古典研究を救済行為（Heiltätigkeit）として理解した（この患者とは結局のところドイツの民族性であり、そこからドイツ・ネイションが生まれるべきであった）ことが指摘されている。[112] またヤーコプスはミュンヘンの「ギュムナジウム Lyzeum」で一八〇七年に行った就任講演において、ナポレオン戦争でのプロイセン敗北直後のドイツを人体に喩え、「頭 Haupt」と「器官 Glieder」が異なった法則に従い互いに分離し、頭への信仰は器官の中で解体し、頭はもはや器官を信用しなくなっている、と描写している。そして国家行政による難儀で人工的な機械装置の適用がこうした頭と器官の分裂状態を促進しているとされ、救済（Heilung）の必要が説かれている。[113] この二つの引用の中には、新人文主義者が同時代のドイツを人体に喩え本来は有機体的なものと見なしながらも、実際には機械的で病的な硬直に陥っているとの見解が現れている。ところでこれらの引用に用いられているHeil(ung)という言葉は、病気からの人間や民族などの「治癒」のみならず、古典研究においては伝承の誤りなどを原典へ向けて「修復」することを意味した。[114] したがって、本来の姿（原典）と比して損なわれた古典古代や古典テクストを修復する作業が、有機体（人体）に喩えられ病んだ（つまり「統一と自由」が実現されていない）ドイツをネイションへ向けて形成し救済する（本来の姿へもたらす）参考となることが暗示されているのである。とはいえ、上で挙げた指摘には留保が必要である。なぜなら、以下において明らかとなるようにオルガニズムとしてのリベラリズムの意味における有機体を指導的な表象とした古典研究は当時プロイセンを中心として行われ、プロイセン以外の諸領邦国家においては行われることがなかった、あるいは稀であったと思われるからである。以下この留保に注目して、古典研究におけるいわゆるヘルマン－ベーク論争と古典語教育におけるいわゆるティールシュ－シュルツェ論争に関する検討を行い、この二つの論争とそのドイツ国民形成上の政治的・文化的・理念的な背景や意義を明らかにする。そこでまず、古代ギリシャの中にオルガニズムとしての有機体性の認識が目指された、プロイセンの二つの古典研究を取り上げてみたい。

第一には、ベルリン大学の古典文献学科教授であるベークが刊行を企てた『ギリシャ碑文集成』(Corpus Inscriptionum Graecarum)が挙げられる。彼は古代ギリシャの碑文や銘文が自然的な散逸・隠滅の危険に曝されており、特に一五世紀の印刷術の普及以降原典から逸脱した伝承が増え、原典の正しい姿を知るのが困難になっていることを問題視し、『ギリシャ碑文集成』において自然的・人工的な歪曲の双方から古代全体の遺産を守ることを意図した。つまりドイツ・ヨーロッパの人文主義的な伝統の継受を目指したのである。ベークは具体的にこの碑文集成において、古代ギリシャ時代に記され彼の時代まで残っていた銘文や碑文を包括的に収集・校訂し、「ギリシャ語によって記されたあらゆる碑文をトロヤ戦争から東ローマ帝国の成立の時期まで収録する[115]」ことを試みた。他方ベークは、「しかし碑文は少数の人々の手中にあるので、碑文に関する研究が目下のところ文献学者によってほとんど完全に等閑にされている[116]」ことを主張しており、彼はこの『ギリシャ碑文集成』によって、「ヘレン Hellen」(ギリシャ人の祖たる神の名)というタイトルの下に暖めていた、「ギリシャの文化史に関する古代の生活のあらゆる面を包括する叙述[117]」という構想を実現するための準備を試みたのである。こうした企図は、同時代のニーブールによる『ローマ史』に刺激されたものであった。ところでベークは「(古典古代の)あらゆる部分におけるあの有機体的な統一が生き生きと認識されれば、古典文献学の領域における文法的な文献学、いわゆる事柄の文献学、あるいは芸術−考古学的な文献学など様々な方向の間の敵意に満ちた戦いも、おのずと消えるでしょう。なぜなら、こうした分野は皆平等で、文献学にとっては同様に事柄の文献学のように見えるからです[118]」と語り、ヴォルフ以来の「有機体的な全体」としての古典古代の認識という目標を引継いでいた[119]。さらにベークは文献学の目的を「比較的完結した時代におけるある民族のあらゆる生と働きの全活動の歴史学的・学問的な認識」とも言い換えており[120]、他方で古代ギリシャの展開を有機体的なものとして性格付け[121]、「閉じたオルガニズムとしての古代の認識」を目指していたのである[122]。したがってベークの古代ギリシャ研究は、ヴォルフの古代学と同様に明示的ではないにせよドイツ国民形成への寄与を目指していたと推測できる。

この碑文集成の試みは、ベーク以前の古典研究と比べて二つの新しい特徴を持っていた。まず、従来は古代ギリシャの中に芸術的・道徳的な理想が求められたのに対して、ベークは古代ギリシャのありのままの姿を実証的に知ることを試みた（『ギリシャ碑文集成』において収集された碑文や銘文には、古代ギリシャ人の日常生活と密接な関連のあった法律・経済上の文書が主に刻まれていた）。すなわち、彼は文学の史料によって基礎付けられていた古代ギリシャ像を克服し、あらゆる主張をより原典に近い資料に照らして吟味可能にすることを目指したのである[123]。次にこのベークの試みは、プロイセン王立アカデミーの主催の下にプロイセン国家の財政援助を得て行われたプロジェクト作業であり、従来の手仕事的で個人的な趣の強かった古典研究を乗り越えた組織的な運営が図られた。このプロジェクトのためには特別な印刷所が設置され、雑誌が創刊された。しかし収蔵の対象領域が当初の計画よりもはるかに拡大し、また外国からの資料の入手困難や手際のよい共同作業が不可能などの事情が重なったことから、作業は一八七七年に打ち切られた[124]。その時点で、全四巻に九九二六の碑文が収録された[125]。こうしてベークは『ギリシャ碑文集成』において、プロジェクト作業に基づく歴史学的－批判的な研究によって有機体的なネイションとしての古代ギリシャの認識を目指したのである。

第二には、ベルリン大学の歴史学科の私講師ドロイゼンが一八三三年に刊行した『アレクサンダー大王伝』が挙げられる。ドロイゼンはベークの下で古典研究を学び、マケドニアの歴史の中にギリシャの君主制の創設に至る有機体的な展開[126]をこの作品で見出し、マケドニアの歴史がドイツの政治的な国民形成の参考となることを示唆したのである。ドロイゼンはヘーゲルの影響下に[127]歴史を目的論的に捉え、アレクサンダー大王の築いた帝国の中に、ドイツ・ネイションがそうあるべきであるような「君主制的なオルガニズムの最初の試み[128]」を見出した。ドロイゼンはこの著作において、従来ドイツの文化的な国民形成を重視する立場から、例えばフンボルトによってギリシャの自由の破壊者として低く評価されてきた[129]マケドニアやアレクサンダー大王のいわば復権を図り、北方のマケドニアという野蛮民族が南方のギリシャの小国家（ポリス）における混沌に陥った民主制に君主制という秩序を与え、高い人間性を備えたアレクサンダー大王が僭主制が支配するアジアへ出征する様相を描いた。彼はプロイセンがドイツの統一へ向けて歴史的な使命を負うことを確信しており、こうした記述から同時代のドイツの読者にとってマケドニアとプロイセン、ギリシャとドイツの間の並行関係[130]は少なくとも暗示として明らかであった。従来、古代ギリシャにおけるポリスの政治的な分立状態は、文化の隆盛をもたらした条件として肯定的に評価されることが多かった[131]。しかし、それに対してドロイゼンはむしろこの分立状態を小国への閉塞として否定的に評価し[132]、アレクサンダー大王による古代ギリシャの有機体的な統一がオリエント的な要素との融合によるコスモポリタン的なヘレニズム、ひいては後世における普遍主義的なキリスト教の伝播の条件をもたらしたと考え、後者の面を高く評価した[133]。こうしたドロイゼンによるアレクサンダー大王観の中には、リベラリズムの側からのドイツの分邦主義の克服という問題意識が働いていたのである[134]。

II　ヘルマン－ベーク論争

ベークとドロイゼンの古典研究は、ドイツの国民形成に対して直接の参考となる有機体的なネイションの模範を古代ギリシャの中に見出すことを意図した。それは、形式的陶冶に基づく個人の主体的な人間形成、つまり基底的な迂路によってドイツの国民形成への寄与を目指すのとは異なる試みであった。ところで、ライプツィヒ大学の古典文献学科教授ゴットフリート・ヘルマン（Gottfried Hermann）はベークの『ギリシャ碑文集成』を批判し、両者の間には後にヘルマン－ベーク論争と名付けられた論争が交わされた。この論争の直接の争点は、古典研究の対象を言語の知識に限定するか、それとも事柄の知識へも広げるか、という点にあった（いわゆる「言語の文献学Wortphilologie」と「事柄の文献学 Sachphilologie」の対立）。しかし以下において触れるように、ヘルマンのベーク批判はベークによる「有機体的なネイションとしての古代ギリシャ」という理解に対しても向けられていたと考えられ、両者の対立は有機体性の認識を古典研究の目標とするか否か、という点をめぐる対立でもあったと思われる。実際に一九世紀後期のドイツにおける古典研究者の著作からは、ヘルマン－ベーク論争の争点の一つがこの点にあったとの指摘が見出される。[135]

論争の端緒となった出来事は、ベークが一八二五年に刊行した『ギリシャ碑文集成』第一巻に対して、ヘルマンが『アウグスト・ベーク教授によるギリシャ碑文の取り扱い方について』[136]と題する著作を刊行したことであった。このヘルマンの著作による批判は『ギリシャ碑文集成』の具体的な校訂の仕方に対してのみならず、ベークが行った碑文集成というコンセプトそのものに対しても向けられていた。[137]ところで、ベークはヘルマンが提案した校訂箇所の具体的な修正案を部分的に受け入れたものの、ヘルマンの批判に対して反論を試み、[138]その後両者の間では彼らの弟子や知人（エードゥアルト・マイアー Eduard Meier、ヴェルカー、フリードリヒ・ヴィルヘルム・ティールシュ Friedrich Wilhelm Thiersch、カール・オトフリート・ミュラー Karl Otfried Müller、フォスなど）をも交えて論争が続けられたのである。この論争は一八三七年の第一回「ドイツ古典語教師・古典研究者会議 Verein deutscher Philologen und Schulmänner」の開催を促し、一八四六年に開かれた同会議において公に終結し、この会議に参加したヘルマンとベークは自らの学問的な立場の正しさに関しては譲歩しなかったものの、互いに親しく交歓したことが記録されている。[139] この論争が実質上終結したのは一八六〇年頃とされている。[140]

ヘルマン―ベーク論争の古典文献学史上の意義に関する博士論文を著したコルネリア・レーマン（Cornelia Lehmann）は、両者の対立の萌芽がすでにこの論争が始まる以前に認められ、その対立の理由の一つがヘルマンとベークの古典研究観の相違に基づくことを指摘している。[141] では、彼らの古典研究観の特質はどのようなものであったのだろうか。

ベークは『ギリシャ碑文集成』の刊行に先駆けて「ヘレン」のコンセプト下に生まれた『アテネ人の国制』（一八一七年）の序文において、自らの古典研究上の抱負を以下のように開陳していた。

古代ギリシャの資料は、いまだにその端緒の段階にある。多くの素材が手元に存在するが、ほとんどの人々はこの素材を使用することができない。個々のものをある程度とはいえ十分に取り扱おうとする人は誰であれ、全体を知らねばならないので、ごく僅かの対象が十分に取り扱われているに過ぎない。学問的な精神と包括的な見解によって基礎付けられ、堅固な概念によって秩序付けられる全体という構想は、以前のように粗野で無関連な廃墟ではないし、一人の組立人によってではなく、一人の探求者と専門家の手による。この全体という構想は、古代研究者の多く、特により若い古代研究者の多くが、それ自体軽蔑すべきではないが大抵は些細なことへと向けられた言語研究において、言語自体よりもむしろ文字や字句の批判に拘泥しているだけに、なおさら現代の需要に見合っている。このような批判において過去数世紀の真実の文献学者は自らの安らぎを見出さなかったのである。[142]

『アテネ人の国制』は古代経済史研究の嚆矢となった著作であり、ベークはこの著作において民主制下のアテネ国家の金融制度、財政管理、支出、規則的あるいは不規則的な収入などに関する実証的な分析を行った[143]。さてベークは上の引用文において、古代ギリシャに関する資料を寄せ集め状態（「粗野で無関連な廃墟」）から「全体」へと統合し、多くの人々に対してその資料を利用可能にすべきことを説いている。さらにその作業はある具体的なヴィジョン（「学問的な精神と包括的な見解」）に基礎付けられるべきであり、従来のように職人的な手仕事ではなく、専門家の手によって実施されるべきことが主張されている。またこのような資料研究（事柄の知識との取り組み）は、従来支配的であった言語の知識の探求を乗り越えたものと見なされている。『ギリシャ碑文集成』は、上でまとめたベークの古典研究観を大規模に実現する企図を持っていたのである。

新人文主義の影響を強く受けたベークの古典研究観に対して、ヘルマンは伝統的で非歴史的なテクストの「校訂recensio」に携わってきていた。彼は新人文主義による形式的陶冶の理念を受け入れながらも、古人文主義の系譜に位置しオランダやイギリスの古典文献学の影響を深く受け、テクストの細部に関する綿密な文献学的研究を重視した[144]。すなわち、彼は厳密に合理的な手段によって真実なものを誤ったものから、確からしいものを可能的なものから峻別することを試みたのである。したがって上のベークの引用文における「文字や字句の批判に拘泥している」という表現の中には、彼によるヘルマン批判が含蓄されていたことをレーマンは指摘している[145]。

両者の論争において、ヘルマンの関心はあくまで言語によって記されたテクストに限られた。彼は「真実の文献学者はそれ（事柄の知識の習得を重視する文献学者）に対して、飛べばすぐさま高みへと到達できそこから鳥の観点に基づいて非常に多くのものを見渡すことができるが正しく判別できないことを知っており、別の道を歩む。つまり彼は古代人の精神の作品を最も高貴で重要であると見なすことによって、全古代へと通じる言語を昇るのが困難な「プロピュレーンPropyläen（列柱門）」であると考える[146]」と主張した。この引用における「そこ（高み）から鳥の観点に基づいて非常に多くのものを見渡す」という表現によって、ヘルマンが実証的な研究に基づく有機体的な全体の認識を目標とするベークの古典研究観を批判しているのは明らかである。実際にベークは、「有能な学者は誰であれ、工場長の慎重さを獲得すると同時に、それなしには自らが単なる職人になってしまうような大きな展望を得るように努めなければならない[147]」、と警告していた。つまりベークは、古典研究における分業的な作業の必要を認めたが、例えばある人は針金を作り、別の人はそれを尖らせる工場労働者のように注意が些細なことに対して向けられてはいけないと主張していた[148]。こうした彼の批判の中には、翻って機械論に対する批判が現れていたと考えることができよう。

エルンスト・フォークト（Ernst Vogt）はヘルマン－ベーク論争に関する論文において、両者の古典研究観の対立は主に言語観の相違に由来したことを指摘している[149]。すなわち、ヘルマンにとって「ある民族の言語とはすでにそれ自体、その民族の精神の生きた像として最もその本質を特徴付けるもの[150]」であり、言い換えれば「言語はヘルマンにとって人間の精神による最高の芸術作品であり（中略）、それゆえ言語はただ経験的に訓練するだけでなく、合理的に理解しなければならない。言語は自らに固有の法則を持ち[151]」、「完全な思考という内容を欠いた言葉は空虚な響きに過ぎない[152]」のである。したがって、ヘルマンは「言語と精神」の関連に依拠し、精神や理性の顕現である言語を通して事柄を認識することを目標としたわけである。他方ベークは、「言語自体は、文献学が考察しなければならない事柄の中に含まれ、（中略）文献学者が事柄として再構成しながら認識されねばならない[153]」と主張した。このように「ヘルマンにとって言語をマスターすることはそもそも事柄の知識の習得に他ならなかったのに対して、ベークはまさに言語的な表出の中にそれによって意味された内容（精神や事柄）を初めて把握しようと試みた」のである。[154]その際ベークは「文法に関して度を越した些細な研究を行うことは文献学から名声を剝奪し、（中略）言語の知識こそ最高の価値に相応しいかのような耐え難い蒙昧さと愚かな思い上がりをもたらす。（中略）そしてついには、形式的陶冶が政治的、宗教的、哲学的な観念を洞察することや古代人によって生み出された美的な形式や古代の歴史的な諸関係についての知識によるよりも、そのような文法の研究によって促進されると信じるのは奇妙な先入観であろう。（中略）ヘルマンは前述した例に当たり、真実に精神へと入り込んだ生きた現在の財産としてあのいわゆる事柄の知識を所有することが余りにも少ない[155]」と主張した。彼は言語の知識のみならずむしろ碑文などの資料も含めた古典古代の事柄の知識との取り組みの中に教養の意義を認め、古典研究における教養の契機を保持しようと努めた。ベークが古典研究の目的とした「認識されたものの認識」とは、古典古代の文人・過去の文献学者の言語を通して認識された古典古代の事柄についての認識のことなのである。また、ベークが認識を目指した古代ギリシャの有機体性の中に、精神が本質的な契機として含まれていたことを顧慮すれば、彼は「事柄と精神」の関連に依拠したと考えられる。[156]ラントフェスターによれば、「一九世紀における古典教養の歴史はその発端から、人文主義者は言語による教養の様態に関する統一的な見解を展開させなかったという負い目に悩まされた[157]」という。こうした事情こそヘルマン－ベーク論争の重要な背景であったのである。

　したがって両者の立場の相違は、本書の第一部との関連から言えば、古典研究において認識・交感の目指された精神ひいては形式的陶冶を言語に、それとも（古典古代の）事柄に基礎付けるか、という点にあったと言えよう。こうしてヘルマン－ベーク論争は、精神の顕現する形成のメディアがキリスト教（プロテスタンティズム）におけるように「文字」の中のみならず、ベークによってむしろ古典古代の事柄の中に求められたことによって起きた論争であり、形成のメディアの所在が問題となっているがゆえに性格上キリスト教（プロテスタンティズム）の信仰覚醒運動（宗教改革・敬虔主義など）に際して生まれた対立と似た面を持っていたと考えることができるのではないか。実際ヘルマンによるベーク批判の中には、後者が事柄の知識――それが現在のものであれ、過去のものであれ――との取り組みを肯定する点において汎愛（実科）主義と近いことから、かつての新人文主義者による汎愛主義批判を継承した新たな「行為主義」批判という性格、翻ってベークのヘルマン批判の中にも同様の性格を見出すことができた。しかもこのヘルマン－ベーク論争が二〇年以上にわたって続けられ、本質的な決着を見なかったことは、問題の性格においてキリスト教の神学論争との類似を想起させるのである。

この二人による古典研究の自己理解をめぐる意見の相違は、ヴォルフが『古代学の叙述』において開陳した考えをいかに引き継ぐか、という問題と以下のように関わっていた。すなわち、ヴォルフの古代学の構想においては事柄の知識と言語の知識との取り組みが共に研究者の教養という目的の下に統合され[158]、知識の全体性が前提されていた。その際、彼は古典語の知識の習得が（現在の）事柄の知識の習得能力を養うという形式的陶冶の理念に依拠したが、他方で事柄の知識を独立して習得する「素材的部門」も彼の古代学の一部門に含めていた[159]。しかしヴォルフにとってこの「素材的部門」の研究は『ホメロスへの序論』において試みたに留まり、彼自らが「素材的部門」の研究に深く携わることはなかったのである。ところで特に一八世紀以降、考古学、歴史学など事柄の知識に関する個別的な学問が大きな進展を遂げたことから、一方でその成果を古典研究の中へ総合する試みが生まれ、他方でこの試みが古典研究の本分を逸脱することに対する危惧の念が抱かれた。そして、前者のような事柄の知識による総合の方向の継承を試みたのがベークであり、後者の伝統的な言語重視の古典研究の立場に依拠したのがヘルマンであった。その際、ベークは『古代学の叙述』における古典古代の卓越性を「学識と文明の統合」に、ヘルマンは同書における同じ卓越性を「学識的啓蒙」に基礎付ける立場に依拠した[160]と考えられる。この二人はヴォルフから学問的な立場を自分なりに継承しただけでなく、ヴォルフとベーク、ヘルマンの間には個人的な交渉もあったのである。

上で検討したようなベークとヘルマンの間における古典研究観・言語観の相違は、国民形成をめぐる両者の立場の相違、ひいては両者が活動したプロイセンと非プロイセンの領邦国家の置かれた状況と次のように関わっていたと思われる。というのも、形成のメディアについての理解が個人（人間）のみならずドイツ・ネイションの形成とも関連していたからである。

ヘルマンは古人文主義の系譜を継ぐラテン語の読み書きやレトリックの訓練を重視し、韻律研究の大家でもあった。[161] 彼は「最後の真実のラテン文献学者」[162] と称されたように、かつての古人文主義者と同様ラテン語を母国語のように操った。つまり彼の関心は、フランス古典主義美学にも見られたような文体の修練による個人の芸術的・道徳的な陶冶に置かれていたのである。[163] 一八三七年ゲッティンゲン大学からの七教授の追放事件をきっかけに、カールスバートの決議以来行われていた検閲の廃止が提案された時、ヘルマンは印刷術発明四〇〇年祭におけるラテン語の演説の中でこの民主主義的な提案に反対した。[164] なぜなら、ライプツィヒにおける「一般文学 Belletristica」の検閲官であった彼によれば、「検閲こそ祝福をもたらさない奔放な新聞に対抗する唯一の手段」[165] であり、こうした主張の背後には文体の修練を言論の自由にまして重んじる彼の政治的に保守的な立場が現れていたのである（ライプツィヒは当時、ドイツの労働運動の中心の一つとなりつつあった）。ところでザクセンを含めたプロイセン周辺の小国家は、プロイセンを中心にドイツの統一が行われ、自らの国家がプロイセンに吸収・解体されることに対して大きな恐れを抱いていた。したがってドイツの「統一と自由」に関する言動に対しては、特に一八四八年前後までの時期においては非常に敏感であった。[166] さて、ヘルマンは生まれてからライプツィヒを離れたことがきわめて稀であり地元の名士と深い関わりを持ち、[167] ここで挙げたようなザクセン特有の保守的でフランス革命以前の旧体制を継承した政治風土が、ザクセン人である彼の国民形成に対する上のような態度に影響していたことが考えられるのである。[168]

他方、ベークの政治的な立場はリベラリズムであった。[169] 彼はプロイセンにおけるリベラリズムを代表したフンボルト兄弟と親しい交わりがあった。彼は一八三二年にヘルマンとは対照的に、プロイセンの検閲局において働くことをデモンストレーション的に拒否し、言論の自由を擁護した。[170] さらに、ベークはフリードリヒ・ヴィルヘルム四世（Friedrich Wilhelm IV.）の治下に保守的・復古的な感情政治を展開し、教育を再びキリスト教（会・神学）の後見の下に置くことを企てた文部大臣ヨーハン・フリードリヒ・アイヒホルン（Johann Friedrich Eichhorn）を批判し、[171] ベルリン大学での一八四二／四三年冬学期の講義要綱の序文においては、プラトンの『テアイテトス』に依拠して、学生に対して自由な人間となるために勉強すべきことを説いたのである。[172] これはアイヒホルンの批判を招いた。ところで、ベークは個人の自己解放のみならず民族の自己解放をも望ましいことであると考え、政治家はそれを促進する義務がある、と主張した。[173] さらに彼は古代の度量衡に関する研究を行い、この研究においてはバビロニア、エジプト、フェニキア、パレスチナ、ギリシャ、シチリア、イタリアとの間の度量衡をめぐる歴史的な関係が考察され、古代のギリシャとオリエントにおける民族間の繋がりへのより広い視野が開けた。[174] このような研究は民族自決を支持するベークの政治的にリベラルな立場と密接な関係があったと思われるのである。実際に彼はレッシングに端を発した自由探求の精神を引継ぎ、「学問の自由は政治の自由とほとんど切り離すことができません。そしてドイツの学問はドイツ精神の担い手であり、精神はまた国家を形成します。（中略）ドイツの大学はプロテスタンティズムの精神に基づきます[175]」と祝賀演説の中で主張したのである。

したがってヘルマン－ベーク論争の国民形成上の背景とは、非プロイセンの領邦国家のコスモポリタン的な古人文主義の流れを汲む保守主義[176]と、プロイセンを中心とした新人文主義・リベラリズムとの対立であった。（プロイセンを中心とした）「統一と自由」の実現というドイツの国民形成上の目標に対して前者が批判的であったのに対して、後者はその促進を図った。また前者はカールスバートの決議による復古体制と親和性を持ったのに対して、後者はこの復古体制の成立に批判的であり、むしろ一八〇七年にプロイセンで始まった文教改革には親和性を持っていた。それゆえ古代ギリシャの中にその認識が目指された有機体性は、プロイセンの古典研究者に対してはドイツの「統一と自由」のいわば見取り図を提供するものであっても、プロイセン以外の領邦国家における古典研究者に対しては大国であるプロイセン主導のドイツの国民形成をいわば外から強制する手段として忌避されたことが想定し得るのである。

こうした筆者の解釈に対して、ヘルマンとベークの学問的な立場と政治的な立場の間に対応関係を見出す根拠が薄弱であるとする反論があるかもしれない。それに対しては、一九世紀ドイツの古典研究・歴史学の展開に関する以下の二つの主張が、ヘルマン－ベーク論争についても当てはまることを示唆しておきたい。第一にムーラックは、「新人文主義は啓蒙やフランス革命の抽象的な合理主義とは反対に、この合理主義に対して個人の人間的な生の具体的な多様性を対置させ、人間の自己形成、自己規定、個人性を告知する。新人文主義は古代、特に古代ギリシャへ向きを変える、というのは新人文主義に対して古代ギリシャは完成した個人の教養、とりわけ完成した国民形成の例を提示しているように見えるからである[178]」と記している。この引用の中での新人文主義はベークに近い立場、抽象的な合理主義はヘルマンに近い立場と重ねて読むことが許されよう。第二にニッパルダイは、

教授や教養層による政治を越えた共通の確信とは、ドイツの状態と展開を〝歴史学的〟に解釈し正当化するこ

とであった。（中略）確かに過去の探求が現在の政治に彩られていたのと同様に、歴史家はまず過去の客観的な認識を目指しそれから二次的に現在の解釈をそこから正当化し道を示そうとした。すべての精神科学と解釈の学問に関わった歴史主義は、普遍的で合法則的なものに対して個別的で特殊なもの、歴史によって制約された——イデオロギー的に言えば——〈有機体的な〉全体の部分に対する優位、精神の単に実証的な事実に対する優位を強調した。（中略）それは西ヨーロッパの啓蒙主義的な文化への境界付けを意味した。(179)

と述べている。この引用から、ベークは「ギリシャとドイツの（有機体性を介した）親縁性」に基づいて、古代ギリシャの状態と展開を歴史的に解釈することによってひいてはドイツの状態と展開を歴史学的に解釈し正当化することを試みたのではないか、またこの試みはヘルマンの近く位置した「普遍的で合法則的なもの」あるいは「西ヨーロッパの啓蒙主義的な文化」の立場に対するものであったのではないか、と問うことができるであろう。いずれにせよこのヘルマン－ベーク論争の結果、古典研究の自己理解をめぐる議論が深まるだけでなく、それはドイツの中で領邦国家間の違いを越えた共通の話題についての意見の交換を促進した。この論争は、ドイツの国民形成における分邦主義の解体(180)に対しても何らかの寄与を成し遂げたのである。

III　ティールシュ－シュルツェ論争

以下においてはヘルマン－ベーク論争と類似した背景(181)の下に、バイエルンの古典語教師・古典研究者ティールシュとプロイセンの文部官僚シュルツェの間に交わされた古典語教育上のティールシュ－シュルツェ論争を検討する。この論争において、有機体的なネイションとしての古典古代の認識という点は問題となっていない。しかし続いて明らかとなるように、ヘルマン－ベーク論争において問題となった言語の知識あるいは事柄の知識との取り組みを重視するかという点が問題となっていたのである。

バイエルンはプロイセンにほぼ次いで新人文主義的な古典語教育が制度化された領邦国家であった。ヨーゼフ・マクシミリアン四世（Josef Maximilian IV.）の下、開明的なモンジュラ政府に招聘されたニートハンマーが、それをバイエルンに導入したのである。一八〇九年にはティールシュがバイエルンの皇太子の家庭教師兼同地のギュムナジウム教師に任命された。彼には、ニートハンマーによる勇敢な計画によって混乱したバイエルンの文教政策を整備し、新人文主義的な古典語教育・古典研究を当地に根付かせる重責が課せられた。バイエルンは宗派的にはカトリシズム圏に属し、従来主にイエズス会士によって推進されていた古典語教育を（プロテスタンティズムと所縁の深い）新人文主義的な古典語教育へと改編するのは容易な仕事ではなかった[182]。つまり、古人文主義の時代にツェルティスが古典語教育をバイエルンに広めようと試みた時と似た困難が、ティールシュを待ち構えていたのである（「人文主義のバイエルンにおける再生は、罪の認識から回心が始まるように、自らの愚鈍さが意識されることから始めなければならない[183]」）。彼はローマ・カトリック教会のみならず実科主義や新人文主義と実科主義の「二種聖餐論、折衷主義 Utraquismus[184]」に対しても戦い、新人文主義的な古典語教育・古典研究をバイエルンに定着させるのに大きな貢献を成し遂げた（彼は弁論術の伝統を復活させ、一八一二年にミュンヘン大学での古典文献学科の設立を助けた[185]）。その際、ティールシュが依拠した古典語教育上の立場とは、単なる（事柄の）知識の習得よりもむしろ「能力 Können」の形成を重視することであった。すなわち、バイエルンの一八二九年の文教計画においては古典語の授業を中心として他の学科が統合され[186]、形式的陶冶の理念に基づいて（古典語という）言語の知識の習得が重んじられたのである。この立場は「古典主義 Klassizismus」と呼ばれた[187]。こうした立場がバイエルンで生まれた背景としては、新人文主義に対するカトリシズムの側からの反発を打ち破るために、まさにその主張の精髄たる（プロテスタンティズム的な）言語信仰を持ち込む必要のあったことが考えられる。しかし他方で、実科主義に対するカトリシズム圏に特有の嫌悪[188]は残ったのである。

他方プロイセンのギュムナジウムにおいてはバイエルンと対照的に、古典語という唯一の科目を中心に授業を編成するのではなく、多面的で広い知識が要求された。この立場は「普遍主義 Universalismus」「折衷主義」または「百科全書主義 Enzyklopädismus」と呼ばれ[189]、シュルツェがその主唱者であった。すなわち、古典語という言語の知識のみならず事柄の知識の習得に対しても陶冶の意義が認められたことから、ドイツ語、数学、自然科学、歴史、地理などの授業時間数が増えたのである（当時のドイツの諸領邦国家においては、プロイセンのみが数学と自然科学の授業を重視した）。このような授業編成は、有用性の重視ではなく、精神の包括的つまり多面的な形成のための必然的な一部分をなすため、という観点に拠った。シュルツェの起草したこうした授業案によって、プロイセンにおいては古典語教育を重視しつつも実科的な原理が統合され、プロイセンの学校制度は彼自身の表現によれば「生きたオルガニズムの器官[190]」として完備した[191]。さらにシュルツェは、生徒が規律を身に付けることを重視し、それが形式的陶冶によるだけではなく試験制度やかつての敬虔主義者と同様に授業態度の監督によって達成されると考え、こうした厳格な試験や監督、授業時間数や科目の多さこそがプロイセンの学校制度の特徴となったのである[192]。

なぜ古典語教育をめぐって古典主義と普遍主義という二つの異なる立場が現れたのであろうか。その理由の一つは、フンボルトの「ギリシャ・ネイションの性格は、その多面性と純粋な人間性という理念を調和的に形成する点において人間の性格に最も相応しい[193]」という文章における、ギリシャ・ネイションの性格に関する二つの性格付けに拠ったのではないか。すなわち、ギリシャ・ネイションの純粋な人間性を重視する方向からは古典主義が、多面性を重視する方向からは普遍主義が生まれたと思われる。[194] その際、『古代学の叙述』において前者の方向は「学識的啓蒙」、後者の方向は「学識と文明の統合」を重視する立場と重なっていたことが想定されるのである。

さてこのようなシュルツェの施策に対しては、厳格なカトリシズムを奉じた医師であるカール・イグナツィウス・ローリンザー（Carl Ignatius Lorinser）による批判が一八三六年に書かれた。彼は当時のプロイセンにおける普遍主義に基づく詰め込み教育つまり授業の時間数や科目、宿題の多過ぎることが若者の健康を損なう（バランスの取れた器官の循環を妨げる）事実をベルリンの『医学新聞』紙上において報告し、古典語や宗教以外の授業時間数を減らすことを提案したのである[195]（すでに一八二〇年代後期から、プロイセンの普遍主義に対してそれを「機械論」の現れと見なす批判が加えられていた。歴史家のフリードリヒ・フォン・ラウマー［Friedrich von Raumer］は、「すべてが同等の価値を持つ、前進が不可能なこの機械装置（普遍主義）は、最高の叡智へと従属する否定的な抽象という観点に基づくと、実際におけるやる気、愛、精神、個性を殺す[196]」と記している）。他方シュルツェはティールシュの著作[197]に関する書評を著し、バイエルンにおいてラテン語学校が市民学校としても機能していること、あるいはドイツ語、歴史、自然科学、歌唱、図画の科目が授業で軽視ないしは無視されていることを批判していたが[198]、この批判に対してティールシュは、ローリンザーによる提題にも刺激されて逐一反論を行い[199]、シュルツェとティールシュの間には論争が交わされた。このティールシュ－シュルツェ論争には、ほぼ全ドイツ語圏の古典語教師が参加し、自らの属する領邦国家の枠を越えて雑誌や新聞や個々の論難書を通して互いに意見を交換したのである。

一八三七年にはゲッティンゲン大学開学一〇〇年を記念し、ティールシュを主催者としてすでに触れた第一回

「ドイツ古典語教師・古典研究者会議」が開催された。この会議では古典主義と普遍主義の対立に関しても公に討論が行われ、人文主義的教養と実科的教養の間の誤った媒介が批判され、産業主義と唯物論に対する戦いが宣告された[200]。産業主義は古い機械論、唯物論は新しい機械論の現れと見なされたのである[201]。この会議はその後も毎年あるいは隔年毎にドイツの異なった場所において開かれ、領邦国家の相違を越えて多くの古典語教師・古典研究者が参加し、「新しい教養（つまり古典教養）が結合力を持つこと」[202]を表現したのである。この会議が、プロイセンの文教改革が終了し、制度化された古典語教育の存続が一応の安定を見た時期に初めて開催されたのは偶然ではなかったと言えよう。

以上検討したバイエルン（非プロイセン）とプロイセンの文教政策をめぐる対立において興味深い事実は、この古典主義と普遍主義をめぐる対立関係がドイツの南北の領邦国家で三月革命前後に転倒したことである[203]。つまり三月革命後にオーストリアではギュムナジウムが設立され、普遍主義的な古典語教育が導入された[204]。ただしバイエルンでは一八四八年にティールシュの薫陶を受けたマクシミリアン二世（Maximilian II.）が即位した後、一八五四年に新たな学校法が公布されたが、ティールシュによる古典主義的な古典語教育が総体として堅持された[205]。それに対してプロイセンのギュムナジウムでは一八三七年にラテン語、フランス語、物理学、歌唱の授業時間数が増やされ、その代わりにローリンザーなどによる多科目の学習の負担が重過ぎるという批判を容れて主に数学、ギリシャ語、ドイツ語の授業時間数が減らされた[206]。こうしたプロイセンの文教政策の変化について、ラテン語の重視はラテン語学校や古人文主義の伝統への回帰であり、またフランス語、物理学、歌唱の授業時間数が増えたことは実科の授業の要望への譲歩であったことが指摘されている[207]。この変化からは、総体として古典主義の方向へ文教政策の重点が移ったと言えよう[208]。

ところで、このティールシュ－シュルツェ論争はヘルマン－ベーク論争と同様に領邦国家間の違いを越えて共通の話題について意見を交換する土壌の育成に貢献したが、その背景にはこの二つの論争の当事者間における直接の関連が存した。すなわち、ベークの古典研究観は「工場長のような展望」という表現に見られるように、監督を重視したプロイセンの古典語教育政策と共通点を持っており[209]、彼はこの政策を推進したシュルツェと懇意であった。両者は共に新人文主義的な古典語教育・古典研究がより直接的にプロイセンの近代化や、分邦主義の乗り越え、プロイセンを中心としたドイツの政治的な国民形成（「統一と自由」の実現）へ寄与することに理解を持っていたのである[210]。もっとも反動体制下の現実においては、ヤイスマンが言うように人文主義者のリベラルな志向は政治的な現実化に至るものではなく、授業の〝学問性〟の下に代償されたわけだが[211]。他方ティールシュはヘルマンの弟子であり、両者は共に形式的陶冶に基づく古典語との取り組みによる個人の人間形成を重んじ[212]、とはいえ形式的陶冶の成果がドイツの政治的な国民形成へ寄与する点に関しては懐疑的ないしは無関心であり[213]、むしろドイツの文化的な国民形成を推進する立場に近かったと言える[214]。したがってヘルマンやティールシュの立場はかつてのゲーテに、ベークやシュルツェの立場はフンボルトに親和性を持っていた。こうして三月革命以前の時期については、大学での学問的な古典研究とギュムナジウムでの古典語教育、研究と教授の関連がプロイセンと非プロイセン（バイエルン・ザクセン）においてそれなりに保たれていたのである[215]。

第一部では新人文主義的な古典語教育・古典研究によるドイツの国民形成のコンセプトを一律に再構成したが、以上で検討した二つの論争の背景を踏まえると新人文主義的な古典語教育・古典研究は地域によって異なる特色を持つに至ったと言える。その特色を、新人文主義の隣接思潮との近さ、キリスト教の宗派、人文主義の伝統に定位し、三つの領邦国家群に分けて整理しておきたい。まず隣接思潮との関わりに注目すると、時代の新しい流れであり有用な事柄の知識の習得を重視した実科主義あるいは伝統的なキリスト教とのいずれかに近い立場を古典語教育・古典研究が取るかによって、性格が異なっていた。全体として見れば、南ドイツ（バイエルン）、南西ドイツの一部（バーデン）などカトリシズム圏においては人文主義とキリスト教（主にプロテスタンティズム）の繋がりを重視する傾向が強い反面[216]、実科主義に対する反発が強く、それに対して北ドイツ（プロイセンなどプロテスタンティズム圏）においては人文主義と実科主義の繋がりが強い一方[217]、キリスト教との繋がりが比較的弱いという特徴があったのである[218]。さらに第三のグループとして、ザクセンや南西ドイツの一部（ヴュルテンベルクなど）はプロテスタンティズム圏に属し新人文主義が普及しつつあったが、未だに古人文主義の伝統が残り、実科主義に対する反発が強い[219]という特徴があった。そして、プロイセンにおいては復古体制下の施策がキリスト教の再活性化と結び付き、それが新人文主義を中心とした個人の主体化を阻む側面があったが、古人文主義あるいはカトリシズムの影響が強かった南（西）ドイツではむしろキリスト教（プロテスタンティズム）が個人の主体化を促進する役割を果たした。つまり一九世紀ドイツにおいて時代の流れは、一八世紀初期の啓蒙主義と敬虔主義の余波を受けて、総体として個人の主体化を促す方向へ向かっていたが、新人文主義の場合その原動力が啓蒙主義かキリスト教（プロテスタンティズム）か、という相違が地域毎に見られたのである。さらに実科主義との近さは、事柄の知識の重視という共通点を介して古典研究における歴史学的―批判的な研究、古典語教育における普遍主義の流れと、キリスト教（プロテスタンティズム）との近さは言語の知識の重視という共通点を介して古典研究における古人文主義の系譜、古典語教育における古典主義の流れと結び付いたと言えよう。

新人文主義的な古典語教育・古典研究はその当初のコンセプトにおいて、キリスト教と実科主義という隣接思潮を理念的に統合し、啓蒙専制主義的な領邦国家（分邦主義）からの脱却や新たなドイツの国民形成を可能にするべきであった。しかるに古典研究のヘルマン－ベーク論争、古典語教育のティールシュ－シュルツェ論争においては、このコンセプトによって目指されていた隣接思潮の統合[220]あるいは「研究と教授の統一[221]」という目標が崩れ始め、新人文主義的な古典語教育・古典研究自体のキリスト教と実科主義というそれぞれの隣接思潮へ近い流れへの分解が顕在化し始めていたのである（もっともベーク自身は、この統合という目標を彼の古典研究における「有機体的なネイションの認識」という綱領によって掲げたわけであるが）。「かつてヴォルフが〈統合〉したものが、分離して互いに対立した[222]」のである。このコンセプトによれば、キリスト教と実科主義の両者は、新人文主義による理念的な制約を受けているはずであったが、実際に両者は新人文主義からは相対的に独立した展開を遂げて行った。そして復古体制の樹立やヘルマン－ベーク論争、ティールシュ－シュルツェ論争を契機に、新人文主義的な古典語教育・古典研究による統合力の弱さが明らかになりつつあったと考えることができる。その原因としては、隣接思潮を統合する主体となるべきであった教養市民の層が一九世紀前期のドイツにおいてはきわめて限られていた上に、復古体制の樹立によってこの統合の主体を学校での古典語教育によって広げる試みが妨げられたことが考えられる。なお、この二つの論争において双方が自らの立場の正当性を主張した際、両者は共に精神の立場に依拠した。そしてベークとシュルツェは共に自らの古典研究、古典語教育が有機体的であることを自負し、ベークはヘルマンの古典研究の機械性を批判したが、ヘルマンはベークの古典研究の有機体性を批判し、またティールシュによればシュルツェ下の古典語教育は機械的なものに異ならなかったわけである、こうした点においてプロテスタンティズムの「信仰の法則の、行為の法則に対する優位」、あるいは（有機体論に依拠した）機械論に対する批判という枠組みが論争の当事者にとって主観的には保たれていたと考えることができるだろう。こうして上で触れた古典語教育・古典研究をめぐる二つの論争においては、共に第一部で再構成した新人文主義によるドイツの国民形成のコンセプトに依拠しつつも、キリスト教に近い「文化的な個人（人間）――形成のメディア（古典語）――文化的なドイツ・ネイション」の形成を重視するヘルマン、ティールシュら非プロイセンの立場と、実科主義に近い「政治的に自由で平等な個人（人間）――形成のメディア（事柄に基づく歴史学的な古典古代像）――政治的なドイツ・ネイション」の形成を重視するベーク、シュルツェらプロイセンの立場の相違が明らかになったと言えよう（もっともヘルマンやティールシュは、有機体論に依拠したわけではなかったが）。なおこの古典語教育・古典研究上の論争の系譜は、後述するように一九世紀後期に至るまで継承されてゆく。一九世紀の後期においては、ベーク－シュルツェとヘルマン－ティールシュの相互の対立が（ドイツの国民形成に関する）政治的な背景を持っていることがより鮮明になってゆくが、当初この両者の対立の原因は、ヘルマン－ベーク論争に現れたように古典研究の自己理解という原理的な問題をめぐるものであったのである。

Ⅳ　新人文主義と一般社会・ドイツ研究

本章の結びとして、一九世紀前半のドイツにおける新人文主義と国民形成の関わりについてさらに重要な二つの点に言及しておく。すなわち、新人文主義が当時のドイツにおいて、ギュムナジウムや大学などの教育・研究機関のみならず、一般社会においてどのように受け取られたのか、及び新人文主義が新たにドイツ独自の伝統の創出を目指す学問である「ドイツ研究Germanistik」や国民運動（大衆ナショナリズム）といかに関わったのか、という点についてである。

一九世紀ドイツにおいては新人文主義がドイツの国民形成と深い関わりを持ち、古代ギリシャが理想化されることによって、古典語教育を享受した人でなくとも古典古代（特に古代ギリシャ）に対して関心を抱く傾向が見られた[223]。その際、新たに発見された古代ギリシャの文化理想や古典教養をより多くの人々へ広める傾向が、現実には不満足な結果しか得られなかったにもかかわらずほぼ一九世紀を通して現れ、それはキリスト教における宣教の契機の世俗化と似た側面を持っていたのである。この傾向は、普遍的な陶冶の手段としてのラテン語を（人文主義）ギュムナジウムのみならず実科学校（特に後の実科ギュムナジウム）においても教授すべきである、という主張とも連なった。

この傾向が生まれる際には、一八二〇年代に開始したギリシャ・ローマ古典文学のドイツ語への組織的な翻訳が大きく寄与した（シュトゥットガルトの「メッツラー Metzler」出版社と「ハインリヒ・エアハルト Heinrich Erhard」出版社は、古典古代の有名な古典作品の翻訳書を、一九世紀を通じて千巻以上出版した[224]）。この翻訳活動と並んで、ギリシャ・ローマ古典文学に関する啓蒙書や入門書の出版も精力的に行われた。現代に至るまでドイツで愛読されている、ギリシャ・ローマ神話に登場する神々、トロヤ伝説、『イーリアス』『オデュッセイア』や『アエネーイス』などについて解説したグスタフ・シュヴァーブ（Gustav Schwab）著『古典古代の最美の伝説[225]』は、古典古代に対する関心の高まりを背景に一八三八／四〇年に出版されたものである。これらの翻訳・出版作業の結果、ギリシャ・ローマ古典文学を必ずしも原典で読まなくとも理解できる条件が整備されたのである。他方レッシング、ゲーテ、シラーなどによるドイツ古典主義の作品もまた、彼らの作品がますます頻繁に学校での授業教材として採用されることによって、従来多くの人々に疎遠と思われていた古典古代（特に古代ギリシャ）の文化に関する啓蒙を行った。以上のような紹介・啓蒙活動に助けられて、古典古代（特に古代ギリシャ）に対する関心は、以下のような社会的な広がりを見せるに至った。

一八二一年から三〇年にかけて行われたギリシャ独立戦争はヨーロッパ全土の注目を引いたが、ドイツにおいてこの出来事に対する関心は特に高く、かつて自由の民であったギリシャ人をトルコ人の圧制から解放するため、彼らに対する共感が生まれ、義捐金の募金や連帯のための活動がなされた。この戦争に対してはプロイセンのフリードリヒ・ヴィルヘルム三世のような保守派も、リベラル派も共に関心を抱いた。[226] ドイツの人文主義者の中でこの出来事へ最も精力的に関わったのはティールシュであり、彼は文筆活動を通してギリシャの独立を支援するだけでなく、一八二七年にはミュンヘンにギリシャ愛好協会を設立した。[227] さらに彼は、ドイツ人からなる軍団を形成する計画を密かに練り、彼らは義勇軍として完全に装備・組織化され、マケドニアの地に進出すべきであったが、この計画はメッテルニヒによって阻止された。なぜなら、復古体制下の当局はこのギリシャ熱を共和制の擁護と繋がるものとして理解し、この運動が同時代の国民運動と結び付くことを恐れたからである。[228] バイエルンは「ギリシャ愛好」の拠点であり、[229] バイエルン国王ルートヴィヒ一世（Ludwig I.）の次男オットー・ルートヴィヒ（Otto Ludwig）は、一八三二年にギリシャ独立後の初代国王となった。

このギリシャ独立戦争を支援する試みの中には、ヴォルフの『古代学の叙述』において現れたように、古代ギリシャを師表とするドイツの国民形成がヨーロッパ世界の再編と結び付き、それがこのギリシャ独立戦争ではトルコを例とした非ヨーロッパのオリエントを対抗像として実際に発酵したことが如実に現れている。[230] しかもこうした出来事からは、新人文主義の規範が古典語教育・古典研究を享受しなかった人々に対しても影響を及ぼしつつあったことが看て取れるのである。

一八四四年二月一〇日、当時若き古典研究者であったエルンスト・クルツィウス（Ernst Curtius）は、ベルリンにおいてアテネのアクロポリスでの発掘の成果を発表する公開講演を開いた。プロイセンの王侯貴族や教養市民など約九五〇人の前で行われたこの講演は、「全ベルリンを興奮させ（中略）、人々はみな天からのような講演に魅惑され（中略）、それから数日ベルリンにおいてはクルツィウスとアクロポリスのこと以外何も話題となりませんでした。（中略）すべての母親が子供に対して、アクロポリスについて話しました」[231]と誇張して伝えられるほど、大きな反響を呼び起こした。この講演が成功を博した結果、クルツィウスはプロイセン皇太子フリードリヒ・ヴィルヘルム（Friedrich Wilhelm）の息子の養育掛たる重責を任せられたのである。クルツィウスが師傅となったのは、親英派で一八八八年に短期間王位に就いた後リベラル派に惜しまれつつ死亡した、後のフリードリヒ三世（Friedrich III.）であった。

文学、学問、政治以外の領域においても、古典古代（特に古代ギリシャ）のドイツ人の精神生活に対する影響は、彫刻、建築、デザイン、言葉の言い回しなど社会生活の様々な場の中に認められた。例えば建築については、擬古典主義のデザインによって設計された建築物が、特に公共の場で数多く建造された。その一つの例は、一八三〇年から四二年にかけてレーゲンスブルク近郊ドナウ川沿いの地に建立されたヴァルハラ（Walhalla）という名の記念館である。ヴァルハラとは元来北欧神話において戦死者の祀られた天堂を意味したが、このドイツに建設されたヴァルハラはアテネのパルテノン神殿に外観が倣っており、その内部には古代ゲルマンの過去から同時代に至るバイエルン出身以外の人をも含めた当初九五人のドイツ語圏出身の偉人（芸術家、政治家、軍人、学者など）の胸像が、ゲーテを中心として飾られた。このヴァルハラは、古代ギリシャを範とした文化国家としてのドイツの同一性の創出が、政治的な統一の達成される以前に試みられた一つの証言となっている[232]。

以上のような、一般社会での古典古代（特に古代ギリシャ）に対する関心の高まりに応じて、古典語教師・古典研究者は一九世紀ドイツにおいて古典古代（特に古代ギリシャ）の高い文化的な価値を媒介する存在として、社会的に高いステイタスを持つに至ったのである。

なお一九世紀には、ドイツ人の精神的な統一性を言語、文学、神話、法律、歴史などにおいて証明し、特にドイツ語を通してその精神と本質を把握しようとするドイツ研究が次第に発展を遂げ、すでに三月革命前期からドイツ研究が古典語教育・古典研究を中心とした国民形成の代わりになるという意見が主にロマン派の流れを汲む文人や学者の側から唱えられていた。その際、ラッハマンやモーリッツ・ハウプト（Moritz Haupt）など草創期の著名なドイツ研究者は、元来古典研究者であった。なぜなら、古典研究の分野において大幅に進展したテクスト校訂などの技術は、ドイツ研究に対しても応用可能であったからである。ところでドイツ研究においても、古典研究と同様の性格を持つ普及の過程がそれより少し遅れて一八五〇年代から入り込んだ。すなわち、歴史学的－批判的な校訂を経たテクスト、啓蒙書の出版、大衆化の過程である。(233) 一八四六年にはフランクフルトにおいてゲルマニスト会議が開かれ、学問とネイションの理念の統一が強調された。この統一の理念は、本書においてすでに触れてきたように新人文主義的な古典語教育・古典研究が（非）明示的に目指してきたものでもあった。このように一九世紀において古典研究がドイツ研究に対して後見的な立場に立ったことと、一八世紀に至るまで神学が古典研究に対して同様の立場に立ったこととの類似が指摘されている。(234)

一八四〇年にはライン運動に触発されて、大衆ナショナリズムが顕在化した。この運動においてはフランスという共通の対抗像を介して官吏と大衆の間の統一が樹立されたかのように見え、当時のプロイセン国王フリードリヒ・ヴィルヘルム四世も大衆ナショナリズムに対して共感を示した。この流れの思想的な淵源は、直接的には一八〇六年のナポレオン戦争でのプロイセン敗北直後に高まったフィヒテ、エルンスト・モーリッツ・アルント（Ernst Moritz Arndt）やフリードリヒ・ルートヴィヒ・ヤーン（Friedrich Ludwig Jahn）らによるドイツ・ナショナリズムに遡る。アルントとヤーンは共にフランスからの解放によるドイツ性の再建を唱え、アルントはルター主義、ヤーンはチュートン主義に依拠し、ルネサンス期のドイツ人文主義の伝統を継承し、古代ゲルマン人の民族性の中にドイツの国民形成の模範を見出した。さらに彼らは敬虔主義、ヘルダーの思想の影響下に「ドイツ民族 deutsches Volk」を発見し、Volk という言葉の両義性（民族・大衆）に鑑みて、ドイツの大衆が培った伝統の中にドイツ民族の本来の姿を構想したわけである。

アルントやヤーンらの思想は、彼らと同様に「Volk 民族・大衆」の中に本来の国民文化を見出すことを試みたロマン派の思想とも関わりを持ち、彼らのドイツ文化の理解は教養市民を主な担い手とした、ドイツ古典主義を師表とするドイツ文化の理解と対立する側面があった。[235] こうして大衆ナショナリズムやロマン派の思想家の側からドイツ国民形成の担い手として、従来の王侯貴族・教養市民に加えて新たに大衆の存在が注目されつつあったが、彼らが自主性を持つ個人へと人間形成を遂げ国民共同体へと発展的に解消されるのか、それとも君主との素朴な紐帯が前提された存在に留まり分邦主義的な政治体制をむしろ下から支えるのか、当時は未だ明らかではなかったのである。

新人文主義者の多くはこうした時代の新たな流れに対しておおむね傍観的に留まったが、一九世紀初期においてはパッソーがヤーンの体操運動を支援したがゆえに禁固刑に処せられ、[236] あるいはヴェルカーとアルントがナショナルな運動に加わったがゆえにボン大学において共に処分を受けるなど、新人文主義者と大衆ナショナリズムの思想家の間での、いわば政治的に左と右の側からの国民形成をめぐる共闘という興味深い例が見出される。他方、古典研究においてはロマン派の思想を支え後世大衆ナショナリズムの思想家から注目を浴びるに至る著作が現れつつあった。例えばハイデルベルク大学古典文献学科教授のフリードリヒ・クロイツァー（Friedrich Creuzer）はハイデルベルクのロマン派の詩人・文人と深い関わりを持ち、古代ギリシャ神話の釈義を目的とする『古代民族、特にギリシャ人の象徴学と神話学』を著し、新しく発見された象徴の世界を先駆的に宗教意識の凝集、根源的で内面的な経験と感情の凝集と見なした。またゲッティンゲン大学古典文献学科教授のミュラーは『学問的神話学への序論』を著し、ギリシャの神話はギリシャ民族の様々な部族の幼年時代に生まれた歴史的な出来事に関する秘められた記憶であることを主張し、同書の中で展開された神話と儀式の結合の強調、根源的な神話形式の詩人による文学的な編纂からの区別などの考えは、後の世代へ影響した。(237) さらにバーゼル大学の法学教授を一時務めたヨーハン・ヤーコプ・バッハオーフェン(Johann Jacob Bachofen)は『母権制』『古代人の墓の象徴に関する試論』などの書物を著し、家父長制度の確立以前の神話的な文化や民族生活の深層に迫ることを試みた。上で挙げた三つの研究はいずれも神話やディオニュソスという神に注目しており、神話は詩(芸術)と宗教の接点に位置するがゆえにロマン派の詩人から注目された。古典古代の神話に注目した彼ら非プロイセンの古典研究者は、同時代の大衆運動や国民運動に対して無関心ないしは批判的であったが、他方で彼らは古典古代にかつて存在した非合理的な自然や民族生活のあり方を探ることを試みたのである。

第一部においては、一八世紀のドイツで「自然、天才、民族」の果たす文芸・国民形成上の役割が関心を引き、さらにドイツ国民形成の指導的な表象と見なされた有機体が「精神と自然」という二つの契機からなることを指摘した。一九世紀ドイツの新人文主義と国民形成の関わりの状況にあって、ヘルマン－ベーク論争やティールシュ－シュルツェ論争の圏内においては精神の契機が前提とされていたのに対して、上で触れたようなロマン派の流れを汲む神話研究においては、むしろ自然や民族の契機が取り上げられたと言える。この後者の契機に対する注目は、本章で取り上げた二つの論争の影で古典研究の隠れた系譜をなし、次第にヘルマン－ティールシュの系譜と結び付き第三、第四部において触れるように一九世紀の後期に至り、プロイセン(ベルリン)の古典研究との対立が顕在化するに至るのである。

第2部1章　国民形成コンセプトの制度的な導入とその展開（1806-48年）

第二章　国民形成コンセプトの変容とその展開（一八四八—一九〇〇年）

本章は一八四八年の三月革命から人文主義ギュムナジウムと実科系学校の間の大学入学資格をめぐる法的な平等が達成された一九〇〇年までの時期を、第二帝国の成立した一八七一年を節目として前後に分け、新人文主義的な古典語教育・古典研究によるドイツの国民形成コンセプトの変容とその展開を考察する。叙述に際してはこの節目の前後を問わず、新人文主義とその隣接思潮との関わりの変化に留意するが、特にこの節目の前の時期である一八四八年から七一年にかけて（第一節）は三月革命を契機に新人文主義的な古典語教育・古典研究の蒙った変容、この節目の後の時期である一八七一年から一九〇〇年にかけて（第二節）は第二帝国の成立をきっかけに新人文主義的な古典語教育に対して加えられた批判、新人文主義と新たな隣接思潮である大衆ナショナリズムとの関わりなどに考察の焦点を当てる。

一八四八年の三月革命は、周知のようにその後のドイツ国民形成の展開に対して大きな変化をもたらした。すなわち、従来のリベラリズムを中心とした国民形成が憲法紛争を経て次第に力を弱め、それに代わってプロイセンのビスマルクを中心とするいわゆる「現実政治 Realpolitik」や大衆ナショナリズムが国民形成に対して果たす力が注目を浴びてゆく。この変化は、一九世紀後半のドイツにおける唯物論や社会民主主義など無神論的な潮流の台頭、経済や自然科学の発展と並行した現象であり、新人文主義的な古典語教育・古典研究はこれらの新たな動きに対して改めて自らのあり方を規定し直さざるを得なくなるに至るのである。

第一節　一八四八年から七一年にかけて

以下三月革命と新人文主義との関わりに触れ、さらにこの革命を契機に新人文主義の蒙った変容を、Ⅰ　古典語教育の変化、Ⅱ　古典研究の変化、Ⅲ　教養のコンセプトの変化、Ⅳ　隣接思潮との関係、という四つの観点から考察する。

一八四九年に開かれたフランクフルト国民議会には、古典語教育をかつて享受した多くの教養市民が参加しており（総議員の約七五パーセントは大学教育を受けていた）[1]、その中にはギュムナジウムや大学で教鞭を取る古典語教師・古典研究者も含まれていた[2]。この議会においては、ドイツ統一憲法の制定、特にドイツの元首を大ドイツ主義あるいは小ドイツ主義に基づいて選ぶか、という点が議論の大きな眼目となったが、その際「スパルターヴィーン対アテネーベルリン」という古代ギリシャと一九世紀ドイツの間の類比に依拠した対立項がペロポネソス戦争の故事にあやかって立てられるなど[3]、古代の状況から当時のドイツにとって参考となる議論が引き出される場合があった。プロイセンの新人文主義者は、大ドイツ主義によればドイツ統一の中心となるべきであったオーストリアに新人文主義的な古典語教育が一八四八年まで広まっていなかったこともあり、大ドイツ主義よりもむしろ小ドイツ主義によるドイツの統一に対して賛意を表したことが記録されている[4]。

ところで、フランクフルト国民議会において長い討論の末に制定されたドイツ統一憲法は、それを捧げられたプロイセン国王が受諾を拒んだことによって画餅に帰した。その折衝の際、王座は憲法に依存し、法を与える力を議会と分かち合うことが決議されるなどの成果はあったが、後に反動の時期が続いた。したがって、この三月革命を契機にヨーロッパ全体としては復古体制という旧秩序が崩壊し、多くのヨーロッパ諸国においては近代化の諸理念の実現や国民形成が進展したにもかかわらず、ドイツにおいては国民形成の当初期待したほどの進展をもたらさなかったわけである（三月革命においてドイツの統一が実現しなかったことから、「ギリシャとドイツの親縁性」の根拠は高い文化の発展という点だけではなく、政治的な分裂状態を共有するという点において改めて確認される場合があった(5)）。それどころか分邦主義など絶対主義的な旧体制の残滓が未だに認められ、リベラリズムの側から三月革命の失敗の原因は理念や議論にこだわり過ぎ、実践や力を軽視した点に主に求められたのである。

三月革命の失敗に対するこのような反省は、国民形成に際して精神や観念が持つ現実の形成力を信じるという、新人文主義による国民形成コンセプトの根本が揺らぎ始めたことを意味した。このコンセプトの中心の一つには、精神や個人（人間）の自主性の形成を形式的陶冶によって目指す古典教養があった。すなわちフンボルトなどの考えによれば、古典教養によって精神を形成された主体としての個人（人間）が文化的・政治的な国民形成を前進させるはずであった。しかるに実際に三月革命においては精神を形成しているはずの教養市民層の運動がほぼ議論に終始してドイツ統一の実現を逃し、それとは対照的に古典教養の行き渡っていない大衆、特にプロレタリアート層が現実の国民形成において果たし得る力が新たな歴史的経験として示されたのである。その先駆けは、一八四〇年のライン運動に触発されて起きた大衆ナショナリズムであった。

ところで思想・学問の世界においては、精神そのものではなく、精神からは相対的に独立しているかのように見え始めた現実に注目する動きがすでにヘーゲル死後の一八三〇年代から生まれており、三月革命以後にはそれらの思想・学問の影響を受けた運動が現実の政治の中でも見られるようになった。すなわち、思想・学問においては唯物論・無神論の台頭や自然科学の発展、政治においては社会民主主義や現実政治の登場である。これらの新しい潮流は、新人文主義者によって新たな機械論として批判的に総括されたのである。すでに一八四三年、フンボルトの中に生きていたようなギリシャの精神に対する実科主義者、単にドイツ・ナショナルな人々、正統主義的なキリスト者などの敵が至るところで増えていることが指摘されていた。[6]「(一八四八年以降には)精神が去り、機械装置がその代わりに入り込むことができた。[7]」

このような従来の有神論的あるいは観念論的な世界像の動揺は、一八五〇年代から六〇年代にかけてのドイツの学者や文人や教養市民に共通して強く意識されていた。すなわち、三月革命を契機に明らかになったプロレタリアートの惨状が、ドイツの社会的なまとまりのなさを知らしめ、野蛮状態を意識させた。理性を離れた盲目的な意志の支配を説くショーペンハウアーの哲学が当時の市民層の間に流行したのは、こうした意識の表現であった。また社会の変革への見通しは暗くなり、一八世紀後期に観察されたのと同様の機械的な硬直、あるいは混沌とした社会の蘇りつつあることが人々の意識に上ってきていた。一般的に宗教的な信仰が弱まり、その反面経済活動が活発化したのも、そうした社会の変化や時代意識の現れであった。当時台頭しつつあった経済市民は、彼らの活動に必要な実科教育や実科学校の設立を主張し、古典教養やギュムナジウムに対する批判を強めた。このような変化と共に人文主義者の側からは、物質主義的な方向が完全な勝利を収め、あらゆる高い教養の没落が起きるだけではなく、宗教が没落し国家・社会秩序の破壊に至ることが恐れられたのである。しかし長い目で見れば三月革命後は、精神や観念の持つ現実の形成力が懐疑されることによって「信仰の法則の、行為の法則に対する優位」という枠組み自体が問いに直され、行為を信仰の裏付けなしに肯定する、あるいは精神の現実化を前提する上で挙げた諸傾向（現実政治、唯物論、社会民主主義など）が生まれた反面、上の枠組みに依拠しつつ後述するように古い精神を取り戻す、あるいは新たな精神を渇望する条件が生じ始めたということができるのである。

こうして新人文主義と国民形成の関わりを根拠付けた「精神」の立場が危うくなり始めたにもかかわらず、制度化された古典語教育・古典研究は廃止されたわけではなかった。つまり、精神の現実への制約力が疑われ、ドイツ国民形成への貢献という一九世紀初期におけるような強力な意味付けが次第に失われつつある中で、制度化された古典語教育・古典研究は延命した。以下、このような三月革命を機に起きた一般的な変化を顧慮した上で、新人文主義の蒙った変化をより詳しく検討する。

Ⅰ　古典語教育の変化

三月革命の際には、従来の古典語重視の教育の問題点についても議論が戦わされた(8)。その際に主たる改革案として論議されたのは、a古典語の授業時間数を近代の、特にドイツ語や生きた外国語、自然科学の授業時間数に対して制限すること、b復古体制下においておおむね減らされたギリシャ語の授業時間数を増やし、ラテン語の授業時間数を減らすこと、cラテン語で会話を行い書く訓練の代わりにラテン語を読む訓練を行うこと、という三点であった(9)。この中でbとcの点は、カールスバートの決議など外的な情勢の変化によって修正を蒙った新人文主義的な古典語教育を、その初志に向けて引き戻す意図を持っていた。

すなわち、bの点は形式的陶冶の効果、特に規律の育成が重視されたことから時間数の増えたラテン語の授業に対して(10)、新人文主義において価値的に高く評価されたギリシャ文化への通路となるギリシャ語の授業時間数を増やすことを目指した。この試みは形式的陶冶の理解と関わるものであり、形式的陶冶は古典語それ自体との取り組みを重視するものの、古典語で記されたテクストの内容の理解を排除するものでは元来なかった。しかし復古体制の樹立によって古典語教育が古典古代の民主的・共和的な自由などの「内容」を生徒へ教授しているのではないか、という嫌疑がかけられる、あるいは産業社会の要請に直面して記憶の訓練や悟性を鋭くすることが古典語教育に対して期待されるなどの状況を踏まえて、次第に文法の暗記などを自己目的とする「形式主義」の傾向が強まった。こうして文法の暗記は、いわば新たな教理問答としての性格を持ちつつあったのである。ラントフェスターによれば、プロイセンで一八三七年に行われた、ギリシャ語の授業時間数を従来のほぼ半分に減らす一方、他方でラテン語の授業時間数を従来のほぼ倍へ増やす改革は、こうした傾向に対応するものであったという[11]。その結果、特にギリシャ語で記されたテクストの内容の理解からなる人間形成と、ラテン語の文法の機械的な暗記からなる形式的陶冶を対立的に捉える見方が生まれてきたのである。このように新人文主義的な古典語教育の形骸化は、一方ではギリシャ語と比べてラテン語の授業時間数の増加、他方ではラテン語の授業の重点をテクストの内容の理解よりも形式主義の練磨へ置く動きによって進行したと言えよう。なお三月革命の前後、ギリシャ語とラテン語の教育学上の関係と、それによって制限された両言語の等級についての問いが盛んに論じられ始め、ルートヴィヒ・ハーン（Ludwig Hahn）によるラテン語をカトリシズムの言語、ギリシャ語をプロテスタンティズムの言語と名付ける興味深い見解が生まれてきたのである[12]。この見解に拠れば、ギリシャ語の授業時間数の増加を唱え、形式主義を重視するラテン語の授業を批判する主張は、かつてのローマ・カトリック教会をその行為主義・律法主義のゆえに批判した宗教改革者の立場に連なるものであったと言えるであろう。これと関連して古典古代の解釈をめぐって、カトリシズムの側からはプロテスタンティズムの側が自らに引き寄せて古典古代を解釈することに対する批判が著されていた[13]。

ｃの点は、本来新人文主義においてその克服が目指された、実用語としてのラテン語教育の残滓を拭い去ろうとするものであった。ギュムナジウムの修了試験においてはラテン語を実際に使えることが試されたので、ラテン語で話し書く訓練が依然として古典語授業には残っており、また三月革命の時まで大学の祝賀演説など公の演説においてラテン語が用いられる場合が多かったのである。このような改革案、特にｂ、ｃの実現に向けて積極的に行動した代表者は、ザクセンの古典語教師ヘルマン・ケッヒリー（Hermann Koechly）である。彼はヘルマンの弟子であり、三月革命以前の古典語授業が「学校での叡智や書斎での教養のために役立つに過ぎない」ことを批判して古典語が「机上の学問の言語」と化していることを指摘し、「ギュムナジウム改革協会」を設立した。というのも彼は産業社会の要求に直面し、またザクセンではとりわけ古い形態の古典語教育が行われていたからである。その結果、彼は新人文主義の初志に戻ることによるこうした問題の克服を提唱し[14]、古典語教育を通した精神の形成を目指す、個人的教養の回復を主張したのである。

　さて上で挙げた改革案に対して一八五六年にプロイセンの文部大臣ルートヴィヒ・フォン・ヴィーゼ（Ludwig von Wiese）の下で発布されたギュムナジウムの新教科課程では、現状の大きな変更は見られなかった。ｃの提案は当初プロイセンの新しいラーデンドルフ授業法案で実現が試みられたものの復古体制の回復によって挫折した。ｂのギリシャ語の授業時間数を増やす提案も実現せず、それどころかプロイセンにおいてはラテン語の授業時間数がすでに一八三七年に増やされていたように、一般に形式主義を重んじる傾向が強められたのである[15]。またａの提案におけるヨーロッパの他の近代語など外国語の授業時間数の増加に関しても、プロイセンなどを除けば反対が多くほとんど実現されなかった。なぜなら、一方でフランス語は革命が起きた国の言語、英語は単なる実用語と見なされ、他方で古典語との取り組みによる形式的陶冶がそれらの言語を学習する能力を養うと依然として一般に考えられていたからである。しかし自然科学の授業時間数は従来と比べて増える傾向が見られた。

以上のような改革案がほとんど実施されなかった一方、三月革命後の時期においては古典語教育の新たな意味付けが模索された。以下、そうした例を紹介しておきたい。三月革命の前後からラテン語の授業時間数を増やす際の論拠として挙げられたのは、形式的陶冶による規律の育成という従来の観点のみならず、ラテン語との取り組みがすでに国民語としての地位を確立していたドイツ語の学習に何らかの形で役立つ、という点であった。例えば、「感情の言語としてのドイツ語は精神の言語としてのラテン語を必要とする」[16]という主張がそれであり、あるいは「ラテン語とドイツ語の親縁性」[17]というテーゼが考え出された。こうした主張には「ギリシャとドイツの親縁性」の枠組みを借りつつも、ラテン語をギリシャ語のいわば世俗化として捉える見方が現れている。そしてより具体的には、「ドイツ語の文体を練磨するために、ラテン語の特にレトリックに関する学習は有用である」[18]ことが主張されたのである。ヴォルフによれば「精神と感情の調和的な形成」、つまり形式的陶冶の効果はもっぱら古典語との取り組みによるとされていた。しかし三月革命後においては、陶冶の手段としての価値がドイツ語に対しても期待され始め、とはいえドイツ語には未だに芸術的な形成力がないとされ、ラテン語がその模範になると考えられたのである。

しかしこの意義付けに対しては、主に以下の二点から反駁がなされた。すなわち、第一にはギュムナジウムにおけるドイツ語の授業時間数が少なかったので、ラテン語とドイツ語の学習を関連付けてドイツ語の文体の練磨を図る制度的な条件が整えられていない、という点、ただしドイツ語の授業時間数が比較的多かった一八一二年から三七年にかけてのプロイセンのギュムナジウムにおいては、この条件が存在した[19]。第二には、この意味付け自体を疑わしいものとせざるを得ない人物が存在した点である。つまり、ラテン文献学の泰斗であったヘルマンはラテン語を「自由に創造的かつ完全に」操ることができた一方、ドイツ語を単に「明晰、単純かつ粗野に」しか表現できなかった。[20] しかしこれらの反駁にもかかわらず、ラテン語授業の重点は次第にドイツ語の文体の練磨を暗に目的とした外面的なレトリックの模倣などに置かれ、かつてのラテン語共同体におけるように主に話し言葉ではなくとも、この共同体の解体と関連してむしろ書き言葉によってラテン語のレトリックを再評価する動きが生まれてきたのである。その具体的な現れは、ルネサンス期に文体の超時代的な理想とされ、ヴォルフがその克服を目指したキケロ主義の「エレガントさ」という修辞学上の理想を復活する動きが一八六〇年代以降に生まれたことである。[21] この復活の試みによって意図されたラテン語授業の新たな意味付けとは、ドイツ語が新たに陶冶の手段として注目されるのを面前にして、ラテン語が主たる形式的陶冶の手段となる以前の意味付けへ回帰し、しかもそれをドイツ語の習得の補助という新たな目的と結び付ける点にあったと言えよう。こうしてプロイセンにおける一八三七年の授業改革に現れた「新人文主義的な古典教養の最大の敵は、今や逆説的にも言語の能動的な使用能力を高く評価する実際のラテン語授業となった」[22] という傾向は、さらに強まったのである。

こうして三月革命以降の古典語教育においては、一方で古典語との取り組みが精神や個人（人間）の形成に役立つとする形式的陶冶の理念が公に保たれ、[23] ティールシュ－シュルツェ論争において現れた古典主義と普遍主義の対立が引き続き存在しながらも、形式主義に陥った古典主義の問題が指摘され、総体として次第に普遍主義が影響を強めつつあった。[24] 他方でラテン語との取り組みを他の実際的な目的に役立つ点に基礎付けるかつての汎愛主義の言語観に似た動きが生じつつあったわけである。

なお古典語教育を受けた学生の側に視点を移すと、三月革命以前の古典語教育に関しては先ほど引用したケッヒリーの批判にもかかわらず、おおむね肯定的な記憶や回想が残されている。[25] これは、三月革命以前の時期において古典語との取り組みを通した精神や個人（人間）の形成、ひいてはドイツの国民形成という理想が活きていたことを示すものであろう。しかし三月革命以後の時期に関しては、（人文主義）ギュムナジウムにおける古典語教育をいわば抑圧の象徴として描き出す例が世紀末から二〇世紀初期にかけて増えてくる。例えば、一九世紀末の古典語教育を回顧する叙述の現れるトーマス・マン（Thomas Mann）の『ブッデンブローク家の人々』[26]、ハインリヒ・マン（Heinrich Mann）の『ウンラート教授あるいはある僭主の最後』[27]の中にそうした例を見出すことができる。

II　古典研究の変化

ヘルマン－ベーク論争の後、ドイツの大学の古典研究においてはベークが代表したような歴史学的－批判的な研究が次第に影響を高めていった。彼はすでに引用した『アテネ人の国制』において古代ギリシャのアテネに関する歴史学的－批判的な実証研究を行い、その結果、次のような結論に達していた。

我々はギリシャ人の歴史における偉大さや崇高さを過小評価しない。我々は認めよう、多くのことがギリシャにおいては我々の国家や、うんざりするほど堕落したローマ帝国や、奴隷的に屈従したオリエントよりも優れていたことを。しかし多くのことはギリシャにおいて、我々よりも悪かった。ただ浅薄さや一面性のみが、古代のあらゆる場に理想を見出す。過去の賛美と同時代への不満足は、しばしば単に感情の不調やエゴイズムに基づいており、それは周りを取り囲む現在を低く評価し、古代の英雄のみを、偉大であると錯覚された自らにとって相応しい仲間であると見なす。通例強調されるほど美しくはない影の面が、（古代ギリシャには）存在したのだ。国家と家族関係におけるギリシャ人の内的な生活を君たちは考察したまえ。すると君たちは、疑いなくアテネがそこに属するような最も高貴な種族においてさえ、深い人倫的な堕落が民族の最も深い核心にまで入り込んでいたことを見出すだろう。そこで民族が分裂していた自由な国家形式と小さく独立した大衆が生を深く多彩に刺激したのであれば、この国家形式や大衆は同時に無数の情熱や混乱や悪意へのきっかけとなったのだ。自らの感情の深みにおいて世界を含め自らに満足していた偉大な精神を除けば、多くの人々にとっては、より純粋な宗教が人間の心へと注ぎ込んだような愛と慰めの欠けていたことがわかる。ギリシャ人は芸術の輝きと自由の栄華において、大抵の人が考えるよりもはるかに不幸であった。彼らは没落の端緒を自らの中に持っており、木は腐った時に伐られなければならなかった。そこで個々人の情熱にとってさほど余地が与えられず、政府の根本方針のより大きな堅固さが可能となり、外からの安全と中からの休息が与えられているような君主制においてより大きな国家の塊を形成することは、教養ある人類の本質的な進歩であるように見える。たとえ異なった流儀でギリシャ人を性格付けたようなあの個人の活発な生、あの自由闊達さと心の広さ、圧制と恣意と権力者の抑圧に対する和解し難い憎しみが我々にとって疎遠ではなく、喜ばしい高揚と共に生まれ固定されるとしても。しかしこの幹（種族）が枯れると、斧が木の根元に置かれるのである。(28)

この引用の中で、ベークは一方で古代ギリシャの高い規範性を認めつつも、他方で国民形成の最中にある一九世紀のプロイセン・ドイツ（「君主制においてより大きな国家の塊を形成すること」）の古代ギリシャに対する政治的な優位、またキリスト教（「より純粋な宗教」）の異教に対する宗教的な優位を指摘している。つまり、ベークは自らの歴史学的－批判的な研究によってヴィンケルマンやヴォルフにおいて信じられていた絶対的な理想としてのアポロン的なギリシャ像を糺すに至ったとの見解を明らかにし、「ギリシャとドイツの親縁性」のテーゼを揺るがしつつあった。歴史学的–批判的な研究はヴォルフの古典研究に遡るが、彼においては『ホメロスへの序論』の主張にもかかわらず、それが絶対的な理想としてのギリシャ像と折り合っていたのに対して、ベークは前者が後者を覆す過程を自らの古典研究において推し進めた。そしてベークの影響を受けた古典研究者は、ギリシャ研究の様々な領域において理想とは異なる、非有機体的な歴史上のギリシャ像を明らかにし始めていた。

こうした自らの研究の進展と並行して、ベークは一八一二年から六七年にかけてベルリン大学で行った古典研究の入門に関する講義（彼の死後『古典文献学の研究についてのエンツィクロペディーと方法論』という題名で刊行）の中でも、ヴォルフが古典古代、特に古代ギリシャの中に見出した絶対的な理想性を放棄し、古代ギリシャ・ローマを他の文化・文明と同等と見なす見解を開陳し、また形式的陶冶は古典語に限らず、数学や哲学や詩情によっても可能であると主張していた。[29] しかし他方で古典研究は、こうした主張により他の学問（歴史学的な精神科学）に対し、方法論として応用可能な基礎（補助）学問となることができたのである。さらにベークが『アテネ人の国制』において明らかにしたアテネ民主制の影の面は、アテネの民主制が同時代のドイツへ投影されることによって生じた人文主義者を「危険視する」誤解を避けるのに寄与し、古代ギリシャ文化の高い発展をその政体（民主制）ではなくて高い資質を備えたペリクレスのような個人の出現の中に求める見解の成立に影響を及ぼしたのである。[30]

ベークが理想としての古代ギリシャ像の相対化に至った理由の一つは、彼が有機体としての古代ギリシャを歴史学的–批判的な研究の対象として設定した点にあった。[31] つまり、かつてヴォルフやフンボルトにおいて有機体性は能産的自然として形成の主体であり、古代ギリシャと近代ドイツ人の間の、一種の神人共働的な個人の（人間）形成すなわち古代ギリシャの精神の、古典語を通した近代ドイツ人への受肉が考えられていた。しかしそれに対して、ベークにおいては逆に認識主体たる近代ドイツ人が（新たな所産的自然として）有機体性の前提された古代ギリシャという認識の客体に優位し、歴史学的−批判的な研究によって後者の規範性を剝奪しつつあったのである。いずれにせよこのような、新人文主義の草創期に信じられた絶対的な理想としてのギリシャ像が次第に相対化される中で、さらには三月革命の失敗に触発されて、一八五〇年代から八〇年代の末期に至るまで自らが亜流であるという意識が古典研究者の間で支配的となったことをラントフェスターは指摘している。[32] それを裏付けるのは、古典研究者のアドルフ・キルヒホフ（Adolf Kirchhoff）が一八六〇年に行ったベルリン大学への就任演説からの以下の一節である。

新しい生の新鮮な衝動が我々の学問の所でも告げられ、それが新たな道へ導かれた時、この衝動は古典古代に関する研究も活性化しこの研究との取り組みを自立した学科としての認められた地位へと高めました。この学科は若い精神の時代に生まれ、成長しました。その精神とは理想を目指し、至るところで全体へと努力し、それゆえまた至るところで創造的に、形成的に現れました。（中略）しかしあの時代は過ぎ去り、あの理想は色褪せ、すべての徴は新しい時代が我々の民族の生、その学問的な生においても準備され始めたことを示しています。（中略）古典古代への熱狂は実践的な領域でも理論的な領域でも弱くなり、いやそれどころかある無頓着さに場を空けました。（中略）偉大さや全体へ努力した形成衝動は死に絶えたように見え、探求は個々の部分に自らを失い、アトムへと分裂する危険に曝されています。（中略）古典研究の基礎と共に我々は自らに対して、英雄が我々を置き去りにし、亜流の時代が始まったと言わねばなりません。[33]

ホメロス研究においても、ホメロス文献学の専門化による知識の過剰のため「一八五〇年頃からホメロスについての知識とホメロス文献学についての知識の間の伝統的な統一性が崩壊し始めた。それと共に、ホメロスに関するかつては非常に強く生産的であった公の関心が消滅し始めた」ことが指摘されている。[34] しかし、公の祝賀演説などにおいては「ギリシャとドイツの親縁性」が依然として語られ古典研究がドイツの国民形成へ寄与すべきことが主張されており、それだけに形骸化したギリシャ崇拝が亜流意識を助長した。こうして、近代化に寄与すべき古典研究の言説とその正当化に寄与すべき祝賀演説の言説の乖離、「研究と教授の統一」の困難さが以前にまして明らかになりつつあった。そして後者の言説から、後に触れる古典研究者のヴィラモーヴィッツ＝メレンドルフは一九〇〇年の学校会議において「統一と理想としての古代は消えました。学問自体がこの信仰を壊したのです」[35]と誠実に宣言するに至ったのである。しかし他方で、上で触れた亜流意識を乗り越えようとする試みが、三月革命後の時代になされつつあった。以下、そのような乗り越えを図る三つの試みについて触れておきたい。

第一は、新人文主義においてギリシャと比べて価値的に低いと見なされていたローマに関する研究が、三月革命以後の時期に活発化したことである。その背景としては、以下の二つの出来事が重要であった。つまり、従来ローマの姿が投影されていたフランスとドイツの関係が以前ほど対抗的なものとは見なされなくなっていた点、それに加えて三月革命に現れたようにドイツの政治的な国民形成に関する意識が高まったことから、ローマが改めてドイツの政治的な国民形成の参考となることが注目された点である。ニーブールは余人に先駆け『ローマ史』[36]（一八一一―三二年）を著していたが、その後彼の作品を継承するような仕事は現れなかった。しかし、一八五二―五六年にモムゼンはニーブールの作品と同名の『ローマ史』[37]を著し、ドイツの政治的な国民形成とその記述を関連付け、三月革命後の時期における古典研究とドイツ国民形成の関わりを新たに打ち立てたのである。このモムゼンの『ローマ史』はジャーナリスティックな色彩が強かったが、他方で彼は研究方法においてベークと同様の歴史学的－批判的な方向を継承した。ただしモムゼンの場合、研究の対象がベークとは異なっており、従来それほど高い規範性が前提とされていなかったローマに関する歴史学的－批判的な研究においては、規範の相対化が問題となる度合いは低かった。モムゼンのローマ研究とドイツの国民形成との関わりについては、第三部において考察する。

第二は、理想性の剝奪されつつあった古代ギリシャの中に改めて新たな理想を見出す試みが生まれたことである。ニーチェは『悲劇の誕生』[38]（一八七二年）において、ベークが相対化したようないわゆる「アポロン的な」ギリシャ像とは異なるいわゆる「ディオニュソス的な」ギリシャ像をアッティカ悲劇の中から発見し、（人間観の更新と結び付いた）このディオニュソス的なギリシャ像こそ同時代のドイツの文化的な国民形成の模範となることを唱えた。他方、ニーチェは同時代の歴史学的－批判的な研究に対する批判を行い、従来とは異なる意味において「ギリシャとドイツの親縁性」の回復を試みたが、彼の見解は一般の古典研究者の容れるところとはならず、ニーチェの試みは同時代の古典研究の大きな流れとはならなかった。ニーチェのギリシャ研究とドイツの国民形成との関わりについては、第四部において検討する。

他方、モムゼンやニーチェと同様に亜流意識の乗り越えを目指すにせよ、新たな研究分野の開拓や新たな理想性の発見という方向ではなく、ベークやモムゼンが行った歴史学的－批判的な研究をギリシャ・ローマ研究、特にギリシャ研究の分野で大成することによって目指したのがヴィラモーヴィッツ＝メレンドルフであった。彼が活動したのは主に第二帝国の成立後であるが、便宜上ここで彼の業績を扱っておく。ヴィラモーヴィッツ＝メレンドルフは自らの古典研究において、ヴォルフやベークのように学問（古典研究）をその対象において哲学的に基礎付け正当化することなく、もっぱら具体的な探求の目標を持つ自己確証に打ち込んだ、彼はヴォルフやベークが著したような、古典研究に関するプログラム的な入門書を残さなかったが、暗にベークの古典研究観の継承を試みたことが指摘されている。[39] ヴィラモーヴィッツ＝メレンドルフの理想は、古典古代に関するあらゆる主張を資料において吟味し得るようにし、古典古代をその全体において詳細に認識することであった。彼にとって、古典古代とはホメロスの時代である前一二〇〇年頃からキリスト教がローマ帝国の国教となった三〇〇年頃までを指し、彼は古典古代を統一体として理解した。[40] すなわち彼によれば、古典古代は有機体的となった文化の発展過程を意味し、彼はギリシャとローマの区別を設けず古典古代の様々な時代の間にも価値の序列を設けることなく、精神の認識も目指さず、古典古代の美的な理解を排斥し、もっぱら時代間の移行の過程を明らかにすることを試みた。[41] こうしてヴィラモーヴィッツ＝メレンドルフは、個々の学問的な生の産物である膨大な量の史料・資料を歴史学的－批判的に解明する点に古典研究の目的を置いたのである。[42]

以上モムゼン、ニーチェ、ヴィラモーヴィッツ＝メレンドルフを例にベークの歴史学的－批判的な古典研究を乗り越える、あるいは大成する試みを紹介したが、総体として一九世紀末期に至るまで、ドイツの大学の古典研究においては歴史学的－批判的な方向が主流となり、専門化の傾向を強めていった。一八八二年にヘルマン・ウーゼナー（Hermann Usener）はボン大学への就任演説において、文献学は歴史学の最も基礎的で規範的な方法であることを宣言した。[43] そして、特に第二帝国の成立後においては遺跡の発掘や考古学研究のためにドイツ外に設けられた研究所[44]の活動が盛んとなり、それらの活動が一方では国家の財政援助を受けた大プロジェクトに発展し、他方では多くの新資料の発見をもたらすなど、歴史学的－批判的な研究はますますその規模を大きくしていった。これは古典研究に限られない現象であり、第二帝国下のプロイセンを代表したローマ研究者のモムゼン、ギリシャ研究者のヴィラモーヴィッツ＝メレンドルフ、プロテスタント神学者のアドルフ・フォン・ハルナック（Adolf von Harnack）はいずれも歴史学的－批判的な研究を重視し、彼らの第二帝国に対する態度には相違があったとはいえ、アカデミーでの共同作業を通して共通の思考圏内にいた。そして、歴史学的－批判的な古典研究はすでにベークがそれを「工場労働」と比較したように、実科主義との性格的な共通点が顕著となっていったのである。こうして「一九世紀のドイツ史は、いかに思弁からの解放と個別学問の素晴らしい発達が行われたかということ、しかし同時にいかに普遍的で人間的な思考法がそれ以上に失われたか、ということを示している」(45)という指摘は、古典研究に対してとりわけよく当てはまったと言えよう。他方、学派形成という点においてはフリードリヒ・リッチュル（Friedrich Ritschl）が大きな影響を揮い、彼の薫陶を受けた多くの古典語教師・古典研究者が三月革命後のドイツの（人文主義）ギュムナジウム・大学において教鞭を執りつつあった。(46)彼はベークとヘルマン双方の学統を継いだがどちらかと言えばヘルマンに近い立場に依拠し、テクストの伝承史研究という新たな研究分野を開拓したのである。

III　教養のコンセプトの変化

三月革命以前、古典語教育・古典研究における教養はもっぱら個人的教養として理解されてきた。すなわち古典語や古典研究との取り組みは、それがドイツの文化的・政治的な国民形成へ寄与することを遠望しつつも、まずは個人の学問的・人間的な陶冶に貢献すると考えられていたのである。

ところが三月革命以後、社会関係の変化によって古典語教育・古典研究に対して従来の個人的教養とは異なる意味での教養が要請され始めた。つまり、国家に対して忠実に義務を果たす「国家市民 Staatsbürger」の育成が「政治的教養 politische Bildung」という名の下に奨励されたのである。このような奨励は、既成の秩序を覆す危険な存在としての特に第二帝国成立後には「帝国の敵」という烙印を押された社会民主主義に対する戦いという関心から生まれた[47]。すなわち政治的教養は批判的な市民の養成ではなく、国家に対する無批判的で肯定的な姿勢を古典語教育・古典研究を通して学習者へ媒介し、国家の状態を保つことを目的としたのである。こうした政治的教養の理解から、ギュムナジウムの教師は「国民国家の官吏にしてしもべ[48]」であるべきことが期待された。その結果、従来は個人的教養による副次的な効果であり得た政治に役立つ面が、その内容が変化しつつも古典教養の中心に据えられた。

一八七一年以後の古典研究において、政治的教養のコンセプトを支持した代表的な古典研究者はヴィラモーヴィッツ＝メレンドルフであった。彼は第二帝国に忠誠を誓い、トライチュケと同様にビスマルクの国家を人倫の体現と考えた[49]。したがって、ヴィラモーヴィッツ＝メレンドルフにとって古代の価値に対する戦いは彼の時代のビスマルク国家の「精神的で人倫的な健康」の危険を意味し、彼はこの国家を守ることの中に古典研究の目的の一つを置いたのである[50]。またロベルト・フォン・ペールマン（Robert von Pöhlmann）は、古典古代の共産主義や社会主義に関する研究を行い、同時代の教養人が同様の思潮に対して超党派的な国家理念を守ることを促したのである[51]。これは同時代のイギリスにおける、アッティカの民主制に関する肯定的な見解に対する批判と不可分であった。一九世紀初期においては、しばしば教会と学校（大学）、聖職者と古典語教師の間の類比が立てられたが、一九世紀中期以降、特に第二帝国の成立後においては、むしろ軍隊（兵営）と学校、将校と古典研究者の間の類比が立てられるようになった[52]。これは上で触れた教養のコンセプトの変化と軌を一にするものであった。

以下、個人的教養から政治的教養への変遷が生じた経緯に関して整理しておきたい。新人文主義の草創期には、国家が個人的教養に対して及ぼす影響をできるだけ小さくする傾向が支配的であった。例えばフンボルトは『国家活動の限界を定めるための試論』において、国家の一面性よりも個人の多面性を高く評価し、封建的な諸力、国家の強制や干渉からの自由を教養の前提とした[53]。というのも、個人的教養という理念は新たなドイツ・ネイションや普遍的な人間性の形成と不可分であり、形式的陶冶に基づく古典語教育・古典研究の結果、単に個人（人間）の形成のみならず、外来（フランス、汎愛主義）・旧来（啓蒙専制的な政治体制、身分制社会や正統主義的な宗教など）のものからの解放によるドイツの国民形成が遠望されたからである。しかし実際のドイツ国民形成の過程においては、カールスバートの決議など外的な状況に阻まれて個人的教養が広い層に行き渡らず、新たに形成されるべき国家や社会という全体の枠が固定され始めていた。その際、ドイツの諸領邦国家の社会的な内実は、人間観の更新とその普及を経た根本的な変革に達することなく、旧来の身分制から新たな階級制に基づくものへと再編されつつあった。しかもこの国家という枠組みは、ヘーゲル主義者による有機体論的な正当化を得て神聖化され、歴史的な理性の客観化にしてあらゆる党派を超えた人倫的な存在と見なされ[54]、精神そのものの具現であるかのように三月革命を転機として観念され始めたのである。したがって個人的教養の主体がこの主体の側からドイツの国民形成に対して働きかける可能性が懐疑され、その結果意味付けが危うくなった古典教養のコンセプトを保ち、自らがその担い手の一員となりつつあった支配体制を守り社会民主主義による体制批判に対抗するために考え出されたのが、国家という枠への適合を目指す政治的教養であったと言えるのではないか。ところで、理念的には個人的教養が万人へ普及すれば、政治的教養は不必要となるはずであった。しかし実際にはそれが行われなかったため、一八四八年を転機として教養観の断絶ではなくその漸進的な変遷が起き、個人的教養と政治的教養のコンセプトは後者が支配的になりつつも並存したのである。

個人的教養は形式的陶冶に基づく古典語教育によってその会得が目指された一方、政治的教養はむしろ古典古代の政治に関するテクストの内容面での理解や古典古代の政治に関する研究によって達成されると考えられた[55]。なお政治的教養は、かつて新人文主義者が汎愛主義者を批判する際に用いた「汎愛主義の教育は既成の社会への機械的な適合を目指すに過ぎない」という批判に自らが陥っていることを示すものであった。しかし新人文主義者の立場に依拠すれば、新人文主義によるドイツの国民形成のコンセプトから、交感の目指された精神が個人よりもむしろドイツ・ネイションに顕現しつつあることを前提とし、このドイツ・ネイションへの適合・帰依による自己形成を正当化したのであろう。こうして精神性の前提された国家への適合による自己形成（政治的教養）においては、プロテスタンティズムにおいて神への帰依によって得られる「キリスト者の自由」と似た性格が見られた[56]。そして形成のメディアたる古典教養の主たる役割は、高い規範性の前提された古典古代の精神を現実の個人（人間）へと媒介し、個人（人間）やドイツ・ネイションを形成することから、精神の受肉が観念された既存の国家へ従属し、この国家自体の価値を個人（人間）へ媒介することへと変化しつつあった。

Ⅳ　隣接思潮との関係

新人文主義は、実科主義とキリスト教を主たる隣接思潮として展開してきた。ところが三月革命を契機として、隣接思潮や、その隣接思潮との関係の内容に変化が生じた。以下、その変化の内実を当時の思想・社会状況から明らかにしてゆく。

三月革命以後の時期においては、新人文主義と実科主義、キリスト教との対立関係が公に緩和され、新たに唯物論・社会民主主義が新人文主義の対抗思潮として同定された。したがって（1）新人文主義と実科主義の関係、（2）新人文主義とキリスト教の関係、（3）新人文主義と唯物論・社会民主主義の関係、という三つに分けて新人文主義とその隣接思潮との関係の変化を検討するが、(1)と(2)については第一章において独立して扱わなかったので、一九世紀初期に遡ってその関係の変化を考察する。

(1) 新人文主義と実科主義の関係

新人文主義的な古典語教育と実科主義との関わりについては、三月革命の前後から以下のような変化が見られた。そもそも一八世紀末期において、実科主義の前身である汎愛主義の依拠した有用性の重視や経済活動が身分制社会・領邦国家の枠を越えて広く作用を及ぼすことが認識されておらず、こうした有用性の重視や経済活動は身分制社会・領邦国家の枠を解体するのではなく、むしろその枠を固めると考えられていた。その結果、汎愛主義は新人文主義者によって旧体制の身分制社会に機械的に適合する「行為主義」がゆえに、批判されたのである。しかしこうした認識は、一八三四年の関税同盟の結成あるいは一八四八年の三月革命を契機とした技術革新や新しい生産方法に触発されたグローバル化が領邦国家の枠組みの相対化などによって国民形成を進展させるに及んで、自明ではなくなりつつあった。ところで新人文主義がその普及の基盤をギュムナジウムに見出した一方、実科主義はその普及の基盤を実科学校、ラテン語を学習義務としない「(高等)市民学校」や産業学校の中に見出していた。しかしこれらの学校は制度化されておらず、いわんや学業計画が規範化されたものでもなかった。一八一二年のアビトゥーア規定においてギュムナジウムから明確に区別されたこれらの学校は、その卒業生に対して大学入学資格が与えられないなど、ギュムナジウムに比して冷遇されていた。他方ジューフェルンによる一八一九年の一般教育法案では都市学校・市民学校とギュムナジウムの関係が不明瞭であり、人文主義と実科の教授対象をギュムナジウムでまとめる試みが、過重負担の批判などを引き起こしていたのである。

ところが三月革命後の経済発展を転機として、資本制生産の推進に必要な技術教育や産業教育を振興するため実業教育機関の設置を求める声が高まり、実科教育の国民形成上の必要性が主に経済市民と自然科学者という双方の側から主張され始めたのである。つまり新人文主義的な古典語教育・古典研究や個人的教養のコンセプトが一八四八年を転機に見直されるのと裏腹に、（数学や自然科学を重視する）実科教育の意義が改めて唱えられた。こうした主張はギュムナジウムと並ぶ実科学校を公に認可する運動と結び付き、その結果、後者の卒業生に対する大学入学資格は一部の学部に対して認められ始めた。[57] そしてプロイセンにおいてはすでに一八五九年に「実科学校及び高等市民学校のための教授・試験規定」が公布され、「ラテン語を学習義務とする第一種実科学校（後の実科ギュムナジウム）」と「ラテン語を学習義務としない第二種実科学校 lateinlose Realschule（後の上級実科学校）」が従来の文教政策の大きな転換とも言うべく認可された。[58] この「教授・試験規定」の中では、「それゆえギュムナジウムと実科学校の間には、原理的な対立ではなく、相互に補い合う関係が存在する。（中略）ギュムナジウムと実科学校の間の分割が学問と公の生の関係の展開により必然的となり、実科学校はその際に次第にギュムナジウムと対等の地位を占めるに至った」[59] ことが宣言されたのである。人文主義者の側からは、すでにティールシュ、後にはケッヒリーが人文主義ギュムナジウムと同等の資格を持つ実科ギュムナジウムの設立を提案し、また実科主義者の側からもアウグスト・ゴットフリート・シュピルケ（August Gottfried Spillke）が実科学校も一般教養の科目を持つべきことを主張しており、彼らの考えに倣いこの新たに設立された第一種実科学校には必修のラテン語の授業が導入された。そもそも実科学校を設立するコンセプトをめぐって、そこで養成される教養を従来のように形式的陶冶に基づく古典語ではなく、例えば数学によって基礎付ける考えが存在した。[60] しかし、新人文主義者はあくまで古典語による普遍的な陶冶の意義、古典語との取り組みが実科教育の助けになることを主張し、こうした考えが上で触れた教育法制や学校改革の際に反映したのである。ヤイスマンは、上で触れた一八五九年の規定によりギュムナジウムと他の学校との関係が変化し、問題の焦点は教授計画やそれぞれの学校の正当化よりも、（人文主義ギュムナジウム、第一種・第二種実科学校など）高等学校の形式間のランク付けをめぐる戦いへと移行したことを主張している。[61]

（2）新人文主義とキリスト教の関係

そもそも新人文主義の草創期においては、神中心のキリスト教と人間中心の人文主義の間の対立が自明であり、当時キリスト者の側から人文主義者に対しては彼らが「異教徒」であるとの批判が加えられた。[62]そして実際、両者の信仰内容の理念上の相違が古典語教育・古典研究のキリスト教（会・神学）による管理からの制度的な解放という出来事の背景となっていた。しかしカールスバートの決議の前後から、キリスト教と新人文主義の間の対立関係を折衷的なものとするヘーゲルの歴史哲学の試みが現れた。すなわち、彼は「Geist 精神・（聖）霊」の世界史における連続的な発展という図式に依拠し、第一世代の新人文主義者に絶対視された古代ギリシャをキリスト教への前段階として統合する理論的な根拠を作り出した。そしてこの統合の具体的な場が、彼によればプロイセン国家であった。その際、キリスト教における「（聖）霊」と新人文主義における「精神」という主要概念が、ドイツ語ではそれぞれ同一の Geist という言葉によって表現されることが、ヘーゲルの主張を理念上支える前提となっていたのである（一九世紀ドイツにおける著名な新人文主義者の多くは、プロテスタンティズムの牧師家庭の出身であった）。[63]こうしたヘーゲルの歴史哲学に基づいて、新人文主義の擁護した自由と平等の「実現」はキリスト教に任せられている、という意見が生まれ、[64]さらに古代ギリシャがキリスト教にとって必然的な前段階をなした具体的な例が幾つか発見された。例えば、アレクサンダー大王の東征と彼によって築かれた帝国（ヘレニズム）が、後世におけるキリスト教の伝播を準備したことがドロイゼンによって主張され[66]、あるいはプラトンの描いたソクラテスが合理的なキリスト教の祖とされ[67]、さらにギリシャ悲劇がキリスト教の前段階として解釈される場合があったのである[68]。また信仰内容の上でも古典古代の文化（宗教）とキリスト教の間には親縁性の存することが指摘され、例えば古代ギリシャのエポプティー（エレウシスの密儀における神秘体験）とキリスト教の啓示との間の類似が主張された[69]。これらの企ての結果、新人文主義の草創期に見られた、キリスト教の神性を人間性の理想へと止揚する試みは弱くなっていったのである。

さらに一九世紀において新人文主義とキリスト教（プロテスタンティズム）は学問研究という場においても類似した展開を遂げ[70]、両者の理念上の相違を見えにくくする結果をもたらした。すなわち、新人文主義的な古典研究と同様にプロテスタント神学（啓蒙神学）も一八世紀末期においては自らの聖典に関する歴史学的–批判的な研究を行い、信仰と学問研究の間の緊張が共に生じていた。それは、すでにヴォルフとゼムラーの両者に萌芽が見られたとおりである。この歴史学的–批判的な研究は一九世紀に入ってからも両分野で引き続き行われ、古典研究においては例えばベークによる『ギリシャ碑文集成』、プロテスタント神学においては「自由主義神学 Liberaltheologie」による聖書や教会史に関する研究の中にその実践が見出された[71]。この歴史学的–批判的な研究によって、新人文主義的な古典研究とプロテスタント神学は共に、一方ではドイツ・ヨーロッパの伝統を支えながらも、他方で理性に依拠する近代的学問としての適合能力を示した。両者は、人間の中に神性が宿り、したがって超越の理解が可能であるという、自然神学的な立場に依拠したのである。しかし他方では、新人文主義とキリスト教の間の架橋が無理であると考える「本来の」新人文主義者が一部存在したことが指摘されている[72]。すなわち、彼らにとって

「理性と啓示が両立する」というプロテスタントの自由主義神学者の理神論的な立場は、説得力を持たなかったのである。[73]同様の批判は、すでに触れたようにベークが代表したような新人文主義の古典研究自体に対しても当てはまったわけだが。

一九世紀ドイツにおいて新人文主義とキリスト教の間の類似は、その他に制度的な面に関して以下のように現れた。古人文主義以来の古典語教育・古典研究は、元来キリスト教におけるように特定の唯一神を信仰したわけではなく、教会のような制度に支えられたわけでもなかった。古典古代の文化遺産の継承を古典語教育・古典研究という形において可能としたのは、結合の緩い「学者共和国」によって担われた、ラテン語を理解する人々からなる共同体であった。しかし一九世紀ドイツにおいて、新人文主義は国家による知の再生産・敷衍の体制としてのギュムナジウム・大学という教育・研究機関によって制度的に保証され、存続するに至った。したがって、このような制度化された存続形態は、キリスト教においては教会や神学という形によって保証された正統主義的な潮流と類似点を持つに至ったのである。この類似点を裏返せば、キリスト教において正統主義に反発する教会外の神秘主義的な潮流が生まれたのと同様に、新人文主義においても同様の反正統主義的な潮流が新たに生まれるに至った（後述）。この後者の潮流は、主に啓示神学的な超越の理解を目指したのである。また逆に制度化された古典語教育・古典研究の問題は、同時代のキリスト教（神学）の問題を見直す鏡となる場合もあった。先に触れたヘルマン－ベーク論争[74]や、後に触れる歴史学的－批判的な研究に対するニーチェの批判がその例である。[75]他方、新人文主義的な古典語教育がドイツの国民形成に徐々に寄与しつつあったことから、もはや宗教と人倫ではなくて、抽象的な悟性の道徳としての人倫がそれへと二次的に属する古典教養が、あらゆる生の中心点にして重点である[76]（一八四三年）ことが一般に認められた。実際に一九世紀ドイツにおいては、教養市民の教会離れが顕著となりつつあった。[77]その結果、新人文主義とキリスト教の間には、かつてのように信仰内容をめぐってのみならず、社会的な統合手段（教育を国家あるいは教会の後見に置くか）という機能をめぐって新たな緊張が生じたのである。

しかし三月革命が失敗に終わった後、プロテスタンティズムの正統派がプロイセン国家との結合を強め（王座と祭壇の同盟）[78]、同様にこの国家の庇護の下にあった新人文主義へと歩み寄った。さらに当時プロイセンの新人文主義的な古典語教育は、自らの本質を普遍的な陶冶の手段としての形式的陶冶として理解したことから、新人文主義とキリスト教の間の信仰内容上の対立は弱まった。[79] その結果、一八五一年ヴィーゼの主催の下に開かれた「第一二回ドイツ文献学者、学校教師、オリエンタリスト会議」においては、人文主義とキリスト教の間にあるべき和解性の確認がなされたのである。

この確認においては、新人文主義的な古典語教育・古典研究の追求する普遍的な人間性の理想がキリスト教と矛盾しないことが説かれ[80]、キリスト教の優位の下に両者の間の連続性が強調されている。そして一方では古典語教師もその中に含まれる教養市民の教会離れを阻もうとすることによって、キリスト教の伝統を継承することに腐心しつつも、他方ではキリスト教会による過去の弊害（宗教的なドグマが他の学問分野の探求を妨げること）を反省し、「研究と教授の自由」を保証している。[81] そして全体として見れば、この和解文において述べられている内容は、かつてエラスムスが主張したキリスト教的人文主義（キリスト教と古典古代の精神の調和）、つまり古人文主義の理想に近いと言える。その結果、すでにヘーゲルの歴史哲学やベークの古典研究の中に萌芽が見られた新人文主義とキリスト教の調和の傾向が強められ、古典古代の異教性を強調した新人文主義本来の教養理想とは異なったものとなっている。こうした主張は、第二帝国の一つの国是となったいわゆる「文化プロテスタンティズム Kulturprotestantismus」の中に結実し[82]、その代表者の一人がすでに触れたハルナックであった。

本書においては、ドイツ国民形成の推進力の一つをプロテスタンティズムにおける「信仰の法則の、行為の法則に対する優位」の枠組みの中に求め、同様の枠組みが新人文主義とドイツの国民形成の関わりの中にも抱え込まれていることを論じてきた。その際、信仰（「Geist 精神・［聖］霊」）、行為、文字の三者の現れと相互の緊張関係に注目した。ところで以上の（2）における検討の結果、三月革命以後キリスト教と新人文主義の間に信仰（内容）、行為（制度的な側面）、文字（の解釈、つまり学問研究）のいずれの場においても、類似点が存在する、あるいは見出されようとしていることが明らかとなった（両者はその学問性や歴史意識を誇り、キリスト教的な文化を称え、啓蒙的でリベラル、ナショナルで国家を支えることを自負した）。実際、一九世紀中期以降のドイツではキリスト教においても新人文主義においても、一般に信仰覚醒的な面における停滞が顕著であった。啓蒙主義的な世界観の浸透、自然科学の発達などにより、こうした信仰覚醒的な面に火を点けることは教養市民にとって一般に困難と考えられ始めていた。したがって、かつて敬虔主義のような信仰覚醒運動がルター派の正統主義神学という学識を突き崩し、あるいはドイツ古典主義と結び付いたヴォルフの古典研究が従来の好事家的な学識を突き崩すような事態は、一般に考慮されなくなっていた。つまり、ここで挙げた二つの例におけるように、従来の伝統を内部から突き崩すことによってかえって伝統そのものを新しい形で継承して行くような、伝統の内部からの更新運動は見られなくなっていたのである。それに対して、弱くなったといえども未だ残っている信仰覚醒的な面（敬虔さ）を歴史学的－批判的な研究という学識によって守ってゆくことに心が砕かれ、このいわば消極的な共通点を介して、キリスト教と新人文主義の間の対立関係の緩和がなされた、という一面があった。

こうして新人文主義はかつてのルター派の正統主義と類似した性格を持つに至り、独立が失われ信仰の形骸化が助長される危険に曝された。しかし新人文主義とキリスト教の間における対立関係の緩和の積極的な共通点とは、第一にはすでに一九世紀初期に現れた汎愛（実科）主義に対する共闘[83]、第二には以下において述べる唯物論・社会民主主義に対する共闘という考えであった。さらにプロイセン国家の庇護の下での新人文主義とプロテスタンティズムの間における対立関係の緩和は、第二帝国の成立後の文化闘争でのローマ・カトリック教会に対する戦いの一つの基礎となったのである。

（3）新人文主義と唯物論・社会民主主義の関係

すでに述べたように、一八三〇年代以後のドイツ思想においては唯物論や自然科学が積極的に展開し、目に見えない「Geist 精神・（聖）霊」から目に見える現実的 real な事柄への転回という一般的な変化が明らかになりつつあった。そして、このような転回は共産主義、社会民主主義などの政治活動を生み出すに至った。これらの政治活動は下層階級の支配階級からの解放を目指し、一八六三年フェルディナント・ラサール（Ferdinand Lassale）を中心に結成された全ドイツ労働者連盟を先駆けとして組織化され始め、支配階級のイデオロギーとされた（新人文主義やキリスト教もそこに含まれる）観念論や有神論に対する批判を孕むものであった[84]。唯物論や社会民主主義などの台頭は三月革命前後の新人文主義者にとって野蛮の現れとして映っており、その結果、新人文主義的な古典語教育・古典研究は同じく目に見えない「Geist 精神・（聖）霊」を重視するキリスト教（国民形成との関連から言えば特にプロテスタンティズム）との共闘を、この新しい対抗勢力に対して迫られたのである（この目的のための教養が、すでに触れた政治的教養であった）。

その消息を、例えば一八五九年に亡くなったバイエルンのギュムナジウム校長カール・フリードリヒ・フォン・ネーゲルスバッハ（Carl Friedrich von Naegelsbach）の遺言の、以下の一節が示している。「古典教養の必然性、そうでないと我々の所へ野蛮が力を持って入り込む。しかし福音書の根本的な知識をも。そうでなければ古典古代はただ無理解に留まるだけでなく、我々に災いに満ちた異教をもたらす。[85]」またベークは自らの講義の中で、「古典研究を政治的に勉強した人は、両極端のいずれ、つまり専制主義に対しても社会主義・共産主義の夢に対しても服従できない。[86] この両者の夢を古典古代はすでに最後まで見終わり、克服したのであるが」と主張していた。そもそも一九世紀のドイツにおいて国民形成を推進したのは観念論、キリスト教（特にプロテスタンティズム）、新人文主義など共通して「Geist 精神・（聖）霊」や信仰を重視する側であった。なぜなら、形成されるべきドイツの国民国家は「Geist 精神・（聖）霊」が受肉し、あるいは理性が内在すべき有機体と見なされたからである。それに対して反観念論、反キリスト教（特に反プロテスタンティズム）、反新人文主義的な唯物論や社会民主主義の側は、ドイツの国民形成に大きな関心を抱いていたものの、自らが少なくとも理論的には（ナショナルな関心を越えた）インターナショナルな存在であることを自負し、前者の側からは新しい機械論として批判された。したがって、一九世紀中期における新人文主義・キリスト教（特にプロテスタンティズム）の側からの唯物論・社会民主主義批判においては、従来のドイツの国民形成と同様に有機体論に基づく機械論批判が継承された。そして機械論の内容が外来（コスモポリタンあるいはインターナショナル）と見なされた点は共通であったが、それはかつてのように王侯貴族など身分的に上あるいは啓蒙専制国家など旧来のものとしてではなく、新たに労働者やプロレタリアートなど階級的に下あるいは新来のものと見なされたのである。

三月革命後の一般的な趨勢として、精神が持つ現実の形成力に対する懐疑が新人文主義者の間に兆したことを指摘した。しかし彼らは、自らの存続の基盤を脅かしつつあると思われた唯物論や社会民主主義に対しては、キリスト教と共に精神の立場に依拠したわけである。また新人文主義の依拠する精神の立場からの唯物論や社会民主主義に対する批判が強まるにつれて、従来同様の批判が向けられていた実科主義と新人文主義との対立関係は性格を変え、共に国民形成への寄与を目指す共通点が他方で発見されていったのである。

ところで第一世代の新人文主義者は共和的な志向を持っており、一八一九年のカールスバートの決議以後、第二世代の新人文主義者に対しては共和思想を広めるという嫌疑がかけられたことを紹介した。そして、特に三月革命以後普及し始めた社会民主主義の主張は、民主主義志向などの点において新人文主義と幾つかの類似点を持っていた。にもかかわらず新人文主義者は三月革命以後――ベーク[87]や後述するモムゼンのような例外を除いて――一般に社会民主主義に対して批判的な態度を取った。このような矛盾は、彼らの置かれた社会的な立場が時と共に変化したことによって説明できるであろう。すなわち、新人文主義者は当初は旧体制からの解放や個人の主体化を古典教養や学問（古典研究）の習得によって促したが、この教養と学問の習得こそがそれらと対立的に理解された財産をもたらし、既成のドイツ社会へと抱え込まれた。こうして新人文主義者は自らが支配階級の一員となることによって、翻ってかつての自己と似たような解放の思想を抱く陣営を、自らを脅かす存在として批判し始めたのである。[88]その際、リベラリズムと社会民主主義の間の対立の原因は、双方の目指す目的に大きな相違がなかったにもかかわらず、むしろ主に両者が基づく世界観の相違に帰せられたのである。ニーチェの友人の古典研究者であったエルヴィン・ローデ（Erwin Rohde）と彼の友人たちによれば「〝大衆〟の圧力は、市民を（貴族など）前産業期のエリートと連帯させ、それにより古代学全般に全く新たな文化政治的な意義を与える」[89]のであった。実際一八六〇年代以降において軍隊、貴族、聖職者の一部と教養市民の広い層との間に同盟関係が生まれ、それが封建的な色彩の残る官憲国家である第二帝国の基礎となったことが指摘されている。[90]

以上三月革命を契機に新人文主義的な古典語教育・古典研究の蒙った変容を、I　古典語教育の変化、II　古典研究の変化、III　教養のコンセプトの変化、IV　隣接思潮との関係という四つの観点から考察を行ってきた。そこで明らかとなったのは、新人文主義的な古典語教育・古典研究がドイツの国民「形成」という運動よりも、むしろ現実の諸領邦国家を「維持」する関心と結び付き、硬直した形態に陥っていることであった。それはあえて言えば、かつてのルター派の正統主義あるいはネオロギーと似た性格を持つに至っており、その結果、古典語教育、古典研究、教養のコンセプト、隣接思潮との関係のいずれにおいても、新人文主義の初志をいわば裏切る面が現れ始めていたのである。ニーチェは一八七五年に著した「教育者としてのショーペンハウアー」の中で、「ヴォルフの精神はどこへ行ってしまったのか」と同時代の古典語教育・古典研究の有様を嘆き、その形骸化の原因をギュムナジウムの教員養成の不首尾に帰している(91)。一八六〇年代以降、ヴォルフの古典語教育・古典研究に関する本が多く出版され始めるが、これは新人文主義者が自らの根源に立ち返ることにより危機を克服する試みと考えてよいかもしれない。

以下、三月革命以降第二帝国の成立に至るまでの新人文主義とドイツの国民形成の関わりを、有機体に関する理解、隣接思潮との関わり、文化的な国民形成と政治的な国民形成との関わりという三つの観点からまとめておきたい。

まず当時の有機体に関する理解について触れると、一九世紀初期には「個人（人間）——形成のメディア——ドイツ・ネイション」の三位一体的で有機体的な形成が期待された。しかし三月革命後においては、この三者の三位一体的ならざる、形成の間の一種のずれが顕在化してきたと言える（例えば政治的教養のコンセプトに現れたように、有機体的と見なされた国家への適合・帰依により個人［人間］本来の有機体的な形成［個人的教養］が蔑ろにされるなど）。つまり、古典語教育・古典研究によって主体化された個人が有機体的な形成を遂げ、その結果として有機体的なドイツ・ネイションが予定調和的に形成されるのではなく、むしろ既存の領邦国家あるいは統一されるべきドイツ・ネイションが所与の有機体として観念され、その国家・ネイションへ適合する過程が個人の有機体的な形成として位置付けられた。これはドイツの国民形成における三月革命を転機とした、「自由の統一に対する重視」から「統一の自由に対する重視」への変化と対応するものであった言えよう。この変化を、新人文主義によるドイツの国民形成のコンセプトにおいてその交感の目指された超越的な精神と、内在的な「個人（人間）──形成のメディア──ドイツ・ネイション」との関わりから考察するとどうなるであろうか。すでに触れたように、三月革命後は精神の次元に対する懐疑が一方で兆し、他方でその国家への現実化が観念された。すると、個人の人間形成（個人的教養）の軽視や形成のメディアたる古典語教育・古典研究の形骸化といわば反比例する形で、精神の次元の希薄化や国家の神格化の進んだことが考えられる。その際、新人文主義によるドイツの国民形成のコンセプトにおいては、超越的な精神の次元のトータルな否定、内在的な「個人（人間）──形成のメディア──ドイツ・ネイション」の次元のトータルな肯定にも至らなかった。そしてこのコンセプトに基づくドイツの国民形成は、新たな精神の発見や古い精神の取り戻し、上で触れた三項の個々の審級の精神化・有機体化（個人的教養の回復や、形成のメディアたる古典語教育・古典研究の整備、国家の神格化）、あるいは有機体化の暗に観念された個々の審級間の現実の対立（個人と国家、個人［学者］と学問［古典研究］の体系、学問・大学と国家などの緊張）という三つの層が絡み合いながら、その展開を遂げて行くのである。

次に隣接思潮との関わりの変化に移る。ヘルマン－ベーク論争、ティールシュ－シュルツェ論争において、新人文主義がその隣接思潮であるキリスト教と実科主義に近い二つの流れへ分解しつつあったことを指摘した。三月革命後においてはこの二つの流れの領邦国家上の背景の対立が弱まり、プロイセンに倣う全ドイツ的な展開が現れる一方、他方で以下のような変化が見られた。すなわち、新人文主義と実科主義の関わりについて言えば、古典語教育においては実科主義に近い言語観に基づく授業が行われ始め、古典研究においては実科主義と性格上類似した研究が行われ、教養のコンセプトにおいては新人文主義者の汎愛主義像と似た政治的教養が生まれた（とはいえ新人文主義と実科主義は、実科学校の位置付けという点をめぐっては対立を深めつつあった）。次に新人文主義とキリスト教の間には、精神の擁護や対唯物論、対社会民主主義という共通の関心を介して公の和解が確認されたわけである。こうして新人文主義とその隣接思潮であるキリスト教、実科主義との間には、共に一八五〇年代のプロイセンにおいて両者が単に対立し合うのではなく、相補的な関係にあることが公に謳われた。そして啓蒙専制的な領邦国家と実科主義は、一九世紀初期に構想されたように新人文主義の側からの理念的な制約を受けるのではなく、独自の力学によって展開して行くことが三月革命以後、ますます明らかとなった。つまり（個人的教養と性格的に類似し）主体としての個人（人間）の形成を重んじるキリスト教に近い古典語教育・古典研究よりも、むしろ実科主義に近い古典語教育・古典研究が重視され、しかも両者の流れは既存の啓蒙専制的なドイツの諸領邦国家の庇護に入りつつあったのである。こうして隣接思潮を統合する主体は新人文主義的な古典語教育・古典研究よりも、むしろプロイセンを代表とする啓蒙専制的な性格を留めたドイツの領邦国家となりつつあった。そして有機体論に基づくドイツの国民形成という考えは、新人文主義の統合力の弱さ、隣接思潮や啓蒙専制的なドイツの諸領邦国家への接近を見えにくくしたことが考えられる。

上で触れたような三月革命以降における新人文主義の変化は、ドイツの文化的な国民形成と政治的な国民形成の関わり方にも反映した。すなわち、一方で啓蒙主義や唯物論・無神論的な世界観の浸透によってキリスト教が社会的な影響力を弱めるのと相関して、新人文主義とキリスト教の和解に現れていたように宗教に代わって文化の中に高い価値や規範性が見出され始めた。それは同時代の教養市民の文化、ドイツ古典主義に対する崇拝などの点に顕著であり、現実の政治から個人の内面へと撤退する性格を持っていた。[92]この傾向は文化の宗教化・信仰化と名付けてよかろう。他方で三月革命の失敗を契機として、政治を理念に基づく営みとする従来の理想主義的な見解に代わって、行為や決断に基づくものとして捉える現実政治的あるいは唯物論的な見解や実践が広まり始めた。これはリベラリズムの退潮と不可分であり、政治の行為化と名付けてよかろう。こうして、一九世紀初期、新人文主義的な古典語教育・古典研究のドイツの国民形成コンセプトにおいて統合が目指された文化と（文明の一部と見なされた）政治が、三月革命以降には一方で理念・信仰はあるが行為なき文化、他方で行為はあるが理念なき政治[93]という両極へ分かれる傾向が観察されたのである。新人文主義的な古典語教育・古典研究は、一九世紀初期においてはドイツの文化的な国民形成と政治的な国民形成の間の媒介を意図したにもかかわらず、一九世紀中期においてはむしろ文化と政治の分断を可能とした啓蒙専制的なドイツの諸領邦国家の維持に一般に貢献しつつあったのである。

一八六六年にヘルマン・バウムガルテン（Hermann Baumgarten）は、同時代のドイツ・リベラリズムの政治に関する著名な総括を行い、リベラリズムが反対派に終始し同時代のドイツの政治を動かす主体となっていないことを指摘し、「リベラリズムは統治能力を持たなければならない」[94]と主張した。こうした指摘や主張は、リベラリズムの学問的な表現としての新人文主義的な古典語教育・古典研究が隣接思潮の統合によるドイツの国民形成という当初の目的を実現することなく、上で触れたようにむしろ隣接思潮にすり寄る形で啓蒙専制的なドイツの諸領邦国家の庇護に入った事態と関係があったと言えよう。

第二節　一八七一年から一九〇〇年にかけて

一八七〇／七一年の普仏戦争におけるプロイセンの勝利と、それに続く第二帝国の成立は、新人文主義的な古典語教育・古典研究を取り巻く状況を変化させた。すなわち、古典教養に基づく人間形成が直接の起動力となるのではなく、ビスマルクの現実政治とプロイセンの軍隊によってドイツ統一が成し遂げられたことは、新人文主義的な古典語教育に対する批判を招来し、その結果新人文主義者の側は古典語教育の新たな自己理解を迫られたのである。第一節においては一八四八年から七一年にかけて、四つの観点から新人文主義的な古典語教育・古典研究によるドイツの国民形成コンセプトの変容とその展開を検討したが、その中から古典研究の変化については第三、第四部において触れ、教養のコンセプトの変化についてはすでに第二節の時期にかけても述べたので、本節においては詳しい説明を省く。したがって以下においては、第一節の叙述に際しての観点を継承しつつも、まず普仏戦争におけるプロイセンの勝利とそれに続く第二帝国の成立がドイツ社会に対してもたらした一般的な変化を述べ、さらに一八七一年から一九〇〇年に至るまでの新人文主義的な古典語教育とドイツ国民形成の関わりを、Ｉ　古典語教育に対する批判、II　隣接思潮との関係、という二点に焦点を合わせて考察する。

第二帝国は、一九世紀初期における「統一と自由」の実現というドイツの国民形成の構想とは大幅に異なった形によって成立した。すなわち、まず統一について言えば、プロイセンの覇権下に他の領邦国家の主体性を軽視する形でドイツの統一が達成され、帝国の領土は外国の部分を含み、また帝国の領土外にドイツ人がいた。さらに第二帝国は憲法的には依然として領邦国家の君主の同盟であり、近代の国民国家ではなかった。ドイツ文化の統一については、特定の見解が支配的であるわけではなかった。次に自由の実現に関して言えば、成年男子への一般選挙権の導入にもかかわらず国民主権という国民国家の根本原理はまだ実現されておらず、帝国の住民は政治的な意志共同体を作らず、社会的な対立関係によって敵対した（第二帝国の成立後に広まった急速な産業化は、かつての身分間対立の再編された階級間の対立を深化させた）。というのも、ドイツ国民の代表である帝国議会は帝国の統治に影響を及ぼさなかったからである。また第二帝国という形で実現したものは中世的-普遍的な帝国理念と近代の国民国家の理念を折衷したかつての啓蒙専制国家の性格を引き継ぎ、ロマン派の保守的な政体論者とリベラリズムの思想家の双方の側から不完全であると思われた。したがって有機体としてのドイツ国家の完成が叫ばれた一方、実現したのは大プロイセンでありドイツは依然として分裂状態にあり、ドイツの国民形成は未完成であることが一部の人には依然として意識されたのである。[95]

とはいえ普仏戦争におけるプロイセンの勝利の意義の一つは、ゲルマン人のローマ帝国に対する抵抗を継承し、ドイツをローマ及びその衣鉢を継ぐとされたフランスという外敵の支配から最終的に解放したことの中に求められた。そしてその解放の出発点は主にアルミニウスあるいはルターとされ、[96]ドイツの政治的な統一が精神的な再生をもたらすことが当初は期待されたのである。というのも、第二帝国の成立を以てしてもドイツの国民形成が未完成であると考えられた重要な理由は、何よりもかつてのドイツ国民形成の節目に生じたような信仰覚醒運動や民族生活の内的な更新が、一八七一年には伴わなかった点に求められたからである。こうした期待には、古代ギリシャにおいてはペルシャ戦争後のアテネのペリクレス治下に文化の発展が、古代ローマにおいてはポエニ戦争後に同じく文化の隆盛が続いた歴史的な事実から、拍車がかけられた。

第二帝国の成立が反映した新人文主義者による演説や研究としては、主に以下の二つが挙げられる。第一に、グライフスヴァルト大学教授であったヴィラモーヴィッツ＝メレンドルフは一八七七年、プロイセン国王の誕生日に開いた祝賀演説「アッティカ帝国の壮麗さ」においてベークが一八四九年に立てた類比[97]を引き継ぎ、前四世紀のアテネ覇権下のギリシャと第二帝国の間に「連邦国家」性を介した類比を立て、その繁栄を祝した。第二に、ドロイゼンは『アレクサンダー大王伝』を一八七七年に再版するに際して旧稿に手を加え、アレクサンダー大王の果たした事績の重点をギリシャの君主制の創設から、ドイツ統一との類比を含意したギリシャの統一へと移したのである。

ところで第二帝国の成立後、ビスマルクを初めとするプロイセン・ドイツの政治家、文教政策の関係者や民間の一部でドイツの真の統一を阻む国内の分裂の要因と思われたのは、次の三つの勢力であった。まずビスマルクを初めとするプロイセン・ドイツの政治家や文教政策の関係者は、主にローマ・カトリック教会と社会民主主義を「帝国の敵」と見なした。ドイツの統一により新たに第二帝国の一部となったプロイセン外の地域には多数のカトリック教徒が存在し、彼らの居住するカトリシズム圏における反プロイセン感情は分邦主義の擁護として現れた。そして当地において教会は未だに学校教育に対する大きな影響力を有しており、ローマ・カトリック教会がこうした運動を支援しているとビスマルクなどの目には映ったのである（一八七〇年にはローマ・カトリック教会の立場を擁護するために中央党が結成された）。また社会民主主義は資本家や資本主義に対する批判を行い、一八七五年にはドイツ社会主義労働者党（一八九〇年にはドイツ社会民主党と改称）が結成され、党勢を急速に強めつつあった。他方、大衆ナショナリズムのイデオローグによってドイツ国内の分裂の原因と見なされたのはユダヤ人であった。ギリシャ・ローマの伝統にもキリスト教の伝統にも属さず古い独自の国民宗教を信仰し、しかも啓蒙主義の恩恵に浴しゲットーから解放され、ドイツ社会の要所に進出しつつあった一部のユダヤ人の存在は、伝統的な紐帯に留まり、近代化によって社会的な不利益を蒙っていると感じている人々にとって格好の批判の対象であった。特に一八七一年以後には東方ユダヤ人が多数ドイツへ移住し、一八七〇年代に当地で経済危機が起きた時に一部のユダヤ人が投機へ参加したことなどが一九世紀後期のドイツにおける反ユダヤ主義の直接の原因となった。こうして反ユダヤ主義は、分邦主義や大衆ナショナリズムと関係のある運動となったのである。[98]

このローマ・カトリック教会、社会民主主義、ユダヤ人は、それぞれドイツの国民国家成立以前のヨーロッパ的な秩序、ポスト国民国家のインターナショナルな労働者の連帯、離散した自民族の維持を模索したという相違はあったものの、共に国際的な存在であった。ビスマルクは自らの属するユンカー（貴族）階級の利益を守るためにローマ・カトリック教会、社会民主主義という非ナショナルな勢力に対して闘争、弾圧あるいは譲歩を行い、こうしたドイツ国内のまとまりを維持・形成するための緊張が、以下に触れる新人文主義的な古典語教育の自己理解や隣接思潮との関わりを規定する重要な背景となったのである。

I　古典語教育に対する批判

ドイツの統一が当初構想されたのとは大きく異なった形で実現されたことを踏まえて一八七〇年代以降、古典語教育がドイツの統一以前に国民形成に対して果たした役割をいかに評価するべきか、あるいは今後も古典語教育が文教政策上の高い地位を保っていくべきか否か、などの問いに関して二つの相反する立場が現れた。そしてこの二つの立場の対立は、新人文主義とドイツ国民形成の関わりを基礎付けた一理念である形式的陶冶をめぐる解釈や隣接思潮との関わりと、以下のように密接に関連していた。すなわち、一方では人文主義ギュムナジウムにおける古典教養こそ普仏戦争におけるプロイセン軍の勝利やドイツの統一に際して一定の役割を演じたと解釈された。[99]一九世紀を通じて形式的陶冶は普遍的な陶冶の手段として超国民的な性格が強調され軍隊もローマ・カトリック教会もその意義を認めるのに吝かではなくなっていた。しかし古典語の授業における形式的陶冶が新たにドイツ・プロイセン特有の性格を持つと見なされ[100]、それによって養成された服従や規律などの徳が賛美されたのである[101]。しかし他方では後の大衆ナショナリズムの主張を先取りする形で、古典語教育の重視がなければドイツは一八七一年よりも早く統一されたであろう、という批判的な意見が存在した[102]。というのもこの意見によれば、第一にギリシャ・ローマという本来ドイツにとっては疎遠な外来の伝統との取り組みがドイツ独自の伝統の展開を妨げたからであり、第二に形式的陶冶は普遍的な陶冶の手段であり人間性の形成には貢献しても、ドイツ・ナショナルな民族性の形成には貢献しないからである[103]。

ところで当時の古典語の授業は形式的陶冶への信仰に依拠して、古典語との取り組みが何のために役立つのかという点が具体的に特定されることなく、文法の機械的な暗記など形式主義に陥りがちであった[104]。こうした弊害の認識をも踏まえ上で触れた形式的陶冶に対する批判に対しては、従来の弁明に加えて古典語教育の重点や目的を形式的陶冶の練磨からテクストの内容の理解へと移し、特定のテクストの授業教材としての導入が新人文主義者の側から試みられた[105]。古代文学の思想内容の理解が古典語の文法の理解よりも重要であることは、一八八二年プロイセンの高等学校の授業計画において公に確認された[106]。この場合のテクストとして選ばれる傾向が強まったのは、例えばカエサルの『ガリア戦記』など古典古代に記された戦争に関する作品であった。こうした傾向は形式的陶冶の意義を義務、勤勉、正確さなどの徳の養成の中に見出す傾向と関連しており、当時のドイツ社会の軍国主義化を促した。というのも、普墺戦争から普仏戦争にかけて意味に満ち、人間の本性に対応する政治的な要素としての力が承認されたことから[107]、古代と近代の戦争の間の類似が注目されるに至ったからである[108]。

この新たな新人文主義的な古典語教育の自己理解において、古典語は人間の普遍的な陶冶を可能にする特権的な言語ではなく、任意の言語と同様に見なされ、その言語によって記されたテクストの事柄（内容）を理解するための単なる手段とされている。しかしテクストの内容の理解によるドイツ・ナショナルなものの形成への寄与が謳われたことから、上で触れた批判に対する反論となったのである。こうした反論は、より直接的にドイツの政治的な国民形成と親和性を持ったかつての汎愛主義やその言語観、あるいは政治的教養のコンセプトに近いものとなっているといえよう。

形式的陶冶に対しては、普仏戦争におけるプロイセンの勝利と関わりなく、さらに別の観点からも批判がなされた。その批判とは、形式的陶冶が下層階級の人々に対して社会的な上昇の機会を提供する、つまりは民主的な性格を持つことに対して向けられたものであった。こうした批判は、一八八〇年代から行われ始めた[109]。当時、ギュムナジウムで古典語教育を享受した人々が学識と関係のある職業に就職できない、いわゆるアビトゥーア・プロレタリアートの問題が議会などでも論じられ[110]、彼らの一部はジャーナリストとなり、または社会民主主義などの反体制的な運動へ加わった。したがってギュムナジウムへの入学者を制限することによって、古典語教育を享受しながらもその成果を直接活かせない人々を減らし、それによって社会不安の一因を取り除くことが期待されたのである。この批判は、下層階級の人々を社会へより有機的に統合して行くよりも、むしろ彼らとの分断を図りすでに形成された上層階級自らの利益を守る関心から生まれてきたものであった。

こうした関心が生まれた背景については、潮木守一が第二帝国成立後のドイツ社会の階級的な特徴とその中における大学の役割について述べた、以下の文章が参考となる。「一つには、旧き土地貴族と新興ブルジョアジーの大学を通じての社会的文化的融合化が促進され、その反面ブルジョアジー独自の文化的－社会的発展を不明確にし、旧支配階級と新支配階級の不連続的交代ではなく、連続的な相互癒着を通じての新支配階層の漸次的形成をもたらしたということである。第二には、大学が、急激に進行する社会階級構造の変化にもかかわらず、旧土地貴族と新興ブルジョアジーの相互癒着という社会的事実のなかに、自己の新たな社会的存在基盤を見出し、そこに新たな大学存続に必要な階級的地位を確立したということである。[111]」このように人文主義ギュムナジウムや大学が主に教養市民と貴族層からなる支配体制の護持に奉仕するにつれて、一九世紀末期のドイツにおける一般大衆の多くは講壇社会主義の働きかけはあったもののリベラリズムが本来目指したような自主性を持つ個人（人間）や市民共同体へと発展的に解消されることなく、むしろ社会民主主義の運動に加わるか、あるいは伝統的な支配層であった君主や貴族とのドイツ・ナショナルな連帯を模索する大衆ナショナリズムの影響下へと次第に取り込まれていったのである。

上で触れた形式的陶冶に対する批判にもかかわらず、第二帝国の成立後一八九二年に至るまで、形式的陶冶を重視する中等教育の体制は保たれた。その理由として、人文主義者による形式的陶冶についてのドイツ・ナショナルで政治的な解釈を国家が支持した点、また同時代のドイツの学問の大きな発展が、それを準備した人文主義ギュムナジウム、特にその形式的陶冶の高い評価に繋がった点などが挙げられている。[112]

普仏戦争後、形式的陶冶の結果として肯定された行為の中から、富国強兵や殖産興業は達成されても、リベラルな政治理念の実現は不完全であった。しかるに上で整理した形式的陶冶に対する批判点からは、形式的陶冶が富国強兵や殖産興業をより効果的に達成するためには不完全であり、リベラルな政治理念を実現するためにはその効果が過大評価されたがゆえに批判されたことが明らかである。形式的陶冶は、一九世紀初期においては古い機械論的な秩序から個人を主体として解放しドイツの文化的・政治的な国民形成を促す面において主に理解され評価された。

しかし一九世紀末期においては、政治国家としてのドイツの護持のために積極的に役立つべきことが主張されるようになった。このような形式的陶冶に関する理解の変化は、教養のコンセプトが一般に「個人的教養」から「政治的教養」へと変わりつつあったことと軌を一にするものであったと言えよう。そして新人文主義者の側からは、形式的陶冶に基づく古典語との取り組みが市民としての実践的な能力を養成するという主張が、産業化や技術化が一世紀前と比べて遥かに進んだ一九世紀後期において自明のものではなくなったことを踏まえ、形式的陶冶によって期待された効果を他の学問の習得能力の養成へと限定する傾向が見られたのである。

上で触れた新人文主義的な古典語教育の自己理解の変化は、ティールシュ－シュルツェ論争の場合と同様、新人文主義とその隣接思潮の関係と以下のように密接に関わっていた。

II　隣接思潮との関係

新人文主義的な古典語教育は第二帝国の成立後、キリスト教（プロテスタンティズム）との和解が一般に保たれた一方、唯物論や社会民主主義に対してのみならず、その他の隣接思潮に対しても自らの立場の正当化を行わなければならなかった。その際、従来と同様に実科主義に対する対抗関係が存在し、さらに大衆ナショナリズムという新たな隣接思潮が加わり、この二つの隣接思潮は共に新人文主義的な古典語教育に対して批判を加えるに至ったのである。そしてこの新人文主義的な古典語教育と実科主義、大衆ナショナリズムの間の対立が先鋭化したのは、学校会議や学校改革の場においてであった。これらの場においては、人文主義ギュムナジウムと実科ギュムナジウムにおける古典語、実科（数学・自然科学）、ドイツ・ナショナルな科目（ドイツ語、ドイツ史など）に関する授業時間数（古典語の授業については、さらにその内容）、実科ギュムナジウム・上級実科学校の卒業者に大学入学資格を認めるか否か、社会民主主義の脅威から若者をいかに守るか、などの点が問題となり、古典教養や人文主義ギュムナジウムの持つ政治的な役割に改めて焦点が当てられた。したがって以下においては、新人文主義的な古典語教育と（1）実科主義、（2）大衆ナショナリズムという二つの隣接思潮との関係について検討する。

（1）新人文主義的な古典語教育と実科主義の関係

実科主義は一八五九年の第一種、第二種実科学校の設立を承けて公教育へと制度的に組み込まれて行き、一八五四年にはドイツ語圏初の工科大学であるスイス連邦工科大学が開学していた。そしてラテン語を学習義務としない第二種実科学校（上級実科学校）は経済や産業を中心とした国民形成の担い手を教育する施設として第二帝国の成立後、俄然ナショナルな性格を帯び始めた。この施設は軍隊の支持も受け、古典語との取り組みを経ないドイツの国民形成を目指す大衆ナショナリズムにとって、一つの拠点となったのである。実科主義の歴史的な淵源の一つは敬虔主義であり、敬虔主義はドイツ人の国民意識の覚醒と密接に結び付いていたことから、実科主義と大衆ナショナリズムの結び付きが容易となったことが想像できる。こうした過程と並行して経済市民の多くは、人文主義ギュムナジウムや古典語の授業は彼らが自らにふさわしい地位を得、活動範囲を広げるのを妨げ、現状の変革よりもその維持に奉仕している、という主張を行い、実科系学校と人文主義ギュムナジウムの教育法制上の同等化を主張したのである。ところで実科系学校はかつてのギュムナジウムと同様に一方でより広い層の人々へ社会的な上昇の道を開きながらも、他方では急速な産業化をもたらし、かつての身分間の対立の再編された階級間の対立を深化させる一つの原因を作った。したがって、実科系学校はドイツ国民形成の上で統合と分断という両義的な役割を担った。いずれにせよ新人文主義と実科主義の対立点はかつての個人的教養の有無から政治的教養のイニシアティブをめぐる対立、つまり両者のいずれがドイツ・ネイションの政治的な秩序の形成・維持に寄与するか、という点に移りつつあったのである。[113]

実科教育に対する要求は、経済のみならず自然科学の発展とも密接に結び付いていた。両者は共に、人間の外にある数量化された匿名の力を重視したからである。その際、経済市民はおおむね古典語教育の意義を否定したのに対して、自然科学者の側においては同じ問題に関して賛否両論の反応が見られた。[114] すなわち、一方ではヘルマン・ルートヴィヒ・フェルディナント・フォン・ヘルムホルツ（Hermann Ludwig Ferdinand von Helmholtz）やルドルフ・ヴィルヒョー（Rudolf Virchow）に代表されるように、古典語教育が自然科学の発展にとって有意義であることを主張する高名な自然科学者が存在した。[115] 彼らは実科的な教養の独立した意義を認めなかったのである（「古典教養を欠いた純粋に技術的な職業教育は、技術者を市民生活の中で孤立させ、社会の理想的な関心から疎外させることだろう」）。[116] しかしそれに対して、エミール・デュ・ボア＝レイモン（Emil Du Bois-Reymond）[117] やエルンスト・マッハ（Ernst Mach）のように数学や自然科学が教養の価値を持つことを主張し、古典教養の普遍的な意義に対して批判的な別の著名な自然科学者が存在したのである。[118]

一八八七／八八年に実科教育の推進者であるフリードリヒ・ランゲ（Friedrich Lange）は「学校改革協会 Verein für Schulreform」を結成して請願書を政府に対して提出し、「ドイツ的な生の健康」のために学校でのラテン語の授業時間数を減らしてドイツ語と実科の授業時間数を増やすべきことを提唱した。[119] F・ランゲはドイツ独自の民族・人種宗教の樹立を唱え、大衆ナショナリズムのイデオローグの一人でもあった。この請願書は、国民的教養の統一をめぐる大きな議論を巻き起こした。その際、人文主義者の側はこのF・ランゲの請願書に触発されて一八八九年に「ハイデルベルク宣言 Heidelberger Erklärung」を発表し、『人文主義ギュムナジウム』という対抗的な雑誌を創刊し、世論の形成を図った[120]。この両者の間の対立は一八八〇年代の後期に白熱したことから俗に「学校戦争 Schulkrieg, Schulkampf」と呼ばれ[121]、一八九〇年の学校会議の開催に至っただけでなく、一九世紀末に至るまで続いたのである。

一八八二年から九二年にかけてのプロイセンにおける中等教育に関する文教政策からは、人文主義ギュムナジウムと実科ギュムナジウムにおける古典語の授業時間数と授業内容に関して以下のような興味深い変化が見られた[122]。すなわち一八八二年にはプロイセンの文部大臣ヘルマン・ボーニッツ（Hermann Bonitz）の下に全中等教育の体系化を目的として新教科課程が決定されたが、その際に人文主義ギュムナジウムではラテン語の授業時間数が減り、一八三七年以前の有様へ接近し実科の授業時間数が増える一方、実科ギュムナジウムにおいては逆の傾向が見られた。他方すでに触れたように人文主義ギュムナジウムにおいては、古典語教育の重点を形式的陶冶の練磨から古典テクストの内容の理解へ移すことが謳われたわけである。しかし、にもかかわらず人文主義ギュムナジウムにおいてはラテン語の作文が卒業のための筆記試験の一部に含まれていたため、その準備のためにむしろ文法の授業が重視された。また実科ギュムナジウムにおいても増えた古典語授業の内容を、改めて形式的陶冶の練磨に当てる傾向が一般に観察された[123]。つまりこうした変化からは、人文主義ギュムナジウムと実科ギュムナジウムの双方において古典語の授業時間数と授業内容が互いに接近する傾向が現れ、これこそラテン語という統一的な基礎を学校の種類の相違に関わりなく支持したボーニッツの意図であったのである[124]。このような変化の結果、学生には学習能率を上げることが要請されたが、それをラントフェスターは先に触れた特に人文主義ギュムナジウムへの進学者を減らそうとするプロイセン政府の意図と関連付けている[125]。この傾向からは、二つの推測が許されるであろう。第一に人文主義・実科両ギュムナジウムの間で古典語の授業時間数が接近したことについて言えば、それはかつての新人文主義的な古典語教育をめぐるティールシュ－シュルツェ論争の後、古典主義と普遍主義の対立関係が和らいだ（それぞれの立場が相手の立場に近付いた）事実の発展として解釈できるのではないか。つまり、一九世紀後期における実科系学校の認可やラテン語の授業時間数をめぐる新人文主義と実科主義の間の対立は、ティールシュ－シュルツェ論争における人文主義的な古典語教育の純化を目指す古典主義と実科の授業時間数を増やした普遍主義の間の対立と、類似した点を持っていた。そしてこの論争において、新人文主義的な古典語教育の「内部」における対立として隠されていた真実の対立の原因が、その後およそ半世紀経って人文主義ギュムナジウムと実科ギュムナジウムの間の対立として、公の場で改めて論議された、と言うことができる[126]。第二に両ギュムナジウムの間で古典語の授業内容が接近した点に関しては、形式的陶冶が依然として国民的教養の統一の要として不可欠であると考えられたことを裏付けていると言ってよいであろう[127]。

ところで一八九二年の学校改革において、人文主義ギュムナジウムではラテン語の授業時間数がさらに減りラテン語の作文が卒業のための筆記試験から削られる一方、他方で形式的陶冶よりも古典テクストの読解を重視すべきことが再び明記され、それが一八八二年以後とは異なり授業の実際においても実現された。また一九〇〇年の学校会議においては教育政策上の決定を取り巻く環境が変化したこともあり、人文主義ギュムナジウムが大学の全学部への入学資格の独占を放棄し、人文主義ギュムナジウムと上級実科学校、実科ギュムナジウムの間での教育法制上の平等化が達成されることによって、古典教養重視の中等教育の体制はこれをもって崩れた。こうした変化に対しては、同時代の古典研究の展開も影響を与えていた。つまり三月革命の頃までは、古典研究におけるヘルマン－ベーク論争と古典語教育におけるティールシュ－シュルツェ論争との間に言語の知識あるいは事柄の知識を重視するかという面をめぐって共通の背景が存した。しかしそれに対して三月革命以降には、古典研究においては実科主義に近い歴史学的－批判的な研究が大きな発展を遂げていた一方、古典語教育においては旧態依然[128]として形式的陶治の練磨が少なくとも一八九二年まで重視されており、研究の進歩が教育へ反映していないことを問題視する声があったのである。こうした立場を代表したヴィラモーヴィッツ＝メレンドルフは、学校の授業において同時代の古典研究の成果を反映した実科的（特に哲学的・学問的）な文学との取り組みを勧め[129]、国家市民の教育という政治的教養のコンセプトと結び付き実科主義と接近することによって、古典教養の近代化を図った。一九〇〇年の改革を学問と学校のずれを止揚し、「研究と教授の統一」を回復するものとして肯定する意見が、モムゼンなど人文主義者の側にも存在したのである[130]。

（2）新人文主義的な古典語教育と大衆ナショナリズムの関係

大衆ナショナリズムは一八五〇／六〇年代には全ドイツ的な歌唱祭などの催し物を経て継承され、第二帝国の成立以降、再び大きな高まりを見せた。元来、新人文主義と大衆ナショナリズムの間には直接の接点がほぼ皆無であったが、一八七一年以降、両者の間の対立が顕在化した。というのも、大衆ナショナリズムの主唱者は教養の目標を普遍的な人間性ではなくてドイツの民族性の中へ置き、学校教育においてギリシャ・ラテン語の授業時間数を減らし、代わりにドイツ語やドイツ史、実科の授業時間数を増やすべきことを提唱したからである。当時彼らがドイツ人の同一性（人種の純粋さ）の拠り所として好んだのは、「ドイツの福音[131]」と呼ばれたタキトゥスの『ゲルマーニア』におけるゲルマン人に関する記述であった。古典語の学習がドイツ的なものの形成を阻むという批判はすでに一八世紀末期から存在し[132]、ひいてはヘルダーに遡るが、第二帝国の成立後においては古典語（特にラテン語）の学習がドイツ語の習得やドイツ性の形成を束縛するという「学校改革協会」などの主張が改めて注目を浴びたのである。[133]

一八九〇年の学校会議が開催された理由はこうした要求に応えるためだけでなく、ビスマルクの失脚に伴う社会主義者鎮圧法の撤廃に際して、ヴィルヘルム二世が自らの「新航路」政策に基づき社会民主主義の高まりを、ナショナル・愛国的で君主制的な教育を学校で導入することにより抑える点にもあったとされている。[134]さてこの一八九〇年の学校会議においては、会議の場に現れたヴィルヘルム二世が「ギュムナジウムには特にナショナルな基礎が欠けている。我々（ドイツ人）はギュムナジウムの基礎としてドイツ的なものを取らなければならない。我々はギリシャ人やローマ人ではなくて、ナショナルな若いドイツ人を教育しなければならない。（中略）ドイツ語の文章が中心にあるべきであり、この中心をめぐってすべてが問題となっている」[135]と主張するに及んで、新人文主義的な古典語教育とドイツ語教育の間の対立が改めて後者に有利になる形で浮上した。ヴィルヘルム二世はこのような主張を行うことによって、ギリシャ・ラテン語重視の授業体制からドイツ的なものを重視する授業体制への移行を促したからである。また実科ギュムナジウムの校長によっても「ギリシャ語は最高の男子の徳、決断力と信頼、祖国愛と自己犠牲の展開のためには不要」[136]であることが主張された。さてこの一八九〇年の学校会議において新人文主義者の側はヴィルヘルム二世の予期せぬ出現や発言を面前にして分裂し、彼の意見に与する側と、現状維持に賛成する側とに分かれた（この後者の意見には、主に人文主義ギュムナジウムの校長とキリスト教会の代表者が与した）のである。[137]その際に後者の側は古典語教育への批判に対して、例えばハイデルベルク宣言の起草者であるグスタフ・ウーリヒ（Gustav Uhlig）によって人文主義とナショナルなものの間に対立関係は存在しないことが主張され、[138]また一九世紀後期のドイツを代表する（人文主義）ギュムナジウムの古典語教師の一人であるオスカー・イェーガー（Oskar Jäger）は、「ドイツ的な人文主義 deutscher Humanismus」という呼称を作り上げ、新人文主義的な古典語教育を国民国家と関係付けた。それによって彼は、新人文主義がコスモポリタン的であるとの批判を避けることを試みたのである。[139]

しかしこうした努力にもかかわらず、一八九二年にプロイセンで実施された学校改革においては古典語教育が生徒の身体を虚弱化させている事実が改めて論ぜられたこともあり、前者の側の主張に基づく改革が行われた。その際、人文主義ギュムナジウムにおけるギリシャ・ラテン語の授業時間数が減り、その代わりにドイツ語やドイツ史の授業時間数が増えた一方、数学や自然科学の授業時間数は変わらず、新人文主義的な古典語教育の主たる対抗思潮が実科主義のみならず、むしろドイツ的な教養であることが確認された。しかしこの改革に際して、ドイツ語の授業は文法の訓練、作文、講読の仕方など多くの点をラテン語の授業から取り入れたことが指摘されている。[140] 他方すでにヴィルヘルム二世の一八八九年の内閣命令によって「学校は社会主義と共産主義の理念の普及に抗しなければならない」ことが義務として明言されていたが、それを承けてこうした学校改革を行う論拠として挙げられたのは、労働運動の高まりに対して、それを享受した人の一部が社会民主主義の運動に加わった古典教養よりも、ドイツ的な教養によってより効果的に戦える、という点であった。[141] なお社会民主主義に対する弾圧は学校のみならず大学へも波及し、一八九八年には文部大臣が私講師に対して直接的処分や資格の剝奪権を持つ私講師処分法（通称アーロンス法）が具体的に社会民主主義者の取締りを念頭において制定された。[142]

以上（1）と（2）で整理したように、新人文主義者は一八九〇年の学校会議においてドイツ性を重視する大衆ナショナリズムに対して、一九〇〇年の学校会議においては数学・自然科学を重視する実科主義に対して譲歩を迫られた。この過程は人文主義ギュムナジウムの古典語授業の重点が、形式的陶冶の練磨からテクストの内容の理解へと移る（特に三月革命以後に強まった）経緯と重なっていたわけである。

第二帝国の成立後、人文主義者にとっては現実から高踏的に距離を取ることが困難になり、彼らは帝国の「現実主義的」かつ「政治的」に決められた世界の変化した要求へ従わざるを得なくなった。(143)こうした状況はかつてヤッハマンが一九世紀初期に「学校と世界の関係について」の中で述べた、学校は世俗の要求に従属するのではなく、むしろ学校で教授される高い要求が世俗で実現されるべきである、という主張の対極に位置するものであったと言えよう。翻って国民形成の運動は当時、もはや一九世紀初期のように古典古代からその変革や形成の力を汲み出すことが困難となり、(144)教養市民層に対しては階級対立を解決する統合の主体となるのではなく、むしろ労働者や貴族の間などの階級対立を緩和する要素を持ち込むことが新たに期待されるに至った。(145)こうして古典教養の役割は、敬虔主義が一八世紀に結果として果たした役割と類似するに至り、既存の体制の維持に寄与すべきことが改めて謳われたのである。

以上のようにして実科主義と大衆ナショナリズムは共に新人文主義的な古典語教育に対して批判を加えるに至った。以下、一九世紀後期の大衆ナショナリズムの代表的な思想家であるパウル・ド・ラガルド（Paul de Lagarde）とユリウス・ラングベーン（Julius Langbehn）の主張に目を転じ、この三者の関連とこの関連が生じた背景を検討する。ラングベーンはラガルドの晩年の弟子であり、両者は共にロマン派的な意味での有機体論に依拠し、(146)同時代の社会ダーウィニズム的・生物学的な生の哲学の影響も受けていた。この二人の古典教養批判と文化批判は単に同時代の学校戦争・学校会議の制度外的な背景となっただけでなく、一九世紀後期から二〇世紀初期にかけてドイツの将来を憂うる多くの人々の心を捉え、彼らの著書は第三帝国の崩壊に至るまで広汎な影響を及ぼしたのである。

ラガルドは元来旧約学を専門とする神学者であり、主に第二帝国の成立以降ドイツの時事的な情勢に関する批判や提言を積極的に行った。彼は同時代における国家、世論、文化、成功などへの崇拝などを批判したが、その原因として一方でキリスト教が近代世界において影響を失ってゆく事態を先駆的に公然と問題化し[147]、他方でそれをドイツの真の国民形成が達成されていないことと関係付けた。すなわちラガルドは、ドイツの真の統一が妨げられている要因を第一にルター派を初めとするプロテスタンティズムが領邦国家の庇護に入り国教会を形成した点、第二にリベラリズムや新人文主義的な古典語教育、ユダヤ人に帰し[148]、第一の要因から「王座と祭壇の同盟」を批判しキリスト教の教会と国家の分離を唱えた。しかしラガルドは政教一致そのものを批判したわけではなく、未来のドイツ国民宗教のみがドイツを救い得ると考え、政教一致の国民的な再編に基づく本来のドイツ国民形成のやり直しを唱えた[149]。つまり彼はかつての宗教改革や敬虔主義などプロテスタンティズムの信仰覚醒運動と同様にキリスト教の本来の宗教性（福音）を取り戻そうと試みたが、それは新たにゲルマン的キリスト教つまりドイツ独自の国民宗教の樹立[150]によって達成され、しかもこうしたゲルマン的キリスト教は宗派対立を止揚し従来のキリスト教からユダヤ教的な要素を取り除くことによって達成されると考えた。したがって彼の主張は反ユダヤ主義と密接な関係を持つものとなった。ラガルドはさらに大ドイツ主義に基づくドイツの統一を唱え、ドイツの対外進出、特に中欧へドイツの植民地を建設すべきこと（「高い政治」）を主張した。以上触れたような彼の考えは後のナチズムにとって自らの思想の先駆と見なされ、彼の考えの幾つかは第三帝国においてその実現を見たのである。

他方ラングベーンは一八九〇年に匿名で『教育者としてのレンブラント』を出版し、同書は当時のベストセラーとなった。彼は同書の中で同時代のドイツ文化が学問と知性主義によって破壊されつつあることを指摘し、それに対してドイツ文化の再生は芸術の再生によって可能となると主張した。ラングベーンは従来の「文字（言語）と霊（精神）」の対立に代わって新たに「文字（学問）と像（芸術）」の対立を立て[151]、偉大な芸術は民族つまり有機体的な共同体によって特別に培養された最も純粋な土壌からのみ生まれると主張した。[152]その際ラングベーンはレンブラントの芸術が低地ドイツの農民の健全な民衆性を代表していると考え、彼の代表したような芸術、個性、素朴な生活が新時代のドイツにおいて聖なるものとして崇拝されるべきことを説いた。ラングベーンによれば、ドイツに対する真の脅威はプロイセンの文部官僚シュルツェの新人文主義的な文教政策に現れたような空虚で民族性を欠いた詰め込み教育であり、[153]「ベルリン精神」に代表される啓蒙主義的で合理的なメンタリティー、専門家性、あるいはアメリカ化（拝金主義、物質主義、機械化、大衆社会など）を批判した。[154]そもそもドイツにおいては数十年にわたって教育改革に関する議論が繰り返されており、その議論の多くをラングベーンは学識偏重の文化に対する批判へと結晶させたのである。その他ラングベーンはゲーテを異教徒として批判し、彼による「ゲーテへの崇拝は神への奉仕であり得るが、偶像崇拝でもあり得る Goethedienst kann Gottesdienst sein, aber er kann auch Götzendienst sein.」[155]という語呂合わせは人口に膾炙した。しかし彼は本来の人文主義の取り戻しを唱えたのではなく、むしろドイツ古典主義からドイツの民族的なものへの転向を唱えたのである。ラングベーンはさらに「エラスムス、ヴォルテール、ニコライ、モムゼンの親縁性」及び「ルターとビスマルクの親縁性」という、人文・啓蒙主義者と（宗教）改革者の系譜をそれぞれ立て、前者の人文・啓蒙主義者の系譜を攻撃した。[156]この攻撃の中でラングベーンは、ローマがドイツの国民性にそぐわないことを改めて主張し、[157]ラガルドと同様にドイツを腐敗させた近代性（資本主義、社会民主主義など）の元凶としてリベラリズムとユダヤ人に対する批判を行い、それに対してカエサル主義的、芸術家的な一人の人間（「隠れた皇帝」）が近い将来ドイツを救うことに期待したのである。[158]彼は後年、ロマン派の多くの詩人・文人と同様にカトリシズムへ改宗した。

ラガルドとラングベーンの主張においては、共にドイツ本来の宗教・文化（芸術）の擁護と新人文主義に対する批判が結び付き、さらに実科主義的な側面についても言及されていた。では、この大衆ナショナリズム、新人文主義、実科主義の三者の関わりは、従来のドイツ国民形成の展開からどのように位置付けられるのであろうか。

すでに触れたように、新人文主義は一八世紀末期にキリスト教と汎愛主義という二つの隣接思潮を持っていた。そして新人文主義は、自らの依拠する信仰（人間性の理想、文化）への回帰を経た上で、行為の現れとされた汎愛主義の側面（文明［政治・経済・技術など］）を肯定したわけである。ところで一九世紀末期における大衆ナショナリズムと新人文主義、実科主義の関わりに際しては、新人文主義がキリスト教、汎愛主義に対したのと類似した特徴が現れていた。すなわち、かつて新人文主義者が貴族・聖職者や啓蒙専制国家に対して行ったのと同様の批判が、大衆ナショナリズムの思想家によって貴族や貴族に接近しつつあった教養市民・人文主義者、大学人、さらには啓蒙専制的な色彩の残る第二帝国に対して加えられた。また新人文主義者がかつてラテン語学校における形骸化した古典語授業、大学における好事家的な古典研究に対して行ったのと同様の批判が、一九世紀末期においては大衆ナショナリズムの思想家によって人文主義ギュムナジウムの古典語授業、大学での専門化した古典研究に対して加えられたのである。さらに大衆ナショナリズムの思想家は、実科主義（これは改めてプロイセン化やアメリカ化と同一視された）を一つの世界観としては批判しながらも、ドイツ性への信仰へ回帰した上で道具としての実科主義を肯定するのに吝かではなかった[159]。これは大衆ナショナリズムと実科主義の間の内的な関連となり、両者が学校改革や学校会議をめぐって新人文主義に対して共闘できた一つの大きな理由であった。また新人文主義的な古典語教育においては個人の主体化が目指されたことを指摘したが、同様の特徴は大衆ナショナリズムにおいて社会と慣習の束縛から解放された肉体的－霊的な本来のあり方、つまり自然的な人間を要求する新しい個人主義の希求として現れた[160]。こうして一八世紀末期に新人文主義が汎愛主義とキリスト教との対抗関係を介してドイツの文化的、ひいては政治的な国民形成を射程に入れたように、一九世紀末期においては改めて大衆ナショナリズムが実科主義[161]と新人文主義との対抗関係を介してかつての新人文主義と同様の寄与を追求しつつあった。その際、隣接思潮を換骨奪胎しドイツの国民形成への貢献を目指す背景となったのが、共にプロテスタンティズムにおける「信仰の法則の、行為の法則に対する優位」の枠組みであったことが想定されるのである。では、新人文主義から大衆ナショナリズムへの信仰内容の移行は、どのような理念や言葉によって可能となったのであろうか。

キリスト教と新人文主義においては、共に「Geist 精神・(聖) 霊」という言葉が自らの信仰内容を根拠付ける際に用いられたことを指摘した。そして大衆ナショナリズムにおいては「ドイツ精神 deutscher Geist または der deutsche Geist」という言葉が自らの信仰内容の表現として頻繁に用いられ、キリスト教、新人文主義、大衆ナショナリズムのいずれにおいても「Geist 精神・(聖) 霊」という言葉が信仰内容を表す際に重要な役割を演じていたのである。したがって信仰覚醒上の中心をなすこの「Geist 精神・(聖) 霊」の内容が、一八世紀中期以後キリスト教信仰の行為主義化・形骸化の傾向と共にそれとは別の、あるいはその世俗化した新人文主義的な人間性への信仰へと一般に変化したように、一九世紀には歴史学的–批判的な研究の進展に伴う人間性への信仰の形骸化あるいはその普及の不徹底によって、フィヒテがすでに「ドイツ国民に告ぐ」の中で言及していた「ドイツ精神」がその空位を埋めた[162]ことが考えられるのである。他方一九世紀後期のドイツにおいては、同時代のドイツ国民形成と関わりのある論争的な出来事が、「文化闘争 Kulturkampf」や「文化批判 Kulturkritik」のように、しばしば「文化」という言葉を用いて表現された。前者の「文化闘争」は、いわゆる「文化プロテスタンティズム」に依拠するプロテスタントの政治家・知識人がローマ教皇の無謬説への反発をばねとして、一八七〇年代にドイツ国内のカトリック教徒の統合を図るために起きた出来事であり、それは中世以来の国家と教会、宗教改革期における宗派間の

「闘争」の再現という性格を持っていた。ただしプロテスタンティズムの側は、近代性に依拠する自らのカトリシズムに対する優位を、本来のキリスト教信仰に代わって高い宗教的かつドイツ・ナショナルな意味の付与された「文化」（国家）の中に基礎付けることを試みたのである。後者の「文化批判」は、第二帝国成立後のドイツにおいてラングベーン、ニーチェなどを代表者とする学問の一面性、知性主義、個性の抑圧などに対する一連の反時代的な文化運動[163]を指し、この運動は「形骸化した文化に対する批判と本来の文化の取り戻し」という二つの側面から成り立っていた。この二つの側面は、キリスト教（特にプロテスタンティズム）の歴史において繰り返し現れてきた「形骸化したキリスト教信仰に対する批判（偶像・行為主義批判）と本来のキリスト教信仰の取り戻し」の試みから、キリスト教信仰を「文化」によって置き換えたのと同様の性格を持っていたのである。なお一九世紀後期において新しい文化、人文科学と自然科学、技術と医学の急進性、集中性、深さ、エートスは文化宗教、学問宗教、芸術宗教、教養宗教などの表現に現れたように、しばしば宗教的な隠喩によって表現された。[164]こうして新人文主義と大衆ナショナリズムは、その意味する内容が異なったにせよ、共に「精神」や「文化」という言葉を自らの信仰の拠り所としてドイツの国民形成の推進を目指し、両者の間における信仰内容の移行が違和感を強く惹き起こすことなく可能となったのであろう。

大衆ナショナリズムにおける文化の位置付けに関して、スターンは大衆ナショナリズムの思想家による同時代の文化に関する絶望と本来の文化の取り戻しへの希求が、政治的な危険（ドイツの対外膨張や反ユダヤ主義）を生み出した病理（「絶望から侵略への跳躍」[165]）を指摘した。彼はさらに、ラガルドやラングベーンが本気で自らをドイツ理想主義（観念論）の後継者として考え抽象的な前提から出発し、現実政治と経済的な利己主義を軽蔑しながらも、それと全く同じ綱領を持つ侵略的拡張主義へ到達したことを指摘し、次のように述べている。「それに加えて攻撃的な膨張プログラムの前提（つまり抽象的な前提）は、無制限に変化し得るという長所を持っていた。この前提は、あらゆる行為と野心の正当化のために役立てることができたのである。[166]」スターンのこの指摘は、大衆ナショナリズムの思想家による主張が具体性を欠いたがゆえに実際に影響を及ぼさなかったのではなく、むしろ逆であったことを示している。つまり彼は、大衆ナショナリズムが自らの説く主張や信仰の内容とは別の要因、つまりある意識されざる形式や枠組みによって大きな影響を及ぼしたことを示唆している。その要因とは本書の今までの論述を踏まえれば、プロテスタンティズムにおける「信仰の法則の、行為の法則に対する優位」の枠組みあるいは有機体論であったと言えるのではないだろうか。

大衆ナショナリズムと新人文主義が共にこのプロテスタンティズムの枠組みや有機体論を継承し、ドイツの国民形成に際して大きな役割を果たした点に注目すれば、一九世紀末期における大衆ナショナリズムの高まりは宗教改革・古人文主義、敬虔主義・啓蒙主義、新人文主義・汎愛主義に次いで、ドイツ国民形成の第四の節目として位置付けることが許されるであろう。ラングベーンは自らの文化批判をルター、レッシングに継ぐ「第三の宗教改革」と見なした。[167]上述したドイツ国民形成の三つの節目において、ドイツに自生的なものの形成を招来した、あるいは目指した流れ（宗教改革、敬虔主義、新人文主義）が自らを貫徹しその対抗思潮（ローマ・カトリック教会、ルター派正統主義、汎愛主義など）を吸収・総合するには至らず、対抗思潮はそれとしてドイツの中に残った。こうして「Geist 精神・（聖）霊」の純化やドイツに自生的なものの形成を目指す試みは、当初意図されたように統合の主体の形成・広がりを普遍化するには至らず、むしろドイツ内部の分裂を深めたとも言える。さらに三月革命以降ドイツの文化的な国民形成と政治的な国民形成の乖離の傾向が見られたことを指摘したが、この文化と政治の乖離は信仰と行為の乖離と重ねられ、「信仰の法則の、行為の法則に対する優位」というプロテスタンティズムの枠組みに依拠して分裂要素の最終的な統合が図られたのであろう。ラガルドは宗教と祖国の間の絶対性要求をめぐる戦いの止揚を目指し、「宗教と祖国への関心が婚姻関係を結ぶような国民宗教を、全力を込めた祈りと規律によって獲得しようとすること」[168]を望んだ。

こうして大衆ナショナリズムを中心とするドイツの国民形成は、新人文主義における「言語の知識との取り組み、キリスト教、文化的な国民形成、ロマン派、非プロイセン」に近い系譜を（当初は言語の知識を軽視しつつ）むしろ継ぎ、「事柄の知識との取り組み、実科主義、政治的な国民形成、リベラリズム、プロイセン」に近い系譜を、リベラリズムを抜いた形で統合することを試みた。こうした試みの前提として、ヴォルフの『古代学の叙述』の中における「文化の文明に対する優位」の枠組みが、プロテスタンティズムにおける「信仰の法則の、行為の法則に対する優位」の枠組みを媒介していたことが推測できる。

さらに新人文主義の依拠した暗黙の前提が大衆ナショナリズムに対して及ぼしたであろう影響としては、キリスト教からユダヤ教的なものを取り除くことによる、純粋にギリシャ的または人間的なものの形成という考えが挙げられる。ヴォルフは「キリスト教はギリシャ性の注入によって改善されたユダヤ教であり、ギリシャ性はユダヤ教の注入によって悪くなったキリスト教である」[169]と主張し、ベークは「古典教養とキリスト教の教養は二つの柱である。最高の点はこの両者を融合する点にあり、この課題は未来に任されている。つまり同じことであるが、キリスト教を純粋に人間的なものと結合させ、それを人間的なものへと解消することにより、キリスト教の再生を図る点にある」[170]と説いた。ここで示唆されている、ユダヤ教的なものが本来のキリスト教あるいは人文主義（人間性）の純化を妨げているという認識は、福音あるいはギリシャとドイツ的なものの親縁性が前提されることによって、ラガルドやラングベーンが主張したようなユダヤ教的なものの除去による本来のドイツの国民形成という考えへ連なる回路を持っていた（そもそも彫塑的な感覚を持つギリシャ文化は、偶像崇拝を禁止するユダヤ教と対立した）。ここにおいては、ある個別的なもの例えばユダヤ教的なものの排除による本来の普遍主義（キリスト教、人文主義）の取り戻しという考えが、その普遍主義との親縁が前提された別のある個別的なもの（ドイツ）の普遍主義化・絶対化に、普遍主義の次元の弱まりに応じて寄与する構造が看て取れるのである。この構造に対する批判としては、あくまで普遍主義の次元を堅持するか、それとも普遍主義そのものを批判するか、という二つの方向が考えられるが、一九世紀後期のドイツにおいて前者の方向を代表したのがモムゼン、後者の方向を代表したのがニーチェであった。

さてすでに触れたようにラガルドやラングベーンの思想は、第二帝国成立後のドイツの対外的な膨張とも密接な関わりを持っていた。第二章の最後においては、この側面及びそれと人文主義の関わりについて触れておきたい。当時、国内で深まる様々な矛盾や対立関係の解決が模索されたが、その際にはドイツの分裂の原因たることを帰せられた勢力に対する対内的な迫害のみならず、以下のような対外的な膨張によって国内でのまとまりを作り出すドイツ・ナショナリズムの動きが顕著となった。

ナショナリズムによるドイツの対外的な膨張は、ビスマルクが引退した一八九〇年を転機として始まった。周知のように彼の引退後には、彼がそれまで握っていた権力の空隙を埋めるべく、様々な関心からなる政党や個人が入り込んだ。その反映として、一八九〇年の学校会議においては「ドイツの世界市場への参与がますます増えること」[171]が学校改革の一つの目標とされ、文化国家としてのドイツという理解が公の場において揺るがされた。またかつて「ビスマルクによって手綱を付けられていた」[172]大衆ナショナリズムは彼の手を離れて次第にその影響圏を広げ、一八九〇年には「大ドイツ同盟 Alldeutscher Verband」が結成された。この大ドイツ同盟は自称超党派的な愛国者の集まりであり、多くの大学教師が加入し、対フランス及び対スラブの態度を明らかにし、海外進出を政府に強要した。さらに一八九〇年代にはイギリスに対してドイツ海軍の増強を図る「艦隊政治 Flottenpolitik」が決定され、二〇世紀に入るとドイツは中東におけるバクダット鉄道の建設を開始するなど、海外での植民地の獲得にもより積極的に乗り出していたのである。こうした対外的な膨張を伴う新しいドイツ・ナショナリズムは、かつて一九世紀初期に目指された普遍主義的な国民形成とは異なり、リベラルに把握されたネイション間の平等や共存に依拠するのではなかった。これらの動きに対する新人文主義者の対応としては、古典語教育をアフリカのドイツ植民地へ広める考え[173]が注目に値する。第一次世界大戦の最中、ハンス・デールブリュック（Hans Delbrück）は中部アフリカにドイツの植民地帝国を建設する夢を抱いた。彼のこうした考えを受け、かつてローマが自らの属州へ古代ギリシャの文化を広めたことに倣い、ドイツが単に自らの経済的な利益を追求するのではなく、人文主義の精神的な理想をヨーロッパ外へ伝播する義務を負うとする考えが存在したのである。

以下、第二部の結びとして、一九世紀ドイツにおける新人文主義的な古典語教育・古典研究の展開と国民形成の関わりの状況を総括する。第一部の最後においては、一九世紀初期のドイツにあって「Geist 精神・（聖）霊」の形成のメディアを通した交感による「個人（人間）――形成のメディア（古典語・古典研究、ギュムナジウム・大学など）――ドイツ・ネイション」の三位一体的で有機体的な形成という国民形成コンセプトの枠組みが次第に意識化されつつあったことを指摘した。そして第二部での検討の結果、古典語教育・古典研究をめぐる論争の中で新たに形成目標たる個人（人間）と形成のメディアの理解、国民形成上の立場の重なりが明らかとなり、この三者の三位一体的な形成が目指されていたこと、また一九世紀以前のドイツの国民形成と同様、このコンセプトの理想主義的な現実化が妨げられ、個人の主体化の不徹底、形成のメディアの形骸化などの現象が見られ、これらの現象が大衆ナショナリズムの側からの批判を招来した結果、この大衆ナショナリズムこそが隣接思潮の統合によるドイツの国民形成という目的を新人文主義に代わって追求しつつあったことが示された。その際、上で触れた新人文主義によるドイツの国民形成の枠組みは、場所や時代や人物による様々な揺れ動きを孕みつつも、一貫して保たれていたわけである。

こうして新人文主義は一九世紀ドイツの国民形成と、以下のような両義的な関わりを持つに至ったと言える。すなわち一方で新人文主義は、第一部で再構成したコンセプト（特に形式的陶冶の理念）に現れたように、既成の人間・国家をトータルに批判し、それらを新たな人間、文化、ドイツ・ネイションへ向けて形成し直す企図を持っていた。しかし他方で、新人文主義は既存の領邦国家（一八七一年以降は第二帝国）の文教制度の中へ組み込まれることにより、むしろ現実の（領邦）国家の護持に反体制的な潮流に対して奉仕する役割を担うに至った。この二つの側面の矛盾は当初から意識されていたわけではなく、主に一八四八年の三月革命を転機として、新人文主義の国民形成上の機能は一般に第一の側面から第二の側面へと次第に移り、とはいえ第一の側面の拠った国民形成のコンセプトは記憶として保たれたのである。こうした移行は、古典語教育においては古典教養の重点が「個人的教養」から「政治的教養」の中へ求められるに至る過程、古典研究においては「（現実の変革に寄与し得る）古典古代の一九世紀ドイツに対する優位」から「（現状の維持に寄与し得る）一九世紀ドイツの古典古代に対する優位」が歴史学的－批判的な研究によって次第に注目される過程と重なっていたと言えよう。

上で触れた二つの側面は、新人文主義の隣接思潮（キリスト教、汎愛［実科］主義など）との関わりと不可分であった。まず第一の側面について言えば、隣接思潮の中にはドイツの国民形成が克服の対象とし機械論的とされた啓蒙専制国家など旧来のもの・フランスなど外来のものの姿が投影され、それらの隣接思潮からいったん脱却し、それを新人文主義へと止揚（総合）することによって人間、文化、ドイツ・ネイションの有機体的な形成が可能になると考えられた。新人文主義は隣接思潮との取り組みにより、いわば精神の側から現実に対する働きかけを目指したわけである。しかし他方で、新人文主義的な古典語教育は既存の領邦国家（一八七一年以降は第二帝国）によって制度化・庇護されるに至り、現実の（権）力へのいわば特権的な通路を得ることにより、他の隣接思潮に対する優位を確定した。この二重性を時代的に整理すれば、一八一九年までは第一の点が優位を占め、その後一八四八年に至るまでは一方で復古体制の樹立によって新人文主義がドイツ・ネイションのトータルな形成へ参与する可能性が閉ざされながらも、他方で他の隣接思潮に対する優位が決定した（とはいえこの時期については、形成のメディアを公の場で独占した新人文主義的な古典語教育・古典研究それぞれにおいて、隣接思潮に近い流れへの分解が顕在化しつつあった）。一八四八年から七一年に至るまでは、古典古代の規範の相対化、古典語教育の形骸化と並行する形で第一の精神の次元は懐疑され、第二の制度面についても隣接思潮が各自なりにドイツの国民形成への寄与を行う点が明らかとなり、新人文主義の隣接思潮に対する優位は崩れつつあった。一八七一年から一九〇〇年にかけては、新人文主義に代わってドイツ・ネイションのトータルな形成を目指す大衆ナショナリズムと実科主義の結び付きに対して新人文主義は譲歩を迫られ、上で触れた第一、第二の双方の点を放棄し、その歴史的な使命を終えつつあったわけである。

ところで、一九世紀ドイツにおいて人文主義と国民形成の関わりを支えた「信仰の法則の、行為の法則に対する優位」及び「Geist 精神・（聖）霊」の形成のメディアを通した交感による「個人（人間）――形成のメディア――ドイツ・ネイション」の三位一体的で有機体的な形成という二つの枠組みは、そもそも互いに矛盾するものであったとは言えないだろうか。というのも究極のところで、前者の枠組みは信仰の拠り所である「Geist 精神・

（聖）霊」の次元を確保するためにその完全な現実化を拒否し、他方で後者の枠組みは「Geist 精神・（聖）霊」や信仰の現実化、否定ないしは止揚を要求するからである。この両者の枠組みの二律背反の中に、人文主義と国民形成の関わりの特徴や、困難さがあったと言えるのではないか。実際、ヴォルフの古代学の構想において目指された両者の総合は実現されることなく、新人文主義は前者を重視するヘルマン－ティールシュの流れと後者を重視するベーク－シュルツェの流れへと分解したのであった。その後一八七〇年代から八〇年代にかけてのビスマルク時代においては、現実主義的な風潮が強く、精神の不在のみならず個人（人間）やドイツ・ネイションがあるべき姿を実現していないことが意識されつつあった。そして大衆ナショナリズムこそ、新たなドイツ精神の発見と個人（人間）とドイツ・ネイションのあるべき姿の形成という両者を追求することにより、上で触れた人文主義と国民形成の関わりをめぐる二律背反に一つの解答を与える流れへと連なったのである。

こうして新人文主義は従来のキリスト教（プロテスタンティズム）を中心とした国民形成から大衆ナショナリズムを中心とした国民形成を媒介したと言える。その際、プロイセンを中心とする新人文主義的な古典語教育の形骸化、歴史学的－批判的な古典研究による人文主義の規範の相対化が、この媒介を否定的なものとした大きな要因であった。つまり一八四八年（特に一八七一年）以降のドイツにおいては、かつて統合が目指された信仰と行為、文化的な国民形成と政治的な国民形成、個人（人間）とドイツ・ネイションなどの乖離が明らかとなり、それらの乖離が大衆ナショナリズムによる統合の試みの背景となったと言えよう。

続く第三、第四部においては、新人文主義における「事柄の知識との取り組み、実科主義、政治的な国民形成、リベラリズム、プロイセン」に近い系譜を継いだ人物としてモムゼン、「言語の知識との取り組み、キリスト教、文化的な国民形成、ロマン派、非プロイセン」に近い系譜を継いだ人物としてニーチェを取り上げ、両者の人文主義観とドイツ国民形成の関わりを検討する。それによって、新人文主義に由来しながらも大衆ナショナリズムや後のナチズムの台頭に収斂することのない、古典語教育・古典研究観の二つの系譜及び両者の結び付きの可能性を検討する準備を行う。

第三部　モムゼンの古典研究とドイツの政治的な国民形成

モムゼンは一八一七年シュレスヴィヒのガーディングにおいて生まれ、一八三〇年にハンブルクのアルトナ・ギュムナジウムに入学するまでの時期を当地で過ごした。一八三六年にはキール大学に入学し法学、古典文献学、古代史を修め、主にローマ法に関する研究に携わった。その後イタリア留学を経て、三月革命の時期にはシュレスヴィヒ＝ホルシュタイン新聞の記者として健筆を揮い、一八四八年にはライプツィヒ大学の法学教授として招聘される。しかし翌々年には政治上の理由で罷免され、一八五二年にはチューリヒ大学へ赴任した。一八五四年からブレスラウ大学で短期間教鞭を取った後、一八五八年にはベルリン大学へ招かれ、それ以来当地のアカデミーを中心とした活動を続けた。一九〇三年の死に至るまで、モムゼンはローマ研究の分野において前人未踏の業績を成し遂げたことから、彼は一九世紀後期のドイツにおける古典研究を代表する存在の一人となったのである。モムゼンは学者として活動する一方、いわゆる「政治的教授」の一人としてドイツの国民形成、ひいてはヨーロッパの情勢に対して政治的な活動や提言を活発に行った。

　モムゼンが古典研究者としての研究や政治上の活動を行う際には、三月革命前後におけるドイツの情勢が大きな役割を果たしていた。すなわち、当時においては古典語教育・古典研究のみならず、それを取り巻く精神的な状況一般が変化しつつあった。さらに市民層を中心としたリベラリズムの国民形成の運動もその方針を次第に保守的な方向へと転じ始めており、人文主義と政治のそれぞれにおいて新旧の流れが拮抗し合う中、モムゼンは自らの古典研究・政治上の立場を築いていったのである。

　こうした三月革命以降、特に第二帝国成立以後のドイツにおける政治の危機に直面し、彼はドイツ人にとり伝統的に疎遠であった自由や法の前の平等などの啓蒙主義的・市民的・人文主義的な政治理念をドイツへ根付かせ[1]、彼の言葉によれば古典研究を「政治的な教育学」[2]として理解することによって、一九世紀初期にその克服が目指されながらも彼の時代に至るまで実現されていなかった分邦主義の乗り越え、言い換えればドイツの「統一と自由」の実現を図った。「ドイツ問題の解決は、モムゼンにとって学問的な存在の基礎」であったことが指摘されている。[3]より詳しく言えば、この課題は従来文化国家として一般に理解されていたドイツを市民の国家である政治国家へといかにして変えられるか、という問題でもあった。[4]

以下の第三部においては、まずモムゼンの国民国家観と彼の主著『ローマ史』に関する検討を行い、同書とドイツの政治的な国民形成との関わりを特に市民共同体の原像の発見という観点から考察する（第一章）。さらに『ローマ史』と並んでモムゼンの主要な業績に数えられる『ラテン碑文集成』（Corpus Inscriptionum Latinarum）と彼の学問・古典研究観に関する検討を行う（第二章）。最後に彼の国民国家観、学問・古典研究観が彼自身による同時代のドイツ国民形成上の出来事に対する態度の中にどのように反映していたか、という点をアカデミーその他の文化機関における学術活動、政治活動を手がかりに解明する（第三章）。[5]

第一章　国民国家観と『ローマ史』
——市民共同体の原像の発見——

本章ではモムゼンの国民国家観、特にドイツの国民形成観とドイツ・ヨーロッパにおけるローマ（法）研究の状況をまとめ（第一節）、『ローマ史』と彼のドイツ国民形成観の関わり、同書の受容を考察する（第二節）。

モムゼンは、国民国家の中に時代のあらゆる問題を解決する鍵を期待した。彼はシュレスヴィヒ＝ホルシュタインのプロイセンへの帰属をめぐる一八六五年に著した文章の中で、「必然性とネイションの両者は定言命法によって語り、国民国家はあらゆる傷を治癒できるので、国民国家にはどのような傷であれ打ちのめすことが許される」(6)と記した。「モムゼンにとってネイションと国民国家は、歴史的な形成物として時代の流れへと組み入れられるものではなく、それによって彼が単に規範的で無時間的な基準として計算を行うような、自然法則に値するデータであった」(7)ことが指摘されている。他方彼は、個人の国家や共同体への帰属を重要視し、「一つの民族に属していなければ、人生は無である」(8)（一八五〇年）、あるいは一八八一年のヴィルヘルム・シェーラー（Wilhelm Scherer）に宛てた書簡の中では「人生自体に大した価値があるわけではないが、価値あるものは共同体の中に潜んでいる」(9)とも記した。その際モムゼンは個人の領邦国家への帰属を否定し、国民国家への帰属のみを認めたのである。(10)彼は人間を「政治的な動物」として理解するアリストテレスの人間観を踏襲した。(11)「自らを統治する術を知るがゆえに世界を支配する人倫的なエネルギー、個人をより大きな全体において狭いエゴイズムから国民的な感覚へと高める人倫的なエネルギー、こうした人間の本性にある本来の壮麗さと力強さの中にこそ国家が基づくのである」[12]。モムゼンは個人（人間）とネイションの同時的な形成という新人文主義の考えを継承し、彼によれば国民国家とは個人（人間）の属する共同体のひな型なのであった。

さらにモムゼンはドイツの国民形成に関して、「ドイツの統一は外部に対しても内部に対しても強力なドイツの中心力に基づかなければならない。（中略）強さという観点のみが国家の形態を、それが共和制であれ君主制であれ、決めなければならない」[13]と一八四八年に記した。つまり彼は、当時ドイツにおいて政治的に最も強力であったプロイセンを中心とする小ドイツ主義に基づくドイツの統一に期待したのである[14]。その後フランクフルト国民議会が召集された時、モムゼンは当時採決された『ドイツ民族の基本法』の注釈を著す作業に加わり、同書は当時のいわばベストセラーとなった。この注釈において彼は、「法の前の平等」を自由の核心として褒め[15]、新聞や集会の自由に賛成したが、平等一般を認める考えは拒否した[16]。そしてドイツの政体としては立憲君主制を支持したのである[17]。彼はまた市民の行動主義に賛成し[18]、ドイツの国民形成における中産階級の働きに期待した。ドイツの国民国家は当初モムゼンにとって「最高の人倫的な能力が実現されるべき器」であったのである[19]。モムゼンはこうしてドイツの「統一と自由」に関して、当時のリベラル左派の立場を代表した。彼による国民国家やドイツの国民形成に関する見解は三月革命の前後に形成され、その見解は後の彼の生涯においてほぼ不変であったことが指摘されている[20]。

第一節　ドイツ・ヨーロッパのローマ（法）研究

ところで従来の新人文主義的な古典語教育・古典研究においては、ローマよりもギリシャの中に高い規範性が見出されてきた。では、モムゼンがドイツの国民形成への寄与を改めてローマ研究によって目指した際には、この両者の関わりにどのような前史が控えていたのであろうか。この前史について、ドイツにおけるローマ研究の展開と、ドイツ・ヨーロッパにおけるローマ法の受容という二つの観点から把握しておきたい。

一九世紀に至るまでドイツにおいてローマ研究は、ギリシャ研究ほど積極的には営まれてこなかった。なぜなら、宗教改革期以来ローマやそれを模範と仰いだフランスに対する反感が一般に存在したからである。この反ローマ感情はフランス革命の激化やナポレオンのドイツ占領以来再び強められ、すでに触れたように、ギリシャの中には「絶対的な価値の全体的な顕現」が見出されたのに対して、ローマの中に独立した価値が認められることは稀であったわけである。しかし一九世紀に入り、ニーブールは『ローマ史』の執筆によってローマ独自の伝統に関し、ドイツの読者に対して先駆的に注意を喚起した。彼はこの書物においてローマの展開を平民や自由な中小農民を中心として記述し、文献学的－歴史学的な史料批判の原則を適用し、碑文の資料も考察の助けとして一部活用するなど、史学の方法論という点に関しても重要な貢献を行ったのである。[21]モムゼンのローマ研究は、このニーブールによるローマ研究を批判的に継承するものであった。

他方、ヨーロッパにおいては周知のように一一〇〇年頃から古代ローマの市民法を同時代の法規範として取り上げる動きが生じ、このローマ法に関する研究は近代において各国の市民法典が制定されるまで法学研究の独自の流れを形成した。このローマ法の継受に際しては、ラテン語やローマ（文化）に関する知識を伝えるための古典語教育・古典研究が、ローマ法学の補助学としての役割を果たしていた。そして「パンデクテン Pandekten」と呼ばれた学説彙纂に関する研究は、ルネサンス期には古人文主義の重要な一部を形作っていたのである。特にドイツにおいてこのローマ法はドイツ（領邦国家）独自の法よりも、複雑化する経済・社会関係に対してより適合し、また汎ヨーロッパ的であるがゆえに導入された。その後ドイツ土着の法規範を顧慮した上でパンデクテンの同時代の法実践や法解釈への適用を目指す「パンデクテン法学」が展開し、ローマ法は理性の権威を重んじる自然法の流れと緊張を孕みながらも一九世紀に至るまで引き継がれた。ところで一九世紀初期には、（ローマ法を含めた）過去の法をもはや（伝統的なパンデクテン法学のように）現在の要求に適応させることではなく、その法の歴史的な成立や展開の中にこの法自体の認識を問題とする歴史法学派が形成された。この歴史法学派はローマ的すなわち汎ヨーロッパ的な文化的伝統や法規範を重んじる「ローマ法学（ロマニスティーク Romanistik）」とドイツ民族独自の文化的伝統や法規範を重んじる「ゲルマン法学（ゲルマニスティーク Germanistik）」という二つに分かれ両者の間に対立が生じた。ドイツにおけるローマ法学の代表者であるザヴィニーは、歴史的な根源にこそ法や文化の本質が宿ると考え、文字になった理性としての、法律家にとっての聖書に喩えられるローマ法の偽造されない根源へ遡ることを試みた。(22)

モムゼンは法学研究の分野においては、主にローマ法に関する研究を行った。したがって彼は法学者としてはロマニストであり(23)ザヴィニーの歴史法学派と学問的な関心を共有し、(24)実際に教鞭を取ったライプツィヒ大学、チューリヒ大学においてローマ法の講座の教授を務めた。ブレスラウ大学、ベルリン大学においては古代史の講座の教授を務めた。モムゼンの政治上の立場は、歴史法学派に対して緊張関係にあった。すなわち、彼は一方でザヴィニーと同様にドイツ古来のザクセン法鑑に基づくドイツ統一憲法の制定、あるいはドイツ統一民法典の制定のいずれに対しても時期尚早として反対し、一九世紀のドイツ人がまずはヨーロッパ的な法規範であるローマ法の伝統に馴染むことを目指した[25]。しかし他方でザヴィニーがロマン派的な意味での有機体論に依拠しヨーロッパの古い普遍秩序（旧体制）や復古体制を支持したのに対して、モムゼンはリベラリズムの意味での有機体論に依拠し、神聖ローマ帝国を模範とした国民的な中世を去ってローマ法の伝統に回帰しながらも、この伝統に基づいてドイツ国民が封建的な隷従状態から自由になり、「臣下から市民へと変わる」ことを目的としたのである[26]。ローマ法に現れているような共和的、市民的な理念の実現という考えは、ドイツの新人文主義の伝統においてはフンボルト以来カールスバートの決議後の反動期に変容を蒙りながらも、三月革命を経て一貫して追求されてきた。モムゼンはこのドイツにおけるリベラリズムの流れに連なったが[27]、しかし彼はこの理念の実現をフンボルトのようにギリシャ研究によってではなく、むしろローマ研究によって意図したのである。というのも、モムゼンはローマ人の「市民共同体 Bürgergemeinde がドイツやおそらく最も古いインド・ゲルマンの共同体一般と同様に主権国家という理念本来の、そして最後の担い手である」[28]と考え、ローマの市民共同体の中にドイツ・ネイションの中核となるべき市民共同体の原像を見出し、「ローマとドイツの親縁性」を立てたがゆえにである。モムゼンの関心はローマ（法）研究を通して一貫してドイツ・ナショナルな個性と普遍（ヨーロッパ）的な秩序の調和に注がれるに至るが、この関心は「ローマ法が法の展開における二つの最高の長所（国民的な起源と普遍的な展開）を持ち、この点において史上無比である」[29]という認識に裏打ちされていた。

第二節　『ローマ史』の内容・問題・受容

以上のような国民国家観、ドイツの国民形成に関する見解、ドイツ・ヨーロッパにおけるローマ（法）研究をめぐる状況を背景として、モムゼンの『ローマ史』は一八五二年から五六年にかけての間に著された。

モムゼンは同書において「ラテン部族の指導下におけるイタリアの、その統一に至るまでの内的な歴史と、世界支配の歴史」(30)を描くことを試み、同書の最初の三分冊（第一巻から第五巻まで）は、ローマの建国から古い共和制が終焉して前四六年のタプソスの戦いによりカエサルの単独支配が確立された「軍事君主制の創設」までを取り扱っている。ローマの皇帝史を論じる予定であった第四分冊（第六、第七巻）は結局刊行されず、「カエサルからディオクレティアヌス帝までの諸国と人々」（ローマ帝政下の属州史）を主題とした第五分冊（第八巻）が一八八五年に刊行された（本章で『ローマ史』という場合、その内容は原則として第一分冊から第三分冊に限定し、内容や成立事情が他の巻と異なる第五分冊について触れる場合は、その旨特に断わる）。『ローマ史』は古代ローマの発展を政治、経済、社会、宗教、文化（芸術・学問）など様々な側面から包括的に描き出す試みであり、叙述の重点はローマの政治的な体制やその変化の中に置かれている。また叙述の対象はローマが戦い、征服したローマ以外の諸民族に対しても及んでおり、ローマを中心とした古典古代の有様が特にネイションの形成、衝突、融合などの観点から考察されている。

以下、『ローマ史』の性格付けとして特筆に値する二つの点を予め指摘しておきたい。第一には、同書が注が付されていることにも現れているように学術書の体裁を取った歴史記述というだけでなく、むしろ著者モムゼンによるドイツの国民形成への関心が投影された主観的な歴史記述が交えられていることである。その際、彼の関心は同時代のドイツに留まらず、広くヨーロッパ世界に対しても及んでいる。すなわち彼は同書において、ローマを中心とした古典古代の史実と中世から近代にかけてのドイツ・ヨーロッパ世界の状況を重ね合わせた叙述を要所で行い、古代ローマの史実を一九世紀ドイツの読者に単に紹介するだけでなく、同時代のドイツの「統一と自由」の実現や本来あるべきネイションの姿の示唆となる「古典古代とドイツ・ヨーロッパ世界の間の直接・間接の類比」を、ローマを中心とする古典古代の歴史の中からしばしば取り出しているのである。この企図こそ、モムゼンの目指した「政治的な教育学」の内容であった。第二には、『ローマ史』の成立した時期における同時代ドイツの国民形成のあり方が、同書の記述に影響を与えている点である。つまり本書が執筆された一八五二年から五六年にかけては、ドイツの「統一と自由」の進展が一般に意識されていたとはいえ、それは未だに達成されていなかった。こうした「中間時」の認識に基づいて、ドイツの国民形成が「未だに完成に達していない」という反省からは古代ローマの中にその模範を見出す試みが、それに対して「完成に近い」という自負からは、時代の進歩の意識に基づき近代の基準に照らして古代ローマを裁くという、古代ローマに関する両義的な評価が生じている。[31] 以下、上で触れた叙述の二つの特徴を踏まえた上で『ローマ史』の内容を整理するが、その際に特にこの書物が執筆された同時代のドイツ・ヨーロッパの状況とモムゼンの国民国家観、彼自身の価値評価、同書と従来の新人文主義によるドイツの国民形成のコンセプトとの関わりに留意する。

『ローマ史』において、ローマの発展は価値的・時代的に大きく三つの段階に分けて叙述されている。

まずモムゼンは、ローマ共和制本来の市民共同体の姿が保たれ、ローマを中心としてイタリアの国民的な統一が達成されるまでの理想化された第一の段階を、建国時からポエニ戦争、マケドニア戦争での勝利までとしている。この古代ローマ共和制本来の市民共同体の内容について、彼はローマ人の本質的な特徴を、自由であるがゆえにまとまっている点の中に見出した。モムゼンによれば、ローマの「個人は共同体の一員であること以外に何も望まず、またそれ以外の存在ではあり得なかったことにより、共同体の名声と力は個々の市民にとって個人的な所有として感じられ[32]」、「ローマの共同体の本質における最も深く最も素晴らしい思想とは、ローマの市民階級の内部に主人や奴隷、富豪や乞食が存在せず、同一の信仰と同一の教養があらゆるローマ人を包括すべきである[33]」という考えであったという。さらにモムゼンによれば、「服従を心得、僧侶によるあらゆる神秘的な瞞着をきっぱりと拒否し、法の前での絶対的な平等において自分たちの間で自らの国民性を鋭く特徴付けていて自由な民族であるローマ人の共同体は、このようにして（ローマの共同体が強大で、国家と同様、自らの同胞に対しても共通の絶対的な法的安定性を所有していたこと）自らを統治していた[34]」。これらの引用に見られるようにモムゼンはローマの市民共同体の中に、有用性志向が背後にある私利の追求や教権からの自由[35]、あるいは身分的・宗教的・文化的な分裂がない政治的な同質性を見出している。このような特徴に加えてモムゼンは、ローマの市民共同体を「個人は共同体の一員（Glied 器官）」であったという表現に現れているように人体を例に取った性格付けを行い、ローマ共和制本来の市民共同体の中に有機体的な秩序の存在を指摘している[36]。こうして彼は、ヴォルフが『古代学の叙述』の中で古代ギリシャ・ローマの規範性の内容として挙げた「同質性[37]」や「有機体性[38]」という性格付けを、古代ローマの理想性を表す際に踏襲しているのである。さてこの第一段階の時期については、王制の廃止を経た後で元老院の旧貴族による寡頭支配が有能な民会と拮抗しつつ行われ、それがローマの歴史的な生成の中心であったとされる。そしてイタリアの統一つまり民族国家の形成は、モムゼンによれば自然的な境界までの拡張として、肯定的に捉えられている。(39) その際に彼は前三世紀のローマによるシチリア島征服の試みに関して、「イタリアの征服はローマ人に対して、ちょうどギリシャの征服がマケドニア人に対して、（七年戦争における）シュレジエンの征服がプロイセンに対して新たな政治的な道へと踏み入る勇気を与えたのと同様の勇気を与えた」(40) と記し、ローマを中心としたイタリアの統一を、プロイセンを中心としたドイツの来たるべき統一とを重ね合わせて示唆している。(41) 実際にモムゼンはローマによるイタリアの統一と同様に武力（戦争）によってドイツの統一が一八七一年に達成された際、その事実を賛美するのに吝かではなかったのである。(42)

次にモムゼンは、ローマがポエニ戦争やマケドニア戦争における勝利の結果、没落の道を歩み始めたことを主張し、世界帝国の形成からカエサルによる民主的君主制の樹立までの第二段階の時期が、批判的に取り扱われている。この時期に関してモムゼンは、ローマの没落の原因を内的・外的な二つの側面から論じている。すなわち外的には、ローマがスペインや地中海世界などの属州を獲得し自然的な境界を超えて膨張し、元来都市国家的なローマの政治体制が世界帝国という内実にそぐわなくなりつつあった点、内的には属州から多数の奴隷がイタリアへ流入し農民層が消失し始め、(43) 元老院が無能化して市民階級の反対派が力を強め、貴族的な統治機構がもはや歴史の発展に適合しなくなった点(44) などが挙げられている。このようなローマ本来の政治的な「同質性」や「有機体性」の変容を招来した原因としては、さらにギリシャの属州化に伴いギリシャ文化がローマへ影響を及ぼし、ギリシャ語を理解する教養層とそうでない非教養層の分離をもたらした、という点も指摘されている。(45) 周知のようにグラックス兄弟は国有地を農民へ分割することによってローマの農民層の消失を阻むことを試みたが挫折し、彼らによる改革の始まった前一三三年以後の時期がモムゼンによって「革命」時代と名付けられる。この時代の「革命」性とは、旧貴族からなる元老院の多数派に反対して管理の規則を強制し、社会的に大きな構造変化の道が開けたことによる。つまりモムゼンによれば、グラックス兄弟はローマの貧困状態を救おうと試みたことから、大衆はグラックス兄弟の改革以来、選挙における政治的な要素となり、あらゆる利害と情熱によって粗野に動かされ、[46]「自らを養うために属州の搾取を必要とした」[47]という。[48]さらに大衆により構成された軍隊からは、市民や国民としての感覚が消え始めたのである。[49]しかし他方では大地主として投機を行う少数の「金銭貴族」（新貴族）が形成され、彼らと大衆を構成する奴隷的なプロレタリアートとの間に階級闘争が生じ、両者の分裂の深まったことが問題視される。[50]しかしこの両者はコスモポリタンで、ナショナルではなかった点において共通していたという。[51]そして何よりもモムゼンは、大衆の台頭によってローマの中産市民階級が弱体化し、それによってローマの市民共同体が崩壊に瀕したことを批判的に指摘したのである。[52]

この第二段階に関するローマの記述の中には、「革命」や「軍事君主制」という言葉がそれぞれ第四、第五巻の表題に含まれているように、フランス革命やナポレオンに発したヨーロッパ近代の政治的な国民形成との類比が意識されている。また特にドイツとの関わりについて言えば、モムゼンはプロイセンのユンカーの姿を、特に後の金銭貴族から区別されたローマの旧貴族の姿と重ね合わせている。[53]他方、ローマ共和制末期におけるプロレタリアートの混沌とした姿は、モムゼンにとっては三月革命前後において力を現し始めたドイツのプロレタリアートの姿と共通点があると映ったのである。[54]こうしてモムゼンは、かつてのシラーと同様にドイツ社会の分裂（上層階級には放恣、下層階級には野蛮）を強く意識し、[55]彼の同時代のドイツと類似した有様を革命時代のローマの中に見出した。[56]モムゼンによれば、ローマの中産市民階級こそ貴族とプロレタリアートの間の対立を媒介すべきであったが、この中産市民階級の大部分はプロレタリアートへと没落し、その一部が旧貴族層へと接近し排他的な新貴族層を形成し、かえってこの対立関係を深めたのである。[57]彼はここで指摘したような古代ローマと一九世紀ドイツの間の類比を強めるため、古代ローマの人物を形容する際に一九世紀ドイツにおいてほぼ対応する官職や職業の言葉を冠し、古代ローマ社会の状況を一九世紀ドイツの読者の眼前に髣髴させる工夫を行っている。例えば、キケロはジャーナリスト的な本性の持ち主として批判されている。[58]

さてモムゼンはこのローマの発展の第二段階で生まれた諸問題を、単に否定的なものとして捉えているのではない。彼はむしろローマの内的な展開の力を「資本と労働」[59]、「貴族と市民」、「君主制と民主主義」、「保守主義と進歩」、「イタリア（ローマ）の力とギリシャの力」などの、ヘーゲル哲学の影響を連想させる弁証法的な対抗関係の中に見出し[60]、これらの対立する諸要素からなる「自由と必然」[61]の戦いの結果、カエサルが一連の対抗関係を止揚し、民主的君主制を樹立して世界帝国ローマに確固たる内実を与えた第三段階を第一段階と同様に理想視するのである。すなわち前一世紀のカエサルは、革命時代に生じた都市国家と世界帝国の政治体制間の矛盾、ローマの市民共同体における階級的な分裂、政治と文化の乖離など、崩壊に瀕したローマの諸問題を解決するために登場したとされる。すなわち、彼はグラックス兄弟の改革やスラの寡頭制の試みを継承し、武装大衆からなる軍隊を市民共同体へ適合させ、できる限り服従させることを図るなど[62]、市民共同体の再建つまり再有機体化を試み、それは彼の民主的君主制に結実した[63]。しかし、すでに武装大衆を主体としたローマの世界帝国化が始まっており、カエサルが現れるのは遅過ぎたという[64]。したがってモムゼンによれば、カエサルの敷く政体は世界帝国化したローマという条件下においては、たとえ共和制という形式を望んでも彼自身の意図に反して絶対的な軍事君主制しかあり得なかったというのである[65]。こうして「主権がローマの共同体の民会から地中海の君主制における唯一の支配者へと移行し、あの共同体の民会の、イタリアと同様に属州をも代表する帝国の最高の集会への変化」[66]が起きたのである。

後世のローマ史家によるカエサル観は、彼を単に自らの私利・私欲を追求したに過ぎない存在とする否定的な評価と、偉大な理想を追求した大政治家と見なす肯定的な評価に大きく分かれているが、モムゼンは後者の見解を代表している。すなわち、モムゼンはカエサルを理想的なカリスマ的指導者として描き、彼は「調和的に有機化された本性の持ち主」[67]であり、「大政治家Staatsmann」に必要な普遍的な本性を持っていたとされる。そして彼は「民主主義者にして君主」[68]、「徹頭徹尾リアリスト、理性的な人間」[69]であり、「様々な時代に彼から発し継続した性格を持つ全ての措置は、偉大な形成の計画へと合目的的に組み入れられる」[70]という。さらに彼は「自らの経歴の最後に至るまで、可能的なものと不可能的なものに関する、大政治家にふさわしい手腕」[71]を持っていたという。つまりモムゼンによれば、カエサルは一方では現実に即して行動する「リアリスト」の面を持っていたが、そのリアリストとしての行動の自由は「偉大な形成の計画へと合目的的に組み入れられる」とあるように特定の理念（計画）の範囲内におけることであり、彼が単なる状況主義や機会主義に基づいて行動したのではないことが明言されているのである。また、「カエサルは自由を解消するためにではなく、それを実現するために現れた」[72]、あるいは「彼の君主制は民主制と矛盾せず、むしろ民主制は彼の君主制によって初めて完成に達し、成就した」[73]といった聖書の一節と似た表現に現れているように、混沌に陥ったローマに秩序をもたらしたカエサルの姿はモムゼンによって救世主キリストの姿と重ね合わされていたことも指摘されている。[74] 実際にモムゼンのローマ史観の中には、楽園の状態（第一段階）からの喪失（第二段階）、さらにその回復（第三段階）へと向かうキリスト教の救済史観の世俗化を指摘することができよう。モムゼンによれば、カエサルは「歴史の聖霊」が命じるところを行ったのであった。[75] ところでモムゼンは、このローマの発展の第三段階をある意味で理想化しているものの、カエサルの施策の中に、革命時代との類比の前提された一九世紀ドイツ・ヨーロッパの問題を克服する鍵を即自的に見出したのではない。すなわちモムゼンによれば、古代の政治において対内的には奴隷制が存在し、都市的な体制から国家的な体制へ、原始的な集会というシステムから議会的なシステムへと進歩しなかったこと、(76)対外的には強大な隣国の排除のみを望んだことこそ、(77)近代と比べて大きな欠陥であったという。それに対して一九世紀のドイツ・ヨーロッパにおいては、カエサルのような唯一者的な君主に代わって、あるいはそれと並んで議会代表制、勢力均衡やネイション間の平和で友好的な共存の思想が、(78)古代ローマと同様の問題を解決できると考えたのである。したがってモムゼンによるカエサルに対する高い評価は、彼の採った具体的な施策のみならず、彼が与えられた状況の中で最善を尽くす術を知っていた点(79)の中にも求められている。

このようにモムゼンは建国以来カエサルに至る共和制下のローマ市民共同体の展開の中に「権力と強大な国家」と「自由と平等」の具現、つまり「国家の力と市民の自由の調和」(80)という反対の一致を見出すことに努めた。(81)そしてカエサルの功績は何よりも、ローマの国家・政治とギリシャの文化（文明）(82)との融合（その本質は人間性の中に求められている）(83)を成し遂げ、彼の下のローマが近隣諸国の属州化などによってフランス、イギリスなどにおける近代の国民形成の歴史的な発展の土台を据えた点に求められる(84)のである。こうしてネイションとしてのローマは、アンダーソンの言葉を用いれば後世の国民形成に対する模範を提供し他国へ転移可能な、歴史的なモジュール（一定の企画）(85)として捉えられている。他方でモムゼンは、近代のイギリスによるアメリカやオーストラリアなどへの植民地建設をかつてのローマによる属州の建設と類比的に捉え、それを自らの国民性によって特徴付け高貴にしたとして評価している。(86)

以下においては、『ローマ史』が新人文主義とドイツの国民形成との従来の関わり方をいかに踏襲しているのか、この関わりを支えた二つの理念的な背景である「ギリシャとドイツの親縁性」と形式的陶冶が同書において果たす役割に注目し、考察を行う。

第一の『ローマ史』と「ギリシャとドイツの親縁性」の関わりについては、古代におけるローマとギリシャの関係、及びローマの都市国家から世界帝国への移行が、一九世紀のドイツ・ヨーロッパにおけるどのような類比として解釈できるか、という点に留意する。モムゼンは、

それゆえ今や、ギリシャ人を単にローマ人の犠牲によって、あるいはローマ人を単にギリシャ人の犠牲によって称賛することができると考えるあの幼稚な歴史観を、一挙に破棄すべき時だろう。樫を薔薇と共に妥当させるのと同様に、古代の生み出したあの二つの素晴らしいオルガニズムを単に誉め、叱るのではなく、この両者の長所は互いにそれぞれの欠点によって制限されていることを理解すべき時なのである。(中略)しかし、それゆえもしもギリシャが純粋に人間的な展開の原型であるならば、ラツィウムは少なからずあらゆる時代にわたって国民的な展開の原型なのである。そして我々後世の人々はこの両者を尊敬し、この両者から学ばなければならない(87)

と記し、ギリシャとローマの国民性の相違を明確に特徴付けている。ところでモムゼンは、ローマが民族国家としてのイタリアの境界を越えて膨張を開始すると、ギリシャとローマの関わりは両義性を帯びるに至ったことを指摘する。すなわち彼は一方で、ローマ人の特に貴族にとってギリシャの普遍的に人文主義的な文化との取り組みが、内的に崩壊しつつあったイタリアの国民性の代替物として必要であったことを主張し(88)、これをドイツ人がフランス語・文化との取り組みを必要としたことに譬えている(89)。しかし他方でモムゼンは、「ローマ人の若者の教育は、本来の個人的教養を犠牲にし、ミューズ女神のあまりにも刺激的で危険な賜物を断念することによってのみ遂行され

ることができ、実際にそうされ[90]」、ひいては「ローマは古代の他の国家に例を見ないほど大きくなったが、それは自らの偉大さをギリシャ人の生の内的な自由、安易な無頓着さ、優美な多様性を犠牲にすることによって達成した[91]」と主張し、外来のギリシャ文化との取り組みがローマ本来の政治的な「同質性」や「有機体性」を変容させたことを問題視した。つまりモムゼンは、革命時代のローマにおいて民族の統一が失われた一因を教養層と非教養層の分離の中に求め、ギリシャ文化の流入こそ、この分離を引き起こしたとして批判を行ったわけである[92]。しかしそれにもかかわらず、モムゼンはギリシャ文化がローマへもたらしたコスモポリタン性を単に否定的なものとして捉えるのではなく、この受容からローマに対して生じた重要な歴史的な使命を強調し、以下のように主張する。「ギリシャ的な文明は依然としてギリシャ的 hellenisch であると自称したが、それはもはや単に国民的でギリシャ的ではなく、人文主義的でコスモポリタン的であった。それは精神的な領域において完全に、様々なネイションの塊からある一つの全体を作り出すという問題を政治的にもある程度解決した。そしてこの課題が今やより広い境界においてローマへと移ったことにより、ローマはアレクサンダー大王の他の遺産と共にヘレニズムをもまた継承したのである[93]。」つまりモムゼンは、コスモポリタン的なギリシャ文化（ヘレニズム）が、属州を形成し世界帝国化しつつあったローマを精神的に支える役割を果たしつつあったことを指摘し、この文化が古い都市国家的なローマと新しい世界帝国的なローマをいわば媒介する機能を担いつつあったことに注意を喚起している[94]。そしてカエサルに至って、「我々が古代世界と呼び習わしている民族の範囲は、ローマの権力下に外的な統一から、本質的にギリシャ的な要素に基づく近代的な教養の支配下にある内的な統一へと移行する。二流の民族の瓦礫の上に、二つの支配的なネイションの間に偉大な歴史的な妥協が密かに行われる。ギリシャとローマの国民性は、互いに平和を締結する[95]」。こうした近代的でローマ的な教養の全成果から、「人間性 Menschlichkeit, Humanität」の新たな概念が生まれたのである。[96] 上で触れたローマとギリシャの関係に関する見解について、モムゼンは新人文主義における両者の関わりについての伝統的な見解を転倒したと考えることができよう。つまり例えばヴォルフは『古代学の叙述』において、古代ギリシャ・ローマの文化をオリエントの文明よりも優位に位置付けたのみならず、古典古代の内部においてギリシャの学問的・啓蒙的な文化とローマの文明的な文化の間に区別を行い、前者を後者よりも優位に位置付けていた。[97] さらにヴォルフは、ギリシャ文化を中心として「文化と文明」の統合が達成されたことを讃えたわけである。[98] それに対してモムゼンは、文化と文明を区別するヴォルフと同様の図式に依拠しながらも、ローマの文明を中心として「文化と文明」の統合が実現したことを顕彰したのである。一九世紀初期の新人文主義者の多くは、古代ギリシャにおける政治的な不統一が文化の多様性や隆盛をもたらしたことを肯定的に捉えた。[99] しかしモムゼンはそれとは逆に、「あの常に不完全な宗教的・文学的な統一を成し遂げたギリシャ人のまさに強力かつ精神的な展開は、彼らが真実の政治的な統一に到達することを妨げた」[100] 事実を否定的に評価したのである。

さてモムゼンによるローマとギリシャについての見解は、一九世紀のドイツ・ヨーロッパにおいては以下のような二通りの類比として解釈できたことが想定される。

まずイタリア統一を達成したローマが海外進出やギリシャ文化の流入によって内部に社会的な分裂を生じた経過は、「ギリシャとフランスの親縁性」が言及されることにより、主に三十年戦争後のドイツにおいて貴族を中心としたフランス文化の受容により社会的な分裂が生じた経緯と差し当たり重ねて読むことができる。この場合ドイツでは、古代ギリシャ文化との取組みによってドイツがフランス（文化）の影響から脱し、独自の国民文化を形成することが期待されたのであった。しかし、古典古代におけるギリシャ文化のローマへの悪影響に対する批判は、単に一八、一九世紀におけるフランス文化のドイツへの悪影響に対する批判の類比に留まらず、さらには一九世紀ドイツにおける実際の古代ギリシャ文化との取り組み方に対する批判を含意していたことが考えられる（前者の場合は超時代的な文化類型であるギリシャを媒介として実際にはフランス文化が、後者の場合は実際の古代ギリシャ文化そのものが批判されることになる）。というのは、一九世紀のドイツにおいてはかつてのローマと同様、古代ギリシャ文化に対する崇拝が国民形成との関わりのゆえに高まっており、モムゼンは古代ギリシャの現れを性格付ける際にことさら一九世紀ドイツに特有の「個人的な精神の形成（教養）[101]」あるいは「我々ドイツ人における一般教養[102]」という呼称を用い、同時代のドイツと古代ギリシャの直接の関連を強調しているからである。[103] ではモムゼンは、同時代のドイツにおけるフランス文化のみならず、古代ギリシャ文化の受容の仕方、ひいては「ギリシャとドイツの親縁性」のテーゼに対しても批判的であったのだろうか。[104] たしかにそうしたことは言えるように思われる。なぜならモムゼンによれば、ローマにおけるギリシャ語・文化との取り組みは彼の時代における「狭義の〝一般教養〟」と同様に、ナショナルでコスモポリタン的でありながら、社会的には階級を分断する排他的な性格を備えていたからである。[105] そもそも新人文主義によるドイツの国民形成のコンセプトにおいては、古典語・古典研究との取り組みに基づく形式的陶冶（個人的教養、一般教養）が個人の人間形成やドイツの文化的、ひいては政治的な国民形成を推進することが期待されていた。しかし現実には三月革命の失敗に現れていたように、人間形成を遂げているはずの教養市民がドイツの政治的な国民形成に対して無力な現実が明らかになりつつあった。また一九世紀後期には、古典教養が当初意図されたようなドイツの「統一と自由」の実現に寄与するのではなく、むしろ「財産と教養」の結び付きに見られたように、かつての身分制から階級制への社会の再編を促進する一根拠となっていることが明白になりつつあった。[106] この点は一九世紀末期に大衆ナショナリズムの思想家によって批判された点であるが、モムゼンは彼らに先んじて人文主義者として同様の自己批判を行っている。つまり彼は「ギリシャとドイツの親縁性」に基づき古代ギリシャ文化を指標とした文化的な国民形成が媒介となって政治的な国民形成へ寄与するという構想に対して、それが社会的な分裂をもたらす一因であると考え批判的であったと解釈することができるのである。

しかし第二にギリシャとローマの関係は、ギリシャ文化がローマの世界帝国化に際して果たした肯定的な役割に注目すれば、一九世紀のドイツ・ヨーロッパの文脈では以下のような類比として受け取られたことが推測できる。モムゼンは『ローマ史』においてローマのイタリア外への進出を、プロイセンによる隣接した領邦国家の糾合と重ね合わせた記述を行っていた。[107] するとローマによる属州の建設は、プロイセンを中心としたドイツ統一の類比として捉えることができる。実際に『ローマ史』の受容を検討すれば、同書が上で触れた類比に基づいて解釈された例が見出せる。例えば、後述する非プロイセンのスイス（バーゼル）在住の人文主義者バッハオーフェンは『ローマ史』に対し、その中に近代プロイセン中心の見方が現れているとして批判を行った。[108] また『ローマ史』の実際には書かれなかった第四分冊は、それがもし書かれればビスマルク治下の第二帝国に対する批判となっていたであろうという見解が存在し、この見解によればローマの属州とビスマルク治下の第二帝国におけるプロイセン外のドイツの領邦国家とを重ね合わせることによって、ビスマルク治下の第二帝国はローマ帝国と比べて国の内的な統一が実現していなかった、というのである。[109] そしてこの第二の類比に基づくと、ローマの世界帝国化に対してギリシャ文化（ヘレニズム）との取組みが文化的な同一性を与えた役割は、ちょうど一九世紀ドイツの新人文主義においてギリシャ語・文化との取組みによって新たにドイツの文化的な国民形成への寄与が目指された事実と並行して解釈できるのである。

以上に挙げた二つの類比を踏まえれば、モムゼンは新たに「ローマとドイツの親縁性」さらに「ギリシャとフランスの親縁性」を立て、伝統的な「ギリシャとドイツの親縁性」のテーゼに対する批判を一方で行っているかのように見える。しかし他方では「ローマとギリシャの（ギリシャ外の属州と比した）親縁性[110]」を立てることによって、ローマを媒介として「ギリシャとドイツの親縁性」が新たな形で回復されていると考えることが可能である。つまり『ローマ史』においては、一方ではドイツの政治的な国民形成の模範としてのローマと文化的な国民形成の模範としてのギリシャが、前者の後者に対する優位の下に対立的に捉えられていると解釈することができる。しかし他方では、カエサル治下のローマによる「ローマとギリシャの展開の内的・外的な和解と婚姻[111]」が讃えられていることから、一九世紀ドイツの文脈においてこの類比はローマを範としてドイツの政治的な「統一と自由」を達成した上で、それを基礎付けるものとして古代ギリシャを範とした文化の役割の復権を示唆していると考えることができるであろう。これは、個人（人間）とドイツ・ネイションの同時的な形成という新人文主義のドイツ国民形成コンセプトの取戻しにも繋がる。こうして古代ギリシャ文化との取組みは、ローマのみならずドイツの国民形成に対してもネイションの分断あるいは統合という両義的な役割を果たすことが示唆され、いずれにせよモムゼンは新人文主義とドイツの国民形成との関わりの批判あるいは再編という揺れ動きがあるにせよ発展的な継承を試みているということは言えるであろう。

第二に『ローマ史』と形式的陶冶の関わりに目を転じてみたい。すでに触れたようにモムゼンは同書の中で、一九世紀ドイツにおける古典語との取り組みによる形式的陶冶が、新人文主義によるドイツの国民形成コンセプトによって当初意図されたのとは裏腹に、古い身分的な分断を克服するのではなく、むしろ新たに階級的な分断に寄与していることを示唆し、形式的陶冶に対する批判的な態度を明らかにしていた。しかし他方で彼は、こうして形式的陶冶の国民形成上の機能に対しては批判的であったものの、その人間（個人）形成上の意義を認めることに対しては次章で触れるように吝かではなかった。ところでモムゼンは『ローマ史』において、上で触れたコンセプトの中で本来形式的陶冶によって目指された古い身分的な分断の克服や政治的な国民形成（「統一と自由」）への寄与という点について、二つのいわばオプションを提示している。すなわち彼は一九世紀ドイツと古代ローマの革命時代の間に社会的な分裂状態を共に見出し、ローマの革命時代についてはカエサルという唯一者的な支配者がネイションの「統一と自由」を、一九世紀ドイツについては議会代表制が同様の寄与をもたらすべきことを主張していた。[112]しかしこの二つの選択は、相互排除的なものとして考えられていたのだろうか。

一九世紀中期のドイツの諸領邦国家における政体は君主制あるいは議会代表制を伴う立憲君主制であり、純粋な共和制国家は存在しなかった。他方、当時にあってフランス・イギリスの影響を受けて外から導入され始めた議会代表制がドイツへ根付くか否か定かではなかった。それどころか復古体制の樹立に現れたように、国王を中心とする君主制や伝統的な貴族層が力を盛り返す可能性すらあった。さてモムゼンは、彼の後年の政治的な活動において明らかになるように、一方ではプロイセン・ドイツに優れた君主が登場することに対して期待した。彼は例えばプロイセン国王フリードリヒ三世の政府に対して大きな期待を抱いていた。[113]しかし他方で彼は、自ら議員として活動するなど議会代表制がドイツに根付き実質のあるものとなることに尽力し、晩年にはこの第二の立場から労働者の代表政党であるドイツ社会民主党との共闘声明に至る。[114]つまりモムゼンにとってこの二つの立場は相互排除的なものではなく、ドイツの国民形成を推進するための一種の揺れ動きとして考えられていたことが推測できる。こうして彼は形式的陶冶に元来期待されたドイツの国民形成上の効果を上で触れた二つの立場によって追求し、この立場は共に形式的陶冶がその本来の役割を果たしていないことに対する批判を含意していたのである。

以上の検討を踏まえると、モムゼンは『ローマ史』において新人文主義的な古典語教育・古典研究とドイツの国民形成との関わりを基礎付けた「ギリシャとドイツの親縁性」と形式的陶冶の理念に対して、両義的な評価を下している。その評価は、彼の同時代におけるドイツの国民形成の進展を見据え、国民「形成」の「中間時」の自覚に基づく揺らぎを持つものであったと言えよう。

本章の最後に、『ローマ史』の反響に関して言及する。[115] 同書は、第一分冊から第三分冊の出版直後バイエルン・アカデミーによるマクシミリアン文学賞を受賞し、[116] その後多くのヨーロッパの近代語へ訳され、一九〇二年にモムゼンはこの作品がゆえにノーベル文学賞を受賞した。『ローマ史』は古典古代に関心を抱くドイツ・ヨーロッパの教養市民に対し共通して訴えかける内容を持っていたのである（ヒッポリト・A・テーヌ［Hippolyte A. Taine］は同書の文体を高く評価した）。[117] しかしその詳しい受容を見ると、同書に関しては賛否両論の評価がなされた。その批判の多くは、『ローマ史』がジャーナリスティックな啓蒙書としての性格を持っていた点に対して向けられていた。同書は一方では「最悪の新聞の文体」[118] と評され、客観性の欠如を理由に主に専門の歴史学者による批判に曝された。同書は、モムゼンの生前すでに学問的には乗り越えられたと見なされることが多かったのである。他方同じ批判でも、彼の本来の意図であった「政治的な教育学」のコンセプトに対して向けられたものもあった。例えばエードゥアルト・マイアー（Eduard Meyer）は、モムゼンは多くの人々にとってもはや時代遅れに見える理想を追求した、と評した。[119]

同様の批判の中からバッハオーフェンによる『ローマ史』批判は、従来の新人文主義の展開の系譜という観点から注目に値する。彼は一八五一年に共著で『ローマ人の歴史』という書物を刊行していたが、そこで彼が明らかにしたローマ観はモムゼンのそれと対極に立つものであった。つまりバッハオーフェンは深く宗教的で保守的な立場に依拠し、「この点（天上の力の助けへの信頼）にこそローマの偉大さの秘密がある。形式の完成や法律や憲法がこの民族を、ローマが実際にそうなったような地上の支配者にしたのではない。（中略）ローマの国家は神的な基礎に基づいており、その高級官職の地位はより高い神的な力の表現であり、その構成部分はすべて宗教的な観念によって貫かれ保たれている」[120]と説いたのである。こうした立場に基づいて、バッハオーフェンはモムゼンの『ローマ史』に対して以下のような厳しい論評を書簡で行った。「著者（モムゼン）には筆舌に尽くしがたく犯罪的なほどにまで良心が欠けています。特にうんざりさせられるのは、（モムゼンが）ローマを近代プロイセンにおける浅薄な議会自由主義にとって馴染みの考えへと還元していることです」[121]、「プロイセン的な、苛烈で高慢で空虚な煽動における全近代が、この『ローマ史』には現れています」[122]、「彼（モムゼン）は優れた翻訳家であって、生きた言葉、古代の象徴と神話のすばらしい詩を殺し、それらを死んだ概念である近代の経済学や階級闘争という散文へと翻訳したのです」[123]。バッハオーフェンにとってモムゼンが活動の本拠としたベルリンやプロイセンは「技術、力、進歩」と同義であった[124]。このようなバッハオーフェンによる『ローマ史』批判の中に、プロイセンを中心としたドイツ統一やプロイセン・ドイツの強大化に対して脅威を感じていた一スイス人、つまり個人的教養を重んじヨーロッパにおける伝統の正嫡の継承者を任じていたバーゼルの誇り高い門閥貴族[125]バッハオーフェンの立場が反映していることは明らかである。バッハオーフェンにとってモムゼンは、近代プロイセンを学問の世界において終始代表する存在であったのである[126]。それゆえ、このバッハオーフェンによるモムゼン批判の中には、かつてのヘルマン－ベーク論争における「キリスト教、文化的な国民形成、保守主義、非プロイセン」に近い立場と「実科主義、政治的な国民形成、リベラリズム、プロイセン」に近い立場との対立の構図が再現していたと考えることができよう。

第二章　学問・古典研究観と『ラテン碑文集成』

モムゼンは『ローマ史』の執筆に先んじて、同じローマ研究の分野においてラテン語で書かれた碑文の集成という作業と取り組み始めていた。この作業は後に組織的な大プロジェクト『ラテン碑文集成』へと発展し、今日ではモムゼンの行った古典研究上の最大の業績と見なされている。本章においてはこの『ラテン碑文集成』のプロジェクトの内容（第一節）、モムゼンの学問・古典研究観との関わり、さらには彼の『ローマ史』と『ラテン碑文集成』の関連（第二節）を、ドイツの国民形成に対する彼の態度に焦点を当て検討する。

第一節　『ラテン碑文集成』のプロジェクト

かつてローマ帝国の領土であった地には、ローマの法律や公の布告、あるいは私的な文書が石・ブロンズ・陶土などに刻まれた碑文として多く残されていた。古人文主義の時代以来、それらの碑文を収集し校訂する作業が構想され、実際にその一部が手がけられてきた（イタリアにおいて開始され、オランダにおいて続行）[1]。その後フランスにおいてもラテン碑文の組織的な収集と校訂の作業が企てられたが、ドイツのアカデミーに相当する学術機関が存在せず、あるいは強力なイニシアティブを握る指導者がいなかったため、それらの作業は中途で挫折した。[2] 一九世紀に入ってからはデンマーク人のクラウス・オラーフ・ケラーマン（Claus Olaf Kellermann）がこの作業を手がけたが、彼の死によって中断したままになっていた。[3] したがってラテン碑文集成の作業は、ヨーロッパの人文主義者が抱く、共通の関心事の一つであったと言うことができるのである。

モムゼンが碑文研究を知るきっかけとなったのは、一八四〇年から四三年にかけてのイタリア留学中のことであった。彼は当時、碑文研究の大家であったバルトロメオ・ボルゲジ（Bartolomeo Borghesi）から実証的なローマ研究のために碑文の知識が不可欠であることを知らされ、その手ほどきを受けたのである。従来のローマ研究においては碑文から最善の資料を得られることが一般に知られておらず、また上で触れたような経緯でラテン碑文が体系的に収集・校訂されていなかったことから、碑文の知識が積極的に活用されたとは言えなかったのである。

モムゼンはドイツへの帰国後、師のオットー・ヤーン（Otto Jahn）の勧めを受けたこともあり、ケラーマンの仕事を続行する形でラテン語によって記された碑文を収集する作業に着手した。そして、『ラテン碑文集成』に対する財政援助の願いをベルリンのプロイセン王立アカデミーに対して一八四三年に提出した。[4] しかし、当時のアカデミーはベークや考古学者のアウグスト・ヴィルヘルム・ツンプト（August Wilhelm Zumpt）が反対したこともあり、このモムゼンによる請願を受理しなかった。自ら『ギリシャ碑文集成』という同様の碑文集成のプロジェクトと携わっていたベークがモムゼンによる『ラテン碑文集成』に対して反対した理由は、当時ベークがすでに自らのプロジェクトの難点、つまりまとまった形で仕事を終えることがほぼ不可能であることに気付いており、モムゼンが二の舞を踏むことを忠告する点にあった。[5] 言い換えればベルリンのアカデミーは、モムゼンの提出した計画に従ってたとえ財政援助を行ったとしても、碑文集成が完結しないことを恐れたのである。実際、『ギリシャ碑文集成』は完結しなかった。その結果モムゼンは、この困難な仕事を成し遂げ得ることを自力で証明しなければならなくなった。その後ドイツの政情が変化し、彼自身三月革命の渦中に巻き込まれるに及んで、この碑文集成の仕事を一時中断せざるを得なくなったものの、ブレスラウ時代（一八五四／五八年）に至ってようやく彼はナポリ王国の碑文に関する書物を自費で出版することができた。この仕事の中にヨーロッパ法文化の基礎であるローマ法研究に関する大きな意義を認めたザヴィニー、ラッハマン、考古学者エードゥアルト・ゲルハルト（Eduard Gerhard）の推挙によって、ベルリンのアカデミーはついに『ラテン碑文集成』への財政援助を決定した。(6) またモムゼン自身一八五八年にアレクサンダー・フォン・フンボルト（Alexander von Humboldt）の死後の空席を埋めるためにベルリンのアカデミーへ招聘されたことから、(7) 碑文集成の作業を続行する条件は様々な点において整った。

『ラテン碑文集成』は『ギリシャ碑文集成』と比べると、作業の面で幾つか異なる特徴を抱えていた。すなわち、『ギリシャ碑文集成』においてはごく僅かの碑文に関してのみ「検分 Autopsie」を行い得たに過ぎなかったが、(8)『ラテン碑文集成』においてはほぼ全ての碑文に関して検分を行うことができた。さらに『ラテン碑文集成』においてはすでにローマに設立されていた「ローマ考古学研究所」の活動から多くの援助を受け、また部分的にはイタリアやフランスの学者とも共同作業を行うことができたのである。(9) したがってこの『ラテン碑文集成』は、単にドイツ・ナショナルな範囲を越え出た、ヨーロッパ的な広がりを持つ作業となった。

『ラテン碑文集成』はモムゼンの生前に全一六巻中一五巻が完成した。(10) 収録された碑文の数は当初八万が見込まれたのに対して最終的には四〇万に、(11) 財政的な支出は当初二万ターラーが見込まれたのに対して一九〇〇年までに四〇万マルク以上に達した。(12) 収録された碑文を刊行するメディアとして『ヘルメス』が一八六六年に創刊され、その後同じ目的のために『銘文報』が一八七二年から一九一三年まで刊行された。(13)

『ラテン碑文集成』の作業は以下のような方針に基づいていた。モムゼンは伝承された碑文をオリジナルの碑文から鋭く区別した。そして前者については様々な図書館に散逸していた碑文の原稿を歴史学的－批判的な方法を用いて校訂し、後者については検分の手続きを行ったのである。[14] つまり彼はまず、過去に刊行された碑文が元の碑文と照合して正しいかどうか、徹底的な点検作業を行った。そしてオリジナルの碑文が伝承されていない場合には伝承された碑文の中で最も古い碑文に依拠することに決め、それに達するために伝承の過程に混入した誤りを取り除く作業を行ったのである。[15]「検分の原理は後になればなるほど徹底的に貫徹され、あらゆる碑文を管理するためには碑文の刊行を当初の目論見とは異なって延期せざるを得ない結果を招来した。[16]」『ラテン碑文集成』の第一巻は共和制期からカエサル以前までの碑文を時代順に収録し、続巻においては帝政期の碑文が場所毎の基準によって収録された。[17] モムゼンの行ったこの碑文集成は、原理は単純であるが、それを実施する際にはジャングルに道を切り開く作業と似ていたことが指摘されている。[18] というのも、一九世紀には印刷された無数の碑文がすでに存在し、さらに地域で活動する学術団体が碑文に関する独自の見解を持っていたからである。したがって碑文の収集と校訂のためには、真理に対する容赦ない感覚、抑制された想像力、慎重さ、熟慮などからなる重労働[19]が必要とされたのである。にもかかわらず、モムゼンがこうした困難な作業と取り組んだのは、彼自身持続的なエネルギーを持っていた[20]ことに加えて、ローマの生が何よりも碑文の中に現れている、と考えたからであった。彼は、「碑文はごくわずかの例外を除いて、文学ではなくて生に属する。我々の古代の知識に対して碑文との取り組みは、本によってしか知らない土地の消息に対してこの土地の旅がもたらすものと似た利点を与える[21]」と主張している。この引用においては、古典研究の重点が文学作品から碑文のような実証的な資料へと移される傾向、しかも前者よりも後者の方が古典古代を理解するために役立つという見解がはっきりと表現されているのである。

プロジェクトの開始後間もなく、その規模が当初の計画よりも拡大することが明らかになりつつある中でモムゼンがまず必要と見なしたのは、組織（オルガニゼーション）を作ることであった。このプロジェクトにおいては、無限の課題という波に溺れないための実践的な感覚が重要であったのである。彼は自らの権威によって他人を納得させ服従させることによって、弟子や学生、さらにはローマ研究の隣接分野の専門家を動員して有機体的な作業が行われるように配慮した(22)。そしてこの作業を通して、ひいては彼の古典研究の後継者を育成したのである(23)（しかし他方では、これによって専門的な訓練を受けた研究者といわゆるアマチュアの史家との間の区別ないしは差別が生まれた(24)）。その結果、モムゼンはプロイセンの参謀本部が軍隊を指揮するのと同様に、古代学を指揮している、と噂されたのである(25)。とはいえ、モムゼンはすでに『ローマ史』によって得たヨーロッパ的な名声を背景にプロジェクトの指揮を取っただけではなく、自ら細かで地味な基礎作業に携わり、彼は「国王にして重労働者(26)」であるとも評された。彼はかつて『ラテン碑文集成』を企てるにあたって（一八四五年）、歴史家は基礎作業に携わるだけではなく、むしろ対象に関する自らの意見を述べなければならない、と記していた(27)。実際に彼は後半生に「他人のために煉瓦を焼くよりも、自分自身で家を建てたい(28)」と漏らしているにもかかわらず、碑文集成の作業から手を引くことはなかったのである。

モムゼンが『ラテン碑文集成』の作業へ打ち込んだ理由は、ローマ研究自体への寄与という点に留まらず、この作業がモムゼン自身によるドイツ・ヨーロッパの形成に対する関心と以下のように結び付いていた点に求められる。彼はドイツが内的な統一を欠き、領邦国家毎に分裂している状態を憂慮し、碑文集成が分邦主義の克服に寄与する点に注目した(29)。なぜなら、碑文とはかつて律法や法律が石に刻まれ重要な歴史的な出来事が記念碑に刻まれていたように、領邦国家を含めた共同体の同一性の拠り所を意味することが多かったからである。「碑文を管理する目的とは、可能な限り首尾一貫したテクストを作り上げることに加えて、誤った箇所の除去、つまり本物ではない碑文を除くこと、例えば碑文の現物をより高く売るために骨董屋によって贋造されたり、多かれ少なかれ学識のある郷土史家によって自らの故郷の名誉がゆえに作品へと入れられた碑文を除去する点などにあった。[30]」すなわちモムゼンは、言語の知識に基づくある意味では神話的で歴史上の根拠を持たない各領邦国家の同一性を碑文に関する歴史学的－批判的な研究によって脱神話化し、より包括的な文脈の中に位置付ける作業が、分邦主義を克服して新たなドイツ・ヨーロッパ的な同一性を形成する一つの手段になると考えたのである。「彼（モムゼン）は、学問的な共同作業において常に一方で部族や民族の間の敵意を緩和する手段を見出し、他方でより偉大なあらゆる作業への必然的な前提を見出した[31]」のである。他方モムゼンは、彼の同時代にドイツの国民的な同一性の拠り所として、大衆ナショナリズムの流れにおいて注目を浴びていたタキトゥス『ゲルマーニア』の学問的な史料価値に関して、懐疑的な判断を下した[32]。

第二節　学問・古典研究観

以下においては、上で検討した『ラテン碑文集成』やモムゼンによる学問・古典研究に関するその他の言明と作業を手がかりに、彼の学問・古典研究観を明らかにする。

ヴォルフが開始し、ベークによって継承された事柄の知識との取り組みに基づく歴史学的－批判的な古典研究は、一九世紀後期に大きな展開を遂げた。この研究は、従来言語に基礎付けられていた古典古代の精神を新たに事柄に基礎付け、事柄の知識との取り組みの中に教養の契機が認められたことから、それが個人（人間）、学問（古典研究）、ひいてはドイツ・ネイションの有機体的な形成に役立つとする信仰覚醒的な意味合いを持っていた。それだけに、この研究はなおさら精力的に営まれたわけである。三月革命後においても、個人の人間形成（個人的教養）が現実の（政治）世界を変革することに対する懐疑が兆し始めたとはいえ、この歴史学的－批判的な研究は制度化された古典研究の枠組みの中で孜々として続けられた。その結果、おびただしい量の知識が産出され、それが一九世紀後期には外的な強制力として古典研究者に迫りつつあった。こうした状況を踏まえて、古典研究者が自ら産出しながらも疎遠なものと感じられ始めた知識を、整理し位置付け直す必要が生じたのである。モムゼンが『ラテン碑文集成』において当面したのは、こうした課題でもあった。

モムゼンはヴォルフと同様に学問体系の完成という課題に対しても関心を抱いており、彼は歴史学と法学と文献学の共同作業によって古代学における諸学問の分裂を乗り越えようと試み、「偉大なものにおいて個別学問の狭い限界を壊し、法律学と文献学を超えてローマの生の統一的な理解へと入り込む精神[33]」を高く評価した。しかし、形成のメディアの一つである学問体系と個人（人間）の同時的で有機体的な形成という新人文主義の草創期における考えに対して、モムゼンは彼自らの時代の状況を次のように述べている。

我々は学問においてもまた無際限の探求の前に、無限の海へ泳ぎ出すという途方もない誘惑と危険の前にあり、完全な認識を不完全な人間の力と調和させるという途方もなく困難な課題の前に立っています。この課題は、多くの人々にとってもまた幾分か成功の満足と希望が残り、我々の若者のより高い教育の衰退を結局のところ招来するような気後れが制御される限りにおいて遂行されねばならないのです。[34]

この引用では、『ラテン碑文集成』において歴史学的－批判的な研究の原理を貫徹するために、碑文の実際の収録数が想定された数のおよそ五倍に上ったというような、研究の対象領域がほぼ無制限に拡大することに対する危惧の念がまず語られている。さらにモムゼンは、この歴史学的－批判的な研究の目的である「完全な認識」を教養（人間形成）の要請（「我々の若者のより高い教育」）と関連付けて論じ、前者の徹底が後者の要請を凌ぐことがないように配慮し、無限の対象領域を前にして生じる研究者の無力感の克服を目指している。つまりモムゼンは個人（人間）と学問体系の有機体的な形成という新人文主義の初志を継承しつつも、この課題、「研究と教授の統一」の実現が彼の時代においてはきわめて困難であることを上の引用の中で告白しているのである。彼は別の祝賀演説において、「我々はこうした点（普遍性と特殊性をライプニッツが自ら人格の中に統合したこと）においても展開の偉大さに悩んでいませんか、学問の進歩が個人の不十分さをますます鋭く明らかにするのではないですか。（中略）これこそ簡単に退けることのできない、さらに否定することのできない困難な問いであります[35]」と指摘している。

ヴォルフの古代学の構想において、学問体系は開かれ有機体的に発展するものとされた。しかしモムゼンにおいては、古典研究と個人の教養の関連を維持するために、膨大な量の知識からなる学問体系は閉じたものとされた。この閉じた学問体系の中で工場労働のような分業の原理が実施され、個々の研究者は専門家として厳しく労働することが求められたのである。その結果、モムゼンの学問・古典研究観は、以下の二点において以前の学問・古典研究観とは異なるものとなった。

第一点は、古典研究において過去の資料を収集する意味付けの変化に関わる。すなわち、従来はより高い目的（例えば個人的教養）のための手段として資料の収集が正当化されたのに対して、モムゼンは資料の収集や体系化を自己目的とした。それによって未来の認識が自由に開け、現在役に立たないと思われる知識を棄ててしまうのではなく、将来アクチュアルになり得る知識として収蔵することが可能になった。[36] 言い換えれば、彼は資料の秩序付けをラディカルにその解釈から分離したのである（これは、現在正しいあるいは有用とされている真理や知識が絶対的ではない、という認識を背景としている）。その結果、アルヒーフの体系的な秩序付けによって近代の問題設定と方法に基づいて開始した多くの仕事が可能となり、[37] 歴史的な資料が主体の意志と無関係に認識を生み出し、ある素材や資料によって研究が決定される事態が生じた。例えば、モムゼンが手がけたローマの国法と刑法の分野は、ローマの私法（市民法）の分野とは異なり、一九世紀ドイツにおいてはアクチュアルになる見込みがきわめて薄く、先行研究も少なかった。しかし彼はだからと言ってローマの国法と刑法の分野における研究を排除するのではなく、むしろ彼自身の学問観に対する巌のような信念に基づいて、将来のためのサンプル作りとしてマニア的にこの研究の作業に没頭したのである。[38]

第二点は、学問体系の中における学者の位置付けの変化に関わる。すなわち、従来学者の業績なり品位がその人の携わる研究対象によって決められたのに対して、モムゼンは学者を多様な形を持つ機械装置の中における労働者のような存在と見なした。彼は、「学問にもまた社会的な問題があります。大国家や大産業と同様に、一人の人物によって遂行されるのではなく一人の人物によって指揮される大学問は、我々の文化の展開の必然的な要素です」[39] と語っている。つまりこの引用においては学問的な作業が行われる外的な条件としての、大産業に譬えられる学問体系（大学問）が重視されている。そして、この学問体系という枠組みの中において個々の学者が自らの引き受ける機能をどれほどよく果たしているか、という点によってその学者の業績なり品位が決められる、と考えたのである。その際、個々の学者の学問体系に対する献身は、学問体系や研究それ自体の中に価値を前提したことから、

「世俗内禁欲」の性格を帯びるに至ったのである。モムゼンは、第三章において述べるように宗教的なドグマや教権が学問の世界に入り込むことを厳しく排除したが、他方で彼においては学問研究自体が新たに宗教的な意味を持つに至った。彼は自らの関わった学際的・国際的な「学者共和国」を目に見えない教会に喩えている。[40] この第二の点と関連して、モムゼンは一八九五年のプロイセン王立アカデミーにおける式辞の中で次のように述べている。

ライプニッツのアカデミーを彼の仕事の継承者として見なすことが許され、このアカデミーが彼の仕事の中に自らを正当化する根拠を持つとすれば、私たちは次のような事態を直視し、そうした事態に甘んじなければなりません。つまり、ライプニッツの仕事は多くの部門への分割、そしてさらに個々の部門の中で数多くの小さな集まりへ分割されることによって引き継がれているということ、しかもこうした継承の仕方は不可欠で効果的な代償ではありますが、必ずしも健康で喜ばしい代償ではない、ということです。私たちの行為（Werk）はいかなるマイスターを褒め称えることもなく、私たちの行為を喜んでくれるマイスターの目もありません。というのも、私たちの行為にとってマイスターは存在せず、私たちは皆、職人仲間に過ぎないからなのです。（中略）現在の状況（研究の進展が個々の研究者の衰弱を代償として行われていること）にふさわしく、学問は専門家だけを必要とし、ディレッタントを締め出します。これは正しいし、必要なことです。（中略）こうしたことを嘆いたり、愚痴をこぼしたりするのはやめましょう。花は枯れ、実は熟さなければならないのです。しかし私たちの中で最高の人々は、私たちが専門家となったことをその時には感じるでしょう。[41]

この引用文においては、引用文の趣旨と「職人仲間 Geselle」という言葉に含まれている道具のニュアンス、あるいは花が成長し枯れることによって実が結ばれるという有機体的な発展のイメージとの間に、研究の専門化－細分化の傾向と有機体論との関連を見ることができる。つまりモムゼンは、この引用において一方では研究の専門化－細分化、言い換えれば自己限定による専門家の誕生を、有機体的な発展に基づくある種の自己完成、自己実現あるいは信仰の行為化として肯定している。しかし他方で上の引用文において、モムゼンは研究の専門化－細分化が個々の研究者の衰弱（人間形成の放棄）を代償として行われていることを指摘している。すなわち先の引用文[42]（一八八一年）においては学問体系と個人（人間）の同時的・有機体的な形成の困難さが指摘されていたに留まっていたのに対して、後の引用では学問体系への献身による専門家の誕生と個人的教養の契機の失われることが関連付けて論じられており、学問体系の重視による新たな人間（専門家としての学者）観の形成が肯定されている。一九世紀後期に至って「フンボルトの〝学問による教養〟を〝職業としての学問〟が吸収した[43]」ことが指摘されているが、この経緯は上で触れたモムゼンの引用に顕著に現れていると言えよう。

こうした学問・古典研究観の変化においては、価値の所在が新人文主義の草創期における創造者としての主体から、客観と化した形成のメディアとしての学問体系へと移る傾向が認められる。前者を代表したのがヴォルフであり、後者を代表したのがモムゼンやヴィラモーヴィッツ＝メレンドルフであった。その結果、学問は取り組みの対象として具体的であるだけでなく、そこには超越的な性格が付与され、「神の道具」としての人間、あるいは「人間それ自身」に代わって「学問の道具」としての人間観が現れたのである。こうしたモムゼンの学問・古典研究観は、多面性の時代から一面性（専門家性）の時代への移行を肯定するものであった。第一部においては、新人文主義によるドイツの国民形成コンセプトの内容として、「Geist 精神・（聖）霊」の形成のメディアを通した交感による「個人（人間）――形成のメディア――ドイツ・ネイション」の三位一体的で有機体的な形成という図式を再構成した。また第二部では、三月革命以降の時期において有機体性の個人（人間）のみならずドイツ・ネイションへの分化が観念され、この二者の有機体的な発展の間に一種のずれが生じてきたことを教養のコンセプトの変化を例に検討した。そしてちょうど政治的教養のコンセプトにおいて交感の目指されたGeistが個人（人間）よりもむしろドイツ・ネイションに顕現しつつあることを前提とし、このドイツ・ネイションへの適合・帰依による個人（人間）の形成を正当化した経緯は、モムゼンの学問・古典研究観においては形成のメディアとしての学問体系そのものに高い精神性が前提され、その学問への献身自体が新たな専門家としての個人（人間）の形成として肯定される経緯と、個人（人間）形成そのものの止揚という点において似ていたのである。こうした観点から共に有機体性の前提された学問体系とドイツ・ネイションの相互の関わりが問題となる。実際モムゼンの学問観は、『ラテン碑文集成』[44]のように国家の財政援助を受けた大プロジェクトの開始と不可分であった。その際、国家の側は学者に対して国威発揚に役立つような研究成果を要求し、その要求に沿わない場合に学者は財政援助を打ち切られる危険に曝されていたのである。この問題とモムゼンがどう取り組んだかという点に関しては次章において触れる。

モムゼンは後年、以上で整理した二点からなる自らの学問観を「無前提の研究 voraussetzungslose Forschung」[45]という言葉によって定式化した。つまり彼は、第一に学問研究が宗教的なドグマや有用性という双方の基準から自由でなければならない、という「研究と教授の自由」の考えを引き継いだ。そして第二に、研究者が主観的に自らの世界観などの前提によって学問の価値を決めてしまうのでなく、逆に学問体系そのものが無前提で客観的な妥当性を有し、その妥当性にどの程度忠実に従うか、ということが研究（者）の価値を決定すると考えたのである。モムゼンは、「人々は来て、去る。しかし学問は残る」[46]という言葉を残している。実際に彼の古典研究においては、ヴォルフが当面したような様々な学科の寄せ集め状態は克服され、個々の学科は下肢部門として、全体たる学問体系の中へ細分化した形で位置付けられたのである。しかしモムゼンの後継者にとって、「彼の体系は受け入れるか壊すしかなかった」ことが同時に指摘されている。(47)

以上、『ラテン碑文集成』とモムゼンの学問・古典研究観に関する検討を行い、『ローマ史』と同様『ラテン碑文集成』においてもドイツの国民形成との関わりの認められることが明らかとなった。本章の最後においては、このモムゼンの二つの主な業績の間の関連を、ドイツの国民形成に対する寄与という観点から検討しておきたい。

モムゼンは自らの古典研究において、ベークとドロイゼンから大きな影響を受けていた。すなわち、モムゼンは『ラテン碑文集成』のプロジェクトを実行する際にはベークの『ギリシャ碑文集成』から、『ローマ史』を著す際にはドロイゼンの『アレクサンダー大王伝』から顕著な影響を受けていたのである。ベークとドロイゼンは共にベルリン大学で教鞭を取るプロイセンの古典研究者であったことから、モムゼンはプロイセンの古典研究の正統を継ぐ存在であったと言うことができる。(48)ところで上で挙げたモムゼンの二つの主な業績について、前者の『ラテン碑文集成』はいわばドイツの国民形成のための演習用の地図帳作り、(49)後者の『ローマ史』は前者の地図帳に基づいたいわばシナリオ作りとしての側面があったのではないか。なぜなら『ローマ史』を執筆する際には、当時すでに刊行の準備が進んでいた『ラテン碑文集成』第一巻における共和制下のローマに関する碑文の知識が活用され、その後『ローマ史』を改版する際には前者の碑文集成の成果がその都度取り入れられ、(50)また『ローマ史』はドイツの国民形成への示唆を与えることが目指されていたからである。こうした試みには、かつてベークが『ギリシャ碑文集成』をついに未完に終わった「ヘレン」執筆の準備として構想した点との類似が伺える。モムゼンは『ローマ史』の中で「歴史は聖書でもある」(51)と主張したが、彼は『ラテン碑文集成』においてはローマ史という歴史からなる「聖書」の事柄の知識に基づくいわば批判的な校訂を経たテクストの作成を目指し、『ローマ史』はそのテクストからドイツの国民形成への寄与というモムゼン自身の関心に基づく実践的な解釈を引き出す側面を有したと言えるのではないか。一八世紀末期以後のドイツの新人文主義的な古典研究においては（『イーリアス』や『オデュッセイア』など）言語の知識によって基礎付けられた聖典に関する歴史学的－批判的な研究がヴォルフを先駆けとして盛んとなり、それは古代ギリシャの規範性の相対化という問題をもたらしつつあった。しかし他方では上で触れたモムゼンの古典研究に現れたように、古典古代の規範性を改めてローマ研究の分野で創出・回復する動きが生まれてきていたのである。

第三章　国民国家観、学問・古典研究観と同時代のドイツの国民形成

本章においてはモムゼンが主に第二帝国の成立後に関わりを持ったドイツの国民形成上の出来事に注目し、それを第一、第二章において取り扱ったような彼の国民国家観、学問・古典研究観と関連付けて検討する。その際、具体的には分邦主義の残存（第一節）、ビスマルクの支配（第二節）、国家と大学・学問との緊張（第三節）、碑文集成、史料編纂、研究所の活動、アカデミー間の共同作業（第四節）、ドイツの対内的な迫害と対外的な膨張（第五節）、という五点に分けて考察する。

モムゼンの活動や関心の重点は、第二帝国の成立を転機に変化した。すなわち、第二帝国の成立まで彼の活動や関心が主に分邦主義の克服やドイツの「統一と自由」にあったとすれば、同帝国の成立以後はそれに加えて新たなヨーロッパの形成を遠望した、大衆ナショナリズムの克服に対しても次第に向けられたのである。

第一節　分邦主義の残存

モムゼンは『ローマ史』において、民主的な君主としてのカエサルの登場を世界史の展開の最高点と見なした。その結果モムゼンは、ローマ帝国の成立（「墓の平和の到来」）[1]以来ほぼ二千年間にわたって民族の個性の発展は抑えられ[2]（ローマ帝国は「ゲルマンの自由と道徳の破壊者」と見なされた）、闇の時代が続いているという時代認識を持っていたのである。こうした時代認識は、ドイツがローマ文化の衣鉢を継ぐフランス文化の影響下に長い間置かれていたこともあり、広く一般にも共有された見解であった。そしてこの闇の時代にあって、モムゼンはカエサルの姿に託して「深く沈んだ自らのネイションを政治的、軍事的、精神的、人倫的に再生させること」[3]に期待していたのである。さて、一八七〇／七一年の普仏戦争におけるプロイセンの勝利とそれに続く第二帝国の成立によって、ローマ及びその衣鉢を継ぐフランスのドイツに対する、上述したほぼ二千年来の支配からの決定的な解放がなされた、とする考えが生まれた。モムゼンも一方ではプロイセンの軍事的な勝利とドイツの統一を喜びながらも、他方ではかつての学生組合の学生と同様に、ドイツの自由の実現や文化の振興など内的な解放が統一に引き続き行われるかどうか注視していた。[4]しかしモムゼンは、ドイツにおける封建的な体制が統一後もほぼ残り、かつての身分制社会が階級制社会へと再編され分邦主義の残存している兆しを発見し、第二帝国においてリベラルで民主的な要素が制限されてゆくことを問題視したのである。「帝国は造られ道は示された。しかし多くのことは未完で、その成就を待っている。」[5]モムゼンはすでにドイツ統一前の一八六五年にコーブルクのプロイセン邦議会において、

「皆さん。かつて軍事国家であり、かつ知性の国家であったこの国（プロイセン）が消えて、ただの軍事国家となることに注意してください[6]」という警告を発していた。しかし一八七五年には、「我々（ドイツ人）はもはや非党派的なコスモポリタンではなく（中略）、賢者ナータンのようにあまりにも公正でもなく（中略）、我々は人間性というはるかなる遠方にある理想から我々自身のところへ撤退し、狭隘ではあるが、より決然として、冷静で、賢く、冷たく、利己主義的となった。（中略）我々はもはや詩人と思想家の民族ではなくて、兵隊と商人の民族である[7]」ことが語られ、モムゼンの警告の現実化が意識されつつあった。そして一八八〇年代の初期に彼は、ヘーゲルが主張したようにドイツ国家が精神の産物になるであろうという信仰から最終的に訣別し、道徳的な腐敗の温床や人倫的な崩壊過程を第二帝国の中に見出したのである[8]。さらに彼の批判は政府の方針だけではなく、当時の教養市民の自己満足的な文化や貴族への接近、時代精神の功利的な傾向[10]、あるいは統一後のドイツにおいてもなお国民の意識がまとまりを欠いている点に対しても向けられた。モムゼンは、表面的なナショナリズムの高まりの下に階級的なエゴイズムや分裂を見出したのである[11]。彼は一八九一年に、「われわれの哀れな祖国は外見上の統一にもかかわらずあまりにも分裂している。（中略）我々の子孫はこのことに対する償いをなさねばならないだろう[12]」と書簡に記した。そして、一八九九年に記され一九四八年に公表された遺言の中には、「私は市民であろうとしたが、我々の国（ドイツ）では無理である。（中略）この国では個々人や最善の人ですら部分的な器官Gliedにおける奉仕や政治的な物神崇拝を超えることはない[13]」という表現すら現れるに至った。こうしてモムゼンは彼がローマの中に見出した「国家の力と市民の自由の調和」あるいは「国家と文化の調和」を第二帝国の中にも期待したが、その実現は困難であったのである。

第二節　ビスマルクの支配

モムゼンはドイツの統一に引き続き第二帝国において自由が実現しない理由を、功利的で自己満足的な時代風潮だけではなく、以下の如くビスマルクの内政にも帰すに至った。モムゼンはそもそも当時のリベラル派の多くの人々と同様、一八六〇年代の憲法紛争においてはビスマルクに対して戦ったが、普墺戦争におけるプロイセンの勝利の後ビスマルクを支持しており、一八七〇年代の中期に始まる文化闘争においても、それを国内の宗派的な分裂を収拾し聖職者主義や分邦主義を克服する試みとして賛成していた。(14) さらにモムゼンはビスマルクの外政、特にドイツの膨張を避ける政策さえもおおむね支持していた。(15)『ローマ史』におけるモムゼンのカエサル観がビスマルク－プロイセンによるドイツ国民国家の統一に寄与した、という指摘もある。(16) しかしビスマルクが政府の力を強め、リベラル派の勢力を殺ぐことに一八七八／七九年、力を向け始めてから、モムゼンはビスマルクによるユンカー主導の政治、あるいはビスマルクが大臣としてほぼ絶対的な権限を掌握していることを「大臣絶対主義 Ministerabsolutismus」(17) の名の下に批判したのである。このような批判の仕方の中には、モムゼンが第二帝国を一八世紀における啓蒙専制国家と似たものと考えていたことが現れている。モムゼンは一八六一年にはドイツ進歩党を他の人々と共に結成し、一八六三年から六六年までは同党の議員を務め、一八六六年には国民自由党へ転じ、一八七三年から七九年まではナショナル－リベラル派に属するプロイセン邦議会議員であった。そして帝国議会には自由同盟所属の議員として一八八一年から八四年にかけて属し、一八八四年にビスマルクが自由貿易主義からユンカーの特権が強化される保護貿易主義へ転じた時、同年に結党され急進的なリベラルな左派からなるドイツ自由主義者党へ転党した。このような市民の代表としての議員の立場を通して、モムゼンのビスマルク批判は当初行われたのである。モムゼンによるビスマルク批判の矛先は、ビスマルクの内政が単に第二帝国下の利害闘争を巧みに操り、理念的に無定見な点に対しても向けられた。[18] モムゼンはビスマルクを測り難い存在と見なし、保護関税法と社会保険法の同時制定に見られたようなマキャベリズム的な彼の内政を「欺瞞の政治」と名付け批判した。[19]「しかしドイツ人が市民としての感覚を持っておらず、彼らが非常に喜んで自らを支配させ、さらに望みに応じて自らを操縦させ雇い入れさせ、軍国主義とビスマルク根性が彼らから自己決定を根本的に追放してしまったという点では全く変わらない[20]」ことをモムゼンは警告し、ドイツ国民がビスマルクに対して自らの生活条件を守るべきことに注意を促したのである。[21] しかしこれら一連の批判の結果、ビスマルクはモムゼンを一八八二年に名誉毀損罪で起訴し、モムゼンは法廷で無罪を宣告されたものの、この裁判はビスマルクとモムゼンの間の対立を公然化させた。[22] モムゼンは一八八一年「ドイツ民族はビスマルクよりも単に力強いだけでなく、粘り強い[23]」ことに期待していたが、一八八四年の選挙でリベラル左派が大敗を喫した後、「ドイツ人には気骨がない[24]」ことに失望を漏らすだけでなく、議会活動から引退した。とはいえその後も彼は依然として同時代の政治的な情勢に対する批判や提言を活発に行い、「ドイツ国民に性格上の堅固さがないこと、無力で品位のない卑怯な民族のゲルマン的な奴隷根性、その政治上の無能さ[25]」を死に至るまで繰り返し批判した。そして特に彼の批判は一八九〇年のビスマルクの引退後、ドイツ中に広まったビスマルク崇拝に対しても向けられた。なぜならモムゼンによれば、ビスマルクをカエサルのような大政治家として崇拝することには根拠がなかったからである。モムゼン自身の政治的な立場といえば、時に現実主義的な方向へ傾くことがあっても、あくまで一八四八年の理想を追い求めるものであった。彼は反君主制論者ではなかったが、宮廷や上級聖職者には一切接近しなかった[26]。これは一九世紀ドイツの代表的な古典研究者が貴族や宮廷と密接な関わりを持ったことを考えれば[27]、異例のことであった。

第三節　国家と大学・学問との緊張

モムゼンは、国家の財政援助による大プロジェクトとしての学問を推進したがゆえに、フリードリヒ・アルトホフ（Friedrich Althoff）などドイツ（プロイセン）国家の文部官僚と密接な関係があった。しかし、その関係は単なる依存や反発ではなく、両義的なものであった[28]。すなわち、彼は碑文集成など学問上の大プロジェクトの責任者として、一方で国威発揚に貢献するような研究に対する予算、及びそうした研究を行うための「研究と教授の自由」を文部官僚に要求した。モムゼンとアルトホフは、ドイツの学問が世界的なプレスティージを持ち、民族間の相互理解を促進すべきであるとの点において意見が一致していたのである[29]。しかし他方で大学や学問は、国家の利害によって「研究と教授の自由」が制限される可能性に曝されていた。こうした事態つまり国家によって学問の中立性や自由が脅かされたと見なした場合に彼は一八六二／六三年に憲法紛争を支援したベークと同様[30]、学者の代表として、それに反対する抗議声明を出すことも辞さず、アルトホフが奴隷商人のように大学関係者を取り扱う仕方に違和感を覚えたのである。その例としては、いわゆる「シュパーン事件 Der Fall Spahn」が挙げられる[31]。一九〇一年にアルトホフはシュトラスブルク大学の哲学部の空席となった中世史・近世史講座がカトリックとプロテスタントの歴史家によって占められるべきことを明らかにし、そのカトリック側の教授として神学者のマルティン・

シュパーン（Martin Spahn）を招聘した。アルトホフはこうした措置により、当地の反ドイツ運動の拠点とされていたエルザス＝ロートリンゲンの司教ゼミによる聖職者養成の独占を打ち破ろうとし、新たに第二帝国の一部となった地域の住民の「ゲルマン化」を、大学を通して試みようとしたのである。(32) こうしたアルトホフの決定は、ドイツの大学において一九世紀の初期以来フンボルトの大学の理念に見られたような、宗派の別を問わない人事という新しい原則に抵触した。(33) のみならず、学問や大学を政治の道具として利用しようとするがゆえに「研究と教授の自由」の理念に反するものであった。そこでモムゼンはドイツの文化的・精神的な自由が脅かされていると見なし、当時ミュンヘン大学の学長を務めていた経済学者ルーヨ・ブレンターノ（Lujo Brentano）の依頼を受けて、宗派に基づく講座の開設に対して抗議声明を行い、アルトホフと衝突した。(34) この抗議声明に際してモムゼンの依拠した理念が、「無前提の研究」であった。(35) しかし彼の声明は、大学人事における宗派的な不公平（エルザス＝ロートリンゲンはカトリックの住民がプロテスタントの住民と比べてはるかに多数を占めていたにもかかわらず、当地にあったシュトラスブルク大学の教授陣の大多数はプロテスタントであった）が問題になったこともあり世論の大きな賛同を得られず、モムゼンの活動がアルトホフの決定を覆すには至らなかった。さらにモムゼンは、ドイツ社会民主党員であったがゆえに一八九四年以来、政府から教授の許可が剝奪される危険に曝されていたベルリン大学哲学部の私講師レオ・アーロンス（Leo Arons）の弁護にも乗り出した。(36)

モムゼンにとって政治におけるリベラリズムの擁護と学問における「研究と教授の自由」の擁護は、共に特定の宗教的・宗派的な立場や有用性志向からの自由を目指す点において密接に関連していた。しかし彼は政治と学問の世界を区別することを試み、後者が前者へ働きかけることは認めても、前者が後者へ干渉することを退けたのである。(37) こうした学問の政治に対する優位を決定した動因としては、新人文主義によるドイツの国民形成コンセプトがある役割を果たしたことが考えられるのではないか。すなわちこのコンセプトにおける、「Geist精神・（聖）霊」の形成のメディアを通した交感による「個人（人間）――形成のメディア――ドイツ・ネイション」の三位一体的で有機体的な形成という図式から、「Geist精神・（聖）霊」がドイツ・ネイションのみならず、形成のメディアたる学問や研究者（学問の道具）としての人間の中に受肉したという理解を生み出し、自らが精神性の担い手であるという自負こそが、（時として国家がその現れと見なされた）偶像に対する批判を正当化する心理的な根拠となったのではなかろうか。こうしてかつてのキリスト教会と国家の間の緊張によく似た関係が、大学・学問と国家の間に抱え込まれていた。その際、大学・学問と国家の間の相対的な独立を認め、前者の側から後者の側に対する批判を支えたのが、「研究と教授の自由」や「無前提の研究」の理念であった。

ところでモムゼンによるドイツ内部の様々な自由を実現・擁護する試みは、必ずしも同時代の多くの人々の同意を得るものではなかった。[38] モムゼン自身、「自らの活動が時代錯誤のように思われる」、と記した時もあったが、[39] 実際に彼の意見は支配的な風潮に対して自主性を保ったすべての人々の間で反響を見出した。[40] そして彼は、一時的に「敗北を喫し、真剣な、たとえその時に無駄な防御であっても、それがしばしば何世代か後になって実を結ぶ」[41] ことに期待を繋いだのである。

第四節　碑文集成、史料編纂、研究所の活動、アカデミー間の共同作業

モムゼンが碑文集成などの共同作業において、部族や民族の間の敵意を緩和する意図を持っていたことをすでに

紹介した。彼は、「ちょうど交通と交通手段の拡張によって諸民族間の関係がより緊密となるように、人間性は幸福と不幸においてますます相互扶助的にすべての人々にとって共通のものとなる」[42]ことを認め、国際的な学術交流が活発化することを時代の必須の過程と見なしていたのである。ところで彼のこうした学問政治的な意図は碑文集成に限られず、その他の学術・啓蒙活動を通しても実現が図られた。以下においては、このような意図に基づいてドイツ・ヨーロッパにおける様々な分裂状態の克服を図るモムゼンの試みを、碑文集成、史料編纂、研究所の活動、アカデミー間の共同作業について順次検討する。

モムゼンは『ラテン碑文集成』のみならず、古典古代やその他の時代に関する多くの碑文集成・史料編纂プロジェクトにも携わった。例えば彼は一八七九年以来参加した『ゲルマン碑文集成』の編纂作業においては、ドイツ的なものに関する意識が領邦国家の枠を越えて広まることへの寄与を目指したのである。また、彼は学際的な共同研究も碑文集成・史料編纂の分野において行った。有名な企画はハルナックと共に計画した、キリスト教成立後の最初の三世紀における、キリスト教の教父によるギリシャ語で書かれた著作の史料編纂である[43]。その他、エジプトのパピルス文書の編纂も計画されたが、この計画は規模が巨大過ぎて実行には至らなかった[44]。

研究所の活動について、モムゼンは二つの活動に関わった。第一に、彼は一八五九年にプロイセンのローマ考古学研究所における中央執行委員会のメンバーとなり[45]、『ラテン碑文集成』の作業を大きく前進させるだけではなく、当研究所の予算を以前の約三倍に増やした[46]。しかし彼が実際にローマに滞在することはほとんどなく、彼はいわば名義上の委員であった。この施設は一八七四年にはプロイセンから第二帝国の施設となり、アテネ考古学研究所と連携してオリンピアの発掘（一八七五－八一年）を可能にするなどの成果を挙げた。他方でモムゼンは研究所が官立化される弊害も指摘した[47]。しかし研究所の刊行する雑誌において用いられる公用語をめぐって争いが起き、それが原因でモムゼンは委員の職を一八八四年に辞任した。[48] 第二に、彼はローマ人がゲルマン人の侵入を防ぐために主にライン川沿いからドナウ川沿いにかけての地に建設した「防塞 Limes」に関する研究所の設置を提唱した。この提案は一八八〇年にビスマルクの反対によって一時却下されたが、後にこの防塞研究所はローマとアテネの研究所に並ぶドイツ第三の官立の古代研究所として設立された。そして、一八九〇年にはプロイセンやバイエルンなど五つのドイツ語圏領邦国家のアカデミーの代表がハイデルベルクに集まり、一八九二年には「統一防塞研究 Die einheitliche Limesforschung」あるいは「帝国防塞研究 Reichslimesforschung」を開始した。[49] この研究所を設立する際にも『ラテン碑文集成』の場合と同様に、共通の故国に関する研究を通して分裂したドイツの学者の間に一体感を作り出すことが、その設立の目的の一つとして掲げられていた。[50] ドイツのカトリシズム圏とプロテスタンティズム圏は、ほぼライン川とドナウ川を境として分けられるに至ったが、この宗派的な境界は奇しくもかつてローマの防塞が築かれた線とおよそ一致していた。[51] したがってモムゼンの防塞研究の背後には、文化闘争の問題関心を学問的に継続し、カトリックとプロテスタントの学者が宗派的な相違を越えて共にドイツの学問への寄与を目指すという、国民形成上の関心が潜んでいたのである。[52] この防塞研究所の設立と並行して、モムゼンは一八九〇年には「ローマ・ゲルマン会議 die Römisch-Germanische Kommission」を開催し、ドイツにおけるローマ研究に関する郷土史団体や好事家による分裂した営みを、統一した隆盛にもたらそうとした。[53]

アカデミー間の共同作業についてモムゼンが重要な役割を果たす際には、彼がすでにある程度の期間にわたってデンマーク、イタリア、フランス、イギリス、スイスなどの国に滞在していたことが助けとなった。[54] これらの諸外国における滞在を通して、彼は当地の学術・文化機関や外国の学者との関係を培っていたのである。モムゼンはアカデミーの会員としてヨーロッパ的であったライプニッツの後継者であることを自任し、[55] 具体的には一八八〇年代にミュンヘン、ヴィーンなどドイツ語圏における研究機関の間で、様々な領域の専門家の組織化を試みた。(56) さらに彼は当時、オーストリア–ドイツ両アカデミー間の共同作業のために規約の執筆を行った。この企図は失敗し、まず両アカデミーの共同作業による硬貨の集成から始めなければならなかったが、(57) このドイツ語圏アカデミーのカルテルという案は文化民族のアカデミーの国際的な連合という考えへと発展した。(58) 実際にモムゼンは一八九〇年代にはドイツ文化の代表として国際的なアカデミーの合同を目指し、一九〇一年パリにおいて国際学者会議が開かれた際にはベルリンのプロイセン王立アカデミーの代表として出席した。(59)

第五節　ドイツの対内的な迫害と対外的な膨張

第二部で指摘したように第二帝国成立後のドイツにおいては、依然として強く意識された国内の分裂状態を克服するために、国内の少数派を統合・排除する試みが公に、あるいは民間の側からなされた。カトリック教徒の統合・排除を図った文化闘争、反ユダヤ主義、ドイツ社会主義労働者党（ドイツ社会民主党）の弱体化を狙った一連の施策がこの試みに含まれる。他方、普仏戦争におけるプロイセンの勝利の後にはナショナリズムが高まり、国外へ膨張する機運がドイツのみならずヨーロッパの列強諸国において見られた。これらの兆候は一八世紀末期におけるドイツの普遍主義的な国民形成において本来目指された理念からの逸脱であり、モムゼンは上で挙げた問題的な兆候のいずれに対しても自らの態度を明らかにし、世論の形成を図った。以下、彼によるⅠ　反ユダヤ主義闘争における態度、Ⅱ　ドイツ・ヨーロッパ列強諸国の対外的な膨張に対する批判、Ⅲ　晩年におけるドイツ社会民主党との共闘宣言、に目を向けてみたい。

I　反ユダヤ主義闘争

一八七九年、トライチュケが『プロイセン年鑑』に発表した文章[60]に触発され反ユダヤ主義闘争が起き、モムゼンもこれに参加した。周知のように、トライチュケはドイツのユダヤ人に対して特にキリスト教への改宗によるドイツ社会への同化を勧め、このトライチュケの勧告に刺激されて大衆的な反ユダヤ主義運動が高まった。モムゼンはこうした状況を面前にして行われた「反ユダヤ主義とその促進者に反対する七五人の署名」に名を連ねただけではなく[61]、「我々のユダヤ性への一言」という文章を発表し、この問題に対する彼の態度を明らかにした[62]（モムゼンにはユダヤ人の知己が多かった[63]）。この文章においてモムゼンはトライチュケと同様にユダヤ人のドイツ社会への同化を勧めたが[64]、その根拠は彼とは異なっていた。つまりモムゼンは、啓蒙主義以後の法治国家においては純粋に世俗的に決定がなされねばならず[65]、ユダヤ人はドイツの領邦国家の住民がドイツ国民になったのと同じ意味でドイツ国民となり彼らが孤立から脱することを促した。言い換えれば、モムゼンはユダヤ人の政治的な同化に関心を注いだのである[66]。とはいえモムゼンはユダヤ教という宗教に対しては不信を抱いていた[67]。モムゼンは『ローマ史』執筆の際に古典古代におけるユダヤ人の状況を克明に考察し、彼らがローマ帝政下に離散せざるを得ず他民族との対立に陥った状態が彼の同時代に至るまで解決されていないとし、ユダヤ人の運命に大きな関心を寄せていたのである[68]。モムゼンの自由概念はキリスト教的な背景による国際的な文明に基づき、ここにも現れたように、宗教それ自体や国民的な伝統によって保証されるのではなく、あくまで近代化の諸理念の一つとして形式的に保証されるものであった[69]。したがって、このような自由に関する解釈は、大衆ナショナリズムに対抗する面を持っていたのである。彼は反ユダヤ主義の中に「国民感情の奇形」や道徳的な頽廃を見出し、またそれがユンカー中心の階級的なドイツ社会の秩序を保つ意図を隠し、ドイツ人が市民として自らの国家の政治を手中に握ることを妨げているとして批判した。[70] モムゼンは反ユダヤ主義を、ビスマルクの招来した反リベラルでナショナルな、ドイツの真の統一を損なう運動の一環として捉えたのである。モムゼンは、カエサルがローマにおけるユダヤ人の役割を「コスモポリタニズムとナショナルな不均衡な構成を上手に結合する媒介・接着剤」[71]の中に見出したのと似た役割を、ドイツのユダヤ人の中に期待した。つまり、一九世紀ドイツにおいては彼らが先んじてドイツ化することにより、分邦主義や宗派など様々な相違に基づく分裂したメンタリティーからなるドイツ人をネイションへ統合する過程を促進するのではないかと考えたのである。[72] なぜなら、ユダヤ人はキリスト教の宗派分裂や分邦主義の伝統に束縛されないがゆえに、純粋に形式的にドイツ人であり得る存在であったからである。[73]

上で触れた反ユダヤ主義闘争におけるモムゼンの態度の中には、彼がドイツにおいて宗教上の普遍主義（キリスト教）よりも政治上の普遍主義（人文主義・啓蒙主義）による統合を重視していたことが如実に現れている。それは、かつて皇帝崇拝を開始する以前のローマが他民族を自国へ統合する際に用いた政策でもあり、モムゼンは、政治家は宗教を道具として利用しなければならない、と考えたのである。[74] そして彼によるこうした普遍主義的な秩序の政治的な再編という関心は、以下のIIにおけるように主に一八九〇年代以降にはドイツのみならずヨーロッパへと広がりを見せたのである。

II　ドイツ・ヨーロッパ列強諸国の対外的な膨張に対する批判

一九世紀後半のヨーロッパにおいてはナショナルで個別的な利害の追求が強まる一方、ヨーロッパ内の普遍的な秩序を形成する試みはほとんど意識されていなかった。しかしモムゼンはそのような趨勢に対して学者として得た名声を背景として、国際摩擦の際には公私様々な機会における発言によってヨーロッパ諸国間の意志疎通を媒介する外交官的な役割を果たし、「民族の生活において不正が生じて調和が壊されたのを見れば、外へ向けて声を上げた」(75)のである。こうした役割は、ドイツにおいてかつてフンボルトやニーブールがヨーロッパ共通の古典教養の代表者として演じた役割と似ており（とはいえ、モムゼンは彼らのように正式な外交官になったことは一度もなかった）、彼の意見はドイツ国外においてしばしばドイツの公の見解と同一視されたのである。具体的にモムゼンは、伝統的にドイツにおいて存在した、フランスに対する反感をなくすために努力した。(76)彼は普仏戦争後、エルザス＝ロートリンゲンのドイツへの併合に対して、危険な失地奪還主義という理由によって留保をつけ、(77)プロイセン軍がフランス軍に対して大勝を収め、普仏戦争の帰趨を決したセダンの戦いでの戦勝記念日の廃止を一九〇〇年には提案したのである。(78)そのきっかけとされたのが、ドイツ人とフランス人が同年に共にヨーロッパ人として義和団事件に出兵し、アジア人（中国人）に対して戦ったことであった。またモムゼンはイギリスに対して終始好感情を抱き（彼はイギリスの立憲君主制がドイツの憲法政治の模範になると考えた）(79)、一八九〇年代に艦隊政治が問題となった時には艦隊増設の意義を、ドイツの封建的な農業国家から近代の産業国家への移行を促す点に見出し、それがイギリスを刺激することに憂慮した。(80)さらに彼は、ドイツが植民地獲得競争に参加し、海外に雄飛しようとする帝国主義的な考えを危険な幻想と見なし批判したのである。(81)モムゼンはすでに一八四八年、フランクフルト国民議会によるドイツの中欧への拡大計画と世界分割のプロジェクトに対しても反対していた。(82)また一八九八年の米西戦争の際にはアメリカに対して批判的であったが、テオドール・バルト（Theodor Barth）の勧めにより彼のこうした意見は発表されなかった。(83)

その後ブーア戦争が一八九九年に南アフリカにおいて勃発した時、ドイツではイギリス側ではなく、トランスヴァール共和国の側を支持する声が優勢であった。そしてこの戦争によって触発された反英感情は、同じく反英的な運動を繰り広げていた大ドイツ同盟によって政治的に利用される危険が生まれた。その結果英独間の緊張が高まったが、モムゼンはブーア戦争と大衆ナショナリズム（「我々のナショナルな愚か者」）[84]の双方を批判することによって、この緊張を緩和すべく努力したのである。[85]このブーア戦争に際して著した文章の中で、モムゼンは次のように記している。「私（モムゼン）は自らの長い生涯を振り返る。私が自らのネイションとその境界を越えて望んだことはほとんど成就しなかった。しかし諸民族の神聖同盟は私の青春期の夢であり、老人となった私にとっても導きの星である。そしてドイツ人とイギリス人は手を携えながら自らの道を歩んで行くように決められていることもまた、変わらないだろう。[86]」ここでいう「神聖同盟 heilige Allianz」とは、周知のようにプロイセン、オーストリア、ロシアなどヨーロッパ諸国の君主がヴィーン会議後の一八一五年に締結し、ヨーロッパの旧体制への回帰が定められた条約である。モムゼンは上で引いた文章において、この体制と似たヨーロッパ秩序の安定をかつてのような君主制国家によってではなく、新たに国民国家間の相互理解によって達成することを目指したのである。言い換えれば、彼はこのような理想によって同時代の大衆ナショナリズムを批判し、一八世紀末期の国民意識、つまり自民族の安寧を他民族の安寧と結び付けることのできた国民意識への接続を図っているのである。このようにモムゼンによる国民国家の構想は、『ローマ史』にも現れていたように、海外への膨張を阻む小さな国家観に元来立脚するものであった。彼はアウグストゥスによるローマ帝国の成立に関して「あるネイション（ローマ）が豊かになると、素晴らしい多様性を持つ世界が消え去り、なるほど平和が入り込むが、しかしそれは墓の平和である」[87]ことを批判し、ドイツの内部における政治的な分邦主義は批判したが、その文化的な多様性、「その多様さにおける種族の美しい出会い、言語、人倫、性格の多様性における民衆の生活の豊かさ」[88]は肯定した。そして「あらゆる文化民族の普遍的な統一」[89]を望んだ。

モムゼンの大衆ナショナリズムに対する批判からは、彼による分邦主義に対するかつての批判ときわめてよく似た特徴が看て取れる。というのも、彼による批判の焦点は「分邦」という地域の特定の伝統に閉塞する主義ではなく、むしろある任意の地域において——たとえそれがネイションという地域的単位であろうとも——「閉塞する」主義一般に対して向けられていたと思われるからである。つまり、モムゼンにとって分邦主義とナショナリズムを分かつ基準は必ずしも分邦とネイションという統合対象の地域の大きさではなく、前者においては（王侯貴族・聖職者など）特定の階層の利害が優先されているのに対して、後者においては共同体の成員間に自由と法の前での平等が保証されるという、啓蒙主義的な諸理念の実現の有無という問題とむしろ関わるものであった。言い換えれば、彼は一八世紀の末期に目指された啓蒙主義的な諸理念の実現と国民的な同一性の創出を同時に目指し、外に対して開かれた国民性に依拠するか否か、という点を問題としたのである。[90]こうした関心に基づいて、モムゼンはレッシングやヘルダーによる普遍的な人間性の理想を受け継ぎ、この伝統から逸脱してドイツという国の特殊な利益のみを求めつつあった大衆ナショナリズムを批判したのである。したがってモムゼンは、一八四〇年代以降にドイツ内部の分裂状態の克服を図ったのと同様に、第二帝国の成立後にはドイツのみならずヨーロッパ内部における分裂状態の克服を試み、ドイツというネイションに閉塞する危険を避けることを試みたと言えよう。彼は一九〇〇年、「ヨーロッパ合衆国」の構想に対して賛意を表明した。[91]これと類似したモムゼンの見解は『ローマ史』において、ローマがイタリアを統一し、属州を形成する際に、古いローマ固有の分邦的な伝統が失われる否定面を見据えながらも、ローマが自由と法の前での平等の保証されたローマ市民権を付与する地域を次第にイタリア全土、属州へと拡大し、それをギリシャのコスモポリタン的な文化によって基礎付ける過程を肯定する見方に現れていたと言えよう。

モムゼンは『ローマ史』第五分冊の序文において次のように記した。

ローマ皇帝による支配は、自らに属した世界を正当にも世界と感じ、多くの統一されたネイションの平和と成長を、かつて他の権力が同じことに成功した以上により長く完全に培った。アフリカの農耕都市、モーゼル河畔のワイン醸造業者の地区、リュキア（小アジアの地名）の山脈やシリアの砂漠の萌え出る地域においてローマ帝国の時代の労働を求め、見出すことができる。今日においてもなおオリエントとヨーロッパには、ローマ皇帝の時代がそれ自体控え目ではあるが、その以前にも以後にも到達され得なかった良い統治の最高点であったような場が幾つか存在する。主の天使の一人が、アントニヌス帝によって支配された地域の過去と今日を比較して、どちらの時代がより多くの理性と人間性を以て支配されたか、人倫と諸民族の幸福が一般的にそれ以来前進したか後退したか考えるならば、現在に軍配の上がることは疑わしい(92)。

この引用から明らかなように、モムゼンの関心はドイツの国民形成のみならず、かつてのローマ帝国と版図が大きく重なるヨーロッパ世界の形成に対しても注がれ、彼は「ヨーロッパの文化的な共同体の基礎となるローマを研究した(93)」。このような関心こそ彼が『ラテン碑文集成』を企て、ヨーロッパの法文化の源を国際的な共同作業によって実証的に明らかにしようと試みた重要な動因の一つであったのである。

III　晩年におけるドイツ社会民主党との共闘宣言

ところでモムゼンは、ヴィルヘルム二世下のいわゆる「新航路」に対してもビスマルクに対するのと同様に批判的で、それを自らを「階級エゴイズムの代表者[94]」とした国家の「偽立憲的な絶対主義[95]」として批判を行っていたが、最晩年の一九〇二年にはリベラリズムと社会民主主義の連帯を提唱し、多くの人々を驚かせた。彼は以前、社会民主主義に対してはビスマルクの現実政治や貴族・聖職者に対するのと同様、批判的であったが[96]、穀物へ新たに保護関税を設けようとする政府の提案に反対する際に「誤った、以下のような卑劣な信仰はなくならねばならない。つまり、ネイションが一方では秩序を守る政党、他方では転覆政党（ドイツ社会民主党）へ分かれ、前者に属する市民が、労働者政党に属する何百万の人々をペスト患者のように忌避し、彼らを国家に敵対する存在と見なし戦うことが第一の政治的な義務であると考えるような信仰はなくならねばならない[97]」と主張した。さらにその直後の選挙でリベラル派が大敗を喫したにもかかわらず、「社会民主主義から健康で、自由主義者にとって同盟可能な労働者政党が展開し得るのであれば、その強さに希望を結び付けることができる[98]」と、その実現の困難さに触れつつも、説くに至ったのである。この主張は、ドイツ・ヨーロッパ世界の展開における二つの可能性についてモムゼンが抱いた憂慮と関わりのあったことが指摘されている[99]。すなわち彼は、一方で国民代表制（議会制）を廃止することによって、エルベ川東方のユンカーが台頭して君主制の性格が自動的に変化せざるを得ないことを恐れた[100]。これは言い換えれば、ドイツが一八世紀以前の封建的な社会へ回帰する可能性を秘めている。他方でモムゼンは、ヨーロッパにおける戦争や軍国主義の結果、武装した大衆の一部が他のすべての勢力を打倒し、国民性がナポレオンによる帝国の形成に続いて再度そのチャンスを奪われるようなヨーロッパ帝国が成立することを憂えた。そして、この第二の可能性を防ぐために、以前の否定的な評価から肯定的な評価へと転じたローマ帝国の「元首制 Prinzipat」が「有機化の途方もない力」を持ったがゆえに、その歴史がドイツの君主制に対してある程度参考となることを唱えたのである。[101] 一方、モムゼンがリベラリズムと社会民主主義の共闘を提唱した理由は、この二者択一の歴史的な実現を防ぐ点にその目的があったとされている。[102] すなわち、彼はドイツ社会民主党つまり当時の最も強力な大衆政党と同盟することによって、ドイツの民衆皇帝性の護持と「諸民族の神聖同盟」が可能になると考え、すでに『ローマ史』の中で予示されてはいたドイツ・ネイションを統合する主体として強力（有能）な君主、あるいは労働者をも含めた市民共同体の構想を新たに提示したのである。

以上のようなモムゼンによる同時代のドイツに関する見解と決断は、彼自身のローマについての見解から汲み取られたことが想定される。すなわち、モムゼンはいわゆる革命時代のローマにおけるプロレタリアートや貴族と、彼の同時代のドイツにおけるプロレタリアートやユンカーとの間に類比を見出し、古代とは異なり議会において代表を持つ大衆勢力であるドイツ社会民主党と連帯し、それに対して古代ローマにおける武装大衆のような存在へと発展する危険のある大衆ナショナリズムの流れの台頭と、古代ローマにおける貴族に譬えられるユンカーの強大化を阻止しようと試みたのである。[103] モムゼンは人文主義者の多くが抱いたような、ヨーロッパ文化が大衆の台頭によって滅びるのではないか、という恐怖から自由となるに至った。[104] 彼はむしろリベラリズムが下層階級やプロレタリアートへ十分に影響を及ぼしていないことに気付き、ドイツがユンカーや聖職者の国家となることを妨げようとし、国民主権に賛成し、国民形成における新たな勢力となりつつあった大衆を政治的に組織化（有機体化）することを促したのである。[105]

最後に、モムゼンの古典研究とドイツの国民形成との関わりが、新人文主義によるドイツの国民形成のコンセプトをどのような形で引き継ぐものであったのか考察し、第三部のまとめとする。

モムゼンの古典研究の中でも、このコンセプトにおける、「Geist 精神・(聖)霊」の形成のメディアを通した交感[106]による「個人(人間)——形成のメディア——ドイツ・ネイション」の有機体的で三位一体的な形成という図式は保たれた。つまり彼は一方で市民共同体の発展によるドイツの政治的な国民形成というヴィジョンを提示したが、他方では古典語や古典研究という形成のメディアとの取り組みの中に教養の契機を認め、個人(人間)の形成というコンセプトを完全に放棄はしなかった。そして前者の方向からは文化的な個人に対する批判、議会代表制の擁護、晩年におけるドイツ社会民主党との共闘宣言、後者の方向からは形成のメディアとしての学問(古典研究)に依拠した第二帝国における問題的な兆候に対する批判が生まれ、両者の方向は共に彼が理想とするドイツの政治的な国民形成の実現に寄与すべきものであった。その際、彼がドイツの政治的な国民形成の模範として研究を行った古代ローマの中には機械論的な秩序とは異なる有機体的な秩序が見出され、この点においてもモムゼンは従来のドイツの国民形成における「有機体論対機械論」という対立関係を踏襲していた。ただし彼は、かつてドイツとの親縁が前提された古代ギリシャ「文化」の中に有機体性が見出されたのに対して、新たにドイツとの親縁が前提されたローマの「文明(特に政治)」の中に有機体性を見出し、有機体性をカエサルのような唯一者的・英雄的な個人、形成のメディアとしての学問あるいは市民共同体(政治的なネイション)の中に発見・実現することを図ったのである。モムゼンが同時代のドイツの情勢(分邦主義の残存、ビスマルクの支配など)に対して行った批判は、信仰や理念の裏付けを欠く単なる行為に対する批判、ドイツの対内的な迫害と対外的な膨張に対して行った批判は誤った、独善化したドイツ-ゲルマン信仰や理念に基づく行為に対する批判であったと考えることができる。それに対してモムゼン自身は三月革命以降、特に第二帝国成立以後のドイツにおける政治の危機に直面し、三月革命時

における リベラリズムの政治理想、「研究と教授の自由」などの考えに通底する普遍的な人間性への信仰に依拠し、この信仰が彼によるドイツの国民形成への関わりや学問的・政治的な行為を支えていたと考えることができる。[107] ハルトマンによれば、

モムゼンは政治の世界において人間性が単に個別的な、二次的な要因に過ぎないことを意識していた、[108] しかし彼は啓蒙の子にして一八四八年の闘士であり、自らが単にドイツ人ではなく、ローマ帝国から発展した全文明の中での最も広い意味における市民であることを忘れることができず、彼はその全文明の現れを他の僅かな人々と共に追うことができた。そこで彼は、美しい言葉の数を増やしたに過ぎない平和会議を嘲笑した一方、他方で世界帝国を創設しようとするいかなる考えに対しても警告を発した[109]

のである。

第四部　ニーチェの人文主義観とドイツの文化的な国民形成

ニーチェは一八四四年、プロイセン中部のナウムブルク近郊にあるレッケンに生まれ、一八六四年から六八年にかけて当初は神学をボン大学において、後に古典文献学をボン大学とライプツィヒ大学において修めた。一八六九年にはバーゼル大学の古典文献学科員外教授に就任（翌年には正教授に昇任）し、一八七〇年から七六年にかけてはバーゼルの「人文主義ギュムナジウムPädagogium」(1)において古典語教育にも従事した。その後一八七九年にバーゼル大学を病気が理由で退職した後、一八八九年の精神錯乱に至るまで彼は自由な著作家として活動した。ニーチェの著作は一八八〇年代まで一般に知名度が低かったが、一八九〇年代以降ドイツ・ヨーロッパにおいて急速に影響を揮い始めたことは周知の事実である。

彼が古典研究者として大学で教鞭を取った一八六〇年代の後半から七〇年代の後半にかけて、ドイツの大学においては歴史学的‐批判的な実証研究が全盛を極めつつあり、他方で新人文主義とドイツの国民形成との関わりが第二帝国の成立を機に改めて問われ始めていた。こうした状況は同時代のドイツ文化に関する議論と密接に関連しており、ニーチェの古典語教育・古典研究観は人文主義における人間形成や文化形成の伝統へ遡ることによって確立されてきた。

ニーチェの死後、彼の友人のプロテスタント神学者であったフランツ・オーヴァーベック（Franz Overbeck）は彼を「文化改革者Kulturreformator」(2)と名付けた。以下の第四部はこの文化改革者としてのニーチェという面に注目し、彼による文化改革の構想とドイツの国民形成、ひいてはヨーロッパ文化の形成との関わりの内容を明らかにする。ニーチェによれば文化は学問と芸術という二つの契機からなるが、(3)彼は学問を中心とするソクラテス以後支配的となった文化を「アレクサンドリア文化」、芸術を中心とするソクラテス以前の文化を「悲劇的文化」と呼び、(4)『悲劇の誕生』においては同時代のドイツで支配的なアレクサンドリア文化に対する批判を行う一方、他方で悲劇的文化の再生をヴァーグナーの楽劇の中に期待した。こうしてニーチェは、同時代のドイツ「文化」をアレクサンドリア文化から悲劇的文化の方向へ「改革」すべきことを唱えたのである。彼が理想とする文化は彼の思想の初期においてはドイツの中に、中期以降においてはヨーロッパの中に実現すべきことが唱えられるが、この理想文化の顕現とされたのは変わることなくソクラテス以前の古代ギリシャの悲劇的文化であった。

すでに触れたように一九世紀ドイツにおいて「文化」という概念は、ナショナルな特別な意味を込めて用いられてきた。すなわち新人文主義・ドイツ古典主義の時代以来ドイツでは「ギリシャとドイツの親縁性」が語られ、ドイツ人はギリシャ人と共に「文化国民の選民」として、例えばフンボルトが主張したように「人間性の実現」という特別な使命を負うとされた。その際この「文化」という概念は、プレスナーの指摘に現れたように[5]世俗化したルター主義として、外来のローマ・カトリック教会やロマンス（フランス）文明、あるいは後者の現れとされた社会民主主義が代表する政治と対立し、ドイツの国民形成に寄与すべきものと考えられていたわけである。

第四部においては、こうしたドイツ・ナショナルな文化理解の伝統に注目し、まず『悲劇の誕生』を中心とするニーチェの初期の著作を手がかりに、ドイツの文化的な国民形成に関するニーチェの見解を主に彼の文化改革観や人間の原像の発見という側面から検討する。その際、特に芸術と学問、政治、宗教（キリスト教）との関わりに留意する（第一章）。さらには「反時代的考察」第二論文「生に対する歴史研究の利害について」を助けに、一九世紀ドイツにおける「歴史研究 Historie」に関する彼の見解、ひいてはニーチェが文化形成の場をドイツからヨーロッパへ移すに至った過程をドイツ・ヨーロッパの再編という観点から捉え直し、ニーチェの人文主義観とドイツの国民形成の関わりの変遷を考察する（第二章）。

第一章　文化改革観と『悲劇の誕生』——人間の原像の発見

本章においては、文化改革の構想が生まれるに至る経過（第一節）、文化改革の構想の内容（第二節）、新人文主義によるドイツの国民形成のコンセプトと文化改革の構想の関わり（第三節）、の順に検討を行う。

第一節　文化改革の構想が生まれるに至る経過

ニーチェによる古典古代（特に古代ギリシャ）に対する関心は、彼がドイツにおける名門の人文主義ギュムナジウムであるプフォルタ校に通っていた時期に遡る。彼は同校の生徒であった時期、古典古代やドイツ古典主義の作品と親しみ、ギリシャに対する愛を培った。ギリシャはニーチェにとって終生「あらゆる文化に対する生き生きとした定言命法(6)」を意味し、きわめて高い価値が与えられていたのである。彼はプフォルタ校での卒業論文として著した「メガラのテオグニスについて」において、前六世紀ギリシャの詩人であるテオグニスを取り扱った。テオグニスは彼の同時代における大衆の台頭に対して伝統的な貴族文化を守ろうと試みた孤高の詩人であり、このようなテオグニスの立場は後年のニーチェ自身の立場と重なる点を持っていたことが指摘されてきた(7)。ボン大学からライプツィヒ大学に転学後、ニーチェが古典研究の主な取り組みの対象としたのは伝統形成の問題であった[8]。すなわち、彼は師のリッチュルの勧めによって古代ギリシャにおける文学史の問題と取り組み、古典古代の文学作品が写本の伝承などを経ていかに後世へ継受されるか、という問題に関する研究を行ったのである。リッチュルはテクストの伝承史研究という新たな研究分野を開拓するなど、すでに触れたように一九世紀中期ドイツの古典研究を代表する存在の一人であった。彼は古典研究においてヘルマンとベークの双方の学統を継ぎ、言語の知識との取り組みを一方で重んじながらも、他方で歴史学的－批判的な方法の練磨をきわめて重視していた。リッチュルの有名な格律として、「方法的に迷う方が非方法的に、つまり偶然に真なるものを見出すよりも優れている[9]」という言葉が残っている。彼はかつてのヴォルフのような、研究者と教育者としての両方の資質を備えた卓越した人文主義者であったのである。

ニーチェはこうした師の関心や方法の影響下に研究を行った結果、古典古代において成立したテクストやそれが後世に至るまで伝承された写本には、すでに成立や伝承の時点において原典からの多くの変容や歪曲が含まれていることを洞察した。さらに彼は、原典を再構成する物的な条件、例えば信頼に値する写本の存在が不十分であるという洞察に限られず、果たして言語というメディアそのものによって現実を認識することができるのか、という哲学的な問いに逢着していた[10]。しかし他方でニーチェは、「ディオゲネス・ラエルツィオスの典拠について」研究を行う際、いかにディオゲネス・ラエルツィオスのテクストが不完全に伝承され、彼の文学表現の仕方が稚拙であるにせよ、古代ギリシャの哲学者の「Geist 精神」が彼のテクストから彷彿として来ることを認めざるを得なかった[11]。ニーチェがその影響下にあった新人文主義の古典語教育・古典研究においては「言語と精神」の関連が前提されていたが、ニーチェは古典古代の精神が言語を媒介として後世へ伝えられるにせよ、言語それ自体とは異なる何か別のものにその実質が基づくのではないか、と考え始めていたのである。なお彼は、上で触れたような伝承史研究を行う際、多くの写本を紐解く重労働と取り組み、歴史学的－批判的な研究が古典研究者に対して強いる重圧、つまり自らの自然に対する抑圧を身を以て体験し、[12]方法的にも人間的にも歴史学的－批判的な研究に対する懐疑が当時すでに彼の中には兆していた。というのも、彼が古典研究者として強いられた歴史学的－批判的な研究という作業は、彼が思い描いた本来の個人的教養の姿とは異なるものであったからである。[13]こうしてニーチェは古典古代の作品がオリジナルの形態においては後世へと伝承され得ないことに関する認識を深めると共に、[14]古典作品に関する学問的（歴史学的）な研究と古典古代との個人的・芸術的な交感との間にある種の亀裂を見出しつつあった。[15]言い換えればニーチェは、「言語と精神」の関連に依拠しつつ古典語や古典研究との形式的陶冶に基づく取り組みが個人の人間形成（教養）に寄与する、という新人文主義の理念や、言語を通した客観的な（歴史）認識という理想を次第に疑いつつあったのである。

ライプツィヒ大学での学生時代の末期に残したメモにおいて、ニーチェは「カント以後の目的論」と題した一連の考察を繰り広げている。[16]このメモは、彼が一時転科を考えた哲学科における博士論文の準備となるはずであった。このメモにおいてニーチェは、人間は自らに固有の概念の枠組みに従って機械的なものしか認識できないこと、[17]有機体的で生きたものは類比によってのみその存在を確かめられること、[18]全体という概念は人間が捏造したものに過ぎない、つまり客観的な実在ではないこと、[19]などの考えを展開している。ベークやモムゼンが代表したプロイセンの古典研究は「有機体的な全体」としての古典古代の歴史学的つまりは実証的－客観的な認識を目指したが、上で触れたニーチェの考察は、プロイセンで支配的であった古典研究の前提に対する問いかけであったと考えることができる。

一八六九年にバーゼル大学への就任講演として行った「ホメロスの人格について」においてニーチェは初めて彼自らの古典研究観を公にし、「言語と精神」の関わりについて一層踏み込んだ考察を行うだけでなく、後の文化改革案の原型とも言うべき出来事に注目している。この講演において彼は、ヴォルフ以来ニーチェの時代に至るまで盛んに研究が続けられてきた「ホメロス問題」を取り上げ、この問題の本質を「ホメロスという概念とホメロスという人格」の関係の中に求めている。すなわちホメロスという人格が最初に存在し、その人格を表すためにホメロスという言葉が後に付されたのか、それとも逆にホメロスという言葉が最初に存在し、その言葉の内容が後にホメロスの人格として表現されたのか、という問題である。[20] この問題はニーチェによれば、彼が「ディオゲネス・ラエルツィオスの典拠について」において当面した「言語と精神」の関係を、具体的にホメロスという文字（言語）とホメロスの人格という霊（精神）の関係において捉え直すものであった。ニーチェは言う。「ヴォルフ以前の時代におけるあの〝偉大な〟、例えば不可侵で唯一かつ分割されていない天才詩人としてのホメロスという概念は、実際にあまりにも偉大であるため、内面的にきわめて空虚な、粗野に捉えようとすれば脆く砕け去る概念でした。古典文献学が今や同じ概念へ戻る時、これらの概念は単に外見だけが古い革袋に過ぎません。しかし、すべてが新しくなったのです。」[21] ニーチェがここで語っているのは、一八世紀ドイツにおいて「自然、天才、民族」などの概念の投影されたホメロスの二大叙事詩像がヴォルフの『ホメロスへの序論』によっていったん破壊され、その受容により新たな内容を得るに至ったことに他ならない。つまりこの引用においてニーチェは「新しいぶどう酒は、新しい革袋に入れるものだ」[22] という聖書の言葉を言い換えて、ヴォルフの功績をホメロスという言語（古い革袋）の中にドイツ古典主義やロマン派の創作行為を可能にした新たな精神（酒）を盛った点に求めている。[23] しかしニーチェは古典研究が二大叙事詩の唯一の作者としての、後の彼がアポロン的と名付けたであろうホメロス像という古典古代の規範を壊すこと自体を肯定したのではない。むしろ彼はこうした破壊によって「より新しく品位のある祭壇が造られた」[24]ことを強調し、古典研究の中にいわば偶像批判的な役割、つまり「言語と精神」の間の固定した関わりを突き崩す役割を認めたのである。

ニーチェは講演の最後を「かつて文献学であったものが今や哲学となった」[25]という文章によって締め括っている。この文章は、セネカによる「かつて哲学であったものが今や文献学となった」[26]という文章に由来する。セネカは、彼の同時代の哲学者が過去の偉大な哲学者の著作の訓詁注釈に終始し、生ではなく議論へと通じる単なる学識を批判する目的でこの文章を書いたとされている。[27]つまり聖書の言葉で表現すれば、彼は「文字は殺す」事態を批判したのである。しかし、なぜニーチェはセネカの引用における「哲学」と「文献学」という言葉を入れ替えたのであろうか。その一つの理由として、ニーチェは聖書の「文字は殺すが、霊は生かす」という言葉を逆の意味において捉え返したと考えることができる。すなわち彼は、文字と携わる古典研究が過去の「Geist 精神」や哲学の「保存」に寄与するのではなく、むしろ時代の新たな「Geist 精神」と関わる哲学の「創造」に寄与すべきである、という主張を行ったのである。ニーチェが「ホメロスの人格について」の中で褒め称えた『ホメロスへの序論』は、まさにそうした「文字は霊を生かす」例であった。ニーチェによれば、同書は「学問における個別的な研究が学問・文化の全生活と触れる点」[28]を形成し、彼は同書が学問（古典研究）内部の成果に留まることなく芸術に対しても影響を及ぼしたことを特筆した。こうして学問と芸術との間に創造的な関わりが樹立されたことから、その後ドイツにおいて「文献学者がほぼ一世紀にわたって詩人、思想家、芸術家と共に生きてきたということは、至る所で認められる事実となった」[29]のである。

こうしてニーチェは「ホメロスの人格について」の中で、文字を通して過去の「Geist 精神」の「認識」が可能かどうか、というかつての問いから、「Geist 精神」を脱歴史化することによって、それを同時代における新たな文化の「形成」と不可分のものとして捉える理解へと到達した。しかし文化形成のエレメントとなる「Geist 精神」の内容に関してこの講演の中では言及されておらず、『悲劇の誕生』において初めて明らかとされるに至るのである。

他方ニーチェはライプツィヒ大学での学生時代に古典研究者としての修業を積む傍ら、ショーペンハウアーの哲学とヴァーグナーの音楽に対して強い関心を抱くに至っていた。彼らはリベラルな理念に基づく政治的な変革や国民形成よりも、むしろ芸術と宗教による現実の救済を説き、三月革命の失敗によって幻滅に陥っていたドイツの教養市民の関心を次第に引きつつあったのである。ショーペンハウアーとヴァーグナーは古典古代の文学作品との非学問的な、自由な取り組みから自らの思考や創作の糧を汲み出しており、その点においても彼らはニーチェの注目を浴びていた。つまり、古典作品が学問や古典研究ではなく、哲学や芸術というメディアを通して同時代の文化創造に対して働きかける役割に対してニーチェは関心を抱き始めていたのである。特にヴァーグナーによる「総合芸術作品」としての楽劇の構想はドイツの文化的な国民形成と重なる面を有し、古代ギリシャの、特にアイスキュロスによるアッティカ悲劇を直接の模範として仰いだ。[30] すなわちヴァーグナーは自らの楽劇の観劇体験によって、古代ギリシャのアッティカ悲劇におけるのと同様に現実の社会における身分（階級）間などの分裂が止揚され、つかの間にせよ聴衆の間に一体感が醸成できると考えたのである。[31]

なおニーチェはボン大学での修学時代、同大学の学生組合に加入しその思想に親しんでおり、すでにドイツ・ナショナリズムの影響を受けていた。そして一八六〇年代の後半期にはビスマルクの指導下にあるプロイセンの現実政治を見守り、普墺戦争におけるプロイセンの勝利など、ドイツの政治的な国民形成を取り巻く状況に対しても決して無関心ではなかった。[32] こうした同時代のドイツの政治的な状況、さらにはヴァーグナーの影響を受け、ニーチェは古典研究を通したドイツの「社会的な再生Regeneration」[33] プログラムの立案に心を向け始めていた。例えば一八七〇年に記したカール・フォン・ゲルスドルフ（Carl von Gersdorff）宛ての書簡において彼は、「僕に何年か時間をくれたまえ。そうすれば君は古代学における新たな展開に気付くだろう。そして願わくはそれを我々のネイションの学問的・倫理的な教育における新しい精神と結び付けんことを[34]」と自らの研究・教育・国民形成上の抱負を記していたのである。

この書簡を記した直後に勃発した普仏戦争においてプロイセンは勝利し、続いて第二帝国が成立した。当時フランスに対して軍事的な勝利を収め、ドイツの統一をもたらしたプロイセン・ドイツのエネルギーは、文化的な勝利をも招来することを期待する気運が存在した。[35] なぜなら一八世紀以来のドイツの文化的な国民形成においてはフランス文化の影響からの解放が目指されていたにもかかわらず、この目的は一九世紀後期に至っても達成されていないという認識が強く、[36] 普仏戦争における勝利を機に外来（特にフランス）・旧来のものからの解放とドイツに自生的なものの形成というドイツ国民形成史上の伝統的な課題の解決を目指す動きが再び現れたからである。ニーチェもまた、こうした動きの影響下にあった。

ところでニーチェは「ホメロスの人格について」の講演を行った後、バーゼルにおいて一八七〇年から七一年にかけて古典古代に学問的な関心を抱く素人を対象としてアッティカ悲劇に関する「ソクラテスと悲劇」、「ソクラテスとギリシャ悲劇」、「ディオニュソス的世界観」、「ギリシャの楽劇」という題名の一連の公開講演を行っていた。ギリシャ悲劇と同時代のドイツの国民形成との関わり、及びニーチェがギリシャ悲劇に対して関心を抱いた背景についてさらに述べておくと、ドイツにおいてギリシャ悲劇は一八三〇年代から次第に公の注目を引き、[37] その上演に際して古代ギリシャで期待された浄化（カタルシス）作用は、アリストテレス詩学に基づくフランス古典主義美学のいわば原理主義的な解釈とは異なり、改めてレッシングによる道徳的な、あるいはゲーテによる美的な陶冶として解釈されるに至っていた。つまりギリシャ悲劇の観劇には、あるドイツ・ナショナルな性格が付与されていたのである。また演劇や観劇にはゲーテの『ヴィルヘルム・マイスターの徒弟時代』の教養小説が与り、人間形成の役割が認められつつあった。さて一八六五年にはニーチェの兄弟子にあたるヤーコプ・ベルナイス（Jacob Bernays）が「アリストテレスによる悲劇の作用についての失われた論文の根本特徴」を刊行し、彼はその中で従来のカタルシス観とは異なるロマン派と通じる病理学的なカタルシス観を主張し、ドイツの教養市民の間に『ホメロスへの序論』の受容に匹敵する大きな論争を巻き起こしつつあった。[38][39] ニーチェはこのベルナイスの著作を知っており、[40] またヴァーグナーの影響下にギリシャ悲劇が同時代の文化創造に対して果たす役割に対して関心を持つに至っていたのである。

こうして普仏戦争でのプロイセンの勝利と第二帝国の成立によって生まれた状況が直接のきっかけとなり、ニーチェ自身による古典古代・古典研究に関する洞察の深まり、ショーペンハウアーやヴァーグナーとの出会い、アッティカ悲劇に関する四つの講演、さらに同時代のドイツの国民形成に対する関心[41]が収斂する形でまさに『悲劇の誕生』が著されたのである。

第二節　文化改革の構想の内容

以下ニーチェによる文化改革の構想の内容について、Ⅰ「芸術の形而上学」、Ⅱ 悲劇的文化観、Ⅲ アレクサンドリア文化観、Ⅳ アレクサンドリア文化批判、Ⅴ アレクサンドリア文化から悲劇的文化への改革、の順に検討する。

Ⅰ「芸術の形而上学」

ニーチェは自らの文化観において芸術の自律性[42]に依拠し、芸術の領域を構成する二つの原理をそれぞれアポロン的なもの、ディオニュソス的なものと名付ける。

アポロン的なものとディオニュソス的なものとは、それぞれギリシャ神話におけるアポロン（Apollon）とディオニュソス（Dionysus）という人間の形を取った「Geist 精神（霊）」に由来する。ニーチェによれば、アポロン的なものは個体化の原理であって、その比喩的な現れが夢、具体的な現れが像（彫刻）である[43]。それに対してディオニュソス的なものは個体化の破壊の原理であり、その比喩的な現れは陶酔、具体的な現れは音楽であるという[44]。

彼はこの説明に先立って『悲劇の誕生』の冒頭において、「我々は、芸術の永続的な展開がアポロン的なものとディオニュソス的なものの二重性に結び付いていることに関する論理的な洞察のみならず直接の直観の確実さに達すれば、美的学問のために大きな寄与を成し遂げたことになるであろう[45]」と記しているが、ここでいう「論理的な洞察」とはアレクサンドリア文化で支配的な言語・学問による芸術の認識であることが後に明らかにされ、それが悲劇的文化で支配的な言語以前の像（アポロン的なもの）、音楽（ディオニュソス的なもの）あるいはこの両者の本来的な結び付きからなる芸術の「直接の直観」と対比させられている。前に触れた若きニーチェの問題意識に対する一つの答えは、こうして「Geist 精神」を言語の構成要素である像（アポロン的なもの）と音（ディオニュソス的なもの）[46]という美的な原理に基礎付け、さらに古典古代を言語・学問ではなく、むしろ芸術を介して理解する方法を勧める主張の中に現れて来たのである。

ところでディオニュソス的なものとアポロン的なものは、芸術という内在的な領域の内部における対立項としてのみならず、超越（的な基礎経験）とそれが産出する内在（芸術の世界、美の仮象）との対立項としても捉えられている。すなわちニーチェによれば、ギリシャ人は「生存の恐怖と驚愕」[47]、「いわゆる世界史の恐ろしい破壊活動と自然の残酷さ」[48]などの「事物の本質」[49]を知っており、ニーチェはこの世界のいわばニヒリズム（無神）性をディオニュソス的と名付けている。[50]このディオニュソス的な深淵についての「認識は、行為を殺す」[51]という。しかしギリシャ人はニヒリズムという「夜の恐ろしさを見つめたその目を救い、主体を意志活動の麻痺から、仮象という治癒をもたらす香油によって救う」[52]ために「治癒を告げ、救う魔法使いとしての芸術」[53]を必要とし、ニーチェはこのニヒリズム的な基底に対立する芸術や仮象をアポロン的と名付けた。[54]彼はここで触れた超越的な基礎経験としてのディオニュソス的なものと内在的な仮象・芸術としてのアポロン的なものとの対立を、ショーペンハウアー哲学の「意志と現象」、あるいはカント哲学の「物自体と現象」などの枠組みによって基礎付け、存在論的に固定している。[55]

II　悲劇的文化観

ニーチェは以上説明したアポロン的なものとディオニュソス的なものの二重の規定、「芸術の形而上学[56]」を踏まえて、古代ギリシャ芸術史の再構成を行う。彼によれば、ギリシャ人はオリエント由来の野蛮で自然的な祭儀の到来を契機に自らの中にも同様の自然をディオニュソス的なものとして発見し[57]、それを伝統的なアポロン的な要素と対決させた。その後この二つの美的な原理は互いに対立と和解を繰り返しながら展開を遂げ、前五世紀にアッティカ悲劇の中でたぐい稀なる融合に達したという。ニーチェはこのアッティカ悲劇を、彼による文化改革の模範としてきわめて重視し、特にこの悲劇に登場する「サチュロス合唱団 Satyrchor」の存在に注目している。サチュロスとはディオニュソスの従者にして山羊の外見を取った半獣半人の神であり、この合唱団がアッティカ悲劇において果たした意義に関してはニーチェの時代に至るまで定説がなかった[58]。ところでニーチェは、このサチュロス合唱団の担った役割を、二つの点から解釈した。第一には、サチュロス合唱団が書かれた言語によっては表現不可能な世界の本質を音楽によって表現した点[59]、第二には、この合唱団が「認識の働く以前の、文化という門がこじ開けられる以前の自然[60]」を代表した点である。そしてニーチェによれば、サチュロス合唱団は一方でオリエント由来の野蛮で混沌とした自然[61]を個体化しつつも（アポロン的な側面）、他方で機械的な硬直に陥った日常の文明世界の虚偽を自然の豊穣さによって美的に解体する（ディオニュソス的な側面）、中間的な存在であった、という[62]。このようにサチュロス合唱団は形成と解体の両面を共に含んだ混沌の形象化という秘密に満ちた本性を持っているがゆえに、悲劇の中心に位置する規範的な存在であったのである。ニーチェはこうしたサチュロス合唱団の解釈に依拠しつつ、ギリシャ人はアッティカ悲劇の自然と文明との「中間世界[63]」に現れるサチュロス合唱団の中に「人間の原像[64]」を見出し、自らの存在を美的に救済したと主張する。なぜならアッティカ悲劇の観客は、日常の文明生活において抑圧せざるを得ない自然が舞台において聖なるものとして上演されるのを経験することによって、自らの存在の根本である自然を野蛮に陥ることなく芸術的に昇華したからである。(65) ニーチェによるサチュロス合唱団のこの見解を本書の関心に基づいて二つの点から整理すれば、第一に彼は、サチュロス合唱団の中に言語・学問など認識のメディアが支配的となる以前の、自然・芸術と通じる純粋な形成のメディアを見出した。第二に彼は、「人間の原像」としてのサチュロスの中に、人間の力強い自然の面が復権されていると考えた。従来のドイツの国民形成において当初目指された「人間性」(均斉や調和を範とするいわゆる「アポロン的なギリシャ像」)はニーチェの時代において形骸化し、牧人のようないわば人畜無害の存在となっていた。(66) しかし上で触れたサチュロス像は、従来の人間像の乗り越えという意義を持っていたのである。

このようなニーチェによるアッティカ悲劇観の中には、音楽や自然の重視という点において、サチュロス合唱団とディオニュソス的なものとの結び付きが特に強調されている。つまりニーチェはディオニュソス的なものがアポロン的なものよりも基底にあると考え、悲劇的文化の名によってディオニュソス的なものがアポロン的なものを包み込むような文化を構想したのである。

III　アレクサンドリア文化観

悲劇的文化についての説明を行った後、ニーチェはなぜこの文化が没落しアレクサンドリア文化が新たに台頭したのか、という問題を検討する。ニーチェによれば、エウリピデスは従来のアッティカ悲劇においてサチュロス合唱団が果たしていた重要な役割を自らの作劇術から取り除き、その代わりに「観客を舞台に上げた(67)」という。観客はその結果、従来の如くサチュロス合唱団というメディアを通して神的な自然と一体化し芸術的な自己形成を遂げることが不可能となり、自らの似像を直接舞台上で認識するに至った。こうしてかつて神的な自然からなる「Geist 精神（霊）」を人間へいわば交感させた「中間世界」が剝奪されたことから、神話的な世界観や悲劇的文化それ自体が崩壊し始めたことをニーチェは主張する。この変化と並行して、ソクラテスはエウリピデスの盟友として彼の作劇術に見られた「合理主義的な方法」を基礎付け、新たに主知主義的な世界観を打ち立てた。そしてドイツ・ヨーロッパ文化はニーチェの時代に至るまで、アレクサンドリア文化が一五世紀のルネサンスによって復活して以来、この文化の支配下にあるという。(68) この「アレクサンドリア」文化という名称は、歴史的には前三世紀から一世紀にかけて現エジプトのアレクサンドリアを中心に興隆した文化を意味する。当時この都市には大図書館が建立され、本図書館を中心に著名な文献学者がホメロスなどの古典作品の写本の収集や校訂に従事した。したがってニーチェがこのアレクサンドリア文化という名称を用いる場合、それは第一義的には文献学の発展に見られるように歌われた言語よりも書かれた言語が支配的となり、（歴史学的な古典研究など）主知主義的な学問に代表される文化を指す。しかしさらには当時のソフィストの活動に現れたように「すべての人々が地上で幸福になれるという信仰、そのような普遍的な知識文化が可能であるという信仰」(69) に裏打ちされ、「啓蒙された大衆」(70) が政治的な力を要求し始める文化、(71) 言い換えれば学問への信仰に基づいて政治という行為が肯定され普及する文化(72) のことが意味されている。

ところでニーチェは悲劇的文化からアレクサンドリア文化への移行を美的な原理であるアポロン的なものとディオニュソス的なものの関わり方の変化として説明し、(73) この両者の非本来的な結び付きから「ソクラテス的なもの」(74) というアレクサンドリア文化を代表する新たな文化原理が生まれたと考えた。(75) 他方ニーチェは、悲劇的文化が美的な原理としてのアポロン的なものとディオニュソス的なものとの本来的な結び付きからなったと考え、この悲劇的文化の文化原理としての「ディオニュソス的なもの」[76]が「ソクラテス的なもの」と対置させられた。したがって悲劇的文化とアレクサンドリア文化は、その形成の主体が共にアポロン的なものとディオニュソス的なものとされながらも、人間の自己形成のメディアが前者の文化においては芸術・自然・神話、後者の文化においては学問・政治の中に求められた。そしてアレクサンドリア文化においては悲劇的文化とは逆の先後の関係によって、「ソクラテス的なもの」が「ディオニュソス的なもの」を統合しているとニーチェは考えたのである。

IV　アレクサンドリア文化批判

アレクサンドリア文化の現れは、彼によってソクラテス以後の古代ギリシャの中においてのみならず、その問題的な帰結としての同時代ドイツの中にも見出されている。その例として、芸術において論理的な規則が重視されていること（ドイツにおける一八世紀以来のフランス古典主義美学の影響[77]、写実主義[78]などに見られる「芸術の自然主義」[79]、アリストテレスの詩学と関わる「美的ソクラテス主義」[80]）、啓蒙思想の普及（レッシングとエウリピデスが共に観客を舞台に上げ観劇を通した市民の啓蒙を図り[81]、一九世紀ドイツにおいてはリベラリズムや社会民主主義の影響が強まったこと[82]）、外来のものに対する知識欲の高まり[83]（一九世紀ドイツの歴史学的−批判的な研究、古代ギリシャのアレクサンドリア文献学）、神話の喪失など[84]が挙げられている。彼がアレクサンドリア文化の現れと見なした対象は、一八世紀以来のドイツの国民形成において機械論の現れと見なされた対象と重なっていた[85]。他方でニーチェは、古代ギリシャにおけるディオニュソス的なものとアポロン的なものとの本来的な結び付きの形容として「オルギア（ディオニュソスの密儀）Orgie」[86]「狂騒Orgiasmus」[87]あるいは「奔放なorgiastisch」[88]といった「有機体Organ」に由来する言葉を多用している。したがって、彼が従来のドイツ国民形成の特徴を継承し、有機論的な悲劇的文化に基づいて機械論的なアレクサンドリア文化に対する批判を行ったことが明らかである。ただしニーチェの有機体の理解において、有機体性は客観化された静的な秩序や構造を現すよりも、むしろ出来事としてのきわめて動的な主体化された意味で捉え直されているわけだが。

こうしたアレクサンドリア文化の性格付けの中には、古代ギリシャにおける悲劇的文化の凋落やアレクサンドリア文化の特徴が、一九世紀ドイツにおける啓蒙主義の普及に伴う出来事（知的な地平の拡大、学問［歴史学的な研究］の発展、神話の喪失など）や政治（リベラリズム・社会民主主義など）の活発化と重ね合わされている。このようなアレクサンドリア文化の状況は、かつてアッティカ悲劇において芸術を通して媒介されていた野蛮な自然と文明（学問・政治）が両極に分裂し、両者が固有の衝動に身を任せ文化の絶滅へ向けて共闘する危機的な状況として把握されている。[89] ニーチェはそれに対して、悲劇的文化及びその系譜（「ドイツ精神のディオニュソス的な根底」[90]）を継ぐルターの宗教改革[91]、バッハ・ベートーヴェン・ヴァーグナーに代表されるドイツ音楽[92]、カント・ショーペンハウアーに代表されるドイツ哲学[93]、ヴィンケルマン・ゲーテ・シラーに代表されるドイツ古典主義[94]の伝統を対置している。このアレクサンドリア文化に対する批判の中には、ローマ・カトリック教会やロマンス（フランス）文明、特に後者の現れとされた社会民主主義に対する批判という点において、プロテスタンティズムやその刻印を留めた一九世紀ドイツ特有の文化概念が強く現れていると言えよう。

V　アレクサンドリア文化から悲劇的文化への改革

では、ニーチェはアレクサンドリア文化から悲劇的文化への改革を具体的にどのように構想していたのだろうか。

すでに触れたように、ニーチェは悲劇的文化の現れとして主に芸術、アレクサンドリア文化の現れとして学問と政治という側面を挙げていた。それゆえ以下においては、彼の文化改革について（1）芸術に依拠した、学問に対する批判、（2）芸術に依拠した、政治に対する批判、という二つの観点から考察を行い、そこで明らかになった批判の仕方と宗教（キリスト教、特にプロテスタンティズム）との関わりを検討する。

（1）芸術に依拠した、学問に対する批判

ニーチェは、悲劇的文化の体現としての芸術とアレクサンドリア文化の体現としての学問の間に、一方で断絶、他方で連続を見出している。こうした芸術と学問の間の両義的な関わりの内容と、それが生まれた背景はいかなるものであったのだろうか。

まず両者の間の断絶が強調された例を検討する。ニーチェはアレクサンドリア文化の担い手である「理論的人間」の特徴を、「思惟が（中略）存在を認識できるだけでなく、それどころか訂正できることを確固と信じている」[95]点に求め、さらに次のように主張する。

しかし今や学問は、その強力な妄想によって拍車をかけられ、止まる事なく自らの限界へ急ぎ、その限界において論理の本質の中に隠されていた楽天主義が挫折する。なぜなら、学問の圏域の周縁には無限に多くの点があり、いつになればその周囲を完全に測り尽くすことができるのかまったく予測がつかない一方、高貴で才能のある人間は自らの人生の半ばで不可避的にそういった周縁の境界点に辿り着き、この境界点で彼は明らかにし難いものを目前にして立ちすくんでしまうからなのだ。この境界において彼が、論理が一つの円環をなしつ

つあり、ついには自らの尾にかみつく様を恐る恐る見るならば、そこで新たな認識の形態である悲劇的な認識が突然現れる。この認識はただ耐えられるだけのためにも、保護と救いの手段として芸術を必要とするのだ。(96)

この引用において、「理論的人間」は自らの人生の途上ですべてを学問的に認識できないことに気付き、先に触れたディオニュソス的な基礎経験と類似した一種のニヒリズムに陥り、このニヒリズムから逃れるために芸術を必要とせざるを得ないことが主張されている。以下の引用においても、上で挙げた引用と同様の「芸術と学問」の関係が述べられている。「この崇高で形而上学的な妄想（思惟が因果性の助けを借りて存在の底知れぬ深みまで達し、思惟が存在を認識できるだけでなく、それどころか訂正することができる、という確固とした信仰）は学問の本能として与えられており、学問を繰り返しますますその境界へと導き、この境界で学問は芸術へと反転せざるを得ないのだ。この機械装置においては、芸術こそ本来その目的であったのだが」。(97)この引用の中では、「学問から芸術への反転」が一種の目的論（機械装置）によって存在論的に固定されている。(98)ニーチェはアレクサンドリア文化において両極に分裂した自然と文明の一部をなす学問が文化の絶滅へ向けて共闘することを防ぐため、自然と学問の徹底が共に一種のニヒリズムを招来し芸術の形成へと収斂する一種の目的論（機械装置）を設定しているのだ。

上で挙げた二つの引用における、「学問の徹底による悲劇的な認識が芸術を必要とする」あるいは「学問が芸術へと反転せざるを得ない」という主張からは、「芸術の学問に対する優位」というニーチェの主張が導き出せる。こうした主張は、一体どのような背景から生まれてきたのであろうか。その背景を、先の二番目の引用において用いられている「反転する」という言葉を手がかりに考えてみたい。

この「反転するumschlagen」というドイツ語には、「信仰を変える」という意味の存在したことがグリムのドイツ語辞典には収録されている。[99] すでに触れたように一九世紀ドイツの文化概念がその影響下にあったプロテスタンティズムは、形骸化した信仰を本来の信仰へ変えることを目指す信仰覚醒運動であった。以下この『悲劇の誕生』の中の「反転する」という言葉によっても、プロテスタンティズムの文脈において「信仰を変える」ことと類似した意味が含まれており、したがってニーチェが先の二つの引用において「学問から芸術への反転」を促し「芸術の学問に対する優位」に依拠した背景には、かつてドイツ国民形成の節目において繰り返し現れた[100]「信仰の法則の、行為の法則に対する優位」というプロテスタンティズムの枠組みが抱え込まれているのではないか、という仮説を掲げる。以下この解釈の有効性を検討するが、まずはニーチェが芸術（の神ディオニュソス）の中にどのような価値を見出しているのか、という点に注目する。

ニーチェは、悲劇的文化の師表（文化原理）となる芸術の神ディオニュソスについて次のように述べている。

しかし同様の確実さでもって、エウリピデスに至るまでディオニュソスが悲劇的な英雄であることを止めることはなく、プロメテウスやオイディプスなどギリシャの舞台の有名な登場人物はすべてあの本来の英雄ディオニュソスの仮面であると主張することができよう。このようなあらゆる仮面の背後にはある一つの神性（eine Gottheit）が潜んでいるということこそ、非常にしばしば驚かれたような、あの有名な登場人物が典型的な〝理想性〟を持っていることの本質的な理由となっている。[101]

こうした「一つの神性」の顕現としてのディオニュソスという性格付けからは、ニーチェが本来古代ギリシャ多神教の一つの神に過ぎないディオニュソスの中にキリスト教の超越神あるいは先に触れた物自体や意志に比すべき精神性（理想性）を見出し、高い価値付けを行っていることがわかる。その背景として、新人文主義の草創期には信仰覚醒と結び付いた歴史学的な学問が一九世紀後期に至って形骸化し行為主義化した結果、ニーチェによって芸術が新たな信仰として発見されたことが考えられるのである。すでに触れたように三月革命後のドイツにおいては、キリスト教と人文主義の歩み寄りが見られ、彼もまた『悲劇の誕生』の中で両者の結び付きに言及していた。ニーチェは四世紀つまりおそらくキリスト教がローマ帝国の国教となる以前の初期キリスト教徒と悲劇的文化がアレクサンドリア文化に対して共闘する可能性を仄めかし[102]、そこでは「Geist 精神・（聖）霊」が両者の共通の拠り所となっていたと考えられる。その際、キリスト教の側においては歴史学的な研究の隆盛に見られたように人間中心的な自己相対化が起きた。しかし翻って人文主義者のニーチェは三月革命以降の「Geist 精神・（聖）霊」の次元の希薄化の傾向を踏まえ、ヨーロッパの人文主義の伝統においてかつて存在しなかった、超越の次元との触れ合いによる自己変革の契機を取り込み、こうした契機が文化改革へ寄与することを期待したのであろう[103]。

また「世界と生存はただ美的現象としてのみ正当化される[104]」という『悲劇の誕生』の根本テーゼの中にも、芸術への信仰が宗教（キリスト教）に代わり世界と生存を正当化すべきものであるというニーチェの見解が現れている。さらに彼はディオニュソス的なものを説明する際に、しばしば聖書の記述やキリスト教芸術に暗に依拠している[105]。のみならず『悲劇の誕生』の正確な原題である『音楽の精神（der Geist der Musik、つまりディオニュソス的なもの）からの悲劇の誕生』は、キリスト教における「聖霊（der heilige Geist）からのキリストの誕生」と並行した表現として解釈できる。なぜならニーチェはアッティカ悲劇の誕生が「ギリシャの〝意志〟の形而上学的な奇跡の行為[106]」であると主張し、その死を経た後で再生を望むわけだが、同様の規定はキリスト教においてキリストの誕生、死と復活[107]の教義に現れていたからである。内容的にもアッティカ悲劇による自然と学問の媒介は、キリストによる自然と律法の媒介と類比的に解釈できる。ここにおいても、ニーチェによってディオニュソス神からなるギリシャ悲劇を中心とする芸術や文化に対して、キリストを中心とする宗教（キリスト教）的な信仰に比肩する高い価値付けが与えられていると言えよう。

　他方、学問を行為の法則の現れと見なす解釈として、ヘンチュケとムーラックによる意見が参考となる。彼らは、啓蒙の功利主義の要求に対するヴォルフの批判は歴史学的な知識の過剰に対するニーチェの批判に対応すると主張した。この主張は本書の文脈において言い換えれば、ヴォルフとニーチェがそれぞれの時代における「行為主義」の現れを批判した共通点を指摘しているのである(108)。

　次に、芸術と学問の間の連続が強調された例に目を転じてみたい。先に触れた「学問から芸術への反転」の内容に関して、ニーチェは以下のように記している。「あの学問から芸術への〝反転〟は、絶えず新たに天才を作り上げること、つまりまさに音楽をするソクラテスを作り出すことに通じるだろうか(109)」と。この引用における「音楽をするソクラテス」とは、音楽に基づく悲劇的文化とソクラテスを先駆けとするアレクサンドリア文化の間の総合の指標とされている。さらにこの二つの文化を総合する可能性は、「ひょっとして芸術は、それどころか学問にとって必然的な相関物にして補遺であるのではないだろうか(110)」、とも表現されている。以上挙げた二つの引用では、芸術と学問の間には断絶よりもむしろ連続が強調されている。しかしニーチェはこの場合、どのような意味で芸術と学問を連続的なものとして捉えているのだろうか。この問いに対しては、ニーチェが「生に対する歴史研究の利害について」において述べた「歴史学的な教養は、むしろ例えば芸術がその中に含まれる強力な新しい生の流れ、ある生成しつつある文化の結果としてのみ、何ほどか治癒をもたらし未来を約束するものである(111)」、という主張が参考となる。ニーチェはすでに「ホメロスの人格について」の中で、芸術が学問を肯定した具体的な例として、ドイツ古典主義の詩人・文人とヴォルフの関わりに言及していた。[112]すなわちニーチェによれば、ヴォルフが『ホメロスへの序論』において行ったような歴史学的な古典研究という学問は、古典古代の規範性が生き生きと信じられそれに基づく活発な芸術創造が繰り広げられていた時代において初めて、広い生産的な影響を及ぼすことができたというのである。それに対してドイツ古典主義の芸術創造が過ぎ去った後、歴史学的な古典研究という学問が単なる規範の破壊へ向かいつつあったことはすでに述べた。ここで触れた新人文主義の草創期・ドイツ古典主義の時代と同様の芸術と学問の関係は、ニーチェの構想する芸術が信仰覚醒的な意味を持つ限りで、ルネサンス・宗教改革期における古人文主義者と宗教改革者との関係、あるいは啓蒙主義・敬虔主義の時代における啓蒙主義者と敬虔主義者との関係の中にも現れた。すなわち上で挙げたドイツ国民形成の節目においては共通して、外来・旧来の規範に対する学問的な批判や吟味が、信仰の新たな覚醒あるいは芸術創造によるドイツに自生的なものの形成と結び付いていたのである。すると、「芸術と学問の間の連続的な関係」とは、「芸術への回帰を経た学問の肯定」を意味しており、この関係はプロテスタンティズムにおける「信仰への回帰を経た行為の肯定」という枠組みと類似していたと考えられる。このように芸術と学問の間の断絶（「芸術の学問に対する優位」）あるいは連続（「芸術への回帰を経た学問の肯定」）が強調されるにせよ、芸術と学問の間のこうした両義的な関わりの中には、プロテスタンティズムにおける信仰と行為の間の関わりが反映していたと考えられるのである。

ところでニーチェは上で整理した形成のメディアとしての芸術と学問の間の両義的な関わりを、このメディアの基底に存するとされた美的な原理（ディオニュソス的なものとアポロン的なもの）の間の関わりとしても描き出している。すなわち彼は、ヴァーグナーの楽劇の中にこの芸術と学問の両義的な関わりに対応する美的な原理の関わり方が現れていると考え、[113]ヴァーグナーの楽劇における像（視覚的な印象、アポロン的なもの）と音（聴覚的な印象、ディオニュソス的なもの）の間の絡み合い（前者から後者への反転か、それとも両者の相互的な補完か）を『悲劇の誕生』の中で描き出すことによって、主体（人間）のアポロン的なものとディオニュソス的なものに関する美的な知覚と形成のメディアである学問と芸術との間の関わりからなる文化の間に機械的な対応関係ではなく、プロテスタンティズム的な「信仰の法則の、行為の法則に対する優位」と同様の構造に基づく生きた対応関係が存在することを仄めかしたのである。つまりニーチェは、ヴァーグナーの楽劇の観劇体験を通して、形成のメディアとして芸術が学問よりも根本に位置すること、さらに芸術への回帰を通して初めて学問が肯定されることを伝達しようと試みたと思われる。ニーチェが執拗に読者に対してこうした彼の主張が理解できるかどうか問いかけ[114]、また彼がアレクサンドリア文化の「〝理想的な観客〟[115]」とは異なりアポロン的なものとディオニュソス的なものとの間の関わりを正しく理解する「美的観衆の誕生」の中に形成すべきドイツ文化の希望を見出していること[116]は、上で行った推測の裏付けとなるものである（ニーチェは悲劇的文化においては啓示神学的な古代ギリシャ理解、アレクサンドリア文化においては自然神学的な古代ギリシャ理解が一般に支配すると考え、両者の文化の差異を際立たせたのである）。

（2） 芸術に依拠した、政治に対する批判

ニーチェはアレクサンドリア文化の政治的な側面に対して、以下のような批判を行っている。彼は人間性の本来的な姿を、サチュロス合唱団に現れたような自然・芸術あるいは「音楽をするソクラテス」に現れたような芸術・学問の領域の中に見出した。しかし他方で彼は、人間性の政治的な実現を図る動きに対しては批判的であった。すなわちニーチェは、同時代のリベラリズムや社会民主主義によって主張された「〝人間の尊厳〟」及び「〝労働の尊

厳〟」というスローガンを根拠のないものとして退けた。[117] なぜならニーチェによれば、文化はその存続のために奴隷階級を必要とするにもかかわらず、このスローガンは奴隷階級の存在を否定し、したがって真の文化の存続を拒むからなのである。[118] さらにニーチェは、アッティカ悲劇の成立の中に立憲的な民主代議制の原型を見る政治的な解釈に対して、「芸術の自律性」に依拠することによって批判を行っている。[119] また一八世紀中期以来ドイツにおいて試みられた、劇場を政治的な国民形成の手段にする企て、[120] あるいはゲオルク・ゴットフリート・ゲルヴィーヌス（Georg Gottfried Gervinus）の「詩的正義」に基づくシェークスピア解釈に現れたような、芸術の目的を政治的な啓蒙に置く考えに対しても反対している。[121] この主張と関連して、ニーチェは個人（人間）の形成が行われる場として、（ヴァーグナーの楽劇において可能であるとされた）本来の意味での観劇をジャーナリズム、彼の意見によればジャーナリズムや啓蒙的な公論の影響下にある学校など政治が支配する場よりも、はるかに重視している。[122] こうして彼は、芸術と政治を峻別すべきことを主張しているのである。

ところで、ニーチェが芸術の中にキリスト教の神性に比すべき超越性を見出したであろうことをすでに検討した。他方、彼以前のドイツ国民形成の節目においては、いずれもプロテスタンティズムの枠組みに基づいてキリスト教信仰あるいはその世俗化としての人間性の信仰への回帰がしばしばその主唱者の意図に反して政治的な行為の活発化を招来した。すなわち、ニーチェの表現によれば「反転」という個人の中での回心に比すべき出来事が起きた後、こうした宗教的な覚醒や文化的な更新の結果を政治的に表現する動きが、宗教改革期にはドイツ農民戦争、一八世紀初期には敬虔主義の教育運動、一九世紀にはリベラリズムの政治運動などのように生まれたのである。しかしニーチェは「芸術の自律性」を主張し、芸術が学問の形成や文化改革に対して寄与することは期待しても、政治に対して働きかける可能性を退けた。以下、彼がこうした見解を抱くに至った背景を、彼によるドイツの国民形成や政治に関する見解を手がかりに跡付けてみたい。

ニーチェは『悲劇の誕生』において「というのも、ディオニュソス的な刺激の重要な伝播に際してはいかなる時でも、個人がその束縛からディオニュソス的に解放されるとまず政治的な本能の高揚に対する無頓着さ、否敵意において気付かれるのと対照的に、国家を形成するアポロンは個体化の原理の守護神であり、国家と故郷への感覚は個人の人格を肯定することなしには確実に生きることができないからである」[123]と主張し、文化や芸術を代表するディオニュソスと政治的で「国家を形成するアポロン」を対立的に捉えた。ニーチェは後に「生に対する歴史研究の利害について」においてはより一歩踏み込んだ主張を行い、「私の確固とした確信とは、我々が目指し、政治的な再統一よりも熱烈に目指すドイツの統一とは、あの最高の意味によるということだ。つまり形式と内容、内面性と慣習の間の対立関係が絶滅された後でのドイツの精神と生の統一ということである」[124]と説いており、ドイツの政治的な国民形成よりも文化的な国民形成（「ドイツの精神と生の統一」）を高く捉えていた。そもそもニーチェの政体・政治観はきわめて保守的であり、彼は自らが時のプロイセン国王フリードリヒ・ヴィルヘルム四世の誕生日に生まれたことを誇りに思っていたように、王室を尊び君主制を支持していた。[125] それに対して彼は晩年に至るまでリベラリズムや社会民主主義など下からの政治運動を警戒し、[126] 彼の同時代の人文主義者の多くがそうであったように、ヨーロッパ文化は大衆の台頭によって滅びるのではないか、という危惧を抱いていた。[127] 同時代における大衆を中心とする労働運動の担い手にとっても、ニーチェの思想のこうした特徴は明らかであった。[128] ニーチェは一八七四年コジマ・ヴァーグナー（Cosima Wagner）に献呈した「ギリシャの国家」の中で、国家の目的は「軍事的な天才を生み出し」[129]、芸術的な天才が創造を行う点に存し、これらの天才に仕えることが大衆にとっての生存の意義になる[130]と主張した。ニーチェによれば彼が理想とする芸術が可能となる政体の模範は、古代ギリシャのスパルタであるという[131]。こうしてニーチェは、彼の同時代における労働者や大衆の窮状を変革可能なものではなく自然的な所与と見なし[132]、その残酷さの認識が世界のニヒリズム性を現すディオニュソス的な基礎経験の一部をなすと考えたのであろう[133]。なぜなら彼は、新たな芸術や仮象が生まれる条件として既成の政治的な支配構造の強化を主張し、その際に支配が強化される労働者や大衆の窮状は彼によって自然の残酷さに譬えられているからである[134][135]。

とはいえ、ニーチェは上で触れた「超保守的な」政体・政治観を積極的に実現しようとしたわけではなく、同時代の政治に対しては基本的に傍観者的ないしは批判的な立場に留まっていた。こうした姿勢は従来のドイツにおける人文主義の一系譜を継ぎ、一八世紀末期のゲーテが同時代の政治に対してほぼ無関心であったのと似ていたと言うことができるのではないだろうか。

第三節　新人文主義による国民形成のコンセプトと文化改革の構想

以下ディオニュソス的なものが持つ「超越的な内在[136]」としての様々な側面に定位し、芸術と学問、政治、宗教（キリスト教）との関わり、ニーチェの文化改革の政治的・宗教（キリスト教、特にプロテスタンティズム）的な背景を整理し、さらに従来の新人文主義によるドイツの国民形成のコンセプトが彼の文化改革観といかに関わるのか考察する。

ニーチェの文化改革の構想において、ディオニュソス的なものは芸術と学問、政治、宗教（キリスト教）を関連付ける上で重要な役割を果たしていたと言える。まず学問との関わりについて言えば、内在的な美的な原理としてのそれはアポロン的なものに優位し、「芸術の学問に対する優位」に基づき芸術や悲劇的文化を形成し、アレクサンドリア文化に対する批判の拠点とされている。次に政治との関わりについて言えば、それは世界のニヒリズム性に関する超越的な基礎経験として、芸術（仮象）を必要とする形而上学的な根拠となるだけでなく、文化を生み出す社会的な背景となる労働者・大衆の窮状を同様に自然的なものとして固定する現状維持の原理とされている。最後に宗教（キリスト教）との関わりについて言えば、それは共に超越的な原理としてアレクサンドリア文化に対して共闘すべきでありながら、実際には共に学問化という弊害に陥っていることが批判された。[137]

ニーチェの文化改革の構想は既成の言語・劇（場）・文化の見直しを図るものであり、言語についてはそれをアポロン的なもの（像）とディオニュソス的なもの（音楽）、文化についてはそれを学問と芸術へといったん解体し、アポロン的なもの優位の書かれた言語[138]をディオニュソス的なもの優位の歌われた言語へ、学問優位の（アレクサンドリア）文化を芸術優位の（悲劇的）文化へ組み替え、その本来の形の再建を目指した。そしてこの改革の歴史的な場が劇（場）であり、この転倒の原理とされたのがキリスト教（プロテスタンティズム）における「信仰の法則の、行為の法則に対する優位」の枠組みであったと考えられる。ところで、このキリスト教（プロテスタンティズム）の枠組みがヴォルフの『古代学の叙述』においては「文化の文明に対する優位」という枠組みへ抱え込まれたことをすでに述べたが、こうした文化と文明の関係はニーチェの同時代において二重の意味で転倒していたと見なすことができる。すなわち第一には、文化よりも文明が高く評価され、第二には文明を中心とした文化の統合が構想され始めていた点においてである。[139]その結果、文化自体の中に文明の要素が入り込み、文化の文明化が進み、こうした文化をニーチェはアレクサンドリア文化と名付けたのである。それに対して彼は、まず芸術的・神話的な悲劇的文化を師表とした自然に近い本来の文化と学問的・政治的なアレクサンドリア文化を師表とする文明に近い文化を区別し、この二つの文化の現れを、その形成原理であるディオニュソス的なものとアポロン的なものに遡ることで截然と区別することを試みた。さらにはディオニュソス的なものや本来の（悲劇的）文化に依拠することによって、アポロン的なものや文明に近い（アレクサンドリア）文化を包み込むことを遠望した。それゆえ「文化改革」という言葉の中の「改革」という表現においては、宗教「改革」におけるプロテスタンティズム的な「信仰の法則の、行為の法則に対する優位」あるいはヴォルフの『古代学の叙述』における「文化の文明に対する優位」という枠組みを、人文主義的な「文化」の場における「芸術の学問に対する優位」という内容へと組み替え、この組み替えの根拠を従来のキリスト教という神中心的な宗教に代わって人文主義における人間中心的な「文化」の中へ基礎付けることが意図されている。[140]文化改革はドイツの伝統的な文化理解の系譜を継ぎ、後年のニーチェの自己批判や「反キリスト者」としての自己理解にもかかわらず、宗教（キリスト教）的な枠組みや内容を文化の中へ独自の仕方で取り込むことによって、[141]また同じく後年の彼による文化と政治の対立関係を強調する立場にもかかわらず、特定の保守的な政治的立場に基づいて構想されていたのである。[142]ところで、三月革命後のドイツにおいて芸術は宗教（キリスト教）へ、学問は政治へ近付く兆しがあった。それに対して彼は宗教（キリスト教）の超越性を芸術の方向へ、政治の内在性を学問の方向へ引き寄せることを試み、一方でリベラリズムなど世俗化した宗教（キリスト教）的な信仰覚醒運動が政治的な変革を招来することを阻みつつも、他方でまずは芸術の領域の中で、ディオニュソス的なものとアポロン的なものの間のあるべき関係の樹立を目指し、ひいてはそれをひな形として宗教（キリスト教）と政治の中間にある文化の領域の中で、芸術と学問の間のあるべき関係の樹立を構想したのであろう。こうしてニーチェによる文化改革の構想は、キリスト教の美的な純化と社会的（政治的）な矮小化という両面を備えていたと言うことができるのではないか。

その際、形骸化し学問化した従来のいわゆるアポロン的なギリシャ像に代わる自然的・芸術的でディオニュソス的なサチュロス合唱団に代表されるギリシャ像、さらには芸術と学問の総合からなる「音楽をするソクラテス」の発見という人間像の更新こそ、この文化改革の重要な内容をなしたことが推測できる[143]。この文化改革の試みはヴォルフの『ホメロスへの序論』の発展的な継承[144]であるとも言え、ニーチェはヴォルフと同様に文化の場における偶像（ヴォルフの場合は既成のホメロス像、ニーチェの場合は歴史学的な研究）に対する批判を行った。すなわちニーチェは彼の時代に形骸化しつつあった歴史学的な研究に対する批判を行い、学問的な文化・人文主義から芸術的な文化・人文主義への移行（総合）、かつてのヴォルフとゲーテの共闘に代わりニーチェとヴァーグナーの共闘からなる「第二のヴァイマール[145]」の実現を目指したのである。

次にニーチェによる文化改革の構想と、新人文主義とドイツの国民形成の関わりを基礎付けた形式的陶冶及び「ギリシャとドイツの親縁性」の理念との関連について触れてみたい。まず形式的陶冶について、彼は『悲劇の誕生』の中で表立って論じてはいない。しかしニーチェがアレクサンドリア文化の現れとして歴史学的な古典研究、あるいは学問への信仰が政治という行為を肯定する点を挙げていることを想起すれば、彼が形式的陶冶をアレクサンドリア文化を基礎付ける理念として捉え、この文化に対するのと同様に批判的であったことが推測し得る[146]。そもそもニーチェは、形式的陶冶がその達成を射程に入れたドイツの政治的な国民形成について、そのコンセプト自体に対して批判的であった[147]。他方「ギリシャとドイツの親縁性」に関して、ニーチェはこの理念自体を継承しつつも、両者の間のアレクサンドリア文化を介した従来の親縁性に代わり、悲劇的文化を介した親縁性を新たに発見したのである。

さらに、ニーチェの文化改革の構想が生まれたドイツの国民形成上の背景に目を転じることにする。ニーチェはバーゼルにおいて、モムゼンの『ローマ史』に対する批判を行いディオニュソス的なギリシャ像の発見・継承に重要な役割を演じたバッハオーフェンと交際があり、また当地の人文主義ギュムナジウムやバーゼル大学においてはブルクハルトとも同僚として親交があった(148)。このバーゼル生まれの二人の碩学は、当地において強かった反プロイセン・反第二帝国観を学問の世界において代表する存在であった。すなわち彼らが属したバーゼルの伝統的な門閥貴族は、バーゼルがドイツの政治的な国民形成の過程においてプロイセンや第二帝国へと吸収・解体されることに対して恐れを抱いており、さらにドイツ・ヨーロッパにおける人文主義の伝統がリベラリズムや大衆の台頭によって滅びるのではないか、という危惧を持っていた(149)。ところでニーチェは、『悲劇の誕生』において同時代のプロイセンで全盛を極めつつあった歴史学的－批判的な研究に対する批判を行ったが、その際に彼はバッハオーフェンやブルクハルトと貴族主義という似た気質を共有し、彼らの古典研究から学問上の刺激のみならず、反プロイセン・第二帝国、分邦主義の擁護という政治的な影響も受けたことが想像できる。『悲劇の誕生』の出版後、プロイセンの出身で後に第二帝国における古典研究を代表する存在となったヴィラモーヴィッツ＝メレンドルフは同書に対する激しい批判(150)を行い、プロイセン・ドイツで主流をなす新人文主義的な古典研究の流れとバーゼルにおいて伝統的に育まれてきた古人文主義の系譜を継ぐ古典研究の流れの間の対立が明らかとなった。こうした対立において、ニーチェはヘルマン－ベーク論争でヘルマンの依拠した「言語の知識との取り組み、キリスト教、文化的な国民形成、非プロイセン」（あるいはロマン派と結び付いたクロイツァー、ミュラー、バッハオーフェン）に近い立場に基づき、それに対してヴィラモーヴィッツ＝メレンドルフはベークの依拠した「事柄の知識との取り組み、実科主義、プロイセン」に近い立場から批判を行ったのである（ただし貴族出身の彼は、リベラリズムに基づくドイツの政治的な国民形成に対してはニーチェと同様、距離があった）。

ニーチェは普仏戦争の勝利によってドイツの文人や知識人が自己満足に陥ることを警告し、フランス文化からの解放よりも遥かに遠大な形成目標を新たに設定することによってドイツの文化改革を試みた。[151] つまり彼は、『悲劇の誕生』やヴァーグナーのバイロイト音楽運動に基づくドイツの文化的な国民形成への寄与を改めて目指し、こうした企図は後の大衆ナショナリズムと同様にドイツ国民形成史上の第四の節目を作る試みとして位置付けられるにもかかわらず、彼の著書が出版直後にかつての宗教改革や『ホメロスへの序論』のように大きな反響を見出すことはなかった。しかし、『悲劇の誕生』における自然の復権、学問批判を介した芸術（文化）の形成やリベラリズムに基づくドイツの政治的な国民形成に対する批判という文化批判の主張は、その後の大衆ナショナリズムを中心とするドイツ国民形成の流れの中で注目を得るに至った[152]のである。

第二章　ヨーロッパへの関心の移行とドイツ・ヨーロッパの再編

ニーチェは『悲劇の誕生』の刊行後「反時代的考察」と題する四つの論文を出版した。彼は新人文主義の第一世代による当時の時代精神を代表した汎愛主義に対する批判のパトスを継承し、文献学者の使命をその「反時代性」の中に見出し、(1) この四つの論文はいずれも彼が『悲劇の誕生』において展開した文化改革の構想と以下のように関わるものであった。すなわち第一論文の「信仰告白者と著述家としてのダーフィト・シュトラウス」はキリスト教に代わる新たな教養宗教の樹立つまりは一種の文化改革を目指したダーフィト・フリードリヒ・シュトラウス (David Friedrich Strauß) を批判し、彼の構想する教養や文化が本来のその名に値しないことを指弾している。第二論文の「生に対する歴史研究の利害について」に関しては本章で取り扱い、第三論文「教育者としてのショーペンハウアー」と第四論文「バイロイトのリヒァルト・ヴァーグナー」は、ニーチェが崇拝し文化改革の構想を汲み出す源泉となった哲学者と芸術家の姿を、同じく同時代の人間（個人）や文化の形成という視点から考察している。

本章においては、上で触れた「生に対する歴史研究の利害について」をまず取り上げ、この論文の中に文化改革の構想がいかに発展的に継承されているか、検討する（第一節）。そしてこの著作の中に現れた、ニーチェの関心がドイツ文化の形成から移行する萌芽に注目し、それが彼によるヨーロッパ文化の形成という関心といかに関わったのか（第二節）、最後に彼の人文主義観の変遷をドイツの国民形成との関連から整理する（第三節）。

第一節　「生に対する歴史研究の利害について」と文化改革の構想

『悲劇の誕生』は刊行直後、毀誉褒貶の評価を受けたが、全体としてむしろ否定的な評価が下された。(2) 同書が不評であった主な理由は、先に触れたヴィラモーヴィッツ＝メレンドルフの批判に現れていたように、ニーチェが同書で歴史学的－批判的な研究を批判した点に存する。このような『悲劇の誕生』に対する反響やその理由が、「生に対する歴史研究の利害について」の重要な成立背景であったと思われる。すなわちニーチェは同論文において、『悲劇の誕生』ではもっぱら批判された歴史研究が「生 Leben」に対して持つ役割を、積極的な意味合いをも含めて包括的に考察し、さらにこの歴史研究がニーチェの構想する文化改革において果たし得る役割を、より明らかにしようと試みたのである。本論文の題名は、キケロが『雄弁について』の中で述べた「歴史は生の教師である historia magistra vitae」(3) という言葉に遡る。すでに古典古代から、過去の歴史との取り組みは現在の生への示唆や未来への洞察を与える「形成・教養 Bildung」力として重視されていた。また本書の関心から言えば、一九世紀ドイツにおいて歴史研究はドイツ・ネイションの形成の一メディアとして大事な役割を果たしていたわけである。そこでニーチェは、一方でこの歴史研究が様々な主体の「形成・教養」に対して果たす本来の職分、他方でその陥りがちな問題を明らかにし、さらには歴史学的な教養とは異なる別途の教養を模索している。以下、Ⅰ「生に対する歴史研究の利害について」におけるニーチェの問題関心を整理し、さらにⅡ　文化改革の構想の「生に対する歴史研究の利害について」における継承の様態を明らかにする。

I　ニーチェの問題関心

本論文は歴史研究が生に対して果たす役割を一般的に考察しているように見えるが、本書の今までの議論を踏まえると、その問題設定においてドイツの国民形成上の背景が以下の三つの点において反映している。第一にニーチェは、「Historie 歴史研究・歴史記述」という言葉を、通常の「過去の歴史的な出来事に関する、文字に記された記述」という意味に留まらず、言語あるいは事柄によって知ることのできる外来・旧来の知識一般を指して用いている。[4] こうした歴史研究に関する規定は、外来・旧来の知識との取り組みという課題と当面したドイツの国民形成と関連のあるものであったと言える。第二に彼は、歴史研究が彼の同時代のドイツにおいてもはや新たな「行為 That」を生み出さなくなっている様子を批判的に描き出し、[5] それに対して新たな行為や生を促す歴史研究への取り組み方について考察を行っている。[6] その際に彼は創造や行為の際に完全で正しいものに対する無条件的な信仰が必要であると考え、[7]「新時代の精神」の生まれる条件を模索している。[8] このように従来のドイツの国民形成において繰り返し現れた、信仰と行為の関わりや精神が本論文の中でも問題となっている。第三にニーチェは、歴史研究による寄与の目指された生の内実として有機体性を挙げ、[9] 歴史研究が人間、文化、民族の形成に貢献すべきことを説いている。つまり彼は、新たな行為を生み出すべき有機体的な形成の主体として「人間－文化－民族」の三者を挙げており、[10] これは新人文主義によるドイツの国民形成のコンセプトにおいて形成の目指された「個人（人間）——形成のメディア——ドイツ・ネイション」の内容と一部重なっている。こうしてニーチェは形成のメディアとしての歴史研究の役割を考察することによって、それとの取り組みが個人（人間）のみならず文化の形成に寄与すいるのである。

ること、また形成が目指される共同体のあり方として従来のドイツ・ネイションに代わって、民族の存在を説いて

新人文主義によるドイツの国民形成のコンセプトにおいては、「Geist 精神・(聖)霊」の形成のメディアを通した交感による「個人(人間)——形成のメディア——ドイツ・ネイション」の三位一体的で有機体的な形成が目指されていた。他方、ニーチェの「生に対する歴史研究の利害について」においては、従来の精神の歴史研究という形成のメディアを通した、あるいは新時代の精神の、歴史研究とは異なる新たな形成のメディアを通した交感による「個人(人間)−形成のメディア(歴史研究、文化)——(ドイツ)民族」[11]の有機体的な形成が問題になっていると考えられる。つまり同論文は、一方で(従来の)精神の歴史研究という形成のメディアを通した交感による国民形成という新人文主義のドイツ・ナショナルな関心を継承しているが、他方で新時代の精神の、歴史研究とは異なる新たな形成のメディアを通した交感による、ドイツ・ネイションとは異なる形成目標へと開けた問題構成を孕んでいるのである。

さてニーチェは歴史研究に関する考察を行う際、二通りの見方を提示している。すなわち、彼は一方で歴史研究の様態を三つに分け、それぞれのタイプに関して生に対する固有の利害を検討している。他方で彼は同時代の歴史研究の害の面を本書の言葉を用いれば認識のメディアとしての学問的な歴史研究として総括し、それに対して利の面を形成のメディアとしての芸術的な歴史研究の中に見出している。ところで、第一の見方に基づく三つの歴史研究の様態、及びその中での生に対する利と害の区別は、第二の見方に基づく学問的な歴史研究と芸術的な歴史研究の区別からは相対的に独立したものとして考えられている。つまり、個々の歴史研究の様態が芸術的、学問的とはっきりと分類できるわけではないし、個々の歴史研究の様態における利の面が芸術的、害の面が学問的と明確に分

けられているわけでもない。以下、まず第一の見方に基づく歴史研究の内容に関して整理する。

ニーチェはこの見方に基づく歴史研究の様態として、「記念碑的な歴史研究 monumentalische Historie」、「骨董的な歴史研究 antiquarische Historie」、「批判的な歴史研究 kritische Historie」という三つを挙げている(12)。彼によれば、記念碑的な歴史研究とは偉大な過去の例えば英雄の事蹟に鼓舞され未来の行為への促しを与えるような歴史研究であり、その利は過去から現在の活動と努力のための衝動を汲み取り得る点にある。しかし、記念碑的な過去が凡庸な者の管理に任されるや否や、過去の権威を盾に現在の新たな創造や行為を阻む害がある(13)。骨董的な歴史研究とは自らが根付くと感じる場における過去の事蹟の忠実な保存を試みる歴史研究であり、その利は外来・旧来の雑多な知識の追求や放恣な行動欲を阻む点にあるが、他方で関心の対象がきわめて限定されているため、視野狭窄に陥る害がある(14)。批判的な歴史研究とは直接の過去の伝統を否定し、より古い過去の伝統への接続を図ることによって新たな伝統の創造や行為を目指す歴史研究であり、その利は生き得るために直接の過去の虚偽や不正を暴き出す点にあるが、他方で過去に対して歯止めが効かない批判に陥りがちな害がある(15)。

このような三つのタイプによる歴史研究の区別が生まれた際には、いずれも一八世紀以後のドイツの国民形成における歴史研究の記憶が次のように働いていたと思われる。第一に記念碑的な歴史研究の利の例としては、ドイツの「統一と自由」に対する示唆を試みたドロイゼンの『アレクサンダー大王伝』あるいはモムゼンの『ローマ史』などが考えられ、害の例としてニーチェはモムゼンが同書で行ったキケロ批判を挙げている(16)。第二に骨董的な歴史研究の利の例として、ニーチェはゲーテの「ドイツの建築について」を挙げ、害の例としては一八世紀末期に至るまで支配的であった好事家的な古典研究、あるいは一九世紀に入ってもなお盛んで分邦主義を支えた郷土史研究が挙げられるかもしれない。第三に批判的な歴史研究の利の例としてはヴォルフの『ホメロスへの序論』、害の例としてはベークの『アテネ人の国制』などに始まる歴史研究が考えられる。そして一八世紀以降のドイツの国民形成においては、時代的に骨董的、批判的、記念碑的な歴史研究へと重点が移り、この三つのタイプの歴史研究が並存しつつニーチェの時代に至っていたと言えよう。骨董的、批判的、記念碑的な歴史研究は、それぞれある主体（共同体）の同一性の維持、批判（破壊）、形成つまりは有機体的な発展と関わるものとして考えられている。ところでモムゼンが『ラテン碑文集成』において行った批判的な歴史研究、『ローマ史』において代表した記念碑的な歴史研究は、プロイセン中心の新人文主義の流れを汲み骨董的な歴史研究の乗り越えを図るものであった。しかしそれに対してニーチェは、むしろ古人文主義の流れを汲む骨董的な歴史研究が批判的・記念碑的な歴史研究の問題点つまり外来・旧来の雑多な知識の過剰を阻む点をより肯定的に評価している（これは反プロイセン意識の強かったバーゼルにおいて、古人文主義の流れを汲む骨董的な歴史研究が未だに営まれていたことと関係があったであろう）。そしてニーチェは、この歴史研究の三つの様態は価値的に中立であることを主張し、この歴史研究を適用する個々の「人間－文化－民族」の位置する「土壌」と「気候」によって適切に用いられるべきことを主張したのである。[17]

ところで歴史研究に関するニーチェの第二の見方によれば、彼の同時代においては批判的な歴史研究と近い面を有する「歴史研究は学問でなければならない」[18]という要請が立てられ、次のような事態が生じていた。「今や生のみが過去に関する知識を支配し制御するのではなく、境界のあらゆる杭は抜き取られ、過去に存在したすべてのものが人間へと襲いかかる。生成が過去に存在した限りにおいて、あらゆる遠近法もまた無限に過去へ向けてずらされてしまった。」[19]その結果、以下の二つの現象が顕著になったという。すなわち第一に、多くの若者がギュムナジウムや大学において知識の詰め込みを工場の奴隷のように強いられた結果、本来の個人的教養を実現することが困難になった。[20] この第一の批判点は、すでにプロイセンにおいては一八三六年のローリンザーによる提題の中に現れており、後には大衆ナショナリズムの思想家によって人口に膾炙した。ニーチェはモムゼンとは逆に、「我々が学問にとって何であるかよりも、学問が我々にとって何であるかが重要だ[21]」という前提から出発したのである。第二に外来・旧来の様式に関する無頓着さが生じ、それがドイツ文化における様式の欠如を招来した。[22] つまり学問としての歴史研究が、個人（人間）においては人格の衰弱、文化においては様式の混沌を引き起こしていることが問題視されたのである。

II　文化改革の構想の、「生に対する歴史研究の利害について」の中での継承の様態

上で挙げたような歴史研究の学問化がもたらす害に対して、ニーチェは「非歴史的なもの das Unhistorische」と「超歴史的なもの das Ueberhistorische」という二つの対抗手段を考えている。[23] ニーチェによれば、非歴史的なものとは歴史以前の自然的・獣的な要素のことであり、超歴史的なものには歴史を超えた永遠の価値を持つ芸術、宗教が含まれる。[24] 先に触れた、歴史研究を取り巻く「土壌」や「気候」とは、この非歴史的なものと超歴史的なもののことなのである。そこで以下、学問的な歴史研究と超歴史的なもの及び非歴史的なものとの関わりを検討しておきたい。ニーチェは、すでに引用した「歴史学的な教養は、むしろ例えば強力な新しい生の流れ、ある生成しつつある文化の結果としてのみ、何ほどか治癒をもたらし未来を約束するものである[25]」という主張に見られたように、非歴史的なものあるいは超歴史的なものとしての「生」の歴史研究に対する優位が前提された上で初めて、歴史研究が利の面を持つとしている。

まず学問的な歴史研究と超歴史的なものとの関わりについて、ニーチェは学問的な歴史研究に対して骨董的な歴

史研究と近い面を有する芸術的な歴史研究を本来の歴史研究として称揚し、[26] 歴史研究を学問と芸術を両極とする中間に揺れ動くものとして位置付けている。つまり『悲劇の誕生』における「芸術への回帰を経た学問の肯定」という主張は、「生に対する歴史研究の利害について」の中では「超歴史的なものへの回帰を経た（学問的な）歴史研究の肯定」という主張へと引き継がれているのである。

次に学問的な歴史研究と非歴史的なものとの関わりについて、ニーチェは学問的な歴史研究をその対抗手段である非歴史的なもの及び超歴史的なものとの関係を顧慮することなく、認識のメディアとして単に徹底させることの結果を思い描いている。すなわち彼によれば、「歴史的な現象は、純粋かつ完全に認識され、認識現象に解体された場合には、これを認識した者にとっては死んだものとなる」[27] のであり、したがって「歴史が純粋な学問として考えられ、かつ絶対的なものになるとすれば、それは人類にとっては一種の生の終了、決算になってしまう」[28] のである。ただしニーチェは、歴史研究の徹底が認識者ではなく生きる者にとっては「ひょっとすると」上で触れたようなニヒリズムに陥る危険をもたらさないかもしれない、ということも同時に指摘している。[29]

これらの主張と関連して『悲劇の誕生』においては、（歴史学的な）学問を徹底させた結果、学者は研究対象が無限であることからニヒリズムに陥り、芸術という仮象を必要とすることが主張されていた。[30] それに対して「生に対する歴史研究の利害について」においては、学問的な歴史研究によって「アレクサンドリア－ローマ文化の精神を——我々の普遍史によって——我々の中できわめて壮大かつ実り豊かに模倣することができたと自ら称賛することが許される時、（アレクサンドリア文化以前の古代ギリシャに存在したとされる）本質的に非歴史的な教養と、それにもかかわらず、いやむしろそれがゆえに言い難く豊かで生に満ちた教養の現実を見出す」[31] ことが主張されている。つまり学問的な歴史研究の徹底が、『悲劇の誕生』の場合は超歴史的なもの（芸術）、「生に対する歴史研究の利害について」においては非歴史的なもの（自然）へ通じることが説かれている。こうした『悲劇の誕生』と「生に対する歴史研究の利害について」の間にある主張の相違をさらに敷衍すると、『悲劇の誕生』においては自然のもたらす害の面が洞察され、サチュロス合唱団が代表するような芸術が混沌とした自然と文明的な学問を媒介する点にその文化的な意義が見出されていたのに対して、「生に対する歴史研究の利害について」においては芸術と学問からなる文化という場で、芸術的な歴史研究の学問的な歴史研究に対する優位が主張されるか、あるいはこうした歴史研究（歴史学的な教養）に基づく文化の彼岸に、非歴史的で「新しい改善された自然としての文化」[32]・教養が新たな形成のメディアとして遠望されている。こうして『悲劇の誕生』での文化改革の構想は「生に対する歴史研究の利害について」において一方で継承されながらも、他方で改革する文化の内容や形成のメディアとして新たなものが提示されているのである。

最後にニーチェによる歴史研究に関する考察の意義を、新人文主義とドイツの国民形成の関わりという観点からまとめておきたい。歴史研究に対する彼の批判は、方法性それ自体[33]やドイツにおける（フランス文化など）外来のものに関する紋切り型の模倣などに対しても向けられており、したがって機械論に対する批判と結び付いていた。他方、ニーチェは主体の生や展開（「生の彫塑的な力[34]」）を第一義的に重視しており、一種の有機体論の立場に依拠していたと考えられる。すると「生に対する歴史研究の利害について」における彼の関心の一つは、学問的な歴史研究に代表される機械論的な要素を一概に否定するのではなく、それを非歴史的なもの及び超歴史的なものに導かれた有機体的な生というより包括的な秩序の中においていかに位置付けてゆくべきか、という問題であったと言えよう[35]。つまり、有機体としての生との関わりにおいて、ある時には機械論からの撤退が、ある時には機械論の徹底が勧められたのである。言うまでもなくこうした問題意識は、『悲劇の誕生』においては悲劇的文化が自らの優位の下にアレクサンドリア文化を包み込む、という文化改革の構想の中に現れてきたものであった（『悲劇の誕生』における、政治的な変革を招来しない文化形成という構想は、「生に対する歴史研究の利害について」においては大衆を主体とする歴史研究を拒否する主張の中に継承されている）[36]。これを言い換えれば、ニーチェは歴史研究が超歴史的なものとの関わりにおいて生にとって利（超歴史的なものの学問的な歴史研究に対する優位）あるいは害（学問的な歴史研究の超歴史的なものに対する優位）に働く条件を探求しながらも、他方で歴史研究の徹底が生にとって利に働く非歴史的なものの発見へ向かう可能性を認めている。そして彼が問題としたのは、同時代の歴史研究が外来・旧来の知識の流入を許し古典古代の規範を壊し、それが同時代の「人間－文化－民族」の形成に寄与していないにもかかわらず、古典研究者がこうした歴史研究の害の面に関して無自覚な事態であった[37]。そこでニーチェは学問的な歴史研究の対抗力である非自然的なものあるいは超歴史的なものを発見・創設[38]しこの規範の破壊を妨げるか、または破壊を徹底させて新たな生が残る可能性を遠望するか、という二つの可能性を示したのである。

この二つの可能性とは、第一部の最後に指摘した、ドイツの国民形成において形成のメディアの形骸化が「機械論」化として批判され、古い「Geist 精神・（聖）霊」の取り戻しあるいは新しい「Geist 精神・（聖）霊」の発見が目指された、という特徴と重なっていたとは言えないだろうか。つまりニーチェは形成のメディアとしての歴史研究が単なる認識のメディアとして形骸化に陥っていること主張し、一方で歴史研究の本来のあり方を学問的な歴史研究よりも芸術的な歴史研究の中に見出しそれが『悲劇の誕生』の意味での文化の形成に連なることを期待した。しかし他方で、「新時代の精神」に基づく自然に近い新たな文化における非歴史的な教養を歴史研究に代わる新たな形成のメディアとして見出すことを期待したのである。

第二節　ドイツ文化の形成からヨーロッパ文化の形成へ

この「新時代の精神」や新たな形成のメディアを見出す試みは、ニーチェによって同時代のドイツの状況と関連付けて論じられている。彼は上述の考察を踏まえて、同時代のドイツの特徴を「人類の老齢」や「ドイツ人が他の国民と比べて遅くやって来た国民である[39]」ということに対する信仰が強まっている点の中に求め、こうした時代状況が学問的な歴史研究の隆盛と不可分であると主張している。[40] つまり彼は、この信仰が学問的な歴史研究という行為を基礎付けていると考えたのである。そこでニーチェは学問的な歴史研究とは異なる新たな行為を模索する際に、学問的な歴史研究の起源に遡ることによって、この学問的な歴史研究という行為や「人類の老齢」などへの信仰が元来どこから由来したのか推測することを試みた。そしてそれによって、こうした古い信仰や行為には拠らない別途の教養の可能性を模索し、この非歴史的な教養に基づく新たな文化に関する考察をさらに次のように行っている。

ニーチェは『悲劇の誕生』において、歴史研究の起源を前三世紀に始まるアレクサンドリア文献学の中に求めていた。また本書の考察を振り返れば、歴史研究の起源は主に啓蒙主義以降の時代におけるドイツ・ヨーロッパ人の知的な地平の広がり、あるいは事柄の知識と言語の知識の総合を目指したヴォルフによる古代学の構想やベークの古典研究観の中に求めることもできた。しかしニーチェは「生に対する歴史研究の利害について」において、一方では「歴史学を重視する時代の方向が、特にドイツ人の下では二世代前から気付くことができる[41]」と指摘しつつも、他方で歴史研究の学問化ではなく歴史研究それ自体の起源をキリスト教中世の「死を思え」という要請の中に見出している。[42] すなわちニーチェによれば、「死を思え」という要請は終末が近いという意識を生み出し、この意識が近代もなお継承され、近代人は時代の高みに位置するという考えが生まれたという。しかもこの考えは、終末が近いがゆえに新しい行為を試みても無駄であるから過去を回顧するに如くはない、という意識を生み出し、その結果歴史研究がキリスト教神学においても人文主義においても活発化したというのである。[43] ところで、人文主義はルネサンス期以来ゲーテに至るまで、キリスト教中世の「死を思え」という要請に対して「生を思え」という要請を対決させてきた。しかし実際には歴史研究が人文主義の流れを汲む古典研究においても行われ、人文主義における古典研究がキリスト教中世の完成や終末を目標とする救済史の枠組みに密かに依拠していることがニーチェによって問題視されている。[44] なぜなら、歴史研究の流れがキリスト教神学においては自らの意図に反した展開を遂げ、自由主義神学の例に見られたように自らの規範の相対化をもたらし、[45] 同様の問題が新人文主義の古典研究においても顕在化しつつあったからである。その結果ニーチェは、具体的に「生を思え」という要請が行為となるためには、完成や終末の枠組みを放棄すべきことを説いているのである（「人類の目的は終末ではなく、その最高の範例にある」）。[46]

さてニーチェは、歴史研究の起源を「生に対する歴史研究の利害について」において『悲劇の誕生』とは異なった時点に求めた理由を、彼自らの以下のような考えに帰している。

歴史学的な教養の起源——およびこの教養が〝新時代〟あるいは〝近代の意識〟の精神と内面的にきわめてラディカルに対立する起源——この起源自体が再び歴史学的に認識されなければならない。歴史研究は歴史研究の問題を自ら解決しなければならない。知はその刺を自らに向けなければならない。この〝新時代〟の精神の中に何か新しいもの、生命を約束する根源的なものがあるとするならば、この三つの〝ねばならない〟こそがその命令法なのである。(47)

この引用の中でニーチェは「歴史学的な教養の起源」という古い信仰と新たな信仰としての「新時代の精神」を対立的に捉え、その際「この〝新時代〟の精神の中に何か新しいもの、生命を約束する根源的なものがあるとするならば」という表現に現れているように、「新時代の精神」という新たな信仰が新たな行為を生み出すことを促している。こうしてニーチェは、彼の構想する新たな信仰・行為を古い信仰・行為との対立において、しかも「自ら selbst」という自己再帰的な表現の反復に現れているようにドイツ・ヨーロッパにおける新旧の信仰・行為の対立という歴史的な節目に即して取り戻すべきことを唱えている。具体的に言えば、ニーチェは上で挙げた人文主義者エラスムスと宗教改革者ルターの間の対決が見られたようなルネサンス・宗教改革期という歴史的な節目に即して、彼が新たな信仰と見なした人文主義を、彼が歴史研究の起源にして古い信仰と見なしたキリスト教と対立的に捉えているのである。

『悲劇の誕生』においては、四世紀までの初期キリスト教徒やルターの宗教改革などキリスト教が新たな悲劇的文化を形成する側に、古人文主義（ルネサンス）が支配的なアレクサンドリア文化を形成する側に位置付けられていた。ところが「生に対する歴史研究の利害について」においては、支配的な文化形成と新たな文化形成を可能にする信仰をめぐってキリスト教と人文主義の評価が逆転している。つまり同論文においては、古人文主義（ルネサンス）が新たな文化形成、キリスト教が支配的な文化形成の側に位置付けられている。このように評価が逆転した理由を、ニーチェが同時代のドイツの国民形成に対して抱いた関心という観点から考察すると、どうなるであろうか。というのも、ニーチェは上で行った主張の内容を絶対化しているのではなく、「歴史学的な教養の起源（中略）自体が再び〝歴史学的〟に認識されなければならない」（強調は引用者）という自己再帰的な主張に現れているように、時代の状況に応じて、つまり彼の言葉で言い換えれば主体の位置する「土壌」と「気候」に応じて歴史学的な教養の起源を設定すべきことを説いているからである。(48)

ニーチェは歴史研究の起源をキリスト教中世やキリスト教神学、終末論の中に見出す自らの主張を、一九世紀ドイツにおいて大きな影響を揮っていたヘーゲル哲学と関係付けている。つまりニーチェは、「人類の老齢」や「ドイツ人が他の国民と比べて遅くやって来た国民である」ということに対する「こうした信仰がいつか無謀な転倒によって、遅くやって来たものであることを以前のあらゆる出来事の意味及び目的として神格化し、この信仰における知の惨めさが世界史の完成と同一視されるならば、それは恐ろしく破壊的に見えるに違いない」(49)と指摘し、同時代におけるヘーゲル哲学をその無謀な転倒の現れと見なした。その際にニーチェはヘーゲル哲学が「世界過程について語り自らの時代をこの世界過程の必然的な結果として正当化することに慣れさせた」と考え、(50)キリスト教神学や終末論のみならずその世俗化の一つの現れとも言えるヘーゲル哲学こそ同時代のドイツにおいて歴史研究が隆盛する直接の基礎付けになっていると考えたのである。さらにニーチェは、ヘーゲル哲学によって「世界史の完成」や「世界過程」が正当化される対象について、「生に対する歴史研究の利害について」が執筆されたのとほぼ同時代に行われた講演「我々の教養施設の将来について」の中で以下のような指摘も行っている。「最近の現象は国家に奉仕する人々による教養の努力を裏付け、この努力の中に例えば、あの国家によって助成され国家の目的を目指す哲学、つまりヘーゲル哲学の傾向を想起させることでしょう。プロイセンはあらゆる教養の努力を国家の目的へと従属させることにおいてヘーゲル哲学の実際に利用できる遺産をうまく手に入れたと主張しても、おそらく誇張ではないでしょう。」[51]つまりニーチェは新人文主義的な古典語教育・古典研究が共にヘーゲル哲学によって基礎付けられていること、及び新人文主義とドイツの国民形成との関連に対する批判をここで行っているのである。実際に本書の今までの検討によれば、ヘーゲル哲学は新人文主義とドイツの国民形成の関わりとの間に密接な関連を有していた。

このようにニーチェが「生に対する歴史研究の利害について」において、キリスト教を支配的な文化形成の側に位置付け、克服の対象とした背景には、彼がヘーゲル哲学に対する批判を介してドイツの国民形成というコンセプト自体に対して批判的になり始め、人文主義の伝統をドイツ・ナショナルなものとの結び付きから取り戻す関心の存したことが推測できる。[52]ではニーチェは、新たに古人文主義（ルネサンス）との親縁の前提された文化形成の実現の場を、ドイツ・ナショナルなものに代わってどこに見出すに至ったのだろうか。以下その模索の過程を外的・内的な側面から検討する。

ニーチェは『悲劇の誕生』を執筆する直前、普仏戦争が勃発した際にプロイセン軍の看護兵として従軍し、プロイセンのフランスに対する軍事的な勝利が真の文化とは関係のない力によって得られたのではないか、という洞察を得ていた。とはいえ彼は『悲劇の誕生』において、普仏戦争におけるプロイセンの勝利を一方で褒め称え、他方で彼の文化改革の構想によるドイツ文化の振興を期待したが、彼が文化改革の担い手として期待した教養市民のいわゆる「泡沫会社乱立時代」のあり方に対して失望せざるを得なかった。すなわちニーチェは、彼らが普仏戦争におけるプロイセンの勝利をドイツ文化のフランス文化に対する勝利と同一視し文化固有の価値を尊重していないことを問題視し、[53]戦勝に奢って「ドイツ精神が〝ドイツ帝国〟のために敗北する、いやそれどころか絶滅する」[54]危険を「信仰告白者と著述家としてのダーフィト・シュトラウス」において指摘した。つまりニーチェは『悲劇の誕生』の中で、ドイツ本来の芸術や文化が政治から独立したものであるべきことを説いていたが、実際には同時代のドイツの教養市民によって担われた芸術や文化が政治へと従属し、それどころか彼がドイツ精神の現れとして期待したヴァーグナーの芸術運動すら第二帝国の政治へと接近しつつあるのを見出したのである。さらに『悲劇の誕生』の不評も与り、ニーチェは本来のドイツ文化の取り戻しという構想に対して懐疑的な傾向を強めたのみならず、ドイツの政治的のみならず文化的な国民形成というコンセプト自体を本来の文化の実現を阻む障害と見なし、このコンセプトに対して批判的になり始めたのである。

こうした外的な要因に触発されたニーチェ自身による洞察の深まりは、彼の古典研究観の内的な発展とも対応していたと思われる。以下、この後者の側面を特にアレクサンドリア文化との取り組みという観点から考察してみたい。

ニーチェは「バイロイトのリヒァルト・ヴァーグナー」の中で、アレクサンドリア文化の新たな側面に関する規定を行っている。つまりニーチェは同論文の中で、アレクサンドリア文化を単に前三世紀から一世紀にかけてアレクサンドリアを中心に興隆した文化のみならず、アレクサンドリアという植民都市を建設しこの都市に自らの名を冠したアレクサンダー大王と関係付けている。実際、彼による東征が当時のギリシャ人に対して未知の文物を多くもたらし、それが文献学者による異国の「Historie」の整理、ひいてはアレクサンドリアの大図書館の建設を促した。さてニーチェは、同論文の中においても『悲劇の誕生』のアレクサンドリア文化批判を継承し、ヴァーグナーを「反アレクサンダー Gegen-Alexander」(55)と名付けている。この名称は、かつてアレクサンダー大王がゴルディオスの紐を切断することによって古代ギリシャ文化の「オリエント化」、つまりこの文化のコスモポリタン化によるギリシャ・ヨーロッパとオリエントの間の東西融合が始まったという故事にあやかる。そしてニーチェはこのゴルディオスの紐をアレクサンダー大王とは逆に再び結ぶ役割をヴァーグナーに対して期待している。言い換えればニーチェは、『悲劇の誕生』においてアレクサンドリア文化の現れの一つとされた歴史学的な知識の過剰の傾向を克服し、拡散しつつある文化を再び「収斂させる力 adstrigierende Kraft」[56]を新たにヴァーグナーの中に見出しているのである。ところで『悲劇の誕生』におけるアレクサンドリア文化批判に際しては、一方でこの文化を対抗像、他方でこの文化の対極にあるとされた悲劇的文化を理想像として、本来のドイツ文化の形成が期待されていた。ところが上で触れたヴァーグナー像を介したアレクサンドリア文化批判に際しては、本来のドイツ文化の形成についてはもはや言及されず、ニーチェはただ個人（人間）がアレクサンドリア文化－ソクラテス以前への「ギリシャ化」[57]を行うことを勧めているに過ぎない。しかしこの自己形成という課題、すなわち古代ギリシャ文化の歴史や課題を継続するという課題は、『人間的なもの、あまりにも人間的なもの』に収録された「ヨーロッパ人、そして諸国民の廃止」というアフォリズムにおいてはアレクサンダー大王のヘレニズム、東西融合がその伝播を準備した「キリスト教によってオリエント化されたヨーロッパを再びヨーロッパ化する課題[58]」と重ね合わされるに至った。つまりニーチェはアレクサンドリア文化を取り組みの対象として、アレクサンドリア文化－ソクラテス以前の古代ギリシャを師表とした文化形成の場をかつてのドイツから「ヨーロッパ Occident」すなわち現実ではなくて理念としてのヨーロッパへ移したと考えることができる。

さてこうした新たな文化形成の場の発見は、アレクサンドリア文化自体の位置付けの変化とも関わっていたと思われる。つまり『悲劇の誕生』においては、古代ギリシャの悲劇的文化への収斂や自己形成という課題が「ギリシャとドイツの親縁性」に基づいてドイツ精神の再生と結び付き、さらにこの課題はアレクサンドリア文化の一側面であるロマンス文化、特にフランス文化の要素をドイツから除去することによって達成し得ると考えられていた。[59]

というのもニーチェはすでに述べたように、当時は学問・政治や異文化の混入によってドイツ精神が損なわれることを危惧していたからである。しかし、彼は「生に対する歴史研究の利害について」において、「アレクサンドリアーローマ文化の精神を――我々の普遍史によって――我々の中できわめて壮大かつ実り豊かに模倣することができたと自ら称賛することが許される時」[60]が到来する可能性を仄めかしており、したがってアレクサンドリア文化の位置付けが変わり始めていると言える。つまり、この文化はドイツ精神から本性上区別され、実際に取り除かれるべきものとしてではなく、むしろそれとの歴史学的－学問的な取り組みを通してアレクサンドリア文化以前の古代ギリシャに存在したとされる「本質的に非歴史的な（中略）言い難く豊かで生に満ちた教養の現実」[61]に達するための一つの積極的な道程として考えられているのである。しかし他方でニーチェはアレクサンダー大王による東西融合の試みを、ヴァーグナーの姿を借りて批判していた。したがって、ニーチェはアレクサンドリア文化の中からロマンス文化特にフランス文化の摂取と繋がる面に関しては肯定的な評価に転じつつも、ギリシャ・ヨーロッパ外のオリエント的な要素の摂取に関しては依然として否定的な評価を下していたのである。ところで、このようなアレクサンドリア文化の新たな位置付けが生まれた理由や背景を、前述のアフォリズムはよく説明しているように思われる。以下その内容を引用する。

交易と産業、本と手紙の行き来、あらゆるより高い文化の共通性、場所と地域の早い交換、あらゆる非土地所有者の遊牧民的な生活――こうした状況は必然的に諸国民、少なくともヨーロッパの諸国民の弱体化と、最後にはその廃止をもたらす。そこでこうした諸国民から、絶え間ない交錯からヨーロッパの人間という混合人種が成立しなければならない。この目的に今や意識的あるいは無意識的に国民的な敵意を醸成することによる諸国民の閉鎖が逆から働きかける。しかし徐々にこの混合の歩みは前進する。あの一時的な反対潮流にもかかわらず。ところでこうした人為的なナショナリズムは人為的なカトリシズムが危険であったのと同じくらい危険である。というのは、このナショナリズムはその本質において強力な困窮と包囲の状態であり、それはごく少数の者によって多くの者へと下されるものであり、それは自分を品位ある者として保つためには策略や嘘や暴力を必要とするからである。人が言うように、多くの人々（民衆）の関心ではなくて、とりわけ特別の封建領主による権力の関心が、さらに交易と社会の特定の階級がこうしたナショナリズムへと駆りたてるのである。このようなことがひとたび認識されたならば、恥じることなく自らを良きヨーロッパ人であると宣言し、諸国民を融合する行いによって行為すべきである。その際、ドイツ人は自らの古くから定評のある属性、つまり諸民族の通訳者と媒介者という属性によって役立つことができる。ついでに言えば、ユダヤ人に関するすべての問題はただ国民国家の内部においてのみ存在する（中略）。もはや諸国民の保存ではなく、可能な限り強力なヨーロッパ人という混合人種を作り出すことが問題となるや否や、ユダヤ人は他の国民的な残余のどれよりも有用で望ましい要素なのである。（中略）さらに、アジアの暗雲がヨーロッパの上に重苦しく垂れ込めた中世の最暗黒時代において、もっとも仮借ない個人的な強制の下に啓蒙と精神的な自立の旗を掲げヨーロッパをアジアに対して守ったのは他ならぬユダヤ人であった。世界に関するより自然で、より理性的で、いずれにせよ非神話的な説明がついに勝利を収めることができ、我々を今やギリシャ－ローマ古代の啓蒙によって結び付けるような文化の輪が壊されず残ったこともまた、ユダヤ人の骨折りに多くを負うているのである。キリスト教がヨーロッパをオリエント化するために全力を尽くしたのであれば、ユダヤ教はヨーロッパを全体として繰り返しヨーロッパ化することに寄与したのである。つまり、ある意味でヨーロッパの課題と歴史をギリシャの課

題と歴史の継続となすことに寄与したのである。(62)

ニーチェはこのアフォリズムにおいて、「交易と産業」などかつてアレクサンドリア文化や実科主義の現れとされた力によって、ネイションという枠組みが次第に解体し、「ヨーロッパの人間という混合人種」が成立することを予言している。つまり彼は、ちょうどドイツの国民形成において領邦国家間の境界が相互の共通性の創出・発見によって徐々に無意義となり、ドイツというより包括的な国民国家を形成する条件を作り出したのと同様に、似た過程がヨーロッパにおいて貫徹し、国民国家の境界がこの共通性の創出・発見という現象によって次第に無意義となることを説いている。そしてこのアフォリズムにおいては『悲劇の誕生』でのドイツの国民形成という目標は払拭され、指摘され、したがってこのアフォリズムにおいては『悲劇の誕生』でのドイツの国民形成という目標は払拭され、ヨーロッパ内での諸国民間の交流によって国民文化を超えたヨーロッパ共通の基底（古代ギリシャ文化）に達することが勧められ、さらにこの基底が新たに勢いを強めつつあるナショナリズムに対する歯止めになると主張されているわけである。ニーチェによれば、この新たなヨーロッパの文化形成の担い手こそ「良きヨーロッパ人」に他ならない。彼はこの「良きヨーロッパ人」に関して他のアフォリズムにおいて、それが「故郷喪失者 Heimatlosen」(63)、「ヨーロッパの最も古く、最も勇敢な自己克服の相続者」であり、「キリスト教から成長してきたがゆえにキリスト教を卒業した（中略）ヨーロッパの相続者」(64)である、などと規定し、彼ら「良きヨーロッパ人」が相続すべき内容としてキリスト教に代わる古代ギリシャの遺産を挙げている。(65)この見解は、ニーチェが「生に対する歴史研究の利害について」の中で歴史研究の起源をキリスト教中世に求め、その自己止揚を通してアレクサンドリア文化－ソクラテス以前の古代ギリシャ文化に到達することを試みた主張と通じると言えよう。ニーチェが新たに形成を目指したヨーロッパ文化の内容について、彼自身は詳しく述べていないが、（ペトラルカやエラスムスがその衣鉢を継ぐことが言及されている）[66]古代ギリシャ・ローマや人文主義の伝統の擁護、ルネサンス期における古人文主義者を彷彿させる「非土地所有者の遊牧民的な生活」、コスモポリタン性、反カトリシズム、あるいは彼自身のレトリックに対する関心の深まりなどから、ルネサンス期の古人文主義と親和性を持つものであったと推測することができる。

このように『悲劇の誕生』において批判された世俗化[67]や文化の拡散などの現象が、『人間的なもの、あまりにも人間的なもの』においては一九世紀ヨーロッパの文化が古代ギリシャ文化に収斂するための過程として容認されている。つまりアレクサンドリア文化は、形成されつつあった国民国家に基づく秩序を相対化し、古代ギリシャを師表とした新しいヨーロッパの文化的な秩序を形成する条件をもたらす限りにおいて肯定されているのである。この変化に伴って、『悲劇の誕生』においては否定的な意味を担わされていた「故郷を失った heimatlos」[68]といった表現が肯定的な意味で用いられるようになる。また、ユダヤ人に対する評価も変化し、以前見受けられた反ユダヤ主義的な語調[69]は表向き影を潜め、逆にドイツのユダヤ人はナショナリズムやキリスト教に対して人文主義的な文化を担う「良きヨーロッパ人」の代表として積極的な評価の対象となる。[70]しかしニーチェは、世俗化や共通性の創出・発見という現象それ自体を肯定したわけではない。なぜなら、彼はヨーロッパ内の共通性の創出・発見という現象に関してはこれを肯定しながらも、すでに指摘したように他方でギリシャ・ヨーロッパとその外部のオリエントとの間の共通性の創出・発見（東西融合）に関しては終始批判的であったからである。[71]つまりニーチェは、彼が当初批判したアレクサンドリア文化の内容の中から、ヨーロッパの統合を作り出し得る面に関してはそれを肯定的に評価し、他方オリエントというヨーロッパ外の要素を含む普遍主義的な面に関してはそれを批判し、ヨーロッパからのオリエントの分断を主張した。このような統合と分断の操作は人文主義の伝統の擁護、ナショナリズムと普遍主義的なキリスト教に対する批判という理念的な面によっても支えられ、ニーチェはドイツに代わってヨーロッパを新たな文化の形成目標としたのである。そしてこの操作は、かつてドイツの国民形成が一方ではドイツ内の諸領邦国家の統合、他方でフランスを初めとする外来の要素の分断によって推進された過程と似通っていたと言えよう。

こうしたヨーロッパ内の諸国民の統合とオリエントの分断によるヨーロッパの形成という構想がバーゼルというドイツ語圏スイスの町において生まれたのは偶然ではなかったと思われる。なぜなら、バーゼルは第二帝国に対して脅威を感じつつもそれへの統合を免れ、他方で古人文主義以来のヨーロッパ的な伝統を継承することによって、ヨーロッパの文化的な伝統に依拠した同時代のドイツ・ナショナルな政治に対する批判を育むために適した土壌であったからである（一九世紀初期のドイツにおける政治的な分邦主義を擁護し文化の高い発展を目指す伝統が、バーゼルには未だ残っていた）[72]。

第三節　人文主義観の変遷とドイツの国民形成

第四部の最後においては、ニーチェの人文主義観が従来の新人文主義とドイツ国民形成の関わりをいかに引き継いでいるのか、前者の変遷を顧慮した上で整理を試みる。

ニーチェは「Geist 精神・（聖）霊」の形成のメディアを通した交感による「個人（人間）――形成のメディア――ドイツ・ネイション」の三位一体的で有機体的な形成という新人文主義のドイツ国民形成のコンセプトから、

特に個人（人間）と文化の形成や、形成のメディアたる歴史研究の役割に対して関心を注いだと言えるであろう。つまり、彼は人文主義の古典教養による人間と文化の形成の伝統に依拠し、彼の同時代に形骸化しつつあると思われた（アポロン的な）人間像と（学問中心のアレクサンドリア）文化に対する批判を行い、人間観についてはディオニュソス的な人間像から「音楽をするソクラテス」（「良きヨーロッパ人」）へ、文化については芸術中心の悲劇的文化から自然を中心とした文化への関心の移行が見られた。そしてこの人間観や文化の改革は、ニーチェが自らの理想とする人間や文化の実現の場をドイツからヨーロッパへ移す過程と重なっており、その際、人文主義や古典教養が政治的な変革や共同体の形成に際して果たす役割に関して彼は否定的であったわけである。[73] また、こうした文化改革の構想においては人間や文化を形成するメディアである歴史研究、有機体論と機械論、（「Geist 精神・「聖」霊」に基づく）信仰と行為の関わりについての洞察が重要な役割を演じており、これも従来の人文主義とドイツ国民形成の関わりの特徴を継承するものであったと言えよう。このように一八七〇年代におけるニーチェの人文主義観の中には、新人文主義的な古典教養によるドイツの文化的な国民形成のコンセプトから、古人文主義的な古典教養によるヨーロッパ人・文化の形成のコンセプトへの回帰（発展）が見られるのである。

こうした回帰（発展）の過程は、ヴォルフが『古代学の叙述』においてその統合を試み、彼の死後二つの方向へ分解した新人文主義の、二つの隣接思潮の間の揺れ動きから説明できるのではないだろうか。[74] すなわち、新人文主義の主たる隣接思潮はキリスト教と汎愛（実科）主義であったが、一九世紀においてこの二つの隣接思潮は無下に退けられるのではなく、ヘルマン－ベーク論争とティールシュ－シュルツェ論争に際しては新人文主義の二つの流れと結び付いた。つまり新人文主義的な古典語教育・古典研究はこの二つの隣接思潮との近さによって、「キリスト教に近い人文主義」と「実科主義に近い人文主義」という二つの流れに大きく分かれたのであった。ところでニーチェが『悲劇の誕生』を執筆した当時、彼がアレクサンドリア文化の名で批判した内容は実科主義と幾つかの点、つまり自然科学の代表する学問、あるいは政治との近さなどにおいて重なっており、他方で彼は自らが擁護する悲劇的文化とキリスト教との関連を仄めかしていた。(75) したがって、この初期ニーチェの立場は「キリスト教に近い人文主義」の系譜に位置したと考えることができる。しかし彼は「生に対する歴史研究の利害について」において、歴史研究の起源をキリスト教中世の中に見出し、これを批判した。このような見解の変化を踏まえて、『人間的なもの、あまりにも人間的なもの』からの先に引用したアフォリズムにおけるニーチェの見解が生まれてきたと思われる。

すなわちニーチェは、一方でキリスト教（カトリシズム）をオリエントやナショナリズムとの関連において批判し、他方で実科主義を一つの動因とするネイション間の共通性の創出・発見の現象を肯定し、さらにギリシャ－ローマ古代の「啓蒙」の継承を唱えていることから、新たに「実科主義に近い人文主義」に接近していると考えられる。もっともその際ニーチェは啓蒙を実科主義のように政治・経済・技術などの側面からではなく、文化的な意味において継承することを試みたわけであるが。(76) つまり、中期のニーチェはヴォルフ以来の新人文主義における汎愛（実科）主義とキリスト教に対する二重の対抗規定を踏襲しながらも、主たる批判や脱却の対象が実科主義からキリスト教へと変化し、逆に形成の目標とする文化が、キリスト教から汎愛（実科）主義が由来した啓蒙主義、さらには古人文主義に近いものとなっている。そして、この啓蒙主義や古人文主義との接近、及び同時代の大衆ナショナリズムに対する批判から、ニーチェは人文主義的な古典教養をヴォルフのようにドイツ・ヨーロッパという二重の形成目標に向けてではなく、ヨーロッパの形成へと明示的に役立てようとするに至ったのではないか。実際ニーチェは先の引用に現れていたように「良きヨーロッパ人」を主題化すると共に、ヨーロッパの中でのドイツ人の任務を新たに「諸民族の通訳者と媒介者 Vermittler」と規定し[77]、ナショナリズムが強まりつつある同時代のドイツのいわば脱中心化を目指したのである。

このようにニーチェの初期と中期の思想においては一貫して人文主義の伝統や文化（芸術）、人間（個人）の擁護及び政治的な変革に対する批判的な姿勢が見られるが、他方で歴史研究（学問）やキリスト教、啓蒙主義に関する評価が揺れ動いている。そして彼は中期の思想において歴史研究（学問）やキリスト教の彼方にある文化の可能性を提示することによって、モムゼンが宗教や文化の領域から相対的に自律した政治を構想したのに対して、宗教や政治の領域から相対的に自律した文化を構想したと考えることができよう。

ニーチェは一八八〇年代に同時代のドイツ文化に対する批判をますます強め、かつて理想としたドイツ精神の再生という考えを完全に放棄してしまう[78]。しかしこれに対して同じ時期に現実のヨーロッパとは必ずしも一致しないヨーロッパ的なものは肯定的であり続け、彼なりの理解に基づく人文主義と貴族主義によるヨーロッパ文化の再編（「ヨーロッパを支配する新しい階級の形成」[79]）という課題がニーチェの関心を強く引くに至る。その際にニーチェは、ドイツの政治的なナショナル・エリートであるユンカーと、ヨーロッパの文化的なエリートとされたユダヤ人の間の婚姻関係の樹立を具体的に提案し[80]、またヨーロッパ文化の再編は有機体論の含蓄を留めた「生理学 Physiologie」という観点から考察されるに至る。そして、一方で彼によって更新の企てられた人間像は『ツァラトゥストラはこう語った』における「超人」の形姿として結晶し、他方一九世紀ヨーロッパにおける「国民性という狂気[81]」が指摘され、国民国家もまた「新しい偶像」として批判されるに至るのである[82]。さらにニーチェは一八八〇年代の後期には「反キリスト者[83]」を自称し、改めて政治と文化の対立関係を強調し[84]、同時代のドイツにおけるキリスト教と政治に対する激烈な批判を行うが、その批判の支点として一貫して重要な役割を演じたのはドイツ・ヨーロッパにおける人文主義的な文化であり、特に彼の初期の思想においてはプロテスタンティズムにおける「信仰の法則の、行為の法則に対する優位」という枠組みが重要な役割を果たした(85)と考えられるのである。

結　語

以下においては本論での検討を踏まえ、序で提起した三つの問い、I　新人文主義が国民形成と密接な関わりを持つに至った背景（1）、II　新人文主義的な古典語教育・古典研究の展開と国民形成の関わりの状況（2）、III　新人文主義の内部での立場の揺れ動き、その隣接思潮との関わり方の変化、その国民形成の現実との関わり方を可能にした大きな枠組み（3）に対する解答をまとめ、さらに新人文主義的な古典語教育・古典研究と国民形成の関わりの特徴と意義（4）を総括する。

（1）　新人文主義と国民形成との関わりの背景

第一部においては一六世紀の宗教改革・古人文主義、一八世紀初期の敬虔主義・啓蒙主義、一八世紀末期の新人文主義・汎愛主義を一九世紀ドイツにおいて新人文主義と国民形成の関わりが生じる前史と見なし、この三つの節目に類似した特徴を考察した。その結果、これらの節目においてはいずれも「信仰の法則の、行為の法則に対する優位」というプロテスタンティズムの枠組みが保たれ、本来の信仰（「Geist 精神・［聖］霊」）の取戻しや新たな信仰の発見が図られる一方、信仰の現実化としての行為が肯定され、この行為が外来・旧来のヨーロッパ的な秩序からの解放や、何らかの形成のメディアとの取り組みを通して個人の主体化（人間形成）やドイツ・ネイションの形成へ寄与したことが明らかとなった。ただし、そこで行われた個人の主体化（人間形成）やドイツ・ネイションの形成はいずれの節目においても不徹底に終わり再度ヨーロッパ的な秩序へと回収され、新たな形成の節目が後に必要となったのである。

一八世紀中期から一九世紀初期にかけてのドイツにおいて文化・政治の両面について国民的な自己規定は明確ではなく、こうした特徴はドイツに隣接した西ヨーロッパ諸国の国民形成と以下のような著しい対照をなしていた。すなわち、イギリスやフランスにおいては予め文化について国民的な自己規定がある程度存在し政治的な統一が達成された上で、キリスト教の信仰の取り戻し（イギリスにおけるキリスト教の信仰覚醒運動［ピューリタニズム］、清教徒革命）や理性に対する信仰（フランスにおける啓蒙主義・人文主義、フランス革命）が政治的な国民形成（自由や法の前での平等の実現）に寄与した。それに対してドイツにおいては、文化的な国民形成（ナショナルな文化的な同一性の形成）と政治的な国民形成（「統一と自由」の実現）を同時に推進する必要に迫られていた。一八世紀末期から一九世紀初期にかけて新人文主義的な古典語教育・古典研究がドイツの国民形成と関わるに至った理由は、上で触れたドイツ特有の事情と不可分の関連があったと言える。

つまり新人文主義によるドイツの国民形成のコンセプトにおいては、「ギリシャとドイツの親縁性」及び形式的陶冶の理念が重要な役割を演じたが、前者の理念においては人文主義における取り組みの重点が従来のローマからギリシャへと移動し、ドイツ人が古代ギリシャ（語、文学、文化など）との取り組みによってドイツ文化（芸術、文学、学問など）を形成することが図られた。その際、汎愛（実科）主義の姿は一方でローマ（やそれを範とするフランス）の文明（政治、経済、技術など）へと投影され、他方で古典古代（特に古代ギリシャ）の文化、人間性の理想などの中には従来のキリスト教に代わる、あるいはそれを超えた高い宗教性が見出された。そして新人文主義による上で触れた二つの隣接思潮からの脱却及びその統合の企ては、ドイツ・ネイションにとって（フランスなど）外来・（ルター派の正統主義など）旧来のものからの解放と結び付いていたわけである。他方、形式的陶冶の理念においては従来キリスト教によって聖書の中に基礎付けられていた「Geist 精神・（聖）霊」が改めて古典語の中に基礎付けられ、この古典語との取り組みによって個人の人間形成や、主体化された個人（人間）による文化的・政治的なドイツ・ネイションの形成への寄与が遠望された。その際、新人文主義者は汎愛（実科）主義が体現するとされた文明性を無下に退けたわけではなく、自らの依拠する主に古代ギリシャを範とした文化や人間性の理想の信仰への回帰を経た上でこの文明性を行為として取り込むことを射程に入れ、こうした試みの中にプロテスタンティズムにおける「信仰の法則の、行為の法則に対する優位」の枠組みが抱え込まれていた。そして（古典語の中に孕まれていると考えられた）精神の形成のメディアを通した交感による「個人（人間）――形成のメディア（歴史学的な古典研究など）――ドイツ・ネイション」の三位一体的で有機体的な形成が構想された。こうして人文主義の内部における自己更新が新人文主義の隣接思潮からの脱却・統合とその制度化、ひいてはドイツの国民形成と密接に結び付いており、その集約的な例がヴォルフの場合に見られたわけである。

一八世紀末期のドイツにおいては、一方でキリスト教やその教権からの解放、他方では近代の国民形成のモデルとなった市民的・政治的なフランス（啓蒙主義）のインパクトに対してどう主体的に対応するか、という問いが急務となっていた。上で触れた新人文主義的な古典語教育・古典研究によるドイツの国民形成のコンセプトは、こうした問いに対する一つの態度決定であったと考えることができる。「新たな（古典）教養は、キリスト教と啓蒙主義の危機に対する解答を与えた」(1)のである。

（2） 新人文主義の展開と国民形成の関わりの状況

では上で整理したコンセプトに基づき、一九世紀ドイツにおいて新人文主義と国民形成の関わりはどのような変化を遂げたのであろうか。

一八〇六年から一九年にかけてはフランス革命の印象の下、ナポレオン戦争におけるプロイセンの敗北が直接のきっかけとなり、新人文主義的な古典語教育・古典研究によるドイツの国民形成のコンセプトに基づく教育・大学改革がまずプロイセンにおいて始まり、それが他の領邦国家へも波及した。この時期において新人文主義は古典教養を万人へ広めることを標榜し、分邦主義の解体や旧来・外来のものからの解放、ドイツに自生的なものの形成を目指す同時代の国民運動（解放戦争など）とも密接な関連を保っていた。

しかるに一八一九年のカールスバートの決議により復古体制が樹立し、新人文主義はドイツの国民形成に対する更なる働きかけを妨げられた。そして一八二〇年代から四〇年代にかけて主に交わされた古典語教育・古典研究の自己理解をめぐる二つの論争においては、この復古体制に親和性を持つ流れと、すでにプロイセンで始まった文教改革に親和性を持つ流れとの間の対立という国民形成上の背景が明らかとなった。つまりヘルマン、ティールシュら非プロイセンの人文主義者は「文化的な個人（人間）――形成のメディア（言語［古典語］の知識）――文化的なドイツ・ネイション」、他方でベーク、シュルツェらプロイセンの人文主義者は「政治的に自由で平等な個人（人間）――形成のメディア（事柄の知識）――政治的なドイツ・ネイション」の形成を重視し、両者の立場は新人文主義によるキリスト教と実科主義という隣接思潮への近さとそれぞれ重なっていた。こうして隣接思潮の統合によるドイツの国民形成の推進という新人文主義の当初のコンセプトは崩れつつあった。なお一九世紀に主にプロイセンを中心として行われた歴史学的‐批判的な古典研究に対しては、有機体的な古代ギリシャ・ローマの姿を明らかにし、ドイツの「統一と自由」へのいわば見取り図を提供することが期待される場合があった。

一八四八年の三月革命の失敗は、リベラリズム主導ではないプロイセン中心のドイツ国民形成の動きを加速させ、新人文主義及びその隣接思潮はそれぞれが既成の領邦国家の庇護に入り次第に統一的な展開を遂げつつあった。古典語教育・古典研究の内部における論争は徐々に終結し、歴史学的‐批判的な古典研究、普遍主義的な古典語教育が全ドイツ語圏の領邦国家で影響力を増し、古代ギリシャの規範の相対化や古典語授業の形骸化が深まった。その際、精神の次元の希薄化が意識される一方、古典教養（政治的教養）の役割は、個人の人間形成よりもむしろ精神の顕現たる国家を守る点に求められつつあった。

一八七一年の第二帝国の成立後における新人文主義と国民形成の関わりは、古典語教育・古典研究、教養のコンセプトのいずれについても三月革命以降の傾向を踏襲し、ただし隣接思潮との関わりが変化した。つまり、新人文主義は共に古い精神に依拠するキリスト教（プロテスタンティズム）との和解が保たれる一方、実科主義と新しい（ドイツ）精神に依拠する大衆ナショナリズムの結び付きに対して譲歩を迫られ、この大衆ナショナリズムこそかつての新人文主義に代わって隣接思潮の統合によるドイツの国民形成の主たる担い手となりつつあった。他方ヴィラモーヴィッツ＝メレンドルフの古典研究はベークとヘルマンによって分解した古典研究の流れの再統合を自負し、彼は第一次世界大戦に至って大衆ナショナリズムと接点を持つに及んだ。

本論の第三、第四部では一九世紀中期以降のドイツにおける古典語教育・古典研究の形骸化、政治や人間や文化の危機に直面し、その乗り越えを図った人文主義者として特にモムゼンとニーチェの二人を取り上げた。彼らはそれぞれベークとヘルマンの古典研究の流れを汲み、自らの人文主義観を同時代のドイツの政治的あるいは文化的な国民形成と関係付けた。その際、彼らは共に個人（人間）やドイツ・ネイションの形成のメディアたる「言語と精神」の関連という考えに対して両義的な態度を取り、両者は共に形成のメディアとしての古典語・古典研究の中に個人の教養の意義を留保をつけつつ認めながらも、他方でモムゼンは精神を事柄の知識の中へ、ニーチェは精神を言語の構成要素であるディオニュソス的なもの（音）とアポロン的なもの（像）の中へ新たに基礎付けることを試み、従来の古典語・古典研究という普遍的な認識・形成のメディアから自由な「ドイツ・ネイション、市民共同体の原像（モムゼンにとってのローマの市民共同体）」、「個人、人間の原像（ニーチェにとってのサチュロス合唱団）」を構想した。彼らはこれらの原像を模範とするドイツの政治的あるいは文化的な国民形成を模索し、ドイツの国民運動が古い機械論的な性格を継承したまま有機体論の中に渾然一体と融合され、ネイションの形成よりもその維持に寄与しつつあった現実を批判し、新人文主義の初志を発展的に継承することを志したわけである。なおモムゼンは「個人（人間・市民）――形成のメディア（学問体系）――（政治的な）ドイツ・ネイション」の三位一体的で有機体的な形成へ関心を注いだ一方、ニーチェはむしろ「信仰の法則（芸術）の、行為の法則（学問）に対する優位」の枠組みに依拠した。そしてモムゼンが研究に秀で人文主義の啓蒙主義化や政治的な現実化を追求した一方、他方でニーチェは教育に秀で人文主義の宗教化や文化的な純化をその初期の思想において図ったのであった。[2]

さらに両者においては共に第二帝国の成立後、ドイツからヨーロッパへの関心の拡大が見られた。つまり、この第二帝国があるべきドイツ・ネイションの姿を実現していないことが意識されるに及んで、両者は従来の新人文主義におけるドイツ・ヨーロッパという二重の形成目標から、その重点の転倒を試みた。すなわち一九世紀初期においては、個人（人間）とドイツ・ネイションが有機体性・人格性を介して認識され、個人（人間）の形成がドイツ・ネイションという集合的な個人の形成と折り合うことが期待された。しかし第二帝国の成立後においては、ドイツ・ネイションという集合的な個人が形成されたと公に観念された一方、他方で真の理念的な支えを欠いた発展

（対内的な迫害、対外的な膨張）へ向かう傾向が見られた。こうした傾向に対してモムゼンとニーチェはヨーロッパという超ナショナルな個体の政治的・文化的な同一性の形成をそれぞれ構想し、ドイツ・ネイションの主体的な発展がより広い意味でのヨーロッパの形成と折り合うことを期待したのである。その際、このドイツ・ヨーロッパを形成する個人（人間）をモムゼンは後には労働者も含めた政治的な市民、ニーチェは文化的な個人（良きヨーロッパ人）の中に新たに見出し、同時代の第二帝国や教養市民に対する批判を行ったのである。つまり、彼らは一方で同時代の第二帝国において機械論の現れとして排斥されつつあった社会民主主義者とユダヤ人を改めてドイツ・ヨーロッパへ統合することを図り、当時いわば「否定的な存在」[3]であった彼らから新たなドイツ・ヨーロッパの形成の主体が生まれることに対して期待し、他方でヨーロッパという有機体の器官に喩えられる特定の一部分たる第二帝国を改めて形成のメディアとして位置付け、その専制化を防ぐことを試みたのであった。

このように一九世紀ドイツにおける新人文主義の展開は現象的には、（汎愛［実科］主義とキリスト教という）隣接思潮の統合（ヴォルフ）、この両者に近い流れへの分解（ベークーシュルツェ、ヘルマン－ティールシュ）、両者の再統合（ヴィラモーヴィッツ＝メレンドルフ）あるいは分解の徹底（モムゼン、ニーチェ）という大きなうねりによって理解できる。そして隣接思潮の統合へ向う際にとりわけ強く国民形成との関わりが生じたのであった。しかしその歴史的な変化の深層では、一方ではその変化の節目において「信仰の法則の、行為の法則に対する優位」の枠組みが、信仰と行為の内容に様々な例があったにせよ、援用され、他方で「個人（人間）――形成のメディア――ドイツ・ネイション（ひいてはヨーロッパ）」の三位一体的で有機体的な形成が、その三者の内容や相互の関係について様々な立場が現れたにせよ、一貫して図られた。三月革命以降、精神の次元の弱化が意識される一方、他方で精神の「個人（人間）――形成のメディア（文化［学問、芸術］）――ドイツ・ネイション」への受肉

（現実化）が前提される場合があり、その結果個人（人間）崇拝、文化（学問・芸術）崇拝、国家崇拝などの現象が生まれたのは当然の成り行きであった。そしてこれらの崇拝が国家崇拝へと収斂する傾向が見られた一方、他方で個人（人間）崇拝・文化（芸術）崇拝（ニーチェ）や学問崇拝（モムゼン）に依拠して国家崇拝に対する批判を行う試み、あるいは新たな精神を希求し「個人（人間）――形成のメディア――ドイツ・ネイション」の全面的な更新へ向かう方向（大衆ナショナリズム、ニーチェ）が現れたのであった。

以上整理した一九世紀ドイツにおける新人文主義的な古典語教育・古典研究の展開と国民形成の関わりの状況は、ヘルマン、エーファース、ヤッハマンなどがカントの影響下にあったのに対していわば人文主義のヘーゲル主義化の帰結とも言えるのではないだろうか。本書では、ヘーゲルの思想が新人文主義的な古典語教育・古典研究と国民形成の関わりに対して様々な点で親和性を持つことを指摘した。そして、ちょうどキリスト教の信仰を啓蒙主義的な知へと止揚し、その現実化を肯定した彼の哲学が彼の死後、キリスト教本来の信仰の取戻しを目指すキルケゴールと思想のラディカルな現実化を目指すマルクスの試みに分解したように、キリスト教の信仰を人文主義的な人間性や文化へと止揚し、その現実化（文明的な行為）を肯定した新人文主義によるドイツの国民形成のコンセプトは、ヴォルフの死後、個人の人間形成やドイツの文化的な国民形成に親和性を持つヘルマン、ティールシュ、ニーチェなどの立場と、リベラリズムやそれに基づくドイツの政治的な国民形成と親和性を持つベーク、シュルツェ、モムゼンなどの立場へと分解した。一八七〇年代のニーチェによるヘーゲル批判は、こうした新人文主義とヘーゲル主義のドイツの国民形成に対する関心を介した関わりに対する批判に他ならなかったのである。

（3） 新人文主義と国民形成の関わりの大きな枠組み

引き続き上で触れた「信仰の法則の、行為の法則に対する優位」及び「Geist 精神・（聖）霊」の形成のメディアを通した交感による「個人（人間）――形成のメディア――ドイツ・ネイション」の三位一体的で有機体的な形成という枠組みが一九世紀ドイツにおいて人文主義と国民形成の関わりをいかに規定したのか、より詳しく整理を試みる。

第一に「信仰の法則の、行為の法則に対する優位」の枠組みが新人文主義と国民形成の関わりに反映とした例として、人文主義の伝統の内部においては「ギリシャとローマ」「ギリシャ語とラテン語」の関わり、人文主義と隣接思潮との関係については「新人文主義と汎愛（実科）主義」の関わり、さらに世界観においては「有機体論と機械論」「文化と文明」の関わりなどが挙げられた。そしてこれらの関わりは「（形成されるべき）ドイツ・ネイションと外来のフランス（文化）、旧来の正統主義的な宗教、啓蒙専制国家」の関わりなどと重ね合わされ、古典教養との取り組みが個人（人間）の内面、人文主義の伝統それ自体や隣接思潮との関わり、世界観などの包括的な更新を経た上で、単に旧来のものから解放されるだけでなく、外来のものを新たに取り込みドイツ・ネイションの形成へ寄与することが目指されていたわけである。ところで一九世紀の新人文主義の展開においてはドイツ・ネイションの形成のメディアたる古典語教育・古典研究の形骸化が顕在化し、この問題はキリスト教の伝統において繰り返し現れてきた行為主義化の問題ときわめてよく似ていた。[4] その結果、上で触れたコンセプトの枠組みに基づいて、ニーチェのように信仰と行為の関わりを「ディオニュソス的なものとアポロン的なもの」あるいは「芸術と学問」の間の関わりに反映させ、言語やドイツ・ナショナルな文化の刷新を図る企てが現れた。新人文主義者がほぼ例外なくルターに対して共通して高い評価を下していたこと、あるいは著名な新人文主義者の多くがプロテスタンティズムの牧師家庭の出身であったこと、さらにモムゼンとニーチェが世俗の潮流に阿ることなく、反時代的で旧約の預言者的な性格を持っていた点なども、「信仰の法則の、行為の法則に対する優位」の枠組みが新人文主義と国民形成の関わりに影響を及ぼした背景として特筆することができるであろう。

第二に「Geist 精神・(聖)霊」の形成のメディアを通した交感による「個人(人間)——形成のメディア——ドイツ・ネイション」の三位一体的で有機体的な形成という枠組みについて触れると、これは新人文主義のみならず一九世紀ドイツの国民運動がある程度共通して依拠した枠組みでもあった。以下一九世紀ドイツにおける「Geist 精神・(聖)霊」、個人(人間)、形成のメディア、ドイツ・ネイションの四者のそれぞれの内容とその変遷についてまとめておきたい。

まず支配的な「Geist 精神・(聖)霊」の内容としては、キリスト教の聖霊、新人文主義の(古典古代、特に古代ギリシャの)精神、大衆ナショナリズムのドイツ精神などが現れ、時代的に前者から後者が支配的となった(ただしドイツ精神の内容は、キリスト教の本来の聖霊の取り戻しとして理解される場合もあった)。次に個人(人間)の内容としては、自由で法の前に平等な個人(リベラリズム)、(王侯貴族など)唯一者的な個人(ロマン派の政体論)、形成のメディアの内容としては国民叙事詩、(ドイツ統一)憲法、言語(古典語)の知識あるいは事柄の知識(古典研究など)学問体系(精神科学)、ドイツ・ネイションの内容としては文化国家または政治国家などが構想され、後者については君主制、立憲君主制、共和制(民主制)などの政体が論じられた。こうした「Geist 精神・(聖)霊」、個人(人間)、形成のメディア、ドイツ・ネイションの中には共通して有機体性の投影される場合が多く、新人文主義はこれら四者の内容やその変化と関わりを持っていた。その際、有機体性の内容としては世界観における「精神と自然の調和」、ドイツ・ナショナルな「統一と自由」などが含蓄され、この有機体性は統一や自由、精神や自然の内容についての多義性を許容しながらも、新たな「超越的な内在」として一九世紀ドイツにおいて輝きを持った言葉であったのかもしれない。そしてこの新たな神性とも言える有機体性の現実化という問題について一九世紀ドイツの国民形成においては「個人（人間）——形成のメディア——ドイツ・ネイション」の内容やその相互の関わり方をめぐって、かつての三位一体論の解釈をめぐる論争と類似した立場の対立の生まれたことが想定された。さらに今までの論述で明らかとなったように、ドイツの国民形成をめぐってこの三者が単に独立してではなく、相互に関連付けて考察されてきたことを踏まえれば、「個人（人間）——形成のメディア——ドイツ・ネイション」という三つの有機体的な存在の中にはそれぞれキリスト教の三位一体論における「子－聖霊－父」という三つのペルソナが反映していたことが考えられるのではないか。[5]

ところでキリスト教の三位一体論やプロテスタンティズムの「信仰の法則の、行為の法則に対する優位」の重要な根拠となったのは、神の子たるキリストの歴史的な出現（特に彼の十字架と復活）であった。そしてこのキリスト教の三位一体論や「信仰の法則の、行為の法則に対する優位」と類似した枠組みに依拠した一九世紀ドイツの人文主義と国民形成の関わりにおいて、キリスト教のキリストに比肩するナショナルで唯一者的・英雄的な個人（人間）をギリシャ・ローマ古典古代の中から模索する試みが現れたのは、何ら不思議ではなかったと言えよう。特に新人文主義の伝統においてはヴォルフが『イーリアス』と『オデュッセイア』の唯一の作者としてホメロスを問いに付したことから、唯一者的な存在の不在がとりわけ強く意識されたことが考えられる。こうした精神的な空位を埋めるべく、例えばドロイゼンはアレクサンダー大王、モムゼンはカエサル、クルツィウスはペリクレス、ニーチェはサチュロスの中にそうした「人間の原像」を見出そうとした。このような実際には曖昧であり続けた人間の範型こそ、上で触れた一九世紀ドイツにおける人文主義と国民形成の関わりに対して確固とした内実を与えることが期待され、それは国民形成の現実においても、フリードリヒ二世崇拝、ゲーテ崇拝、ビスマルク崇拝、ランクベーンの「隠れた皇帝」からヒットラーの台頭に至るまでドイツの過去の歴史や同時代から、新たな歴史的経験としてこうした人間の範型を求める企てと並行するものであったことが考えられるのである。

一九世紀ドイツの人文主義と国民形成の関わりを支えた「ギリシャとドイツの親縁性」と形式的陶冶という二つの理念は、それぞれ「信仰の法則の、行為の法則に対する優位」及び「Geist 精神・(聖)霊」の形成のメディアを通した交感による「個人(人間)――形成のメディア――ドイツ・ネイション」の三位一体的で有機体的な形成という枠組みと以下のように密接な関わりを持っていたと言えよう。すなわち、ギリシャの中にはキリスト教の「Geist(聖霊)」に代わる精神性が前提されたことから、ギリシャとの親縁が前提されたドイツの他のネイションに対する、新人文主義の隣接思潮に対する優位が決定した。また古典古代(特に古代ギリシャ[語・文化])との取り組みは、古典古代の精神の現実(行為)化を遠望しており、この古典教養を個人(人間)の形成へと関係付けたのが他ならぬ形式的陶冶の理念であり、それを踏まえてドイツ・ネイションの形成へと関係付けたのが「ギリシャとドイツの親縁性」の理念であった。

元来形式的陶冶はプラトン主義(啓蒙主義)、「信仰の法則の、行為の法則に対する優位」と三位一体論はキリスト教の伝統という文脈において捉えられ、この二つの伝統は対立的に理解される場合が多かった。ところが本論で明らかとなったように、新人文主義によるドイツの国民形成のコンセプトにおいては、プラトン主義(啓蒙主義)とキリスト教の、人文主義の伝統への総合が完成したかのように見えた。つまり、古典語・古典研究の中に(個人「人間」やドイツ・ネイションの)認識のみならず形成のメディアとしての役割が求められたことから、プラトン主義における「認識への回帰を経た行為の肯定」という側面とキリスト教の伝統における「信仰への回帰を経た行為の肯定」という側面が融合するに至ったわけである。かつてヴォルフは、古典文献学において（キリスト教）神学とは異なりドグマから自由な研究が行えることを喜んだ。[6] しかし実際に新人文主義は本論で明らかとなったように、決して自らがドグマ（特定の枠組み）に依存しなかったわけではなく、その依存が一般に意識されていないに過ぎなかった。ところで一九世紀にプロイセンを中心として行われた古典古代に関する歴史学的な研究においては、認識の徹底が古典古代という信仰の根拠となっていた古典古代における個人（人間）とネイションの理想的かつ歴史的な実現を掘り崩すことが次第に明らかとなった。こうして上で触れた二つの伝統を総合する試みは一方で人文主義と国民形成の関わりに寄与したが、他方でその代償を一九世紀を通じて払いつつあったのである。またキリスト教の伝統の内部でも、「信仰の法則の、行為の法則に対する優位」と（上で触れたプラトン主義・啓蒙主義と関わる）「個人（人間）――形成のメディア――ドイツ・ネイション」の三位一体的で有機体的な形成という二つの枠組みは、精神の次元を究極的に保持するか否かをめぐって緊張関係にあり、前者の枠組みは形成のメディア、後者の枠組みは認識のメディアの重視と関わっていたわけである。

（4）　新人文主義と国民形成の関わりの特徴と意義

最後にモムゼンとニーチェの人文主義観の交わりの可能性を検討することによって、一九世紀ドイツにおける新人文主義と国民形成の関わりがそれ以後と以前のドイツ・ヨーロッパ（精神）史の展開からどのように位置付けられるのか考察を行い、一九世紀ドイツの古典教養の役割を総括する。

すでに触れたようにモムゼンとニーチェの人文主義観は、共に同時代のドイツにおいて支配的な国民形成の流れとなりつつあった大衆ナショナリズムや第二帝国の政治・文化と対立する側面を有していた。しかしこの両者は双方の名前を知っていたとはいえ当時、実際に結び付くことはなかった。[7] ところで大衆ナショナリズムや第二帝国は後のナチズムの台頭や第三帝国の成立に対して直接・間接に影響を及ぼし、この第三帝国が崩壊した第二次世界大戦の直後に論じられたドイツのネイションとしての自己理解から、モムゼンとニーチェの人文主義観の交わりを改めて問題にすることができると思われる。つまりこうした問いかけからは、一九世紀後期から二〇世紀にかけてのドイツにおいて、大衆ナショナリズムと第二帝国の関連からナチズムの台頭や第三帝国の成立へ連なった実際上の展開と、モムゼンとニーチェの人文主義観の可能性としての交わりから第三帝国崩壊後のドイツのネイションとしての自己理解へ連なった系譜という、従来のドイツ国民形成の流れを継承する二つの系譜を立てることができるのである。以下、この後者の系譜に注目してみたい。

二〇世紀初期のドイツにおいてこの系譜を継いだ人物としては、ヴェーバーとT・マンを挙げることができる。ヴェーバーは一方でリベラリズムの政治理想や「政治的な教育学」を追求し、モムゼンとは個人的な繫がりがあった。[8] 他方でヴェーバーは彼の中期以降の古代研究において古代ギリシャの文化理想を高く評価し、[9] 昨今のヴェーバー研究では彼とニーチェの思想の間の(隠れた)結び付きが注目を浴びている[10](ただしヴェーバーによる古典古代[特に古代ギリシャ]に対する関心と、彼のドイツの国民形成に対する関心がいかに関わるものであったのか、という点については今後の検討を俟ちたい)。T・マンは若い頃ニーチェの影響を強く受け、第一次世界大戦の時にはドイツのロマン派的な文化を西欧諸国の文明に対して擁護する『非政治的な人間の考察』を発表したが、一九二二年に行った講演「ドイツ共和国について」の中では、ドイツにおいてロマン派の流れを汲む文化的な伝統が古い君主制よりもむしろ新たな政治的なリベラリズムの基盤の上で発達し得るであろうことを期待するに至った。[11] 彼は一九二八年に開いた講演「文化と社会主義」においても同様の主張を繰り返し、[12] このT・マンの主張は第三帝国の崩壊直後のドイツにおいて（第三帝国とは）「別のドイツ」の師表として、ジョルジュ・ルカーチ（György Lukács）などによって繰り返された。[13]この師表と関連して、第二次世界大戦後のドイツ連邦共和国においては脱擬似宗教的な「政治文化 politische Kultur〈political culture」という用語がアメリカの社会学から導入されその意識的な形成が企てられ、大衆ナショナリズムに端を発する文化と政治の道具的な結び付きがドイツ・ナショナルな擬似宗教であるナチズムへと収斂していった経緯が批判された。[14]他方、ナチズムの台頭や第三帝国の成立を招いた遠因としてルターに対する批判が同じ時期には活発に行われたが、その批判の内容は例えば「人間のエネルギーが思考の要素と社会的・政治的要素に分裂し、前者が後者に対して完全な優位を占めていること」[15]つまり「（思考の偏重に影響を及ぼしたと思われる）信仰の法則の、（社会的・政治的な要素に対応する）行為の法則に対する優位」というプロテスタンティズムの枠組みに対しても向けられていたのである。しかし他方で「Geist 精神・（聖）霊」の形成のメディアを通した交感による「個人（人間）――形成のメディア――ドイツ・ネイション」の三位一体的で有機体的な形成という枠組みについて言えば、一九四九年のドイツ連邦共和国基本法において国家が人間（個人）を尊重し保護することが規定され、形成のメディアや「Geist 精神・（聖）霊」の次元を審らかにすることなく、その枠組みが保たれたと言えるのではないか。また戦後ドイツにおいてはドイツ古典主義の伝統に立脚した文化国家の構想が改めて注目を浴びたが、その際にドイツ連邦共和国においては国民国家を復興するだけでなく、むしろ（西）ヨーロッパ世界の一員となることが目標とされ、かつて否定的な意味で用いられた「分邦主義」は「連邦主義 Föderalismus」としてむしろ肯定的な意味合いで語られるようになった。以上の試みを踏まえれば、モムゼンとニーチェはそれぞれ政治と文化の宗教からの（相対的な）自律を図り、それを独善化しつつある同時代のドイツ・ネイションへの批判とドイツ・ヨーロッパの新たな形成と関連付けることによって、第二次世界大戦後におけるドイツ（特にドイツ連邦共和国）のネイションとしての自己理解の形成と何らかの形で関わりがあったと言うことができよう。(16)

ところでこのモムゼンとニーチェの人文主義観の交わりの可能性とは、ロマン派的あるいは啓蒙主義・人文主義的な文化の系譜における信仰覚醒運動（ニーチェ）がリベラルな政治的な行為（モムゼン）と結び付く可能性であり、(17) 彼らは共にこの両者の結び付きの可能性を「ギリシャ文化とローマ文明（政治・経済など）の結合」と類した表現によって語っていた。(18) しかし、実際にはこの結合の歴史的な根拠を見出すことの困難、文化と文明のいずれを中心に統合を行うか、という問題、あるいは彼らの活動した領邦国家上の背景の対立などによって共闘は難しかったのであろう。つまりモムゼンが依拠したベークを継ぐ古典研究の系譜とニーチェが依拠したヘルマンを継ぐ古典研究の系譜の間には一九世紀を通して対立が存在し、特に同世紀の後半期にはベルリンとバーゼルの人文主義者の対立が顕在化したのである。むしろ現実においては、大衆ナショナリズムの思想家が唱えたようなキリスト教を純化したドイツの国民宗教の創設と、ニーチェの唱えたような本来の人文主義的な文化の取り戻しの企てが、ドイツ国民形成の節目において現れたキリスト教の信仰覚醒運動と人文主義の共闘として理解されたのであろう。

「ギリシャ文化とローマ文明の結合」という一九世紀ドイツ国民形成の隠された理想は、大きな精神史的な文脈に注目するならば、古代末期にアウグスティヌスによって思想的・神学的な基礎付けを得たキリスト教的共同体の、解体・継承という両義的な相から捉えることができるのではないか。すなわち彼は古代ギリシャ文化（プラトン主義）をキリスト教へと統合し、他方で崩壊しつつあった地上の国（ローマ帝国）とは異なる（キリスト者の）神の国に希望を繋いだ。ちなみにこのアウグスティヌスは、三位一体論に関する深い考察を遺している。この神の国の地上での似像であるべきキリスト教的共同体が当初は実質的にローマ帝国によって支えられ、さらにはそれをひな型として中世には成立したが、その解体過程はドイツにおいて以下の二つの方向を生み出したと言えるのではないだろうか。すなわち一方で、一九世紀においてモムゼンはローマをドイツの政治的な国民形成、ニーチェはギリシャをドイツの文化的な国民形成の模範とすることを企て、上で触れた統合がなされる以前の状態へ回帰する試みが生まれた。しかし他方でこの中世のキリスト教的共同体の解体過程は、それがまさにルターの宗教改革によって顕在化した点に現れていたように、本来のキリスト教信仰の取り戻し、ひいてはキリスト教的共同体のドイツ・ナショナルな実現へ向かう方向を孕んでいた[19]（当時ドイツ・ネイションの形容として好まれた有機体性は、中世のキリスト教的「共同体 corpus」と重なる意味があった）。ルター、モムゼン、ニーチェは、いずれもドイツにとって外来のローマ帝国、ひいてはその国教として一時機能し、形骸化し、正統主義化したキリスト教を批判する点において軌を一にしていたのである。

しかしこの「ギリシャ文化とローマ文明の結合」の理想は、国民形成のみならず人間形成の場において、一九世紀のドイツの古典語教育を通じて追求され続けてきたことが想定される。つまりギリシャ語とラテン語という二つの古典語の中には、それぞれプロテスタンティズムの立場から見た、キリスト教における新約の福音と旧約の律法の姿が投影される場合があったわけである。ところで一九世紀を通じてドイツでは、このギリシャ語とラテン語の授業時間数や授業内容をめぐって、隣接思潮（キリスト教、実科主義、大衆ナショナリズムなど）からの働きかけも与り活発な議論が交わされた。この古典語教育をめぐる議論に際しては学校や社会を取り巻く様々な状況が反映していたわけであるが、当時こうした議論が盛んに交わされた理由の一つとして、古典語教育が――様々なねじれ[20]を含みながらも――いわばキリスト教の世俗化した宗教（人文主義）による人間形成の問題として大きな注目を引いたことが推測できる。というのも、上で触れた理由に加えて、キリスト教における旧約・新約聖書の「文字と霊」の間の関わりが、新人文主義においてはラテン語・ギリシャ語という「言語と精神」の間の関わりへと反映していたからである。また同様の問題が反映した例として一九世紀後期に宗教（キリスト教）的な語彙が政治や文化の領域で用いられる場合が増え、それは他ならぬモムゼンやニーチェの人文主義観の中に現れていたのであった。

キリスト教（プロテスタンティズム）、新人文主義、大衆ナショナリズムはいずれもドイツの国民形成との関わりにおいて「信仰の法則の、行為の法則に対する優位」という枠組みに依拠し、新人文主義はこのプロテスタンティズムの枠組みを通してキリスト教と大衆ナショナリズムを否定的に媒介した。[21] ベークやモムゼンに代表される歴史学的-批判的な古典研究の流れと、それに反発するヘルマンやニーチェに代表される古典研究の流れは、従来単に対立的に捉えられることが多かった。しかし両者の流れが、政治的あるいは文化的な面という違いはあるにせよ、共にドイツの国民形成と関わりを持つ点に注目した結果、両者の依拠した共通の地盤として、キリスト教（特にプロテスタンティズム）的な背景が明らかとなった。そして人文主義の伝統は、単に大衆ナショナリズムを中心とするドイツの国民形成をある意味で準備しただけではなく、モムゼンとニーチェの例に見られたようにそれを乗り越える萌芽をも孕んでいた。このように一見して対立するモムゼンとニーチェの人文主義観は、第三帝国の崩壊後という将来に向けての総合の萌芽と、脱却すべき過去の総合（中世のキリスト教的共同体）以前への回帰という二つの側面を持っていたのである。さらに両者の関心はドイツのみならずヨーロッパの形成に対しても及び、これは古人文主義以来、ドイツ・ナショナルな新人文主義においてもヴォルフを経て一貫して保持されてきたものであった。

今後のヨーロッパ統合の過程においても、一九世紀ドイツにおける国民形成と、その際に人文主義の果たした意義の記憶が何らかの役割を果たすことがあるかもしれない。[22] フーアマンは以下のように述べている。

ヨーロッパは古代文化の後裔であり、それは特に古い異教の伝統と新しいキリスト教の伝統という二つの要素から成り立った。キリスト教はかつて異教的なものを根絶しようと試みたが、失敗した。それ以来ヨーロッパの歴史は異教的なものとキリスト教的なもの、内在への信仰と超越への信仰、現実の克服と自己反省の弁証法として展開している。ヨーロッパの歴史は受容の過程、融合、変容の複雑な、ますます複雑化する編み物のようなものとなっている。あらゆる変化、あらゆる進歩は多様で互いに矛盾しあう伝統的な要素の相互的な対立として作用した。(23)

この引用における「編み物 Gewebe」という言葉には、テクストだけでなく、有機体に近い組織という意味がある。一九世紀ドイツにおいて新人文主義者は、過去にすでに形成されたヨーロッパの編み物としての「古典テクスト・古典古代像」の解釈・修復と携わることによって、新たなドイツ・ヨーロッパの編み物である「古典テクスト・(個人、学問体系、ドイツ・ネイション、ヨーロッパなどの) 有機体」の維持、批判、形成への寄与を目指した。しかしその維持、批判、形成の枠組みの根幹には、過去に多大な影響を揮ったキリスト教 (特にプロテスタンティズム) の枠組みが生産的な役割を演じていたと言えよう。

あとがき

本書は、東京大学大学院総合文化研究科地域文化研究専攻に提出した博士論文「一九世紀ドイツにおける古典語教育・古典研究の展開と国民形成――テオドール・モムゼンとフリードリヒ・ニーチェを手がかりに――」（二〇〇二年一〇月に学位取得）に大幅な加筆修正を施して成立したものである。

著者が本書のテーマに関心を抱くに至ったきっかけは主に二点ある。第一に、筆者は大学在学時以来ニーチェ研究と取り組んでおり、一九九一年から九四年にかけてバーゼル大学へ留学する機会を得たが、留学中、彼の思想を理解するためにはドイツ・ヨーロッパにおける人文主義の伝統を踏まえる必要があるのを痛感した点、また人文主義の伝統が当地の精神生活の様々な場において未だに影響を及ぼしていることに感銘を受けた点である。その結果、人文主義を手がかりに教育や学問を支える知や信の枠組みと、この枠組みが動いている社会・国家との関わりを意識化するテーマに関心を抱くに至った。このテーマと取り組むため帰国後あえて東京大学大学院総合文化研究科へ入学し長い学生生活を送ることになった。今回こうして今までの研究成果を世に問うことができ、少し肩の荷を降ろした気分である。

本書や、その母体となった博士論文の執筆に際しては、特に資料収集の段階で多くの機関や人々のお世話になった。東京大学付属図書館を初め全国各地の大学付属図書館、スイスのバーゼル大学付属図書館、ドイツのギーセン大学付属図書館やベルリン国立図書館の方々、スイスやドイツから必要な文献のコピーを送ってくれた友人、東北大学・バーゼル大学・東京大学その他でお世話になった先生方・先輩・友人に深く感謝申し上げる。本書でもしばしばその著書を引用したギーセン大学古典文献学科教授のマンフレット・ラントフェスター先生からは、ギーセンを訪ねた際に本書のテーマに関する有用な文献を紹介して頂くだけでなく、本書のテーマについて有益な示唆を頂くことができた。先生の助けや励ましに対しても、心から感謝申し上げる。また主に教育学関係の研究者からなる研究会である「フォーラム　ドイツの教育」においては本書の一部について発表を許され、その発表の場での質疑応答から、考えを深める様々な刺激を受け取ることができた。当研究会のメンバー、特に明治大学文学部教授の別府昭朗先生、国立教育政策研究所の結城忠先生に対しても深く感謝申し上げる。さらに博士論文の審査に至るまでは、指導教官で現在帝京平成大学情報学部教授の麻生建先生、東京大学大学院総合文化研究科教授の黒住真先生のお世話になった。両先生に心から感謝申し上げる。

本書の出版に際しては、聖学院大学大学院教授の金子晴勇先生に博士論文の出版を勧めて頂き、知泉書館を紹介して頂いた。先生の労に深く感謝申し上げる。またバーゼル大学での留学の際には吉田育英会、東京大学大学院総合文化研究科での研究の際には日本育英会、日本火災春秋育英会から奨学金を得ることを許された。当奨学会に対しても、心から御礼申し上げる。なお本書の出版に際しては、独立行政法人日本学術振興会の平成十六年度科学研究費補助金（研究成果公開促進費）の援助を得ることができた。当会に対しても、深く感謝申し上げる。

出版を引き受けて下さった知泉書館社長の小山光夫さんからは、今回初めて本を作るに際して親切なアドバイスや励ましを頂いた。校正の段階では多くの修正箇所が発生してしまい、たいへんご迷惑をかけてしまったことをお詫びしつつ、小山さんに最後に心から感謝申し上げたい。

初出一覧

本書をまとめる際には、先に触れた博士論文を提出する前後に発表した以下の論文が参考とされている。

第一部　第二章

「一八世紀末期ドイツにおける古典研究の再編成に関する一考察――フリードリヒ・アウグスト・ヴォルフと新人文主義――」（『年報　地域文化研究』第一号、一九九七年、東京大学大学院総合文化研究科地域文化研究専攻所収）

「フリードリヒ・アウグスト・ヴォルフの『古代学の叙述』――一九世紀ドイツにおける古典研究・精神科学のプログラム――」（『年報　地域文化研究』第二号、一九九八年、東京大学大学院総合文化研究科地域文化研究専攻所収）

「フリードリヒ・アウグスト・ヴォルフの『ホメロスへの序論』と同時代のドイツ文学」（『世界文学』九七号、二〇〇三年、世界文学会所収。本論の基は、「Fr・A・ヴォルフの『ホメロスへの序論』と同時代のドイツ文学」［日本独文学会一九九八年度春季研究発表会の学会発表］）

第四部　第一章

「フリードリヒ・ニーチェによる文化改革の構想――『音楽の精神からの悲劇の誕生』を手がかりに――」（『東北ドイツ文学研究』四七号、二〇〇三年、東北ドイツ文学会所収）

第四部　第二章
「ニーチェとスイス――ドイツとヨーロッパのあいだ――」（森田安一編『スイスの歴史と文化』、刀水書房、一九九九年所収）

「序」および「第一部」の第一、第三章、「第二部」、「第三部」、「第四部」の一部、「結語」は、博士論文をまとめる際に直接書き下ろされたものである。

曽田 長人（そだ・たけひと）

1966年東京都生まれ．東北大学文学部卒，同大学大学院文学研究科修士課程，バーゼル大学での留学を経て，2000年，東京大学大学院総合文化研究科地域文化研究専攻博士課程を単位取得退学．2002年，学術博士号を同研究科で取得．現在，聖学院大学人文学部その他で非常勤講師を務める．専攻：ドイツ思想，ドイツ文学
〔発表論文〕「ニーチェとスイス――ドイツとヨーロッパのあいだ――」(森田安一編『スイスの歴史と文化』，刀水書房，1999)，「フリードリヒ・アウグスト・ヴォルフの『ホメロスへの序論』と同時代のドイツ文学」(『世界文学』97号，2003）ほか．

〔人文主義と国民形成〕　ISBN4-901654-49-7

2005年2月25日　第1刷印刷
2005年2月28日　第1刷発行

著者　曽田長人
発行者　小山光夫
印刷者　藤原良成

発行所　〒113-0033 東京都文京区本郷1-13-2
電話(3814)6161　振替00120-6-117170
http://www.chisen.co.jp
株式会社 知泉書館

Printed in Japan　印刷・製本／藤原印刷

Humanismus und Nationsbildung

——Zur Rolle klassischer Bildung im 19. Jahrhundert in Deutschland——

von

Takehito SODA

Chisenshokan, Tokyo

2005

Resümee

Das vorliegende Buch unternimmt den Versuch, den Zusammenhang zwischen dem Humanismus und der Nationsbildung zu verdeutlichen. Es gliedert sich in vier Teile: 1. Das Konzept einer Nationsbildung durch klassische Bildung. 2. Neuhumanismus und Nationsbildung im 19. Jahrhundert. 3. Theodor Mommsen und die politische Nationsbildung. 4. Friedrich Nietzsche und die kulturelle Nationsbildung. Die Auseinandersetzung mit diesen Themenschwerpunkten fußt vor allem auf der Tatsache, dass die klassische Bildung im 19. Jahrhundert in Deutschland sowohl auf eine allgemeine menschliche Bildung als auch auf die Nationsbildung zielte. In den bis dato vorliegenden einschlägigen Arbeiten über diesen Gegenstand wird der Humanismus mit seinen pädagogischen und geistigen Nebenströmungen meist als Gegensatz zum Philanthropismus (Realismus) wie zum Christentum aufgefasst. Aber es fragt sich, inwieweit diese Einschätzung zutrifft, wenn man den Zusammenhang des Humanismus mit der Nationsbildung berücksichtigt.

Im Einzelnen geht die Einleitung auf Definitionsversuche einiger wichtiger Termini in diesem Buch wie Nationsbildung usw. ein, außerdem wird ein Überblick über seine Fragestellungen und Gesichtspunkte der Analyse sowie eine Zusammenfassung bisheriger Untersuchungen zu seinem Thema gegeben.

Der erste Teil versucht, die historischen, personalen und ideellen Hintergründe des genannten Zusammenhangs zu profilieren und das Konzept der Nationsbildung durch die klassische Bildung am Ende des 18. Jahrhunderts zu rekonstruieren. Auf das Zeitalter der Reformation und des Althumanismus zurückgehend, wird dabei ein Blick auf die Rolle des Protestantismus, Humanismus und der Aufklärung bis zum Ende des 18. Jahrhunderts geworfen. Im Anschluss daran steht Friedrich August Wolf als Vertreter der Neuhumanisten, der Neuhumanismus und Nationsbildung miteinander verknüpfte, im Mittelpunkt. Seine Hauptwerke »Prolegomena ad Homerum« und »Darstellung der Alterthums-Wissenschaft nach Begriff, Umfang, Zweck und Werth« sowie die Etablierung eines eigenständigen Seminars für klassische Philologie an der Universität Halle (1787) werden

ausführlich behandelt. Um den genannten Zusammenhang theoretisch zu begründen, beriefen sich die Neuhumanisten auf die »formale Bildung« (der Gedanke, dass man sich durch die Beschäftigung mit klassischen Sprachen eine entsprechende Form des Denkens und Handelns aneignen kann) sowie die »Verwandtschaft der Deutschen mit den Griechen« und diese Thesen werden als Wolfs ideeller Hintergrund untersucht. In der formalen Bildung übertrug man das Verhältnis zwischen Buchstaben und (heiligem) Geist im biblisch-christlichen Sinne auf die klassischen Sprachen (Altgriechisch und Latein) und ihre Beziehung zum Geist des klassischen Altertums (Humanität, Kultur) und glaubte daher, durch das Erlernen der klassischen Sprachen nicht nur sich selbst bilden, sondern auch Fähigkeiten einer weltlichen Praxis, z. B. Weltklugheit, entwickeln zu können. (Darin spiegelt sich das protestantische Schema des Vorrangs des Glaubensgesetzes vor dem der Werke wider, wobei Luthers Kritik an der Werkheiligkeit der katholischen Kirche der der Neuhumanisten am Nützlichkeitsbestreben der Philanthropen entspricht.) Eine zweite Hypothese geht davon aus, dass die Deutschen durch die Auseinandersetzung mit der altgriechischen Sprache und Kultur nicht nur die deutsche Kultur fördern, sondern auch die durch die formale Bildung einmal frei gewordenen Individuen sich zur Bildung einer nationalen Gemeinschaft zusammen finden könnten. Aus dem Vorigen lässt sich folgendes Konzept der Nationsbildung extrahieren: Man bestrebt sich, (individuelle) Menschen, Medien der Bildung (z. B. die Geisteswissenschaften, vor allem die klassische Philologie u. a.) sowie eine deutsche Nation gleichzeitig zu bilden, indem diese drei Elemente durch die klassische Bildung vergeistigt würden. Auf diese Weise werden die zu bildenden Menschen, die Wissenschaften und die deutsche Nation als "organisch" miteinander verbunden vorgestellt, während das, was von Außen oder als überkommen dazu kommt, als bloß "mechanisch" abgewertet wird. Es ist dabei bemerkenswert, dass dieses Konzept die Verwirklichung der christlichen Trinitätslehre in Erinnerung ruft. Es ist daher anzunehmen, dass der Neuhumanismus im Zusammenhang mit der Förderung der Nationsbildung die Spiritualität des Christentums und die auf profane Nützlichkeit abhebenden Aspekte der Aufklärung zu einer heimlichen Synthese bringen wollte.

Der zweite Teil verfolgt die historische Entwicklung des Neuhumanismus im Kontext der Entstehung einer deutschen Nation und setzt dabei vier Zäsuren im 19. Jahrhundert, nämlich die Niederlage Preußens gegen Frankreich und den Anfang der neuhumanistischen Reform (1806), die Restauration unter dem Deutschen Bund (1815/19), die Märzrevolution

(1848) und die Gründung des Deutschen Reichs (1871). Was das Zeitalter zwischen 1806 und 1815/19 angeht, wird die Art und Weise, wie man den altsprachlichen Unterricht ins Schulwesen verschiedener deutscher Partikularstaaten institutionell einführte, erläutert. In Bezug auf den zweiten Zeitabschnitt (1815/19-1848) gilt die Aufmerksamkeit dem Hermann-Böckh-Streit in der klassischen Philologie, dem Thiersch-Schulze-Streit im altsprachlichen Unterricht sowie dem jeweiligen nationalen Hintergrund dieser Konflikte. Ihre Analyse ergibt, dass der Neuhumanismus sich nach Wolfs Tod in zwei Richtungen aufspaltete: August Böckh und Johannes Schulze vertraten dabei eine Richtung, die Wert auf Sachkenntnisse legte und Affinität zum Realismus, der Herausbildung eines politischen Nationalbewusstseins, zum Liberalismus und zu Preußen aufwies. Dagegen vertraten Gottfried Hermann und Friedrich Thiersch eine Richtung, die Gewicht auf Sprachkenntnisse legte und dem Christentum, einem kulturellen nationalen Selbstverständnis sowie dem politischen Konservatismus nahe stand und nicht-preußisch war. Im dritten zeitlichen Abschnitt (1848-1871) kam zunehmend die Aushöhlung der humanistischen Bildung zum Bewusstsein, sozusagen die ‚Abwesenheit des (viel beschworenen) Geistes', und es erweist sich, dass der Neuhumanismus in das zurückzufallen drohte, was er einst zu überwinden trachtete, etwa den Formalismus der alten Lateinschulen. Unter diesen Vorzeichen fällt allerdings die Nobilitierung des Staates als Verwirklichung des Geistes von Seiten der Hegelianer ins Gewicht. So begann sich das Konzept einer Nationsbildung durch klassische Bildung zu verändern: Von ihr wurde weniger erwartet, eine deutsche Nation zu "bilden", als vielmehr die bestehenden politischen Zustände zu "erhalten". Im Rahmen des letzten zeitlichen Abschnitts (1871-1900) werden vor allem die Formen der Kritik untersucht, der sich der Neuhumanismus von Seiten des Realismus und des Massennationalismus' (d. h. eines auf die Massen gestützten Nationalismus im Sinne von Hagen Schulze) aussetzte. Es handelte sich dabei um den Anteil der altsprachlichen, sach- bzw. praxisorientierten und deutschlandkundlichen Unterrichtsfächer an den Schulen und das Zugangsrecht zur Universität. Indem Schriften von ideologischen Repräsentanten des Massennationalismus herangezogen werden, wird die These aufgestellt, dass er anstelle des Neuhumanismus durch die Synthese verschiedener pädagogischer und geistiger Strömungen wesentlich zur Entstehung eines deutschen Nationalbewusstseins beigetragen hat. Dabei spielte der Neuhumanismus die Rolle eines historischen Mittlers zwischen den protestantischen und den massenorientierten Nationalbewegungen.

Der dritte Teil widmet sich der Frage, wie Theodor Mommsen, der im Bereich der römischen Forschungen große Anerkennung genoss und dem Neuhumanismus Böckhscher Prägung nahe stand, sich zur zeitgenössischen Frage einer Nationsbildung verhielt. Seine Hauptwerke »Römische Geschichte« sowie »Corpus Inscriptionum Latinarum« und seine Stellungnahme zu national-politischen Ereignissen werden eingehend analysiert. In der »Römischen Geschichte« zieht Mommsen einige Analogien zwischen der römischen und deutschen Nationalentwicklung und sieht in der ursprünglichen römischen Republik das Urbild einer idealisierten Bürgergemeinde. Dabei ist wichtig zu betonen, dass er den Philhellenismus seiner Zeit kritisiert, indem er einerseits die Verwandtschaft der Deutschen mit den Römern, andererseits die der Franzosen mit den Altgriechen voraussetzt. Dadurch versucht er, dem Aspekt einer politischen Bildung der Nation vor der kulturellen, individuellen Bildung einen höheren Rang einzuräumen. Im »Corpus Inscriptionum Latinarum« und anderen großen wissenschaftlichen Projekten unternimmt Mommsen es, nicht nur einen Beitrag zum Fortschritt der Wissenschaft zu leisten, sondern auch das Zusammengehörigkeitsgefühl der deutschen Wissenschaftler, die durch konfessionelle oder partikularstaatliche Unterschiede gespalten waren, zu stärken. Seine Kritik am Partikularismus und an Bismarck, seine Haltung gegenüber dem Antisemitismus und der Sozialdemokratie, sein Interesse am Gleichgewicht europäischer Staaten u. a. werden ausführlich nachgezeichnet.

Der vierte Teil befasst sich mit Nietzsche, der der Richtung des Hermannschen Neuhumanismus zuzuordnen ist, und seiner Stellung zu zeitgenössischen Fragen der Bildung eines nationalen Selbstverständnisses. Nietzsche interessiert sich für eine Kulturreform, auf deren Konzept zuerst eingegangen wird. In ihm reflektiert er die bestehenden versteinerten Formen von Sprache und Kultur. Er versucht, den Vorrang des Apollinischen vor dem Dionysischen in der Sprache seiner Gegenwart sowie den der Wissenschaft vor der Kunst in der bestehenden Kultur ins Gegenteil zu verkehren. Dadurch wollte er sowohl die Sprache als auch die Kultur in ihre ursprüngliche und eigentliche Form bringen, und dies sollte zu einer Wiedergeburt der deutschen Kultur führen. Als Triebkraft dieser Umkehrung wird, ohne dass dies explizit würde, das protestantische Schema vom "Vorrang des Gesetzes des Glaubens vor dem der Werke" herangezogen. (Musik und Kunst entsprechen dabei dem Glauben, die bildenden Künste und Wissenschaften den Werken). So war mit Kultur"reform" im Grunde der Reformcharakter der Reformation gemeint, wobei der Glaube sich nicht auf den

christlichen Gott, sondern auf die humanistische Kultur gründet. In den 70er Jahren verlor Nietzsche zunehmend das Interesse an der Förderung der deutschen Kultur angesichts des nationalen Chauvinismus, und er sah schließlich Europa als den Ort einer zu verwirklichenden idealen Kultur. Am Leitfaden von »Vom Nutzen und Nachtheil der Historie für das Leben« und anderer Schriften Nietzsches wird diese Verlagerung seines Interesses erhellt.

Der Schlussteil fasst die vorigen Darstellungen zusammen und will die Schlüssigkeit des im ersten Teil rekonstruierten Konzepts unter Beweis stellen. Mommsen und Nietzsche übernahmen dieses Konzept auf ihre Weise angesichts der Stagnation des Humanismus nach der Märzrevolution und verhielten sich beide dem Deutschen Reich gegenüber kritisch, obwohl sie in Hinsicht auf ihr Interesse an der Bildung einer Nation Gewicht auf jeweils andere Gebiete legten. Während Ulrich von Wilamowitz-Moellendorff, der als Hauptvertreter der klassischen Philologie im Deutschen Reich fungierte, sich im Ersten Weltkrieg an den Massennationalismus anschloss, könnte man eine fiktive Verbindung der Humanismen im Mommsenschen und Nietzscheschen Sinne thematisieren, die erst nach dem Zweiten Weltkrieg aktuell wurde. Dabei geht es um die Möglichkeit, den kulturellen Konservatismus bzw. Radikalismus mit dem politischen Liberalismus zu verquicken. Es ist frappierend, dass dieser Versuch sich unter verschiedenen Gesichtspunkten mit der Reform oder Transformation des Christentums in Verbindung bringen lässt.

人 名 索 引

(注頁は除く．神話上の人物や神の名も含む)

ア 行

アーロンス (Arons, L.) 295
アイスキュロス (Aischylos) 320
アイヒホルン (Eichhorn, J. F.) 166
アイヒホルン (Eichhorn, J, G.) 68f.
アウグスティヌス (Augustinus, A) 386
アウグストゥス (Augustus) 303
アスト (Ast, F.) 89
アポロン (Apollon) 43,323,338
アリストテレス (Aristoteles) 41,253,322,328
アルテンシュタイン (Altenstein, K. S. F. Frhr. v. Stein z.) 136
アルトホフ (Althoff, F.) 294f.
アルミニウス (Arminius) 27f.,111,114,220
アルント (Arndt, E. M.) 180f.
アレクサンダー大王 (Alexander der Große) 158,207,221,267,360-362,381
アンダーソン (Anderson, B.) 16,97,265
アントニヌス (Antoninus, A. P.) 305
イェーガー (Jäger, O.) 232
ヴァーグナー (Wagner, C.) 338
ヴァーグナー (Wagner, R.) 313,320-322,329,335-337,342,344,360-362
ヴィーゼ (Wiese, L. v.) 191,210
ヴィーラント (Wieland, C. M.) 108
ヴィッケルト (Wickert, L.) 18
ヴィラモーヴィッツ＝メレンドルフ (Wilamowitz-Moellendorff, U. v.) 13,18,198-200,202,221,231,285,343,346,375,377
ヴィルヒョー (Virchow, R.) 228
ヴィルヘルム2世 (Wilhelm II.) 138,232,306
ヴィンケルマン (Winckelmann, J. J.) 41,43-45,50,52,56,60,79,87,95,108,113,195,329
ヴィンプフェリンク (Wimpfeling, J.) 26f.
ウーゼナー (Usener, H.) 200
ウーリヒ (Uhlig, G.) 232
ヴェーバー (Weber, M.) 16,384
ヴェーラー (Wehler, H. U.) 15f.
上山安敏 19
ヴェルカー (Welcker, F. G.) 14,141,159
ヴォールレーベン (Wohlleben, J.) 65f.,87
ヴォルテール (Voltaire, F. M. A.) 236
ヴォルフ (Wolff, C.) 35,36,47
ヴォルフ (Wolf, F. A.) 22,57f.,61-89,92,95,98f.,102,105f.,108,113f.,117,133,135,141,152,157,164f.,175,178,192f.,195f.,199,208,211,215,241,246,260,268,280-282,285,286,288,316,318,334f.,340-342,349,355,367f.,373,377f.,381,383,388
潮木守一 13,224
ウッド (Wood, R.) 107
エウリピデス (Euripides) 326-328,332
エーファース (Evers, E. A.) 89,378
エラスムス (Erasmus, D.) 27f.,30,35,95,210,236,357,365
オイディプス (Oidipous) 332
オーヴァーベック (Overbeck, F.) 312

カ 行

カエサル (Caesar, G. J.) 223,258,261,263-265,267,271f.,278,290,292f.,301,308,381

ガリレイ（Galilei, G.） 47
カンツィク（Cancik, H.） 15
カント（Kant, I.） 53, 96, 126, 146, 317, 324, 329, 378
キケロ（Cicero, M. T.） 63, 263, 346, 349
キリスト（Christus, J.） 31, 69, 153, 264, 333f., 381
キルケゴール（Kierkegaard, S. A.） 378
キルヒホフ（Kirchhoff, A.） 197
クライスト（Kleist, H. v.） 114
グラックス兄弟（Gracchus, G. S. u. T. S.） 261-263
グリム（兄弟）（Grimm, J. u. W.） 331
クルツィウス（Curtius, E.） 179, 381
クロイツァー（Creuzer, F.） 181, 343
クロプシュトック（Klopstock, F. G.） 60, 108, 110, 153
ゲーツェ（Goeze, J. M.） 42
ゲーテ（Goethe, J. W. v.） 44, 48f., 64, 66f., 69, 71, 86f., 101f., 108, 111, 113, 126, 173, 177, 179, 236, 322, 329, 339, 342, 349, 356, 382
ゲーディケ（Gedike, F.） 90, 103
ゲスナー（Gesner, J. M.） 83, 108
ケッヒリー（Koechly, H.） 191, 193, 206
ケラーマン（Kellermann, C. O.） 276
ゲルヴィーヌス（Gervinus, G. G.） 337
ゲルスドルフ（Gersdorff, C. v.） 321
ゲルハルト（Gerhard, E.） 277
ゴットシェット（Gottsched, J. C.） 36, 41, 108

サ　行

ザヴィニー（Savigny, F. K. v.） 256f., 277
坂井榮八郎 16
坂口　昂 18
サンディース（Sandys, J. E.） 13
シェークスピア（Shakespeare, W.） 42, 60, 337
シェーラー（Scherer, W.） 253
シェリング（Schelling, F. W. J. v.） 126, 147
シュヴァーブ（Schwab, G.） 177
ジューフェルン（Süvern, J. W.） 135-137, 140, 205
シュタイン（Stein, H. F. K. Reichsfrhr. v. u. z.） 129, 144
シュトラウス（Strauß, D. F.） 345
シュパーン（Spahn, M.） 294f.
シュピルケ（Spillke, A. G.） 206
シュルツ（Schulz, W.） 151
シュルツェ（Schulze, J.） 135f., 140, 168, 170f., 173, 175f., 236, 246, 374, 377f.
シュレーゲル（Schlegel, F.） 64-66
シュレーゲル兄弟（Schlegel, A. W. u. F.） 126
シュレーター（Schroeter, A.） 108
ショーペンハウアー（Schopenhauer, A.） 188, 320, 322, 324, 329
シラー（Schiller, F.） 6, 46, 64f., 67, 69, 86, 101, 108, 126f., 144, 177, 262, 329
末川　清 16
スターン（Stern, F.） 17, 239f.
スピノザ（Spinoza, B. d.） 47
スラ（Sulla, L. C.） 263
ゼー（See, K. v.） 17
セネカ（Seneca, L. A.） 319
ゼムラー（Semler, J. S.） 40, 82f., 208
ソクラテス（Sokrates） 208, 312f., 327f., 334, 336, 342, 361, 365

タ　行

タキトゥス（Tacitus, P. C.） 26f., 231, 280
ダン（Dann, O.） 16
千代田　謙 18
ツェードリッツ（Zedlitz, K. A. Frhr. v.） 53, 83
ツェルティス（Celtis, C.） 27, 169
ツンプト（Zumpt, A. W.） 276

ティールシュ（Thiersch, F.）　159, 168f., 171-173, 175f., 178, 206, 246, 374, 377f.
ディオクレティアヌス（Diocletianus, G. A. V.）　258
ディオニュソス（Dionysus）　182, 323, 325, 328, 332, 334, 338
テーヌ（Taine, H. A.）　273
デールブリュック（Delbrück, H.）　243
テオグニス（Theognis）　315
デカルト（Descartes, R.）　47
デモステネス（Demosthenes）　28
デュ・ボア＝レイモン（Du Bois-Reymond, E.）　228
トマージウス（Thomasius, C.）　32-34, 36, 41
トライチュケ（Treitschke, H. v.）　15, 202, 300
トラップ（Trapp, E. C.）　83
ドロイゼン（Droysen, J. G.）　149, 157f., 208, 221, 287, 381

ナ　行

長尾十三二　13
ナポレオン（Napoléon, B.）　71, 111-114, 133, 150, 255, 262, 306
ニーチェ（Nietzsche, F.）　9f., 12, 14, 17-19, 70, 104, 106, 199f., 209, 214f., 239, 242, 246, 312f., 315-362, 364-369, 375-381, 383-388
ニートハンマー（Niethammer, F. I.）　52, 89, 169
ニーブール（Niebuhr, B. G.）　111, 156, 198, 255, 302
ニコライ（Nicolai, F.）　39, 236
ニッパルダイ（Nipperdey, T.）　167
ネーゲルスバッハ（Naegelsbach, C. F. v.）　212
野田宣雄　16

ハ　行

バールト（Bahrdt, C. F.）　83
ハーン（Hahn, L.）　190
ハイネ（Heyne, C. G.）　72, 83
ハウプト（Haupt, M.）　180
バウムガルテン（Baumgarten, H.）　218
バウムガルト（Baumgart, F.）　104
パウルゼン（Paulsen, F.）　12f., 48, 90
長谷川博隆　18
バセドー（Basedow, J. B.）　51, 103
パッソー（Passow, F.）　89, 110, 131, 135, 181
バッハオーフェン（Bachofen, J. J.）　182, 270, 273f., 343
ハラー（Haller, L. v.）　146
バルト（Barth, T.）　302
ハルトマン（Hartmann, L. M.）　17, 309
ハルナック（Harnack, A. v.）　200, 210, 297
ビスマルク（Bismarck, O. v.）　138, 185, 202, 219, 221f., 232, 236, 242, 246, 270, 289, 292f., 298, 301, 306, 308, 320, 382
ピッコロミーニ（Piccolomini, E. S.）　26
ヒットラー（Hitler, A.）　382
フィヒテ（Fichte, J. G.）　100, 111, 126, 130f., 144, 180, 238
フーアマン（Fuhrmann, M.）　15, 71, 127, 388
フォークト（Vogt, E.）　162
フォス（Voss, J. H.）　59, 108, 110, 159
フォルクマン（Volkmann, R.）　70
フッテン（Hutten, U. v.）　28
プファイファー（Pfeiffer, R.）　13
ブラックウェル（Blackwell, T.）　60
プラトン（Platon）　166, 208
フランケ（Francke, A. H.）　32-35
フリードリヒ・ヴィルヘルム（Friedrich Wilhelm）　179
フリードリヒ・ヴィルヘルム３世（Friedrich Wilhelm III.）　133, 178
フリードリヒ・ヴィルヘルム４世（Friedrich Wilhelm IV.）　166, 180, 338

フリードリヒ１世（Friedich I.）　33,36
フリードリヒ２世（Friedrich II.）　36f., 40f.,48f.,53f.,128,135,382
フリードリヒ３世（Friedrich III., プロイセン国王）　179,272
フリードリヒ３世（Friedrich III., ブランデンブルク選帝侯）　33
ブルクハルト（Burckhardt, J.）　149, 343
ブルジアン（Bursian, C.）　13
プレスナー（Plessner, H.）　16f.,26,38, 127,313
ブレットナー（Blättner, F.）　77
ブレンターノ（Brentano, L.）　295
プロメテウス（Prometheus）　332
フンボルト（Humboldt, A. v.）　277
フンボルト（Humboldt, W. v.）　16,57, 89,91f.,102,109,130,133-135,138, 140f.,158,170,173,187f.,196,202,257, 285,295,302,313
フンボルト兄弟　166
ベーク（Boeckh, A.）　73,142,149f., 156-168,173,175f.,194-196,199-201, 208,210,212f.,221,241,246,276,280, 287,294,316f.,343,349,355,374f., 377f.,386,388
ヘーゲル（Hegel, G. W. F.）　91,96, 103-105,126,136,140,144,148,158, 187,207,210,291
ベートーヴェン（Beethoven, L. v.） 126,329
ペールマン（Pöhlmann, R. v.）　202
ベッケドルフ（Beckedorff, L. v.）　140
ペトラルカ（Petrarca, F.）　365
ペリクレス（Perikles）　196,220,381
ヘルダー（Herder, J. G.）　28,41-43, 45,49f.,52,56,60f.,64f.,67,69,77-79, 92,95,101,113,140,147,151,153,181, 231,304
ヘルダーリン（Hölderlin, F.）　46,126
ベルナイス（Bernays, J.）　322
ヘルマン（Hermann）　27,114（→アルミニウス）
ヘルマン（Hermann, G.）　159-168,173, 175f.,191f.,201,316,343,374f.,377f., 386,388
ヘルムホルツ（Helmholtz, H. L. F. v.） 228
ペロー（Perrault, C.）　47
ヘンチュケ（Hentschke, A.）　14,93, 334
ボードマー（Bodmer, J. J.）　108
ボーニッツ（Bonitz, H.）　229
ホッブズ（Hobbes, T.）　47f.
ホメロス（Homeros）　59-68,70,87,107f., 152,198,200,318,327,342,381
ボルゲジ（Borghesi, B.）　276

マ　行

マイアー（Meier, E.）　159
マイアー（Meyer, E.）　273
マイネッケ（Meinecke, F.）　15,125
マクシミリアン２世（Maximilian II.） 172
マッハ（Mach, E.）　228
マルクス（Marx, K.）　5,378
マン（Mann, H.）　194
マン（Mann, T.）　194,384
三島憲一　19
ミューズ（Muse）　266
ミュラー（Müller, A.）　147
ミュラー（Müller, K. O.）　159,182,343
ムーラック（Muhlack, U.）　14,93,167, 334
メランヒトン（Melanchton, P.）　30
モーザー（Moser, F. K. v.）　46
モーセ（Moses）　69
モーツァルト（Mozart, W. A.）　126
望田幸男　13
モムゼン（Mommsen, T.）　9,12,17-19, 149,198-200,214,231,236,242,246, 250f.,253-309,317,343,349-351,369, 375-378,380f.,383-388
モンジュラ（Montgelas, M. G. v.） 169

モンテスキュー（Montesquieu, C. L. d. S.） 111

ヤ 行

ヤーコプス（Jacobs, F.） 89,155
ヤーン（Jahn, F. L.） 180f.
ヤーン（Jahn, O.） 276
ヤイスマン（Jeismann, K.-E.） 13,173,207
ヤッハマン（Jachmann, R. B.） 131f.,138,234,378
ユスティ（Justi, C.） 48
ヨーゼフ・マクシミリアン4世（Josef Maximilian IV.） 169
ヨーゼフ2世（Josef, II.） 48
吉原達也 18

ラ 行

ライプニッツ（Leibniz, G. W.） 47,282,284,298
ライマールス（Reimarus, H. S.） 41
ラウマー（Raumer, F. v.） 171
ラガルド（Lagarde, P. d.） 234-236,239-242
ラサール（Lassale, F.） 212
ラッハマン（Lachmann, K.） 152,180,277
ラングベーン（Langbehn, J.） 234-236,239-242,382
ランゲ（Lange, F.） 228
ランゲ（Lange, J.） 35,45
ラントフェスター（Landfester, M.） 11f.,14,90,109,163,190,197,229
リーマー（Riemer, F. W.） 67
リッチュル（Ritschl, F.） 201,316
ルートヴィヒ1世（Ludwig I.） 178
ルートヴィヒ（Ludwig, O.） 178
ルカーチ（Lukács, G.） 385
ルソー（Rousseau, J.-J.） 51
ルター（Luther, M.） 23-26,28,33-35,37,77,94f.,97,105,107,111f.,116,142,220,236,240,329,357,379,385,387
レーテ（Roethe, G.） 115
レーベニヒ（Rebenich, S.） 14,18
レーマン（Lehmann, C.） 160f.
レッシング（Lessing, G. E.） 41-43,45,50,52,56,69,79,94,97,113,140,166,177,240,304,322,328
レンブラント（Rembrandt, H. v. R.） 235f.
ローデ（Rohde, E.） 214
ローリンザー（Lorinser, C. I.） 171f.,350
ロック（Locke, J.） 47,51
ロテック（Rotteck, C. v.） 150f.

作品名索引

（「　」は論文・講演名．注頁は除く）

事項索引

（注頁は除く）

ア　行

カ　行

140-143, 165, 167, 189, 203, 207, 214, 257, 374
階級闘争　262, 274
解体者（Zerleger）　152
解放戦争（Befreiungskrieg）　138, 374
カエサル主義（独裁君主主義）　236
楽劇（Musikdrama）　313, 320, 336f.
学識
好事家的な——　63, 84, 86, 133, 211
——的啓蒙（gelehrte Aufklärung）　74, 76, 92, 164, 171
——と文明の統合　75, 164, 171
学者共和国（Gelehrtenrepublik）　30, 39, 85, 209, 284
学生組合（Burschenschaft）　139, 290, 320
学問（Wissenschaft）
——崇拝　378
——政治　18, 85, 117, 297
——体系　72f., 81, 281-283, 285-287, 376, 389
仮象（Schein）　324, 339f., 352
カタルシス（Katharsis）　322
学校（Schule）
イエズス会士——（Jesuitenschule）　63
騎士——（Ritterschule）　137
教養——（Gelehrtenschule）　93, 131, 136
高等市民——（Höhere Bürgerschule）　205
孤児院——（Waisenschule）　32
産業——（Industrieschule）　136, 205
実科——（Realschule）　131, 136, 177, 188, 205f., 217
実科系——　195, 227, 230
市民——（Bürgerschule）　131, 171, 205
修道院——（Klosterschule）　30
上級実科——（Oberrealschule）　206, 226f., 230
初等——（Elementarschule）　135
第1種実科——（Realschule I. Ordnung）　206, 227
第2種実科——（Realschule II. Ordnung）　206, 227
都市——（Stadtschule）　30, 135, 205
ラテン語——（Lateinschule）　30, 39, 51-53, 58, 63, 67, 85, 93, 98, 113, 131, 136, 171f., 237
——改革（Schulreform）　130, 139, 206, 226, 230, 233, 237, 242
——改革協会（Verein für Schulreform）　228, 231
——会議（Schulkonferenz）　198, 226, 229f., 232-234, 237, 242
——戦争（Schulkrieg, Schulkampf）　229, 234
——と社会（-und Gesellschaft）　12, 14
カトリシズム（Katholizismus）　25f., 38, 46, 134, 145, 171, 174, 190, 236, 238f., 363, 365, 368
——圏　30, 39, 169f., 221, 298
家父長制　182
神
——の国（Civitas Dei）　386
——の道具（Werkzeug Gottes）　34, 37, 118, 285
——の似像（Ebenbild Gottes）　6, 10, 42, 79
歌謡集積論（Schwellentheorie）　152
カルヴィニズム（Calvinismus）　25, 102
関税同盟（Zollverein）　205
艦隊政治（Flottenpolitik）　243, 302
観念論（Idealismus）　127, 143, 188, 212f.
ドイツ——（deutscher -）　126, 144, 239
官僚
文部——　130, 135f., 168, 236, 294
——制　37
キール大学　250
議会（Parlament）　145, 187, 224, 265, 293, 307
帝国——　220, 292

328
——の自律性（Kunstautonomie）
65, 69, 323, 337
啓蒙（Aufklärung）
——（主義） 6f., 9, 17, 23f., 31-43, 45, 47, 49-56, 58, 60, 69, 72, 79, 83, 87, 96, 98-101, 104, 115, 117f., 126f., 133, 142, 167f., 174, 211, 217, 221, 236, 240, 250, 300f., 304, 329, 334f., 355, 368f., 371-373, 376, 378, 382f., 386
——神学（Aufklärungstheologie）
40, 45, 62
——専制国家 36-40, 42-45, 53, 56, 117, 142-144, 146, 148, 213, 220, 237, 244, 292, 379
——専制主義（aufgeklärter Absolutismus） 24, 37-39, 41f., 49, 128, 144f., 174
ゲーテ批判 236
ゲオルゲ・クライス（George Kreis）
19
決疑論（Kasuistik） 94
ゲッティンゲン大学 72, 108, 133, 165, 171, 182
——七教授追放 165
ゲルマニスティーク（ドイツ研究，ゲルマン法学 Germanistik） 176, 180, 256
ゲルマニスト会議 180
ゲルマン 17, 28f., 111, 114, 179, 257, 290, 293
——化 295
——人 27f., 181, 220, 231, 298
——民族 112, 115
検閲 165f.
研究と教授（Lehre und Forschung）
——の自由（Freiheit der -） 84, 133, 210, 286, 294-296, 309
——の統一（Einheit der -） 133, 175, 198, 231, 282
言語
——観 92, 95, 98, 162, 165, 193, 217, 224
——と精神（Sprache und Geist） 92, 94, 111, 151, 162f., 235, 316-319, 388
——の知識（Sprachkenntnisse）
72f., 80, 84, 86, 99, 159, 161, 163f., 169f., 174, 230, 241, 246, 280, 288, 316, 343, 347, 355, 374, 380
現実政治（Realpolitik） 185, 188, 218f., 239, 306, 320
元首制（Prinzipat） 307
検分（Autopsie） 277f.
憲法（Verfassung） 5, 10, 102, 129, 150-152, 187, 220, 273, 302
ドイツ統一—— 150f., 186, 257, 380
——の制定 129, 144f., 150f.
——紛争（Verfassungskonflikt）
144, 185, 292, 294
元老院（Senat） 260f.
行為主義（Werkheiligkeit） 24, 33, 35, 94, 97, 106, 118, 164, 190, 205, 238f., 334, 379
工科大学（Technische Hochschule）
227
高貴な単純さと静かな偉大さ（edle Einfalt und stille Größe） 43
考古学（Archäologie） 14, 72, 156, 164, 200, 276f.
講壇社会主義（Kathedarsozialismus）
225
皇帝崇拝 301
高等学務委員会（Oberschulkollegium）
83f., 130
功利主義（Utilitalismus） 334
国威発揚 286, 294
国際学者会議 299
国民（Nation）
——運動（Nationalbewegung）
148, 153, 178, 182, 374, 376
——教育（Nationalerziehung）
129f., 135, 150
——劇場（Nationaltheater） 39, 41
——国家（Nationalstaat） 3, 6, 10, 17, 101, 129, 147, 202, 213, 220, 222, 232, 251, 253f., 258f., 289, 292, 303, 363-366, 369, 385

サ　行

——宗教（Nationalreligion）　　221,
　　235,241,386
　　——自由党（Nationalliberale Partei）
　　292
　　——叙事詩（Nationalepos）　　10,150
　　-152,380
　　——精神（Nationalgeist）　　92,110f.,
　　151
　　——文学（Nationalliteratur）　　39,41f.
個人の主体化　　34,38,104,115-117,
　　142f.,145,174,214,237,243,371f.
コスモポリタン　　15,27,30,111,158,
　　166,213,233,262,267,269,291,305,
　　361,365
古代学　　71-74,78-81,84,86,98,100,
　　106,114,157,164,214,246,281f.,321,
　　355
個体化の原理　　323,338
国家（Staat）
　　農業——（Agrarstaat）　　302
　　民族——　　260,266
　　領邦——（Partikularstaaten）　　6f.,
　　10,13,24-26,29f.,36,39,41,46,57,84,
　　105,116f.,122,125,127-129,137f.,140,
　　142f.,147,150,155,165,167-170,172-
　　174,203,205,215-220,235,244f.,253,
　　256,270,272,279f.,298,300,364,366,
　　374f.,386
　　——学（Staatswissenschaft）　　151,153
　　——市民（Staatsbürger）　　131,135,
　　151,201,231
　　——崇拝　　378
古典
　　擬——主義（Klassizismus）　　179
　　好事家的な——研究　　30,67,72f.,80,
　　237,349
　　ドイツ——語教師・——研究者会議
　　（Verein deutscher Philologen und
　　Schulmänner）　　159,172
　　——語授業　　63,90f.,229,237,375
　　——主義（古典語教育上）　　169-172,
　　174,193,230
　　——文献学　　11-15,18f.,83,134,141,
　　156,159-161,169,182,312,318,383
事柄
　　——と精神　　163
　　——の学問（Realwissenschaften）
　　72
　　——の知識（Sachkenntnisse）　　32,
　　51,53,72f.,80,85f.,98f.,117,159,161-
　　164,169f.,174,230,241,246,280f.,287,
　　343,347,355,374,376,380
孤独と自由（Einsamkeit und Freiheit）
　　133
コンラーディヌム（Conradinum）
　　131,138

ザクセン　　137,165f.,174,191
　　——法鑑（Sachsenspiegel）　　257
サチュロス合唱団（Satyrchor）　　325-
　　327,336,342,353,376
三月革命（Märzrevolution）　　9,12,122,
　　142,154,172f.,180,185-194,197f.,
　　201,203-205,210,212-218,230,233,
　　240,244,250,254,257,262,269,277,
　　281,286,308f.,320,333,341,375,377
産業
　　——教育　　206
　　——国家　　302
　　——社会　　146,190f.
　　——主義　　172
三十年戦争　　6,29,268
参謀本部　　279
三位一体論（Trinitätslehre）　　153f.,
　　381f.,386.
私講師処分法（→アーロンス法）
詩情（Poesie）
　　自然の——（Naturpoesie）　　61,63,65
　　人工の——（Kunstpoesie）　　61,65
　　民族の——（Volkspoesie）　　60,64,68
自然（Natur）
　　——，天才，民族　　61,63f.,182,318
　　——科学（Naturwissenschaft）　　34,
　　47,143,170f.,185,188f.,206,211f.,226,

タ　行

ナ　行

ハ　行

マ　行

ヤ　行

ラ　行

資料と参考文献

本書と直接関係のある著作・論文のみを記す．参考文献は最初に本書のテーマ一般（人文主義と国民形成のそれぞれ）に関わる著作を挙げた後，部毎に分けてあるが，他の部とも関わる著作は重要と思われる部の方に記してある．

I 資　料

（著者の生年順に並べるよう心がけた．著者名の後の数字は，著者の生没年を表す．）

1　論文集，全集，単行本など

（複数の著者の論文集）

Archiv Deutscher Nationalbildung, hrsg. v. Reinhold Bernhard Jachmann/Franz Passow, Berlin 1812, mit einer Einleitung v. H. J. Heydorn (Nachdruck, Frankfurt am Main 1969).

Dokumente des Neuhumanismus I, Kleine pädagogische Texte, Bd. 17, bearbeitet von Rudolf Joerden, Weinheim ²1962.

Schulreform in Preußen 1809-1819. Entwürfe und Gutachten, Kleine pädagogische Texte, Bd. 30, bearbeitet v. Lothar Schweim, Weinheim 1966.

（全集・単行本）

Cicero, Marcus Tullius (前106-前43): De oratore, with an English translation by E. W. Sutton, London 2nd ed. ²1959.

Seneca, Lucius Annaeus (前5/4頃-65): Ad Lucilium epistulae morales, with an English translation by Richard M. Gummere, London 1962.

『聖書』（新共同訳，日本聖書協会，1998年）．

Wimpfeling, Jakob (1450-1528): Epitome rerum Germanicarum, Marpurgi 1562.

Luther, Martin (1483-1546): An den christlichen Adel deutscher Nation von des christlichen Standes Besserung, in: Werke. Kritische Gesamtausgabe, Bd. 6, Weimar 1888, S. 404-469.（「キリスト教界の改善についてドイツ国民のキリスト教貴族に与う」［成瀬治訳『世界の名著18　ルター』中央公論社，1969年］pp.79-180.）

Hutten, Ulrich von (1488-1523): invictissimo principi fridericho saxonum duci electori ulrichus de hutten eques germanus salutem (1520), in: equitis germani opera quae reperiri potuerunt omnia (1859-1861), edidit Eduardus Bocking, Aalen 1963, Bd. 1, S. 383-399.

Blackwell, Thomas (1701-1757): An enquiry into the life and writings of Homer (1736), Hildesheim/New York 1976.

Wood, Robert (1716-1771): An Essay on the Original Genius of Homer (1769 and 1775), Hildesheim/New York 1976.

Winckelmann, Johann Joachim (1717-1768): Geschichte der Kunst des Altertums (1764), Darmstadt 1972.（『古代美術史』中山典夫訳，中央公論美術出版，2001年.）
———, Briefe, in Verbindung mit Hans Diepolder, hrsg. v. Walther Rehm, Berlin 1952, 4 Bde..
Moser, Friedrich Carl von (1723-1798): Von dem Deutschen Nationalgeist, Leipzig 1766.
Kant, Immanuel (1724-1804): Gesammelte Schriften, hrsg. v. der Königlich Preußischen Akademie der Wissenschaften, Berlin 1903-.（『カント全集』岩波書店，1999年-.）
———, Kritik der Urtheilskraft (1790), in: a. a. O., Bd. 5, S. 165-485.
———, Über den Gebrauch teleologischer Principien in der Philosophie (1788), in: a. a. O., Bd. 8, S. 157-185.
Lessing, Gotthold Ephraim (1729-1781): Werke, hrsg. v. Herbert G. Göpfert, München 1970-1979, 8 Bde..
———, Nathan der Weise (1779), in: a. a. O., Bd. 2, S. 205-348.（『賢人ナータン』篠田英雄訳，岩波書店，1958年.）
———, Hamburgische Dramaturgie (1767-1769), in: a. a. O., Bd. 4, S. 229-720.（『ハンブルク演劇論』奥住綱男訳，現代思潮社，1972年.）
———, Anti-Goeze•I, D. i. Notgedrungener Beiträge zu den freiwilligen Beiträgen des Hrn. Past. Goeze Erster (1778), in: a. a. O., Bd. 8, S. 160-166.
Wieland, Christoph Martin (1733-1813): Über deutschen Patriotismus. Betrachtungen, Fragen und Zweifel (1793), in: Werke, Berlin 1930, Bd. 15 (X), S. 586-595.
Herder, Johann Gottfried (1744-1803): Sämmtliche Werke, hrsg. v. Bernhard Suphan, Berlin 1877-1913, 33 Bde..
———, Ueber die neuere Deutsche Litteratur. Eine Beilage zu den Briefen, die neueste Litteratur betreffend (1766, 1767), in: a. a. O., Bd. 1, S. 131-531.
———, Von Deutscher Art und Kunst. Einige fliegende Blätter. II. Shakespeare (1773), in: a. a. O., Bd. 5, S. 208-257.（「シェイクスピア」［登張正実訳『世界の名著　続7 ヘルダー　ゲーテ』中央公論社，1979年］pp.177-202.）
———, Fragmente zu einer “Archäologie des Morgenlandes” (1769), in: a. a. O., Bd. 6, S. 1-129.
———, Aus dem Teutschen Merkur. Hutten. 1776, in: a. a. O., Bd. 9, S. 476-497.
———, Ideen zur Philosophie der Geschichte der Menschheit (1785), in: a. a. O., Bd. 13.（『人間史論』鼓常良訳，白水社，1948-1949年.）
———, Zerstreute Blätter. Vierte Sammlung (1792), in: a. a. O., Bd. 16, S. 1-128.
———, Briefe zu Beförderung der Humanität (1797), in: a. a. O., Bd. 18, S. 1-356.
———, Homer, ein Günstling der Zeit (1795), in: a. a. O., S. 420-446.
———, Adrastea (1802), in: a. a. O., Bd. 24, S. 1-418.

———, Volkslieder. Nebst untermischten andern Stücken. Zweiter Theil (1779), in: a. a. O., Bd. 25, S. 311-546.

———, Die Schöpfung. Ein Morgengesang (1773), in: a. a. O., Bd. 29, S. 437-446.

Campe, Joachim Heinrich (1746-1818): Wörterbuch zur Erklärung und Verdeutschung der unserer Sprache aufgedrungenen fremden Ausdrücke. Neue stark vermehrte und durchgängig verbesserte Ausgabe (1813), Hildesheim/New York 1970.

Goethe, Johann Wolfgang von (1749-1832): Sämtliche Werke. Briefe, Tagebücher und Gespräche, in: Bibliothek deutscher Klassiker, Frankfurt am Main 1987-.

———, Gedichte 1756-1799, in: a. a. O., Bd. I/1, hrsg. v. Karl Eibl.

———, Gedichte 1800-1832, in: a. a. O., Bd. I/2, hrsg. v. Hendrik Birus.

Goethes Brief an Friedrich August Wolf, hrsg. v. Michael Bernays, Berlin 1868.

Stolberg, Friedrich Leopold Graf zu (1750-1819): Homer, in: Deutsche National-Litteratur, Bd. 50, 2 Abt., Göttinger Dichterbund III, hrsg. v. August Sauer, Stuttgart 1895, S. 83f..

Eichhorn, Johann Gottfried (1752-1827): Einleitung ins Alte Testament, Leipzig ^{2}1787.

Gedike, Friedrich (1754-1803): Gesammelte Schriften, Berlin 1789.

———, Über den Begriff einer gelehrten Schule, Berlin 1802.

Schiller, Friedrich (1759-1805): Werke (Nationalausgabe), hrsg. v. Julius Petersen u. Friedrich Beißner (Norbert Oellers), Weimar 1943-.

———, Gedichte in der Reihenfolge ihres Erscheinens, 1776-1799, in: a. a. O., Tl. 1, Bd. 1.

———, Gedichte in der Reihenfolge ihres Erscheinens, 1799-1805, in: a. a. O., Tl. 1, Bd. 2.

———, Über die ästhetische Erziehung des Menschen in einer Reihe von Briefen (1793-1794), in: a. a. O., Tl. 1, Bd. 20, S. 309-412. (「人間の美的教育について」[『美学芸術論集』石原達二訳，富山房，1977年] pp.83-324.)

———, Schillers Briefe 1. 7. 1795 - 31. 10. 1796, in: a. a. O., Tl. 1, Bd. 28.

———, Briefe an Schiller 25. 5. 1794 - 31. 10. 1795, in: a. a. O., Tl. 1, Bd. 35.

———, Briefe an Schiller 1. 4. 1797 - 31. 10. 1798, in: a. a. O., Tl. 1, Bd. 37 I.

Wolf, Friedrich August (1759-1824): Prolegomena ad Homerum sive de operum Homericorum prisca et genuina forma variisque mutationibus et probabili ratione emendandi (1795), Darmstadt 1963.

Wolfs gutachtliche Aeusserung an den Staatsrath Süvern über den Auszug aus der Anweisung über die Einrichtung der öffentlichen allgemeinen Schulen im preussischen Staate, die Unterrichtsverfassung der Gymnasien und Stadtschulen betreffend, in: Schulreform in Preußen 1809-1819, a. a. O., S. 99-101.

———, Vorlesungen über die Altertumswissenschaft, hrsg. v. J. D. Gürtler, Leipzig 1831-1839, 6 (5?) Bde..

———, Friedr. Aug. Wolf über Erziehung, Schule, Universität. ("Consilia scholastica.") Aus Wolf's litterarischem Nachlasse, zusammengestellt v. Wilhelm Körte, Leipzig 1835.
———, Kleine Schriften in lateinischer und deutscher Sprache, hrsg. v. Gottfried Bernhardy, Halle 1869, 2 Bde..
———, Ueber Herrn D. Semlers letzte Lebenstage, in: a. a. O., Bd. 2, S. 710-724.
———, Ankündigung eines Deutschen Auszugs aus Prof. Wolfs Prolegomenis ad Homerum und Erklärung über einen Aufsatz im IX. Stücke der Horen, in: a. a. O., S. 724-728.
———, Darstellung der Alterthums-Wissenschaft nach Begriff, Umfang, Zweck und Werth (1807), in: a. a. O., S. 808-895.
Friedrich August Wolf. Ein Leben in Briefen, hrsg. v. Siegfried Reiter, Stuttgart 1935, 3 Bde..
Fichte, Johann Gottlieb (1762-1814): Werke, hrsg. v. Immanuel Hermann Fichte, Berlin 1845-1846 (Nachdruck 1971), 11 Bde..（『フィヒテ全集』哲書房，1995年-.）
———, Beitrag zur Berichtigung der Urtheile des Publicums über die französische Revolution (1793), in: a. a. O., Bd. VI, S. 39-288.
———, Reden an die deutsche Nation (1808), in: a. a. O., Bd. VII, S. 259-499.（『ドイツ国民に告ぐ』石原達二訳，玉川大学出版部，1999年.）
———, Politische Fragmente aus den Jahren 1807 u. 1813, in: a. a. O., S. 519-613.
———, Aphorismen über Erziehung (1804), in: a. a. O., Bd. VIII, S. 353-360.
Jacobs, Friedrich (1764-1847): Zweck einer gelehrten Schule (1807), in: Dokumente des Neuhumanismus I, a. a. O., S. 32-45.
———, Deutsche Reden aus den Freiheitskriegen, hrsg. v. Rudolf Ehwald, Weimar 1915.
———, Für Gott und Vaterland!, in: a. a. O., S. 1-13.
———, Deutschlands Gefahren und Hoffnungen (1813), in: a. a. O., S. 45-72.
Niethammer, Friedrich Immanuel (1766-1848): Der Streit des Philanthropinismus und Humanismus in der Theorie des Erziehungs-Unterrichtes unsrer Zeit, Jena 1808.
Humboldt, Wilhelm von (1767-1835): Werke, hrsg. v. Andreas Flitner und Klaus Giel, Stuttgart 1981, 5 Bde..
———, Ideen zu einem Versuch, die Gränzen der Wirksamkeit des Staats zu bestimmen (1792), in: a. a. O., Bd. 1, S. 56-233.
———, Über das Studium des Alterthums, und des griechischen insbesondre (1793), in: a. a. O., Bd. 2, S. 1-24.
———, Latium und Hellas oder Betrachtungen über das classische Alterthum (1806), in: a. a. O., S. 25-64.
———, Ueber den Charakter der Griechen, die idealische und historische Ansicht

desselben, in: a. a. O., S. 65-72.
———, Geschichte des Verfalls und Untergangs der griechischen Freistaaten (1807), in: a. a. O., S. 73-124.
———, Das achtzehnte Jahrhundert, in: a. a. O., S. 376-505.
———, Ueber den Nationalcharakter der Sprachen (Bruchstück), in: a. a. O., Bd. 3, S. 64-81.
———, Ueber die Verschiedenheiten des menschlichen Sprachbaues und ihren Einfluss auf die geistige Entwicklung des Menschengeschlechts (1830-1835), in: a. a. O., S. 368-756.
———, Der Königsberger und der Litauischer Schulplan (1809), in: a. a. O., Bd. 4, S. 168-195.
———, Ueber die innere und äußere Organisation der höheren wissenschaftlichen Anstalten in Berlin (1810), in: a. a. O., S. 255-266.
Humboldt, Wilhelm von: Briefe an Friedrich August Wolf, hrsg. v. Philip Mattson, Berlin/New York 1990.
Jachmann, Reinhold Bernhard (1767-1843): Ideen zur National-Bildungslehre, in: Archiv Deutscher Nationalbildung, a. a. O., S. 1-45.
———, Die Nationalschule, in: a. a. O., S. 61-98.
———, Das Wesen der Nationalerziehung, in: a. a. O., S. 405-463.
———, Über das Verhältnis der Schule zur Welt, in: Dokumente des Neuhumanismus I, a. a. O., S. 88-110.
Hegel, Georg Wilhelm Friedrich (1770-1831): Werke, Theorie-Werkausgabe, Frankfurt am Main 1969-1971, 20 Bde..（『ヘーゲル全集』岩波書店，1932年-.）
———, Differenz des Fichteschen und Schellingschen Systems der Philosophie (1801), a. a. O., Bd. 2, S. 9-138.（『フィヒテとシェリングの差異』戸田洋樹訳，公論社，1980年.）
———, Phänomenologie des Geistes, in: a. a. O., Bd. 3.
———, Rede zum Schuljahrabschluß am 29. September 1809, in: a. a. O., Bd. 4, S. 312-326.（「1809年9月29日のギムナジウム終業式での式辞」［『ヘーゲル教育論集』上妻精編訳，国文社，1988年］pp.22-42.）
———, Grundlinie der Philosophie des Rechts oder Naturrecht und Staatswissenschaft im Grundrisse, in: a. a. O., Bd. 7.
———, Ästhetik, in: a. a. O., Bd. 13-15.
Hölderlin, Friedrich (1770-1843): Hyperion oder der Eremit in Griechenland, in: Sämtliche Werke und Briefe, hrsg. v. Jochen Schmidt, Bd. 2, Frankfurt am Main 1994, S. 9-276.（『ヒュペーリオン』手塚富雄訳，河出書房新社，1966年.）
Schlegel, Friedrich (1772-1829): Über die Homerische Poesie. Mit Rücksicht auf die Wolfischen Untersuchungen, in: Kritische Friedrich-Schlegel-Ausgabe, hrsg. v.

Ernst Behler, Paderborn/München/Wien 1959-1991, Bd. 1, S. 116-132.
Hermann, Gottfried (1772-1848): Ueber Herrn Professor Böckhs Behandlung der Griechischen Inschriften, Leipzig 1826.
Süvern, Johann Wilhelm (1775-1829): Die Reform des Bildungswesens. Schriften zum Verhältnis von Pädagogik und Politik, besorgt v. Hans-Georg Große Jäger und Karl-Ernst Jeismann, Paderborn 1981.
Rotteck, Carl von (1775-1840): Gesammelte und nachgelassene Schriften, Bd. 4, Pforzheim 1843.
Niebuht, Barthold Georg (1776-1831): Römische Geschichte, Berlin 1811-1832, 3 Bde..
Ast, Friedrich (1776-1841): Über den Geist des Altertums und dessen Bedeutung für unser Zeitalter (1805), in: Dokumente des Neuhumanismus I, a. a. O., S. 13-31.
———, Antrittsrede zu Universität Landshut, Landshut 1808.
Körte, Wilhelm (1776-1846): Leben und Studien Friedr. Aug. Wolf's, des Philologen, Essen 1833, 2 Bde..
Schütz, Wilhelm von (1776-1847): Über den katholischen Charakter der Antiken Tragödie und die neuesten Versuche der Tieck, Tölken und Böckh dieselbe zu dekatholisiren, Mainz 1842.
Evers, Ernst August (1779-1822): Über die Schulbildung zur Bestialität (1807), in: Dokumente des Neuhumanismus I, a. a. O., S. 46-87. (抜粋)
Müller, Adam (1779-1829): Elemente der Staatskunst (1809), hrsg. v. Jakob Baxa, Bd. 1, Jena 1922.
Raumer, Friedrich von (1781-1873): Ueber die preußische Städteordnung, nebst einem Vorwort über bürgerliche Freiheit - nach französischen und deutschen Begriffen, Leipzig 1828.
Thiersch, Friedrich Wilhelm (1784-1860): Ueber den gegenwärtigen Zustand des öffentlichen Unterrichts in den westlichen Staaten von Deutschland, in Holland, Frankreich und Belgien, Stuttgart/Tübingen 1838, 3 Bde..
Friedrich Thiersch's Leben, hrsg. v. Heinrich W. J. Thiersch, Leipzig/Heidelberg 1866, 2 Bde..
Böckh, August (1785-1867): Die Staatshaushaltung der Athener, Berlin 1817, 2 Bde..
———, Metrologische Untersuchungen über Gewichte, Münzfüße und Maße des Alterthums in ihrem Zusammenhange, Berlin 1838.
———, Gesammelte kleine Schriften, Leipzig 1858-1874, 7 Bde..
———, Bonae artes quid ad ecclesiam Christianam purgandam profunerint et quid ecclesia emendata artibus praestiterit, exponitur, in: a. a. O., Bd. 1, S. 46-55.
———, Festrede gehalten auf der Universität zu Berlin am 15. October 1849, in: a. a. O., Bd. 2, S. 34-49.
———, Festrede gehalten auf der Universität zu Berlin am 15. October 1850, in: a. a.

O., S. 50-80.
——, Rede zur Eröffnung der elften Versammlung Deutscher Philologen, Schulmänner und Orientalisten, gehalten zu Berlin am 30. September 1850, in: a. a. O., S. 183-199.
——, Einleitungsrede gehalten in der öffentlichen Sitzung der Königlich Preußischen Akademie der Wissenschaften zur Feier des Geburtsfestes Seiner Majestät des Königs Friedrich Wilhelms III. am 4. August 1836, in: a. a. O., S. 218-228.
——, Einleitungsrede gehalten in der öffentlichen Sitzung der Königlich Preußischen Akademie der Wissenschaften zur Feier des Leibnizischen Jahrestages am 4. Juni 1850, in: a. a. O., S. 387-403.
——, Festrede gehalten auf der Universität zu Berlin am 15. October 1859, in: a. a. O., Bd. 3, S. 19-32.
——, Zur Begrüßung der Herren Olshausen, Rudorff und Kirchhoff als neu eingetretener Mitglied der Königlich Preußischen Akademie der Wissenschaften, in der öffentlichen Sitzung derselben zur Feier des Leibnizischen Jahrestages am 5. Juli 1860, in: a. a. O., S. 41-44.
——, Kritik von Hüllmanns Urgeschichte des Staats (1825), in: a. a. O., Bd. 7, S. 220-237.
——, Antikritik (gegen G. Hermanns Recension des Corpus Inscriptionum Graecarum) (1825), in: a. a. O., S. 255-261.
——, Ueber die Logisten und Euthynen der Athener, mit einem Vorwort und einem Anhang (1827), in: a. a. O., S. 262-328.
——, Encyklopädie und Methodologie der philologischen Wissenschaften (1877), hrsg. v. Ernst Bratuscheck, Leipzig ²1886.
Briefwechsel zwischen August Böckh und Karl Otfried Müller, Leipzig 1883.
Unte, Wolfhart: August Boeckhs unveröffentliche Universitätsrede vom 22. März 1863, in: Antike und Abendland. Beiträge zum Verhältnis der Griechen und Römer und ihres Nachlebens, Bd. 26, 1980, S. 158-175.
Passow, Franz (1786-1833): Ueber die romantische Bearbeitung hellenischer Sagen (1817), in: Vermischte Schriften, Leipzig 1843, S. 97-110.
——, Die Griechische Sprache nach ihrer Bedeutung in der Bildung Deutscher Jugend (1812), in: Archiv Deutscher Nationalbildung, a. a. O., S. 99-140.
——, Der Griechischen Sprache pädagogischer Vorrang vor der Lateinischen, von der Schattenseite betrachtet, in: a. a. O., S. 324-367.
Schulze, Johannes (1786-1869): Ueber gelehrte Schulen mit besonderer Rücksicht auf Bayern. Von Friedrich Thiersch, in: Jahrbücher für wissenschaftliche Kritik, hrsg. v. der Societät für wissenschaftliche Kritik zu Berlin, Bd. 1, 1827, S. 86-107.

Schwab, Gustav (1792-1850): Die schönsten Sagen des klassischen Altertums, Stuttgart 1838-1840, 3 Bde..（『ギリシャ・ローマ神話』角信雄訳，白水社，1988年.）
Eckermann, Johann Peter (1792-1854): Gespräche mit Goethe in den letzten Jahren seines Lebens (1848), Wiesbaden 1959.（『ゲーテとの対話』山下肇訳，岩波書店，1968-1969年.）
Lorinser, Carl Ignatius: Zum Schutz der Gesundheit in den Schulen (1836), Berlin 1861.
Ritschl, Friedrich (1806-1876): Opuscula philologica (1866-1879), Hildesheim/New York 1978, 5 Bde..
———, Zur Methode des philologischen Studiums, in: a. a. O., Bd. V, S. 19-32.
———, Oratio celebrandae memoriae Guilelmi Humboldtii habita die III m. Augusti a. 1843, in: a. a. O., S. 654-663.
Naegelsbach, Carl Friedrich von (1806-1859): Gymnasial-Pädagogik (1861), Erlangen 1879.
———, Rede am Grabe am 24. April 1859 gehalten vom Prof. theol. und Universitätsprediger Dr Gottfr. Thomasius, in: Neue Jahrbücher für Philologie und Paedagogik, Bd. 80, 1859, Heft 9, S. 415-423.
Droysen, Johann Gustav (1808-1884): Geschichte Alexanders des Großen. Nach dem Text der Erstausgabe 1833, Zürich 1984.
Ameis, Carl Friedrich (1810-1870): Der Gymnasiallehrer in seinem edlen Beruf und als Mensch. Blätter der Erinnerung an Carl Gottfried Siebelis, für seine zahlreichen Schüler und jeden Schulfreund, Gotha 1843.
Wiese, Ludwig von (Hrsg.) (1810-1900): Verordnungen und Gesetze für die höheren Schulen in Preußen, Bd. 1, 2. Abt., Berlin 1875.
Kellner, Lorenz (1811-1892): Lebensblätter. Erinnerungen aus der Schulwelt, Freiburg 1891.
Schmidt, Adolf W. (1812-1887): Geschichte der Denk- und Glaubensfreiheit im 1. Jh. der Kaiserherrschaft und des Christentums, Berlin 1847.
Hehn, Viktor (1813-1890): Homer. Vortrag gehalten zu Petersburg im Jahre 1859, in: Die Antike. Zeitschrift für Kunst und Kultur des Klassischen Altertums, Bd. 3, 1927, S. 70-90.
Jahn, Otto (1813-1869): Gottfried Hermann, in: Biographische Aufsätze, Leipzig 1866, S. 86-132.
Köpke, Rudolf (1813-1870): Die Gründung der Königlichen Friedrich-Wilhelms-Universität zu Berlin, Berlin 1860.
Wagner, Richard (1813-1883): Die Kunst und die Revolution (1849), in: Gesammelte Schriften und Dichtungen, Bd. 3, Leipzig 1887, S. 8-41.（『藝術と革命』北村義男訳，岩波書店，1953年）pp. 41-90.
Düntzer, Heinrich (1813-1901): Frauenbilder aus Goethes Jugendzeit. Studium zum

Leben des Dichters, Stuttgart/Tübingen 1852.
Passow, Wilhelm Arthur (1814-1864): Zur Erinnerung an Johann Wilhelm Süvern, Thorn 1860.
Curtius, Ernst (1814-1896): Die Bedingungen eines glücklichen Staatslebens. Göttinger Festrede von 1860, in: Alterthum und Gegenwart, Bd. 1, Berlin 1877, S. 301-320.
Ernst Curtius. Ein Lebensbild in Briefen, hrsg. v. Friedrich Curtius, Berlin 1903.
Koechly, Hermann (1815-1876): Zur Gymnasialreform. Theoretisches und Praktisches, Dresden u. Leipzig 1846.
——, Gottfried Hermann. Zu seinem hundertjährigen Geburtstage, Heidelberg 1874.
Bachofen, Johann Jakob (1815-1887): Gesammelte Werke, hrsg. v. Fritz Husner, Basel/Stuttgart 1943-.
——, Beiträge zur »Geschichte der Römer von Fr. Dor. Gerlach und J. J. Bachofen« (1851), in: a. a. O., Bd. 1, S. 79-398.
——, Briefe, in: a. a. O., Bd. 10.
Arnoldt, Johann Friedrich Julius (1816-?): Friedr. Aug. Wolf in seinem Verhältnisse zum Schulwesen und zur Paedagogik, Braunschweig 1861, 2 Bde..
Mommsen, Theodor (1817-1903): Die Grundrechte des deutschen Volkes mit Belehrungen und Erläuterungen (1849 anonym), mit einem Nachwort von Lothar Wickert, Frankfurt am Main 1969.
——, Römische Geschichte (1854-1856, 1885), Berlin ^{9}1902 (Bd. 1), ^{9}1903 (Bd. 2), ^{9}1904 (Bd. 3), ^{5}1904 (Bd. 5), 4 Bde.. (『ローマ史』［抄訳］［長谷川博隆訳，ノーベル賞文学全集21『テオドール・モムゼン，ルードルフ・オイケン，アンリ・ベルグソン』主婦の友社，1972年］) pp.17-126.
——, Gesammelte Schriften, Berlin 1905-1913, 8 Bde..
——, Die Stadtrechte der Lateinischen Gemeinden Salpensa und Malaca in der Provinz Baetica (1855), in: a. a. O., Bd. 1, S. 265-382.
——, Volksrecht und Juristenrecht (1845), in: a. a. O., Bd. 3, S. 494-500.
——, Bachofen, Dr. J. J. Professor, Die *lex Vaconia* und die mit ihr zusammenhängenden Rechtsinstitute, eine rechtshistorische Abhandlung (1845), in: a. a. O., S. 513-519.
——, Die Aufgabe der historischen Rechtswissenschaft und Die Bedeutung des römischen Rechts. Zwei Reden (1852), in: a. a. O., S. 580-600.
——, Die Schweiz in römischer Zeit (1854), in: a. a. O., Bd. 5, S. 352-389.
——, Die Limesgelehrten des Herrn Lieber (1892), in: a. a. O., S. 452-455.
——, Epigraphische Analekten, in: a. a. O., Bd. 8, S. 1-188.
——, Reden und Aufsätze, hrsg. v. Otto Hirschfeld, Berlin 1905.
——, Rede bei Antritt des Rektorates 15. Oktober 1874, in: a. a. O., S. 3-16.
——, Antrittsrede 8. Juli 1858, in: a. a. O., S. 35-38.

——, Rede am Leibnizschen Geburtstage 2. Juli 1874, in a. a. O., S. 40-49.
——, Rede zum achtzigsten Geburtstag Kaiser Wilhelm des Ersten 23. März 1876, in: a. a. O., S. 57-67.
——, Rede zur Vorfeier des Geburtstages des Kaisers 18. März 1880, in: a. a. O., S. 89-103.
——, Rede zur Feier des Geburtstages des Kaisers 24. März 1881, in: a. a. O., S. 104-115.
——, Ansprache am Leibnizschen Gedächtnistage 28. Juni 1883, in: a. a. O., S. 116-120.
——, Rede zur Feier des Geburtstages des Kaisers 19. März 1885, in: a. a. O., S. 132-143.
——, Ansprache am Leibnizschen Gedächtnistage 30. Juni 1887, in: a. a. O., S. 154-156.
——, Rede zum Gedächtnis Kaiser Wilhelms des Ersten 22. März 1888, in: a. a. O., S. 157-167.
——, Festrede zur Feier der Geburtstage König Friedrich II. und Kaiser Wilhelm II. 24. Januar 1889, in: a. a. O., S. 168-184.
——, Ansprache am Leibnizschen Gedächtnistage 4. Juli 1895, in: a. a. O., S. 196-198.
——, Antworten auf die Antrittsreden der Akademiker Nitsch - Scherer - Pernice - Lehmann - Schmoller - Harnack - Schmidt (1879), in: a. a. O., S. 199-214.
——, Die germanische Politik des Augustus (1871), in: a. a. O., S. 316-343.
——, Die einheitliche Limesforschung (1890), in: a. a. O., S. 344-350.
——, Die Annexion Schleswig-Holsteins (1865), in: a. a. O., S. 373-401.
——, Auch ein Wort über unser Judentum (1880), in: a. a. O., S. 410-426.
——, Universitätsunterricht und Konfession (1901), in: a. a. O., S. 432-436.
——, Ludwig Bamberger (1893), in: a. a. O., S. 468-475.
——, An die liberalen Wähler des 9. Schleswig-Holsteinischen Reichstags-Wahlkreises, 13. Oktober 1881.
——, Römisches Staatsrecht, Berlin 1887.
——, Zu dem Artikel Leroy-Beaulieu's: Über die Vereinigten Staaten von Europa, in: Die Umschau. Übersicht über die Fortschritte und Bewegungen auf dem Gesamtgebiet der Wissenschaft, Technik, Litteratur und Kunst, Jg. IV, 1900, S. 741f..
——, Ninive und Sedan, in: Die Nation, Jg. 17, Nr. 47, 25. August 1900, S. 658f..
——, Was uns noch retten kann, in: Die Nation, Jg. 20, Nr. 11, 13. Dezember 1902, S. 163f..
——, Deutschland und England, in: Die Nation, Jg. 21, Nr. 2, 10. Oktober 1903, S. 20f..
——, Noch ein Brief Theodor Mommsens (Brief Mommsens an den Herausgeber Dr.

W. Borgius betreffend die Reichstagswahlen), in: Deutsche Wirtschaftspolitik, Nr. 39, Dezember 1903, S. 228f..

——, Römische Kaisergeschichte. Nach den Vorlesungs-Mitschriften von Sebastian und Paul Hensel 1882/86, hrsg. v. Barbara und Alexander Demandt, München 1992.

Du Bois-Reymond, Emil (1818-1896): Goethe und kein Ende (1882), in: Karl Robert Mandelkow (Hrsg.): Goethe im Urteil seiner Kritiker. Dokumente zur Wirkungsgeschichte Goethes in Deutschland. Tl. 3, 1870-1918, München 1979, S. 103-117.

Burckhardt, Jacob (1818-1897)): Weltgeschichtliche Betrachtungen (1905), in: Gesammelte Werke, Basel 1956, Bd. IV. (『世界史的諸考察』藤田健治訳，二玄社，1981年.)

——, Briefe, mit Benutzung des handschriftlichen Nachlasses, bearbeitet v. Max Burckhardt, Basel/Stuttgart 1949-1994, 11 Bde..

Homberger, Heinrich (1823-1899): Ernst Renan und die deutsche Kultur (1875), in: Essays von Heinrich Homberger, hrsg. v. Ludwig Bamberger u. Otto Gildemeister, Berlin 1892, S. 274-302.

Baumgarten, Hermann (1825-1893): Der deutsche Liberalismus. Eine Selbstkritik. II, in: Preußische Jahrbücher, Bd. 18, 1866, S. 575-628.

Herbst, Wilhelm (1825-1882): Das classische Alterthum in der Gegenwart. Eine geschichtliche Betrachtung, Leipzig 1852.

Lagarde, Paul de (1827-1891): Deutsche Schriften, hrsg. v. Karl August Fischer, Göttingen 1878-1881, 2 Bde..

——, Ueber das verhältnis des deutschen staates zu theologie, kirche und religion. ein versuch nicht-theologen zu orientieren, in: a. a. O., Bd. 1, S. 5-54.

——, Über die gegenwärtige lage des deutschen reichs. ein bericht, in: a. a. O., S. 67-154.

——, Die religion der zukunft, in: a. a. O., S. 217-255.

——, Noch einmal zum Unterrichtsgesetze, in: a. a. O., Bd. 2, S. 37-60.

——, Die graue Internationale, in: a. a. O., S. 95-110.

——, Deutscher Glaube, Deutsches Vaterland, Deutsche Bildung. Das Wesentliche aus seinen Schriften, ausgewählt und eingeleitet von Friedrich Daab, Jena 1919.

Taine, Hippolyte A. (1828-1893): Histoire de la littérature grecque jusqu' à Alexandre le Grand, par Ottfried Muller, traduite par Karl Hillebrand. Chez Durand. Deux volumes, in: Journal des débats. Politiques et litteraires, Paris 6. 11. 1865.

Jäger, Oskar (1830-1910): Erlebtes und Erstrebtes, München 1907.

——, Pflicht und Stellung des Gymnasiallehrers in Staat und Gesellschaft (1892), in: a. a. O., S. 213-223.

——, Politik und Schule (1902), in: a. a. O., S. 224-238.

———, Wie hat sich das humanistische Gymnasium gegenüber der Behauptung zu verhalten, dass der höhere Unterricht in Deutschland zu wenig national gestaltet sei? (1905), in: a. a. O., S. 306-317.
Volkmann, Richard (1832-1892): Geschichte und Kritik der Wolfschen Prolegomena zu Homer. Ein Beitrag zur Geschichte der Homerischen Frage, Leipzig 1874.
Usener, Hermann (1834-1905): Philologie und Geschichtswissenschaft, Bonn 1882.
Treitschke, Heinrich von (1834-1896): Unsere Aussichten, in: Preußische Jahrbücher, Bd. 44, 1879, S. 559-576.
Uhlig, Gustav (1838-1914): Bericht über die erste Generalversammlung des Gymnasialvereins von G. U. Nachträge zu den Verhandlungen derselben, in: Das humanistische Gymnasium, Bd. 2, 1891, S. 49-59.
Nietzsche, Friedrich (1844-1900): Werke und Briefe, in: Historisch-kritische Gesamtausgabe, Bd. 5, München 1940.
———, Werke. Kritische Gesamtausgabe, hrsg. v. Giorgio Colli u. Mazzino Motinari, Berlin/New York 1967-. (KGW) (『ニーチェ全集』白水社，1979年-.)
———, Nachgelassene Aufzeichnungen, Herbst 1864 - Frühjahr 1868, in: a. a. O., Bd. I/4.
———, Homer und die klassische Philologie (1869), in: a. a. O., Bd. II/1, S. 247-269.
———, Einleitung in die Tragödie des Sophocles. 20 Vorlesungen (1870), in: a. a. O., Bd. II/3, S. 7-57.
———, Encyklopaedie der klass. Philologie (1871), in: a. a. O., S. 339-437.
———, Die Geburt der Tragödie aus dem Geiste der Musik (1871), in: a. a. O., Bd. III/1, S. 1-152.
———, David Strauss als Bekenner und Schriftsteller (1873), in: a. a. O., S. 153-238.
———, Vom Nutzen und Nachtheil der Historie für das Leben (1874), in: a. a. O., S. 239-330.
———, Schopenhauer als Erzieher (1874), in: a. a. O., S. 331-423.
———, Richard Wagner in Bayreuth (1876), in: a. a. O., Bd. IV/1, S. 1-82.
———, Die dionysische Weltanschauung (1870), in: a. a. O., Bd. III/2, S. 43-69.
———, Die Geburt des tragischen Gedankens (1870), in: a. a. O., S. 71-91.
———, Ueber die Zukunft unserer Bildungsanstalten (1873), in: a. a. O., S. 133-244.
———, Der griechische Staat (1872), in: a. a. O., S. 258-271.
———, Nachgelassene Fragmente, Herbst 1869 bis Herbst 1872, in: a. a. O., Bd. III/3.
———, Nachgelassene Fragmente, Sommer 1872 bis Ende 1874, in: a. a. O., Bd. III/4.
———, Nachgelassene Fragmente, Anfang 1875 bis Frühling 1876, in: a. a. O., Bd. IV/1, S. 83-362.
———, Menschliches, Allzumenschliches, in: a. a. O., Bd. IV/2, S. 1-380.
———, Morgenröthe. Gedanken über die moralischen Vorurtheile, in: a. a. O., Bd. V/

1.
——, Fröhliche Wissenschaft, in: a. a. O., Bd. V/2, S. 1-355.
——, Also sprach Zarathustra, in: a. a. O., Bd. VI/1.
——, Jenseits von Gut und Böse, in: a. a. O., Bd. VI/2, S. 1-255.
——, Zur Genealogie der Moral, in: a. a. O., S. 258-430.
——, Götzen-Dämmerung oder Wie man mit dem Hammer philosophirt, in: a. a. O., Bd. VI/3, S. 49-158.
——, Der Antichrist. Fluch auf das Christentum, in: a. a. O., S. 163-252.
——, Nachgelassene Fragmente, Herbst 1884 bis Herbst 1885, in: a. a. O., Bd. VII/3.
Nietzsches Briefwechsel. Kritische Gesamtausgabe, hrsg. v. Giorgio Colli u. Mazzino Montinari, Berlin/New York 1975-.
Nerrlich, Paul (1844-1904): Das Dogma vom klassischen Altertum in seiner geschichtlichen Entwicklung, Leipzig 1894.
Ziegler, Theobald (1846-1918): Geschichte der Pädagogik, mit besonderer Rücksicht auf das höhere Unterrichtswesen, München 1895.
Wilamowitz-Moellendorff, Ulrich von (1848-1931): Zukunftsphilologie! eine erwidrung auf Friedrich Nietzsches, ord. professors der classischen philologie zu Basel 〉geburt der tragödie〈(1872), in: Der Streit um Nietzsches 〉Die Geburt der Tragödie〈. Die Schriften von E. Rohde, R. Wagner, U. v. Wilamowitz-Möllendorff, zusammengestellt und eingeleitet von Karlfried Gründer, Hildesheim 1969, S. 28-55.
——, Reden und Vorträge, Berlin 1901 (Bd. 1), 1925 (Bd. 2), 2 Bde..
——, Von des attischen Reiches Herrlichkeit (1877), in: a. a. O., Bd. 1, S. 27-64.
——, Griechen und Germanen (1923), in: a. a. O., Bd. 2, S. 95-110.
——, Kleine Schriften, Berlin/Amsterdam 1972, 7 Bde..
——, August Boeckh (1910/11), in: a. a. O., Bd. VI, S. 49-52.
——, Der griechische Unterricht auf dem Gymnasium (1901), in: a. a. O., S. 77-89.
Langbehn, Julius (1851-1907): Rembrandt als Erzieher. Von einem Deutschen, Leipzig 1890.
Pöhlmann, Robert von (1852-1914): Das klassische Altertum in seiner Bedeutung für die politische Erziehung des modernen Staatsbürgers (1891), in: Aus Altertum und Gegenwart, München 1895, S. 1-51.
Meyer, Eduard (1855-1930): Theodor Mommsen, in: Die Gartenlaube (1903), S. 868-871.
Weber, Max (1864-1920): Gesamtausgabe, hrsg. v. Horst Baier, M. Rainer Lepsius, Wolfgang J. Mommsen, Wolfgang Schluchter, Johannes Winckelmann, Tübingen 1984-.
——, Der Nationalstaat und die Volkswirtschaftspolitik (1895), in: a. a. O., Abt. I,

Bd. 4/2, S. 535-574.（『国民国家と経済政策』田中真晴訳，未来社，1959年.）
———, Die Wirtschaftsethik der Weltreligionen, in: a. a. O., Abt. I, Bd. 19.（『宗教社会学論選』大塚久雄・生松敬三訳［抄訳］，みすず書房，1972年.）
———, Die protestantische Ethik und der Geist des Kapitalismus (1905), in: Gesammelte Aufsätze zur Religionssoziologie I, Tübingen 1988, S. 1-236.（『プロテスタンティズムの精神と資本主義の精神』大塚久雄訳，岩波書店，1988年.）
———, Agrarverhältnisse im Altertum (1909), in: Gesammelte Aufsätze zur Sozial- und Wirtschaftsgeschichte, Tübingen 1924, S. 1-288.（『古代社会経済史－古代農業事情－』渡辺金一　弓削達訳，東洋経済新報社，1959年.）
Mann, Heinrich: Professor Unrat oder Das Ende eines Tyrannen. Roman (1905), Frankfurt am Main 1984.
Mann, Thomas (1875-1955): Gesammelte Werke, Frankfurt am Main 1960, 13 Bde..（『トーマス・マン全集』新潮社，1971-1972年.）
———, Die Buddenbrooks (1901), in: a. a. O., Bd. 1.
———, Kultur und Sozialismus (1928), in: a. a. O., Bd. 7, S. 639-649.
———, Von Deutscher Republik (1922), in: a. a. O., Bd. 11, S. 811-852.
———, Deutsche Ansprache. Apell an die Vernunft (1930), in: a. a. O., S. 870-889.
Ernst, Paul: Friedrich Nietzsche. Seine Philosophie, in: Freie Bühne für moderne Leben I, 1890, Heft 5, S. 516-520.
（以下の著作は，著者の生／没年未詳）
Grenzach, Rinck von: Über die ethische Bedeutung der Mysterien Griechenlands, in: Verhandlungen der 11. Versammlung deutscher Philologen, Schulmänner und Orientalisten in Basel 1848, Leipzig 1850, S. 91-97.
Fritze, Edmund: Zur Reform des höheren Schulwesens, in: Preußische Jahrbücher, Bd. 29, 1872, S. 396-408.
Ackermann, Eduard: Die formale Bildung. Eine psychologisch-pädagogische Betrachtung, Langensalza 1889.
Ohlert, Arnold: Die deutsche Schule und das klassische Altertum, Hannover 1891.
（学校会議や学会，アカデミーの記録など）
Verhandlungen der 12. Versammlung deutscher Philologen, Schülmänner und Orientalisten in Erlangen 1851, Erlangen 1851.
Geschichte der Königlich Preußischen Akademie der Wissenschaften zu Berlin (1900), im Auftrage der Akademie bearbeitet von Adolf Harnack, Hildesheim 1970, 4 Bde..
Deutsche Schulkonferenzen, Bd. 1, Glashütten 1972.

2　辞典類

Pökel, Wilhelm: Philologisches Schriftsteller-Lexikon, Leipzig 1882.
Pädagogisches Lexikon, hrsg. v. Hermann Schwarz, Bielefeld u. Leipzig 1928-1931, 4

Bde..
Deutsches Wörterbuch von Jacob Grimm und Wilhelm Grimm, hrsg. v. der Deutschen Akademie der Wissenschaften zu Berlin, Leipzig 1952-1960, 26 Bde..
Geschichtliche Grundbegriffe, Historisches Lexikon zur politisch-sozialen Sprache in Deutschland, hrsg. v. Otto Brunner, Werner Conze, Reinhart Koselleck, Stuttgart 1972-1997, 8 Bde..
Historisches Wörterbuch der Philosophie, hrsg. v. Karlfried Gründer, Joachim Ritter, Gottfried Gabriel, Basel 1971-.
Historisches Wörterbuch der Rhetorik, hrsg. v. Gert Ueding, Tübingen 1994-.
Der neue Pauly: Enzyklopädie der Antike. Rezeptions- und Wissenschaftsgeschichte, Bd. 13-15, in Verbindung mit Hubert Cancik und Helmuth Schneider, hrsg. v. Manfred Landfester, Stuttgart 1999-2003, 5 Bde..

II　参考文献

（著者名，それが特定できない場合は著作名のＡＢＣ順に並べてある）

1　人文主義や古典語教育・古典研究全般に関わるもの

Berlin und die Antike. Architektur, Kunstgewerbe, Malerei, Skulptur, Theater und Wissenschaft vom 16. Jahrhundert bis heute, hrsg. v. Willmuth Arenhövel und Christa Schreiber, Berlin 1979, 2 Bde..
Berlinische Lebensbilder. Geisteswissenschaftler, hrsg. v. Michael Erbe, Berlin 1989.
Bernal, Martin: Black Athena. The Afroasiatic Roots of Classical Civilization, New Brunswick 1987.
Buck, August: Humanismus. Seine europäische Entwicklung in Dokumenten und Darstellungen, Freiburg/München 1987.
Bursian, Conrad: Geschichte der classischen Philologie in Deutschland von den Anfängen bis zur Gegenwart, München/Leipzig 1883, 2 Bde..
Faber, Richard: Abendland. Ein politischer Kampfbegriff, Berlin/Wien 2002.
———(Hrsg.): Streit um den Humanismus, Würzburg 2003.
Fuhrmann, Manfred: Brechungen. Wirkungsgeschichtliche Studien zur antik-europäischen Bildungstradition, Stuttgart 1982.
———, Der europäische Bildungskanon des bürgerlichen Zeitalters, Frankfurt am Main 1999.
———, Latein und Europa. Geschichte des gelehrten Unterrichts in Deutschland von Karl dem Großen bis Wilhelm II., Köln 2001.
Hentschke, Ada/Muhlack, Ulrich: Einführung in die Geschichte der Klassischen Philologie, Darmstadt 1972.
Jeismann, Karl-Ernst: Das preußische Gymnasium in Staat und Gesellschaft, Bd. 1: Die Entstehung des Gymnasiums als Schule des Staates und der Gebildeten 1787-1817,

vollst. überarbeitete Aufl., Stuttgart 1996.
———, Das preußische Gymnasium in Staat und Gesellschaft, Bd. 2: Höhere Bildung zwischen Reform und Reaktion 1817-1859, Stuttgart 1996.
Landfester, Manfred: Humanismus und Gesellschaft im 19. Jahrhundert. Untersuchungen zur politischen und gesellschaftlichen Bedeutung der humanistischen Bildung in Deutschland, Darmstadt 1988.
Lefèvre, Eckard: Humanismus und humanistische Bildung, in: Humanismus in Europa, mit einem Geleitwort von Helmut Engler, Heidelberg 1998, S. 1-44.
望田幸男『ドイツ・エリート養成の社会史　ギムナジウムとアビトゥーアの世界』（ミネルヴァ書房，1998年．）
Paulsen, Friedrich: Geschichte des gelehrten Unterrichtes in Deutschland vom Ausgang des Mittelalters bis zur Gegenwart (1885), Leipzig [3]1919-1921, 2 Bde..
Pfeiffer, Rudolf: History of classical scholarship from 1300 to 1850, Oxford 1976.
Philologie und Hermeneutik im 19. Jahrhundert I. Zur Geschichte und Methodologie der Geisteswissenschaften, hrsg. v. Hellmut Flashar, Karlfried Gründer, Axel Horstmann, Göttingen 1979.
Rüdiger, Horst: Wesen und Wandlung des Humanismus (1937), Hildesheim [2]1966.
Sandys, John Edwin: A History of classical scholarship (1908), New York 3nd ed. [2]1958, 3 vols.
Schelsky, Helmut: Einsamkeit und Freiheit. Idee und Gestalt der deutschen Universität und ihrer Reformen, Reinbek 1963.（『大学の孤独と自由　ドイツの大学ならびにその改革の理念と形態』田中昭徳・阿部謹也・中川勇治訳，未来社，1970年．）
Sochatzy, Klaus: Das Neuhumanistische Gymnasium und die rein-menschliche Bildung. Zwei Schulreformversuche in ihrer weiterreichenden Bedeutung, Göttingen 1973.
Friedrich Gottlieb Welcker. Werk und Wirkung, hrsg. v. William M. Calder III, Adolf Köhnken, Wolfgang Kullmann, Günther Pflug. Hermes. Zeitschrift für Klassische Philologie, Einzelschriften Heft 49, Stuttgart 1986.
Wiersing, Erhard (Hrsg.): Humanismus und Menschenbildung. Zu Geschichte, Gegenwart und Zukunft der bildenden Bewegung der Europäer mit der Kultur der Griechen und Römer, Essen 2001.
Wilamowitz-Moellendorff, Ulrich von: Geschichte der Philologie (1921), Leipzig [3]1959.
Friedrich August Wolf. Studien, Dokumente, Bibliographie, hrsg. v. Reinhard Markner u. Giuseppe Veltri, Stuttgart 1999.

2 （ドイツの）国民形成全般に関わるもの

Anderson, Benedict: Imagined communities (1983), New York 2nd ed. [9]1999.（『想像の共同体－ナショナリズムの起源と流行－』白石さや・白石隆訳，リブロポート，1987年．）

Berding, Helmut (Hrsg.): Mythos und Nation. Studien zur Entwicklung des kollektiven Bewußtseins in der Neuzeit 3, Frankfurt am Main 1996.

Dann, Otto: Nation und Nationalismus in Deutschland 1770-1990 (1993), München ²1994.（『ドイツ国民とナショナリズム　1770-1990』末川清・姫岡とし子・高橋秀寿訳，名古屋大学出版会，1999年.）

Kaiser, Gerhard: Pietismus und Patriotismus im literarischen Deutschland. Ein Beitrag zum Problem der Säkularisation (1961), Frankfurt am Main ²1973.

Meinecke, Friedrich: Weltbürgertum und Nationalstaat, in: Werke, hrsg. v. Hans Herzfeld, Carl Hinrichs, Walter Hofer, Bd. 5, München 1962.（『世界市民主義と国民国家　ドイツ国民国家発生の研究』矢田俊隆訳，岩波書店，1968-1972年.）

Plessner, Helmuth: Die verspätete Nation (1935), in: Gesammelte Schriften, Bd. IV, Frankfurt am Main 1982.（『遅れてきた国民　ドイツ・ナショナリズムの精神史』土屋洋二訳，名古屋大学出版会，1991年.）

Schulze, Hagen: Der Weg zum Nationalstaat. Die deutsche Nationalbewegung vom 18. Jahrhundert bis zur Reichsgründung, München 1985.

———, Staat und Nation in der europäischen Geschichte, München 1994.

See, Klaus von: Deutsche Germanen-Ideologie, Frankfurt am Main 1970.

———, Barbar, Germane, Arier. Die Suche nach der Identität der Deutschen, Frankfurt am Main 1994.

———, Freiheit und Gemeinschaft. Völkisch-nationales Denken in Deutschland zwischen Französischer Revolution und Erstem Weltkrieg, Heidelberg 2001.

Volk - Nation - Vaterland. Der deutsche Protestantismus und der Nationalismus, hrsg. v. Horst Zilleßen, Gütersloh 1970.

3　序

Adorno, Theodor/Horkheimer, Max: Dialektik der Aufklärung, philosophische Fragmente, Frankfurt am Main 1969.（『啓蒙の弁証法　哲学的断想』徳永恂訳，岩波書店，1990年.）

Antike und Altertumswissenschaft in der Zeit von Faschismus und Nationalsozialismus. Kolloquium Universität Zürich 14.-17. Oktober 1998, hrsg. v. Beat Näf, Mendelbachtel-Cambridge 2001.

Apel, Hans Jürgen/Bittner, Stefan: Humanistische Schulbildung 1890-1945, Anspruch und Wirklichkeit der altertumskundlichen Unterrichtsfächer, Köln 1994.

Baeumler, Alfred: Politik und Erziehung. Reden und Aufsätze, Berlin 1937.

Bertram, Ernst: Nietzsche. Versuch einer Mythologie, Berlin 1929.

Christ, Karl: Theodor Mommsen und sein Biograph, in: Historische Zeitschrift, Bd. 233, 1981, Heft 2, S. 363-370.

Europäischer Geist - Europäische Verantwortung. Ein Kontinent fragt nach seiner Identität und Zukunft, hrsg. v. Winfried Böhm u. Martin Lindauer, Stuttgart 1993.

Europa Imaginieren. Der europäische Binnenmarkt als kulturelle und wirtschaftliche Aufgabe, hrsg. v. Peter Koslowski, Berlin/New York 1992.

Fuhrmann, Manfred: Humanismus und Christentum. Die doppelte Orientierung des europäischen Lehrplans, in: Humanismus und Menschenbildung, a. a. O., S. 96-111.

Heuss, Alfred: Lothar Wickert, Theodor Mommsen. Eine Biographie I-III/id. (Hrsg.), Theodor Mommsen - Otto Jahn. Briefwechsel (1971), in: Gesammelte Schriften in 3 Bänden, Stuttgart 1995, Bd. 3, S. 2573-2603.

———, Lothar Wickert, Theodor Mommsen. Eine Biographie, Bd. IV (1984), in: a. a. O., S. 2604-2608.

Landfester, Manfred: Geistiger Wiederaufbau Deutschlands durch die humanistische Erinnerungskultur nach 1945, in: Gießener Universitätsblätter, Jg. 33, 2000, S. 77-85.

三島憲一『ニーチェとその影－芸術と批判のあいだ－』（未来社，1990年）.

長尾十三二「国民的教育制度の形成過程」（『ドイツ教育史２』世界教育史体系12，講談社，1977年）pp.7-32.

同上「ドイツ帝国の形成・発展と国民教育の課題」（『近代教育史（II）－市民社会の危機と教育』誠文堂新光社，1954年）pp.121-166.

大木英夫『ピューリタン』（中央公論社，1968年）.

Riedel, Manfred: Zeitkehre in Deutschland. Wege in das vergessene Land, Berlin 1991.

坂口昂「テオドル・モムゼン」（『獨逸史學史』岩波書店，1932年）pp.490-556.

坂井榮八郎『ドイツ近代史研究　啓蒙絶対主義から近代的官僚国家へ』（山川出版社，1998年）.

Schulze, Hagen: Das Europa der Nationen, in: Mythos und Nation, a. a. O., S. 65-83.

末川清『近代ドイツの形成－「特有の道」の起点』（晃洋書房，1996年）.

上山安敏『神話と科学　ヨーロッパ知識社会　19世紀末～20世紀』（岩波書店，1984年）.

同上「ニーチェのキリスト教・ユダヤ教観」（『思想』，岩波書店，2000年12月号）pp.116-135.

Wiersing, Erhard: Humanismus und Menschenbildung. Zu Geschichte, Gegenwart und Zukunft der bildenden Bewegung der Europäer mit der Kultur der Griechen und Römer, in: Humanismus und Menschenbildung, a. a. O., S. 15-95.

Zangemeister, Karl: Theodor Mommsen als Schriftsteller. Ein Verzeichnis seiner Schriften. Im Auftrag der Königlichen Bibliothek bearbeitet und fortgesetzt von Emil Jakobs. Neu bearbeitet von Stefan Rebenich, Hildesheim 2000.

4　第１部（18世紀以前の人文主義と国民形成）

Baumgart, Franzjörg: Zwischen Reform und Reaktion. Preußische Schulpolitik 1806-1859, Darmstadt 1990.

Biedermann, Flodoard Freiherr von (Hrsg.): Goethes Gespräche. Gesamtausgabe, Leipzig 1909-1911, 5 Bde..（『ゲーテ対話録　ビーダーマン編』大野俊一訳，白水社，

1962-1970年.)

Bitterli, Urs: Die >Wilden< und die >Zivilisierten<. Grundzüge einer Geistes- und Kulturgeschichte der europäisch-überseeischen Begegnung, München 1976.

Blättner, Fritz: Das Gymnasium. Aufgabe der höheren Schule in Geschichte und Gegenwart, Heidelberg 1960.

Bödeker, Hans Erich: Die Religiosität der Gebildeten, in: Religionskritik und Religiosität in der deutschen Aufklärung, hrsg. v. Karlfried Gründer u. Karl Heinrich Rengstorf, Heidelberg 1989, S. 145-195.

Bürger, Peter: Institution Literatur und Moderinisierungsprozeß, in: Zum Funktionswandel der Literatur, hrsg. v. Peter Bürger, Frankfurt am Main 1983, S. 9-32.

『独羅対照学術語彙辞典』(麻生建ほか編, 哲学書房, 1989年).

Doppermann, Klaus: August Hermann Francke, in: Gestalten der Kirchengeschichte, hrsg. v. Martin Greschat, Stuttgart/Berlin/Köln 1983, Bd. 7, S. 241-260.

Fuchs, Werner: Fragen der archäologischen Hermeneutik in der ersten Hälfte des 19. Jahrhunderts, in: Philologie und Hermeneutik, a. a. O., S. 202-224.

Fuhrmann, Manfred: Friedrich August Wolf. Zur 200. Wiederkehr seines Geburtstages am 15. Februar 1959, in: Deutsche Vierteljahrsschrift für Literaturwissenschaft und Geistesgeschichte, Bd. 33, 1959, Heft 2, S. 187-236.

———, Die Germania des Tacitus und das deutsche Nationalbewußtsein, in: Brechungen, a. a. O., S. 113-128.

———, Die Querelle des Anciens et des Modernes, der Nationalismus und die Deutsche Klassik, in: a. a. O., S. 129-149.

———, Winckelmann, ein deutsches Symbol, in: a. a. O., S. 150-170.

Grafton, Anthony: Friedrich August Wolf, in: Journal of the Warburg and Courtauld Institute, Vol. 44, 1981, pp. 101-129.

———,»Man muß aus der Gegenwart heraufsteigen«: History, Tradition and Tradition of Historical Thought in F. A. Wolf, in: Aufklärung und Geschichte. Studien zur deutschen Geschichtswissenschaft im 18. Jahrhundert, hrsg. v. Hans Erich Bödeker, Georg G. Iggers, Jonathan B. Knudsen, Peter H. Reill, Göttingen 1986, S. 410-434.

———, Juden und Griechen bei Friedrich August Wolf, in: Friedrich August Wolf. Studien, Dokumente, Bibliographie, a. a. O., S. 9-31.

Greschat, Martin: Orthodoxie und Pietismus. Einleitung, in: Gestalten der Kirchengeschichte, a. a. O., S. 7-36.

Grube, Kurt: Die Idee und Struktur einer rein-menschlichen Bildung. Ein Beitrag zum Philanthropismus und Neuhumanismus, Pädagogik in Geschichte, Theorie und Praxis, hrsg. v. Kurt Grube, Halle 1934, 2 Bde..

Hattenhauer, Hans: Christian Thomasius, in: Gestalten der Kirchengeschichte, a. a. O., Bd. 8, S. 171-186.
Herrmann, Ulrich: Die Pädagogik der Philanthropen, in: Klassiker der Pädagogik, hrsg. v. Hans Scheuerl, München 1979, Bd. 1, S. 135-158.
Hirsch, Emanuel: Geschichte der neuern evangelischen Theologie im Zusammenhang mit den allgemeinen Bewegungen des europäischen Denkens, Gütersloh 1952, 5 Bde..
Horstmann, Axel: Die “Klassische Philologie” zwischen Humanismus und Historismus. Friedrich August Wolf und die Begründung der modernen Altertumswissenschaft, in: Berichte zur Wissenschaftsgeschichte, Bd. 1, 1978, S. 51-70.
Jacobs, Manfred: Die Entwicklung des deutschen Nationalgedankens von der Reformation bis zum deutschen Idealismus, in: Volk - Nation - Vaterland, a. a. O., S. 51-110.
Jäger, Werner: Humanismus und Theologie, Heidelberg 1960.
Jauß, Hans Robert: Ursprung und Bedeutung der Fortschrittsidee in der >Querelle des Anciens et des Modernes<, in: Die Philosophie und die Frage nach dem Fortschritt, hrsg. v. Helmut Kuhn u. Franz Wiedmann, München 1964, S. 51-72.
金子晴勇『エラスムスとルター　16世紀宗教改革者の２つの道』(聖学院大学出版会, 2002年).
金子茂「ドイツの近代化と国民教育論の成立－(1)汎愛派教育論と国民教育論」(『国民教育の歴史と論理－欧米教育史研究序説』第一法規出版, 1976年) pp.41-50.
Kern, Otto: Friedrich August Wolf. Hallische Universitätsreden, Bd. 25, Halle 1924.
König, Rếne: Vom Wesen der Deutschen Universität, Berlin 1935.
児島由理「第一次世界大戦における独仏知識人の言説戦争」(『比較文学・文化論集』東京大学大学院総合文化研究科比較文学専攻, 16号, 1999年) pp.57-83.
Kupisch, Karl: Die Wandlungen des Nationalismus im liberalen deutschen Bürgertum, in: Volk - Nation - Vaterland, a. a. O., S. 111-134.
Landfester, Manfred: Die neuhumanistische Begründung der Allgemeinbildung in Deutschland, in: Humanismus und Menschenbildung, a. a. O., S. 205-223.
Leyse, Jacob Anton: Joachim Heinrich Campe, ein Lebensbild aus dem Zeitalter der Aufklärung, Braunschweig 1896, 2 Bde..
松本彰「ドイツ「市民社会」の理念と現実－Bürger概念の再検討－」(『思想』, 岩波書店, 1981年５月号) pp.27-53.
Mayr, Otto: Authority, Liberty & Automatic Machinery in Early Modern Europe, Baltiomore/London 1986. (『時計じかけのヨーロッパ　近世初期の技術と社会』忠平美幸訳, 平凡社, 1997年.)
Menze, Clemens: Wilhelm von Humboldts Lehre und Bild vom Menschen, Ratingen 1965.

モンテスキュー『法の精神』(上)(野田良之ほか訳，岩波書店，1989年).
成瀬治「敬虔主義の歴史的意義」(『伝統と啓蒙－近世ドイツの思想と宗教－』法政大学出版局，1988年) pp.43-64.
同上「初期啓蒙主義における理性と信仰－クリスティアン＝トマジウスの哲学・倫理思想をめぐって－」(前掲書) pp.65-106.
Mühlpfordt, Günter: Bahrdt und die radikale Aufklärung, in: Jahrbuch des Instituts für Deutsche Geschichte, hrsg. v. Walter Grab, Bd. 5, 1976, S. 49-100.
Neugebauer-Wölk, Monika: Der Kampf um die Aufklärung. Die Universität Halle 1730-1806, in: Martin-Luther-Universität. Von der Gründung bis zur Neugestaltung nach zwei Diktaturen, hrsg. v. Gunnar Berg u. Hans-Hermann Hartwich, Opladen 1994, S. 27-55.
Parker, Harold T.: The Cult of Antiquity and the French Revolutionaries, Chicago 1937.
Pöhnert, Karl: Joh. Matth. Gesner und sein Verhältnis zum Philanthropinismus und Neuhumanismus. Ein Beitrag zur Geschichte der Pädagogik im XVIII. Jahrhundert, Diss., Leipzig 1898.
Riedel Manfred: Bürgerlichkeit und Humanität, in: Aufklärung und Humanismus, hrsg. v. Richard Töllner, Heidelberg 1980, S. 13-34.
Roethe, Gustav: Humanistische und nationale Bildung, eine historische Betrachtung, Berlin 1906.
Said, Edward W.: Orientalism, New York 1978. (『オリエンタリズム』今沢紀子訳，平凡社，1986年.)
Schadewald, Wolfgang: Winckelmann als Exzerptor und Selbstdarsteller, in: Hellas und Hesperien, a. a. O., Bd. 1, S. 637-657.
Schmidt, Martin: Pietismus, Stuttgart/Berlin/Köln/Mainz 1972. (『ドイツ敬虔主義』小林謙一訳，教文館，1992年.)
Schmidt, Peter L.: Friedrich August Wolf und das Dilemma der Altertumswissenschaft, in: "Innere und äußere Integration der Altertumswissenschaften". Zur 200. Wiederkehr der Gründung des Seminarium Philologicum Hallense, Halle (Saale) 1989, S. 64-78.
Schoeps, Hans-Joachim: Deutsche Geistesgeschichte der Neuzeit. Von der Aufklärung zur Romantik, Mainz 1978.
Schroeter, Adalbert: Geschichte der deutschen Homer-Uebersetzung, im XVIII. Jahrhundert, Jena 1882.
関口存男『冠詞－意味形態的背景より見たるドイツ語冠詞の研究－』(三修社，第1巻［1960年］，第2巻［1961年］).
Selbmann, Erhard: Die gesellschaftlichen Erscheinungsformen des Pietismus hallischer Prägung, in: 450 Jahre Martin-Luther-Universität Halle-Wittenberg, Halle

1952, Bd. 2, S. 48-69.
Sengle, Friedrich: >Luise< von Voss und Goethes >Hermann und Dorothea<. Didaktisch-epische Form und Funktion des Homerisierens, in: Europäische Lehrdichtung. Festschrift für Walter Naumann zum 70. Geburtstag, hrsg. v. Hans Gerd Rotzer und Herbert Walz, Darmstadt 1981, S. 209-223.
Simonsuuri, Kirsti: Homer's Orginal Genius. Eighteenth-century notions of the early Greek epic (1688-1798), Cambridge 1979.
Stackmann, Karl: Die Klassische Philologie und die Anfänge der Germanistik, in: Philologie und Hermeneutik, a. a. O., S. 240-259.
Stierle, Karlheinz: Altertumswissenschaftliche Hermeneutik und die Entstehung der Neuphilologie, in: a. a. O., S. 260-288.
Valjabec, Fritz: Die Entstehung der politischen Strömungen in Deutschland 1770-1845, Düsseldorf 1978.
Die Vertriebenen in Westdeutschland, ihre Eingliederung und ihr Einfluß auf Gesellschaft, Wirtschaft, Politik und Geistesleben, hrsg. v. Eugen Lemberg, Friedrich Edding in Verbindung mit Max Hildebert Boehm, Bonn 1959.
Vogt, Ernst: Homer - ein großer Schatten? Die Forschungen zur Person Homers, in: Zweihundert Jahre Homer-Forschung. Rückblick und Ausblick, hrsg. v. Joachim Latacz, Stuttgart 1991, S. 365-377.
Wagner, Fritz: Herders Homerbild, seine Wurzeln und Wirkungen, Diss., Köln 1960.
Wohlleben, Joachim: Die Sonne Homers. Zehn Kapitel deutscher Homer-Begeisterung von Winckelmann bis Schliemann, Göttingen 1990.
———, Beobachtungen über eine Nicht-Begegnung: Welcker und Goethe, in: Friedrich Gottlieb Welcker. Werk und Wirkung, a. a. O., S. 3-34.
———, Friedrich August Wolfs Prolegomena ad Homerum in der literarischen Szene der Zeit, in: Poetica. Zeitschrift für Sprach- und Literaturwissenschaft, hrsg. v. Karl-Heinz Stierle, Bd. 28, 1996, Heft 1-2, S. 154-170.
Wolf, Friedrich August: Prolegomena to Homer 1795, translated with introduction and notes by Anthony Grafton, Glenn W. Most, and James E. G. Zetzel, Princeton 1985.
Zilleßen, Horst: Volk - Nation - Vaterland. Die Bedeutungsgehalte und ihre Wandlungen, in: Volk - Nation - Vaterland, a. a. O., S. 13-47.

5　第2部（19世紀の人文主義と国民形成）

Beckedorffs Beurteilung des Süvernschen Unterrichtsgesetzentwurfs, in: Schulreform in Preußen 1809-1819, a. a. O., S. 222-244.
Bengtson, Hermann: Griechische Geschichte von den Anfängen bis in die römische Kaiserzeit, München 1950.
Biographisches Handbuch der Abgenordneten der Frankfurter Nationalversammlung 1848/49, hrsg. v. Heinrich Best u. Wilhelm Weege, Düsseldorf 1996.

Boedeker, Hans Erich: Die gebildeten Stände im späten 18. und frühen 19. Jahrhundert. Zugehörigkeit und Abgrenzungen, Mentalität und Handlungspotenziale, in: Bildungsbürgertum im 19. Jahrhundert, Tl. 4, Politischer Einfluß und gesellschaftliche Formation, hrsg. v. Jürgen Kocka, Stuttgart 1989, S. 21-52.

Boehn, Max von: Biedermeier Deutschland von 1815-1847, Berlin 1922. (『ビーダーマイヤー時代　ドイツ十九世紀前半の文化と社会』飯塚信雄ほか訳，三修社，1993年.)

Brocke, Bernhard von: Hochschul- und Wissenschaftspolitik in Preußen und im Deutschen Kaiserreich 1882-1907. Das "System-Althoff", in: Bildungspolitik in Preußen zur Zeit des Kaiserreichs, a. a. O., S. 9-118.

Cancik, Hubert: Erwin Rohde. Ein Philologe in der Bismarckzeit, in: Semper Apertus. Sechshundert Jahre Ruprecht-Karls-Universität Heidelberg 1386-1986, Bd. II, Heidelberg/Berlin 1985, S. 436-505.

———,»…die Befreiung der philologischen Studien in Württemberg - Zur Gründungsgeschichte des Philologischen Seminars in Tübingen 1838«, in: 1838-1988. 150 Jahre Philologisches Seminar der Universität Tübingen, hrsg. v. Richard Kannicht, Tübingen 1990, S. 3-25.

Christ, Karl: Hans Delbrück, in: Von Gibbon zu Rostovtzeff. Leben und Werk führender Althistoriker der Neuzeit, Darmstadt 1989, S. 159-200.

Demandt, Alexander: Alte Geschichte an der Berliner Universität 1810-1960, in: Berlin und die Antike, a. a. O., S. 69-98.

Deuel, Leo: Heinrich Schliemann. Eine Biographie mit Selbstzeugnissen und Bilddokumenten, aus dem Amerikanischen übersetzt v. Gertrud Baruch, Frankfurt am Main 1981.

Eine Wissenschaft etabliert sich 1810-1870, mit einer Einführung, hrsg. v. Johannes Janota, Tübingen 1980.

Führ, Christoph: Die preußischen Schulkonferenzen von 1890 und 1900. Ihre bildungspolitische Rolle und bildungsgeschichtliche Bewertung, in: Bildungspolitik in Preußen zur Zeit des Kaiserreichs, a. a. O., S. 189-223.

Goedeke, Karl: Geschichte der deutschen Literatur, Berlin 1883.

Goldsmith, Ulrich K.: Wilhelm von Humboldt. Mentor und Freund von Friedrich Gottlieb Welcker, in: Friedrich Gottlieb Welcker. Werk und Wirkung, a. a. O., S. 35-52.

Gooch, George Peabody: History and Historians in the Nineteenth Century (1913), London ³1920. (『十九世紀の歴史と歴史家たち』林健太郎・林孝子訳，筑摩書房，1971-1974年.)

Groppe, Carola: Diskursivierungen der Antikerezeption im Bildungssystem des deutschen Kaiserreichs, in: »Mehr Dionysos als Apollo« Antiklassizistische Antike-Rezeption um 1900, hrsg. v. Achim Aurnhammer u. Thomas Pittrof, Frankfurt am

Main 2002, S. 21-44.
Heisenberg, August: Der Philhellenismus einst und jetzt, München 1913.
Heydorn, Heinz Joachim: Einleitung, in: Archiv Deutscher Nationalbildung, a. a. O., S. V-LIX.
Hoffmann, Max: Zur Erinnerung an August Böckh, Lübeck 1894.
Hübinger, Paul Egon: Heinrich von Sybel und der Bonner Philologenkrieg, in: Historisches Jahrbuch, Jg. 83, 1964, S. 162-216.
Jaeger, Werner: Gedächtnisrede auf Ulrich v. Wilamowitz-Moellendorff, in: Die Antike. Zeitschrift für Kunst und Kultur des Klassischen Altertums, Bd. 8, 1932, S. 319-324.
Jens, Walter: Republikanische Reden, München 1976.
川瀬邦臣「バイエルンにおける1808年の学校改革構想」(『東京学芸大学紀要　第1部門教育科学』第42集，1991年) pp.77-88.
Kraul, Margret: Das deutsche Gymnasium 1780-1980, Frankfurt am Main 1984. (『ドイツ・ギムナジウム200年史　エリート養成の社会史』望田幸男ほか訳，ミネルヴァ書房，1986年.)
Landfester, Manfred: Ulrich von Wilamowitz-Moellendorff und die hermeneutische Tradition des 19. Jahrhunderts, in: Philologie und Hermeneutik, a. a. O., S. 156-180.
———, Griechen und Deutsche: Der Mythos einer ›Wahlverwandtschaft‹, in: Mythos und Nation, a. a. O., S. 198-219.
Latacz, Joachim (Hrsg.): Homer. Tradition und Neuerung, Darmstadt 1979.
Lehmann, Cornelia: Die Auseinandersetzung zwischen Wort- und Sachphilologie in der deutschen klassischen Altertumswissenschaft des 19. Jahrhunderts, Diss., Berlin 1964.
Lesky, Albin: Mündlichkeit und Schriftlichkeit im Homerischen Epos, in: Gesammelte Schriften. Aufsätze und Reden zu antiker und deutscher Dichtung und Kultur, München/Bern 1966, S. 63-71.
Maier, Hans: Die klassische Philologie und das Politische, in: Gymnasium. Zeitschrift für Kultur der Antike und humanistische Bildung, Bd. 76, 1969, Heft1/2, S. 201-216.
Mehring, Walter: Müller. Chronik einer deutschen Sippe. Roman (1935), Hannover 1960.
Meyer, Ahlrich: Mechanische und organische Metaphorik politischer Philosophie, in: Archiv für Begriffsgeschichte, Bd. 13, 1969, S. 128-214.
三島憲一「生活世界の開示と隠蔽　上」(『思想』，岩波書店，1983年6月号) pp.89-111.
Momigliano, Arnaldo: Karl Otfried Müllers *Prolegomena zu einer wissenschaftlichen Mythologie* und die Bedeutung von »Mythos«, in: Ausgewählte Schriften zur

Geschichte und Geschichtsschreibung, Bd. 3, Stuttgart/Weimar 2000, S. 95-112.
Müller, Carl Werner: Otto Jahn. Mit einem Verzeichnis seiner Schriften, Stuttgart/Leipzig 1991.
Müller, Detlef K.: Sozialstruktur und Schulsystem. Aspekte zum Strukturwandel des Schulwesens im 19. Jahrhundert, Göttingen 1977.
Muhlack, Ulrich: Die Universitäten im Zeichen von Neuhumanismus und Idealismus, in: Beiträge zu Problemen deutscher Universitätsgründungen der frühen Neuzeit, hrsg. v. Peter Baumgart u. Notker Hammerstein, Nendeln 1978, S. 299-340.
———, Klassische Philologie zwischen Humanismus und Neuhumanismus, in: Wissenschaften im Zeitalter der Aufklärung, hrsg. v. Rudolf Vierhaus, Göttingen 1985, S. 93-119.
Nippel, Wilfried: Philologenstreit und Schulpolitik. Zur Kontroverse zwischen Gottfried Hermann und August Böckh, in: Geschichtsdiskurs. Bd. 3: Die Epoche der Historisierung, Frankfurt am Main 1997, S. 244-253.
Nipperdey, Thomas: Nationalidee und Nationaldenkmal in Deutschland im 19. Jh., in: Historische Zeitschrift, Bd. 206, 1968, Heft 3, S. 529-585.
———, Deutsche Geschichte 1800-1866. Bürgerwelt und starker Staat, München 1983.
———, Deutsche Geschichte 1866-1918, Bd. 1, Arbeitswelt und Bürgergeist, München 1998.
野田宣雄『教養市民層からナチズムへ　比較宗教社会史の試み』(名古屋大学出版会, 1988年).
O'Boyle, Lenore: Klassische Bildung und soziale Struktur in Deutschland zwischen 1800 und 1848, in: Historische Zeitschrift, Bd. 207, 1968, Heft 3, S. 584-608.
Oertzen, Peter von: Die soziale Funktion des staatsrechtlichen Positivismus, Frankfurt am Main 1974.
Peter, Niklaus: >Nietzsche-Antinietzsche Vermessenheit< bei Karl Barth? - Karl Barth als Leser und Interpret Nietzsches, in: Nietzsche und die Schweiz, Zürich 1994, S. 157-164.
Pfeiffer, Rudolf: Von den geschichtlichen Begegnungen der kritischen Philologie mit dem Humanismus. Eine Skizze, in: Archiv für Kulturgeschichte, Bd. XXVIII, 1928, S. 191-209.
Pflug, Günther: Hermeneutik und Kritik - August Boeckh in der Tradition des Begriffspaars, in: Archiv für Begriffsgeschichte, Bd. 19, 1975, Heft 2, S. 138-196.
Preuße, Ute: Humanismus und Gesellschaft. Zur Geschichte des altsprachlichen Unterrichts in Deutschland von 1890 bis 1933, Frankfurt am Main 1990.
Puschner, Uwe: Völkische Bewegung im wilhelminischen Kaiserreich, Darmstadt 2001.
Rehm, Walther: Griechentum und Goethezeit. Geschichte eines Glaubens (1935),

Leipzig ²1938.
Reill, Peter Hanns: Die Geschichtswissenschaft um die Mitte des 18. Jahrhunderts, in: Wissenschaften im Zeitalter der Aufklärung, a. a. O., S. 163-193.
Reiter, Siegfried: August Böckh, in: Neue Jahrbücher für das klassische Altertum, Geschichte und deutsche Literatur und für Pädagogik, Bd. 1, 1902, S. 436-458.
Rüegg, Walter: Die Antike als Leitbild der deutschen Gesellschaft des 19. Jahrhunderts (1975), in: Bedrohte Lebensordnung. Studien zur humanistischen Soziologie, Zürich-München 1978, S. 93-105.
Schadewaldt, Wolfgang: Von Homers Welt und Werk. Aufsätze und Auslegungen zur homerischen Frage, Stuttgart 1944.
———, Goethestudien. Natur und Altertum, Zürich 1963.
Schieder, Theodor: Partikularismus und nationales Bewußtsein im Denken des Vormärz, in: Staat und Gesellschaft im deutschen Vormärz 1815-1848, hrsg. v. Werner Conze, Stuttgart 1962, S. 9-38.
Schlaffer, Heinz: Poesie und Wissen. Die Entstehung des ästhetischen Bewußtseins und der philologischen Erkenntnis, Frankfurt am Mein 1990.
Schnabel, Franz: Deutsche Geschichte im neunzehnten Jahrhundert, Bd. 3 (1934), Erfahrungswissenschaften und Technik, Freiburg ²1950.
Schneider, Barbara: Johannes Schulze und das preußische Gymnasium, Frankfurt am Main 1989.
Schneider, Helmuth: August Boeckh, in: Berlinische Lebensbilder. Geisteswissenschaftler, a. a. O., S. 37-54.
Scholtz, Gunter: Die theologischen Probleme des Klassik-Begriffs, in: Über das Klassische, hrsg. v. Rudolf Bockholdt, Frankfurt am Main 1987, S. 11-35.
Sperl, Johannes: Der himmlische Vater und das irdische Vaterland, Leipzig 1934.
Stern, Fritz: The politics of cultural despair. A study in the rise of the Germanic ideology, Berkeley 1961. (『文化的絶望の政治　ゲルマン的イデオロギーの台頭に関する研究』中道寿一訳，三嶺書房，1988年.)
Stutzer, Emil: Bismarck und Lassale, in: Neue Jahrbücher für das klassische Altertum, Geschichte und deutsche Literatur und für Pädagogik, Bd. 15, 1905, S. 63-70.
———, Aus Bismarcks Schulzeit, in: a. a. O., Bd. 22, 1908, S. 169-179.
Tilgner, Wolfgang: Volk, Nation und Vaterland im protestantischen Denken zwischen Kaiserreich und Nationalsozialismus (ca. 1870-1933), in: Volk - Nation - Vaterland, a. a. O., S. 135-171.
Unte, Wolfhart: Berliner Klassische Philologen im 19. Jahrhundert, in: Berlin und die Antike, a. a. O., S. 9-68.
潮木守一『近代大学の形成と変容　一九世紀ドイツ大学の社会的構造』(東京大学出版会，1973年).

Varrentrapp, Conrad: Johannes Schulze und das höhere preußische Unterrichtswesen in seiner Zeit, Leipzig 1889.

Vogt, Ernst: Der Methodenstreit zwischen Hermann und Böckh und seine Bedeutung für die Geschichte der Philologie, in: Philologie und Hermeneutik, a. a. O., S. 103-121.

6　第3部（モムゼンの古典研究と国民形成）

Below, Georg von: Ein Denkmal der Unduldsamkeit (Mommsen gegen Treitschke), in: Deutschlands Erneuerung. Monatschrift für das deutsche Volk, Bd. 7, 1923, Heft 10, S. 593-595.

千代田謙「モムゼンのケーザル観」(『第十九世紀ドイツ史学史研究』三省堂，1960年) pp.533-565.

Christ, Karl: Römische Geschichte und deutsche Geschichtswissenschaft, München 1982.

———, Theodor Mommsen und die ›Römische Geschichte‹, in: Theodor Mommsen: Römische Geschichte, Bd. 8, München ^{4}1986, S. 7-66.

Demandt, Alexander: Mommsen in Berlin, in: Berlinische Lebensbilder. Wissenschaftspolitik in Berlin. Minister, Beamte, Ratgeber, hrsg. v. Wolfgang Treue u. Karlfried Gründer, Berlin 1987, S. 149-173.

Europäische Schlüsselwörter. Wortvergleichende und wortgeschichtliche Studien, Bd. III, Kultur und Zivilisation, München 1967.

Fest, Joachim: Pathetiker der Geschichte und Baumeister aus babylonischem Geist, Theodor Mommsens zwei Wege zur Geschichte, in: Wege zur Geschichte. Über Theodor Mommsen, Jacob Burckhardt und Golo Mann, mit einem Vorwort von Christian Meier, Zürich 1992, S. 27-70.

Flaig, Egon: Im Schlepptau der Masse. Politische Obsession und historiographische Konstruktion bei Jacob Burckhardt und Theodor Mommsen, in: Rechtshistorisches Journal, Bd. 12, 1993, S. 405-442.

Galsterer, Hartmut: Theodor Mommsen, in: Berlinische Lebensbilder. Geisteswissenschaftler, a. a. O., S. 175-194.

Gossman, Lionel: Basle, Bachofen and the Critique of Modernity in the Second Half of the Nineteenth Century, in: Journal of the Warburg and Courtauld Institute, Vol. 47, 1984, pp. 136-185.

———, Basel, in: Geneva, Zurich, Basel, history, culture & national identity, Princeton 1994, pp. 63-98.

Hartmann, Ludo Moritz: Theodor Mommsen. Eine biographische Skizze, Gotha 1908.

長谷川博隆「モムゼンの生涯とローマ史」(ノーベル賞文学全集21『テオドール・モムゼン，ルードルフ・オイケン，アンリ・ベルグソン』主婦の友社，1972年) pp.127-140.

Heuss, Alfred: Theodor Mommsen und das 19. Jahrhundert, Kiel 1956.
———, Theodor Mommsen als Geschichtsschreiber, in: Geschichtswissenschaft um 1900, hrsg. v. Notker Hammerstein, Stuttgart 1988, S. 37-95.
Jonas, Fritz: Zum achtzigsten Geburtstag Theodor Mommsens, in: Deutsche Rundschau, Bd. 93, 1897, S. 399-416.
Kuczynski, Jürgen: Theodor Mommsen - Porträt eines Gesellschaftswissenschaftlers, mit einem Kapitel über Mommsen, den Juristen, von Hermann Klenner, Berlin 1978.
Lasky, Melvin L.: Warum schrieb Mommsen nicht weiter?, in: Der Monat, Bd. 2, 1949/50, Heft 19, S. 62-67.
Liebeschütz, Hans: Das Judentum im deutschen Geschichtsbild von Hegel bis Max Weber, Tübingen 1967.
Momigliano, Arnold: 1. Heuß, A.: Theodor Mommsen und das 19. Jahrhundert, 2. Wucher, A.: Theodor Mommsen. Geschichtschreibung und Politik, in: Gnomon. Kritische Zeitschrift für die gesamte klassische Altertumswissenschaft, Bd. 30, 1958, Heft 1, S. 1-5.
Mommsen, Adelheid: Mommsen im Kreise der Seinen, Berlin ^{2}1937.
Rebenich, Stefan: Theodor Mommsen und Adolf Harnack. Wissenschaft und Politik in Berlin des ausgehenden 19. Jahrhunderts, Berlin/New York 1997.
———, Theodor Mommsen. Eine Biographie, München 2002.
Stahlmann, Ines: Friedrich Carl von Savigny und Theodor Mommsen. Ihr Briefwechsel zwischen 1844 und 1856, in: Alte Geschichte und Wissenschaftsgeschichte. Festschrift für Karl Christ zum 65. Geburtstag, hrsg. v. Peter Kneissl und Volker Losemann, Darmstadt 1988, S. 465-501.
Wickert, Lothar: Theodor Mommsen. Eine Biographie, Berlin 1959-1980, 4 Bde..
———, Theodor Mommsen und Jacob Bernays, in: Historische Zeitschrift, Bd. 205, 1967, Heft 2, S. 265-294.
Wucher, Albert: Theodor Mommsen als Kritiker der deutschen Nation, in: Saeculum. Jahrbuch für Universalgeschichte, Bd. 2, 1951, S. 256-270.
———, Theodor Mommsen. Geschichtschreibung und Politik, Göttingen 1956.
吉原達也「バッハオーフェンの古代学－モムゼン批判をめぐって」(『広島法学』10［4］, 1987年) pp.649-702.

7　第4部（ニーチェの人文主義観と国民形成）

Barnes, John: Nietzsche and Diogenes Laertius, in: Nietzsche-Studien, Bd. 15, 1986, pp. 16-40.
Benz, Ernst: Nietzsches Ideen zur Geschichte des Christentums und der Kirche, Leiden 1956.
Borchmeyer, Dieter: Das Theater Richard Wagners. Idee - Dichtung - Wirkung,

Stuttgart 1982.
Cancik, Hubert: Das Thema »Religion und Kultur« bei Friedrich Nietzsche und Franz Overbeck, in: Philolog und Kultfigur. Friedrich Nietzsche und seine Antike in Deutschland, Stuttgart/Weimar 1999, S. 51-68.
———, Nietzsches Antike. Vorlesung (1995), Stuttgart/Weimar ²2000.
"Centauren-Geburten". Wissenschaft, Kunst und Philosophie beim jungen Nietzsche, hrsg. v. Tilman Borsche, Federico Gerratana, Aldo Venturelli, Berlin/New York 1994.
Flashar, Hellmut: Griechische Tragödie für das Bildungsbürgertum des 19. Jahrhunderts, in: Inszenierung der Antike. Das griechische Drama auf der Bühne der Neueit 1585-1990, München 1991, S. 82-109.
Fraenkel, Michael: Jacob Bernays. Ein Lebensbild in Briefen, Breslau 1932.
Gründer, Karlfried: Jacob Bernays und der Streit um die Katharsis, in: Epirrhosis. Festgabe für Carl Schmitt, hrsg. v. Hans Barion, Ernst-Wolfgang Böckenförde, Ernst Forsthoff, Werner Weber, Berlin 1968, S. 495-528.
Gutzwiller, Hans: Friedrich Nietzsches Lehrtätigkeit am Basler Pädagogium 1869-1876, in: Basler Zeitschrift für Geschichte und Altertumskunde, Bd. 50, 1950, S. 149-224.
Janz, Curt Paul: Friedrich Nietzsches Akademische Lehrtätigkeit in Basel 1869-1879, in: Nietzsche-Studien, Bd. 3, 1974, S. 192-203.
———, Friedrich Nietzsche. Biographie, München/Wien 1978-1979, 3 Bde..
Kohlenbach, Michael: Die "immer neuen Geburten". Beobachtungen am Text und zur Genese von Nietzsches Erstlingswerk 'Die Geburt der Tragödie aus dem Geiste der Musik', in: 'Centauren-Geburten', a. a. O., S. 360-389.
Landfester, Manfred: Der junge Nietzsche: Der Philologe als Philosoph und Prophet oder die Antike als Vorbild für Gegenwart und Zukunft, in: Friedrich Nietzsche, Schriften zur Literatur und Philosophie der Griechen, Frankfurt am Main 1994, S. 377-422.
Overbeck, Franz: Erinnerungen an Friedrich Nietzsche, in: Die neue Rundschau, Bd. 1, 1906, S. 209-231, 321-330.
Reibnitz, Barbara von: Nietzsches ›Griechischer Staat‹ und das Deutsche Kaiserreich, in: Der Altsprachliche Unterricht, Bd. 30, 1987, Heft 3, S. 76-89.
———, Ein Kommentar zu Friedrich Nietzsche, "Die Geburt der Tragödie aus dem Geiste der Musik" (Kap. 1-12), Stuttgart 1992.
———, Vom 'Sprachkunstwerk' zur 'Leseliteratur'. Nietzsches Blick auf die griechische Literaturgeschichte als Gegenentwurf zur aristotelischen Poetik, in: 'Centauren-Geburten', a. a. O., S. 47-66.
Schadewaldt, Wolfgang: Richard Wagner und die Griechen, in: Hellas und Hesperien,

a. a. O., Bd. 2, S. 343-365.

8 結　語

Butler, Eliza Marian: The Tyranny of Greece over Germany. A study of the influence exercised by Greek art and poetry over the great German writers of the eighteenth, nineteenth and twentieth centuries (1935), Boston ²1958.
Dahrendorf, Ralf: Gesellschaft und Demokratie in Deutschland, München 1965.
Fuhrmann, Manfred: Die Antike und ihre Vermittler. Bemerkungen zur gegenwärtigen Situation der klassischen Philologie, in: Cäsar oder Erasmus? Die alten Sprachen jetzt und morgen, Tübingen 1995, S. 11-52.
Landfester, Manfred: Die Naumburger Tagung 'Das Problem des Klassischen und die Antike' (1930). Der Klassikbegriff Werner Jaegers: seine Voraussetzung und seine Wirkung, in: Altertumswissenschaft in den 20er Jahren: neue Fragen und Impulse, Stuttgart 1995, S. 11-40.
Malitz, Jürgen: Theodor Mommsen und Wilamowitz, in: Wilamowitz nach 50 Jahren, hrsg. v. William M. Calder III•Hellmut Flashar•Theodor Lindken, Darmstadt 1985, S. 31-55.
Moltmann, Jürgen: Trinität und Reich Gottes. Zur Gotteslehre, München 1980.（『三位一体と神の国　神論』土屋清訳，新教出版社，1990年.）
Sternberger, Dolf: Aspekte des bürgerlichen Charakters, in: >Ich wünschte ein Bürger zu sein.< Neun Versuche über den Staat, Frankfurt am Main 1967, S. 10-27.
Weber, Marianne: Max Weber. Ein Lebensbild, Heidelberg 1950.
山之内靖『ニーチェとヴェーバー』（未来社，1993年）.

注

序

1）近年のドイツ・ヨーロッパ世界の中での文化的・政治的な変化においても，かつてと同様ヨーロッパの（人文主義とキリスト教に代表される）精神的な伝統の活性化を図る企てが散見され（s. Europa Imaginieren. Der europäische Binnenmarkt als kulturelle und wirtschaftliche Aufgabe, hrsg. v. Peter Koslowski, Berlin/New York 1992. Europäischer Geist - Europäische Verantwortung. Ein Kontinent fragt nach seiner Identität und Zukunft, hrsg. v. Winfried Böhm u. Martin Lindauer, Stuttgart 1993)，モムゼンとニーチェの人文主義（観）に改めて関心の注がれる場合があった（Rebenich, Stefan: Theodor Mommsen. Eine Biographie, München 2002, S. 229f.. Riedel, Manfred: Zeitkehre in Deutschland. Wege in das vergessene Land, Berlin 1991, S. 91f., 151-153, 210-215.)．しかし他方では，人文主義がヨーロッパ統合の過程において果たし得る役割について懐疑的な意見も存在する．(Fuhrmann, Manfred: Latein und Europa. Geschichte des gelehrten Unterrichts in Deutschland von Karl dem Großen bis Wilhelm II., Köln 2001, S. 221.)

2）「人文主義 Humanismus」という言葉の多義性については，以下を参照．Wiersing, Erhard: Humanismus und Menschenbildung. Zu Geschichte, Gegenwart und Zukunft der bildenden Bewegung der Europäer mit der Kultur der Griechen und Römer, in: Humanismus und Menschenbildung. Zu Geschichte, Gegenwart und Zukunft der bildenden Bewegung der Europäer mit der Kultur der Griechen und Römer, hrsg. v. Erhard Wiersing, Essen 2001, S. 20f.. Humanismus, in: Historisches Wörterbuch der Philosophie, Basel 1976, Bd. 3, S. 1217-1233.

3）s. Schulze, Hagen: Das Europa der Nationen, in: Mythos und Nation. Studien zur Entwicklung des kollektiven Bewußtseins in der Neuzeit 3, hrsg. v. Helmut Berding, Frankfurt am Main 1996, S. 73-76.

4）第１部１章の注85を参照．

5）ヴィーラントは「ひょっとすると，いやむしろ疑いなくブランデンブルク，ザクセン，バイエルン，ヴュルテンベルク，ハンブルク，ニュルンベルク，フランクフルトなどの愛郷者は存在する．しかし全ドイツ帝国を何よりも自らの祖国として愛するドイツの愛国者は（中略）いったいどこにいるというのだ？」(Wieland, Christoph Martin: Über deutschen Patriotismus. Betrachtungen, Fragen und Zweifel [1793], in: Werke, Berlin 1930, Bd. 15 [X], S. 591.）と問いかけ，ゲーテは「ドイツ？　私はそのような場

所がどこにあるのか知らない」という言葉を残した．(Goethe, Johann Wolfgang von: Deutschland, in: Xenien [1795], in: Sämtliche Werke. Briefe, Tagebücher und Gespräche, in: Bibliothek deutscher Klassiker, Frankfurt am Main 1987-, Bd. I/1 Gedichte 1756-1799, hrsg. v. Karl Eibl, S. 507.) ニーチェによれば，「ドイツとは何か？」という問いはかつて掲げられないことがなかったという（Nietzsche, Friedrich: Jenseits von Gut und Böse [1886], in: Werke. Kritische Gesamtausgabe, hrsg. v. Giorgio Colli u. Mazzino Montinari, Berlin/New York 1967-, Bd. VI/2, S. 192.)．

6）ただしバイエルンなど南ドイツの領邦国家が，自らをネイションとして性格付ける場合がしばしばあった．(Schieder, Theodor: Partikularismus und nationales Bewußtsein im Denken des Vormärz, in: Staat und Gesellschaft im deutschen Vormärz 1815-1848, hrsg. v. Werner Conze, Stuttgart 1962, S. 30.)

7）「人間性 Humanität という概念は，（18世紀後期において）獣と神の間に開く論理的なすべての空間をいわば満たす．というのも，この概念は何か特別に人間的なものを表現するわけではなく，この人間的なものから何か経験的に内容豊かな認識が得られるわけではないからである．」(Riedel Manfred: Bürgerlichkeit und Humanität, in: Aufklärung und Humanismus, hrsg. v. Richard Töllner, Heidelberg 1980, S. 31.)

8）Schiller, Friedrich: Über die ästhetische Erziehung des Menschen in einer Reihe von Briefen (1793-1794), in: Werke (Nationalausgabe), hrsg. v. Julius Petersen u. Friedrich Beißner (Norbert Oellers), Weimar 1943-, Tl. 1, Bd. 20, S. 323. 第1部1章の注51，53を参照．

9）「ギュムナジウム Gymnasium」は本書において大学の前段階に当たる中等教育機関として定義する．しかしプロイセンにおいて実科学校がギュムナジウムと並ぶ教育機関として認可された1859年以降については，従来と同様に古典語教育を中心とするギュムナジウムをあえて「人文主義ギュムナジウム」と表記し，後に認可された（第1種実科学校の後身である）「実科ギュムナジウム」から区別する．(s. Jeismann, Karl-Ernst: Das preußische Gymnasium in Staat und Gesellschaft, Bd. 2: Höhere Bildung zwischen Reform und Reaktion 1817-1859, Stuttgart 1996, S. 633.)

10）1900年の学校会議の結果，人文主義ギュムナジウムと実科系学校の間の大学入学資格をめぐる法的な平等化が達成され，新人文主義的な古典語教育・古典研究がドイツ・ネイションの中で果たす特権的な地位の後退が明らかとなった（s. Landfester, Manfred: Humanismus und Gesellschaft im 19. Jahrhundert. Untersuchungen zur politischen und gesellschaftlichen Bedeutung der humanistischen Bildung in Deutschland, Darmstadt 1988, S. 4.)．したがって考察の最終点を1900年前後とする．

11）「新人文主義は我々（ドイツ人）の国民の全精神生活に後に至るまで影響した」(Neuhumanismus, in: Pädagogisches Lexikon, Bd. 3, Bielefeld u. Leipzig 1930, S. 912.）などを参照．

12）Landfester, M.: a. a. O., S. 98. Fuhrmann, M.: a. a. O., S. 133.

13）これはハーゲン・シュルツェ（Hagen Schulze）やダンの著書において用いられて

いる言葉であり，両者はこの言葉について明確な概念規定を行っているわけではない．本書では，それを彼らの用例に則り，従来の（王侯貴族・教養市民など）エリート中心に代わる大衆中心の国民運動として理解する．それは歴史的には1840年のライン運動において初めて現れ，歌唱祭など様々な文化的な催し物を経て継承され，文教政策の上では1880年代以降（古典教養に代わって）ドイツの民族性の形成を重視する主張に連なった．

14）ヴェーバーは，「理念ではなく（物質的で理念的な－原注）利害が直接に人間の行為を支配する．しかし“理念”によって形成された“世界像”は非常にしばしば転轍機として，そこで利害のダイナミズムが行為をさらに動かした道を決定する」（Weber, Max: Die Wirtschaftsethik der Weltreligionen, in: Gesamtausgabe, hrsg. v. Horst Baier, M. Rainer Lepsius, Wolfgang J. Mommsen, Wolfgang Schluchter, Johannes Winckelmann, Tübingen 1984-, Abt. I, Bd. 19, S. 101.）と主張している．「全ヨーロッパにおいて，元来宗教的な表象は国民という共同体の原理に内在している非合理な力に精神的な形態と正当化を与えるために，国民感情の中へと流れ込まなければならなかった．」（Kaiser, Gerhard: Pietismus und Patriotismus im literarischen Deutschland. Ein Beitrag zum Problem der Säkularisation [1961], Frankfurt am Main [2]1973, S. 225.）

15）大木英夫『ピューリタン』（中央公論社，1968年）pp.16-18.

16）「宗教的な愛国者は，国家と社会契約についての自然法上の思想を愛国的な覚醒という観念によって置き換えた．その覚醒は，人間によって作られたり組織され得るのではなく，上からの贈り物として来る．愛国的な覚醒の際に，国民精神が現れる．」（Kaiser, G.: a. a. O., S. 226.）以下，Geist は原則として精神と訳すが，古代ギリシャ以来のロゴスという意味に加えてこの語の孕むキリスト教的な（聖）霊としての意味を含蓄する場合は，あえて「Geist 精神・（聖）霊」と表記する．

17）「ヨーロッパの学校は，その時々の成長する世代に常に実践的な生の要求に対する準備を行う課題を満たそうと努めた．しかしその主たる目的は19世紀に至るまで，伝統として存在し，その時々の現実から引き出すことのできない価値や理想によって，学習者に精神的な方向付けを伝える点に存した．その主たる目的は強力な組織，つまりまずは教会，それから国家によって保証された．」（Fuhrmann, Manfred: Humanismus und Christentum. Die doppelte Orientierung des europäischen Lehrplans, in: Humanismus und Menschenbildung, a. a. O., S. 111.）こうした指摘からも，個人（人間），（文化的・政治的な）ドイツ・ネイション，形成のメディア，「Geist 精神・（聖）霊」の関わりを問題にすることが許されよう．

18）注10を参照．

19）20世紀における人文主義とドイツ社会の関わりについては，以下の著作が参考となる．Preuße, Ute: Humanismus und Gesellschaft. Zur Geschichte des altsprachlichen Unterrichts in Deutschland von 1890 bis 1933, Frankfurt am Main 1990.（第三帝国成立以前の20世紀初期における古典語教育・古典研究の状況について），Apel, Hans Jür-

gen/Bittner, Stefan: Humanistische Schulbildung 1890-1945, Anspruch und Wirklichkeit der altertumskundlichen Unterrichtsfächer, Köln 1994.（第三帝国の崩壊に至る，20世紀初期の古典語教育について），Antike und Altertumswissenschaft in der Zeit von Faschismus und Nationalsozialismus. Kolloquium Universität Zürich 14.-17. Oktober 1998, hrsg. v. Beat Näf, Mendelbachtel-Cambridge 2001.（第三帝国下の古典研究について），Landfester, Manfred: Geistiger Wiederaufbau Deutschlands durch die humanistische Erinnerungskultur nach 1945, in: Gießener Universitätsblätter, Jg. 33, 2000, S. 77-85.（第二次世界大戦後1968年に至るまでのドイツにおける人文主義の社会的な役割について）.

20) Paulsen, Friedrich: Geschichte des gelehrten Unterrichtes in Deutschland vom Ausgang des Mittelalters bis zur Gegenwart (1885), Leipzig ^{3}1919-1921, 2 Bde..

21) Landfester, M.: Humanismus und Gesellschaft, a. a. O., S. 7f..

22) Jeismann, Karl-Ernst: Das preußische Gymnasium in Staat und Gesellschaft, Bd. 1: Die Entstehung des Gymnasiums als Schule des Staates und der Gebildeten 1787-1817 (1974), vollst. überarbeitete Aufl., Stuttgart 1996. 注 9 の著作.

23) 長尾十三二「国民的教育制度の形成過程」(『ドイツ教育史　2』世界教育史体系12，講談社，1977年）pp.7-32.，「ドイツ帝国の形成・発展と国民教育の課題」(『近代教育史（II）－市民社会の危機と教育』誠文堂新光社，1954年）pp.121-166.など.

24) 潮木守一『近代大学の形成と変容　一九世紀ドイツ大学の社会的構造』（東京大学出版会，1973年）.

25) 望田幸男『ドイツ・エリート養成の社会史　ギムナジウムとアビトゥーアの世界』（ミネルヴァ書房，1998年）.

26) Bursian, Conrad: Geschichte der classischen Philologie in Deutschland von den Anfängen bis zur Gegenwart, München/Leipzig 1883, 2 Bde..

27) Sandys, John Edwin: A History of classical scholarship, New York 3nd ed. ^{2}1958, 3 vols..

28) Wilamowitz-Moellendorff, Ulrich von: Geschichte der Philologie (1921), Leipzig ^{3}1959.

29) Pfeiffer, Rudolf: History of classical scholarship from 1300 to 1850, Oxford 1976.

30) Rebenich, Stefan: Theodor Mommsen und Adolf Harnack. Wissenschaft und Politik in Berlin des ausgehenden 19. Jahrhunderts, Berlin/New York 1997, S. 18f..

31) Hentschke, Ada/Muhlack, Ulrich: Einführung in die Geschichte der Klassischen Philologie, Darmstadt 1972.

32) Philologie und Hermeneutik im 19. Jahrhundert I. Zur Geschichte und Methodologie der Geisteswissenschaften, hrsg. v. Hellmut Flashar, Karlfried Gründer, Axel Horstmann, Göttingen 1979.

33) Friedrich Gottlieb Welcker. Werk und Wirkung, hrsg. v. William M. Calder III, Adolf Köhnken, Wolfgang Kullmann, Günther Pflug. Hermes. Zeitschrift für Klas-

sische Philologie, Einzelschriften Heft 49, Stuttgart 1986.

34) Der neue Pauly: Enzyklopädie der Antike. Rezeptions- und Wissenschaftsgeschichte, Bd. 13-15, in Verbindung mit Hubert Cancik und Helmuth Schneider, hrsg. v. Manfred Landfester, Stuttgart 1999-2003, 5 Bde..

35) Meinecke, Friedrich: Weltbürgertum und Nationalstaat, in: Werke, hrsg. v. Hans Herzfeld, Carl Hinrichs, Walter Hofer, Bd. 5, München 1962.

36) Dann, Otto: Nation und Nationalismus in Deutschland 1770-1990 (1993), München ²1994. 同書の巻末には，（ドイツを中心とした）国民国家，国民運動，ナショナリズムに関する先行研究が紹介されている．(A. a. O., S. 346-354.)

37) Schulze, Hagen: Staat und Nation in der europäischen Geschichte, München 1994.

38) 末川清『近代ドイツの形成－「特有の道」の起点』（晃洋書房，1996年）．

39) 坂井榮八郎『ドイツ近代史研究　啓蒙絶対主義から近代的官僚国家へ』（山川出版社，1998年）．

40) 野田宣雄『教養市民層からナチズムへ　比較宗教社会史の試み』（名古屋大学出版会，1988年）．

41) Plessner, Helmuth: Die verspätete Nation (1935), in: Gesammelte Schriften, Bd. VI, Frankfurt am Main 1982.

42) See, Klaus von: Deutsche Germanen-Ideologie, Frankfurt am Main 1970.

43) Stern, Fritz: The politics of cultural despair. A study in the rise of the Germanic ideology, Berkeley 1961.

44) Hartmann, Ludo Moritz: Theodor Mommsen. Eine biographische Skizze, Gotha 1908.

45) Wucher, Albert: Theodor Mommsen. Geschichtschreibung und Politik, Göttingen 1956. Heuss, Alfred: Theodor Mommsen und das 19. Jahrhundert, Kiel 1956. Kuczynski, Jürgen: Theodor Mommsen - Porträt eines Gesellschaftswissenschaftlers, mit einem Kapitel über Mommsen, den Juristen, von Hermann Klenner, Berlin 1978. など

46) Christ, Karl: Theodor Mommsen und sein Biograph, in: Historische Zeitschrift, Bd. 233, 1981, Heft 2, S. 363-370.

47) Heuss, Alfred: Lothar Wickert, Theodor Mommsen. Eine Biographie I-III/id. (Hrsg.), Theodor Mommsen - Otto Jahn. Briefwechsel (1971), in: Gesammelte Schriften in 3 Bänden, Stuttgart 1995, Bd. 3, S. 2574-2603. A. a. O.: Lothar Wickert, Theodor Mommsen. Eine Biographie, Bd. IV (1984), in: a. a. O., S. 2604-2608.

48) Rebenich, S.: Theodor Mommsen und Adolf Harnack, a. a. O., S. 1-27. s. Heuss, A.: Theodor Mommsen und das 19. Jahrhundert, a. a. O., S. 238-242. s. Zangemeister, Karl: Theodor Mommsen als Schriftsteller. Ein Verzeichnis seiner Schriften. Im Auftrag der Königlichen Bibliothek bearbeitet und fortgesetzt von Emil Jakobs.

Neu bearbeitet von Stefan Rebenich, Hildesheim 2000, S. 230-283.
49) 坂口昂「テオドル・モムゼン」(『獨逸史學史』岩波書店，1932年) pp.490-556.
50) 千代田謙『第十九世紀ドイツ史学史研究』(三省堂，1960年) pp.447-565.
51) 長谷川博隆「モムゼンの生涯とローマ史」(ノーベル賞文学全集21『テオドール・モムゼン，ルードルフ・オイケン，アンリ・ベルグソン』主婦の友社，1972年) pp.127-140.
52) 吉原達也「バッハオーフェンの古代学－モムゼン批判をめぐって」(『広島法学』10［4］，1987年) pp.649-702.
53) Bertram, Ernst: Nietzsche. Versuch einer Mythologie, Berlin 1929.
54) s. Baeumler, Alfred: Politik und Erziehung. Reden und Aufsätze, Berlin 1937.
55) Adorno, Theodor/Horkheimer, Max: Dialektik der Aufklärung, philosophische Fragmente, Frankfurt am Main 1969, S. 50.
56) 例えば1992年にイタリアのウルビノで開かれたニーチェ会議. s. "Centauren-Geburten". Wissenschaft, Kunst und Philosophie beim jungen Nietzsche, hrsg. v. Tilman Borsche, Federico Gerratana, Aldo Venturelli, Berlin/New York 1994.
57) 三島憲一『ニーチェとその影－芸術と批判のあいだ－』(未来社，1990年).
58) 上山安敏『神話と科学　ヨーロッパ知識社会　19世紀末～20世紀』(岩波書店，1984年) pp.286-290. あるいは同じ著者による「ニーチェのキリスト教・ユダヤ教観」(『思想』，岩波書店，2000年12月号) pp.126-128. を参照.

第1部　18世紀以前の新人文主義と国民形成のコンセプト

第1章　プロテスタンティズム，人文主義，啓蒙主義

1) 「ガラテヤの信徒への手紙2－16」(『聖書』［新共同訳，日本聖書協会，1998年］). この考えは，ルターの主著『キリスト者の自由』の中に集約的に表現されている.
2) Jacobs, Manfred: Die Entwicklung des deutschen Nationalgedankens von der Reformation bis zum deutschen Idealismus, in: Volk - Nation - Vaterland. Der deutsche Protestantismus und der Nationalismus, hrsg. v. Horst Zilleßen, Gütersloh 1970, S. 64.
3) A. a. O.. Plessner, Helmuth: Die verspätete Nation (1935), in: Gesammelte Schriften, Bd. VI, Frankfurt am Main 1982, S. 42.
4) Zilleßen, Horst: Volk - Nation - Vaterland. Die Bedeutungsgehalte und ihre Wandlungen, in: Volk - Nation - Vaterland, a. a. O., S. 26.
5) Plessner, H.: a. a. O., S. 90.
6) ヴィンプフェリンクは，ドイツの教育制度を確立した先駆者の1人と見なされている. (Paulsen, Friedrich: Geschichte des gelehrten Unterrichtes in Deutschland vom Ausgang des Mittelalters bis zur Gegenwart [1885], Leipzig ³1919-1921, Bd. 1, S. 65-67.) 彼はエルザスがドイツの領土であることを主張したが，その主張を『ゲルマーニ

ア』の28章によって基礎付けた．（Fuhrmann, Manfred: Die Germania des Tacitus und das deutsche Nationalbewußtsein, in: Brechungen. Wirkungsgeschichtliche Studien zur antik-europäischen Bildungstradition, Stuttgart 1982, S. 123.)

7) Wimpfeling, Jakob: Epitome rerum Germanicarum, Marpurgi 1562, Kap. 70, S. 73f..

8) See, Klaus von: Deutsche Germanen-Ideologie, Frankfurt am Main 1970, S. 10.

9) Jacobs, M.: a. a. O., S. 55. ツェルティスは1497年に『ゲルマーニア』に関する初の講義を開いた．（Rüdiger, Horst: Wesen und Wandlung des Humanismus [1937], Hildesheim ²1966, S. 93.)

10) s. See, Klaus von: Barbar, Germane, Arier. Die Suche nach der Identität der Deutschen, Frankfurt am Main 1994, S. 94.

11) See, K. v.: Deutsche Germanen-Ideologie, a. a. O., S. 14.

12) Herder, Johann Gottfried: Aus dem Teutschen Merkur. Hutten. 1776, in: Sämmtliche Werke, hrsg. v. Bernhard Suphan, Berlin 1877-1913, Bd. 9, S. 480.

13) Hutten, Ulrich von: invictissimo principi friedericho saxonum duci electori ulrichus de hutten eques germanus salutem (1520), in: equitis germani opera quae reperiri potuerunt omnia (1859-1861), edidit Eduardus Bocking, Aalen 1963, Bd. 1, Kap. 43, S. 390.

14) See, K. v.: Barbar, Germane, Arier, a. a. O., S. 11f.

15) Luther, Martin: An den christlichen Adel deutscher Nation von des christlichen Standes Besserung (1520), in: Werke. Kritische Gesamtausgabe, Bd. 6, Weimar 1888, S. 419.

16) 例えば18世紀中期ドイツの古典研究者ヨーハン・ヤーコプ・ライスケ（Johann Jacob Reiske）は晩年に古典研究者として定職を見出すまで，大学でのアラビア学の教授などにより生計を立てていた．（s. Pfeiffer, Rudolf: History of classical scholarship from 1300 to 1850, Oxford 1976, p. 172.)

17) Paulsen, F.: a. a. O., S. 444-450.

18) 注85を参照．

19)「あらゆるスコラ主義，規則，型に逆らう感情の激情，あらゆる知性主義への抵抗，神，世界，生への姿勢における自立的な直接性（中略），そもそも“人格性”への感覚の到来は，（中略）敬虔主義の功績である．」(Kaiser, Gerhard: Pietismus und Patriotismus im literarischen Deutschland. Ein Beitrag zum Problem der Säkularisation [1961], Frankfurt am Main ²1973, S. 14.)

20) 成瀬治「敬虔主義の歴史的意義」（『伝統と啓蒙－近世ドイツの思想と宗教－』法政大学出版局，1988年）p.60.

21) Dann, Otto: Nation und Nationalismus in Deutschland 1770-1990 (1993), München ²1994, S. 40.

22) s. Koechly, Hermann: Zur Gymnasialreform. Theoretisches und Praktisches,

Dresden u. Leipzig 1846, S. 90.

23) Kaiser, G.: a. a. O., S. 6.

24) 敬虔主義において「人間はもはや無条件に神へ方向付けられているのではなく，神が人間へ関係付けられ」(A. a. O., S. 7.)，敬虔主義は「宗教的な個人主義」(Greschat, Martin: Orthodoxie und Pietismus. Einleitung, in: Gestalten der Kirchengeschichte, hrsg. v. Martin Greschat, Stuttgart/Berlin/Köln 1983, Bd. 7, S. 33.) へ寄与した．

25) Selbmann, Erhard: Die gesellschaftlichen Erscheinungsformen des Pietismus hallischer Prägung, in: 450 Jahre Martin-Luther-Universität Halle-Wittenberg, Halle 1952, Bd. 2, S. 66.

26) 「フランケ流の敬虔主義は，このようにして（プロイセンの王侯貴族との結び付きが強まったことから）プロイセン主義の酵素となる．」(Kaiser, G.: a. a. O., S. 39.)

27) 「そもそも人間が神を（啓蒙主義のように）匿名の世界法則の遠さにおいて，あるいは（敬虔主義のように）自らの魂の内面性において解消するか，人間の自己意識が（啓蒙主義のように）自己決定，あるいは（敬虔主義のように）選ばれ召命されたという感情によって表現されるか，という相違は小さい．(中略) 啓蒙主義と敬虔主義においても，結局のところ“人間中心的な anthropozentrisch”世界像が成立する．」(A. a. O., S. 46.)「宗教的・世俗的な改革の熱意は，非常にしばしば近接している．敬虔主義者と啓蒙主義者の間の接触は，彼らの伝記から容易に示すことができる．」(A. a. O., S. 13f..)

28) 成瀬治「初期啓蒙主義における理性と信仰ークリスティアン＝トマジウスの哲学・倫理思想をめぐってー」(前掲書所収) p.66. s. Paulsen, F.: a. a. O..

29) Doppermann, Klaus: August Hermann Francke, in: Gestalten der Kirchengeschichte, a. a. O., S. 252.

30) Schulze, Hagen: Der Weg zum Nationalstaat. Die deutsche Nationalbewegung vom 18. Jahrhundert bis zur Reichsgründung, München 1985, S. 59f..

31) A. a. O., S. 61.

32) Ziegler, Theobald: Geschichte der Pädagogik, mit besonderer Rücksicht auf das höhere Unterrichtswesen, München 1895, S. 195f., 212. ハレの敬虔主義の教育施設出身の牧師であるヨーハン・ユリウス・ヘッカー (Johann Julius Hecker) は，1747年に実科の教授を目的とする経済数学実科学校をベルリンに設立し，実科教育と人間形成の両立を目指した．

33) フリードリヒ２世やツェードリッツは，ネオロギーを宗教的な事柄について民衆の理性的な啓蒙を促進する手段として庇護した．(Schoeps, Hans-Joachim: Deutsche Geistesgeschichte der Neuzeit. Von der Aufklärung zur Romantik, Bd. 3, Mainz 1978, S. 102.)「彼（ゼムラー）はネイションの生においてキリスト教に対する精神的な指導性を，それを生き生きと進歩する運動の力，あらゆる健全な理性と調和する力へと高めることによって保証しようと試みる．」(Hirsch, Emanuel: Geschichte der neuern evangelischen Theologie im Zusammenhang mit den allgemeinen Bewegungen des

europäischen Denkens, Gütersloh 1952, Bd. 4, S. 49.)

34) Lessing, Gotthold Ephraim: Hamburgische Dramaturgie (1767-1769), in: Werke, hrsg. v. Herbert G. Göpfert, München 1970-1979, Bd. 4, S. 605-610.

35) A. a. O., S. 399-414.

36) Lessing, Gotthold Ephraim: Anti-Goeze•I, D. i. Notgedrungener Beiträge zu den freiwilligen Beiträgen des Hrn. Past. Goeze Erster (1778), in: Werke, a. a. O., Bd. 8, S. 162.

37) Herder, Johann Gottfried: Von Deutscher Art und Kunst. Einige fliegende Blätter. II. Shakespeare (1773), in: Sämmtliche Werke, a. a. O., Bd. 5, S. 214f., 226f..

38) Herder, Johann Gottfried: Ueber die neuere Deutsche Litteratur. Eine Beilage zu den Briefen, die neueste Litteratur betreffend (1766, 1767), in: a. a. O., Bd. 1, S. 365.

39) Herder, Johann Gottfried: Zerstreute Blätter. Vierte Sammlung (1792), in: a. a. O., Bd. 16, S. 495.

40) 「私たちは私たちの民族と同じものでしょうか．そもそも民族とはいったい何のことでしょう．キリスト教徒やユダヤ教徒は，人間である前にキリスト教徒やユダヤ教徒なのでしょうか．」(Lessing, Gotthold Ephraim: Nathan der Weise [1779], in: Werke, a. a. O., Bd. 2, S. 253.)

41) s. Menschheit, in: Geschichtliche Grundbegriffe, Historisches Lexikon zur politisch-sozialen Sprache in Deutschland, hrsg. v. Otto Brunner, Werner Conze, Reinhart Koselleck, Stuttgart 1972-1997, Bd. 3, S. 1093. ヘルダーによれば，「人間はある仕方で地上における彼自らの神である．彼は地上における人間化された神」(Herder, Johann Gottfried: Fragmente zu einer "Archäologie des Morgenlandes" [1769], in: Sämmtliche Werke, a. a. O., Bd. 6, S. 64. s. a. a. O.: Die Schöpfung. Ein Morgengesang [1773], in: a. a. O., Bd. 29, S. 443.) であり，彼は「宗教は最高の人間性を現す」(A. a. O. Ideen zur Philosophie der Geschichte der Menschheit [1785], in: a. a. O., Bd. 13, S. 363.)，と主張した．s. Scholtz, Gunter: Die theologischen Probleme des Klassik-Begriffs, in: Über das Klassische, hrsg. v. Rudolf Bockholdt, Frankfurt am Main 1987, S. 16.

42) Schmidt, Martin: Pietismus, Stuttgart/Köln/Berlin/Mainz 1984, S. 148.

43) s. Rüdiger, H.: a. a. O., S. 161f., 166. Rehm, Walther: Griechentum und Goethezeit. Geschichte eines Glaubens (1935), Leipzig ^{2}1938, S. 40f..

44) Buck, August: Humanismus. Seine europäische Entwicklung in Dokumenten und Darstellungen, Freiburg/München 1987, S. 348f..

45) Brief Winckelmanns an Berendis vom 15. May (sic) 1758, in: Briefe, in Verbindung mit Hans Diepolder, hrsg. v. Walther Rehm, Berlin 1952, S. 368.

46) Rüdiger, H.: a. a. O., S. 188f..

47) Fuhrmann, Manfred: Winckelmann, ein deutsches Symbol, in: Brechungen, a. a. O., S. 156. Rehm, W.: a. a. O., S. 270-272.

48) Schadewald, Wolfgang: Winckelmann als Exzerptor und Selbstdarsteller, in: Hellas und Hesperien. Gesammelte Schriften zur Antike und zur Neueren Literatur, Zürich-Stuttgart 1960, S. 653-657. s. Wohlleben, Joachim: Die Sonne Homers. Zehn Kapitel deutscher Homer-Begeisterung von Winckelmann bis Schliemann, Göttingen 1990, S. 13.
49) Schadewaldt, W.: a. a. O., S. 655.
50) 注27において，啓蒙主義と敬虔主義を共に「人間中心的 anthropozentrisch」とする見解を引用したが，この anthropozentrisch は「humanistisch 人文主義的」と同義と見なされている．(Jäger, Werner: Humanismus und Theologie, Heidelberg 1960, S. 53.)
51) 「我々（ドイツ人）は本来ある枠と言語を持ち，1人の共通の支配者に服し，我々の同じ政治体制，権利と義務を決定する法に服し，自由への共通の大きな関心によって結び付き，1世紀以上ナショナルな集まりでこうした目的へと統一され，内的な力と強さにおいてヨーロッパ第1の帝国であり，その王冠はドイツの支配者の上に輝くべきでありながら，しかし現状が示すとおり，我々は数世紀にわたって政治体制上の謎の存在，隣国のつけねらう略奪対象，嘲笑の標的となってしまい，世界史の中では卓越しながらも我々の仲間同士はばらばらで，おのれの名の気高さには鈍感となり，（中略）偉大で幸福になる可能性はあるのに，実際には非常に憐れむに値する軽蔑された民族になってしまった．」(Moser, Friedrich Carl von: Von dem Deutschen Nationalgeist, Leipzig 1766, S. 5f..)
52) 序の注 8 を参照．
53) 「私（ヒュペーリオン）はドイツ人ほど分裂した民族を考えることができない．君は職人を見るが，人間を見ない．思索家を見るが，人間を見ない．僧侶を見るが，人間を見ない．主人と奴隷，若者と分別のある人々を見るが，人間を見ない．それは手と腕とあらゆる器官が上下にばらばらに横たわり，他方で流された生き生きとした血が砂の上で乾こうとしている戦場を思わせはしないか．」(Hölderlin, Friedrich: Hyperion oder der Eremit in Griechenland, in: Sämtliche Werke und Briefe, hrsg. v. Jochen Schmidt, Bd. 2, Frankfurt am Main 1994, S. 168.)
54) 「機械論対有機体論」という対立概念がドイツ独自のものを規定するために用いられ始めたことは，18世紀ドイツにおいてナショナルなものの形成が社会の様々な分野において試みられていたという事実からも理解できるであろう．例えば，当時ドイツの学者がラテン語の学術語をドイツ語へ翻訳することを試み，彼らにとって異質であったローマ・ラテン的な思考様式から脱却するために骨を折ったのは周知の事実である（『独羅対照学術語彙辞典』麻生建ほか編，哲学書房，1989年，pp.XXIV-XXV.）．ドイツ人が外来語を導入する際に，できるだけ歴史的な根源に遡ってドイツ語の訳語を充てる試みも18世紀に始まった．有名なのはヨアヒム・ハインリヒ・カンペ（Joachim Heinrich Campe）による企てである．(Campe, Joachim Heinrich: Vorrede zur ersten Ausgabe [1800], Wörterbuch zur Erklärung und Verdeutschung der unserer

Sprache aufgedrungenen fremden Ausdrücke. Neue stark vermehrte und durchgängig verbesserte Ausgabe [1813], Hildesheim/New York 1970, S. VII.)

55) 第二次世界大戦後のドイツにおいて東方からのドイツ避難民の統合政策をめぐって，ドイツ連邦共和国の関係者は自らの統合政策を「有機体的 organisch」と見なす一方，ドイツ民主共和国の統合政策を「機械的 mechanisch」と見なして批判した（s. Die Vertriebenen in Westdeutschland, ihre Eingliederung und ihr Einfluß auf Gesellschaft, Wirtschaft, Politik und Geistesleben, hrsg. v. Eugen Lemberg, Friedrich Edding in Verbindung mit Max Hildebert Boehm, Bonn 1959, S. 35. この教示を川喜田敦子氏に感謝する）．

56) Paulsen, F.: a. a. O., Bd. 2, S. 191.

57) Mayr, Otto: Authority, Liberty & Automatic Machinery in Early Modern Europe, Baltiomore/London 1986, p. 55.

58) Jauß, Hans Robert: Ursprung und Bedeutung der Fortschrittsidee in der ›Querelle des Anciens et des Modernes‹, in: Die Philosophie und die Frage nach dem Fortschritt, hrsg. v. Helmut Kuhn u. Franz Wiedmann, München 1964, S. 67.

59) Mayr, O.: op. cit., p. 57.

60) Ibid., p. 77.

61) Paulsen, F.: a. a. O..

62) Mayr, O.: op. cit., p. 108.

63) Ibid., p. 118.

64) Ibid., p. 115.

65) Organ, in: Geschichtliche Grundbegriffe, a. a. O., Bd, 4, S. 558.

66) Kant, Immanuel: Kritik der Urtheilskraft, in: Gesammelte Schriften, hrsg. v. der Königlich Preußischen Akademie der Wissenschaften, Berlin 1903-, Bd. 5, Kap. 65, S. 373f..「（前略）有機化された存在者は，単なる機械ではない．というのも，後者はただ動かす力を持っているに過ぎないのに対して，前者は自らの中に形成する力を持っているからである（後略）．」（A. a. O., S. 374.）

67) Paulsen, F.: a. a. O., S. 191f..

68) この「他律あるいは自律としての神律」という捉え方については，金子晴勇『エラスムスとルター　16世紀宗教改革者の2つの道』（聖学院大学出版会，2002年）p.235. を参照．

69)「有機体論的な民族論の中には宗教的なモチーフが含まれていた．このモチーフは，例えば（敬虔主義者であった）ツィンツェンドルフ（Zinzendorf）による血と傷の神秘主義の姿がクロプシュトックの『ヘルマンの戦い』の中の戦闘の描写へと入り込んだ点に現れた．しかしこのモチーフは，さらにオルガニズムの本質的なものまで深く達している．18世紀におけるオルガニズム観は，ドイツの神秘主義と汎神論の伝統から成長した．そこでは聖霊と非合理的なものが歩み寄り，啓蒙の克服が試みられ始めた．」（Jacobs, M.: a. a. O., S. 99.）ルターはパウロに倣ってキリスト者の共同体を有機体に

喩えており（Luther, M.: a. a. O., S. 410.），「ベーメの教説の継承者として敬虔主義は，近代ドイツの精神史において有機体的－ダイナミックな生の解釈の最も重要な担い手となった」(Kaiser, G.: a. a. O., S. 12, s. S. 257f..)．

70) Plessner, H.: a. a. O., S. 62f..

71) Kaiser, G.: a. a. O., S. 228.

72) Jacobs, M.: a. a. O., S. 100.

73) 「マタイによる福音書17-20」(『聖書』，前掲書)，「マルコによる福音書 4 －26～29」（同上）を参照．

74) Herder, Johann Gottfried: Briefe zu Beförderung der Humanität. Zehnte Sammlung Brief 116 (1797), in: Sämmtliche Werke, a. a. O., Bd. 18, S. 248-251.

75) Winckelmann, Johann Joachim: Geschichte der Kunst des Altertums (1764), Darmstadt 1972, S. 158.

76) s. König, Rêne: Vom Wesen der Deutschen Universität, Berlin 1935, S. 19.

77) Grube, Kurt: Die Idee und Struktur einer rein-menschlichen Bildung. Ein Beitrag zum Philanthropismus und Neuhumanismus, Bd. 1, Halle 1934, S. 20.

78) Dann, O.: a. a. O., S. 43.

79) Niethammer, Friedrich Immanuel: Der Streit des Philanthropinismus und Humanismus in der Theorie des Erziehungs-Unterrichtes unsrer Zeit, Jena 1808, S. 7-9.

80) Paulsen, F.: a. a. O., S. 6, 44f.. ヘルダーは以下のように記している．「人間の友たるものは，ラテン語学校という名によって人目を引く学校の様子を見ると，ため息をつかざるを得ないであろう．それは最初の若者の意気を阻喪させ，最初の新鮮な力を抑え，才能を塵へ埋もらせ，（中略）教師と学生を奴隷的な作業によって短期間に消耗させ，だめにする以外の何ものでもない．」(s. Herder, J. G.: Ueber die neuere Deutsche Litteratur, a. a. O., S. 380f..)

81) Friedr. Aug. Wolf über Erziehung, Schule, Universität. ("Consilia scholastica") Aus Wolf's litterarischem Nachlasse, zusammengestellt v. Wilhelm Körte, Leipzig 1835, S. 13.

82) Hentschke, Ada/Muhlack, Ulrich: Einführung in die Geschichte der Klassischen Philologie, Darmstadt 1972, S. 64f..

83) Schelsky, Helmut: Einsamkeit und Freiheit. Idee und Gestalt der deutschen Universität und ihrer Reformen, Reinbek 1963, S. 38.

84) 望田幸男『ドイツ・エリート養成の社会史　ギムナジウムとアビトゥーアの世界』（ミネルヴァ書房，1998年）p.38.

85) 「市民 Bürger」とはきわめて多義的な概念であるが，松本彰は19世紀ドイツにおける市民概念の重層化を，１）中世以来の身分的な（農民や貴族から区別された）都市市民としての規定が（労働者や貴族から区別された）市民的中産層として残存しつつ，２）法の前に平等な政治上の公民（国家市民）を形成する方向と，３）経済的に富裕で

資本主義的な階級社会の上部に立つブルジョワ（経済市民）を形成する方向へと分岐したと捉えている（松本彰「ドイツ「市民社会」の理念と現実－Bürger 概念の再検討－」［『思想』，岩波書店，1981年5月号］pp.27-42.）．この整理に倣えば，新人文主義による汎愛主義に対する批判においては，これからの叙述において明らかとなるように主に後者を1）と3）の意味での分邦主義や（直接的な）功利主義を支える市民の形成を目指すとして批判しつつも，2）の意味における市民の形成を射程に入れ，また（人間形成の副次的な結果として）3）の意味での市民の形成を容認するものであったと言える．つまり新人文主義による汎愛主義に対する批判は，市民そのものの存在に対して向けられていたわけではなく，抽象的な「人間」の現実化としての「市民」の本来のあるべき姿の取戻しを志向するものでもあった．

86）例えばヴォルフの弟子でスイスのアーラウのギュムナジウム校長であったエーファースは，新人文主義と汎愛主義の教育学の相違を以下のように特徴付けた．「（汎愛主義の教育は）悟性，感性，利益への努力，有用性志向によって性格付けられるのに対して，（新人文主義的な古典語教育の目指す）人間性は理性，人間の尊厳，真理への努力，自由，完全性を目指す．前者は単に良い暮らしへと高め，節約に慣れること，勤勉，産業，十分な儲けへの衝動，単なる職業教育，野獣性 Bestialität への教育，人間的な自己規定と自己目的性への反対，そもそも人間的なものを無視することを目指す．」（s. Joerden, Rudolf: Einleitung, in: Dokumente des Neuhumanismus I, Kleine pädagogische Texte, Bd. 17, bearbeitet von Rudolf Joerden, Weinheim [2]1962, S. 6. Evers, Ernst August: Über die Schulbildung zur Bestialität, in: a. a. O., S. 51-55.）

87）Niethammer, F. I.: a. a. O., S. 15.

88）汎愛主義者に数えられるカンペとバールトは，フランス革命や共和制に対してきわめて共感的であった．カンペはドイツにおける宗教と政治と新聞の自由への先駆者と見なされ（Leyse, Jacob Anton: Joachim Heinrich Campe, ein Lebensbild aus dem Zeitalter der Aufklärung, Braunschweig 1896, Bd. 1, S. 353.），バールトの結成したドイツ・ユニオンは彼の死後の1792年，ドイツ・ジャコバン派クラブに吸収された．（Mühlpfordt, Günter: Bahrdt und die radikale Aufklärung, in: Jahrbuch des Instituts für Deutsche Geschichte, hrsg. v. Walter Grab, Bd. 5, 1976, S. 68.）さらにトーマス・ミュンツァー（Thomas Müntzer）とバールトの類似も指摘されている．（A. a. O., S. 59.）s. Herrmann, Ulrich: Die Pädagogik der Philanthropen, in: Klassiker der Pädagogik, hrsg. v. Hans Scheuerl, München 1979, Bd. 1, S. 138f., 149, 151. 金子茂「ドイツの近代化と国民教育論の成立－(1)汎愛派教育論と国民教育論」（『国民教育の歴史と論理－欧米教育史研究序説』第一法規出版，1976年）pp.41-50.

89）ニートハンマーは汎愛主義が「機械的で技術的な器用さを過度に高く評価し」（Niethammer, F. I.: a. a. O., S. 15.），それが「人間をその世界における未来の規定へ向けて教育することを目指す」（A. a. O., S. 76.）と主張した．ヤーコプスによれば，「（新人文主義の理念に基づく）あらゆる中等学校は，それに親しんだものにとっての教育施設でなければならない，そしてそれは他の（汎愛主義の理念に基づく）工芸学校

や実業学校から，中等学校の目指す目的の普遍性によって区別されなければならない．というのは，もしも中等学校の意図が単に若者を特定の仕事や熟達さへ訓練することへと向けられ，（中略）生の営みが機械の機械主義へと還元することができるのであれば，疑いもなくあらゆる学校は後世の光に照らすと，全く不可解な仕方で設立されたことになるであろうからである．人間が単に動物と同様に土地の果実を食らい，その力をある決められた市民の行為の範囲で，こうした行為を超え出ることなしに使い尽くすのであれば，アイスキュロスが人間について語ったように，彼は神的な炎の火花を受け取る前に，見ることなしに目を与えられ，聞くことなしに耳を与えられていることになるであろう」（Jacobs, Friedrich: Zweck einer gelehrten Schule [1807], in: Dokumente des Neuhumanismus I, a. a. O., S. 32.）．s. Arnoldt, Johann Friedrich Julius: Fried. Aug. Wolf in seinem Verhältnisse zum Schulwesen und zur Paedagogik, Braunschweig 1861, Bd. 1, S. 77.

90）第3章の注55を参照．

91）ニートハンマーの著作において，新人文主義の具現する理性の王国や精神の秩序はナショナルなものであると明言されている．（Niethammer, F. I.: a. a. O., S. 58.）

92）A. a. O., S. 42f.. Jacobs, F.: a. a. O., S. 32. Evers, E. A.: a. a. O., S. 63.

93）この側面が如実に現れているのは，ニートハンマーの著作である．彼は新人文主義を「目に見えないもの，神的なもの，理念への信仰」と関係付ける一方，他方で汎愛主義は「不信仰」に由来すると見なしている．（Niethammer, F. I.: a. a. O., S. 52-54.）第2部2章の注169を参照．

94）Bödeker, Hans Erich: Die Religiosität der Gebildeten, in: Religionskritik und Religiosität in der deutschen Aufklärung, hrsg. v. Karlfried Gründer u. Karl Heinrich Rengstorf, Heidelberg 1989, S. 176f..

第2章　フリードリヒ・アウグスト・ヴォルフ

1）Landfester, Manfred: Humanismus und Gesellschaft im 19. Jahrhundert. Untersuchungen zur politischen und gesellschaftlichen Bedeutung der humanistischen Bildung in Deutschland, Darmstadt 1988, S. 52.

2）Wolfs gutachtliche Aeusserung an den Staatsrath Süvern über den Auszug aus der Anweisung über die Einrichtung der öffentlichen allgemeinen Schulen im preussischen Staate, die Unterrichtsverfassung der Gymnasien und Stadtschulen betreffend, in: Schulreform in Preußen 1809-1819. Entwürfe und Gutachten, Kleine pädagogische Texte, Bd. 30, bearbeitet v. Lothar Schweim, Weinheim 1966, S. 99-101. s. Hentschke, A./Muhlack, U.: a. a. O., S. 87.

3）ヴォルフとフンボルトの構想は，19世紀ドイツの人文主義的な教養を長期にわたってあらゆる場において決定した．（Lefèvre, Eckard: Humanismus und humanistische Bildung, in: Humanismus in Europa, mit einem Geleitwort von Helmut Engler, Heidelberg 1998, S. 33.）

4） Fuhrmann, Manfred: Friedrich August Wolf. Zur 200. Wiederkehr seines Geburtstages am 15. Februar 1959, in: Deutsche Vierteljahrsschrift für Literaturwissenschaft und Geistesgeschichte, Bd. 33, 1959, Heft 2, S. 187. Wilamowitz-Moellendorff, Ulrich von: Geschichte der Philologie (1921), Leipzig ^{3}1959, S. 48.

5） Landfester, M.: a. a. O., S. 40, 70.

6） s. Stolberg, Friedrich Leopold: Homer, in: Friedrich Leopold Graf zu Stolberg, Matthias Claudius, Deutsche National-Litteratur, Bd. 50, 2 Abt., Göttinger Dichterbund III, hrsg. v. August Sauer, Stuttgart 1895, S. 83f..

7） Blackwell, Thomas: An enquiry into the life and writings of Homer (1736), Hildesheim/New York 1976, p. 4.

8） Herder, Johann Gottfried: Volkslieder. Nebst untermischten andern Stücken. Zweiter Theil (1779), in: Sämmtliche Werke, a. a. O., Bd. 25, S. 314.

9） Körte, Wilhelm: Leben und Studien Friedr. Aug. Wolf's, des Philologen, Essen 1833, Bd. 1, S. 263-266.

10） Hehn, Victor: Homer. Vortrag gehalten zu Petersburg im Jahre 1859, in: Die Antike. Zeitschrift für Kunst und Kultur des Klassischen Altertums, Bd. 3, 1927, S. 76. s. Wolf, Friedrich August: Vorlesungen über die Altertumswissenschaft, hrsg. v. J. D. Gürtler, Leipzig 1831-1839, Bd. 2, S. 159.

11） Schadewaldt, Wolfgang: Homer und die homerische Frage, in: Von Homers Welt und Werk. Aufsätze und Auslegungen zur homerischen Frage, Stuttgart 1944, S. 15.

12） Wilamowitz-Moellendorff, U. v.: a. a. O..

13） Fuhrmann, M.: Friedrich August Wolf, a. a. O., S. 206-216.

14） Wolf, Friedrich August: Prolegomena ad Homerum sive de operum Homericorum prisca et genuina forma variisque mutationibus et probabili ratione emendandi (1795), Darmstadt 1963, Kap. VIII, S. 18f..

15） s. Elegantia, in: Historisches Wörterbuch der Rhetorik, hrsg. v. Gert Ueding, Bd. 2, Tübingen 1994, S. 1000f..

16） これは新人文主義のドグマの１つであり，モムゼンの『ローマ史』におけるキケロ批判に至るまで引き継がれたが，19世紀中期以降は再びキケロ主義の復興が見られた．第２部２章を参照．

17） ヴォルフの友人でヴァイマールのギュムナジウムの古典語教師であったカール・アウグスト・ベッティンガー（Karl August Böttinger）による以下の言葉は，『ホメロスへの序論』が同時代人に対して与えた驚愕をよく示している．「ホメロスの統一性と個人性が危機に瀕しています！　至るところで火の手が上がっています！　火を消す気のある人は誰であれ，自らの火消し桶を持って来るべきです！」(Brief Böttingers an Wolf vom 23. April 1795, in: Friedrich August Wolf. Ein Leben in Briefen, hrsg. v. Siegfried Reiter, Stuttgart 1935, Bd. 3, S. 49.)

18） Volkmann, Richard: Geschichte und Kritik der Wolfschen Prolegomena zu

Homer. Ein Beitrag zur Geschichte der Homerischen Frage, Leipzig 1874, S. 74-80. クロプシュトックは当初，拒否的な態度を取った．(s. Düntzer, Heinrich: Frauenbilder aus Goethes Jugendzeit. Studium zum Leben des Dichters, Stuttgart/Tübingen 1852, S. 124.) ヘルダーリンは『ホメロスへの序論』を知っていたが，軽蔑して沈黙したことが推測されている．(Wohlleben, Joachim: Friedrich August Wolfs Prolegomena ad Homerum in der literarischen Szene der Zeit, in: Poetica. Zeitschrift für Sprach- und Literaturwissenschaft, hrsg. v. Karl-Heinz Stierle, Bd. 28, 1996, Heft 1-2, S. 157.) 他方，ヴィーラントは同書を褒め称えた．(Körte, W.: a. a. O., Bd. 2, S. 220-224.)

19) Herder, Johann Gottfried: Homer, ein Günstling der Zeit, in: Sämmtliche Werke, a. a. O., Bd. 18, S. 420-446.

20) Wagner, Fritz: Herders Homerbild, seine Wurzeln und Wirkungen, Diss., Köln 1960, S. 225.

21) Herder, J. G.: Homer, ein Günstling der Zeit, a. a. O., S. 426.

22) Wolf, Friedrich August: Ankündigung eines Deutschen Auszugs aus Prof. Wolfs Prolegomenis ad Homerum und Erklärung über einen Aufsatz im IX. Stücke der Horen, in: Kleine Schriften in lateinischer und deutscher Sprache, hrsg. v. Gottfried Bernhardy, Halle 1869, Bd. 2, S. 727.

23) Schiller, Friedrich: Ilias, in: Werke (Nationalausgabe), hrsg. v. Julius Petersen u. Friedrich Beißner (Norbert Oellers), Weimar 1943-, Gedichte in der Reihenfolge ihres Erscheinens, 1776-1799, Tl. 1, Bd. 1, S. 259.

24) s. Brief Schillers an Goethe vom 24. October 1795, in: Schillers Werke, a. a. O., Schillers Briefe 1. 7. 1795 - 31. 10. 1796, Tl. 1, Bd. 28, S. 83. s. Brief Schillers an Wilhelm von Humboldt vom 26. October 1795, in: a. a. O., S. 85f..

25) Wohlleben, J.: a. a. O., S. 158.

26) Brief Schillers an Herder vom 4. November 1795, in: a. a. O., S. 97f..

27) Schlegel, Friedrich: Über die Homerische Poesie. Mit Rücksicht auf die Wolfischen Untersuchungen, in: Kritische Friedrich-Schlegel-Ausgabe, hrsg. v. Ernst Behler, Paderborn/München/Wien 1979, Bd. 1, S. 124f..

28) A. a. O., S. 130.

29) Wohlleben, Joachim: Die Sonne Homers, a. a. O., S. 58.

30) Schadewaldt, Wolfgang: Goethe und Homer, in: Goethestudien. Natur und Altertum, Zürich 1963, S. 132f..

31) Brief Goethes an Schiller vom 17. Mai 1795, in: Schillers Werke, a. a. O., Briefe an Schiller 25. 5. 1794 - 31. 10. 1795, Tl. 1, Bd. 35, S. 208f..

32) 「(前略)

ホメロスの名前からついに私たちを勇敢にも解放し，

さらにより完全な道へと導いてくれた人の健康のために，まずは乾杯

というのも，誰がいったい神々に，そして唯一なる者に戦いを挑んだりするだろう
とはいえ，ホメロス派の詩人の家族の一員となることは，たとえ末席に連なろうと，
よいことである」(Goethe, Johann Wolfgang von: Hermann und Dorothea, in: Gedichte 1756-1799, Bd. I/1, hrsg. v. Karl Eibl, in: Sämtliche Werke. Briefe, Tagebücher und Gespräche, Frankfurt am Main 1987, S. 622f..) s. Brief Goethes an Friedrich August Wolf vom 26. Dezember 1796, in: Goethes Brief an Friedrich August Wolf, hrsg. v. Michael Bernays, Berlin 1868, S. 91f.. Goethe, Johann Wolfgang von: Homer, in: Xenien, in: Gedichte 1756-1799, a. a. O., S. 536.

33) Wohlleben, J.: Friedrich August Wolfs Prolegomena ad Homerum in der literarischen Szene der Zeit, a. a. O., S. 165.

34) A. a. O..

35) A. a. O., S. 166.

36) Brief Goethes an Schiller vom 16. Mai 1798, in: Schillers Werke, a. a. O., Briefe an Schiller 1. 4. 1797 - 31. 10. 1798, Tl. 1, Bd. 37 I, S. 293.

37) Biedermann, Flodoard Freiherr von (Hrsg.): Goethes Gespräche. Gesamtausgabe, Leipzig 1909-1911, Bd. 2, S. 6.

38) Eckermann, Johann Peter: Gespräche mit Goethe in den letzten Jahren seines Lebens (1848), Wiesbaden 1959, S. 181. s. Goethe, Johann Wolfgang von: Homer wieder Homer, in: Gedichte 1800-1832, Bd. I/2, hrsg. v. Hendrik Birus, in: Sämtliche Werke. Briefe, Tagebücher und Gespräche, a. a. O., S. 536.

39) Bernal, Martin: Black Athena. The Afroasiatic Roots of Classical Civilization, New Brunswick 1987, p. 283.

40) Pfeiffer, R.: op. cit., p. 175. グリム兄弟（Brüder Grimm）による「自然の詩情」の構想は，ヘルダーによる民族詩の理論と並んで『ホメロスへの序論』から霊感を受けたことが指摘されている（彼らにとって匿名で集合的な作者名は伝説，メルヒェン，民謡であった）．(Homerische Frage, in: Der neue Pauly: Enzyklopädie der Antike. Rezeptions- und Wissenschaftsgeschichte, in Verbindung mit Hubert Cancik und Helmuth Schneider, hrsg. v. Manfred Landfester, Stuttgart 1999-2003, Bd. 14, S. 513.)

41) Schlegel, F.: a. a. O., S. 116.

42) Hentschke, A./Muhlack, U.: a. a. O., S. 79f..

43) 『ホメロスへの序論』は，ラッハマンが『ニーベルンゲンの歌』の校訂や作者に関する研究を行う際に，大きな助けとなった．(Stackmann, Karl: Die Klassische Philologie und die Anfänge der Germanistik, in: Philologie und Hermeneutik im 19. Jahrhundert I. Zur Geschichte und Methodologie der Geisteswissenschaften, hrsg. v. Hellmut Flashar, Karlfried Gründer, Axel Horstmann, Göttingen 1979, S. 248f..)

44) アイヒホルンの著作との類似については Wolf, Friedrich August: Prolegomena to Homer 1795, translated with introduction and notes by Anthony Grafton, Glenn W.

Most, and James E. G. Zetzel, Princeton 1985, pp. 18-26, 227-231. レッシングの著作との類似については，Schlegel, F.: a. a. O.. を参照.

45) 17世紀と18世紀初期には，キリストとホメロスがしばしば比較された．(Kirsti, Simonsuuri: Homer's original genius, Cambridge 1979, p. 149.)

46) 発展した市民社会において，芸術の理想世界と日常生活の区別が，宗教における彼岸と此岸の区別と似ており，したがって芸術という制度と宗教という制度が似た機能を果たしていることについては以下を参照．Bürger, Peter: Institution Literatur und Modernisierungsprozeß, in: Zum Funktionswandel der Literatur, hrsg. v. Peter Bürger, Frankfurt am Main 1983, S. 29. 注17，32も参照.

47) 前述したF. シュレーゲルのホメロス論の中に，フランス古典主義美学の依拠したアリストテレス（の詩論）に対する批判が見られることについては以下を参照．Wohlleben, J.: Die Sonne Homers, a. a. O., S. 57. そもそもドイツでのアリストテレスに対する反感は，彼に依拠したスコラ哲学に対する，ルターの批判へ遡る．市民的な『ヘルマンとドロテーア』は，フランス古典主義美学の影響下にあったロココ風の芸術からの解放という意義を持っていた．(Sengle, Friedrich: >Luise< von Voss und Goethes >Hermann und Dorothea<. Didaktisch-epische Form und Funktion des Homerisierens, in: Europäische Lehrdichtung. Festschrift für Walter Naumann zum 70. Geburtstag, hrsg. v. Hans Gerd Rotzer und Herbert Walz, Darmstadt 1981, S. 222.)

48) Vogt, Ernst: Homer - ein großer Schatten? Die Forschungen zur Person Homers, in: Zweihundert Jahre Homer-Forschung. Rückblick und Ausblick, hrsg. v. Joachim Latacz, Stuttgart u. Leipzig 1991, S. 370.

49) 注18を参照.

50) Wolf, Friedrich August: Prolegomena zu Homer, mit einem Vorw. über die Homerische Frage und die wissenschaftlichen Ergebnisse der Ausgrabungen in Troja u. Leukas-Ithaka, ins Deutsche übersetzt v. Hermann Muchau, Leipzig 1908.

51) 同書の特に解釈学についての見解は，考古学者のJ・A・コンラート・レヴェツォフ（J. A. Konrad Levezow）に大きな影響を及ぼした（Fuchs, Werner: Fragen der archäologischen Hermeneutik in der ersten Hälfte des 19. Jahrhunderts, in: Philologie und Hermeneutik, a. a. O., S. 202-212.）．フランス文学研究者のグスタフ・グレーバー（Gustav Gröber）とグスタフ・ケルティングス（Gustav Körtings）は19世紀後期，フランス文学研究のいわば市民権をドイツで得るためにヴォルフの同書に倣った研究の入門書を著している（Stierle, Karlheinz: Altertumswissenschaftliche Hermeneutik und die Entstehung der Neuphilologie, in: a. a. O., S. 257, 280.）．

52) Fuhrmann, Manfred: Die Klassische Philologie und die moderne Literaturwissenschaft, in: Alte Sprachen in der Krise? Analysen und Programme, Stuttgart 1976, S. 54.「1913年に至るまで，ヴォルフのプログラムや図式に基づく入門や手引きが出版され，19世紀後期における実証主義，つまり理論や概念に対する敵意にもかかわらず，自らの学科（古代学）を概念の基礎付けによって一般的に理解しようとする努力や体系的

な思考に関する記憶は，少なくとも命題として生き生きと保たれた.」(Schmidt, Peter L.: Friedrich August Wolf und das Dilemma der Altertumswissenschaft, in: “Innere und äußere Integration der Altertumswissenschaften”. Zur 200. Wiederkehr der Gründung des Seminarium Philologicum Hallense, Halle [Saale] 1989, S. 77.)

53) Wolf, Friedrich August: Darstellung der Alterthums-Wissenschaft nach Begriff, Umfang, Zweck und Werth, in: Kleine Schriften in lateinischer und deutscher Sprache, a. a. O., S. 811.

54) 注53を参照.

55) 注10を参照. 本講義は全6巻からなるとされている（Arnoldt, J. F. J.: a. a. O., S. 121.）が，第6巻は出版されなかった可能性が高い（Friedrich August Wolf. Studien, Dokumente, Bibliographie, hrsg. v. Reinhard Markner u. Giuseppe Veltri, Stuttgart 1999, S. 118. にも第6巻の記載はない).

56) s. Wolf, F. A.: Prolegomena ad Homerum, a. a. O., Kap. XX, S. 67.

57) 18世紀におけるエンツィクロペディーの内容や成立事情に関しては，以下を参照. Bitterli, Urs: Die 〉Wilden〈 und die 〉Zivilisierten〈. Grundzüge einer Geistes- und Kulturgeschichte der europäisch-überseeischen Begegnung, München 1976, S. 223-238.

58) Wolf, F. A.: Darstellung der Alterthums-Wissenschaft, a. a. O., S. 824.

59) A. a. O., S. 813.

60) A. a. O., S. 811.

61) A. a. O., S. 813.

62) Hentschke, A./Muhlack, U.: a. a. O., S. 88.

63) Boeckh, August: Encyklopädie und Methodologie der philologischen Wissenschaften (1877), hrsg. v. Ernst Bratuscheck, Leipzig ^{2}1886, S. 39. 19世紀ドイツの古典研究を代表する成果となった「ギリシャ碑文集成」と「ラテン碑文集成」の必要性は，すでにヴォルフが説いていた. (Wolf, F. A.: Darstellung der Alterthums-Wissenschaft, a. a. O., S. 855f..)

64) Wolf, F. A.: Darstellung der Alterthums-Wissenschaft, a. a. O., S. 826f..

65) A. a. O., S. 866.

66) こうしたヴォルフのオリエント観は，従来の古典研究からヘブライ学を排除した点にも現れたことが指摘されている. (Grafton, Anthony: Juden und Griechen bei Friedrich August Wolf, in: Friedrich August Wolf. Studien, Dokumente, Bibliographie, a. a. O., S. 29f..)

67) Wolf, F. A.: Darstellung der Alterthums-Wissenschaft, a. a. O., S. 817.

68) Wolf, F. A.: Vorlesungen über die Altertumswissenschaft, a. a. O., Bd. 1, S. 15.

69) Wolf, F. A.: Darstellung der Alterthums-Wissenschaft, a. a. O..

70) Wolf, F. A.: Vorlesungen über die Altertumswissenschaft, a. a. O., Bd. 2, S. 3. ここで挙げた一連の引用において文化と文明は対立的に理解されているが，当時この両者

は同義で用いられる場合が多かった．このヴォルフの引用は，文化と文明を対立的に捉える用法の最初の１つとされている．(Zivilisation, Kultur, in: Geschichtliche Grundbegriffe, a. a. O., Bd. 7, S. 728f..)

71) Wolf, F. A.: Darstellung der Alterthums-Wissenschaft, a. a. O., S. 817.

72) Wolf, F. A.: Vorlesungen über die Altertumswissenschaft, a. a. O., Bd. 1, S. 14f..

73) A. a. O., Bd. 2, S. 3.

74) A. a. O., Bd. 1, S. 15.

75) Wolf, F. A.: Darstellung der Alterthums-Wissenschaft, a. a. O.

76) Wolf, F. A.: Vorlesungen über die Altertumswissenschaft, a. a. O., Bd. 4, S. 3.

77) この(1)と同様の，心象地理を介して古典古代を規定し，対抗像の統合に人文主義のあり方を見出す試みは，アストの著作の中にも現れている．彼は古典古代の精神をアジアとヨーロッパの中間に位置付け，「この２つの地球の部分の精華をある魔法のような豊かさによって結合した」(Ast, Friedrich: Über den Geist des Altertums und dessen Bedeutung für unser Zeitalter [1805], in: Dokumente des Neuhumanismus I, a. a. O., S. 20.) ことを褒め称えた．なおヨーロッパから区別されたアジア・オリエントのあり方は，アストによって「オリエンタリズム Orientalismus」(A. a. O., S. 20f..) と名付けられている．

78) Wolf, F. A.: Vorlesungen über die Altertumswissenschaft, a. a. O., Bd. 1, S. 32.

79) Wolf, F. A.: Darstellung der Alterthums-Wissenschaft, a. a. O., S. 891f..

80) A. a. O., S. 892.

81) A. a. O., S. 891.

82) Wolf, F. A.: Vorlesungen über die Altertumswissenschaft, a. a. O., S. 14.

83) Wolf, F. A.: Darstellung der Alterthums-Wissenschaft, a. a. O., S. 883, 886.

84) Wolf, F. A.: Vorlesungen über die Altertumswissenschaft, a. a. O., S. 38.

85) 第１章の注86，本章の注73，75を参照．ところでＣ・ヴォルフのような18世紀前期ドイツの啓蒙主義者は（ヨーロッパに優る）中国文明の道徳的な進歩を顕彰したが，ここで挙げた新人文主義者によるオリエント・中国批判（s. Evers, E. A.: a. a. O., S. 61f..）は，（Ｃ・ヴォルフの系譜に位置付けられた汎愛主義流の）啓蒙主義に対する批判であったと考えることができる．

86) 「文化とはその最も深い根底において有機体化，有機体的な自然を高めること，芽を植物へと育成すること，生の展開，“教養”（中略），内部から展開するものであり，機械化の外面的な均斉，単に磨きをかけ平準化する文明の反対物である．（改行）そもそも“文明”について語るのはフランス人であり，ドイツ人は主に“文化”について語る．（中略）しかし文化のない文明は単に典型的なものの空虚さへと導き，しかし文化は個体化されると完全に典型的なものへと成長し文明へと高まることができる」(Joël, Karl: Neue Weltkultur, 1915, S. 78, 82, in: Europäische Schlüsselwörter. Wortvergleichende und wortgeschichtliche Studien, Bd. 3, Kultur und Zivilisation, München 1967, S. 331. 児島由理「第一次世界大戦における独仏知識人の言説戦争」[『比較文学・

文化論集』東京大学大学院総合文化研究科比較文学専攻，1999年，16号］pp.61-63.を参照）．この主張からは，「文化の文明に対する優位」と「文化優位の下での文明の統合」というドイツ・ナショナルな思考による2つの正当化の図式が看て取れる．フンボルトもまた後者の統合の側面に関して，「古代人（の文化）と近代人（の文明）の固有性を無二の仕方で結び付けることを，あたかもドイツの性格の最終目的と名付けることができるでしょう」（Brief W. v. Humboldts an Friedrich August Wolf vom 2. August 1797, in: Humboldt, Wilhelm von: Briefe an Friedrich August Wolf, hrsg. v. Philip Mattson, Berlin/New York 1990, S. 188.）と記していた．

87） 注67，68を参照．

88） Blättner, Fritz: Das Gymnasium. Aufgabe der höheren Schule in Geschichte und Gegenwart, Heidelberg 1960, S. 79. この引用において，文化は教養，文明は「商業・国家・治安」に対応すると考えられる．ヴォルフはルターを高く評価していた．「私は人間性という言葉によって，特に真理への愛のことを考えます．その限りでフォスも，私が知っている限りで最も偉大な，高貴な心を持つ人間の1人であり，時代の真のルターです．」（Brief Wolfs an Christian Gottfried Schütz vom 28. Februar 1796, in: Friedrich August Wolf. Ein Leben in Briefen, a. a. O., Bd. 1, S. 201.）

89） Wolf, F. A.: Vorlesungen über die Altertumswissenschaft, a. a. O., S. 13.

90） Wolf, F. A.: Darstellung der Alterthums-Wissenschaft, a. a. O., S. 883.

91） 注80を参照．

92） Wolf, F. A.: Darstellung der Alterthums-Wissenschaft, a. a. O., S. 892.

93） s. Schulze, Hagen: Staat und Nation in der europäischen Geschichte, München 1994, S. 179, 338. 19世紀におけるドイツ・「ネイションは国家的な現実ではなかったので，信じられなければならなかった．」（Schulze, H.: Der Weg zum Nationalstaat, a. a. O., S. 121.）

94） Fuhrmann, Manfred: Latein und Europa. Geschichte des gelehrten Unterrichts in Deutschland von Karl dem Großen bis Wilhelm II., Köln 2001, S. 169.

95） 関口存男は，これを「純粋理念の誇張的述語用法(1)（箇物を理念と同一視する場合）」と名付けている．（関口存男『冠詞－意味形態的背景より見たるドイツ語冠詞の研究－第一巻・定冠詞篇』［三修社，1960年］p.446.）

96） Meinecke, Friedrich: Weltbürgertum und Nationalstaat, in: Werke, hrsg. v. Hans Herzfeld, Carl Hinrichs, Walter Hofer, Bd. 5, München 1962, S. 145.

97） 第1章の注51-53を参照．

98） この不定冠詞の用法については関口による以下の説明が当てはまる．「（前略）未だ事実としては現れない事象を，或いは希望，或いは危惧，或いは覚悟，或いは目的，或いは計画，或いは単なる予想の対象として一応言葉にして表現せんとする場合（中略）に開けてくる筋路が即ち“仮構性の含みの不定冠詞”或いは“可能性の含みの不定冠詞”である．」（関口，前掲書，第二巻・不定冠詞篇，1961年，p.524.）「仮構性の含みとは？（中略）ごく手っ取り早い譬え話で行くならば，地図をひろげて見ていると，よ

く点線で道路が示してあったり，黒で印刷した上に重なって赤で印刷された部分があったりすることがある．これらは大抵，実在する山河路線その他の地形ではなくて，鉄道の予定線とか，或いはまだ予定線とすらいうことができない単なる一案とか，或いは，ことによると，予定でも案でもなく，単に地理学上の何等かの一般問題を説明せんがために仮に設けた理想の道路であったりなどする．その意味はさまざまであるが，とにかく実線で黒く出ているところは現実の地形，点線或いは赤線で示されているところは，単に考え方の中にだけあって実際には存在しない"仮構"の地形である．――言語の世界においても，こうした点線や赤線が相当必要になって来る．（中略）名詞（すなわち主として動作名詞）になるというと，他によい方法がないために，冠詞が其の機能を果たすのである．謂うならば，定冠詞を冠した動作名詞は地図で云えば実線の地形であり，不定冠詞を冠した動作名詞は大抵点線の地形と思って好いわけである．」（同上，pp. 525-526.）この引用に倣えば，ヴォルフは古典古代に関する歴史学的－批判的な研究によって，"仮構"の地形に譬えられるドイツ・ネイションの模範を古典古代から取り出そうとしたと言えるのではないか．

99） F. シュレーゲルによるインド（文学）研究などがそれに当たる．（cf. Said, Edward W.: Orientalism, New York 1978, p. 115.）

100） Landfester, M.: a. a. O., S. 1.

101） Grafton, Anthony: »Man muß aus der Gegenwart heraufsteigen«. History, Tradition and Tradition of Historical Thought in F. A. Wolf, in: Aufklärung und Geschichte. Studien zur deutschen Geschichtswissenschaft im 18. Jahrhundert, hrsg. v. Hans Erich Bödeker, Georg G. Iggers, Jonathan B. Knudsen, Peter H. Reill, Göttingen 1986, S. 419-423. ヴォルフはゼムラーが亡くなった後，彼の弔辞を読んだ．（Wolf, Friedrich August: Ueber Herrn D. Semlers letzte Lebenstage, in: Kleine Schriften, a. a. O., S. 710-724.）

102） Kern, Otto: Friedrich August Wolf. Hallische Universitätsreden, Bd. 25, Halle 1924, S. 34. s. Friedr. Aug. Wolf über Erziehung, Schule, Universität, a. a. O., S. 310.

103） s. Friedr. Aug. Wolf über Erziehung, Schule, Universität, a. a. O., S. 308-315.

104） Horstmann, Axel: Die "Klassische Philologie" zwischen Humanismus und Historismus. Friedrich August Wolf und die Begründung der modernen Altertumswissenschaft, in: Berichte zur Wissenschaftsgeschichte, Bd. 1, 1978, S. 57.

105） Brief Wolfs an Karl Christoph v. Hoffmann vom 6. September 1787, in: Friedrich August Wolf. Ein Leben in Briefen, a. a. O., S. 56.

106） Brief Wolfs an König Friedrich Wilhelm II. vom 5. Februar 1788, in: a. a. O., S. 62.

107） Sochatzy, Klaus: Das Neuhumanistische Gymnasium und die rein-menschliche Bildung. Zwei Schulreformversuche in ihrer weiterreichenden Bedeutung, Göttingen 1973, S. 152.

108） ただしヴォルフ自身は，新人文主義とドイツの国民形成との結び付きを準備したに

もかかわらず，教養ある改革者による国家への信仰を共有せず，自由な教養と国家による教養の強制とが折り合わないこと，また絶対主義的な管理国家と同盟することで教育改革自体が非リベラルなものとなる危険を1807年に指摘していた．（Jeismann, Karl-Ernst: Das preußische Gymnasium in Staat und Gesellschaft, Bd. 1: Die Entstehung des Gymnasiums als Schule des Staates und der Gebildeten 1787-1817［1974］, vollst. überarbeitete Aufl., Stuttgart 1996, S. 381f..）

109） s. Nipperdey, Thomas: Deutsche Geschichte 1800-1866. Bürgerwelt und starker Staat, München 1983, S. 60.

110） ヴォルフが『ホメロスへの序論』で得た名声が，古典語教育・古典研究の神学の管理からの解放，ひいては制度化に寄与したことが指摘されている．（Homerische Frage, a. a. O., S. 509f..）

111） 「全ての神々の中からたった1つの（キリスト教の）神を豊かにするために，（ギリシャ異教の）神々の世界は消え去らなければならなかったのだ」（Schiller, Friedrich: Götter Griechenlands, in: Gedichte in der Reihenfolge ihres Erscheinens, 1776-1799, a. a. O., S. 194.）

112） Arnoldt, J. F. J.: a. a. O., S. 403. ヴォルフの宗教性について，それが「特にキリスト教的な色彩を持たない，特に恩恵と救いに関するより深い見解を持たない人間性という宗教」に基づいたこと（A. a. O., S. 387.），また彼が自らの講義においてキリスト教に関する文学をほとんど取り扱わなかったことが指摘されている（Fuhrmann, M.: Latein und Europa, a. a. O., S. 133, 176.）．

113） Wohlleben, Joachim: Beobachtungen über eine Nicht-Begegnung: Welcker und Goethe, in: Friedrich Gottlieb Welcker. Werk und Wirkung, hrsg. v. William M. Calder III, Adolf Köhnken, Wolfgang Kullmann, Günther Pflug. Hermes. Zeitschrift für klassische Philologie, Einzelschriften Heft 49, Stuttgart 1986, S. 24.

114） s. Horstmann, A.: a. a. O., S. 60f..

115） ヴォルフは事柄の知識を取り扱った仕方である「古代人の学問的方法 Methode」（Wolf, F. A.: Darstellung der Alterthums-Wissenschaft, a. a. O., S. 860.）あるいは「方法的精神 der methodische Geist」（A. a. O., S. 868.）を古典語との取り組みによって習得することの中に，古典語教育・古典研究を新たに基礎付ける1つの道を見出した．

116） ヴォルフはゼムラーから神学と宗教の区別を踏襲した．（Arnoldt, J. F. J.: a. a. O., S. 396-398.）

第3章　形式的陶冶，ギリシャとドイツの親縁性

1） フンボルトは「古代，特にギリシャ古代の研究について」（Über das Studium des Alterthums, und des griechischen insbesondre），ヤーコプスは「教養学校の目的」（第1章の注89を参照），ニートハンマーは『我々の時代の教養授業における人文主義と汎愛主義の争い』（第1章の注79を参照），アストは「古典古代の精神とその我々の時代に対する意義について」（第2章の注77を参照），エーファースは「野獣性へ向けての

学校教育について」(第１章の注86を参照) を著した．

2） Paulsen, F.: a. a. O., S. 174. ヴォルフによる古典古代や古代学に関する見解は，18世紀から19世紀前半にかけての人文主義的な（ヤーコプス，ニートハンマー，ティールシュなど）学者の世界にとっての典型であったことが指摘されている．(Ohlert, Arnold: Die deutsche Schule und das klassische Altertum, Hannover 1891, S. 15.)

3） Paulsen, F.: a. a. O., S. 88. Landfester, M.: a. a. O., S. 40.

4） Gedike, Friedrich: Über den Begriff einer gelehrten Schule, Berlin 1802, S. 22. s. Gedike, Friedrich: Gesammelte Schulschriften, Berlin 1789, S. 118f..

5） Landfester, M.: a. a. O., S. 32, 43, 47.

6） Humboldt, Wilhelm von: Der Königsberger und der Litauischer Schulplan (1809), in: Werke, hrsg. v. Andreas Flitner und Klaus Giel, Stuttgart 1981, Bd. 4, S. 170.

7） Hegel, Georg Wilhelm Friedrich: Rede zum Schuljahrabschluß am 29. September 1809, in: Werke, Theorie-Werkausgabe, Frankfurt am Main 1969-1971, Bd. 4, S. 319.

8） Landfester, M.: a. a. O., S. 177.

9） s. Herder, J. G.: Briefe zu Beförderung der Humanität. Fünfte Sammlung, Brief 57, Beilage (1795), a. a. O., S. 286-289. この見解は，そもそもヘルダーの師であったハーマンを通して敬虔主義や（ベーメなど）ドイツ神秘主義に遡る．ベーメは言語を民族の個体的な精神の形態の表現と見なした．(Kaiser, G.: a. a. O., S. 259.)

10） Wolf, F. A.: Vorlesungen über die Altertumswissenschaft, a. a. O., S. 56.

11） A. a. O., S. 48.

12） A. a. O., S. 51.

13） A. a. O., S. 58.

14） A. a. O., S. 59.

15） A. a. O., S. 60.

16） Humboldt, Wilhelm von: Ueber den Nationalcharakter der Sprachen (Bruchstück), in: Werke, a. a. O., Bd. 3, S. 64. ただし精神の顕現と考えられたのは当初主にギリシャ語であり，ラテン語は精神よりもむしろ文法システムの体現として考えられ，1860年代からこうした位置付けが変化し始めた．(Landfester, M.: a. a. O., S. 175-177.)

17） Humboldt, W. v.: a. a. O., S. 43. フンボルトによれば，「言語はあたかも諸民族の精神の外的な現象である．諸民族の言語は彼らの精神であり，彼らの精神が彼らの言語であり」(Humboldt, Wilhelm von: Ueber die Verschiedenheiten des menschlichen Sprachbaues und ihren Einfluss auf die geistige Entwicklung des Menschengeschlechts [1830-1835], in: Werke, a. a. O., S. 414f..)，「言語は常に国民的に個体化された生の精神的な息吹である」(A. a. O., S. 421.)．

18） Humboldt, W. v.: Ueber die Verschiedenheiten des menschlichen Sprachbaues, a. a. O., S. 419.

19） Landfester, M.: a. a. O., S. 39. 言語は超越論的な要件ではないとする分析哲学の側からの，非分析哲学に対する批判がその１つの例である．

20） Wolf, F. A.: Vorlesungen über die Altertumswissenschaft, a. a. O., S. 31, 273, 308f..
21） Landfester, Manfred: Die neuhumanistische Begründung der Allgemeinbildung in Deutschland, in: Humanismus und Menschenbildung. Zu Geschichte, Gegenwart und Zukunft der bildenden Bewegung der Europäer mit der Kultur der Griechen und Römer, hrsg. v. Erhard Wiersing, Essen 2001, S. 221.
22） O'Boyle, Lenore: Klassische Bildung und soziale Struktur in Deutschland zwischen 1800 und 1848, in: Historische Zeitschrift, Bd. 207, 1968, Heft 3, S. 589.
23） Paulsen, F.: a. a. O., S. 400, s. S. 278.
24） Hentschke, A./Muhlack, U.: a. a. O., S. 83f..
25） 注36を参照.
26）ヴォルフの古典研究は第2章の注90に現れていたようにキリスト教の啓示と類似したエポプティー，つまり言語や事柄の知識を手段とした本質の認識を目指しており（第2部2章の注69を参照），その目的はスコラの知識体系の最終点を連想させるという.（Hentschke, A./Muhlack, U.: a. a. O., S. 85-87.）
27） 例えば以下の文章の中には，キリスト教における「精神と行為」の関わりの新人文主義への反映がよく現れている.「教養授業が子供たちを真実に熱狂へと駆り立て，彼らが世俗のことを全て忘れ，自己を軽蔑することへと慣れさせ，教養授業が子供たちに対して閑暇を利用した目に見えない世界の観照へと慣らし，精神力の真実の骨折りに対して無頓着にすることを始めれば，脅かされた若者を気にかけ，彼らを行為へ，実践へと呼びかける時である.」（Niethammer, F. I.: a. a. O., S. 88f..）
28） Paulsen, F.: a. a. O., S. 498-500.
29） この啓蒙主義的な立場に基づいて，他からの影響なしに自己形成を遂げる「独学者 Autodidakt」（Friedr. Aug. Wolf über Erziehung, Schule, Universität, a. a. O., S. 14.）や同様の自己形成を行う「ネイションとしてのギリシャ」（第2章の注78を参照）が新人文主義者によって顕彰された.
30） 両者の結び付きの例として，新人文主義とドイツ観念論の関わりが特筆される．19世紀のドイツにおいては，観念論（理想主義）が（人文主義）ギュムナジウムの原理となった.（Paulsen, F.: a. a. O., S. 558.）実際，後述する古典語教師のヤッハマンはケーニヒスベルク大学でカントの助手を務め，古典語教師のエーファース，古典研究者のヘルマンもまたカント哲学の影響下にあった．というのも，人間性や自立性を自己目的とする彼の倫理学説は，人間形成を第一義的な目標とする新人文主義の主張と重なる点があったからである．カント自身はバセドーによる汎愛主義の教育運動を一時支援し，また言語についてはほとんど哲学的な関心を示さなかったにもかかわらず，彼の哲学は汎愛主義者よりもむしろ新人文主義者に対して大きな影響を及ぼした.
31） ニートハンマーは，（霊性に依拠する）信仰と理性を明確に同一視している.（Niethammer, F. I.: a. a. O., S. 56.）
32）「我々は最近の世界の教養，我々の啓蒙，あらゆる芸術と学問の進歩から，それらが

ギリシャ人とローマ人の子供の靴を履きつぶして大きくなり，彼らの古い手引き紐から離れて成長し，自らの土台の上に立つことができると信じることは許されないのでしょうか.」(Hegel, G. W. F.: a. a. O., S. 317.)

33) アストは「汝を自然と同様に有機体化せよ」を彼の時代における教養の原則としている. (Ast, F.: a. a. O., S. 19.)

34) (アドルノに倣って) 人文主義における「非同一的なもの」が指摘されている. (Faber, Richard: Vorwort, in: Streit um den Humanismus, hrsg. v. Richard Faber, Würzburg 2003, S. 20.)

35) Anderson, Benedict: Imagined communities (1983), New York 2nd ed. [9]1999, p. 36.

36) Paulsen, F.: a. a. O., S. 58.

37) A. a. O..

38) A. a. O., S. 57-59.

39) s. Hegel, G. W. F.: a. a. O., S. 320.

40) 「言語の学習が学問に先行しなければならない. この学習が同時に学問の基礎でなければならない. そのように言語を学習すると，例えば歴史家や哲人の著作を読むことによって多くの事柄の知識を学ぶだけでない. 完全に非哲学的ではない言語の哲学的な学習は精神を形成し，精神に正しい方向を与える.」(Friedr. Aug. Wolf über Erziehung, Schule, Universität, a. a. O., S. 109.)

41) Wolf, F. A.: Vorlesungen über die Altertumswissenschaft, a. a. O., S. 38.

42) A. a. O., S. 324.

43) これと関連してヴォルフは，「我々近代人は，事柄の学問について古代人より進んでいることを否定する必要はない」(A. a. O., S. 38.) と主張している.

44) 第 2 章の注115を参照.

45) Wolf, F. A.: Darstellung der Alterthums-Wissenschaft, a. a. O., S. 829.

46) ラントフェスターは，形式的陶冶は勤勉，持久力など超ナショナルな徳を養成したと指摘している. (Landfester, M.: Humanismus und Gesellschaft, a. a. O., S. 150.)

47) O'Boyle, L.: a. a. O., S. 590.

48) Fichte, Johann Gottlieb: Politische Fragmente aus den Jahren 1807 u. 1813, in: Werke, hrsg. v. Immanuel Hermann Fichte, Berlin 1845-1846 (Nachdruck 1971), Bd. VII, S. 565.

49) s. Nipperdey, T.: a. a. O..

50) Goethe, Johann Wolfgang von: Deutschland, in: Xenien, a. a. O., S. 507.

51) Goethe, Johann Wolfgang von: Deutscher Nationalcharakter, in: a. a. O., S. 595.

52) フンボルトはギリシャの卓越性をヴィンケルマンのように単に芸術的・文化的な面のみならず，政治的・軍事的な面の中にも見出した. (Menze, Clemens: Wilhelm von Humboldts Lehre und Bild vom Menschen, Ratingen 1965, S. 157.)

53) Humboldt, Wilhelm von: Ideen zu einem Versuch, die Gränzen der Wirksamkeit des Staates zu bestimmen (1797), in: Werke, a. a. O., Bd. 1, S. 106. A. a. O.: Der

Königsberger und der Litauischer Schulplan, a. a. O., S. 191f.. 新人文主義者による古典古代（特に古代ギリシャ）やドイツの政治的なあり方に対する関心は一貫して存在し，例えばハイネ（Heyne）や彼の門下と共和制・民主制志向との関連がフランス革命後に話題となり（Schlaffer, Heinz: Poesie und Wissen. Die Entstehung des ästhetischen Bewußtseins und der philologischen Erkenntnis, Frankfurt am Mein 1990, S. 199.），ヴォルフは自らの講義の中で古代ギリシャの共和制を文化や人間性が発展する条件として好都合と見なした（Wolf, F. A.: Vorlesungen über die Altertumswissenschaft, a. a. O., S. 33.）．また彼自らジャコバン派の秘密集会に参加したことが記録されている．（Valjabec, Fritz: Die Entsethung der politischen Strömungen in Deutschland 1770–1845, Düsseldorf 1978, S. 422f..）

54) Humboldt, W. v.: Ideen zu einem Versuch, die Gränzen der Wirksamkeit des Staates zu bestimmen, a. a. O., S. 63.

55) ヴォルフは自らの古代研究が家政，農業，商業，工場，財政の改善，平時及び戦時における収益術に寄与することへの期待を仄めかしている．（Wolf, F. A.: Darstellung der Alterthums-Wissenschaft, a. a. O., S. 811.）ヤイスマンによれば，新人文主義者による汎愛主義に対する批判は商業や身分へ向けての直接的な教育，産業学校，早期の専門教育機関に対して向けられており，技術や産業や経済活動それ自体に対して向けられていたのではなかったという（ヤーコプスの後年の著作からは，自由交易や商人の身分や産業に対する信仰告白が読み取れるという）（Jeismann, K.-E.: a. a. O., S. 249f..）．s. Pöhnert, Karl: Joh. Matth. Gesner und sein Verhältnis zum Philanthropinismus und Neuhumanismus. Ein Beitrag zur Geschichte der Pädagogik im XVIII. Jahrhundert, Diss., Leipzig 1898, S. 35. Schelsky, H.: a. a. O., S. 90. また「フンボルトによる国家から自由な人間形成という初期リベラリズムの精神に明らかに負う構想は，国家秩序の変化を決然と意図する行為の見積もり Wirkungskalkül を含んだ」（Volk, Nation, in: Geschichtliche Grundbegriffe, a. a. O., S. 309.）ことが指摘されている．「（古典教養の媒介した）この自由は――あたかも政治的・社会的な状況の彼方にある――精神的で，内面的な自由であった．こうした自由は今日においてしばしば“内面への逃避”として信用を落としている．しかしこの指摘は陳腐である．政治の彼方にある自由の意味とは，人間を無視して自己目的となる政治と社会によるあらゆる専制状態を矯正する点にあった．そしてこの運動の主唱者と担い手は，実際のところ決して政治から撤退したのではなく，彼らはこの政治を超えた教養の中に新たな政治への最も強い衝動を見出したのである．」（Nipperdey, T.: a. a. O., S. 59.）

56) ゲーテの代表した立場は『古代学の叙述』において古代ギリシャ・ローマ世界の卓越性をその「学識的啓蒙」に求める見解，フンボルトの代表した立場は同書において古代ギリシャ・ローマ世界の卓越性を「学識と文明を統合した」点に求める見解に対応したと言えよう．

57) 第1章の注4を参照．

58) Brief Wolfs an König Friedrich Wilhelm II. vom 5. Februar 1788, a. a. O..

59) Gedike, F.: Über den Begriff einer gelehrten Schule, a. a. O., S. 23.
60) Hegel, G. W. F.: a. a. O., S. 317.
61) 第2章の注115を参照.
62) Sochatzy, K.: a. a. O., S. 28.
63) Niethammer, F. I.: a. a. O., S. 19.
64) 注61を参照.
65) s. Jäger, Oskar: Pflicht und Stellung des Gymnasiallehrers in Staat und Gesellschaft (1892), in: Erlebtes und Erstrebtes. Reden und Aufsätze, München 1907, S. 218.
66) Nietzsche, Friedrich: Nachgelassene Fragmente, Herbst 1869 - Herbst 1872, in: Werke. Kritische Gesamtausgabe, hrsg. v. Giorgio Colli u. Mazzino Montinari, Berlin/New York 1967- Bd. III/3, S. 253.
67) Baumgart, Franzjörg: Zwischen Reform und Reaktion. Preußische Schulpolitik 1806-1859, Darmstadt 1990, S. 49.
68) Wolf, F. A.: Darstellung der Alterthums-Wissenschaft, a. a. O..
69) Wolf, F. A.: Vorlesungen über die Altertumswissenschaft, a. a. O., S. 63.
70) 「新人文主義の高まりは以前の（カール大帝期とルネサンス期における）人文主義のように普遍的ではなく，その本来の影響下にあったのはプロテスタンティズムのドイツ」(Paulsen, F.: a. a. O., Bd. 1, S. 2, s. Bd. 2, S. 313.）であり，「ドイツでは一種の福音主義的な人文主義が他の場所に例を見ないほど成長を遂げた」(Pfeiffer, R.: op. cit., p. 171.).
71) Jeismann, Karl-Ernst: Das preußische Gymnasium in Staat und Gesellschaft, Bd. 2: Höhere Bildung zwischen Reform und Reaktion 1817-1859, Stuttgart 1996, S. 31. ティールシュは，19世紀前半のバイエルンに新人文主義的な古典語教育・古典研究を普及させる過程で大きな反対に遭遇し，暗殺未遂の難を受けた.（Bayern, in: Der neue Pauly, a. a. O., Bd. 13, S. 439.）同様の理由から，19世紀を通じて（人文主義）ギュムナジウムへ通う子弟の割合がカトリックの家庭の場合プロテスタントの家庭と比べて（かなり）低かったこと（いわゆる「カトリックの教養の欠如」）も説明できよう.（s. Jeismann, K.-E.: a. a. O., S. 402-412.）
72) 「そしてギリシャは特に我々（ドイツ人）を，その驚くべき同質性において，我々自身を越えて，しかし我々の道において高めました.」(Roethe, Gustav: Humanistische und nationale Bildung, eine historische Betrachtung, Berlin 1906, S. 29.）「我々（ドイツ人）は今やギリシャ人を知っていると言っても，過言ではないでしょう.（中略）ドイツ人の労働は，このギリシャ人を知るという点の中に最善の行為を果たしました.我々は，ドイツ人であるがゆえにギリシャ人の魂を見抜く能力を授かったのです．というのも，この両者の間の深い内的な親縁性は現れ，さらに明らかになるであろうからです.」(Wilamowitz-Moellendorff, Ulrich von: Griechen und Germanen [1923], in: Reden und Vorträge, Bd. 2, Berlin 1925, S. 107.)
73) 1600年頃から1775年に至るまでの間，ギリシャ語で著された見るべき蔵書がドイツ

の図書館には所蔵されていないことが指摘されている．(Fuhrmann, M.: Latein und Europa, a. a. O., S. 77.)

74) Wood, Robert: An Essay on the Original Genius of Homer (1769 and 1775), Hildesheim/New York 1976, p. 156.

75) Paulsen, F.: a. a. O., Bd. 1, S. 313.

76) A. a. O., Bd. 2, S. 25f..

77) Schroeter, Adalbert: Geschichte der deutschen Homer-Uebersetzung im XVIII. Jahrhundert, Jena 1882, S. 12.

78) A. a. O., S. 12-17.

79) Landfester, M.: Humanismus und Gesellschaft, a. a. O., S. 86. s. Brief W. v. Humboldts an Schiller vom 22. September 1795, in: Schillers Werke, Briefe an Schiller 25. 5. 1794 - 31. 10. 1795, Tl. 1, Bd. 35, a. a. O., S. 349.「ドイツ人はギリシャ人の教養をまずは忠実に把握し，それを深く感じたという明白な功績を持つ．しかし同時にドイツ人の言葉の中には，そこでその良い影響を学者の集まりを超えてネイションのかなりの部分へ広めることのできる秘密に満ちた手段がすでに身に付いてあった（中略）．それゆえドイツ人はそれ以来，他の，はるかに近い時代やネイションよりも，比類のないより緊密で堅固な絆をギリシャ人へと結び付ける．」(Humboldt, Wilhelm von: Geschichte des Verfalls und Untergangs der griechischen Freistaaten [1807], in: Werke, a. a. O., Bd. 2, S. 87.)

80) Humboldt, Wilhelm von: Ueber den Charakter der Griechen, die idealische und historische Ansicht desselben, in: Werke, a. a. O., S. 65.

81) Humboldt, W. v.: Über das Studium des Alterthums, und des griechischen insbesondre, a. a. O., S. 19.

82) Meinecke, F.: a. a. O., S. 54.

83) Humboldt, Wilhelm von: Das achtzehnte Jahrhundert, in: Werke, a. a. O., S. 423.

84) Humboldt, W. v.: Über das Studium des Alterthums, und des griechischen insbesondre, a. a. O., S. 14.

85) Passow, Franz: Die griechische Sprache nach ihrer Bedeutung in der Bildung Deutscher Jugend 1812, in: Archiv Deutscher Nationalbildung, hrsg. v. Reinhold Bernhard Jachmann/Franz Passow, Berlin 1812, mit einer Einleitung v. H. J. Heydorn (Nachdruck, Frankfurt am Main 1969), S. 115f.. フンボルトも同様の意見を主張した．(Landfester, M.: Humanismus und Gesellschaft, a. a. O., S. 86.)

86) Passow, F.: a. a. O., S. 120.

87) A. a. O., S. 115f..

88) Preuße, Ute: Humanismus und Gesellschaft. Zur Geschichte des altsprachlichen Unterrichts in Deutschland von 1890 bis 1933, Frankfurt am Main 1990, S. 9. Passow, F.: a. a. O., S. 116. こうした考えの中には，キリスト教的なモチーフも働いていたと思われる．「コリントの信徒への手紙一　13－8～12」(『聖書』，前掲書）を参照．

89) パッソーはゲーテの文芸がギリシャ語で著されたエウリピデスの文芸よりも，はるかにギリシャ的であると考えた．(Passow, Franz: Ueber die romantische Bearbeitung hellenischer Sagen [1807], in: Vermischte Schriften, Leipzig 1843, S. 107.)

90) s. Passow, F.: Die griechische Sprache nach ihrer Bedeutung in der Bildung Deutscher Jugend, a. a. O., S. 131.

91) Passow, Franz: Der Griechischen Sprache pädagogischer Vorrang vor der Lateinischen, von der Schattenseite betrachtet, in: Archiv Deutscher Nationalbildung, a. a. O., S. 352.

92) s. a. a. O., S. 337f..

93) Landfester, M.: Humanismus und Gesellschaft, a. a. O., S. 62f..

94) A. a. O., S. 37. Paulsen, F.: a. a. O., S. 7.

95) Landfester, M.: a. a. O., S. 45. ニーブールはギリシャを古代のドイツと名付けた．(s. Herbst, Wilhelm: Das classische Altertum in der Gegenwart. Eine geschichtliche Betrachtung, Leipzig 1852, S. 149f..)

96) Fichte, Johann Gottlieb: Aphorismen über Erziehung (1804), in: Werke, a. a. O., Bd. VIII, S. 355.

97) s. See, K. v.: Deutsche Germanen-Ideologie, a. a. O., S. 20. モンテスキュー『法の精神』(上)(野田良之ほか訳，岩波書店，1989年) 第11編第 6 章，p.306，第11編第 8 章，p.309.

98) Paulsen, F.: a. a. O., S. 7, s. S. 313.

99) ドイツとギリシャは共に「実践の領域では同化の才能，精神の領域では受容と同化の能力と獲得として現れる拡張性の高い度合い」(Herbst, W.: a. a. O., S. 154.) を持つことが指摘された．

100) ナポレオンに対する解放戦争の最中，ヤーコブスは次のように語った．「ギリシャはあらゆるすばらしい徳の母である自由と自主性という特質を備えていました，そして自らの境界の中に見出せないような偉大なものは何も考えることができません．しかしギリシャがローマの優位というくびきに繋がれた時，その運命はいかなるものであったのでしょうか．」(Jacobs, Friedrich: Deutschlands Gefahren und Hoffnungen [1813], in: Deutsche Reden aus den Freiheitskriegen, hrsg. v. Rudolf Ehwald, Weimar 1915, S. 57.)

101) Fuhrmann, Manfred: Querelle des Anciens et des Modernes, der Nationalismus und die Deutsche Klassik, in: Brechungen, a. a. O., S. 135f..

102) Christ, Karl: Römische Geschichte und deutsche Geschichtswissenschaft, München 1982, S. 28, 34. Parker, Harold T.: The Cult of Antiquity and the French Revolutionaries, Chicago 1937, pp. 17-36.

103) ヘルダーはローマの中に破壊的な力を認めた．(Herder, J. G.: Ideen zur Philosophie der Geschichte der Menschheit, a. a. O., S. 380-384.)

104) Christ, K.: a. a. O., S. 28f..

105) Rehm, W.: a. a. O., S. 21-25.

106) Wolf, F. A.: Vorlesungen über die Altertumswissenschaft, a. a. O., S. 34.

107) Preuße, U.: a. a. O., S. 10.

108) See, K. v.: Deutsche Germanen-Ideologie, a. a. O., S. 41. Landfester, M.: Humanismus und Gesellschaft, a. a. O., S. 142.

109) Landfester, M.: a. a. O..

110) Roethe, G.: a. a. O., S. 11.

111) s. Wolf, F. A.: Darstellung der Alterthums-Wissenschaft, a. a. O., S. 823.

第2部　19世紀の新人文主義と国民形成

第1章　国民形成コンセプトの制度的な導入とその展開（1806-48年）

1）s. Landfester, Manfred: Die neuhumanistische Begründung der Allgemeinbildung, in: Humanismus und Menschenbildung. Zu Geschichte, Gegenwart und Zukunft der bildenden Bewegung der Europäer mit der Kultur der Griechen und Römer, hrsg. v. Erhard Wiersing, Essen 2001, S. 205. s. Sochatzy, Klaus: Das Neuhumanistische Gymnasium und die rein-menschliche Bildung. Zwei Schulreformversuche in ihrer weiterreichenden Bedeutung, Göttingen 1973, S. 157.

2）具体的な改革案が取り決められ始めたのは1807年からである．(s. Jeismann, Karl-Ernst: Das preußische Gymnasium in Staat und Gesellschaft, Bd. 1: Die Entstehung des Gymnasiums als Schule des Staates und der Gebildeten 1787-1817 [1974], vollst. überarbeitete Aufl., Stuttgart 1996, S. 428.)

3）Meinecke, Friedrich: Weltbürgertum und Nationalstaat, in: Werke, hrsg. v. Hans Herzfeld, Carl Hinrichs, Walter Hofer, Bd. 5, München 1962, S. 142.

4）すでにバイエルンなどは対仏戦争での敗北をきっかけとして1801年に改革を開始していた．バイエルンでは教育面において，フランスの教育制度を範とした改革が当初は行われたが反対が多く，神聖ローマ帝国の解体を受けて王国となった翌年である1807年1月，教育行政の一元化が行われ，1808年にはニートハンマーの手によって古典語重視の教育計画が立案された．バイエルン，特にニートハンマーによる教育改革については，川瀬邦臣「バイエルンにおける1808年の学校改革構想」(『東京学芸大学紀要　第1部門　教育科学』第42集，1991年) pp.77-88.を参照．

5）s. Rehm, Walther: Griechentum und Goethezeit. Geschichte eines Glaubens (1935), Leipzig ²1938, S. 13.

6）Plessner, Helmuth: Die verspätete Nation (1935), in: Gesammelte Schriften, Bd. VI, Frankfurt am Main 1982, S. 79f..

7）Schiller, Friedrich: Die zwey Fieber, in: Xenien, in: Werke (Nationalausgabe), hrsg. v. Julius Petersen u. Friedrich Beißner (Norbert Oellers), Weimar 1943-, Gedichte in der Reihenfolge ihres Erscheinens, 1776-1799, Tl. 1, Bd. 1, S. 348.

8）Fuhrmann, Manfred: Latein und Europa. Geschichte des gelehrten Unterrichts in Deutschland von Karl dem Großen bis Wilhelm II., Köln 2001, S. 120.

9）Paulsen, Friedrich: Geschichte des gelehrten Unterrichtes in Deutschland vom Ausgang des Mittelalters bis zur Gegenwart (1885), Leipzig ³1919-1921, Bd. 2, S. 279.

10）s. a. a. O..

11）Niethammer, Friedrich Immanuel: Der Streit des Philanthropinismus und Humanismus in der Theorie des Erziehungs-Unterrichtes unsrer Zeit, Jena 1808, S. 15.

12） Schieder, Theodor: Partikularismus und nationales Bewußtsein im Denken des Vormärz, in: Staat und Gesellschaft im deutschen Vormärz 1815-1848, hrsg. v. Werner Conze, Stuttgart 1962, S. 14.

13） この用語は主に19世紀中期から，同世紀初期のドイツの状況を批判的に表現するために用いられ始め（A. a. O., S. 11.），その内容として有機体性の欠如の挙げられる場合があった（A. a. O..）．

14） Dann, Otto: Nation und Nationalismus in Deutschland, 1770-1990 (1993), München [2]1994, S. 59.

15） Fichte, Johann Gottlieb: Reden an die deutsche Nation, in: Werke, hrsg. v. Immanuel Hermann Fichte, Berlin 1845-1846 (Nachdruck 1971), Bd. VII, S. 296-311.

16） Sochatzy, K.: a. a. O., S. 42.

17） Jeismann, K.-E.: a. a. O., S. 242.

18） 望田幸男『ドイツ・エリート養成の社会史　ギムナジウムとアビトゥーアの世界』（ミネルヴァ書房，1998年）p.33.

19） Archiv Deutscher Nationalbildung, hrsg. v. Reinhold Bernhard Jachmann/Franz Passow, Berlin 1812 (Nachdruck, Frankfurt am Main 1969).

20） Brief Passows an Johannes Schulze vom 24. März 1811, in: Jeismann, K.-E.: a. a. O., S. 263.

21） Jachmann, Reinhold Bernhard: Die Nationalschule, in: Archiv Deutscher Nationalbildung, a. a. O., S. 62.

22） Jachmann, Reinhold Bernhard: Über das Verhältnis der Schule zur Welt, in: Dokumente des Neuhumanismus I, Kleine pädagogische Texte, Bd. 17, bearbeitet von Rudolf Joerden, Weinheim [2]1962, S. 96.

23） ヤッハマンは「（前略）なぜあるネイションのあらゆる個人の教育が，個人の主体の感性的かつ精神的な本性の制限された固有性への顧慮を伴う国民形成であり，またそうでなければならないのか．そして国民形成がネイションの固有性への特別な顧慮を伴う普遍的な人間形成であり，またそうでなければならないのか」(Jachmann, Reinhold Bernhard: Das Wesen der Nationalbildung, in: Archiv Deutscher Nationalbildung, a. a. O., S. 438f..）と問い，この論文の随所で個人の形成とネイションの形成の（有機体性を介した）並行的な関係について言及し（A. a. O., S. 407f., 437, 441. s. Jachmann, Reinhold Bernhard: Ideen zur National-Bildungslehre, in: Archiv Deutscher Nationalbildung, a. a. O., S. 10.），ネイションが精神的な本質であると説いている（A. a. O., S. 28f..）．「1809年から1819年にかけての新人文主義者による改革の意図は，普遍的な人間形成と国民形成の思弁的な同一化に基づいた．」(Einleitung, in: Schulreform in Preußen 1809-1819. Entwürfe und Gutachten, Kleine pädagogische Texte, Bd. 30, bearbeitet v. Lothar Schweim, Weinheim 1966, S. 10.)

24） Muhlack, Ulrich: Die Universitäten im Zeichen von Neuhumanismus und Idealismus, in: Beiträgen zu Problemen deutscher Universitätsgründungen der frühen

Neuzeit, hrsg. v. Peter Baumgart u. Notker Hammerstein, Nendeln 1978, S. 301. 1792年にはドイツ語圏に42の大学が存在したが，1818年にはその数が半数に減った．（Schelsky, Helmut: Einsamkeit und Freiheit. Idee und Gestalt der deutschen Universität und ihrer Reformen, Reinbek 1963, S. 22.）

25） Köpke, Rudolf: Die Gründung der Königlichen Friedrich-Wilhelms-Universität zu Berlin, Berlin 1860, S. 37.

26） Schelsky, H.: a. a. O., S. 46.

27） Humboldt, Wilhelm von: Ueber die innere und äußere Organisation der höheren wissenschaftlichen Anstalten in Berlin (1810), in: Werke, hrsg. v. Andreas Flitner und Klaus Giel, Stuttgart 1981, Bd. 4, S. 256f..

28） Humboldt, W. v.: a. a. O., S. 258.

29） A. a. O..

30） Wiese, Ludwig von (Hrsg.): Verordnungen und Gesetze für die höheren Schulen in Preußen, Bd. 1, 2. Abt., Berlin 1875, S. 3.（この文章は，1818年にベルリン大学の学長と評議会によって一般的な学問研究の勧めが書かれ，入学手続きの際にあらゆる学生へ渡されたものに由来する．）

31） Paulsen, F.: a. a. O., S. 266.

32） Nipperdey, Thomas: Deutsche Geschichte 1800-1866. Bürgerwelt und starker Staat, München 1983, S. 59.

33） この２人の活動については，以下を参照．Jeismann, K.-E.: a. a. O., S. 273-279.

34） s. Süvern, Johann Wilhelm: Die Reform des Bildungswesens. Schriften zum Verhältnis von Pädagogik und Politik, besorgt von Hans-Georg Große Jäger und Karl-Ernst Jeismann, Paderborn 1981, S. 119. s. Schneider, Barbara: Johannes Schulze und das preußische Gymnasium, Frankfurt am Main/Bern/New York/Paris 1989, S. 14-17.

35） Jeismann, K.-E.: a. a. O., S. 274f..

36） Unterrichtsgesetzentwurf von 1819 ausgearbeitet von J. W. Süvern, in: Schulreform in Preußen 1809-1819, a. a. O. S. 124f..

37） Paulsen, F.: a. a. O., S. 318.

38） 望田，前掲書，pp.41-44.

39） Landfester, Manfred: Humanismus und Gesellschaft im 19. Jahrhundert. Untersuchungen zur politischen und gesellschaftlichen Bedeutung der humanistischen Bildung in Deutschland, Darmstadt 1988, S. 9.

40） A. a. O., S. 9, 45. ジューフェルンによる1816年プロイセンの授業計画によれば，ギュムナジウムの10年間の課程での318時間の総授業時間数（それぞれの学年における週の授業時間数の総和）に対して古典語の授業時間数は126時間とされた．新人文主義の古典語教育においては，古代ギリシャの古代ローマに優る高い規範性が前提とされたにもかかわらず，ラテン語が形式的陶冶における機械的な修練適した点が依然として重ん

じられた．その結果ギリシャ語の授業時間数が以前と比べて増えた（50時間）とはいえ，ラテン語の授業時間数（76時間）よりも少ない状態に留まった．（Paulsen, F.: a. a. O., S. 292.）

41） Rüegg, Walter: Die Antike als Leitbild der deutschen Gesellschaft des 19. Jahrhunderts (1975), in: Bedrohte Lebensordnung. Studien zur humanistischen Soziologie, Zürich-München 1978, S. 101.

42） Paulsen, F.: a. a. O., S. 391. 彼が通ったカッセルのギュムナジウムの通信簿には，当時皇太子であった彼の父の身分，彼の宗派，生誕地などが17人の同級生と同様に記されていた．

43） ヴィラモーヴィッツ＝メレンドルフによれば，「我々（ドイツ人）の最善の人たちの多くは，民族の深みから上昇し，困窮が彼らの強さを高めた」という．（Wilamowitz-Moellendorff, Ulich von: Geschichte der Philologie [1921], Leipzig [3]1959, S. 43.）

44） s. Heydorn, Heinz Joachim: Einleitung, in: Archiv Deutscher Nationalbildung, a. a. O., S. XXXIX.

45） Jens, Walter: Republikanische Reden, München 1976, S. 9, 47–49. Paulsen, F.: a. a. O., S. 686.

46） Humboldt, Wilhelm von: Der Königsberger und der Lithauischer Schulplan (1809), in: Werke, a. a. O., Bd. 4, S. 189.「我々はギリシャ語の学習が，生まれや身分や未来の規定といった，真実の若者の教育者が決して考えるべきではない顧慮とは関わりなく，我々の全民族に対して必然的なものであると信じる．」（Passow, Franz: Die Griechische Sprache nach ihrer Bedeutung in der Bildung Deutscher Jugend [1812], in: Archiv Deutscher Nationalbildung, a. a. O., S. 132.）

47）「あらゆる階級の人々が混じり合いました．神聖な目的があらゆる場を気高くし，農夫の隣には貴族が，市民の隣には王子が立ったのです．神はこの群れと共にいました．」（Jacobs, Friedrich: Für Gott und Vaterland!, in: Deutsche Reden aus den Freiheitskriegen, hrsg. v. Rudolf Ehwald, Weimar 1915, S. 10.）

48） 1870／71年の普仏戦争においてプロイセンが勝利した後の戦勝行進は，1813年の解放戦争に参戦した老兵が列席する中で行われた．（Kupisch, Karl: Die Wandlungen des Nationalismus im liberalen deutschen Bürgertum, in: Volk - Nation - Vaterland. Der deutsche Protestantismus und der Nationalismus, hrsg. v. Horst Zilleßen, Gütersloh 1970, S. 126.）

49） Schulze, Hagen: Staat und Nation in der europäischen Geschichte, München 1994, S. 199f..

50） Stutzer, Emil: Aus Bismarcks Schulzeit, in: Neue Jahrbücher für das klassische Altertum, Geschichte und deutsche Literatur und für Pädagogik, Bd. 22, 1908, S. 173.

51） Jeismann, Karl-Ernst: Das preußische Gymnasium in Staat und Gesellschaft, Bd. 2: Höhere Bildung zwischen Reform und Reaktion 1817–1859, Stuttgart 1996, S. 314.

52） フーアマンは「新人文主義の代表者はドイツの国家的な統一への努力にほとんど関

心がなかった」(Fuhrmann, M.: a. a. O., S. 164.) と主張しているが，その反証は例えば以下のアストの言葉，「我々の時代における教養の目的は，内部の精神的な統一性が外部の公の統一へと高まり，古代の自由に形成された美しい生へ戻り，それゆえ古代をその外的な美によって再び若返らせ，より高い啓示においてその内的で精神的な教養を描くことである.」(Ast, Friedrich: Über den Geist des Altertums und dessen Bedeutung für unser Zeitalter, in: Dokumente des Neuhumanismus I, a. a. O., S. 17.)，あるいは注63，210に現れている.

53) Nipperdey, T.: a. a. O., S. 455.

54) Kraul, Margret: Das deutsche Gymnasium 1780-1980, Frankfurt am Main 1984, S. 33.

55) Boedeker, Hans Erich: Die gebildeten Stände im späten 18. und frühen 19. Jahrhundert. Zugehörigkeit und Abgrenzungen, Mentalität und Handlungspotenziale, in: Bildungsbürgertum im 19. Jahrhundert, Tl. 4, Politischer Einfluß und gesellschaftliche Formation, hrsg. v. Jürgen Kocka, Stuttgart 1989, S. 29.

56) ベッケドルフは「民主的な憲法を持つ共和国にとってそのようなこと（ジューフェルンが構想したような段階的に区切られた学校の構成－原注）はひょっとして適合するかもしれないが，それは君主制の機構とは適合しないに違いない」(Einleitung, in: Schulreform in Preußen 1809-1819, a. a. O., S. 10.) と主張した.

57) A. a. O..

58) Sochatzy, K.: a. a. O., S. 156.

59) Wolf, Friedrich August: Vorlesungen über die Altertumswissenschaft, hrsg. v. J. D. Gürtler, Leipzig 1831-1839, Bd. 3, S. 74.

60) s. Landfester, M.: Humanismus und Gesellschaft, a. a. O., S. 60.

61) Varrentrapp, Conrad: Johannes Schulze und das höhere preußische Unterrichtswesen in seiner Zeit, Leipzig 1889, S. 380-383.

62) Preuße, Ute: Humanismus und Gesellschaft. Zur Geschichte des altsprachlichen Unterrichts in Deutschland von 1890 bis 1933, Frankfurt am Main 1990, S. 11.

63) Goldsmith, Ulrich K.: Wilhelm von Humboldt. Mentor und Freund von Friedrich Gottlieb Welcker, in: Friedrich Gottlieb Welcker. Werk und Wirkung, hrsg. v. William M. Calder III, Adolf Köhnken, Wolfgang Kuhlmann, Günther Pflug. Hermes. Zeitschrift für Klassische Philologie, Einzelschriften Heft 49, Stuttgart 1986, S. 46-48. 彼はすでに1816年『ドイツの将来について』という書物を出版し，ドイツの諸領邦国家間で共通の統一憲法の制定を先駆的に説いていた．新人文主義者が三月革命前のドイツにおいて果たした政治的な役割については評価が分かれているが，例えばそれを高く評価するのが Maier, Hans: Die klassische Philologie und das Politische, in: Gymnasium. Zeitschrift für Kultur der Antike und humanistische Bildung, Bd. 76, 1969, Heft1/2, S. 210-213. であり，低く評価するのが Fuhrmann, M.: a. a. O.. である.

64) Landfester, M.: Humanismus und Gesellschaft, a. a. O., S. 77, s. S. 79. イェーガー

は，自らが三月革命の前に受けたヴュルテンベルクでの古典語授業を回顧し，それが三月革命後の古典語授業と比べて，既存の国家による政治的な要求から自由であったことを述懐している．(s. Jäger, Oskar: Politik und Schule, in: Erlebtes und Erstrebtes, München 1907, S. 224f., 236f..)

65) Landfester, M.: a. a. O..

66) Boeckh, August: Encyklopädie und Methodologie der philologischen Wissenschaften (1877), hrsg. v. Ernst Bratuscheck, Leipzig ²1886, S. 29.

67) Fuhrmann, M.: a. a. O., S. 162.

68) こうした特徴は先に触れたベッケドルフによって洞察されていた．つまり彼は人間が神の前においては平等でありながらも実際の社会においては不平等であることを認め，それどころかこの不平等性こそが国家的な秩序の基礎をなすと考えた．このような考えに立脚し，彼はジューフェルンの授業草案が（本性上ではなく実際の）「市民社会（国家社会－原注）を通じて形成される万人の普遍的な平等」を目指し，既成の君主制的な国家の基礎を覆すと見なし批判を行った．そして批判に際しては，人間の（本性上の，あるいは実際上の，という相違を問うことなく）平等という理念がすでにキリスト教の中に存在するがゆえに，改めて新人文主義的な古典語教育を導入する必要はないことが説かれたのである．「普遍的な平等というこの長い夢や妄想は，単に後に続く不平等を耐え難いものにするだけでなく，以前は同様でまとまったものを後により厳しく分け，敵対的にする．」(Beckedorffs Beurteilung des Süvernschen Unterrichtsgesetzentwurfs, in: Schulreform in Preußen 1809-1819, a. a. O., S. 227.)

69) Nipperdey, T.: a. a. O., S. 59. s. Paulsen, F.: a. a. O., S. 311.

70) Einleitung, in: Schulreform in Preußen 1809-1819, a. a. O., S. 10.

71) s. Organ, in: Geschichtliche Grundbegriffe, Historisches Lexikon zur politisch-sozialen Sprache in Deutschland, hrsg. v. Otto Brunner, Werner Conze, Reinhart Koselleck, Stuttgart 1972-1997, Bd. 4, S. 561.

72) フランス革命後のフランスあるいはアメリカ合衆国の国家体制を有機体の比喩を用いて表現することがすでに行われており，カントは暗にこれを適切な比喩として言及していた．(Kant, Immanuel: Kritik der Urtheilskraft [1790], in: Gesammelte Schriften, hrsg. v. der Königlich Preußischen Akademie der Wissenschaften, Berlin 1903-, Bd. 5, Kap. 65, S. 375.)

73) カントは有機体の中に，そこで全てが相互的に目的と手段として関係付けられる素材を見出し，それが少なくとも人間的な理性の物理的－機械的な説明方法によっては説明できないと主張した．(Kant, Immanuel: Über den Gebrauch teleologischer Principien in der Philosophie [1788], in: Gesammelte Schriften, a. a. O., Bd. 8, S. 179.)

74) s. Organ, a. a. O., S. 591.

75) Reill, Peter Hanns: Die Geschichtswissenschaft um die Mitte des 18. Jahrhunderts, in: Wissenschaften im Zeitalter der Aufklärung, hrsg. v. Rudolf Vierhaus, Göttingen 1985, S. 186.

76) 「新しい国家はそのあらゆる器官 Organ の自主性に基かなければならない．すると この国家は，この国家のあり方に固有の抵抗力と再建力を持つ生きたオルガニズムとなる.」(Paulsen, F.: a. a. O., S. 279.)

77) Ast, Friedrich: Antrittsrede zu Universität Landshut, Landshut 1808, S. 11f.. s. a. a. O..: Über den Geist des Altertums und dessen Bedeutung für unser Zeitalter, a. a. O., S. 18.

78) 「そこへ全てが関わり，そこで全てが真実の存在を持つ全体である国家は，強いられた民族共同体ではなく，個人の普遍的で自由な教養の萌芽であり，内部の生の充溢から強く燃える組織であり，その最初で最高の形態は調和と生きた美であった.」(Ast, F.: Über den Geist des Altertums und dessen Bedeutung für unser Zeitalter, a. a. O., S. 16.)

79) シラーは「しかしより高い動物的な生へと高まる代わりに，それ（古代ギリシャの初期共和制の単純な組織）は卑俗で粗野な機械装置，（中略）技巧に満ちた時計装置へと堕落し，（中略）そこでは非常に多くの，しかし死んだ部分の組み合わせから機械的な生が全体として形成される」(Schiller, Friedrich: Über die ästhetische Erziehung des Menschen in einer Reihe von Briefen [1793-1794], in: Werke, a. a. O., Tl. 1, Bd. 20, S. 330.) ことを嘆いた．フィヒテは，「その構成において自然に対して罪を犯した奇妙な芸術作品」(Fichte, Johann Gottlieb: Beitrag zur Berichtigung der Urtheile des Publicums über die französische Revolution, in: Werke, a. a. O., Bd. VI, S. 96f..) としての絶対主義的なヨーロッパの「人工的な政治的な機械」(A. a. O..) について語った．ヘーゲルにとってオルガニズムと組織は実際上，同じものを意味し，両者は同様に機械の反対物を形成した．「しかしあの悟性の国家は組織ではなく機械であり，民族は共通で豊かな生の有機体的な器官ではなく，原始的で生に貧しい多様性からなる」(Hegel, Gottfried Wilhelm Friedrich: Differenz des Fichteschen und Schellingschen Systems der Philosophie [1801], in: Werke, Theorie-Werkausgabe, Frankfurt am Main 1969-1971, Bd. 2, S. 87.). cf. Mayr, Otto: Authority, Liberty & Automatic Machinery in Early Modern Europe, Baltiomore/London 1986, pp. 164-165.

80) Organ, a. a. O., S. 587.

81) 「ドイツ的－人文主義的なプロテスタンティズムのギリシャや古代との伝統的で精神史的な絆に対して，ドイツ的－ロマン派的なカトリシズムの中世という“過去への結び付き”が対置される.」(Rehm, W.: a. a. O., S. 287.)

82) Organ, a. a. O..

83) Meyer, Ahlrich: Mechanische und organische Metaphorik politischer Philosophie, in: Archiv für Begriffsgeschichte, Bd. 13, 1969, S. 181.

84) Organ, a. a. O.. Meyer, A.: a. a. O., S. 155.

85) Organ, a. a. O..

86) A. a. O., S. 602.

87) A. a. O., S. 595.

88) A. a. O., S. 588. 本引用は特にリベラリズムの有機体観の代表として挙げられているわけではないが，このOrganの事項の説明全体から，これがリベラリズムの有機体観の代表であることは明らかである．

89) リベラリズムの思想をある意味で代表するヘーゲルは，政治的な秩序としてのオルガニズムに関して，（フランス由来とされた）市民社会の段階ではなく，それを超えた国家の段階において初めて語っている（「国家の理念は直接の現実で自らに関係する有機体であり，憲法あるいは内的な国家法として個人的な国家である」[Hegel, Georg Wilhelm Friedrich: Grundriss der Philosophie des Rechts oder Naturrecht und Staatswissenschaft im Grundrisse, in: Werke, a. a. O., Bd. 7, Kap. 259a, S. 404.]）．

90) s. Organ, a. a. O., S. 602-604.

91) A. a. O..

92) Müller, Adam: Elemente der Staatskunst (1809), hrsg. v. Jakob Baxa, Bd. 1, Jena 1922, S. 48.

93) s. Organ, a. a. O., S. 605f..

94) 「オルガニズムと見なされた個々の内容はその長い展開史において，歴史的な状況によって異なっていた．敬虔主義者にとっては教会，モーザーにとっては身分的に分割されたネイション，ヘルダーにとっては“死んだ文字”としての国家に対する民族，後期ロマン派の国制論・身分論にとっては国家自体が国家精神を持つオルガニズムであった（ノヴァーリスの場合）．フリードリヒ・ユリウス・シュタール（Friedrich Julius Stahl）の正統主義もまた，国家をオルガニズムと見なした．」(Jacobs, Manfred: Die Entwicklung des deutschen Nationalgedankens von der Reformation bis zum deutschen Idealismus, in: Volk - Nation - Vaterland, a. a. O., S. 100.)

95) 「同時に有機体という概念は，幾様にも隠喩的で政治的な用法にとって理解可能となるためには，広く無規定で，いやそれどころか十分に曖昧であった．こうした特色はこの概念に対して，様々な，部分的には互いに対立する憲法政治の立場を議論の関連点として役立たせ，それによってこの概念と関係付けることにより再びその共通の根本の前提に－内的な敵対関係を超えて－意識的に留まるような，精神的－政治的な取り組みに対する基礎と枠組みを引き渡すことを可能にした．」(Organ, a. a. O., S. 588. s. Oertzen, Peter von: Die soziale Funktion des staatsrechtlichen Positivismus, Frankfurt am Main 1974, S. 144-146, 151, 170-173.) この引用で言われている共通の根本の前提とはドイツの国民形成に対する寄与であり，この憲法政治上の有機体論の特徴は，19世紀ドイツの国民形成における有機体論に対しても広く当てはまるのではないか．

96) Organ, a. a. O., S. 595.

97) Schulze, Hagen: Der Weg zum Nationalstaat. Die deutsche Nationalbewegung vom 18. Jahrhundert bis zur Reichsgründung, München 1985, S. 120.

98) Hegel, Georg Wilhelm Friedrich: Phänomenologie des Geistes, in: Werke, a. a. O., Bd. 3, S. 12.

99) Hegel, G. W. F.: Grundriss der Philosophie des Rechts, a. a. O., S. 398. ヘーゲル

哲学がドイツの国民形成に対して及ぼした影響に関しては，Jacobs, M.: a. a. O., S. 104 -107. を参照。

100) Burckhardt, Jacob: Weltgeschichtliche Betrachtungen (1905), in: Gesammelte Werke, Basel 1956, Bd. IV, S. 125.

101) Dann, O.: a. a. O., S. 85.

102) Boeckh, August: Einleitungsrede gehalten in der öffentlichen Sitzung der Königlich Preußischen Akademie der Wissenschaften zur Feier des Leibnizischen Jahrestages am 4. Juni 1850, in: Gesammelte kleine Schriften, Leipzig 1858-1874, Bd. 2, S. 394.

103) Rotteck, Carl von: Gesammelte und nachgelassene Schriften, Bd. 4, Pforzheim 1843, S. 400.

104) Organ, a. a. O., S. 553.

105) A. a. O., S. 587.

106) ヨハネス・フォン・ミュラー（Johannes von Müller）による言葉。s. See, Klaus von: Barbar, Germane, Arier. Die Suche nach der Identität der Deutschen, Frankfurt am Main 1994, S. 96.

107) Wolf, Friedrich August: Prolegomena ad Homerum sive de operum Homericorum prisca et genuina forma variisque mutationibus et probabili ratione emendandi (1795), Darmstadt 1963, Kap. XXVIII, S. 94.

108) A. a. O., Kap. XXXI, S. 102f.. s. Vogt, Ernst: Homer - ein großer Schatten? Die Forschungen zur Person Homers, in: Zweihundert Jahre Homer-Forschung. Rückblick und Ausblick, hrsg. v. Joachim Latacz, Stuttgart 1991, S. 370.

109) Schadewaldt, Wolfgang: Homer und die homerische Frage, in: Von Homers Welt und Werk. Aufsätze und Auslegungen zur homerischen Frage, Stuttgart 1944, S. 18f.. Volkmann, Richard: Geschichte und Kritik der Wolfschen Prolegomena zu Homer. Ein Beitrag zur Geschichte der Homerischen Frage, Leipzig 1874, S. IVf..

110) s. Hehn, Victor: Homer. Vortrag gehalten zu Petersburg im Jahre 1859, in: Die Antike. Zeitschrift für Kunst und Kultur des Klassischen Altertums, Bd. 3, 1927, S. 81f..

111) Deutsches Wörterbuch von Jacob Grimm und Wilhelm Grimm, hrsg. v. der Deutschen Akademie der Wissenschaften zu Berlin, Leipzig 1956, Bd. XIV, II, S. 29. s. Sperl, Johannes: Der himmlische Vater und das irdische Vaterland, Leipzig 1934, S. 43-47.

112) Sochatzy, K.: a. a. O., S. 24. ヤッハマンはナショナルな有機体の診断者としての古典研究者を「国民形成者 Nationalbildner」と呼んでいる（Jachmann, R. B.: Ideen zur National-Bildungslehre, a. a. O., S. 27. A. a. O..: Das Wesen der Nationalerziehung, a. a. O., S. 407f..)。「人文主義者は自らを主に文化の医者にして生の衛生学者として理解した。彼は自らのために発見され自分自身で試した薬を，その薬の治癒効果を認識す

るのに人が十分に賢いかどうかに関わりなく，詩人や芸術家や，彼らを必要とする人類へと処方し，あるいはむしろ自らの病気を洗練させるのである.」(Schadewaldt, Wolfgang: Goethes Beschäftigung mit der Antike, in: Goethestudien. Natur und Altertum, Zürich 1963, S. 124.)

113) Jacobs, Friedrich: Über Humanitätsbildung. Antrittsrede, gehalten in Lyzeum zu München 7. Dezember 1807, in: Sochatzy, K.: a. a. O., S. 40.

114) ars therapeutica, Heilkunst. s. Bursian, Conrad: Geschichte der classischen Philologie in Deutschland von den Anfängen bis zur Gegenwart, München/Leipzig 1883, Bd. 2, S. 395.

115) Geschichte der Königlich Preußischen Akademie der Wissenschaften zu Berlin, im Auftrage der Akademie bearbeitet von Adolf Harnack (1900), Bd. II. 1, Hildesheim 1970, S. 376.

116) A. a. O., S. 375.

117) Lehmann, Cornelia: Die Auseinandersetzung zwischen Wort- und Sachphilologie in der deutschen klassischen Altertumswissenschaft des 19. Jahrhunderts, Diss., Berlin 1964, S. 18.

118) Boeckh, August: Rede zur Eröffnung der elften Versammlung Deutscher Philologen, Schulmänner und Orientalisten, gehalten zu Berlin am 30. September 1850, in: Gesammelte kleine Schriften, a. a. O., Bd. 2, S. 191.

119) Boeckh, A.: Encyklopädie und Methodologie der philologischen Wissenschaften, a. a. O., S. 56.

120) Boeckh, August: Ueber die Logisten und Euthynen der Athener, mit einem Vorwort und einem Anhang (1827), in: Gesammelte kleine Schriften, a. a. O., Bd. 7, S. 264.

121) Böckh, August: Die Staatshaushaltung der Athener, Berlin 1817, Bd. 2, S. 158f..

122) 「ベークは国家生活の完成した有機体性から出発する.」(Herbst, Wilhelm: Das classische Alterthum in der Gegenwart. Eine geschichtliche Betrachtung, Leipzig 1852, S. 55.)

123) Unte, Wolfhart: Berliner Klassische Philologen im 19. Jahrhundert, in: Berlin und die Antike. Architektur, Kunstgewerbe, Malerei, Skulptur, Theater und Wissenschaft vom 16. Jahrhundert bis heute, hrsg. v. Willmuth Arenhövel und Christa Schreiber, Berlin 1979, S. 18f..『ギリシャ碑文集成』の作業が始まった当時ギリシャはトルコの支配下にあったため，ギリシャ本土の碑文を写し取ることは意図されなかった.そこで，すでに印刷された資料を収録・査定することが試みられた.(Schneider, Helmuth: August Boeckh, in: Berlinische Lebensbilder. Geisteswissenschaftler, hrsg. v. Michael Erbe, Berlin 1989, S. 50.)

124) Unte, W.: a. a. O., S. 18f.. ベークは『ギリシャ碑文集成』の作業に際限がないことに間もなく気付き，1818年にすでにプロジェクトの中止を考え，弟子のミュラーに対し

て「碑文の宝庫のために労働の海が必要であれば，皆溺れてしまう」などと漏らした．（Brief Boeckhs an Karl Otfried Müller vom 25. März 1821, in: Briefwechsel zwischen August Boeckh und Karl Otfried Müller, Leipzig 1883, S. 65, 67f..）またギリシャ王国の建国（1830年）後には，当地で発掘された多くの碑文が新たな収蔵の対象となり，それが碑文集成の進展を遅くした．（Boeckh, August: Einleitungsrede gehalten in der öffentlichen Sitzung der Königlich Preußischen Akademie der Wissenschaften zur Feier des Geburtsfestes Seiner Majestät des Königs Friedrich Wilhelms III. am 4. August 1836, in: Gesammelte kleine Schriften, a. a. O., Bd. 2, S. 222f..）

125） Unte, W.: a. a. O..

126）「自らの帝国，諸民族の促進のための，アレクサンダーによる有機体化する行為．」（Droysen, Johann Gustav: Geschichte Alexanders des Großen. Nach dem Text der Erstausgabe 1833, Zürich 1984, S. 536.）

127） Busche, Jürgen: Nachwort, in: Droysen, J. G.: a. a. O., S. 586f..

128） Droysen, J. G.: a. a. O., S. 536.

129） Humboldt, Wilhelm von: Geschichte des Verfalls und Untergangs der griechischen Freistaaten (1807), in: Werke, a. a. O., Bd. 2, S. 74f., 89.

130） Schulze, H.: Staat und Nation in der europäischen Geschichte, a. a. O., S. 180.

131） Landfester, M.: Humanismus und Gesellschaft, a. a. O., S. 62.

132） s. Droysen, J. G.: a. a. O., S. 30.

133） A. a. O., S. 550f.. Demandt, Alexander: Alte Geschichte an der Berliner Universität 1810-1960, in: Berlin und die Antike, a. a. O., S. 76.

134） アレクサンダー大王は，オリエントにおける専制主義とギリシャにおける民主主義の過剰との両者を克服した人物とされた．（Droysen, J. G.: a. a. O., S. 536.）

135） ウーゼナーは19世紀ドイツにおける古典研究の趨勢をベークが代表したような「文献学の歴史学化」として捉える一方，他方でこの展開から逸れる存在としてヘルマンの古典研究を挙げ，それを「有機体的な歴史考察に関する感覚や感受性の独特の欠如」として性格付けている．（Usener, Hermann: Philologie und Geschichtswissenschaft, Bonn 1882, S. 21.）またヘルマンが依拠したイギリス・オランダ由来の古典研究に関しては，「個々の観察から規則が抽象化され，その規則が機械的に適用された」との形容もなされている．（Jahn, Otto: Gottfried Hermann, in: Biographische Aufsätze, Leipzig 1866, S. 105.）「（ベークの『アテネ人の国制』により）アテネ国家の全体的な経済の有機体性が明らかにされ，ギリシャ文明に関する現実的な見解が初めて可能となった．（中略）ヘルマンは古代世界の政治，芸術，宗教，哲学を知らず，またそれらにほとんど顧慮を払わず，歴史的な展開について理解がなかった．」（Gooch, George Peabody: History and Historians in the Nineteenth Century [1913], London [3]1920, pp. 32-34.）

136） Hermann, Gottfried: Ueber Herrn Professor Böckhs Behandlung der Griechischen Inschriften, Leipzig 1826.

137） ヘルマンはベークに対して，彼には重要でないものに対する敬虔さが欠け，したが

って碑文集成のために必要な基礎が欠けているとして批判を行った．（A. a. O., S. 25.）

138） Boeckh, August: Antikritik (gegen G. Hermanns Recension des Corpus Inscriptionum Graecarum), in: Gesammelte kleine Schriften, a. a. O., Bd. 7, S. 255-261.

139） Unte, W.: a. a. O., S. 16.

140） A. a. O., S. 48.

141） Lehmann, C.: a. a. O., S. 24.

142） Böckh, A.: Vorerinnerung, in: Die Staatshaushaltung der Athener, a. a. O., Bd. 1, S. IVf..

143） Hoffmann, Max: Zur Erinnerung an August Boeckh, Lübeck 1894, S. 6. Unte, W.: a. a. O., S. 18.

144） Koechly, Hermann: Gottfried Hermann. Zu seinem hundertjährigen Geburtstage, Heidelberg 1874, S. 23f.. s. Herbst, W.: a. a. O., S. 34.

145） Lehmann, C.: a. a. O., S. 44.

146） Hermann, G.: a. a. O., S. 8.

147） Boeckh, A.: Ueber die Logisten und Euthynen der Athener, a. a. O., S. 265.

148） A. a. O..

149） Vogt, Ernst: Der Methodenstreit zwischen Hermann und Böckh und seine Bedeutung für die Geschichte der Philologie, in: Philologie und Hermeneutik im 19. Jahrhundert I. Zur Geschichte und Methodologie der Geisteswissenschaften, hrsg. v. Hellmut Flashar, Karlfriend Gründer, Axel Horstmann, Göttingen 1979, S. 116.

150） Hermann, G.: a. a. O., S. 4.

151） Koechly, H.: a. a. O., S. 14, s. S. 130f..

152） A. a. O., S. 13.

153） Boeckh, A.: Encyklopädie und Methodologie der philologischen Wissenschaften, a. a. O., S. 55. A. a. O.: Ueber die Logisten und Euthynen der Athener, a. a. O., S. 264f..

154） Vogt, E.: Der Methodenstreit zwischen Hermann und Böckh, a. a. O., S. 117.

155） Boeckh, A.: Ueber die Logisten und Euthynen der Athener, a. a. O., S. 267f..

156） ベークは「歴史的に生産されたものは精神的なものである」と見なし，ロゴス（精神）が宿るのは言語よりも，むしろ（特に伝統によって得られた）資料（Kunde）であると考えた（Hoffmann, M.: a. a. O., S. 11.）．「啓示された言葉は実証的な知識によって置き換えられた」（Sochatzy, K.: a. a. O., S. 24.）という新人文主義の特徴は，とりわけベークの古典研究に対して当てはまるものであったと言えよう．「（ベークが『ギリシャ碑文集成』において目指した）全ギリシャ世界からの多くの碑文があって初めて，一面的な，もっぱら文学的な史料によって基礎付けられていたギリシャのあり方についての判断を次第に克服し，理想化されたギリシャ像の代わりに真実の歴史的な直観を据えることが可能となった．」（Bengtson, Hermann: Griechische Geschichte von den Anfängen bis in die römische Kaiserzeit, München 1950, S. 3.）

157) Landfester, M.: Humanismus und Gesellschaft, a. a. O., S. 37.

158) 「事柄の知識を言語の知識よりも優先すべきかどうか．否！　両者を共に．」（Friedr. Aug. Wolf über Erziehung, Schule, Universität. ［“Consilia scholastica.” ］ Aus Wolf’s litterarischem Nachlasse, zusammengestellt v. Wilhelm Körte, Leipzig 1835, S. 50.）

159) Wolf, Friedrich August: Darstellung der Alterthums-Wissenschaft nach Begriff, Umfang, Zweck und Werth (1807), in: Kleine Schriften in lateinischer und deutscher Sprache, hrsg. v. Gottfried Bernhardy, Halle 1869, Bd. 2, S. 894.

160) ベークの古典研究における総合の重視という特徴は，彼が神話と芸術を学問により総合に達する前段階と考えた点（Boeckh, A.: Encyklopädie und Methodologie der philologischen Wissenschaften, a. a. O., S. 55.）などに現れていた．こうした特徴や第２章の注28などからベークの古典研究とヘーゲル哲学の性格上の類似を指摘し得よう．

161) s. Jahn, O.: a. a. O., S. 110f..

162) Koechly, H.: a. a. O., S. 107.

163) s. Jahn, O.: a. a. O., S. 107.

164) Landfester, M.: Humanismus und Gesellschaft, a. a. O., S. 80. Koechly, H.: a. a. O., S. 53-55, 211-213, 236f..

165) Landfester, M.: a. a. O..

166) s. a. a. O., S. 132. 実際，ライプツィヒ大学の古典文献学科教授であったハウプト，O・ヤーン及び同大学の法学部教授であったモムゼンは，1849年にドイツの統一や帝国憲法の制定に賛成し，ザクセン政府を批判する活動を行った廉でライプツィヒ大学から罷免されている．しかし彼らは後年，皆プロイセンの大学の教授に任命された．（Heuss, Alfred: Theodor Mommsen und das 19. Jahrhundert, Kiel 1956, S. 30.）

167) Jahn, O.: a. a. O., 124-126. ヘルマンは1816年にザクセンの市民功労騎士十字勲章を授与され，それを誇りにしていた．（A. a. O., S. 124.）

168) Paulsen, F.: a. a. O., S. 406f.. Nerrlich, Paul: Das Dogma vom klassischen Altertum in seiner geschichtlichen Entwicklung, Leipzig 1894, S. 303.

169) Unte, W.: a. a. O., S. 19. ベークは後年に至るまでリベラリズムの立場を守り，1863年には憲法紛争を支援する抗議活動をプロイセン政府に対して行った．1862年にビスマルクが議会の議決を通すことなく軍備増強を決行しようとした際，ベルリン大学の多くの教授はそれを憲法の侵害として抗議声明を行った．その抗議声明に対して不快の念を催した政府からは，ベルリン大学の教授の自由な言論活動に対する圧迫がかけられたが，それに対してベークはこの政治闘争が頂点に達する直前に開かれたヴィルヘルム１世（Wilhelm I.）の誕生日の祝賀演説において政府に対する以下のような婉曲な批判を行った．すなわち，彼はこの演説の中で古代ギリシャ・ローマにおける学問の発展の歴史を振り返り，学問は国家の干渉を排除して研究の自由が認められることによって進歩し，ひいてはそれが国家の繁栄に対しても貢献する，と主張した．つまりベークは精神的な領域における意見の多様性に賛成し，それを制限する国家の専制的な傾向に対して異議

を唱えたのである（しかし彼は政府と公然たる対立に陥ることを避けようとしたためこの祝賀演説の出版を生前に許可せず，この演説はほぼ1世紀後の1980年になって初めて公表された）．（s. Unte, Wolfhart: August Boeckhs unveröffentliche Universitätsrede vom 22. März 1863, in: Antike und Abendland. Beiträge zum Verhältnis der Griechen und Römer und ihres Nachlebens, Bd. 26, 1980, S. 158-175, bes. S. 174.）

170） Schneider, H.: a. a. O., S. 43.

171） A. a. O., S. 42f.. Hoffmann, M.: a. a. O., S. 26.

172） Schneider, H.: a. a. O..

173） Boeckh, August: Kritik von Hüllmanns Urgeschichte des Staats (1825), in: Gesammelte kleine Schriften, a. a. O., Bd. 7, S. 236f.. ベークは1850年の祝賀演説で，奴隷制の撤廃には非常に長い時間がかかり，キリスト教徒の下でもそれが完全に消えていないことを認めつつも，人類が進歩の途上にあることについて固い確信を持つとの見解を披瀝した．（Boeckh, A.: Einleitungsrede gehalten in der öffentlichen Sitzung der Königlich Preußischen Akademie der Wissenschaften zur Feier des Leibnizischen Jahrestages am 4. Juni 1850, a. a. O..）

174） Böckh, August: Metrologische Untersuchungen über Gewichte, Münzfüße und Maße des Alterthums in ihrem Zusammenhange, Berlin 1838, S. 5. s. Reiter, Siegfried: August Böckh, in: Neue Jahrbücher für das klassische Altertum, Geschichte und deutsche Literatur und für Pädagogik, Bd. 1, 1902, S. 453.「ベークの中心的な研究と仕事は（中略）彼の主要な業績と同様に，常に古代ギリシャの政治的な面にあった．」（Herbst, W.: a. a. O., S. 99.）

175） Boeckh, August: Festrede gehalten auf der Universität zu Berlin am 15. October 1859, in: Gesammelte kleine Schriften, a. a. O., Bd. 3, S. 23-25.

176） ヘルマンを中心として集まった文献学者や学校教師は，ライプツィヒの学校を古人文主義の貴重な遺産と見なし始めた．（Paulsen, F.: a. a. O., S. 410f.. Köchly, H.: a. a. O., S. 295.）ドイツの古典研究の古い故郷はザクセン－チューリンゲン地方であり，ザクセンの学制はきわめて古く，当地にはドイツの名門（人文主義）ギュムナジウムの1つであり多くの著名な古典語教師・古典研究者を輩出したプフォルタ校があった．（s. Paulsen, F.: a. a. O., S. 15f..）

177） O・ヤーンやケッヒリーによるヘルマン伝の中では，ヘルマンのリベラルとも受け取れる態度について言及されている．（Jahn, O.: a. a. O., S. 124-126. Koechly, H.: a. a. O., S. 68f..）しかしそれはカントの理性主義の影響下にあり（Koechly, H.: a. a. O., S. 8, 56.），政治的な変革を志向する同時代のリベラリズムとは異なるものであったと考えられる．

178） Muhlack, Ulrich: Klassische Philologie zwischen Humanismus und Neuhumanismus, in: Wissenschaften im Zeitalter der Aufklärung, a. a. O., S. 97.

179） Nipperdey, Thomas: Deutsche Geschichte 1866-1918, Bd. 1, Arbeitswelt und Bürgergeist, München 1998, S. 592.

180）これは同時代の流れと並行した動きであった．当時，領邦国家の枠組みを超えた全ドイツ的な団体，結社，会議が多く結成・開催され始めた．それらの多くは学問に関する団体，結社，会議であり，ドイツの国民形成が文化的な面から始まった余韻を強く留めている．（s. Schulze, H.: Der Weg zum Nationalstaat, a. a. O., S. 73.）他方1834年にはドイツ関税同盟が結成され，2300万人以上のドイツ人がプロイセンの経済的な覇権下に置かれ，1842年までにドイツ同盟における39の諸領邦国家・都市の中から28がこの関税同盟に加わった．こうして学問上の知的な交流のみならず物資の交流も盛んとなり，後には鉄道など交通機関の発達によって，ドイツ人としての共通の意識の涵養が促進されたのである．（Nipperdey, T.: Deutsche Geschichte 1800-1866, a. a. O., S. 480.）

181）s. Nippel, Wilfried: Philologenstreit und Schulpolitik. Zur Kontroverse zwischen Gottfried Hermann und August Böckh, in: Geschichtsdiskurs. Bd. 3: Die Epoche der Historisierung, Frankfurt am Main 1997, S. 248f..

182）Paulsen, F.: a. a. O., S. 421. s. Brief Niebuhrs an Thiersch vom 20. Juni 1829, in: Friedrich Thiersch's Leben, hrsg. v. Heinrich W. J. Thiersch, Bd. 1 1784-1830, Leipzig/Heidelberg 1866, S. 351f..

183）Paulsen, F.: a. a. O..

184）A. a. O., S. 430. Utraquismusとは元来，宗教改革期に宗派対立の一因となった神学論争の用語である．

185）ヤーコプスの下で古典語教育を受けたルートヴィヒ１世は1826年にバイエルン王に即位し，彼は擬古典主義の様式による絵画館（Pinakothek）や彫刻品展示館（Glyptothek）をミュンヘンに建設させるなど，「イザール河畔のアテネ」としてのミュンヘンが成立するのに功があった．（A. a. O., S. 424.）また彼は後述するヴァルハラの建設を推し進めた．s. Bayern, in: Der neue Pauly: Enzyklopädie der Antike. Rezeptions- und Wissenschaftsgeschichte, in Verbindung mit Hubert Cancik und Helmuth Schneider, hrsg. v. Manfred Landfester, Stuttgart 1999-2003, Bd. 13, S. 439-443.

186）古典語の授業が総時間数のほぼ半数強を占め，残りの時間に地理・歴史，宗教，数学などの科目が充てられた．（Paulsen, F.: a. a. O., S. 431f..）

187）A. a. O., S. 445.

188）Weber, Max: Die protestantische Ethik und der Geist des Kapitalismus (1905), in: Gesammelte Aufsätze zur Religionssoziologie I, Tübingen 1988, S. 21f..

189）Paulsen, F.: a. a. O., S. 445.

190）Schulze, Johannes: Ueber gelehrte Schulen mit besonderer Rücksicht auf Bayern. Von Friedrich Thiersch, in: Jahrbücher für wissenschaftliche Kritik, hrsg. v. der Societät für wissenschaftliche Kritik zu Berlin, Bd. I, 1827, S. 87.

191）Paulsen, F.: a. a. O., S. 292, 405.

192）A. a. O., S. 323, 396f., 415. こうしたプロイセンのギュムナジウムの特徴が，かつての敬虔主義の教育施設における特徴と類似していたことは注目に値する．（s. Dopper-

mann, Klaus: August Hermann Francke, in: Gestalten der Kirchengeschichte, hrsg. v. Martin Greschat, Bd. 7, Stuttgart/Berlin/Köln 1983, S. 256f..)

193) Humboldt, Wilhelm von: Über das Studium des Alterthums, und des griechischen insbesondre (1793), in: Werke, a. a. O., Bd. 2, S. 6f..

194) A. a. O., S. 8.

195) Lorinser, Carl Ignatius: Zum Schutz der Gesundheit in den Schulen (1836), Berlin 1861, S. 3-7.

196) Raumer, Friedrich von: Ueber die preußische Städteordnung, nebst einem Vorwort über bürgerliche Freiheit - nach französischen und deutschen Begriffen, Leipzig 1828, S. 42f..

197) 注190を参照.

198) Schulze, J.: a. a. O., S. 100-104. シュルツェによれば，プロイセンの文教計画はギリシャの力の調和的で精神的な展開に必要なすべての知識を顧慮しているのであった.

199) ティールシュはプロイセンの文教政策の中に，本来の新人文主義の教養思想が国家の関心によって歪曲されている姿を見出した.「プロイセンは，その優れた準備対策に関する見解を持つと共に（中略），倦むことなく活動する多面性の促進者による蒸気機関と似たこうした装置において，その真実の学問性と共に真実の教養を失おうとしている.」(s. Preuße, U.: a. a. O., S. 8.) つまり彼は学校が国家という機械装置の部分と見なされること，あるいは国家という祭壇にとって必要な奉仕者である法律と治癒の告知者（法律家と医者）のみを引き渡すように制限された合目的性に対して反対したのである.

200) s. Paulsen, F.: a. a. O., S. 434. Lehmann, C.: a. a. O., S. 110.「この理想主義的な方向，秩序，教養，以前のヨーロッパの成長と存続の生と魂に，あの物質主義的な方向が対置された. この後者の方向は，外的な財産の獲得や増加や使用，それによって制限された社会的な地位や名誉に向けられているのである. こうした本性に従い，それはただ自らの目的に役立つもの，つまり外的な財産を増やしたり高貴に形成するものだけを認め，妥当させる.（中略）ヨーロッパにおける現在の教養と秩序は，もっぱら過去の古の財産の，この過去によって基礎付けられたあの（古典古代の）遺物によってのみ，そしてこの過去によって養われた傾向と確信と努力によってのみ維持され，守られている. しかしこうした遺物が外から入り込む新たな潮流の巨大な力によって完全に解体されるならば，何人も以下のことを疑ってはならない. つまり残りの構築物もまた廃墟と化し，教養の領域において妥当するあらゆる理想への努力の代わりに野蛮が，政治においては無政府状態が入り込むことを（後略).」(Thiersch, Friedrich: Ueber den gegenwärtigen Zustand des öffentlichen Unterrichts in den westlichen Staaten von Deutschland, in Holland, Frankreich und Belgien, Stuttgart/Tübingen 1838, Bd. 1, S. 7-9.)

201) 唯物論は，いわゆる下部構造が上部構造を決定するという機械的な対応関係から出立するがゆえに，機械論の現れとして批判された.

202) Landfester, M.: Humanismus und Gesellschaft, a. a. O., S. 12.

203) Paulsen, F.: a. a. O., S. 445f..

204) A. a. O., S. 479-488.
205) A. a. O., S. 489f..
206) Landfester, M.: Humanismus und Gesellschaft, a. a. O., S. 71.
207) Fuhrmann, M.: a. a. O., S. 156.
208) Paulsen, F.: a. a. O., S. 445.
209) Lehmann, C.: a. a. O., S. 34-37.
210) 1830年代以降19世紀を通じて，ドイツの「統一と自由」への示唆を含蓄した祝賀演説や研究が幾つか行われた．ドイツの「統一」に関して，ベークはアテネ覇権下のデロス・アッティカ海上同盟の結成を来たるべきプロイセン主導によるドイツの統一と重ね合わせた．(Boeckh, August: Festrede gehalten auf der Universität zu Berlin am 15. October 1849, in: Gesammelte kleine Schriften, a. a. O., Bd. 2, S. 47f..) ドイツの「自由」に関して，三月革命直前の1847年にチューリヒ大学歴史学科教授のアドルフ・W・シュミット (Adolf W. Schmidt) は『皇帝支配とキリスト教の１世紀における思想と信仰の自由の歴史』(Geschichte der Denk- und Glaubensfreiheit im 1. Jh. der Kaiserherrschaft und des Christentums, Berlin 1847.) を著した．この著書は，同時代のドイツにおいて古代ローマほどにも思想と信仰の自由が認められていないことを批判する目的で著されたと言われている．(Landfester, M.: Humanismus und Gesellschaft, a. a. O., S. 105.)
211) Jeismann, K.-E.: Das preußische Gymnasium in Staat und Gesellschaft, a. a. O., S. 27, 259.
212) Paulsen, F.: a. a. O., S. 408, 425.
213) s. Nippel, W.: a. a. O., S. 247, 252.
214) Wilamowitz-Moellendorff, U. v.: a. a. O., S. 50. ベークとヘルマンによるドイツの国民形成に対する立場の相違は，すでに触れたドイツの政治的な国民形成のメディアであるべき統一憲法と文化的な国民形成のメディアであるべき（ホメロスの二大叙事詩を範とした）国民叙事詩に対する関心の有無という点の中にも現れた．すなわち，ベークは古典古代や19世紀ドイツの憲法に対して大きな関心を注いだ一方ホメロス問題には関与しなかったのに対して，ヘルマンは前者には無関心であった一方ホメロス問題についての研究をも手がけたのである．
215) ブルジアンはヘルマン－ベーク論争の後のドイツにおける古典研究の展開を，前者の文法的－批判的な方向と後者の歴史学的－骨董的な方向に分けて考察する視点を提示した (Bursian, C.: a. a. O., S. 706f..)．本書もこの視点に依拠するが，この視点に基づくと，両者の対立は1860年代にボン大学の古典文献学科教授Ｏ・ヤーンとリッチュルの間で行われたいわゆる「ヤーン－リッチュルの争い」(「ボンの文献学者間の戦い」s. Müller, Carl Werner: Otto Jahn. Mit einem Verzeichnis seiner Schriften, Stuttgart/Leipzig 1991, S. 26-34.) へと継承されたとする見方があるかもしれない．たしかにこの２人の間には，Ｏ・ヤーンは主にベークの学統を継ぎ事柄の知識との取り組み（考古学）を重視したのに対して，リッチュルは主にヘルマンの学統を継ぎ言語の知識との取

り組みを重視した点（Hübinger, Paul Egon: Heinrich von Sybel und der Bonner Philologenkrieg, in: Historisches Jahrbuch, Jg. 83, 1964, S. 172, 182f..），あるいはヤーンはリベラリズムに依拠しドイツの「統一と自由」の達成に大きな関心を寄せていたのに比して，リッチュルの政治的な立場はきわめて保守的であった点（A. a. O., S. 172.）などから，ベークとヘルマンの間の対立と重なる面があった（リッチュルはこの争いの後，ボン大学を離れライプツィヒ大学へ赴任した）．しかし，この「ヤーン－リッチュルの争い」においては両者の学問的な立場の相違が問題となったわけではなく，むしろ両古典研究者の間の大学人事をめぐる誤解や個人的な確執から生まれたとする意見が強い（s. a. a. O., S. 176.）がゆえに，本書においては詳しい検討を行うことなく，単にその存在を指摘するに留める．なおリッチュルに師事したニーチェは『悲劇の誕生』においてヤーンに対する批判を行ったが（Nietzsche, Friedrich: Die Geburt der Tragödie aus dem Geiste der Musik, in: Werke. Kritische Gesamtausgabe, hrsg. v. Giorgio Colli u. Mazzino Motinari, Berlin 1967-［以下KGWと略］，Bd. III/1, S. 123.），この批判が1つのきっかけとなり，ヤーンに師事したヴィラモーヴィッツ＝メレンドルフが同書を批判した．このニーチェとヴィラモーヴィッツ＝メレンドルフの間の対立の中に，ヘルマン－ベーク論争の余波が見られることは注目に値する（第4部1章を参照）．

216） Landfester, M.: Humanismus und Gesellschaft, a. a. O., S. 10.

217） s. Paulsen, F.: a. a. O., S. 331f.. プロイセンのギュムナジウムでは1816年から1837年にかけて実科の学習が比較的重視され，318時間の総授業時間数から数学が60時間，自然科学が20時間教授された．(Landfester, M.: a. a. O., S. 100f..)

218） プロイセンにおいては，キリスト教が文教政策に対して影響を及ぼそうとする動きが高まる時期（1790年代，1820年頃，1840年頃）があったが，新人文主義や古典教養の伝統が対抗力となり，決定的に復古の方向へは進まなかった．「プロイセンの啓蒙主義は結局のところ，古いものの再建のために戦った古い信仰を墨守するあり方よりも強かった．」(Hirsch, Emanuel: Geschichte der neuern evangelischen Theologie im Zusammenhang mit den allgemeinen Bewegungen des europäischen Denkens, Gütersloh 1952, Bd. 5, S. 8.)

219） Fuhrmann, M.: a. a. O., S. 158f.. Cancik, Hubert: ›…die Befreiung der philologischen Studien in Württemberg - Zur Gründungsgeschichte des Philologischen Seminars in Tübingen 1838‹, in: 1838–1988. 150 Jahre Philologisches Seminar der Universität Tübingen, hrsg. v. Richard Kannicht, Tübingen 1990, S. 9f..

220） ヴォルフの死後であるが，ヘルマン－ベーク論争を念頭において「ヴォルフは後の文献学の入門についての講義の中で，（中略）事柄の文献学者と（中略）言語の文献学者の間の無意味で全く非学問的に広まった相違を，辛辣な機知を以て取り除かなければならなかった」(Körte, Wilhelm: Leben und Studien Friedr. Aug. Wolf's, des Philologen, Essen 1833, Bd. 1, S. 197f..）ことが指摘されている．

221） ヴォルフは研究者のみならず教育者としても優れており，彼の『古代学の叙述』においては（研究のための）方法論と教授法が統合され，言語（古典語）は認識のみなら

ず形成のメディアとしての役割を持つとされた．しかるにヘルマンは教授のための古代，ベークは史的な（研究のための）古代を重視したことが指摘されている（Pflug, Günther: Hermeneutik und Kritik - August Boeckh in der Tradition des Begriffspaars, in: Archiv für Begriffsgeschichte, Bd. 19, 1975, Heft 2, S. 146f..）．つまり，前者は教授の支えとなる（形成のメディアとしての言語［古典語］に基礎付けられた）確固とした古代像に依拠し，後者の古代像は（言語を認識のメディアとして捉え）歴史学的－批判的な研究によって変化する可能性を孕んでいた．この両者の立場の対立は，後年のキリスト教神学において定式化された「宣教のイエス」と「史的イエス」の対立と重なるものであったと言えよう．

222) Pfeiffer, Rudolf: Von den geschichtlichen Begegnungen der kritischen Philologie mit dem Humanismus. Eine Skizze, in: Archiv für Kulturgeschichte, Bd. XXVIII, 1966, S. 204.

223) 後年トロヤの遺跡を発掘したハインリヒ・シュリーマン（Heinrich Schliemann）がその例に当たる．s. Deuel, Leo: Heinrich Schliemann. Eine Biographie mit Selbstzeugnissen und Bilddokumenten, aus dem Amerikanischen übersetzt v. Gertrud Baruch, Frankfurt am Main 1981, S. 44.

224) Landfester, M.: Humanismus und Gesellschaft, a. a. O., S. 51f..

225) Schwab, Gustav: Die schönsten Sagen des klassischen Altertums, Stuttgart 1838-1840, 3 Bde..

226) s. Boehn, Max von: Biedermeier Deutschland von 1815-1847, Berlin 1922, S. 89-96.

227) Heisenberg, August: Der Philhellenismus einst und jetzt, München 1913, S. 15-21.

228) Landfester, M.: Humanismus und Gesellschaft, a. a. O., S. 54f..

229) Landfester, Manfred: Griechen und Deutsche: Der Mythos einer ›Wahlverwandtschaft‹, in: Mythos und Nation. Studien zur Entwicklung des kollektiven Bewußtseins in der Neuzeit 3, hrsg. v. Helmut Berding, Frankfurt am Main 1996, S. 215.

230) このギリシャ独立戦争をかつての十字軍の続行として捉えた人物もいた．ライプツィヒ大学の哲学科教授であったヴィルヘルム・トラウゴット（Wilhelm Traugott）は「ギリシャの再生．復活祭へ向けてのイースターのプログラム」という最初のパンフレットを以て神聖同盟に訴え，不信仰なトルコ人に対して自由のために戦うキリスト教の戦士を支援することを期待したが，無駄であった．また説教壇に立つ牧師が同様の要求を自らの教会に対しても行い，ギリシャ人のために祈禱を捧げた（s. Buck, August: Humanismus. Seine europäische Entwicklung in Dokumenten und Darstellungen, München 1987, S. 363.）記録も残っている．こうした試みもまた，人文主義がキリスト教に代わって，あるいはそれと並んでドイツ・ヨーロッパ世界の同一性を非ヨーロッパ世界に対して保証する役割を担いつつあったことを示している．

231） Brief Kurd von Schloezers an Theodor Curtius (Februar 1844), in: Ernst Curtius. Ein Lebensbild in Briefen, hrsg. v. Friedrich Curtius, Berlin 1903, S. 314-316.

232） Nipperdey, Thomas: Nationalidee und Nationaldenkmal in Deutschland im 19. Jh., in: Historische Zeitschrift, Bd. 206, 1968, Heft 3, S. 552-555. このヴァルハラに顕彰されるべきドイツの偉人を当初選ぶ際には政治的に客観的であることが目指されたが，それに対する唯一の違反は宗教改革者，特にルターが除かれたことであった．（A. a. O., S. 554.）三島憲一「生活世界の開示と隠蔽　上」（『思想』，岩波書店，1983年6月号）pp.96-111.を参照．

233） s. Eine Wissenschaft etabliert sich 1810-1870, mit einer Einführung, hrsg. v. Johannes Janota, Tübingen 1980, S. 35-42.

234） A. a. O., S. 50.

235） 周知のようにF・L・ヤーンは体操運動の主唱者であり，身体の鍛錬を重んじる彼の立場は，共に国民形成への寄与を目指すにせよ，精神の形成を重視する新人文主義と対立する側面があった．

236） Sochatzy, K.: a. a. O., S. 100-104. パッソーとヤッハマンはフィヒテによる国民学校の構想をF・L・ヤーンの民族的な傾向と結び付け，あらゆる子供がギリシャ語を習得することの中にドイツ語や，ヤーンにおいて“民族性”という概念によって現れたものを純化するための手段を見出していた．（A. a. O., S. 46.）

237） ミュラーによる民族の部族や地域的な地理の強調などの主張の中に，ゲルマン古代についての同時代の研究のカテゴリーがギリシャの関係へと転移されたのではないか，特に個々のギリシャの部族が前二千年紀の間に放浪したという前提は，ミュラーが彼と親しかったグリム兄弟から影響を受けたのではないか，ということが問われている．（Momigliano, Arnaldo: Karl Otfried Müllers *Prolegomena zu einer wissenschaftlichen Mythologie* und die Bedeutung von »Mythos«, in: Ausgewählte Schriften zur Geschichte und Geschichtsschreibung, Bd. 3, Stuttgart/Weimar 2000, S. 108.）

第2章　国民形成コンセプトの変容とその展開（1848-1900年）

1） Landfester, M.: Humanismus und Gesellschaft, a. a. O., S. 14.

2） 670人の総議員の中には4人のギュムナジウムの校長，11人のギュムナジウムの教師，大学で教鞭を執る10人の歴史学の教授，2人の古典文献学の教授が含まれていた．彼らの中で有名なのは，ドロイゼンや後にハレ大学古典文献学科教授を務めたヴィルヘルム・シュレーダー（Wilhelm Schräder）である．（s. Biographisches Handbuch der Abgenordneten der Frankfurter Nationalversammlung 1848/49, hrsg. v. Heinrich Best u. Wilhelm Weege, Düsseldorf 1996, S. 449-453.）

3） Landfester, M.: Humanismus und Gesellschaft, a. a. O., S. 133.この対立関係にあやかり，古代ギリシャにおいてスパルタとアテネの対立がペロポネソス戦争を招来したように，大ドイツ主義と小ドイツ主義の対立がオーストリアとプロイセンの衝突を後にもたらすことが危惧された．（Herbst, W.: a. a. O., S. 156f.. 第1章の注210を参照．）

4）Landfester, M.: a. a. O..
5）A. a. O., S. 140.
6）Ritschl, Friedrich: Oratio celebrandae memoriae Guilelmi Humboldtii habita die III m. Augusti a. 1843, in: Opuscula philologica V (1879), Hildesheim/New York 1978, S. 654f..
7）Kellner, Lorenz: Lebensblätter. Erinnerungen aus der Schulwelt, Freiburg 1891, S. 478.
8）Landfester, M.: Humanismus und Gesellschaft, a. a. O., S. 95, 113. Paulsen, F.: a. a. O., S. 473f..
9）Landfester, M.: a. a. O., S. 113f.. Paulsen, F.: a. a. O., S. 474.
10）プロイセンにおいては1837年の改革案による. s. Landfester, M.: a. a. O., S. 177.
11）Landfester, M.: Die neuhumanistische Begründung der Allgemeinbildung in Deutschland, a. a. O., S. 221.
12）Arnoldt, Johann Friedrich Julius: Fried. Aug. Wolf in seinem Verhältnisse zum Schulwesen und zur Paedagogik, Braunschweig 1861, Bd. 2, S. 361.
13）注68を参照.
14）Koechly, Hermann: Zur Gymnasialreform. Theoretisches und Praktisches, Dresden u. Leipzig 1846, S. 93.
15）Landfester, M.: Humanismus und Gesellschaft, a. a. O., S. 173-175.
16）A. a. O., S. 95.
17）A. a. O..
18）A. a. O., S. 95f., s. S. 176.
19）A. a. O., S. 96.
20）Koechly, H.: Gottfried Hermann, a. a. O., S. 15f..
21）Landfester, M.: Humanismus und Gesellschaft, a. a. O., S. 176. Paulsen, F.: a. a. O., S. 515.
22）Landfester, M.: a. a. O., S. 71, s. S. 179.
23）「ギュムナジウムは精神を純粋に形式的に形成しなければならない，（中略）実践的に有用なものは何ら顧慮の対象とならない！（中略）精神が意味であった（後略）.」（Naegelsbach, Carl Friedrich von: Gymnasial-Pädagogik [1861], Erlangen 1879, S. 4.）
24）Paulsen, F.: a. a. O., S. 446.
25）s. Ameis, Carl Friedrich: Der Gymnasiallehrer in seinem edlen Beruf und als Mensch. Blätter der Erinnerung an Carl Gottfried Siebelis, für seine zahlreiche Schüler und jeden Schulfreund, Gotha 1843. Jeismann, K.-E.: Das preußische Gymnasium in Staat und Gesellschaft, a. a. O., S. 364-366.
26）「このヴーリケ校長は恐るべき男であった．彼は，その下でハンノの父と叔父が勉強したことがあり間もなく71歳で亡くなった陽気で親切で年老いた校長の後任としてやっ

て来たのである．それまでプロイセンのあるギュムナジウムの教授を務めていたヴーリケ校長がこの前任者の校長が亡くなって招聘された後，彼と共に別の新しい精神が古い学校へと導入された．かつて古典教養が安らぎと閑暇と喜ばしい理想主義によって追求された明るい自己目的であったならば，今や権威，義務，権力，奉仕，経歴などの概念が最高の価値とされた．そして『我々の哲学者カントの定言命法』こそが，ヴーリケ校長が祝賀演説の度に脅すように振りかざす旗印であった．学校は，そこでプロイセン流の厳格さが非常に強く支配する国家の中の国家となったので，教師だけでなく学生もまた自分を，自らの昇進，したがって権力者によい心証を与えること以外には気を配らない官吏のように感じた……．新しい校長が赴任して間もなく，衛生上と美学上の非常に優れた観点から，学校の施設を改修し新設する作業が始まり，全てのことが最善の状態へもたらされるよう配慮された．ただ新しい時代と比べると快適さという点で劣り，気立てのよさ，感情，晴れやかさ，好意や快活さという点では勝っていた以前の学校の方が，より共感が持て祝福に満ちた施設ではなかったのか，という点が問題であった……．」(Mann, Thomas: Die Buddenbrooks [1901], in: Gesammelte Werke, Bd. 1, Frankfurt am Main 1960, 11. Teil, Kap. 2, S. 722.) この引用においては，後述するように教養のコンセプトの重点が個人的教養から政治的教養へと移行する，またギュムナジウムのプロイセン化の有様が見事に描かれている．

27) ギュムナジウムの古典文献学の教授であるウンラートは，「民衆に嫌われ，いやそれどころか嘲笑されながらも彼らの間を歩き回っていたが，彼は自分の意識では，自らが支配階層に属すると思っていた．彼以上に権力に強く与り既存の秩序の維持に関心を持つ銀行家や君主はいなかった．彼はあらゆる権威に秋波を送り，自らの書斎で密かに労働者に対して憤っていた．なぜなら，もしも彼らが自らの目的を達成すれば，ウンラートもまた損を蒙るような影響が出るであろうから．彼が言葉で圧倒し，彼よりも内気な補助教員に対して，彼は基礎を揺るがすような近代精神の不吉な欲望のことを陰鬱に警告した．彼は影響力のある教会，確固としたサーベル，厳格な服従と不動の人倫などの，こうした基礎を強くすることを望んだ．」(Mann, Heinrich: Professor Unrat oder Das Ende eines Tyrannen. Roman [1905], Frankfurt am Main 1984, S. 44f..)

28) Böckh, A.: Die Staatshaushaltung der Athener, a. a. O., Bd. 2, S. 158f.. なおこの引用部は三月革命後1851年の改版時に一部の文章が削除され，文章の順序が若干入れ替わっている他，初版における（引用部16行目の）「君主制」という表現が改版では「立憲君主制」に変えられている．

29) Boeckh, A.: Encyklopädie und Methodologie der philologischen Wissenschaften, a. a. O., S. 31.

30) Curtius, Ernst: Die Bedingungen eines glücklichen Staatslebens. Göttinger Festrede von 1860, in: Alterthum und Gegenwart, Bd. 1, Berlin 1877, S. 314f..

31) すでに触れたように，有機体という概念によっては自然的世界と道徳的・精神的世界の発展の共通性が考えられていた．そしてネイションの中に有機体性を見出す際には，それが内部の自然な合目的性を維持しつつ，国家政治的な秩序の形成をいかに意識的に

行うか，という課題と関連していたことを指摘した．実際にカントは『判断力批判』における有機体の認識に関する考察において，自然界（有機体）の中に合目的性が存在するのではないかと考え，もしそうであれば超感性界における目的が自然の中において実現される，という可能性を理解することができる，と主張した．(Kant, I.: Kritik der Urtheilskraft, a. a. O., Kap. 82, S. 429.) こうした主張は新人文主義においては，有機体的なネイションとしての古典古代（特に古代ギリシャ）の中に人間性の理想が顕現しているという考えに反映していたわけである．ところでカントは，「さて我々はこの超感覚的なものについて，自然の判断を経験的な法則に従って可能にする根拠についての未規定の概念以外に持つことができず，しかしその他の点ではこの根拠を何らかの述語によって規定することができる（中略）．さてしかし，一方で機械的な，他方で目的論的な導出の共通の原理は超感性的なものであり，それを我々は現象としての自然の下に置かなければならない．しかし我々はこの超感性的なものについて，理論的な意図において特定の概念を肯定的に形成することがまったくできない」(Kant, I.: a. a. O., Kap. 78, S. 412-414.) という保留を付けていた．しかしベークは古代ギリシャの中に人間性という理想が「現実に」存したことを仮定して（第1部2章の注80を参照）歴史学的－批判的な研究を行い，有機体の認識に関してカントの諌めた越権行為に陥り，非有機体的な現実の古代ギリシャ像が明らかになったと言えるであろう．

こうした経緯は，新人文主義によるドイツの国民形成コンセプトにおいて前提されていた認識のメディアと形成のメディアの並置が崩れ始め，認識のメディアとしての古代ギリシャ（史的な古代）を明らかにする作業が形成のメディアとしての古代ギリシャ（教授の古代）を揺るがしてゆく過程であったとも言えよう．それはまた，プラトン主義・啓蒙主義の伝統（知［認識］への回帰を経た行為の肯定）とキリスト教（特にプロテスタンティズム）の伝統（信仰への回帰を経た行為の肯定）の総合という理想から，「知と信」という両者の契機が再び分離してゆく過程であったとも言えるであろう．

32) Landfester, Manfred: Ulrich von Wilamowitz-Moellendorff und die hermeneutische Tradition des 19. Jahrhunderts, in: Philologie und Hermeneutik, a. a. O., S. 159.

33) Geschichte der Königlich Preußischen Akademie der Wissenschaften zu Berlin (1900), a. a. O., Bd. I. 2, Hildesheim 1970, S. 977f.. 同様の見解は他の研究者によっても共有されていた．「文献学の黄金時代は過ぎ去った」(Herbst, W.: a. a. O., S. 13. 1852年)「ドイツの新人文主義の時代における古典文献学の最初の盛期の後（中略），19世紀の50年代と60年代にはギリシャ研究の領域で，一面的な方法への誇りと形式主義的な営みへの回帰と結び付いた沈滞が入り込んだ．」(Jaeger, Werner: Gedächtnisrede auf Ulrich v. Wilamowitz-Moellendorff, in: Die Antike. Zeitschrift für Kunst und Kultur des Klassischen Altertums, Bd. 8, 1932, S. 320.) このキルヒホフ講演に対してベークは，歴史学的－批判的な研究を信頼する楽天的な見解を披瀝した．(Boeckh, August: Zur Begrüßung der Herren Olshausen, Rudorff und Kirchhoff als neu eingetretener Mitglied der Königlich Preußischen Akademie der Wissenschaften, in der öffentlichen Sitzung derselben zur Feier des Leibnizischen Jahrestages am 5. Juli 1860, in:

Gesammelte kleine Schriften, a. a. O., Bd. 3, S. 43f..)

34) Latacz, Joachim (Hrsg.): Einführung, in: Homer. Tradition und Neuerung, Darmstadt 1979, S. 1.「Fr. A. ヴォルフ以来のホメロス問題の取り扱い方は，文献学研究の最も不審な1章として性格付けることができるであろう.」(Lesky, Albin: Mündlichkeit und Schriftlichkeit im Homerischen Epos, in: Gesammelte Schriften. Aufsätze und Reden zu antiker und deutscher Dichtung und Kultur, München/Bern 1966, S. 63.)

35) Wilamowitz-Moellendorff, Ulrich von: Der griechische Unterricht auf dem Gymnasium (1901), in: Kleine Schriften, Bd. VI, Berlin/Amsterdam 1972, S. 79.

36) Niebuhr, Barthold Georg: Römische Geschichte, Berlin 1811-1832, 3 Bde..

37) 第3部1章の注5を参照.

38) 第4部1章の注3を参照.

39) s. Landfester, M.: Ulrich von Wilamowitz-Moellendorff und die hermeneutische Tradition des 19. Jahrhunderts, a. a. O., S. 165.

40) A. a. O., S. 176.

41) s. Hentschke, Ada/Muhlack, Ulrich: Einführung in die Geschichte der Klassischen Philologie, Darmstadt 1972, S. 99f..

42) A. a. O.. 彼はヘルマンとベークの立場を自らの古典研究の中で総合したことを自負した. (Jaeger, W.: a. a. O., S. 321.)

43) Usener, H.: a. a. O., S. 19.

44) 1829年ローマに，1873年アテネに考古学研究所が設立された.

45) Schnabel, Franz: Deutsche Geschichte im neunzehnten Jahrhundert, Bd. 3 (1934), Erfahrungswissenschaften und Technik, Freiburg ²1950, S. 199.

46) 彼は1872年，門下に36人の大学教授，38人のギュムナジウムの校長を擁していた. (Paulsen, F.: a. a. O., S. 451.)

47) Landfester, M.: Humanismus und Gesellschaft, a. a. O., S. 123-125.

48) Jäger, Oskar: Pflicht und Stellung des Gymnasiallehrers in Staat und Gesellschaft (1892), in: Erlebtes und Erstrebtes, a. a. O., S. 216f..

49) Landfester, M.: Ulrich von Wilamowitz-Moellendorff und die hermeneutische Tradition des 19. Jahrhunderts, a. a. O., S. 179.

50) Wilamowitz-Moellendorff, Ulrich von: Von des attischen Reiches Herrlichkeit (1877), in: Reden und Vorträge, Bd. 1, Berlin 1901, S. 62-65, 115-117. 彼は古典研究を軍務に喩えた. (A. a. O., S. 65.)

51)「もしもさらに1891年5月1日の政令とそれに対応するプロイセン内務省令の後で，調和的な公正の具現としてのあらゆる市民の裕福さ，権利，自由の堅固な守り手としての君主制の社会政治的な意義について教授されるべきであれば，我々はこの社会的な君主制という理念はまずギリシャ人の下で生まれたということに対して常に意識的でなければならないだろう.」(Pöhlmann, Robert von: Das klassische Altertum in seiner

Bedeutung für die politische Erziehung des modernen Staatsbürgers [1891], in: Aus Altertum und Gegenwart, München 1895, S. 4.)

52) Landfester, M.: Humanismus und Gesellschaft, a. a. O., S. 187. 注25を参照.

53) Humboldt, Wilhelm von: Ideen zu einem Versuch, die Gränzen der Wirksamkeit des Staates zu bestimmen (1797), in: Werke, a. a. O., Bd. 1, S. 71f..

54) Hegel, G. W. F.: Grundlinie der Philosophie des Rechts, a. a. O., S. 398, 511f..「国家による新たな教養の独占は，欠陥として感じられることはほとんどなかった．というのも，ヘーゲル哲学の印象の下に国家は歴史的な理性の客観化として理解され，教養と国家の対立はもはや可能とは思われなかったからである.」(Landfester, M.: Humanismus und Gesellschaft, a. a. O., S. 126.) 先に触れた，三月革命以降において精神の次元に対する懐疑を招いた事態は，翻ってヘーゲル主義者によれば国家への精神の受肉や理性の具体化として肯定的に捉え直されたのである.

55) Landfester, M.: a. a. O., S. 127.

56) 実際ビスマルク下の第二帝国のイデオローグとなったトライチュケは，真実の自由は国家の中においてのみ存在すると主張し，「キリスト者の自由」ならぬ「国家市民の自由」を主張した．(See, Klaus von: Freiheit und Gemeinschaft. Völkisch-nationales Denken in Deutschland zwischen Französischer Revolution und Erstem Weltkrieg, Heidelberg 2001, S. 111f..)

57) 1870年以来第1種実科学校の卒業生に対しては大学の数学・自然科学・現代語のコースへの入学が，1892年以来高等実科学校の卒業生に対しては数学・自然科学コースへの入学が許された．とはいえ，彼らが神学部・法学部・医学部へ進学することは許されていなかった．(望田，前掲書) p.57.

58) Paulsen, F.: a. a. O., S. 558-561.

59) s. a. a. O., S. 560.

60) s. Jeismann, K.-E.: Das preußische Gymnasium in Staat und Gesellschaft, a. a. O., S. 540.

61) A. a. O., S. 633.

62) Landfester, M.: Humanismus und Gesellschaft, a. a. O., S. 65f.. ゲーテは自らやヴィンケルマンを異教徒と称した．(Paulsen, F.: a. a. O., S. 205.) ヴォルフもしばしば異教徒と見なされた．(A. a. O., S. 466.) 第1部2章の注112を参照.

63) 例えばニートハンマー，シュレーゲル兄弟，ジューフェルン，ヴェルカー，O・ヤーン，ドロイゼン，モムゼン，ニーチェなど．s. O'Boyle, Lenore: Klassische Bildung und soziale Struktur in Deutschland zwischen 1800 und 1848, in: Historische Zeitschrift, Bd. 207, 1968, Heft 3, S. 600f..

64) Landfester, M.: Humanismus und Gesellschaft, a. a. O., S. 93.

65) A. a. O., S. 91.

66) A. a. O., S. 75.

67) Boeckh, August: Bonae artes quid ad ecclesiam Christianam purgandam

profunerint et quid ecclesia emendata artibus praestiterit, exponitur, in: Gesammelte kleine Schriften, a. a. O., Bd. 1, S. 52.

68) Schütz, Wilhelm von: Über den katholischen Charakter der Antiken Tragödie und die neuesten Versuche der Tieck, Tölken und Böckh dieselbe zu dekatholiesiren, Mainz 1842. Rehm, W.: a. a. O., S. 303.

69) Grenzach, Rinck von: Über die ethische Bedeutung der Mysterien in Griechenland, in: Verhandlungen der 11. Versammlung deutscher Philologen, Schulmänner und Orientalisten in Basel 1848, Leipzig 1850, S. 92, 96. 第1部2章の注90，第1部3章の注26を参照.

70) s. Scholtz, Gunter: Die theologischen Probleme des Klassik-Begriffs, in: Über das Klassische, hrsg. v. Rudolf Bockholdt, Frankfurt am Main 1987, S. 14f..

71) 自由主義神学を代表するフェルディナント・クリスティアン・バウル（Ferdinand Christian Baur）は，ヘーゲル哲学の枠組みを借りて教会史を弁証法的に理解することを試みた.

72) Landfester, M.: Humanismus und Gesellschaft, a. a. O., S. 169.

73) A. a. O., S. 44, 169.

74) 第1章注221を参照.

75) カール・バルト（Karl Barth）の弁証法神学に対して及ぼした影響.（s. Peter, Niklaus: >Nietzsche-Antinietzsche Vermessenheit< bei Karl Barth? - Karl Barth als Leser und Interpret Nietzsches, in: Nietzsche und die Schweiz, Zürich 1994, S. 160f..)

76) Landfester, M.: Humanismus und Gesellschaft, a. a. O., S. 65f..

77) Boehn, M. v.: a. a. O., S. 199-206. 野田宣雄『教養市民層からナチズムへ　比較宗教社会史の試み』（名古屋大学出版会，1988年）pp.257-263.

78) Landfester, M.: Humanismus und Gesellschaft, a. a. O., S. 170f..

79) 古代の知識は，キリスト教的－ドイツ的な教養の基礎として考えられた.（A. a. O., S. 172.)

80) 「1．古典文学の（キリスト教に対する）関係はそれ自体，敵対的な関係と見なされてはならない.（後略）2．（前略）a）キリスト教の生きた信仰は古典文学の中に顕現する人間性への愛を排除しない.」(Zweite Sitzung am 1. October 1851, in: Verhandlungen der 12. Versammlung deutscher Philologen, Schülmänner und Orientalisten in Erlangen 1851, Erlangen 1851, S. 78f..)

81) 「3．キリスト教の信仰は，そこにおいて他のもの，その内的な生への意義が測られる規範でなければならない．しかし，その他の授業の対象や古典授業はその固有な本質において保持され取り扱われるべきで，宗教の授業によって抑圧されたり消耗されたりしてはならない．キリスト教に関心を抱くという理由によって古典授業を制限し，宗教の授業時間数を増やすことは同様に必要ではないと思われる.」(A. a. O..)

82) ドイツ・プロテスタント協会（1863／65年設立）は，学問と文化とキリスト教の和解を目指した.

83) Paulsen, F.: a. a. O., S. 500.

84) Marx, Karl: Zur Kritik der Hegelschen Rechtsphilosophie. Einleitung. (1844)

85) Rede am Grabe am 24. April 1859 gehalten vom Prof. theol. und Universitätsprediger Dr Gottfr. Thomasius, in: Neue Jahrbücher für Philologie und Paedagogik, Bd. 80, 1859, Heft 9, S. 421.

86) Boeckh, A.: Encyklopädie und Methodologie der philologischen Wissenschaften, a. a. O., S. 29.

87) ベークはラサールが亡くなった後，「思想家にして闘士」という墓碑銘によって彼を悼んだ．(Stutzer, Emil: Bismarck und Lassale, in: Neue Jahrbücher für das klassische Altertum, Geschichte und deutsche Literatur und für Pädagogik, Bd. 15, 1905, S. 69.)

88) パウルゼンはすでに1885年，この矛盾に対して注意を喚起していた．(Paulsen, F.: a. a. O., S. 686.) s. O'Boyle, L.: a. a. O., S. 595.

89) Cancik, Hubert: Erwin Rohde - ein Philologe der Bismarckzeit, in: Semper Apertus. Sechshundert Jahre Ruprecht-Karls-Universität Heidelberg 1386-1986, Bd. II, Berlin/Heidelberg 1985, S. 436.

90) A. a. O., S. 437. s. O' Boyle, L.: a. a. O., S. 608.

91) Nietzsche, Friedrich: Schopenhauer als Erzieher, in: KGW, Bd. III/1, S. 420. s. a. a. O.: Ueber die Zukunft unserer Bildungsanstalten, in: a. a. O., Bd. III/2, S. 180f..

92) その代表者は，バウルの弟子で自由主義神学の流れを汲むシュトラウスである．彼は一方で神学的な自由主義を「キリスト教を純粋な人間主義へと継続的に形成するコンセプト」として捉え『イエスの生涯』においてキリスト教の自己相対化を推し進め，他方で従来のキリスト教に代わるドイツ国民文学などへの「新たな信仰」，つまり私的な教養宗教の必要を説いた．(s. Scholtz, G.: a. a. O., S. 18.)

93) こうした状況は，「政治は性格を損なう」という言葉が19世紀後期のドイツにおいて人口に膾炙した点にも現れていた．(s. Sternberger, Dolf: Aspekte des bürgerlichen Charakters, in: ›Ich wünschte ein Bürger zu sein‹. Neun Versuche über den Staat, Frankfurt am Main 1967, S. 14.)

94) Baumgarten, Hermann: Der deutsche Liberalismus. Eine Selbstkritik II, in: Preußische Jahrbücher, Bd. 18, 1866, S. 627, s. S. 581.

95) Kupisch, K.: a. a. O., S. 127.「この畢生の作品（第二帝国）は外的のみならず内的にもネイションの統一をもたらすはずであったのに，我々の誰もが知っているように，そのような統一は達成されていません．」(Weber, Max: Der Nationalstaat und die Volkswirtschaftspolitik [1895], in: Gesamtausgabe, hrsg. v. Horst Baier, M. Rainer Lepsius, Wolfgang J. Mommsen, Wolfgang Schluchter, Johannes Winckelmann, Tübingen 1984-, Abt. I, Bd. 4/2, S. 567.)

96) s. See, K. v.: Barbar, Germane, Arier, a. a. O., S. 11f.. 1875年にはビーレフェルト近郊にアルミニウスの巨大な像が完成した．それはドイツの国民的な自己主張の象徴と

なり得た．(Landfester, M.: Humanismus und Gesellschaft, a. a. O., S. 142.)

97) Landfester, M.: a. a. O., S. 137. 第1章の注210を参照．

98) Mommsen, Theodor: Auch ein Wort über unser Judentum (1880), in: Reden und Aufsätze, hrsg. v. Otto Hirschfeld, Berlin 1905, S. 419. ユダヤ人はオリエンタルな存在，資本主義と社会主義の元凶と見なされ，19世紀ドイツにおいて高い価値を持った文化・ネイション・人格性に対して，それぞれ（正統主義的な）宗教，固有の国家の欠如，集団性を重んじたことから，機械論の現れとして批判された．

99) Landfester, M.: Humanismus und Gesellschaft, a. a. O., S. 146f.. s. Fritze, Edmund: Zur Reform des höheren Schulwesens, in: Preußische Jahrbücher, Bd. 29, 1872, S. 407.

100) Landfester, M.: a. a. O., S. 185.

101) 普仏戦争の際，プロイセン軍の将校団や1年志願兵資格を持つ人々のグループは，その多くは完全な課程を終えていなかったとはいえ古典語教育を受けていた．(A. a. O., S. 145.)

102) A. a. O., S. 181f..

103) 「言語から国民性や他のネイションとの親縁性を推測できるかどうか，大きな疑問である」(Nietzsche, F.: Nachgelassene Fragmente, Anfang 1875 bis Frühling 1876, in: KGW, Bd. IV/1, S. 88.).

104) Landfester, M.: Humanismus und Gesellschaft, a. a. O., S. 178.

105) Preuße, U.: a. a. O., S. 15. Fuhrmann, M.: a. a. O., S. 170. ケッヒリーはすでに三月革命の前に，形式的陶冶よりも古典古代の内容の理解を重視する授業を提案していた．(Landfester, M.: Humanismus und Gesellschaft, a. a. O., S. 114.)

106) Landfester, M.: a. a. O., S. 190f..

107) A. a. O., S. 146.

108) A. a. O., S. 147.

109) A. a. O., S. 194f..

110) Müller, Detlef K.: Sozialstruktur und Schulsystem. Aspekte zum Strukturwandel des Schulwesens im 19. Jahrhundert, Göttingen 1977, S. 274-286.

111) 潮木守一『近代大学の形成と変容　一九世紀ドイツ大学の社会的構造』(東京大学出版会，1973年) p.260.

112) Landfester, M.: Humanismus und Gesellschaft, a. a. O., S. 184f., 187f..

113) A. a. O., S. 154, 182. 双方は，相手を反国家的な（社会）民主主義に寄与しているという理由によって批判した．

114) A. a. O., S. 104.

115) Paulsen, F.: a. a. O., S. 589.

116) A. a. O., S. 574f..

117) 彼は1882年に行ったベルリン大学学長への就任演説の中で，ゲーテには機械論的な因果関係という概念がなかったことを批判し，自然科学の学習の重要さを説いた．(s.

Du Bois-Reymond, Emil: Goethe und kein Ende [1882], in: Karl Robert Mandelkow (Hrsg.): Goethe im Urteil seiner Kritiker. Dokumente zur Wirkungsgeschichte Goethes in Deutschland. Tl. III, 1870-1918, München 1979, S. 113.)

118) Paulsen, F.: a. a. O., S. 589.

119) 彼はすべての生徒に対して共通する基礎教育を行う，六年制中等学校の設立を提案した. s. Landfester, M.: Humanismus und Gesellschaft, a. a. O., S. 151.

120) A. a. O., S. 152.

121) A. a. O., S. 205.

122) A. a. O., S. 192-195.

123) A. a. O., S. 191-193.

124) Fuhrmann, M.: a. a. O., S. 173.

125) Landfester, M.: Humanismus und Gesellschaft, a. a. O., S. 194f..

126) Paulsen, F.: a. a. O., S. 446.

127) Landfester, M.: Humamismus und Gesellschaft, a. a. O., S. 193.

128) こうした現実に対して形式的陶冶の内容を改めて心理学的・教育実践的に吟味する企ても存在した.「魂に特定の能力があるという前提は存在せず（中略），精神的な力は表象自体とその相互作用の産物であり，そこで表象が育つ土壌から切り離せず（中略），ある圏域で形成された精神力は精神生活に，その証明の様々な面にしたがって特別の形式的な特徴を与える」などの主張が行われ，「形式的な精神形成の最高の課題は，豊かで強く統一的な意志を作り出す点にある」ことが謳われた.（Ackermann, Eduard: Die formale Bildung. Eine psychologisch-pädagogische Betrachtung, Langensalza 1889, S. 79f..)

129) Wilamowitz-Moellendorff, U. v.: Der griechische Unterricht auf dem Gymnasium, a. a. O., S. 83f..

130) Landfester, M.: Humanismus und Gesellschaft, a. a. O., S. 212. Heuss, A.: a. a. O., S. 230.

131) Mehring, Walter: Müller. Chronik einer deutschen Sippe. Roman (1935), Hannover 1960, S. 203.

132) Landfester, M.: Griechen und Deutsche, a. a. O., S. 206.

133) Landfester, M.: Humanismus und Gesellschaft, a. a. O., 180f..

134) Führ, Christoph: Die preußischen Schulkonferenzen von 1890 und 1900. Ihre bildungspolitische Rolle und bildungsgeschichtliche Bewertung, in: Bildungspolitik in Preußen zur Zeit des Kaiserreichs, hrsg. v. Peter Baumgart, Stuttgart 1980, S. 197.

135) Verhandlungen über Fragen des höheren Unterrichts, Berlin, 4. bis 17. Dezember 1890 (1891), in: Deutsche Schulkonferenzen, Bd. 1, Glashütten 1972, S. 70-76, bes. S. 72f..

136) A. a. O., S. 307.

137) Landfester, M.: Humanismus und Gesellschaft, a. a. O., S. 153.

138）「人文主義はキリスト教と同様にゲルマン性とは対立しない」（Uhlig, Gustav: Bericht über die erste Generalversammlung des Gymnasialvereins von G. U. Nachträge zu den Verhandlungen derselben, in: Das humanistische Gymnasium, Bd. 2, 1891, S. 58.）

139） Jäger, Oskar: Wie hat sich das humanistische Gymnasium gegenüber der Behauptung zu verhalten, dass der höhere Unterricht in Deutschland zu wenig national gestaltet sei? (1905), in: Erlebtes und Erstrebtes, a. a. O., S. 308, 317. s. Preuße, U.: a. a. O., S. 22–25.

140） Fuhrmann, M.: a. a. O., S. 180.

141） Landfester, M.: Humanismus und Gesellschaft, a. a. O., S. 156.

142） s. Brocke, Bernhard von: Hochschul- und Wissenschaftspolitik in Preußen und im Deutschen Kaiserreich 1882–1907. Das “System-Althoff”, in: Bildungspolitik in Preußen zur Zeit des Kaiserreichs, a. a. O., S. 95–99.

143） Preuße, U.: a. a. O., S. 15.

144） Landfester, M.: Humanismus und Gesellschaft, a. a. O., S. 145.

145） Jäger, O.: Pflicht und Stellung des Gymnasiallehrers in Staat und Gesellschaft, a. a. O., S. 215.

146） Lagarde, Paul de: Die graue Internationale, in: Deutsche Schriften, hrsg. v. Karl August Fischer, Göttingen 1878–1881, Bd. 2, S. 97.（ラガルドは，身分制と家父長制に基づくオルガニズムの形成を目指した．）

147） Lagarde, Paul de: Noch einmal zum Unterrichtsgesetze, in: a. a. O., S. 56.

148） Lagarde, P. d.: Die graue Internationale, a. a. O., S. 109. 彼が行ったリベラリズム批判の中には，ヘーゲルや彼の弟子シュルツェによって制度化された普遍主義的な古典語教育に対する批判も含意されていた．ラガルドは，新人文主義的な古典語教育こそリベラリズムの普及を助けたと考えたのである．さらに彼は，彼の時代の人文主義ギュムナジウムにおいて真理が追究されていないことを問題視し，記憶重視で些細な知識にこだわる傾向が，シュルツェの起草した文教政策に由来すると考えた．（A. a. O., S. 98–101.）

149） Lagarde, Paul de: Ueber das verhältnis des deutschen staates zu theologie, kirche und religion. ein versuch nicht theologen zu orientieren, in: a. a. O., Bd. 1, S. 54.

150） Lagarde, Paul de: Über die gegenwärtige lage des deutschen reichs. ein Bericht (1875), in: a. a. O., S. 128, 132f., 146. ラガルドによれば未来の宗教の本質は，福音書の古い教理とドイツ人の国民的な特性との融合からなり，彼はこの宗教が英雄的な指導者によって体現されることを望んだ．こうした試みは，キリスト教（敬虔主義）とドイツの国民文化を国民宗教の中に融合させる企てに遡ることができる．（Kaiser, Gerhard: Pietismus und Patriotismus im literarischen Deutschland. Ein Beitrag zum Problem der Säkularisation [1961], Frankfurt am Main ²1973, S. 229, 235.）

151）Langbehn, Julius: Rembrandt als Erzieher. Von einem Deutschen, Leipzig 1890, S. 8.

152）s. a. a. O., S. 98f..

153）A. a. O., S. 108. ラングベーンはベークなどの歴史学的な古典研究に対する批判も行っている．(A. a. O., S. 68f..)

154）s. a. a. O., S. 59, 110-113, 218.

155）A. a. O., S. 30.

156）A. a. O., S. 175-177.

157）A. a. O., S. 220f..

158）A. a. O., S. 266.

159）Plessner, H.: a. a. O., S. 48. ラングベーンはプロイセンの合理的で冷静なメンタリティーや教養に対する批判を行いながらも，それを形式や枠組みや行為として捉え，ドイツ性への信仰と折り合うことに期待した．「プロイセンは杯を与えた．するとドイツはワインを与えることだろう．もしもプロイセンの冷静さにドイツの暖かさが何ほどか付け加わるのであれば，害を及ぼすどころか，利のみが存在するだろう．（中略）ドイツは政治的な生活のために，プロイセンという背骨を欠かせない．」(Langbehn, J.: a. a. O., S. 108f..)

160）ラントフェスターによれば，ヴィルヘルム２世やその周辺の改革論者によって実科主義は（新人文主義よりも）ナショナルなものとの結び付きの中に内的な正当化を見出したという．(Landfester, M.: Humanismus und Gesellschaft, a. a. O., S. 154.)

161）s. Langbehn, J.: a. a. O., S. 217.「しかしまずドイツの生は，結び付けることができる前に自らを解放しなければならない．結び目は，それが作られる前に緩まなければならない．それゆえドイツ人は，計算を学ぶことができる前に個人化することを学ばねばならない」(A. a. O., S. 210. これと第１部３章の注110の表現との類似に注意)．ラングベーンは，正統主義化したキリスト教や新人文主義の流れにおいて軽視・抑圧されてきた自然の契機を重視し，改めて「精神と自然の調和」からなる有機体性の実現を試みた．こうした彼の提唱は，19世紀末期のドイツにおいて青年運動（ヴァンダーフォーゲルなど），新教育運動，生活改革運動などの形でその実現が図られた．(Groppe, Carola: Diskursivierungen der Antikerezeption im Bildungssystem des deutschen Kaiserreichs, in: »Mehr Dionysos als Apollo« Antiklassizistische Antike-Rezeption um 1900, hrsg. v. Achim Aurnhammer u. Thomas Pittrof, Frankfurt am Main 2002, S. 40-44. s. Tilgner, Wolfgang: Volk, Nation und Vaterland im protestantischen Denken zwischen Kaiserreich und Nationalsozialismus [ca. 1870-1933], in: Volk - Nation - Vaterland, a. a. O., S. 150f..)

162）1867年にはボン大学にドイツ文学研究の初の独立した講座が設けられたが，その際「ドイツ精神とキリスト教の聖霊との婚姻」(Goedeke, Karl: Geschichte der deutschen Literatur, Berlin 1883, S. 188-196.) が謳われた．s. Lagarde, Paul de: Die religion der zukunft, in: Deutsche Schriften, Bd. 1, a. a. O., S. 241f.. s. Kaiser, G.: a.

a. O., S. 204.

163） Nipperdey, T.: Deutsche Geschichte 1866-1918, Bd. 1, a. a. O., S. 564.

164） Cancik, Hubert: Das Thema »Religion und Kultur« bei Friedrich Nietzsche und Franz Overbeck, in: Philolog als Kultfigur. Friedrich Nietzsche und seine Antike in Deutschland, Stuttgart/Weimar 1999, S. 53.

165） Stern, Fritz: The politics of cultural despair. A study in the rise of the Germanic ideology, Berkeley 1961, p. 151.

166） Ibid., p. 152.「ドイツ人は世界の貴族であるべく決められている．ドイツの世界支配は，その貴族主義が内的なものであり得るのと同様に，ただ内的な世界支配であり得る．しかしそれにもかかわらず，両者は外的な行為として現れ，通用せねばならない．ドイツによる真実の言葉（Wahrwort）は，力の言葉（聖断 Machtwort）でもなければならない．」(Langbehn, J.: a. a. O., S. 223.)

167） Langbehn, J.: a. a. O., S. 160. 別の箇所においてラングベーンは，自らの試みをルター，レッシング，ゲーテの試みを継ぐドイツ国民形成上の第4の節目として位置付けている．(A. a. O., S. 169.) 19世紀末期にはラガルドに限られず，ドイツ独自の国民宗教の形成を目指す多くの試みが存在した．その内容は古代ゲルマン人の美徳をユダヤ・キリスト教と対立的に捉え，後者に対する批判によって前者の復権を唱えるもの，あるいはキリスト教の宗派対立を超えキリスト教を完全に否認した異教（自然宗教）を目指すものなど様々であったが，自らの出発点としてルター（の宗教改革）を高く評価する点においては一致していた．(Puschner, Uwe: Völkische Bewegung im wilhelminischen Kaiserreich, Darmstadt 2001, S. 205-215.)

168） Lagarde, Paul de: Deutscher Glaube, Deutsches Vaterland, Deutsche Bildung. Das Wesentliche aus seinen Schriften, ausgewählt u. eingeleitet von Friedrich Daab, Jena 1919, S. 40. 第1章の注111を参照．

169） Arnoldt, J. F. J.: a. a. O., Bd. 1, S. 388.

170） Boeckh, A.: Encyklopädie und Methodologie der philologischen Wissenschaften, a. a. O., S. 71.

171）「我々の眼差しがすべてのネイションへと注がれ，我々が植民地を眼前にしている今，我々は至る所で，我々の授業制度を囲んでいた垣根を何らかの仕方で破らなければならない，という印象を持ちます．」(Verhandlungen über Fragen des höheren Unterrichts, Berlin, 4. bis 17. Dezember 1890 [1891], a. a. O., S. 68.プロイセンの文部大臣グスタフ・フォン・ゴスラー [Gustav von Goßler] の言葉．)

172） Schulze, H.: Staat und Nation in der europäischen Geschichte, a. a. O., S. 243.

173） Landfester, M.: Humanismus und Gesellschaft, a. a. O., S. 164. s. Christ, Karl: Hans Delbrück, in: Von Gibbon zu Rostovtzeff. Leben und Werk führender Althistoriker der Neuzeit, Darmstadt 1989, S. 165.

第3部　モムゼンの古典研究とドイツの政治的な国民形成

第1章　国民国家観と『ローマ史』

1）彼が行ったチューリヒ大学への就任講演に現れている．s. Mommsen, Theodor: Die Aufgabe der historischen Rechtswissenschaft und Die Bedeutung des römischen Rechts. Zwei Reden (1852), in: Gesammelte Schriften, Berlin 1905-1913, Bd. 3, S. 597.

2）その意味は，古典古代に関する事実の研究が同時代のドイツ人に対する「国家市民」としての政治的な意識の啓蒙に役立つ，ということである．「歴史，特に現在の歴史を著す人は政治的な教育学という義務を負う．彼は，自らが歴史を著す人に対して，国家に対する彼の態度を指し示し，決定するのを助けなければならない．」(Brief Mommsens an H. v. Sybel, in: Georg von Below: Ein Denkmal der Unduldsamkeit [Mommsen gegen Treitschke], in: Deutschlands Erneuerung. Monatschrift für das deutsche Volk, Bd. 7, 1923, Heft 10, S. 594.) 政治的な教育学としての古典研究という自己理解は，新人文主義の草創期に由来する．(s. Varrentrapp, Conrad: Johannes Schulze und das höhere preußische Unterrichtswesen in seiner Zeit, Leipzig 1889, S. 347.)

3）「我々は狭隘な分邦主義から脱却し，俗物的な愛国主義をドイツ的な感覚へと変えなければならない．」(Wucher, Albert: Theodor Mommsen. Geschichtschreibung und Politik, Göttingen 1956, S. 67.)

4）A. a. O., S. 68.

5）以下『ローマ史』の版について触れておく．同書は1854年に第1分冊の初版が刊行された後モムゼンの生前に9版を重ねたが，大きな修正が施されたのは（第1，第2，第3分冊の）第2版（1856-1857年）の時のみである（ページ数が初版と比して，第2版ではおよそ1.3倍に増えている）．19世紀ドイツ・ヨーロッパにおいて広く読まれたのは『ローマ史』の第2版以降のテクストであると考えられるがゆえに本書では第2版以降の版の間の細かな異同にはこだわらず，1976年にDTVから刊行された『ローマ史』（注20を参照）においても底本として用いられている，1902-1904年刊行の第9版（第5分冊については1904年刊行の第5版）をテクストとして用いる（Mommsen, Theodor: Römische Geschichte [1854-1856, 1885], Berlin, Bd. 1 ⁹1902, Bd. 2 ⁹1903, Bd. 3 ⁹1904, Bd. 5 ⁵1904]）．

6）Mommsen, Theodor: Die Annexion Schleswig-Holsteins (1865), in: Reden und Aufsätze, hrsg. v. Otto Hirschfeld, Berlin 1905, S. 381.

7）Heuss, Alfred: Theodor Mommsen und das 19. Jahrhundert, Kiel 1956, S. 85.

8）Wucher, A.: a. a. O., S. 48.

9）A. a. O..

10）Mommsen, T.: Die Annexion Schleswig-Holsteins, a. a. O., S. 386.

11）Mommsen, Theodor: Testamentklausel, in: Wucher, A.: a. a. O., S. 218f..

12） Mommsen, Theodor: Die Schweiz in römischer Zeit, in: Gesammelte Schriften, a. a. O., Bd. 5, S. 370.

13） Wucher, A.: a. a. O., S. 148.

14） Wickert, Lothar: Theodor Mommsen. Eine Biographie, Berlin 1959-1980, Bd. 3, S. 169. s. Mommsen, T.: Die Annexion Schleswig-Holsteins, a. a. O., S. 377-380.

15） Mommsen, Theodor: Die Grundrechte des deutschen Volkes mit Belehrungen und Erläuterungen, (1849 anonym), hrsg. mit einem Nachwort von Lothar Wickert, Frankfurt am Main 1969, S. 16.

16） A. a. O., S. 16f..

17） Wucher, A.: a. a. O., S. 123.

18） Mommsen, T.: Die Grundrechte des deutschen Volkes, a. a. O., S. 8.

19） Kuczynski, Jürgen: Theodor Mommsen - Porträt eines Gesellschaftswissenschaftlers. Mit einem Kapitel über Mommsen, den Juristen, von Hermann Klenner, Berlin 1978, S. 42.

20） Christ, Karl: Theodor Mommsen und die 〉Römische Geschichte〈, in: Theodor Mommsen: Römische Geschichte, München 1976, Bd. 8, S. 24.

21） Christ, Karl: Römische Geschichte und deutsche Geschichtswissenschaft, München 1982, S. 42.

22） s. Heuss, A.: a. a. O., S. 42.

23） Christ, K.: Theodor Mommsen und die 〉Römische Geschichte〈, a. a. O., S. 10.

24） Stahlmann, Ines: Friedrich Carl von Savigny und Theodor Mommsen. Ihr Briefwechsel zwischen 1844 und 1856, in: Alte Geschichte und Wissenschaftsgeschichte. Festschrift für Karl Christ zum 65. Geburtstag, hrsg. v. Peter Kneissl und Volker Losemann, Darmstadt 1988, S. 487.

25） Heuss, A.: a. a. O., S. 36f.. モムゼンはゲルマニストの代表の１人であるゲオルク・ベーゼラー（Georg Beseler）がその著書『民族法と学者法』の中で展開したローマ法（の受容）への批判に対する再批判を1845年に行い，法律の展開は地域の固有性を重視するよりも，（ローマ法［の受容］が代表したような）より普遍的な方向へ進みつつあることを説いた．(Mommsen, Theodor: Volksrecht und Juristenrecht [1845], in: Gesammelte Schriften, a. a. O., Bd. 3, S. 496.）

26） Stahlmann, I.: a. a. O., S. 466. Heuss, A.: a. a. O., S. 222.

27） Hartmann, Ludo Moritz: Theodor Mommsen. Eine biographische Skizze, Gotha 1908, S. 116. モムゼンは「国家をその普遍的で人間的な側面に従って理解し制限し（中略），人間を事柄，力を結果のゆえに等閑にするのではなく，国家をその中で個々人に力の展開つまり自由とそれと共に幸福の可能な限りの基準が残るように形成すること」（Mommsen, Theodor: Ansprache am Leibnizschen Gedächtnistage 28. Juni 1883, in: Reden und Aufsätze, a. a. O., S. 120.）を目指した．

28） Mommsen, T.: Römische Geschichte, a. a. O., Bd. 1, S. 72.

29) Mommsen, T.: Die Aufgabe der historischen Rechtswissenschaft, a. a. O., S. 596.
30) Mommsen, T.: Römische Geschichte, a. a. O., S. 6.
31) 「特に古代人を，そこで彼らが公衆の前に登場する素晴らしいコトゥルン（古代の俳優の用いた，高い舞台靴）から引き下ろし，彼らを憎まれ，愛され，批判され，心臓が鼓動し，夢想され，騙される，読者にとっての現実の世界へ移すことが大事なのです．というわけで，コンスルは市長になる必要があったのです等.」(Brief Mommsens an Wilhelm Henzen vom 26. November 1854, in: Wickert, L.: a. a. O., S. 628.)
32) Mommsen, T.: Römische Geschichte, a. a. O., S. 861.
33) A. a. O., S. 884.
34) A. a. O., S. 80.
35) モムゼンによれば，「古来ラテン人とは神々が商品と同じように交換された」(A. a. O., S. 176.) という．
36) モムゼンは市民共同体を有機体に喩え，また崩壊しつつあったローマの市民共同体を再建する試みを繰り返し「再有機体化 Reorganisation」として捉えている．(s. Mommsen, T.: Römische Geschichte, a. a. O., Bd. 2, S. 178, 372, 379, Bd. 3, S. 92, 510, 533.)
37) 第1部2章の注82を参照．
38) 第1部2章の注83を参照．
39) Mommsen, T.: Römische Geschichte, a. a. O., Bd. 1, S. 540.
40) A. a. O., S. 512.
41) Christ, K.: Theodor Mommsen und die ›Römische Geschichte‹, a. a. O., S. 25.
42) Kuczynski, J.: a. a. O., S. 55.
43) Mommsen, T.: Römische Geschichte, a. a. O., Bd. 2, S. 91, Bd. 3, S. 518.
44) Mommsen, T.: Römische Geschichte, a. a. O., Bd. 2, S. 130f..
45) 「啓蒙されたストア派の超自然主義が素朴な民衆の信仰へ歩み寄ったのと同様に，教育においても民衆への単純な授業の傍らで特別な教養，排他的な人間性が定式化され，古い社会的な平等の最後の残余を消滅させた.」(A. a. O., S. 424.)
46) A. a. O., S. 71.
47) A. a. O., S. 94.
48) A. a. O., S. 120, 132.
49) A. a. O., Bd. 3, S. 498.
50) 「寡頭制の政府下のイタリアは恐るべき様相を呈していた．乞食の世界と富豪の世界の間には宿命的な対立が存在し，その対立はいかなる手段によっても緩和や媒介がなされなかった．(中略) この2つの世界が外面的に互いに分かれてより広く口を開けるほど，より完全にこの2つの世界は，あらゆるネイションの萌芽にして核心である家族生活の同様の絶滅，同様の腐敗と飽満，同様の土地を欠いた経済，同様の非男性的な依存，同様のただ額において異なる汚職，人倫の犯罪的な同様の欠如，所有と共に戦争を開始しようとする同様の欲望において出会った．(中略) ハンニバルの時代には全くよく似

た仕方で，徐々に支配する資本が中産階級を絶滅し，商業と土地経済を最高の繁栄へともたらし，最後に燦然と輝き上辺を飾るネイションの人倫的で政治的な腐敗を招来した.」(A. a. O., S. 532f..)

51） s. a. a. O., Bd. 2, S. 410.

52） A. a. O., S. 380.

53） A. a. O., Bd. 1, S. 783, 791, 802, 820, Bd. 3, S. 487.

54） Wucher, A.: a. a. O., S. 167.

55） s. Schiller, Friedrich: Über die ästhetische Erziehung des Menschen in einer Reihe von Briefen (1793-1794), in: Werke (Nationalausgabe), hrsg. v. Julius Petersen u. Friedrich Beißner (Norbert Oellers), Weimar 1943-, Tl. 1, Bd. 20, S. 336.（これは第二帝国の成立後における市民と貴族の関わり方と，奇しくも類似するに至った.）

56） s. Mommsen, Theodor: Rede zum achtzigsten Geburtstag Kaiser Wilhelm des Ersten 23. März 1876, in: Reden und Aufsätze, a. a. O., S. 64.

57） Mommsen, T.: Römische Geschichte, a. a. O., Bd. 1, S. 802.

58） A. a. O., Bd. 3, S. 619. 他の類比の例については，Wucher, A.: a. a. O., S. 41. を参照.

59） Mommsen, T.: Römische Geschichte, a. a. O., Bd. 2, S. 74.

60） Christ, K.: Theodor Mommsen und die ›Römische Geschichte‹, a. a. O., S. 28. s. Mommsen, T.: a. a. O., Bd. 3, S. 567f..

61） Mommsen, T.: a. a. O., Bd. 1, S. 28.

62） A. a. O., Bd. 3, S. 502.

63） A. a. O., S. 548.

64） A. a. O., S. 598.

65） s. a. a. O., 503f..

66） A. a. O., S. 559.

67） A. a. O., S. 462.

68） A. a. O., S. 465, 476.

69） A. a. O., S. 463.

70） A. a. O., S. 464.

71） A. a. O., S. 466f..

72） A. a. O., S. 484.

73） A. a. O., S. 476.

74） Heuss, Alfred: Theodor Mommsen als Geschichtsschreiber, in: Geschichtswissenschaft um 1900, hrsg. v. Notker Hammerstein, Stuttgart 1988, S. 65.

75） Mommsen, T.: Römische Geschichte, a. a. O., Bd. 2, S. 372, s. Bd. 3, S. 478.

76） A. a. O., Bd. 3, S. 511, s. S. 94, 231.「古代にとって，下位に位置付けられた政治的な全体としての共同体をより高度の国家的な全体へと有機体的に接合するという思想は，元来異質であった.」(A. a. O., S. 361.)

77) A. a. O., Bd. 1, S. 781f..
78) A. a. O., S. 664, 782.
79) 「カエサルの仕事が必然的で治癒をもたらすものであった理由は，この仕事がそれ自体祝福をもたらし，又ただもたらすことができたためではなく，古代の奴隷制に基づいた，共和的立憲的な代表から完全に逸脱した民族の組織において，そして500年にわたって寡頭制的な絶対主義への展開の中で熟しつつあった，合法的な都市体制に対して，絶対的な軍事君主制が論理的に必然的な最後の仕上げにして最小の災厄であったからである．」(A. a. O., Bd. 3, S. 477f..)
80) s. a. a. O., Bd. 1, S. 156.
81) Wucher, A.: a. a. O., S. 168.
82) モムゼンは「ギリシャ文明 griechische Zivilisation」という表現をしばしば用いているが，彼は文化と文明の対立を強調するのではなく，両者をほぼ同義で用いていると思われる．(Europäische Schlüsselwörter. Wortvergleichende und wortgeschichtliche Studien, Bd. III, Kultur und Zivilisation, München 1967, S. 311.)
83) Mommsen, T.: Römische Geschichte, a. a. O., Bd. 3, S. 550.
84) s. a. a. O., S. 559, 630. この問題には，同書第5分冊のローマの属州史が部分的に触れている．
85) Anderson, Benedict: Imagined communities (1983), New York 2nd ed. [9]1999, p. 135.
86) Mommsen, T.: Römische Geschichte, a. a. O., S. 210.
87) A. a. O., Bd. 1, S. 175f.. 「ギリシャ人と古代イタリア人の間で初めて，その影響が今日まで続くあの深い精神的な相違が明らかとなる．家族と国家，宗教と芸術はギリシャと古代イタリアにおいては全く独自に，全くナショナルに展開したので，そこでこの両民族の依拠する共通の基礎は，至るところで曖昧となり我々の目からほとんど完全に見失われてしまっている．あのギリシャの本質においては，全体が個人に，ネイションが共同体に，共同体が市民に犠牲を捧げ，その生の理想は美しき良き存在で余りにもしばしば甘美な怠惰であり，その政治的な展開は個々の地方の本来の分邦主義を深め，後にはそれどころか共同体の力の内的な解体をもたらした点に存し，その宗教観はまず神々を人間化しそれから神々を拒否し，裸体の若者の遊戯において器官を解放し，思想にその素晴らしい壮麗さと恐ろしさにおいて自由な道を与えた．それに対してあのローマの本質は，息子を父に対する，市民を支配者に対する，彼らを皆神々に対する恐れの中へと閉じ込め，有用な行為以外の何物をも促進せず尊重せず，すべての市民に短い人生のあらゆる瞬間を弛むことのない労働によって充実させることを強い，体を貞潔に隠すことを少年に対してすでに義務として課した．このローマの本質においては，共同体の成員以外であろうとする人は誰であれ悪い市民と見なされ，国家が全てであり国家の拡張のみが唯一の嘲笑されない高い考えであった（後略)．」(A. a. O., S. 23f..)「ホメロスがギリシャ最古の書物，十二表法がローマ最古の書物であったように，この2つの書物はそれぞれの故郷において授業の本質的な基礎となった．」(A. a. O., S. 473.)

88) A. a. O., S. 882.

89) s. a. a. O., S. 864, 880f.. ローマにおけるラテン語の学問的な取り扱いの草創期でのディレッタント的な特徴は，ドイツにおけるボードマーやクロプシュトックの時代の正書法文学の様相に譬えられている．(A. a. O., Bd. 2, S. 456.) ギリシャとフランスの類比の内容としては，啓蒙性（「ギリシャの啓蒙」[A. a. O., Bd. 1, S. 870]）が挙げられ，さらにモムゼンは，（ドイツ独自の教養が存在しなかったのと同様に）ラテン独自の教養が存在しなかったことを指摘している（A. a. O., S. 883)．あるいは学校や劇場を通してギリシャ文化の導入が図られた点は，18世紀ドイツにおいて同様の機関を通してフランス文化の導入が図られた点と似ていたと言えよう（A. a. O., S. 884)．またドイツ喜劇がフランス喜劇から生まれた点と，ローマ喜劇がアッティカ喜劇から生まれた点との類似が指摘されている（A. a. O., S. 910.)．

90) A. a. O., S. 231.

91) この引用と同様の事態をヴォルフは古代ギリシャから区別された非ヨーロッパ文明を形容するために用いた．（第1部2章の注75を参照）モムゼンによれば，「ラテンの宗教は（ギリシャの宗教であった）芸術に対して常に異質，否，敵対的ですらあった」．（A. a. O., S. 173.)

92) A. a. O., Bd. 3, S. 884. Heuss, A.: Theodor Mommsen als Geschichtsschreiber, a. a. O., S. 61. より正確に言えば，モムゼンによるギリシャ批判は，元来性格を異にするギリシャ的な要素とローマ的な要素の統合がごく僅かの人にしか可能ではなかった点に対して向けられていた．「下層階級におけるイタリアのヘレニズムは実際のところ，文化のあらゆる異常発育と野蛮の表面的な糊塗に伴う，反感を催すコスモポリタン性以外の何物でもなかったことは，おのずと理解される．しかしより良い階級にとっても，（ギリシャ的な要素とローマ的な要素の理想的な統合を成し遂げた）スキピオ・サークルの繊細な感覚は，継続して規範的なものとはならなかった．社会の大衆がギリシャ的なものへますます多く関心を抱き始めるにつれて，それだけ決然として彼らは古典文学の代わりにむしろギリシャ精神の最も近代的で最も軽薄な作品へと手を伸ばした．彼らはギリシャ的な感覚の中にローマの本質を形成する代わりに，自らの精神をごく僅かしか行為へと移さないような借り物のギリシャ的な気晴らしに満足するようになった．こうした意味においてアルピノの大地主，雄弁家の父であるマルクス・キケロは，ローマ人はギリシャ語を多く理解するにつれてシリアの奴隷と同様に役立たずになる，と語ったのだ．」(Mommsen, T.: a. a. O., Bd. 2, S. 410.)

93) Mommsen, T.: Römische Geschichte, Bd. 1, a. a. O., S. 863.

94) 「イタリアの内的で精神的な展開はその外的で国家的な展開と同様に，より高い個人的な精神形成の全き排除に依拠してローマの国民性を保ちヘレニズムから自らを守ることが無理な点へと達した．」(A. a. O., S. 936.)

95) A. a. O., Bd. 2, S. 410.

96) A. a. O., Bd. 3, S. 428.

97) Wolf, Friedrich August: Vorlesungen über die Altertumswissenschaft, hrsg. v. J.

D. Gürtler, Leipzig 1831-1839, Bd. 3, S. 4.
98) A. a. O., S. 3.
99) 第1部3章の注93を参照.
100) Mommsen, T.: Römische Geschichte, a. a. O., Bd. 1, S. 175.
101) A. a. O., S. 936.
102) A. a. O., S. 428.「ギリシャ人の一般教養」(A. a. O., S. 873.) という言い方もなされている.
103) モムゼンはさらにローマの「ギリシャ愛好家 Philhellenen」あるいはローマ人の「ギリシャ愛好 Phihellenentum」という表現を用いており (A. a. O., Bd. 2, S. 42.), その例としてローマ皇帝のネロが挙げられている. (A. a. O., Bd. 5, S. 239.)「ギリシャ愛好 Phihellenismus」は, 元来18世紀中期から19世紀にかけてのドイツにおける現象を表わす言葉であった.
104) この点はラングベーンによってすでに指摘されていた.「今日のドイツ人による外的でローマ的な教養勢力の首領であるモムゼンは, ドイツ人による内的でギリシャ的で芸術的な教養を彼の文献学的な戦争に従う配下のものへ安らかに引き渡し, 彼らはこのギリシャの教養を十字架につけたのだ.」(Langbehn, Julius: Rembrandt als Erzieher. Von einem Deutschen, Leipzig 1890, S. 240.)
105) Mommsen, T.: Römische Geschichte, a. a. O., Bd. 2, S. 427f.. これと関連してモムゼンは,「学校の存在および排他的にならざるを得ない学校での教養は, はるかに危険であり, 平等の感情にとってはまさに破壊的であった」(A. a. O., Bd. 1, S. 884.) ことを指摘している.
106)「現在の最大の問題は, 教養人と非教養人の間に非常に大きく開いた亀裂を埋めることである.」(Langbehn, J.: a. a. O., S. 168.)
107) 注40を参照.
108) 注122を参照.
109) Lasky, Melvin L.: Warum schrieb Mommsen nicht weiter?, in: Der Monat, Bd. 2, 1949/50, Heft 19, S. 67. s. Preuße, Ute: Humanismus und Gesellschaft. Zur Geschichte des altsprachlichen Unterrichts in Deutschland von 1890 bis 1933, Frankfurt am Main 1990, S. 38-40. 第3章の注92を参照.
110) Mommsen, T.: Römische Geschichte, a. a. O., Bd. 3, S. 463, 568.
111) A. a. O., S. 467.
112) モムゼンは, カエサルが近代の議会を個人が代表する存在であったことを示唆している. (A. a. O..)
113) Rebenich, Stefan: Theodor Mommsen und Adolf Harnack. Wissenschaft und Politik in Berlin des ausgehenden 19. Jahrhunderts, Berlin/New York 1997, S. 556.
114) 彼自身しばしばプロイセン邦議会やドイツ帝国議会の議員に選出された. 第3章を参照.
115) Wucher, A.: a. a. O., S. 215-218.

116） Galsterer, Hartmut: Theodor Mommsen, in: Berlinische Lebensbilder. Geisteswissenschaftler, hrsg. v. Michael Erbe, Berlin 1989, S. 184.

117） Taine, Hippolyte A.: Histoire de la littérature grecque jusqu' à Alexandre le Grand, par Ottfried Muller, traduite par Karl Hillebrand. Chez Durand. Deux volumes, in: Journal des débats. Politiques et litteraires, Paris 6. 11. 1865.

118） Rebenich, Stefan: Theodor Mommsen. Eine Biographie, München 2002, S. 86.

119） Meyer, Eduard: Theodor Mommsen, in: Die Gartenlaube (1903), S. 871.

120） Bachofen, Johann Jakob: Beiträge zur »Geschichte der Römer von Fr. Dor. Gerlach und J. J. Bachofen« (1851), in: Gesammelte Werke, hrsg. v. Fritz Husner, Basel 1943-, Bd. 1, S. 269.

121） Brief Bachofens an Heinrich Meyer-Ochsner vom 24. Januar 1862, in: a. a. O., Bd. 10, S. 252.

122） A. a. O., S. 252f..

123） A. a. O..

124） Christ, K.: Römische Geschichte und deutsche Geschichtswissenschaft, a. a. O., S. 77.

125） バーゼルには新人文主義が導入されたとはいえ古人文主義以来の伝統が息づき，バッハオーフェンは新人文主義が広まる以前にしばしば見られた「在野の学者」のタイプに属した．

126） Gossman, Lionel: Basel, in: Geneva, Zurich, Basel, history, culture & national identity, Princeton 1994, p. 78. バッハオーフェンとモムゼンの間に存した古典研究上の立場の相違については，以下を参照．Gossman, Lionel: Basle, Bachofen and the Critique of Modernity in the Second Half of the Nineteenth Century, in: Journal of the Warburg and Courtauld Institute, Vol. 47, 1984, pp. 173-180.

第2章　学問・古典研究観と『ラテン碑文集成』

1） Kuczynski, J.: a. a. O., S. 161f..

2） A. a. O..

3） Demandt, Alexander: Mommsen in Berlin, in: Berlinische Lebensbilder. Wissenschaftspolitik in Berlin. Minister, Beamte, Ratgeber, hrsg. v. Wolfgang Treue u. Karlfried Gründer, Berlin 1987, S. 150.

4） Mommsen, Theodor: Über Plan und Ausführung eines Corpus Inscriptionum Latinarum, in: Geschichte der Königlich Preußischen Akademie der Wissenschaften zu Berlin (1900), im Auftrage der Akademie bearbeitet von Adolf Harnack, Hildesheim 1970, Bd. II. 1, S. 522-540.

5） Boeckh, August: Einleitungsrede gehalten in der öffentlichen Sitzung der Königlich Preußischen Akademie der Wissenschaften zur Feier des Geburtsfestes Seiner Majestät des Königs Friedrich Wilhelm III. am 4. August 1836, in; Gesammelte

kleine Schriften, Leipzig 1858-1874, Bd. 2, S. 222-224.

6) Geschichte der Königlich Preußischen Akademie der Wissenschaften zu Berlin, a. a. O., Bd. I. 2, S. 902. Stahlmann, I.: a. a. O., S. 470.

7) Geschichte der Königlich Preußischen Akademie der Wissenschaften zu Berlin, a. a. O., S. 913.

8) Heuss, A.: Theodor Mommsen und das 19. Jahrhundert, a. a. O., S. 105.

9) Demandt, A.: a. a. O., S. 150.

10) A. a. O.. ただし補遺等は未だ完結していない。(Christ, K.: Römische Geschichte und deutsche Geschichtswissenschaft, a. a. O., S. 73.)

11) Galsterer, H.: a. a. O., S. 180.

12) Demandt, A.: a. a. O..

13) A. a. O..

14) Geschichte der Königlich Preußischen Akademie der Wissenschaften zu Berlin, a. a. O., S. 896.

15) A. a. O., S. 899. Kuczynski, J.: a. a. O., S. 165.

16) Galsterer, H.: a. a. O., S. 180.

17) A. a. O..

18) Heuss, A.: Theodor Mommsen und das 19. Jahrhundert, a. a. O., S. 104f..

19) Kuczynski, J.: a. a. O., S. 171.

20) Heuss, A.: Theodor Mommsen und das 19. Jahrhundert, a. a. O., S. 108.

21) Mommsen, Theodor: Epigraphische Analekten, in: Gesammelte Schriften, a. a. O., Bd. 8, S. 168.

22) Rebenich, S.: Theodor Mommsen und Adolf Harnack, a. a. O., S. 86.

23) Christ, K.: Römische Geschichte und deutsche Geschichtswissenschaft, a. a. O., S. 64.

24) 例えば在野の史家であるシュリーマンと専門の古代史家の間に，トロヤ・ミケーネの遺跡をめぐって論争が生じた。

25) Fest, Joachim: Pathetiker der Geschichte und Baumeister aus babylonischem Geist. Theodor Mommsens zwei Wege zur Geschichte, in: Wege zur Geschichte. Über Theodor Mommsen, Jacob Burckhardt und Golo Mann, mit einem Vorwort von Christian Meier, Zürich 1996, S. 60.

26) Rebenich, S.: Theodor Mommsen und Adolf Harnack, a. a. O., S. 16, 81.「カエサルはただマイスターであっただけでなく，仲間なしに，下働きの職人と共にのみ働いた。」(Mommsen, T.: Römische Geschichte, a. a. O., S. 491.)

27) Fest, J.: a. a. O., S. 51.

28) Tagebucheintragung, Mitte Mai 1845. (s. Hartmann, L. M.: a. a. O., S. 28.)

29) s. Wucher, A.: a. a. O., S. 197.

30) Galsterer, H.: a. a. O., S. 180. モムゼンは実際に「地方や郷土の作家が，故郷の栄誉

のために碑文を鋳造している」ことを認識していた。(Mommsen, T.: Über Plan und Ausführung eines Corpus Inscriptionum Latinarum, a. a. O., S. 532.)

31) Demandt, A.: a. a. O., S. 158.

32) See, Klaus von: Barbar, Germane, Arier. Die Suche nach der Identität der Deutschen, Frankfurt am Main 1994, S. 31.

33) Mommsen, Theodor: Bachofen, Dr. J. J. Professor, Die *lex Vaconia* und die mit ihr zusammenhängenden Rechtsinstitute, eine rechtshistorische Abhandlung (1845), in: Gesammelte Schriften, a. a. O., Bd. 3, S. 513.

34) Danksagung an die Gratulanten zum 50. Doktorjubiläum 1883, in: Jonas, Fritz: Zum achtzigsten Geburtstage Theodor Mommsen's, in: Deutsche Rundschau, Bd. 93, 1897, S. 416.

35) Mommsen, Theodor: Ansprache am Leibnizschen Gedächtnistage 30. Juni 1887, in: Reden und Aufsätze, a. a. O., S. 154.

36) Mommsen, Theodor: Antrittsrede 8. Juli 1858, in: a. a. O., S. 37f..

37) Christ, K.: Theodor Mommsen und die >Römische Geschichte<, a. a. O., S. 64.

38) s. Kuczynski, J.: a. a. O., S. 13.

39) Mommsen, Theodor: Antworten auf die Antrittsreden der Akademiker Nitsch - Scherer - Pernice - Lehmann - Schmoller - Harnack - Schmidt (1879), in: Reden und Aufsätze, a. a. O., S. 209. s. a. a. O.: Rede zum Gedächtnis Kaiser Wilhelms des Ersten 22. März 1888, in: a. a. O., S. 160f..

40) Mommsen, Theodor: Die Stadtrechte der Lateinischen Gemeinden Salpensa und Malaca in der Provinz Baetica (1855), in: Gesammelte Schriften, a. a. O., Bd. 1, S. 382.

41) Mommsen, Theodor: Ansprache am Leibnizschen Gedächtnistage 4. Juli 1895, in: Reden und Aufsätze, a. a. O., S. 196–198.

42) 注34を参照。

43) Nipperdey, Thomas: Deutsche Geschichte 1866–1918, Bd. 1, Arbeitswelt und Bürgergeist, München 1998, S. 677.

44) s. Mommsen, Theodor: Römisches Staatsrecht, Berlin 1887, S. XIII.

45) Mommsen, Theodor: Universitätsunterricht und Konfession (1901), in: Reden und Aufsätze, a. a. O., S. 432f..

46) Mommsen, T.: Ansprache am Leibnizschen Gedächtnistage 30. Juni 1887, in: a. a. O., S. 156.

47) Heuss, A.: Theodor Mommsen und das 19. Jahrhundert, a. a. O., S. 56.

48) ベークなしにモムゼンの仕事は不可能であったことが指摘されている。(Wilamowitz-Moellendorff, Ulrich von: August Boeckh [1910/11], in: Kleine Schriften, Bd. VI, Berlin/Amsterdam 1972, S. 50.)

49) 第1部2章の注98を参照。

50) s. Mommsen, T.: Römische Geschichte, a. a. O., S. 458.
51) A. a. O., S. 478.

第3章　国民国家観，学問・古典研究観と同時代のドイツの国民形成

1) Mommsen, Theodor: Rede zur Feier des Geburtstages des Kaisers 19. März 1885, in: Reden und Aufsätze, a. a. O., S. 142. モムゼンがローマの帝政時代に関して行った講義の聴講者による，この講義の筆記録が近年発見された．それによれば，モムゼンがローマの帝政時代の後期と同時代のドイツの間に幾つかの並行関係を見出していたことが明らかとなった．(Mommsen, Theodor: Römische Kaisergeschichte. Nach den Vorlesungs-Mitschriften von Sebastian und Paul Hensel 1882/86, hrsg. v. Barbara und Alexander Demandt, München 1992, S. 44.)
2) s. Mommsen, T.: Römische Geschichte, a. a. O., S. 629f..
3) A. a. O., S. 463.
4) Wucher, A.: a. a. O., S. 134.
5) Mommsen, Theodor: Festrede zur Feier der Geburtstage König Friedrich II. und Kaiser Wilhelm II. 24. Januar 1889, in: Reden und Aufsätze, a. a. O., S. 183.
6) Stenographische Berichte über die Verhandlungen der beiden Häuser des Landtages, Haus der Abgeordneten, Berlin 1865, Bd. I, S. 594. (s. Wucher, A.: a. a. O., S. 189.)
7) Homberger, Heinrich: Ernst Renan und die deutsche Kultur (1875), in: Essays von Heinrich Homberger, hrsg. v. Ludwig Bamberger u. Otto Gildemeister, Berlin 1892, S. 286f..
8) Mommsen, Theodor: Rede zur Vorfeier des Geburtstages des Kaisers 18. März 1880, in: Reden und Aufsätze, a. a. O., S. 91. s. Wucher, A.: a. a. O., S. 181-183. (Brief Mommsens an Wilamowitz-Moellendorff vom 16. November 1893.)
9) Heuss, A.: Theodor Mommsen und das 19. Jahrhundert, a. a. O., S. 194.
10) Wucher, Albert: Theodor Mommsen als Kritiker der deutschen Nation, in: Saeculum. Jahrbuch für Universalgeschichte, Bd. 2, 1951, S. 267.
11) Mommsen, Theodor: Ludwig Bamberger (1893), in: Reden und Aufsätze, a. a. O., S. 473f..
12) Brief Mommsens vom 11. Februar 1891. (s. Demandt, A.: a. a. O., S. 156.)
13) Wucher, A.: Theodor Mommsen. Geschichtschreibung und Politik, a. a. O., S. 219.
14) Heuss, A.: Theodor Mommsen und das 19. Jahrhundert, a. a. O., S. 191. Rebenich, S.: Theodor Mommsen und Adolf Harnack, a. a. O., S. 339.
15) Rebenich, S.: Theodor Mommsen und Adolf Harnack, a. a. O., S. 338.
16) 千代田謙「モムゼンのケーザル観」(『第十九世紀ドイツ史学史研究』［三省堂，1960年］) p.562．
17) Mommsen, Theodor: An die liberalen Wähler des 9. Schleswig-Holsteinischen

Reichstags-Wahlkreises, 13. Oktober 1881, in: Wickert, L.: a. a. O., Bd. 4, S. 88.

18) Mommsen, T.: Ludwig Bamberger, a. a. O., S. 468-475, bes. S. 472.

19) Wickert, L.: a. a. O., S. 94.

20) Brief Mommsens an F. Imhoof-Blumer vom 13. August 1901, in: Wickert, L.: a. a. O., S. 78f..

21) Mommsen, T.: An die liberalen Wähler des 9. Schleswig-Holsteinischen Reichstags-Wahlkreises, a. a. O.. s. Heuss, A.: Theodor Mommsen und das 19. Jahrhundert, a. a. O., S. 196.

22) Wickert, L.: a. a. O,, S. 94-122. Rebenich, S.: Theodor Mommsen und Adolf Harnack, a. a. O., S. 346.

23) Heuss, A.: a. a. O., S. 204.

24) Brief Mommsens an seine Frau vom 21. Mai 1885, in: Wucher, A.: Theodor Mommsen als Kritiker der deutschen Nation, a. a. O., S. 265.

25) Rebenich, S.: Theodor Mommsen und Adolf Harnack, a. a. O., S. 365.

26) Rebenich, S.: a. a. O., S. 556f.. モムゼンは80歳の誕生日に際して，政府による貴族の爵位授与の提案を辞退した．(Mommsen, Adelheid: Mommsen im Kreise der Seinen, Berlin ²1937, S. 22.) ホイスはこのようなモムゼンの態度を「反貴族的なエリート主義」であるとともに「平等主義的なルサンチマンの反対」であったと性格付けている．(Heuss, A.: Theodor Mommsen als Geschichtsschreiber, a. a. O., S. 77.)

27) 例えばヤーコプス，ティールシュはバイエルン王家，クルツィウスはプロイセン王家の家庭教師となった．

28) Rebenich, S.: Theodor Mommsen und Adolf Harnack, a. a. O., S. 115.

29) A. a. O., S. 98f..

30) 第2部1章の注169を参照．

31) s. Wickert, L.: a. a. O., S. 195-198.

32) Rebenich, S.: Theodor Mommsen. Eine Biographie, a. a. O., S. 156.

33) Rebenich, S.: Theodor Mommsen und Adolf Harnack, a. a. O., S. 414f.. この原則は1890年代（社会民主主義の脅威に対処し教会の同意を得るため）学校教育での宗派性の容認へ向かう文教政策（ツェードリッツ学校法案）によって破られつつあった．モムゼンはこの法案に反対しており（Hartmann, L. M.: a. a. O., S. 129.），こうした立場が彼の「シュパーン事件」における態度決定に影響したことが考えられる．

34) s. Rebenich, S.: a. a. O., S. 443-453. モムゼンは中央党が勢力を増すことに対して危惧の念を抱いていた．

35) Mommsen, T.: Universität und Konfession, a. a. O., S. 432-436.

36) Demandt, A.: a. a. O., S. 165. Rebenich, S.: Theodor Mommsen und Adolf Harnack, a. a. O., S. 471f.. アーロンスはユダヤ人であり，トライチュケの演説におけるアーロンス批判が彼の大学からの追放を試みる運動のきっかけとなった．(A. a. O., S. 71f..)

37) 彼は政治と学問のみならず，芸術もまた（相対的に）自立的であるべきことを主張した．1890年代に論議の対象となった，劇作品や文学作品の検閲を義務とする「ハインツェ法案」に対する反対が，その例である．(s. Rebenich, S.: Theodor Mommsen und Adolf Harnack, a. a. O., S. 397-414.)

38) 「モムゼンはかつて若い時期に政治家として良い日々を見た．彼はドロイゼン，H. v. ジーベル（Sybel），H. v. トライチュケの側で，十分にドイツ的な志操を抱いて戦った．しかし1880年以降，我々は彼がビスマルクの政治に対して戦うあのリベラル派のグループに属しているのを見る．モムゼンがビスマルクに対し断固として対抗した理解に苦しむ流儀は，彼に名声を与えなかった．彼は自分が亡くなってから何十年かして，ビスマルクではなくて彼こそ正しかったことを世界が確信するであろうことを信じていた．今日において我々は，こうしたモムゼンの信念がただ子供染みていたと特徴付けることができよう．」(Below, G. v.: a. a. O., S. 593.)

39) Brief Mommsens an Lujo Brentano vom 3. Januar 1902, a. a. O..

40) Heuss, A.: Theodor Mommsen und das 19. Jahrhundert, a. a. O., S. 210.

41) Mommsen, T.: An die liberalen Wähler des 9. Schleswig-Holsteinischen Reichstags-Wahlkreises, a. a. O.. モムゼンと共和制に殉じて自殺したマルクス・カトー（Marcus Cato いわゆる小カトー）との類似が指摘されている．(Wucher, A.: Theodor Mommsen. Geschichtschreibung und Politik, a. a. O., S. 175. s. Mommsen, T.: Römische Geschichte, a. a. O., S. 458-460.)

42) Mommsen, T.: Rede zum Gedächtnis Kaiser Wilhelm des Ersten 22. März 1888, a. a. O., S. 159f..

43) Rebenich, S.: Theodor Mommsen und Adolf Harnack, a. a. O., S. 129-223. Demandt, A.: a. a. O., S. 155.

44) 「パピルス集成 Corpus papyrorum」，「貨幣集成 Corpus nummorum」など．

45) Demandt, A.: a. a. O., S. 152-154.

46) A. a. O..

47) A. a. O., S. 154.

48) A. a. O., S. 153f..

49) A. a. O., S. 155.

50) Mommsen, Theodor: Die einheitliche Limesforschung (1890), in: Reden und Aufsätze, a. a. O., S. 347.

51) ドナウ川の南部とライン川の西部がカトリシズム圏，ドナウ川の北部とライン川の東部がプロテスタンティズム圏とほぼ一致した．(Plessner, Helmuth: Die verspätete Nation [1935], in: Gesammelte Schriften, Bd. VI, Frankfurt am Main 1982, S. 55.)「夢のドイツは厳しく限定されていた．ドイツにとっての故郷とは，文化に飽き足り，ラテン性を注入された，防塞のこちら側（つまりドナウ川の南部とライン川の西部）の土壌だけのことであった．プロテスタンティズムやプロイセン性は，激しく拒否される．」(Faber, Richard: Abendland. Ein politischer Kampfbegriff, Berlin/Wien 2002,

S. 144. W. Picht von George の言葉.）

52） s. Mommsen, T.: Die einheitliche Limesforschung, a. a. O., S. 347-350. しかし実際にモムゼンは，このプロジェクトの予算を得るに際して中央党の議員の批判に遭い，次のように記さざるを得なかった．「今や幸運にも議決された帝国議会での防塞の事柄に関する決定を準備するのに骨を折った人々は，この営みのために単にドイツの資金のみならず，少なくとも同じくらいドイツ人の和合が要求されているということを決して忘れないであろう．数多くの協会と，さらにより多くの個々の研究者の無私で献身的な共同作業なしに，このような営みは遂行され得ない．この営みに携わった人々は，少なくともこの作業においてプロイセン人とシュヴァーベン人とヘッセン人とバイエルン人，保守派とリベラル派，カトリックとプロテスタントが誠実な共同体でうまく折り合う希望を持っていた．しかしそれは誤った希望であった．こうした中傷に不慣れでない人々もまた驚きと戦きを以て，我々の祖国を混乱に陥れる宗派間の争いという毒がこの営みに対してもまた植え付けられようとしているという経験をした．こうした毒を吹き込む試みが，拙劣で無為に終わらんことを．」（Mommsen, Theodor: Die Limesgelehrten des Herrn Lieber [1892], in: Gesammelte Schriften, a. a. O., Bd. 5, S. 455.）

53） Demandt, A.: a. a. O., S. 154.

54） s. Wickert, L.: a. a. O., S. 123.

55） Mommsen, Theodor: Rede am Leibnizschen Geburtstage 2. Juli 1874, in: Reden und Aufsätze, a. a. O., S. 49.

56） Demandt, A.: a. a. O., S. 157f.. この試みは，アルトホフとモムゼンの共同作業によって可能となった．（s. Brocke, Bernhard von: Hochschul- und Wissenschaftspolitik in Preußen und im Deutschen Kaiserreich 1882-1907. Das “System-Althoff”, in: Bildungspolitik in Preußen zur Zeit des Kaiserreichs, hrsg. v. Peter Baumgart, Stuttgart 1980, S. 53.）

57） Demandt, A.: a. a. O., S. 158.

58） A. a. O., S. 157. s. Hartmann, L. M.: a. a. O., S. 95.

59） Hartmann, L. M.: a. a. O., S. 96.

60） Treitschke, Heinrich: Unsere Aussichten, in: Preußische Jahrbücher, Bd. 44, 1879, S. 573-575.

61） 学者からはドロイゼン，ヴィルヒョーなどが加わった．Liebeschütz, Hans: Das Judentum im deutschen Geschichtsbild von Hegel bis Max Weber, Tübingen 1967, S. 341f.. Rebenich, S.: Theodor Mommsen und Adolf Harnack, a. a. O., S. 348. これを機にモムゼンはトライチュケから距離を取り，彼のアカデミーへの入会に対して一貫して反対し続けた．

62） Mommsen, T.: Auch ein Wort über unser Judentum (1880), in: Reden und Aufsätze, a. a. O., S. 410-426.

63） 彼に『ローマ史』の執筆を勧めたザロモン・ヒルツェル（Salomon Hirzel），リベラリズムの政治家バンベルガー，古典研究者のベルナイスなど．s. Wickert, Lothar:

Theodor Mommsen und Jacob Bernays, in: Historische Zeitschrift, Bd. 205, 1967, Heft 2, S. 270.

64) Mommsen, T.: Auch ein Wort über unser Judentum, a. a. O., S. 424. s. Mommsen, T.: Römische Geschichte, a. a. O., Bd. 5, S. 552.

65) Liebeschütz, H.: a. a. O., S. 197.

66) s. a. a. O., S. 199. s. Mommsen, T.: Auch ein Wort über unser Judentum, a. a. O., S. 423.

67) Rebenich, S.: Theodor Mommsen und Adolf Harnack, a. a. O., S. 348-350. s. Mommsen, T.: Römische Geschichte, a. a. O., S. 550-552.

68) Mommsen, T.: a. a. O..

69) s. Mommsen, T.: Die Grundrechte des deutschen Volkes, a. a. O., S. 36-38.

70) Liebeschütz, H.: a. a. O., S. 198.

71) Mommsen, T.: Römische Geschichte, a. a. O., Bd. 3, S. 550.

72) Mommsen, T.: Auch ein Wort über unser Judentum, a. a. O., S. 416f..

73) 1890年に「反ユダヤ主義を防ぐ協会」が結成された際，モムゼンはその創設者の1人となった．(Rebenich, S.: Theodor Mommsen und Adolf Harnack, a. a. O., S. 361.)

74) Mommsen, T.: Römische Kaisergeschichte, a. a. O., S. 42.

75) Wucher, A.: Theodor Mommsen. Geschichtschreibung und Politik, a. a. O., S. 198.

76) モムゼンは普仏戦争後，戦争中に中断していたドイツとフランスの学者の間の交流を再開すべく努力した．(Wickert, L.: Theodor Mommsen. Eine Biographie, a. a. O., S. 162f..)

77) モムゼンは普仏戦争直後の祝賀演説において，「侵略は民族を統合する限りにおいては自己保存であるが，それがナショナルな国境を越えるや否や自己破壊になる」と主張した．(Mommsen, Theodor: Die germanische Politik des Augustus [1871], in: Reden und Aufsätze, a. a. O., S. 318.)

78) Mommsen, Theodor: Ninive und Sedan, in: Die Nation, Jg. 17, Nr. 47, 25. August 1900, S. 658f..

79) Rebenich, S.: Theodor Mommsen und Adolf Harnack, a. a. O., S. 499, 556. モムゼンはカエサルをクロムウェルに譬えた．(Mommsen, T.: Römische Geschichte, a. a. O., S. 465.)

80) Rebenich, S.: a. a. O., S. 499f..

81) Hartmann, L. M.: a. a. O., S. 127.

82) Wucher, A.: Theodor Mommsen als Kritiker der deutschen Nation, a. a. O., S. 268.

83) Rebenich, S.: Theodor Mommsen und Adolf Harnack, a. a. O., S. 489.

84) Mommsen, Theodor: Deutschland und England, in: Die Nation, Jg. 21, Nr. 2, 10. Oktober 1903, S. 21.

85) Rebenich, S.: Theodor Mommsen und Adolf Harnack, a. a. O., S. 490-518.

86) Mommsen, T.: Deutschland und England, a. a. O., S. 20f..
87) Mommsen, T.: Rede zur Feier des Geburtstages des Kaisers 19. März 1885, a. a. O., S. 142.
88) s. a. a. O.. Wucher, A.: Theodor Mommsen. Geschichtschreibung und Politik, a. a. O., S. 196.
89) Wucher, A.: Theodor Mommsen als Kritiker der deutschen Nation, a. a. O., S. 270.
90) s. Mommsen, T.: Römische Geschichte, a. a. O., S. 586.
91) Mommsen, Theodor: Zu dem Artikel Leroy-Beaulieu's: Über die Vereinigten Staaten von Europa, in: Die Umschau. Übersicht über die Fortschritte und Bewegungen auf dem Gesamtgebiet der Wissenschaft, Technik, Litteratur und Kunst, Jg. IV, 1900, S. 741.
92) Mommsen, T.: Römische Geschichte, a. a. O., Bd. 5, S. 4f..
93) Momigliano, Arnold: 1. Heuß, A.: Theodor Mommsen und das 19. Jahrhundert, 2. Wucher, A.: Theodor Mommsen. Geschichtschreibung und Politik, in: Gnomon. Kritische Zeitschrift für die gesamte klassische Altertumswissenschaft, Bd. 30, 1958, S. 5.
94) Rebenich, S.: Theodor Mommsen und Adolf Harnack, a. a. O., S. 463, 467. Kuczynski, J.: a. a. O., S. 68f.. 彼はかつて社会民主主義者を働かざる無産者の集まりと見なし，批判していた.（Mommsen, Theodor: Rede bei Antritt des Rektorates 15. Oktober 1874, in: Reden und Aufsätze, a. a. O., S. 8.）
95) Brief Mommsens an Lujo Brentano vom 30. Oktober 1901, in: Rebenich, S.: Theodor Mommsen und Adolf Harnack, a. a. O., S. 839.
96) Rebenich, S.: a. a. O., S. 463-467.
97) Mommsen, Theodor: Was uns noch retten kann. in: Die Nation, Jg. 20, Nr. 11, 13. Dezember 1902, S. 164.
98) Noch ein Brief Theodor Mommsens (Brief Mommsens an den Herausgeber Dr. W. Borgius betreffend die Reichstagswahlen), in: Deutsche Wirtschaftspolitik, Nr. 39, Dezember 1903, S. 228f..
99) Flaig, Egon: Im Schlepptau der Masse. Politische Obsession und historiographische Konstruktion bei Jacob Burckhardt und Theodor Mommsen, in: Rechtshistorisches Journal, Bd. 12, 1993, S. 436.
100) A. a. O..
101) Mommsen, Theodor: Rede zur Feier des Geburtstages des Kaisers 24. März 1881, in: Reden und Aufsätze, a. a. O., S. 109.
102) Flaig, E.: a. a. O..
103) s. Mommsen, T.: Römische Geschichte, a. a. O., Bd. 1, S. 802.
104) s. Flaig, E.: a. a. O., S. 409. 第2部1章の注200を参照.

105) s. Mommsen, T.: Römische Geschichte, a. a. O., Bd. 2, S. 94.

106) 第1章の注75を参照.

107) モムゼンは不可知論の立場から，キリスト教や宗教の行使のあらゆる形態に対して否定的であったにもかかわらず，彼の学問への献身と反聖職者主義が示したように，プロテスタンティズムの文化覇権的，教養エリート的なイデオロギーによって性格付けられていたことが指摘されている（Rebenich, S.: Theodor Mommsen und Adolf Harnack, a. a. O., S. 558f..）. 彼はルターを高く評価し，ドイツの学問とその自由な探求はルターに発すると説いた.（Mommsen, Theodor: Ansprache am Leibnizschen Gedächtnistage 28. Juni 1883, in: Reden und Aufsätze, a. a. O., S. 117f..）

108) Mommsen, T.: Zu dem Artikel Leroy-Beaulieu's, a. a. O..

109) Hartmann, L. M.: a. a. O., S. 126. s. Mommsen, T.: Rede zur Feier des Geburtstages des Kaisers 19. März 1885, a. a. O., S. 142.

第4部　ニーチェの人文主義観とドイツの文化的な国民形成

第1章　文化改革観と『悲劇の誕生』

1）当時の6年制のギュムナジウムと大学の間に位置付けられ，今日のギュムナジウムにおける最後の3年間の課程に当たる．s. Gutzwiller, Hans: Friedrich Nietzsches Lehrtätigkeit am Basler Pädagogium 1869-1876, in: Basler Zeitschrift für Geschichte und Altertumskunde, Bd. 50, 1950, S. 151f..

2）Overbeck, Franz: Erinnerungen an Friedrich Nietzsche, in: Die neue Rundschau, Bd. 1, 1906, S. 224.

3）Nietzsche, Friedrich: Die Geburt der Tragödie aus dem Geiste der Musik, in: Werke. Kritische Gesamtausgabe, hrsg. v. Giorgio Colli u. Mazzino Motinari, Berlin 1967- (以下 KGW と略), Bd. III/1, S. 111f..

4）A. a. O., S. 112.

5）Plessner, Helmuth: Die verspätete Nation (1935), in: Gesammelte Schriften VI, Frankfurt am Main 1982, S. 89.

6）Nietzsche, Friedrich: Ueber die Zukunft unserer Bildungsanstalten, in: KGW, a. a. O., Bd. III/2, S. 233.

7）Janz, Curt Paul: Friedrich Nietzsche. Biographie, München/Wien 1978-1979, Bd. 1, S. 123f..

8）Reibnitz, Barbara von: Vom 'Sprachkunstwerk' zur 'Leseliteratur'. Nietzsches Blick auf die griechische Literaturgeschichte als Gegenentwurf zur aristotelischen Poetik, in: "Centauren-Geburten". Wissenschaft, Kunst und Philosophie beim jungen Nietzsche, hrsg. v. Tilman Borsche, Federico Gerratana, Aldo Venturelli, Berlin/New York 1994, S. 51-53.

9）Ritschl, Friedrich: Zur Methode des philologischen Studiums (Bruchstücke und Aphorismen), in: Opuscula philologica V (1879), Hildesheim/New York 1978, S. 27.

10）Nietzsche, Friedrich: Werke und Briefe, in: Historisch-kritische Gesamtausgabe, Bd. 5, München 1940, S. 194f..（この引用箇所は，グロイター版の全集では未刊行.）

11）Nietzsche, Friedrich: Nachgelassene Aufzeichnungen, Herbst 1864 - Frühjahr 1868, in: KGW, a. a. O., Bd. I/4, S. 538f.. A. a. O.: Schopenhauer als Erzieher, in: a. a. O., Bd. III/1, S. 413. A. a. O.: Nachgelassene Fragmente, Sommer 1872 bis Ende 1874, in: a. a. O., Bd. III/4, S. 396. s. Barnes, John: Nietzsche and Diogenes Laertius, in: Nietzsche-Studien, Bd. 15, 1986, p. 30.

12）s. Nietzsche, F.: Werke und Briefe, a. a. O., S. 126f..（この引用箇所も，グロイター版の全集では未刊行.）

13）Brief Nietzsches an Erwin Rohde vom 1-3. Februar 1868, in: Friedrich Nietzsche: Briefwechsel. Kritische Gesamtausgabe, hrsg. v. Giorgio Colli u. Mazzino Montina-

ri, Berlin/New York 1975-, Bd. I/2, S. 245-250.

14) Nietzsche, F.: Nachgelassene Aufzeichnungen, Herbst 1864 - Frühjahr 1868, a. a. O., S. 534-537.

15) A. a. O..

16) A. a. O., S. 351-378.

17) A. a. O., S. 557.

18) A. a. O., S. 559.

19) A. a. O., S. 560, 563.

20) Nietzsche, Friedrich: Homer und die klassische Philologie (1869), in: KGW, a. a. O., Bd. II/1, S. 257.

21) A. a. O., S. 267.

22) 「マタイによる福音書 9 －17」(『聖書』[新共同訳，日本聖書協会，1998年])．

23) Nietzsche, F.: Homer und die klassische Philologie, a. a. O., S. 267.

24) A. a. O., S. 254.

25) A. a. O., S. 268.

26) Seneca, Lucius Annaeus: Ad Lucilium epistulae morales, with an English translation by Richard M. Gummere, London 1962, 108-123, p. 248.

27) Landfester, Manfred: Stellenkommentar, in: Friedrich Nietzsche, Schriften zur Literatur und Philosophie der Griechen, Frankfurt am Main 1994, S. 445.

28) Nietzsche, F.: Homer und die klassische Philologie, a. a. O., S. 254.

29) A. a. O., S. 267.

30) Schadewaldt, Wolfgang: Richard Wagner und die Griechen, in: Hellas und Hesperien. Gesammelte Schriften zur Antike und zur Neueren Literatur, Zürich-Stuttgart 1960, Bd. 2, S. 351-353.

31) Wagner, Richard: Die Kunst und die Revolution (1849), in: Gesammelte Schriften und Dichtungen, Bd. 3, Leipzig 1887, S. 29-31. s. Borchmeyer, Dieter: Das Theater Richard Wagners. Idee - Dichtung - Wirkung, Stuttgart 1982, S. 24f., 39. 彼の企図は，1850年代以降に高まりを見せた大衆ナショナリズム主導の歌唱祭と重なる面があった．

32) Brief Nietzsches an Carl von Gersdorff vom Ende August 1866, in: Friedrich Nietzsche: Briefwechsel, a. a. O., S. 149-154.

33) Nietzsche, Friedrich: Die Geburt des tragischen Gedankens, in: KGW, a. a. O., Bd. III/2, S. 76.

34) Brief Nietzsches an Carl von Gersdorff vom 12. Dezember 1870, in: Friedrich Nietzsche: Briefwechsel, a. a. O., Bd. II/1, S. 162. 同様の内容についてニーチェは『悲劇の誕生』の刊行後，「『悲劇の誕生』は（それによって）たとえ多くの個人が没落しようとも，我々の古代学やドイツの本質にとって希望に満ちた本であります」と報じている．(Brief Nietzsches an Friedrich Ritschl vom 30. Januar 1872, in: a. a. O., S. 281f..)

35) Nietzsche, Friedrich: David Strauss als Bekenner und Schriftsteller, in: KGW, a.

a. O., Bd. III/1, S. 155f..

36）「その際に我々の中には，外から入り込んだ途方もない力が長期間にわたって形式の救いがたい野蛮状態において漫然と生きる精神を自らの形式下に奴隷状態へと強いた後，あたかも悲劇時代の誕生がドイツ精神にとってただ自己への帰還，神聖な自己の再発見を意味し得るという感覚が生きている．今やドイツ精神はついに自らの本質の源泉へ立ち戻った後，あらゆる民族の前で勇敢に自由に，ロマンス文明に手を取られることなく，周りを歩き回って差し支えないのだ．」(Nietzsche, F.: Die Geburt der Tragödie, a. a. O., S. 124f..)

37） Flashar, Hellmut: Griechische Tragödie für das Bildungsbürgertum des 19. Jahrhunderts, in: Inszenierung der Antike. Das griechische Drama auf der Bühne der Neuzeit 1585-1990, München 1991, S. 82f..

38） Fraenkel, Michael: Jacob Bernays. Ein Lebensbild in Briefen, Breslau 1932, S. 11.

39） Gründer, Karlfried: Jacob Bernays und der Streit um die Katharsis, in: Epirrhosis. Festgabe für Carl Schmitt, hrsg. v. Hans Barion, Ernst-Wolfgang Böckenförde, Ernst Forsthoff, Werner Weber, Berlin 1968, S. 508.

40） Reibnitz, Barbara von: Ein Kommentar zu Friedrich Nietzsche, “Die Geburt der Tragödie aus dem Geiste der Musik” (Kap. 1-12), Stuttgart 1992, S. 112.

41） ニーチェは『悲劇の誕生』の冒頭に付された「リヒァルト・ヴァーグナーへの献辞」の中で，彼ら2人が「真剣なドイツ的な問題と関わりを持っている」(Nietzsche, F.: Die Geburt der Tragödie, a. a. O., S. 20.) と記している．

42） A. a. O., S. 148.

43） A. a. O., S. 22-25.

44） A. a. O..

45） A. a. O., S. 21.

46） アポロン的なものとディオニュソス的なものが実は言語の構成要素であるという洞察は，『悲劇の誕生』の中には明示的に記されていないが，遺稿の Nietzsche, Friedrich: Nachgelassene Fragmente, Herbst 1869 bis Herbst 1872, in: KGW, a. a. O., Bd. III/3, S. 45, 259 を参照．

47） Nietzsche, F.: Die Geburt der Tragödie, a. a. O., S. 31.

48） A. a. O., S. 52.

49） A. a. O..

50） A. a. O., S. 31, 36f..

51） A. a. O., S. 53.

52） A. a. O., S. 122.

53） A. a. O., S. 53.

54） A. a. O., S. 35f..

55） A. a. O., S. 24, 114.

56） A. a. O., S. 148.

57) A. a. O., S. 36f..

58) A. a. O., S. 48f.. s. Reibnitz, B. v.: Ein Kommentar zu Friedrich Nietzsche, “Die Geburt der Tragödie aus dem Geiste der Musik”, a. a. O., S. 195-198.

59) s. Nietzsche, F.: Nachgelassene Fragmente, Herbst 1869 bis Herbst 1872, a. a. O., S. 324.

60) Nietzsche, F.: Die Geburt der Tragödie, a. a. O., S. 54.

61) A. a. O., S. 27f..

62) A. a. O., S. 51f..

63) A. a. O., S. 53.

64) A. a. O., S. 54.

65) A. a. O., S. 51f..

66) A. a. O., S. 53f..

67) A. a. O., S. 74.

68) A. a. O., S. 144.

69) A. a. O., S. 113.

70) A. a. O., S. 73.

71) s. a. a. O., S. 73, 113f..

72) A. a. O., S. 95f..

73) A. a. O., S. 90.

74) A. a. O., S. 79.

75) A. a. O., S. 80.

76) A. a. O., S. 79.

77) A. a. O., S. 56. s. Reibnitz, B. v.: Ein Kommentar zu Friedrich Nietzsche, “Die Geburt der Tragödie aus dem Geiste der Musik”, a. a. O., S. 328-330.

78) A. a. O., S. 51.

79) A. a. O..

80) A. a. O., S. 81.

81) A. a. O., S. 75f.. s. Reibnitz, B. v.: Ein Kommentar zu Friedrich Nietzsche, “Die Geburt der Tragödie aus dem Geiste der Musik”, a. a. O., S. 310f..

82) Reibnitz, B. v.: a. a. O., S. 301.

83) Nietzsche, F.: Die Geburt der Tragödie, a. a. O., S. 144f..

84) A. a. O., S. 141f..

85) 『悲劇の誕生』が18世紀以来レッシングやヘルダーによって機械論的な詩学の代表とされてきたアリストテレス詩学に対する反対構想として読めるのではないか，という主張がなされている（Reibnitz, B. v.: Vom ‘Sprachkunstwerk’ zur ‘Leseliteratur’, a. a. O., S. 62.）．その他，第1部1章の注57，64を参照．

86) Nietzsche, F.: Die Geburt der Tragödie, a. a. O., S. 28.

87) A. a. O., S. 129.

88) A. a. O., S. 40, 44, 130, 133.
89) A. a. O., S. 86, 97. s. Nietzsche, Friedrich: Der griechische Staat, in: KGW, a. a. O., Bd. III/2, S. 261f., 266f..
90) Nietzsche, F.: Die Geburt der Tragödie, a. a. O., S. 123.
91) A. a. O., S. 143.
92) A. a. O., S. 123.
93) A. a. O., S. 124.
94) A. a. O., S. 125.
95) A. a. O., S. 95.
96) A. a. O., S. 97.
97) A. a. O., S. 95.
98) s. a. a. O., S. 98, 107.
99) Deutsches Wörterbuch von Jacob Grimm und Wilhelm Grimm, hrsg. v. der Deutschen Akademie der Wissenschaften zu Berlin, Leipzig 1956, Bd. X, II, S. 1083.
100) 例えば18世紀初期の敬虔主義，19世紀初期の新人文主義は，共にドイツの国民形成と結び付いた一種の信仰覚醒運動であった．
101) Nietzsche, F.: Die Geburt der Tragödie, a. a. O., S. 67.
102) A. a. O., S. 74. ニーチェは聖ヨハネの祭り（A. a. O., S. 25.），「ヨハネ福音書」がギリシャのディオニュソス的なものの雰囲気から生まれたこと（A. a. O.. Nietzsche, F.: Der griechische Staat, a. a. O., S. 262.）を主張し，また「異教的 Heidnisch 対キリスト教的 Christlich」という対立ではなく，生に対して「悲観的 pessimistisch か楽天的 optimistisch か」が根本問題であると述べている（Nietzsche, Friedrich: Encyklopaedie der klass. Philologie [1871], in: KGW, a. a. O., Bd. II/3, S. 370.）．
103) 同時代のキリスト教に対するニーチェの批判が，（敬虔主義など）ドイツの「霊性主義 Spiritualismus」による正統主義的なキリスト教に対する批判の流れを汲むことが指摘されている．（Benz, Ernst: Nietzsches Ideen zur Geschichte des Christentums und der Kirche, Leiden 1956, S. 122-134.）
104) Nietzsche, F.: Die Geburt der Tragödie, a. a. O., S. 43.
105) 『旧約聖書』の「イザヤ書11－6～8」(A. a. O., S. 25f..)，ラファエロの「キリストの変容」(A. a. O., S. 35.)．
106) A. a. O., S. 21. ニーチェが『悲劇の誕生』を明確に反キリスト教的な書物として解釈した同書の第2版における前述の「自己批判の試み」の中で，『音楽の精神からの悲劇の誕生』というタイトルから「音楽の精神からの」という表現を除き，代わりに「あるいはギリシャ性とペシミズム」という表現を据えた点からも，こうした解釈を支持し得よう．つまり，彼はこの「音楽の精神からの」という表現を除くことによって，キリスト生誕との類比の含蓄を払拭しようと試みたことが考えられるのである．
107) 注33を参照．
108) Hentschke, Ada/Muhlack, Ulrich: Einführung in die Geschichte der Klassischen

Philologie, Darmstadt 1972, S. 107.

109) Nietzsche, F.: Die Geburt der Tragödie, a. a. O., S. 98.

110) A. a. O., S. 92.

111) Nietzsche, Friedrich: Vom Nutzen und Nachtheil der Historie für das Leben, in: KGW, a. a. O., Bd. III/1, S. 253.

112) Nietzsche, F.: Homer und die klassische Philologie, a. a. O., S. 252-254.

113) まず「芸術の学問に対する優位」に対応する「ディオニュソス的なもののアポロン的なものに対する優位」の例として，ニーチェは以下のように記している．「彼（美的聴衆）は舞台の聖化された（アポロン的な）世界を見ながらも，この世界を（ディオニュソス的に）否定する．彼は眼前に悲劇的な英雄を叙事詩的な明瞭さと美の中に（アポロン的に）見ながらも，その（ディオニュソス的な）破滅に喜びを覚える．（中略）彼は今まで以上に（アポロン的に）深く見ながらも，（ディオニュソス的に）盲目になることを望む．」(Nietzsche, F.: Die Geburt der Tragödie, a. a. O., S. 136f..) 他方，「芸術と学問の相互補完的な関係」に対応する「ディオニュオス的なものとアポロン的なものの相互補完的な関係」の例としてニーチェは，「音楽の助けを借りて，そのあらゆる運動や形姿が内的にはっきりと照明を受け，あたかも我々が機織機の織物が上下に小刻みに震えるのを見るかのように我々の眼前に繰り広げられるドラマは，全体として，あらゆるアポロン的な芸術作用の彼岸にある作用を達成している．（中略）そこでアポロン的なものとディオニュソス的なものの間の難しい関係は，まことに2つの神性による兄弟間の契りによって象徴化し得るであろう．ディオニュソスはアポロンの言葉を語り，しかしアポロンはついにはディオニュソスの言葉を語る．これによって悲劇と芸術一般の最高の目的が達成されたのだ」(A. a. O., S. 135f..) と述べている．

114) A. a. O., S. 141.

115) A. a. O., S. 49.

116) A. a. O., S. 147.

117) A. a. O., S. 113f..

118) s. a. a. O., S. 113. s. a. a. O..: Der griechische Staat, a. a. O., S. 261-263. ニーチェは『悲劇の誕生』において「Volk 民族・大衆」に言及しており，彼はそれを「民族」という（自然に近い）文化の主体としては高く（A. a. O., S. 32f..），「大衆」という（啓蒙主義以後の）政治的な主体としては低く評価している（A. a. O., S. 73.）．

119) A. a. O., S. 48-50.

120) A. a. O., S. 139f..

121) A. a. O., S. 91, 139.

122) A. a. O., S. 139f..

123) A. a. O., S. 129.

124) Nietzsche, F.: Vom Nutzen und Nachtheil der Historie für das Leben, a. a. O., S. 274.

125) Reibnitz, Barbara von: Nietzsches “Griechischer Staat” und das Deutsche

Kaiserreich, in: Der Altsprachliche Unterricht, Bd. 30, 1987, Heft 3, S. 77.

126) Nietzsche, F.: Der griechische Staat, a. a. O., S. 267f..

127) s. Brief Nietzsches an Carl von Gersdorff vom 21. Juni 1871, in: Friedrich Nietzsche: Briefwechsel, a. a. O., S. 204.

128) Ernst, Paul: Friedrich Nietzsche. Seine Philosophie, in: Freie Bühne für modernes Leben, Bd. I, 1890, Heft 5, S. 519.

129) Nietzsche, F.: Der griechische Staat, a. a. O., S. 269.

130) A. a. O., S. 264f..

131) A. a. O., S. 269.

132) s. Reibnitz, B. v.: Nietzsches "Griechischer Staat" und das Deutsche Kaiserreich, a. a. O., S. 80.

133) Nietzsche, F.: Der griechische Staat, a. a. O., S. 262f..

134) A. a. O., S. 261f..

135) A. a. O., S. 258.

136) これは，ニーチェ自身が行ったアッティカ悲劇への性格付けによる．s. Nietzsche, Friedrich: Einleitung in die Tragödie des Sophocles. 20 Vorlesungen, in: KGW, a. a. O., Bd. II/3, S. 10f..

137) Nietzsche, F.: Die Geburt der Tragödie, a. a. O., S. 113f..

138) s. a. a. O., S. 106.

139) 1860年代以降の「文化国家」の構想においては，ヴォルフの図式を踏襲して文化が文明を統合すべきことが考えられていた．しかし他方では，モムゼンが『ローマ史』において文明（政治・経済など）を代表するローマによる，文化（芸術）を代表するギリシャの統合を褒め称えたように，文明を文化よりも重視する見解が広まりつつあった．

140) ラントフェスターは，『悲劇の誕生』の中に（新人文主義の草創期における）「人文主義的な原理主義の更新」(Landfester, Manfred: Der junge Nietzsche: Der Philologe als Philosoph und Prophet oder die Antike als Vorbild für Gegenwart und Zukunft, in: Friedrich Nietzsche, Schriften zur Literatur und Philosophie der Griechen, a. a. O., S. 545.）を見出している．第1部1章の注46を参照．

141) 本章で展開した，ニーチェによる文化改革の構想とルターの宗教改革の重なりは，ニーチェの古代ギリシャ観からも推測することができよう．すなわち彼は，ペルシャ戦争がなければギリシャ人は統一の理念を（政治ではなく）精神の「宗教改革 Reformation」(Nietzsche, F.: Nachgelassene Fragmente, Sommer 1872 bis Ende 1874, a. a. O., S. 133.）によって得たであろうと主張し，（ヴィラモーヴィッツ＝メレンドルフの理想視した）アッティカ帝国ではなくて，エンペドクレス，ピタゴラス，ヘラクレイトスなどの哲学者がギリシャ人の文化的な統一を促進したであろうことを願ったのである．この見解においてアッティカ帝国が第二帝国の中へ，エンペドクレス，ピタゴラス，ヘラクレイトスなどの哲学者がドイツ古典主義や人文主義の系譜を継ぐ教養エリートの姿へ投影されていることは明らかである．(s. Cancik, Hubert: Das Thema »Religion und

Kultur« bei Friedrich Nietzsche und Franz Overbeck, in: Philolog und Kultfigur. Friedrich Nietzsche und seine Antike in Deutschland, Stuttgart/Weimar 1999, S. 57f., s. S. 67f..)

142) 「文化批判と政治的なプログラムに捧げられているニーチェの『悲劇の誕生』の第3部（第19章から第25章まで）は，本書の余韻や副産物ではなくて，最高点にして目的である．ニーチェは明らかにヴァーグナーと話し合った結果，『悲劇の誕生』の初期の草稿から「ギリシャの国家」のために多くの箇所を抜き出してしまった．ただ第18章の中にのみ幾つかの文章が残っており，ギリシャの文化国家・奴隷国家とその悲劇的な英知のモデルは，1872年の（ドイツ）文化国家の危機を克服する助けとなるべきであった．「悲劇の再生」というレッテルの背後には，特に政治的なプログラムが隠されている．」（Cancik, Hubert: Nietzsches Antike. Vorlesung [1995], Stuttgart/Weimar ²2000, S. 61.）

143) ニーチェは後年この2つの人間像を，それぞれ human あるいは menschlich な人間像として区別するに至る．（Nietzsche, Friedrich: Nachgelassene Fragmente, Anfang 1875 bis Frühling 1876, in: KGW, a. a. O., Bd. IV/1, S. 93f..)

144) ヴォルフは歴史学的な研究によって，ホメロスの2大叙事詩の成立や伝承の過程について知り得る範囲を確定しようと試みたが，ニーチェはそれとは逆に歴史学的な研究によっては知り得ない，いわば「信仰」の領域まで踏み込もうとした．ニーチェは『ホメロスへの序論』における既成のホメロス像に対する批判がいわば偶像批判として受け取られ生産的な受容を呼び起こしたように，『悲劇の誕生』における歴史学的な研究に対する批判が同様に受け取られドイツ文化の振興をもたらすことを期待したと思われる．『悲劇の誕生』は出版後しばらくの間，積極的な受容を見出さなかったが，長い目で見れば同書が『ホメロスへの序論』に優るとも劣らない影響をドイツ文学・文化に対して与えたことは確かである．ニーチェはすでにライプツィヒ大学での修業時代から，ヴォルフの『ホメロスへの序論』に対して関心を持っていた（Nietzsche, F.: Nachgelassene Aufzeichnungen, Herbst 1864 - Frühjahr 1868, a. a. O., S. 232, 535.）．1870年前後にニーチェがバーゼル大学で行った講義においても，彼によるヴォルフに対する高い評価が現れている（Nietzsche, F.: Encyklopaedie der klass. Philologie, a. a. O., S. 373, 405.）．さらにニーチェは『悲劇の誕生』の出版直後，バーゼル大学における1872／73年度冬学期のゼミにおいて「ホメロスといわゆるホメロス問題について」取り扱う告示を出した（しかしこのゼミには参加希望者が存在せず，実際には成立しなかった）（Janz, Curt Paul: Friedrich Nietzsches akademische Lehrtätigkeit in Basel 1869-1879, in: Nietzsche-Studien, Bd. 3, 1974, S. 194, 198.）．

145) Fuhrmann, Manfred: Latein und Europa. Geschichte des gelehrten Unterrichts in Deutschland von Karl dem Großen bis Wilhelm II., Köln 2001, S. 201.

146) ただし彼は古典語との取り組みに基づく形式的陶冶を，学問的・道徳的な陶冶ではなく，美的・芸術的な陶冶としては肯定している（Nietzsche, F.: Nachgelassene Fragmente, Anfang 1875 bis Frühling 1876, a. a. O., S. 126.）．

147） 彼は同様の理由からジューフェルンによって起草されたような新人文主義的な古典語教育のコンセプトを，「知性の領域における自然的な位階に対する反対」（Nietzsche, F.: Ueber die Zukunft unserer Bildungsanstalten, a. a. O., S. 191.）としてかつてのベッケドルフと同様に拒否し，人間の普遍的な陶冶の可能性を否定した.

148） Janz, C. P.: Friedrich Nietzsche. Biographie, a. a. O., S. 316f., 323-326.

149） Brief Bachofens an Heinrich Meyer-Ochsner vom 15. September 1870, in: Briefe, in: Gesammelte Werke, hrsg. v. Karl Meuli, Basel/Stuttgart 1943-, Bd. 10, S. 447f.. Brief Burckhardts an Max Alioth vom 10. September 1881, in: Briefe, mit Benutzung des handschriftlichen Nachlasses, bearbeitet v. Max Burckhardt, Basel/Stuttgart 1949-, Bd. VII, S. 289. Brief Burckhardts an Max Alioth vom 23. Merz (sic) 1888, in: a. a. O., Bd. IX, S. 125f..

150） Wilamowitz-Moellendorff, Ulrich von: Zukunftsphilologie! eine erwidrung auf Friedrich Nietzsches, ord. professors der classischen philologie zu Basel »geburt der tragödie« (1872), in: Der Streit um Nietzsches ›Die Geburt der Tragödie‹. Die Schriften von E. Rohde, R. Wagner, U. v. Wilamowitz-Möllendorff, zusammengestellt und eingeleitet von Karlfried Gründer, Hildesheim 1969, S. 31-33.

151） この改革は，教育の分野へも及ぶべきものであった.「私（ニーチェ）がこうした観点で未来から期待することは，ドイツ精神の一般的な更新，活性化，純化であり，このドイツ精神からこの施設（ギュムナジウム）がある程度新しく生まれ，それからこの新生の後で古いと同時に新しく見えることです.」（Nietzsche, F.: Ueber die Zukunft unserer Bildungsanstalten, a. a. O., S. 137.）

152） ラングベーンはニーチェの著作によって大いに啓発された（Langbehn, Julius: Rembrandt als Erzieher. Von einem Deutschen, Leipzig 1890, S. 241. Stern, Fritz: The politics of cultural despair. A study in the rise of the Germanic ideology, Berkeley 1961, pp. 107-109.）. ラガルドとニーチェの間に直接の交渉はなかったが，両者はいったん精神的な伝統（ラガルドの場合はキリスト教の本来の福音，初期ニーチェの場合は人文主義）と既成の「国家 Staat」との分離を唱えた上で，この精神的な伝統とある未知のドイツ・ナショナルな共同体との結び付きを実現（回復）しようと試みた点において，類似していた.

第2章　ヨーロッパへの関心の移行とドイツ・ヨーロッパの再編

1） Nietzsche, F.: Vom Nutzen und Nachtheil der Historie für das Leben, a. a. O., S. 243.

2） Janz, C. P.: Friedrich Nietzsche. Biographie, a. a. O., S. 463-477.

3） Cicero, Marcus Tullius: De oratore, with an English translation by E. W. Sutton, London 2nd ed. ^{2}1959, II 36, p. 224.

4） Nietzsche, F.: Vom Nutzen und Nachtheil der Historie für das Leben, a. a. O., S. 329.

5） A. a. O., S. 241-243. この箇所でニーチェは外界への単なる適合を目指す「獣性」に対する批判を行っており，かつての新人文主義による汎愛主義に対する批判の型を踏襲している．第1部1章の注89を参照．
6） A. a. O., S. 256, 269, 272-277, 280, 284f., 296, 299, 301. That と Werk は共に行為という意味において同格で表現されている（A. a. O., S. 256.）．
7） A. a. O., S. 292.
8） A. a. O., S. 302. この点に，「ホメロスの人格について」における「文字は殺すが，霊は生かす」問題意識が反映していると言えよう．
9） A. a. O., S. 246. ニーチェはこの引用部において，生を「あらゆる有機体的なものの生」と言い換えている．
10） A. a. O..
11） A. a. O., S. 274, 324, 330.
12） A. a. O., S. 254.
13） A. a. O., S. 259.
14） A. a. O., S. 261-265.
15） A. a. O., S. 265f..
16） Nietzsche, F.: Nachgelassene Fragmente, Sommer 1872 bis Ende 1874, a. a. O., S. 255.
17） Nietzsche, F.: Vom Nutzen und Nachtheil der Historie für das Leben, a. a. O., S. 260.
18） A. a. O., S. 267.
19） A. a. O., S. 267f..
20） A. a. O., S. 296f..
21） Nietzsche, F.: Nachgelassene Fragmente, Anfang 1875 bis Früling 1876, a. a. O., S. 110.
22） Nietzsche, F.: Vom Nutzen und Nachtheil der Historie für das Leben, a. a. O., S. 268-274.
23） A. a. O., S. 326.
24） A. a. O., S. 250f., 326.
25） A. a. O., S. 253.
26） A. a. O., S. 286-291.
27） A. a. O., S. 253. これはキリスト教において，「文字は殺す」事態に対応する．
28） A. a. O..
29） A. a. O..
30） 第1章の注の96，97を参照．
31） Nietzsche, F.: Vom Nutzen und Nachtheil der Historie für das Leben, a. a. O., S. 303.
32） A. a. O., S. 330.

33) A. a. O., S. 296.
34) A. a. O., S. 325.
35) 『悲劇の誕生』において，「ソクラテス的なもの」は機械論，「ディオニュソス的なもの」は有機体論と重なるものであったと考えられるが，この相違する両者の文化原理の基底にディオニュソス的なものとアポロン的なものという共通の美的原理が存することをニーチェは指摘していたわけである．
36) Nietzsche, F.: Vom Nutzen und Nachtheil der Historie für das Leben, a. a. O., S. 315f.. 第1章の注118を参照．
37) 新人文主義によるドイツ国民形成のコンセプトにおいては，認識のメディアとしての言語（古典語）・学問（古典研究）が個人（人間）やドイツ・ネイションの形成のメディアとなることが期待されていた．しかし実際にはプロイセンのシュルツェの文教政策やベークの歴史学的－批判的な古典研究に現れたように，言語（古典語）や学問（古典研究）との取り組みが個人（人間）や（ドイツ・ネイションの模範とされた）古代ギリシャの規範性を破壊するメディアとなりかねないことが問題視されつつあった．これに対してニーチェは「生に対する歴史研究の利害について」の中で，『悲劇の誕生』においては非明示的に記されたに過ぎなかった認識のメディア（認識に奉仕する歴史学的な衝動 der historische Trieb）と形成のメディア（形成衝動 Bautrieb）の区別をはっきりと行っている（A. a. O., S. 291f..）．
38) 後にニーチェは『ツァラトゥストラはこう語った』に現れたように，詩人としての創作活動によって，近代の新たな芸術や神話の創出を試みた（同書は彼によれば，「第5の福音書」［Brief Nietzsches an Ernst Schmeitzner vom 13. Februar 1883, in: Friedrich Nietzsche: Briefwechsel, a. a. O., Bd. III/1, S. 327.］たるべきであった）．
39) Nietzsche, F.: Vom Nutzen und Nachtheil der Historie für das Leben, a. a. O., S. 299, 302.
40) A. a. O., S. 299f..
41) A. a. O., S. 242.
42) A. a. O., S. 300.
43) A. a. O..
44) A. a. O., S. 301.
45) A. a. O., S. 292-294.
46) A. a. O., S. 313.
47) A. a. O., S. 302.
48) ニーチェは「われら文献学者」への覚書においても「古代を時代に応じて取得すべきこと」(Nietzsche, F.: Nachgelassene Fragmente, Anfang 1875 bis Früling 1876, a. a. O., S. 107.) を唱えており，彼は古典古代の規範性を全体として前提しつつも，古典古代の中のどの部分を規範的と見なすか，という問いに対する答えは時代に応じて変化すべきであると考えていた．このような試み自体は新しいものではなく，すでにドロイゼンはデモステネスに対する批判とアレクサンダー大王の再評価，モムゼンはキケロに

対する批判とカエサルの再評価により（従来の文化的な古典古代像に代わる）新たな（政治的な）古典古代像を構築していた．ニーチェはこれらの試みとは反対に，先祖返り的に本来の文化的な古典古代像の再構築を図ったと言えよう．

49） Nietzsche, F.: Vom Nutzen und Nachtheil der Historie für das Leben, a. a. O., S. 304.

50） A. a. O..

51） Nietzsche, F.: Ueber die Zukunft unserer Bildungsanstalten, a. a. O., S. 200, s. S. 203.

52） ヘーゲルは近代において「思想や反省が美しい芸術を凌駕した」（Hegel, Georg Wilhelm Friedrich: Ästhetik, in: Werke, Theorie-Werkausgabe, Frankfurt am Main 1969-1971, Bd. 13, S. 24.）ことを主張したが，ニーチェは『悲劇の誕生』の主張に現れていたように，ヘーゲルとは反対の立場に立った．

53） Nietzsche, F.: David Strauss als Bekenner und Schriftsteller, a. a. O., S. 155-158.

54） A. a. O., S. 155f..

55） Nietzsche, Friedrich: Richard Wagner in Bayreuth, in: KGW, a. a. O., Bd. IV/1, S. 19.

56） A. a. O..

57） A. a. O..

58） Nietzsche, Friedrich: Menschliches, Allzumenschliches, in: KGW, a. a. O., Bd. IV/2, S. 321.

59） Nietzsche, F.: Die Geburt der Tragödie, a. a. O., S. 145.

60） Nietzsche, F.: Vom Nutzen und Nachtheil der Historie für das Leben, a. a. O., S. 303.

61） A. a. O..

62） Nietzsche, F.: Menschliches, Allzumenschliches, a. a. O., S. 319-321.

63） Nietzsche, Friedrich: Fröhliche Wissenschaft, in: KGW, a. a. O., Bd. V/2, S. 310.

64） A. a. O., S. 282.

65） 実際に19世紀末期おいて古典教養は，ドイツの領邦国家間の教養市民のみならず，国籍や職業の違いを超えてヨーロッパの教養市民を結び付けつつあった．（Fuhrmann, Manfred: Der europäische Bildungskanon des bürgerlichen Zeitalters, Frankfurt am Main 1999, S. 90.）

66） Nietzsche, F.: Menschliches, Allzumenschliches, a. a. O., S. 43.

67） Nietzsche, F.: Die Geburt der Tragödie, a. a. O., S. 129, 144.

68） A. a. O., S. 144.

69） Kohlenbach, Michael: Die “immer neuen Geburten”. Beobachtungen am Text und zur Genese von Nietzsches Erstlingswerk ‘Die Geburt der Tragödie aus dem Geiste der Musik’, in: ‘Centauren-Geburten’, a. a. O., S. 365.

70） Nietzsche, Friedrich: Nachgelassene Fragmente, Herbst 1884 bis Herbst 1885, in:

KGW, a. a. O., Bd. VII/3, S. 430.

71) s. Janz, C. P.: Friedrich Nietzsche. Biographie, a. a. O., Bd. 2, S. 415f.. これはドロイゼンのアレクサンダー大王観やヘレニズム観の対極に立つものであった．第2部2章の注133を参照．

72) s. Gossman, Lionel: Basle, Bachofen and the Critique of Modernity in the Second Half of the Nineteenth Century, in: Journal of the Warburg and Courtauld Institute, Vol. 47, 1984, p. 169.

73) s. Cancik, H.: Das Thema »Religion und Kultur« bei Friedrich Nietzsche und Franz Overbeck, a. a. O., S. 56f..

74) ニーチェはヴォルフの『古代学の叙述』を読んでおり，この書物を1つの助けとして「我ら文献学者」と題する「反時代的考察」の第5論文の執筆を計画していた．s. Nietzsche, F.: Nachgelassene Fragmente, Anfang 1875 bis Frühling 1876, a. a. O., S. 90-114.

75) Nietzsche, F.: Die Geburt der Tragödie, a. a. O., S. 74.

76) Nietzsche, F.: Menschliches, Allzumenschliches, a. a. O., S. 54.

77) 同様の規定は，すでにジューフェルンが行っていた．Passow, Wilhelm Arthur: Zur Erinnerung an Johann Wilhelm Süvern, Thorn 1860, S. 12f..

78) 彼はドイツ精神が「精神の到来に対して門を閉ざす傾向」を指摘した．(Nietzsche, F.: Nachgelassene Fragmente, Herbst 1884 bis Herbst 1885, a. a. O., S. 440.)

79) Nietzsche, Friedrich: Jenseits von Gut und Böse, in: KGW, a. a. O., Bd. VI/2, S. 203.

80) Nietzsche, F.: Nachgelassene Fragmente, Herbst 1884 bis Herbst 1885, a. a. O., S. 293.

81) Nietzsche, F.: Jenseits von Gut und Böse, a. a. O., S. 209.

82) Nietzsche, Friedrich: “Vom neuen Götzen”, in: Also sprach Zarathustra, in: KGW, a. a. O., Bd. VI/1, S. 57-60.

83) Nietzsche, Friedrich: Der Antichrist. Fluch auf das Christenthum, in: a. a. O., Bd. VI/3, S. 163-252.

84) Nietzsche, Friedrich: Götzen-Dämmerung oder Wie man mit dem Hammer philosophirt, in: a. a. O., S. 100.

85) しかし彼は中期の著作『曙光』において，「ただ信仰のみが問題であり，信仰から行為が必然的に導き出されなければならない」という「信仰の法則の，行為の法則に対する優位」の枠組みに対する批判を行うに至る．(Nietzsche, Friedrich: Morgenröthe. Gedanken über die moralischen Vorurtheile, in: KGW, a. a. O., Bd. V/1, S. 30.)

結　語

1) Nipperdey, Thomas: Deutsche Geschichte 1800-1866. Bürgerwelt und starker

Staat, München 1983, S. 60.

2）ヴォルフの古典研究から，モムゼンは『古代学の叙述』に現れたような歴史学的－批判的な研究を大成する側面，ニーチェは『ホメロスへの序論』に現れたような偶像批判的な側面を継承したと言えよう．

3）Hegel, Georg Wilhelm Friedrich: Phänomenologie des Geistes, in: Werke, Theorie-Werkausgabe, Frankfurt am Main 1969-1971, Bd. 3, S. 16.

4）「精神運動の歴史において繰り返し現れる災厄とは，ある時代の理想が次の時代にはドグマや規則となることである．自由に選ばれた目的として第1世代を高めるものが，他から課された重荷として第2世代を圧迫する．そして第3世代にとっては耐え難い暴虐として投げ捨てられる．教会において昔からそうであったし，学校が国営化された後も同じことを観察できる．」(Paulsen, Friedrich: Geschichte des gelehrten Unterrichtes in Deutschland vom Ausgang des Mittelalters bis zur Gegenwart [1885], Leipzig [3]1919-1921, Bd. 2, S. 323.) その他，キリスト教と19世紀ドイツの人文主義の間に共通の特徴が現れた例として，それぞれの伝統において超越の理解をめぐって自然神学的な立場と啓示神学的な立場が生まれた点（第2部2章の208-209ページ，第1部3章の注26，88を参照），また宣教（教育）と研究のいずれを重視するか，という立場の分離が生まれた点（第2部1章の注221を参照）などが挙げられた．

5）Moltmann, Jürgen: Trinität und Reich Gottes. Zur Gotteslehre, München 1980, S. 215-217.

6）Arnoldt, Johann Friedrich Julius: Fried. Aug. Wolf in seinem Verhältnisse zum Schulwesen und zur Paedagogik, Braunschweig 1861, Bd. 2, S. 387.

7）Nietzsche, Friedrich: Encyklopaedie der klass. Philologie, in: Werke. Kritische Gesamtausgabe, hrsg. v. Giorgio Colli u. Mazzino Motinari, Berlin 1967- (以下 KGW と略), Bd. II/3, S. 428. A. a. O.: David Strauss als Bekenner und Schriftsteller, in: a. a. O., III/1, S. 170. A. a. O.: Nachgelassene Fragmente, Sommer 1872 bis Ende 1874, in: a. a. O., Bd. III/4, S. 67, 255. Brief Mommsens an Lujo Brentano vom 29. November 1901, in: Rebenich, Stefan: Theodor Mommsen und Adolf Harnack. Wissenschaft und Politik in Berlin des ausgehenden 19. Jahrhunderts, Berlin/New York 1997, S. 903. s. Rebenich, Stefan: Theodor Mommsen. Eine Biographie, München 2002, S. 131.

8）Weber, Marianne: Max Weber. Ein Lebensbild, Heidelberg 1950, S. 132. モムゼンは，ヴェーバーによる博士論文の口頭試問の場に居合わせ，ヴェーバーの前途を激励した．

9）Weber, Max: Agrarverhältnisse im Altertum (1909), in: Gesammelte Aufsätze zur Sozial- und Wirtschaftsgeschichte, Tübingen 1924, S. 137.

10）山之内靖『ニーチェとヴェーバー』（未来社，1993年）．

11）Mann, Thomas: Von Deutscher Republik (1922), in: Gesammelte Werke, Frankfurt am Main 1960, Bd. 11, S. 827-831. T・マンは他方でロマン主義的な傾向の哲学と

急進的な国家主義（ナチズム）の間の関連に対しても先んじて注意を喚起していた．（Mann, Thomas: Deutsche Ansprache. Apell an die Vernunft [1930], in: a. a. O., S. 878.）

12）「必要なこと，決定的にドイツ的であろうことは，保守的な文化理念と革命的な社会思想，ギリシャとモスクワの間の協定や同盟関係であり，より的確に表現すれば－私はこのことをすでに誇張して言おうと試みました．つまり私は，もしもカール・マルクスがフリードリヒ・ヘルダーリンを読むようなことになって初めてドイツをめぐる状況は好転し，好転への道が自ずと見つかるであろう，ということを言ったのです．この両者の出会いは，ついでながら今起きようとしています．」(Mann, Thomas: Kultur und Sozialismus [1928], in: a. a. O., Bd. 10, S. 397.)

13） Riedel, Manfred: Zeitkehre in Deutschland. Wege in das vergessene Land, Berlin 1991, S. 151f.. s. Sternberger, Dolf: Aspekte des bürgerlichen Charakters (1949), in: ›Ich wünschte ein Bürger zu sein.‹ Neun Versuche über den Staat, Frankfurt am Main 1967, S. 10-27.（本論の著者はドイツにおいて「政治や市民」と「文化や性格」が伝統的に対立して捉えられてきたことを問題視し，この誤った対立関係の解消と取り組んだ先駆者としてモムゼンの名前を挙げている．）

14） ダンはこうした理解に則り，ネイションを「共通の歴史的な由来に基づいて政治的な利益共同体を形成」し，「その政治文化についての根本的な同意に基づく」等と定義している．(Dann, Otto: Nation und Nationalismus in Deutschland 1770-1990 [1993], München ²1994, S. 12.)

15） Mann, Thomas: Deutschland und die Deutschen (1945), in: Gesammelte Werke, a. a. O., Bd. 12, S. 1132.

16） 1920年代末期から1930年代にかけてのドイツにおいては，人文主義の流れを汲む第三の人文主義とプロテスタンティズム・キリスト教の信仰覚醒運動の流れを汲む弁証法神学などが共通の運動へと結集する可能性があったが，（ニーチェのような原理主義的な立場が現れつつあったにもかかわらず）キリスト教に対して開放的であろうとした前者の申し出に後者が関心を示さなかったため，両者の共闘は未発に終わった（Landfester, Manfred: Die Naumburger Tagung 'Das Problem des Klassischen und die Antike' [1930]. Der Klassikbegriff Werner Jaegers: seine Voraussetzung und seine Wirkung, in: Altertumswissenschaft in den 20er Jahren: neue Fragen und Impulse, Stuttgart 1995, S. 33f..）．

17） こうしたモムゼンとニーチェの人文主義の第二帝国批判を介した結び付きは，この帝国を代表する古典研究者となったヴィラモーヴィッツ＝メレンドルフが両者に対して批判的であったことからも補強し得るであろう．（モムゼンとヴィラモーヴィッツ＝メレンドルフの間の，政治的な立場をめぐる確執については以下を参照．Rebenich, S.: Theodor Mommsen und Adolf Harnack, a. a. O., S. 236, 372. Malitz, Jürgen: Theodor Mommsen und Wilamowitz, in: Wilamowitz nach 50 Jahren, hrsg. v. William M. Calder III・Hellmut Flashar・Theodor Lindken, Darmstadt 1985, S. 49-

55.）ヴィラモーヴィッツ＝メレンドルフとニーチェの間の対立は，前者が後者の『悲劇の誕生』を批判したように明らかであった．

18） Mommsen, Theodor: Römische Geschichte, Berlin, Bd. 1 [9]1902, S. 175f. (第3部1章の注87，93，95，111を参照), Bd. 2 [9]1903, S. 410, Bd. 3 [9]1904, S. 463, 467.「人類の2つの偉大な本質的特徴である，普遍的あるいは個人的な展開，または国家と文化は，かつて萌芽の状態で，あの古い地中海の岸と島から離れて人類の祖の単純さにおいて統合され，自ら家畜の群れの番をしていたギリシャ・イタリア人は，彼らがギリシャ人と古代イタリア人へと分かれた時に分離し，それ以来何千年にもわたって分離したままであった．今やトロヤ人の君主とラテン人の王の娘の子孫（カエサルのこと）は，固有の文化を持たない国家とコスモポリタン的な文明からある新しい全体を作り出した．この全体においては，人間存在の頂点，幸せな老年時代の豊かな充溢において国家と文化が再び結び付き，そのような内容にふさわしい圏域を堂々と満たしたのである．」(A. a. O., Bd. 3, S. 568.) Nietzsche, Friedrich: Vom Nutzen und Nachtheil der Historie für das Leben, in: KGW, a. a. O., Bd. III/1, S. 303. A. a. O.: Zur Genealogie der Moral, in: a. a. O., Bd. VI/2, S. 289, s. S. 300f., 315. モムゼンとニーチェ以外にも，同様の考えは例えば以下のように表現された．「そしてローマの精神の鍛錬，ギリシャの自由は我々（ドイツ人）の心の奥底まで入り込み，それは我々のナショナルな思考のどの息吹の中にも生きています．ローマとギリシャは，我々を我々が本来あるところのものとしました．」(Roethe, Gustav: Humanistische und nationale Bildung, eine historische Betrachtung, Berlin 1906, S. 28f..)

19） ヘルダーは，真のキリスト教信仰への回帰が国民形成の再覚醒であることを主張した．(s. Herder, Johann Gottfried: Adrastea [1802], in: Sämmtliche Werke, hrsg. v. Bernhard Suphan, Berlin 1877-1913, Bd. 24, S. 47f..)

20） 歴史的にはギリシャ語・文学・文化の隆盛が，ラテン語・文学・文化の隆盛に先行した点など．

21） 19世紀ドイツにおける古代ギリシャとの取り組み，特にディオニュソス的なものの発見はドイツ人の自己実現を妨げ，20世紀におけるナチズムへの道を準備したことが主張されている．(Butler, Eliza Marian: The Tyranny of Greece over Germany. A study of the influence exercised by Greek art and poetry over the great German writers of the eighteenth, nineteenth and twentieth centuries [1935], Boston [2]1958, p. vii, 334.)

22） 「ドイツとは何か」という問いへの解答の多様性が「ヨーロッパとは何か」という問いへの解答の多様性に比肩でき，ドイツもヨーロッパも共に有機体に喩えられ（Faber, Richard: Abendland. Ein politischer Kampfbegriff, Berlin/Wien 2002, S. 103f..），かつてのドイツ精神に代わってヨーロッパ精神が語られ（Europäischer Geist - Europäische Verantwortung. Ein Kontinent fragt nach seiner Identität und Zukunft, hrsg. v. Winfried Böhm u. Martin Lindauer, Stuttgart 1993.），ドイツもヨーロッパも（隣接思潮の）総合の中にその本分が見出され（s. a. a. O., S. 31f.. Darendorf, Ralf: Gesell-

schaft und Demokratie in Deutschland, München 1965, S. 233, 237. Schiller, Friedrich: Deutsche Größe, in: Werke [Nationalausgabe], hrsg. v. Julius Petersen u. Friedrich Beißner [Norbert Oellers], Weimar 1943-, Tl. 1, Bd. 2, S. 433.)，大学間の交流や学生の移動（ヨーロッパについては目下の「エラスムス・プログラム」）により文化的な一体感の創出が図られ，文化的な自己規定が不明確なまま経済的な統合から政治的な統合が模索され，かつてのドイツ統一憲法の制定に代わってヨーロッパ統一憲法の制定が語られる点など．

23) Fuhrmann, Manfred: Die Antike und ihre Vermittler. Bemerkungen zur gegenwärtigen Situation der klassischen Philologie, in: Cäsar oder Erasmus? Die alten Sprachen jetzt und morgen, Tübingen 1995, S. 39.